Jan Guillou
Madame Terror

Jan Guillou

Madame Terror

Sonderauftrag für Hamilton

Aus dem Schwedischen von
Katrin Frey

Piper Nordiska

Die Originalausgabe erschien 2006 unter dem Titel
»Madame Terror« im Piratförlaget, Stockholm.

Von Jan Guillou liegen im Piper Verlag vor:
Coq Rouge
Der demokratische Terrorist
Im Interesse der Nation
Feind des Feindes
Der ehrenwerte Mörder
Unternehmen Vendetta
Niemandsland
Der einzige Sieg
Im Namen Ihrer Majestät
Über jeden Verdacht erhaben

Für Ann-Marie

ISBN 978-3-492-05109-5
© Jan Guillou
© des Interviews und des Nachworts:
2006 Piratförlaget, Stockholm
Deutsche Ausgabe:
© Piper Verlag GmbH, München 2007
Satz: Satz für Satz. Barbara Reischmann, Leutkirch
Druck und Bindung: Clausen & Bosse, Leck
Printed in Germany

www.piper.de

»Ich bin im Recht, ich übe Gerechtigkeit!«, sprach Kapitän Nemo zu mir. »Ich bin unterdrückt, und hier ist der Unterdrücker! Durch ihn habe ich alles verloren, was ich geliebt und verehrt habe: Vaterland, Weib, Kinder, Vater, Mutter, das alles sah ich zu Grunde gehen! Dort ist alles, was ich hasse! Schweigen Sie!« Ich warf einen letzten Blick auf das Kriegsschiff, welches seine Dampfkraft verstärkte.

Jules Verne, *Zwanzigtausend Meilen unter dem Meer*

Prolog

Die erste Version war offensichtlich gelogen. Offensichtlich schon deshalb, weil sie aus sogenannten »westlichen diplomatischen Kreisen« stammte – mit anderen Worten von der CIA in der amerikanischen Botschaft in Moskau. Zum anderen war diese Erklärung für den Tod von einhundertachtzehn russischen Matrosen und Offizieren an Bord des Atom-U-Boots Kursk etwas zu primitiv. Es hieß, ein mit Wasserstoffperoxid betankter Torpedo älteren Typs habe sich selbst entzündet und die fürchterliche Explosion verursacht, die zum Untergang des U-Bootes führte. Die Nato verwendete diese Torpedos wegen ihrer Unzuverlässigkeit seit über fünfzig Jahren nicht mehr.

Vielleicht war die Erklärung nur ein derber Witz eines CIA-Angestellten in irgendeiner Abteilung für politische Analyse und Desinformation. Denn die Kursk stellte gerade deshalb eins der wichtigsten Spionageziele der westlichen Welt dar, weil sie mit modernen Waffen ausgerüstet war, die allen Seestreitkräften der Nato und anderer westlicher Länder erschreckend überlegen waren.

Bereits 1995 hatten russische Wissenschaftler ein Torpedoproblem gelöst, mit dem sich Forscher und Entwickler seit der Erfindung dieser Waffe im 19. Jahrhundert herumgeschlagen hatten.

Ein Torpedo war im Prinzip nie mehr als eine längliche Bombe mit einer Sprengladung vorne und einem Propeller hinten gewesen. Immer wieder hatte man neue Methoden entdeckt, die Sprengkraft zu vervielfachen, die Steuerung zu verbessern und die Antriebskraft zu erhöhen. Doch im Grunde hatte sich zwischen den Neunzigerjahren des 19. Jahrhunderts, als sich die Torpedos vierzig Kilometer pro Stunde vorwärtsbewegten, und den Neunzigerjahren des 20. Jahrhunderts, abgesehen von der doppelten Geschwindigkeit, nicht viel verändert.

1995 stellte der russische Wissenschaftler Anatolij Pawkin den von ihm entwickelten Torpedo VA-111 Schkwal (Orkan) vor, der trotz seines beachtlichen Gewichts von zwei Tonnen eine Geschwindigkeit von über fünfhundert Kilometern pro Stunde erreichte.

Das Problem, das Anatolij Pawkin endlich gelöst hatte, sein großer Durchbruch, hatte mit dem Reibungswiderstand des Wassers zu tun. Ein Metallrumpf traf, wenn man ihn beschleunigte, auf einen exponentiell wachsenden Wasserwiderstand, woraus die scheinbar unüberwindbare Begrenztheit der Torpedogeschwindigkeit resultierte. Was kein strategisches Problem war, solange für alle das Gleiche galt.

Doch seit 1995 galt nicht mehr das Gleiche für alle. Anatolij Pawkins Erfindung beruhte auf der Idee, etwas anderes als Metall auf den Wasserwiderstand treffen zu lassen. Der neue Torpedo Schkwal bewegte sich in einer Gasblase vorwärts, und Gas war im Wasser schneller als Metall.

Als das Atom-U-Boot Kursk am 12. August 2000 von dem amerikanischen U-Boot USS Memphis versenkt wurde, war es mit der neuen Version VA-232 Schkwal bestückt, die unter anderem über ein deutlich besseres Steuerungssystem verfügte. Aus diesem Grund waren die beiden Jagd-U-Boote der Los-Angeles-Klasse, USS Toledo und USS Memphis, zu der größten russischen Flottenübung seit sowjetischen Zeiten komman-

8

diert worden. Sie sollten den Test dieser grauenerregenden neuen Waffe ausspionieren.

Die Anwesenheit der Amerikaner bei der Flottenübung in der Barentssee hatte auch einen politischen Beweggrund. Indem man sich der russischen Großmacht an die Fersen heftete, wollte man seine Verärgerung zum Ausdruck bringen beziehungsweise der Kursk drohen. Damit war die USS Memphis beauftragt. Das andere amerikanische U-Boot, die USS Toledo, sollte sich noch näher anpirschen, von der Seite Tonaufnahmen machen und exakte Messungen vornehmen, sobald die Russen einen Schkwal abfeuerten.

Wäre dieser Torpedo im Kalten Krieg zum Einsatz gekommen, hätte er mit einem Schlag das seemilitärische Kräfteverhältnis aus dem Gleichgewicht gebracht. Er hätte der Sowjetunion die Herrschaft auf den Meeren garantiert, weil kein Flugzeugträgergeschwader mehr vor ihm sicher gewesen wäre. Das Versenken von Flugzeugträgern war die Hauptaufgabe des Schkwal-Torpedos, und unter den Streitkräften innerhalb der Nato war bislang kein Gegenmittel bekannt.

Das war der wahre Grund, warum einhundertachtzehn russische Matrosen und Offiziere zwischen dem 12. und dem 20. August des Jahres 2000 starben. Man wusste, dass dreiundzwanzig Männer eine gewisse Zeit hinter dem neunten wasserdichten Schott im Heck des U-Boots überlebt hatten. Sie klopften an den Rumpf, um SOS-Signale zu schicken, und einige hinterließen Briefe, die nach sorgfältiger russischer Zensur teilweise veröffentlicht wurden. Doch die in der gesunkenen Kursk eingeschlossene Besatzung wartete vergeblich auf die Rettung, obwohl das U-Boot in nur hundert Meter Tiefe und auf flachem Sandboden leicht zugänglich war. Sie starben aus politischen Gründen.

Einer der politischen Gründe für die USA, ihre Verärgerung über die russische Übung in der Barentssee deutlich zu zeigen, war der Verkauf der neuen russischen Torpedowaffe an China. Daher waren an Bord des russischen Stabs- und Flaggschiffes, dem Atomkreuzer Peter der Große, auch einige chinesische Admiräle als Beobachter anwesend.

China drohte immer mal wieder damit, sich Taiwan zurückzuholen, das deshalb permanent von einem amerikanischen Flugzeugträgergeschwader geschützt wurde. Dieser Umstand galt lange Zeit als sichere Garantie dafür, dass China niemals einen Angriff wagen würde, wie sehr es seine Flotte auch modernisierte und verstärkte. Doch der Torpedo Schkwal an Bord von chinesischen U-Booten hätte auch hier die Machtverhältnisse aus dem Gleichgewicht gebracht.

Im schlimmsten Fall würde China den USA enorme Verluste bescheren können, falls sich die amerikanische Flotte in einen Wiedereroberungsversuch Taiwans einmischte. Die Chinesen würden behaupten, die Taiwanfrage sei eine innere chinesische Angelegenheit und man habe selbstverständlich nicht die Absicht, auf amerikanische Flottenkräfte zu schießen – solange man nicht zuerst beschossen werde. Woraufhin man zum Gegenangriff übergehen würde.

Hiervon hatten die einhundertachtzehn Besatzungsmitglieder an Bord der Kursk, dem Stolz der russischen Flotte, vermutlich nicht die geringste Ahnung gehabt. Doch für die Mehrzahl von ihnen war es sicherlich nichts Neues gewesen, während einer Übung von amerikanischen U-Booten bespitzelt zu werden. Amerikanische und sowjetische und später russische U-Boote hatten in den letzten fünfzig Jahren vor allem im Atlantik Katz und Maus gespielt. Mindestens acht russische und zwei amerikanische U-Boot-Wracks waren das Resultat dieser andauernden bitterernsten Spielchen.

In Anbetracht dessen, was vom Sinken der Kursk bekannt wurde, ehe der neu gewählte russische Präsident Wladimir Putin das Durchsickern von Information verhinderte, musste sich das Geschehen in etwa folgendermaßen ereignet haben:

An Bord der Kursk wurde bald bemerkt, dass man von einem amerikanischen U-Boot der Los-Angeles-Klasse, der USS Memphis, verfolgt wurde. Aber das war Teil des Spiels. Die USS Memphis sollte die Aufmerksamkeit auf sich ziehen, um von dem sehr viel aufdringlicheren Spion USS Toledo abzulenken.

Allerdings schien die russische Besatzung ihre beiden Bewacher entdeckt zu haben, denn plötzlich verschwand die Kursk von allen Bildschirmen an Bord der USS Memphis und der USS Toledo.

In den Kommandozentralen der beiden amerikanischen Jagd-U-Boote glaubte man wahrscheinlich, es mit schwarzer Magie zu tun zu haben. Denn das Aufspüren und – im Falle eines Krieges – Vernichten dieser russischen Riesen war ihre Spezialität. Zudem war die Kursk hundertfünfzig Meter lang und acht Stockwerke hoch, ein riesiges Teil, das man aus so geringer Distanz eigentlich nicht aus den Augen verlieren konnte.

Gewiss war die Kursk ein strategisches U-Boot insofern, als es genau wie seine Vorgänger aus der Taifun-Klasse an jedem Ort der Weltmeere ein enormes Kernwaffenarsenal platzieren konnte. An Bord der Kursk befanden sich vierundzwanzig Interkontinentalraketen mit Mehrfachsprengköpfen, eine Kernwaffenladung, die dem Neunhundertsechzigfachen von Hiroshima entsprach.

Aber im Gegensatz zu ihren Vorgängern konnte sich die Kursk gegen sich anschleichende amerikanische Jagd-U-Boote zur Wehr setzen. Der Torpedo Schkwal eignete sich nicht nur zur Vernichtung von Flugzeugträgern.

Man kann sich also die Panik in den Kommandozentralen der beiden amerikanischen U-Boote ausmalen. Obwohl sie sich in nächster Nähe befanden, war die Kursk genau zwischen ihnen verschwunden, was an sich unmöglich war.

Es mangelte nicht an Erklärungsversuchen. Seichtes Wasser, Magnetismus, Temperaturunterschiede zwischen verschiedenen Wasserschichten und andere natürliche Erklärungen – doch das Schlimmste war, dass diese russischen Giganten trotz lärmender Kernreaktoren offenbar vorsätzlich »verschwinden« konnten. Das Problem mit den lauten Reaktoren galt allerdings für alle drei Boote. Wenn man selbst einen oder zwei Reaktoren an Bord hatte, hörte man zunächst einmal diese, wenn man hinaus in die schwarze Stille lauschte.

Im Nachhinein könnte man vielleicht meinen, die Amerikaner hätten unter diesen Umständen etwas vorsichtiger sein und anhalten sollen, um wenigstens einen Zusammenstoß zu verhindern.

Man wird nie erfahren, was die Amerikaner gedacht haben. Zumindest nicht in den nächsten fünfzig Jahren, solange die Berichte unter Verschluss sind. Aber in Anbetracht der historisch gewachsenen Rivalität zwischen den amerikanischen U-Boot-Besatzungen und der russischen, dem Katz-und-Maus-Spiel unter Feinden, kann man sich leicht vorstellen, dass die amerikanischen Befehlshaber nun einen härteren Ton anschlugen: Diese Schweine brauchen nicht zu glauben, dass sie uns so leicht an der Nase herumführen können, wir müssen diese verdammten Ratten kriegen, asap (»as soon as possible«) und so weiter. Die beiden amerikanischen U-Boote leiteten heftige Manöver ein, um wieder Kontakt zu der auf geheimnisvolle und peinliche Weise verschwundenen Kursk herzustellen.

Der Kommandant auf der USS Toledo wählte eine Variante der russischen Taktik, die in der amerikanischen U-Boot-Sprache Crazy Iwan genannt wurde. Er machte eine 180-Grad-

12

Wende, um die Suche in der entgegengesetzten Richtung fortzusetzen.

Unglücklicherweise ging seine Rechnung auf. Die Kursk hatte ihre beiden Verfolger hinters Licht geführt, indem sie einfach ihre Tiefe verändert hatte und nahezu zum Stillstand gekommen war. Die USS Memphis auf ihren Fersen war daher über die Kursk hinweggeglitten – man muss sich das zufriedene, aber stille russische Lachen vorstellen, als sie merkten, dass ihr Trick funktioniert hatte –, und auch die USS Toledo hatte sich weit von der Kursk entfernt, mit der sie sich eigentlich Seite an Seite glaubte.

Doch nun hatte also die USS Toledo auf eine 180-Grad-Wende gesetzt und fuhr somit direkt auf die Kursk zu.

Als auf beiden U-Booten Alarmsignale die bevorstehende Kollision ankündigten, war es bereits zu spät. Die Katastrophe war unausweichlich.

Der Größenunterschied zwischen den beiden Fahrzeugen war beträchtlich, »so groß wie zwischen einem Schleppkahn und einem Atlantikdampfer«, äußerte sich ein russischer Admiral. Die USS Toledo wurde bei dem Zusammenprall erheblich beschädigt und konnte sich nur unter äußersten Schwierigkeiten und mit Unterstützung der amerikanischen Flotte nach Hause schleppen, nachdem sie wieder die Sicherheit internationaler Gewässer erreicht hatte. Allerdings hatte man eine Notboje hinterlassen; vermutlich war sie bei dem Zusammenstoß automatisch ausgelöst worden.

Durch den wahnsinnigen Lärm, den die Kollision der beiden U-Boote verursachte, konnte die Besatzung der USS Memphis die exakte Position der Kursk ermitteln, welche zudem ihre Geschwindigkeit erhöht hatte und somit nicht mehr zu überhören war.

Wie der Kommandant auf der USS Memphis nun reagierte und agierte, ist möglicherweise vor einem geheimen amerikanischen Kriegsgericht verhandelt worden. Bekannt ist, dass er einen Torpedo vom Typ Mark 48 direkt in den Rumpf der Kursk feuerte. Man möchte annehmen, dass er einen vernünftigen Grund dafür hatte, und die gängigste Theorie hierzu, um nicht zu sagen die einzige, besagt, er habe gehört – oder zu hören geglaubt –, wie die Kursk eine Torpedoluke für den Schkwal geöffnet und sich zum tödlichen Abschuss bereit gemacht habe.

Nur aus diesem Grund soll der amerikanische Kommandant seinen Torpedo abgefeuert haben. Die Logik dahinter war amerikanisch simpel: Er hat zuerst gezogen, aber ich habe schneller geschossen.

Die Wirkung auf die Kursk schien anfänglich bedrückend gering. Sie erhöhte die Geschwindigkeit, als wolle sie das Feld räumen. Doch nach zwei Minuten und fünfzehn Sekunden explodierte ein Großteil der Waffenladung im vorderen Torpedoraum, und das U-Boot sank auf den Grund.

Die USS Memphis entfernte sich langsam und ging auf eine Tiefe, von der aus sie kodierte Signale an die Heimatbasis senden konnte. Welche Befehle zurückkamen, ist nicht bekannt.

Dagegen weiß man, dass die USS Memphis anschließend gemächlich und gut sichtbar Norwegens Küste umrundete und Kurs auf Bergen nahm. Man legte eine Strecke, die normalerweise in zwei Tagen zu schaffen war, in sieben Tagen zurück. Das Manöver erinnerte an bestimmte Vögel, die eine Verletzung vorgaukelten, um von ihren wehrlosen Jungen abzulenken. In diesem Fall von der schwer beschädigten USS Toledo.

Die größte Katastrophe der Seefahrt des neuen Russlands war geschehen. Es war Russlands 11. September. Aber es bestand immer noch die Möglichkeit, die dreiundzwanzig überlebenden russischen Besatzungsmitglieder zu retten. Das U-Boot war in relativ flachem Wasser leicht zugänglich, und das Wetter bereitete keine großen Schwierigkeiten. Keiner Nation der Welt, die über eine mit U-Booten ausgestattete Flotte verfügte, fehlte es an der Ausrüstung für dieses einfache Rettungsmanöver.

Trotzdem mussten die dreiundzwanzig Überlebenden sterben; entweder erstickten sie, oder sie ertranken im allmählich eindringenden Wasser. Es kann zwei bis zehn Tage gedauert haben. Zwei Männer, die sich vollkommen einig waren, hatten den Tod der Seeleute beschlossen; der scheidende amerikanische Präsident Bill Clinton und Russlands frisch gewählter Präsident Putin.

Wladimir W. Putin war von seinem Paten Boris Jelzin mehr oder weniger gekrönt worden. Nach einigen Jahren an der Spitze eines Landes, das mittels Schocktherapie das gesamte staatliche Vermögen in private Hände übergeben hatte, um eine richtige und von der Weltbank anerkannte Demokratie zu werden, war die Familie Jelzin nun die reichste Familie in Russland. In Russland wusste das jedes Kind. Folglich wusste jeder, dass der junge ehemalige KGB-Offizier Putin nur ein Schoßhund seines Paten Jelzin war.

Präsident Putin machte Urlaub in Sotschi am Schwarzen Meer. Und er verweilte dort erstaunlich lange.

Aber schon am zweiten Tag nach der amerikanischen Torpedierung der Kursk bekam er Besuch von seinem Verteidigungsminister, Marschall Igor Sergejew, der ihm einerseits einen vollständigen Bericht dessen überbrachte, was man bislang über das Versenken der Kursk durch die MSS Memphis wusste, und andererseits riet, sich nicht überstürzt nach Moskau zu begeben, weil die Amerikaner das als einen Hinweis auf Krieg hätten deuten können. Sie hatten schließlich zuerst geschossen.

Eine Sache steht fest: Der unerfahrene Staatsmann, der seine gesamte berufliche Laufbahn im abgeschlossenen und

15

äußerst disziplinierten KGB hinter sich gebracht hatte, geriet keineswegs in Panik. Er griff zum Hörer und rief den amerikanischen Präsidenten an.

Keine vierundzwanzig Stunden später landete George Tenet, der damalige Chef der CIA, in Moskau. Mit wem er die Verhandlungen führte, weiß man nicht – Putin hielt sich immer noch in Sotschi auf –, aber das Ergebnis ist bekannt. Russland wurden Schulden in Milliardenhöhe erlassen und ein neuer Kredit über 10,2 Milliarden Dollar zu erstaunlich günstigen Bedingungen gewährt.

Dass keine Überlebenden von der Kursk auftauchten und von den Vorfällen berichten konnten, war natürlich die Voraussetzung für dieses Geschäft.

Die zur damaligen Zeit noch halbfreie Presse brodelte vor Gerüchten, die auf den Aussagen verschiedener Admiräle beruhten – deren Version besagte übereinstimmend, das amerikanische U-Boot USS Memphis habe die Kursk versenkt. Und Putin musste grauenhafte Begegnungen mit den Angehörigen der Besatzungsmitglieder über sich ergehen lassen, als er – nachdem alle Übereinkünfte mit den USA getroffen und die Besatzung an Bord der Kursk garantiert tot war – hinauf nach Murmansk fuhr. Er musste sich die Vorwürfe der unbändig trauernden Angehörigen der gefallenen Seeleute anhören.

Nach diesen Erfahrungen zog Putin einige sehr konkrete Konsequenzen. Unter anderem brachte er die Presse ein für alle Mal zum Schweigen und verbannte die neuen Medienmogule ins Ausland. Außerdem kehrte er zur klassischen sowjetischen Strategie zurück, seine Macht einerseits auf die Streitkräfte und andererseits auf den umorganisierten KGB zu gründen.

Er entließ alle Admiräle, die ausgesagt oder auch nur angedeutet hatten, die Kursk sei von den Amerikanern torpediert worden, und seinen Vizepremierminister, der dasselbe behauptet hatte. Anschließend beauftragte er den Generalstaatsanwalt, einige tausend Seiten voller wünschenswerter Folgerungen zu »erarbeiten«. Schlussendlich lautete die offizielle russische Version, ein Torpedo älteren Typs habe sich im Torpedoraum der Kursk selbst entzündet. Eine andere Ursache habe das Unglück nicht.

Dem CIA-Angestellten in der amerikanischen Botschaft, der sich diese beinahe zynische Erklärung ausgedacht hatte, muss etwas mulmig zumute gewesen sein, als sein grober Scherz zur gültigen russischen Version der Ereignisse erhoben wurde.

Doch der neue Präsident Putin zog noch weiter reichende Konsequenzen. Eine bestand darin, die Stärke des neuen Russlands auf militärische Macht zu gründen. Und hierbei wollte man nicht wie früher auf Quantität setzen. Zum Beispiel auf unzählige Panzer, die den Feind in Westeuropa buchstäblich hätten überrollen können. Im Gegenteil: Die überlegene Technologie, über die bereits die Kursk verfügt hatte, sollte weiterentwickelt werden. Die Gehälter in der Flotte wurden um zwanzig Prozent erhöht, alle noch ausstehenden Gehälter wurden ausgezahlt. Und die Angehörigen der Kursk-Besatzung bekamen zwischen fünfundzwanzig- und dreißigtausend Dollar als Entschädigung – für russische Verhältnisse unermessliche Summen.

Russland wollte die amerikanische Vormacht auf den Weltmeeren in Frage stellen. Natürlich nicht durch direkte Konfrontation, sondern indem man – gegen gute Bezahlung – russische militärische Technologie an die Feinde der USA verkaufte.

Die Familie Jelzin wurde von Putin schnell kaltgestellt. Allein der Umstand, dass die gesamte alte KGB-Garde im neu gebildeten FSB (eine russische Übersetzung von »FBI«) Putin vergötterte, führte dazu, dass Jelzin sich mit den Dollarmilliarden begnügen musste, die er bereits ergaunert hatte. Im Grunde musste er seinem Schoßhündchen sogar dankbar sein, dass er weder seine Freiheit noch sein Leben oder seine körperliche Unversehrtheit einbüßte.

Nachdem Putin, wie viele Russen es mit Fug und Recht empfanden, die Besatzung der Kursk im Stich gelassen hatte, sackten seine Sympathiewerte zwar in den Keller, doch auch hiergegen fand er schnell ein Mittel. Vor allem dehnte er die staatliche Kontrolle über das Fernsehen aus. Während des Präsidentschaftswahlkampfes 2004 trat er in den Videoclips von bekannten Rockstars auf, führte seine Kunstfertigkeit auf der Judomatte vor und zeigte Bilder von sich beim Telefonieren mit dem neuen, harmlosen und leicht dämlichen amerikanischen Präsidenten, George W. Bush. Er erhielt 72,2 Prozent der Stimmen. Seitdem hatte er Russland mit eisernem Griff unter Kontrolle.

Die erfundene Geschichte vom explodierten altertümlichen Torpedo entwickelte sich zur international gültigen Version dessen, was in Wahrheit Russlands 11. September gewesen war. Im Übrigen passte diese Theorie gut zu der Vorstellung, Russland stünde im Allgemeinen und ganz besonders als militärische Macht vor dem Zerfall.

Doch in der internationalen Bruderschaft *sub rosae* (»Unter der Schweigerose«), das heißt in allen Nachrichtendiensten der Welt, wurde die wahre Geschichte der Kursk bereits einige Monate nach der Katastrophe in der Barentssee im August 2000 bekannt.

Für Geheimdienstler lagen einige Schlussfolgerungen auf der Hand. Russland verfügte über ein enormes militärtechnologisches Potenzial. Und im Hinblick auf U-Boot-Technologie erarbeitete sich Russland gerade einen beachtlichen Vorsprung. Was einige Jahre zuvor als Zufall oder pures Glück betrachtet worden war, nämlich dass es einem russischen U-Boot der gigantischen Anteus-Klasse, möglicherweise der Kursk selbst, gelungen war, sich durch die streng überwachte Straße von Gibraltar ins Mittelmeer zu schleichen, war vielleicht gar kein Glück gewesen. Die Russen waren den Amerikanern in der U-Boot-Technologie vielleicht wirklich überlegen. Das war neu.

Gewiss hatten sich russische Flugzeuge und gewisse Teile der sowjetischen Marine ebenso wie die Raumfahrt oft mit der westlichen Konkurrenz messen, sie hin und wieder sogar übertreffen können. Aber die Sowjetunion hatte sich stets selbst ausgebremst, indem ihre militärische Führung den Zweiten Weltkrieg noch einmal vorbereitet hatte und überzeugt davon gewesen war, dass das Heil in einer schieren wenngleich überwältigenden quantitativen Überlegenheit zu suchen sei. Man hätte hunderttausend Panzer nach Berlin schicken können.

Nachdem jedoch das neue Russland die kostenintensive und außerdem vollkommen aussichtslose Strategie der quantitativen Überlegenheit aufgegeben hatte, um stattdessen auf hoch entwickelte Forschung zu setzen, veränderte sich die Lage. Man hatte die russische U-Boot-Technologie unterschätzt. Sogar einem so gigantischen Fahrzeug wie der Kursk war es zu seinem eigenen Unglück gelungen, zwei amerikanische Jagd-U-Boote in die Irre zu führen. Und zwar so weit, dass der Kapitän der USS Memphis, dessen Namen wir nicht kennen, die Nerven verloren und etwas unternommen hatte, was im gesamten Kalten Krieg nicht passiert war: Er hatte abgedrückt.

Wenn die Russen nun beabsichtigten, den Export dieser Technologie zu steigern, wurde damit, ganz abgesehen vom finanziellen Gewinn, den man damit erzielen konnte, die amerikanische Vorherrschaft über die Weltmeere unterminiert. In der amerikanischen Flotte wurde der VA-232-Schkwal der Einfachheit halber als »Flugzeugträgerkiller« bezeichnet. Das sagte alles.

Das russische Jahresbudget für die gesamte U-Boot-Flotte betrug zum Zeitpunkt der Torpedierung der Kursk weniger als siebzig Millionen Dollar. Diese Zahl stimmte in vieler Hinsicht nachdenklich und wurde von allen bekannten Nachrichtendiensten der Welt, vom MI6 und der CIA im Westen bis zur ISI in Pakistan, auf Tausenden von Seiten analysiert.

Das größte Interesse, und die konkretesten und innovativsten Ideen, weckte sie bei einem Geheimdienst, der eher wenig bekannt war. Und das, obwohl er in vieler Hinsicht genauso effektiv arbeitete wie sein berühmter Hauptfeind, der israelische Geheimdienst Mossad. Seine Effektivität beruhte unter anderem auf den großen Ähnlichkeiten mit eben diesem Mossad.

1

Es war eine Schwäche: Sie hatte keinen Respekt vor Engländern. Zumindest nicht vor Engländern, die im öffentlichen Dienst arbeiteten und sich selbst als *civil servants* bezeichneten. Eine eigentlich typisch englische Untertreibung, denn als *servants*, also Diener, begriffen sich solche Gestalten ganz und gar nicht. Wenn sie in der Ausübung ihres Dienstes überhaupt eine Aufgabe erkannten, dann bestand diese eher darin, die britische Öffentlichkeit hinters Licht zu führen, als ihr zu dienen.

Vielleicht lag es auch daran, dass sie eine Frau war und diese gut gekleideten Snobs mit dem tadellosen Benehmen ständig den Eindruck erweckten, mit ihrer Weiblichkeit nicht umgehen zu können. Wenn sie diesen Männern begegnete, konnte sie sich mitunter nur schwer gegen unpassende Fantasien zur Wehr setzen. Mitten in einem Vortrag eines dieser Männer im gut sitzenden Anzug musste sie plötzlich an Würgehalsbänder mit Nieten denken, wie sie Rocker und Punks von New York bis Beirut trugen. In der Woche ihrer Ankunft in London hatte ein weiterer Minister beziehungsweise ein hohes Parteimitglied seinen Platz räumen müssen, weil *News of the World* enthüllt hatte, dass der brave Familienvater des Öfteren Gast in einem Schwulenbordell gewesen war, das solche speziellen Spielzeuge bereithielt.

Zu seinem Glück ging das Ende seiner Karriere in einem sehr viel größeren Ereignis unter, das sogar die Londoner

21

Presse vorübergehend ihre Sexfixierung vergessen ließ. London hatte seinen 11. September erlebt. Drei Selbstmordattentäter hatten in der Untergrundbahn und in einem Bus zugeschlagen. Es hatte zweiundfünfzig Tote gegeben.

Der Angriff war nicht überraschend gekommen, und die Verluste in der Londoner Bevölkerung waren verhältnismäßig gering gewesen. Aber dem Entsetzen und der Terrorhetze, die nun in der britischen Öffentlichkeit und den Medien grassierten, lagen auch nicht die Toten, sondern die Tatsache zugrunde, dass die Terroristen Einheimische gewesen waren. Der erste Anschlag auf London war also nicht wie erwartet von irgendwelchen saudiarabischen Fanatikern aus Osama bin Ladens Gangsterbande verübt worden, sondern von britischen und sogar recht wohlgeratenen Jugendlichen. Sie selbst fand das nicht überraschend. Aber es war klar, dass dieses angebliche Mysterium eines der Hauptthemen in den kommenden beiden Sitzungen sein würde.

Sie war lieber zu Fuß gegangen, als sich von ihren britischen Gastgebern ein Taxi bestellen zu lassen. Von ihrem Hotel in St. James's Place war es nicht weit über die Themse, und für Juli war es in London nur mäßig kalt. Auf der Vauxhall Bridge blieb sie stehen und betrachtete das grüne und gelbweiße Gebäude, das an eine große arabische Hochzeitstorte erinnerte. Genau in der Mitte der Torte befanden sich die großen Sitzungssäle mit den hohen Fenstern, in denen das internationale Treffen stattfinden sollte. Zwei Stockwerke darüber lagen wie in einer Art Hochsitz oder Kanzel die Büros der Bosse. Von ihrem Standort auf der Brücke hätte sie ohne weiteres beide Ziele mit dem RPG, einem Granatgewehr, treffen, nachladen und noch einmal schießen können. Sie hätte die Waffe über das Brückengeländer geworfen und wäre denselben Weg zurückgerannt, den sie gekommen war, und wäre mit einer Wahrscheinlichkeit von ungefähr fünfzig Prozent davongekommen.

Die Welt war voller Terrorziele.

Außerdem war die Welt voller Ziele, die bedeutend besser waren als die, die sich Problemjugendliche im Nahen Osten und mittlerweile auch in Westeuropa aussuchten. Aber die westliche Welt und vor allem diese westlichen Experten da oben in den so leicht zu treffenden Sitzungssälen, waren Meister darin, die Gefährlichkeit des Feindes zu übertreiben. Ob das auf mangelhafter Geheimdienstarbeit und Naivität beruhte oder Absicht war, ließ sich nicht genau ausmachen.

Sie öffnete ihre Handtasche und kontrollierte zum letzten Mal Lippenstift und Lidschatten in einem Taschenspiegel mit goldenem Rahmen, dann zog sie den hellen italienischen Mantel enger zusammen und ging rasch das letzte Stück über die Brücke, umrundete das Haus und stand vor dem Diensteingang. Offensichtlich war sie am heutigen Tag die Einzige unter den Gästen, die diesen Weg wählte, denn es hatte sich keine Schlange gebildet. Auf einem Schild stand, man dürfe keine Fahrräder mit hineinnehmen, und hinter dem Panzerglas saß wieder so ein pensionierter Obergefreiter aus Her Majesty's Reitergarde, der natürlich sofort munter wurde, als er etwas so Verdächtiges wie eine dunkelhaarige und aller Wahrscheinlichkeit nach ausländische Frau entdeckte. Er herrschte sie an, sie möge sich bitte ausweisen.

Wortlos legte sie ihren gut gefälschten britischen Pass und die Einladung vom Chef vor. Der Obergefreite zwirbelte nachdenklich seinen Schnurrbart, während er ihre Papiere betrachtete.

»Brigadegeneral al-Husseini, stimmt das?«, brüllte er.

»Ja, Sir, das stimmt«, antwortete sie übertrieben leise und mit schüchtern gesenkten Lidern, ein Scherz, über den sie sich freute wie ein Kind.

»Einen Augenblick, Madame, Verzeihung, ich meine, Brigadegeneral. Routine, Sie wissen schon«, sagte der Obergefreite und griff zum Telefonhörer.

Drei Minuten später kamen zwei Gestalten in Nadelstreifen atemlos herunter und nahmen sie mit in die Sitzungsetage.

Die langwierigen Sitzungen des ersten Tages enttäuschten sie ganz und gar nicht. Es waren nämlich, genau wie sie erwartet hatte, eher religiöse Zusammenkünfte als Arbeitstreffen. Abgesehen von Kleidung, Sprache und einigen besonderen Ritualen war es ungefähr so wie bei der Hamas oder der Hisbollah. Vielleicht glich das Treffen auch eher einer Parodie auf die UNO – ein internationaler Kongress, der sich versammelt hatte, um über das Thema »Die fürchterliche terroristische Bedrohung, die unsere tägliche und unverbrüchlich loyale Zusammenarbeit erfordert« zu sprechen. Die seltsamsten Delegaten taten ihre Standpunkte kund, zum Beispiel Russen und Weißrussen, deren Verhältnis zum Terrorismus nüchtern betrachtet darin bestand, dass sie ihn energisch betrieben. Oder Schweden, Esten, Finnen, Norweger und Letten, die sich außerordentlich zu freuen schienen, dass sie an einer prestigeträchtigen internationalen Konferenz teilnehmen durften, und offenbar gar kein Interesse hatten, ihre Meinung zu sagen. Dies hier war Diplomatie und keine konkrete Aufklärungsarbeit.

Hier ging es nur um Anwesenheit. Sie saß hinter einem palästinensischen Fähnchen, nur wenige Meter entfernt vom israelischen Mossad. In nichts anderem bestand ihr Auftrag. Das Treffen war lediglich eines der vielen Symptome der globalen Neuordnung, die der 11. September eingeleitet hatte und die durch den neuerlichen Terroranschlag in der vergangenen Woche in London forciert worden war.

Sie saß die langen Sitzungen ab, ohne einzuschlafen und

ohne Grimassen zu ziehen oder an den falschen Stellen zu lachen. Beim Mittagessen landete sie neben einem Russen, der sie in einem holprigen Englisch davon zu überzeugen versuchte, dass Osama bin Laden hinter dem ganzen Ärger in Tschetschenien steckte. Sie verzichtete bewusst darauf, ihm zur Hilfe zu kommen, und wechselte nicht ins Russische.

Sir Evan Hunt war ein unzufriedener Chef. Bis vor kurzem war seine Karriere tadellos verlaufen, und gemäß den Plänen seiner lieben Gattin war er sogar geadelt worden. Doch anstatt Chef des gesamten Auslandsnachrichtendienstes MI6 zu werden, in den letzten Jahren durchaus Ziel seines Karriereplans, war er schräg hinaufgekickt worden. Nun war er stellvertretender Chef und Beauftragter für die internationale Zusammenarbeit. Man hatte ihm einzureden versucht, dieser Job sei in Anbetracht der Bedeutung internationaler Zusammenarbeit in einer veränderten Welt nach 9/11 der allerwichtigste Job im MI6. Der Kalte Krieg sei beendet, und somit wäre es auch weitgehend aus mit dem traditionellen Sport, in Osteuropa Agenten zu rekrutieren – aus und vorbei mit der ganzen feinen, alten Geheimniskrämerei. Und es sei ja bekannt, dass es Sir Evan missfiele, dass moderne nachrichtendienstliche Arbeit sich mehr auf die Technik als auf menschliche Quellen stütze. Außerdem agiere der neue Feind global, was einen Ausbau der internationalen Zusammenarbeit erfordere, blablabla, und der heutige Krieg sei asymmetrisch, blablabla – das übliche Geschwafel. Flugzeugträgergeschwader könnten nun mal keine Gruppe von religiösen Fanatikern daran hindern, auf Big Ben zu klettern und sich in die Luft zu sprengen.

Der konservative Sir Evan hielt den Kampf um die Rohstoffreserven auf der Erde, den *good old imperialism*, für bedeutend wichtiger als diese grassierende Panikkampagne wegen der

Terroranschläge. Doch obwohl seine Analyse auf einer drei-ßigjährigen Laufbahn im britischen Geheimdienst beruhte, war sie kaum dazu angetan, politische Entscheidungsträger zu beeindrucken, die lieber auf die Boulevardpresse hörten.

Es lag Sir Evan jedoch fern, seinem Ärger über diese falsche Gewichtung geheimdienstlicher Arbeit in den westlichen Staaten Luft zu machen, solange der unglückselige oder zumindest mäßig brillante George W. Bush dem Terrorismus den Kampf angesagt hatte. Ebenso wenig wäre ihm eingefallen, sich über das plötzliche Stagnieren seiner Laufbahn zu beklagen. Wenn sich die rechte Gelegenheit bot, würde er die Karriereleiter schon noch um ein paar Dienstgrade hochklettern. Und dafür war es unverzichtbar, nie als Jammerlappen dazustehen.

Folglich empfing er den ihm direkt unterstellten Verbindungsoffizier Lewis MacGregor in bester Laune, um nicht zu sagen enthusiastisch. Aus Erfahrung hielt er es für nötig, den jungen MacGregor auf das Treffen mit seinem palästinensischen Widerpart Mouna al-Husseini vorzubereiten. Ansonsten bestand das nicht unerhebliche Risiko, dass MacGregor zu tief in ihre dunklen Augen blickte und vergaß, wen er vor sich hatte.

»Eine Sache muss Ihnen verdammt klar sein, junger Mann«, begann Sir Evan. »Sie haben es nicht mit einer schönen Frau zu tun, jedenfalls nicht nur. Nebenbei ist sie nicht ganz Ihre Altersklasse. Aber in erster Linie ist sie eine mit allen Wassern gewaschene Mörderin. Ist das klar?«

»Ja, Sir, absolut«, antwortete MacGregor.

»Ich habe ihre Akte hier, die können Sie sich später angucken, obwohl sie wahrscheinlich unvollständig ist. Es dürfte jedoch daraus hervorgehen, dass wir es mit einer außerordentlich gebildeten Frau mit sehr langem Atem zu tun haben. Ihren ersten Israeli tötete sie im Alter von acht Jahren, sie hat in Gaza Handgranaten geworfen …, wurde von Mohammed Odeh, besser bekannt als Abu Daoud, persönlich entdeckt, dem Mann hinter dem Anschlag von München 1972, dem militärischen Vater des palästinensischen Geheimdienstes, wenn man die Sache vorsichtig ausdrücken möchte. Sie hat eng mit Ali Hassan Salameh zusammengearbeitet, der die Force 17 gründete und CIA-Verbindungsoffizier bei den Palästinensern war … ja, und so geht es weiter. Studium an der American University of Beirut … glauben Sie nicht, Sie könnten sich auf Ihre sprachliche Überlegenheit verlassen. Und dann Mord an … das ist vielleicht weniger interessant … dreijährige Ausbildung an einer russischen Spionageschule in Pjöngjang. Das klassische Zeug hat sie also drauf. Aber das Wichtigste ist wahrscheinlich … sie arbeitet schon seit längerem nicht mehr draußen bei Einsätzen, die Zeit der kleinen Morde hat sie sozusagen hinter sich. Sie hat sich im vergangenen Jahrzehnt im politischen Geheimdienst der PLO immer höhere Dienstgrade erworben. Obwohl sie eine Frau ist. Mag sein, dass man dem MI6 hin und wieder vorwirft, Frauen keine Chance zu geben, weil wir so ein … so eine Organisation sind … Aber eine Frau, die stellvertretende Chefin und Beauftragte für alle internationalen Verbindungen in einer arabischen Spionageorganisation wird, kann wahrlich kein Grünschnabel sein. Richtig?«

»Vollkommen richtig, Sir, ich muss Ihrer Analyse wirklich zustimmen, Sir«, antwortete der ziemlich geplättete MacGregor. Einerseits, weil er sich wie ein kleiner Junge behandeln lassen musste, obwohl er beachtliche Mühe darauf verwendet hatte, sich in Mouna al-Husseinis Akte einzulesen, und andererseits, weil man ihm beigebracht hatte, dass Frauen auch konnten, was Männer konnten. Eine Erkenntnis, die bei den älteren Kerlen in der Firma, solchen wie Sir Evan, noch nicht richtig angekommen war.

27

Aber trotz seiner guten Vorbereitung war MacGregor augenblicklich von ihrer Erscheinung in den Bann geschlagen, als die Tür aufging und sie auf ihn zukam. Natürlich hatte sich in ihrer Akte das eine oder andere körnige Schwarzweißfoto gefunden, Bilder von einer Soldatin mit Kufiya auf dem Kopf und in einer Uniform, die natürlich für einen Mann geschneidert war. Doch die Frau mittleren Alters, die nun in seinem Büro stand, sah wie eine Dame der spanischen oder italienischen Oberschicht aus. Jedenfalls mit Sicherheit nicht wie eine Berufsmörderin und schon gar nicht wie eine Kollegin, die ihm außerdem rangmäßig weit übergeordnet war. MacGregor war Captain der Reserve.

Mouna war auf das Treffen mit dem jungen MacGregor vollkommen unvorbereitet, sie hatte einen der alten Recken erwartet, die sich alle benahmen, aussahen und vor allem klangen wie Kabinettssekretäre im Außenministerium. Sie schlussfolgerte, man habe eine Art Trainee für sie ausgesucht, weil man die neue Zusammenarbeit mit den Palästinensern eher für symbolisch erachtete. Das war ihr ganz recht.

Während er hektisch seine britischen Höflichkeitsfloskeln herunterratterte, sah sie ihn sich genau an; sie wünschte Milch zum Tee und bat darum, wie es sich in der britischen Oberschicht aus irgendwelchen Gründen gehörte, dass man ihr die Milch zuerst servierte. Er machte einen netten und freundlichen Eindruck und wirkte mit seinen roten Haaren und seinem Akzent, wenn man es nicht sogar als Dialekt bezeichnen konnte, fast wie die Karikatur eines Schotten.

»Madame Brigadegeneral«, begann er nervös, als sie in ihren Teetassen rührten, »ich denke, wir haben lediglich zwei Punkte auf der Tagesordnung. Der eine berührt die Frage, wie der Geheimdienst Ihrer Majestät die PLO darin unterstützen kann, geplanten Terroraktionen im Nahen Osten vorzubeu-

28

gen. Der andere Punkt ist folglich, wie uns die PLO im Gegenzug mit Informationen über terroristische Aktivitäten auf britischem Territorium versorgen kann. Sind wir uns so weit einig, Brigadegeneral?«

»Ja, absolut«, antwortete sie mit aufrichtigem Lächeln. Die Sache würde viel einfacher werden, als sie erwartet hatte.

Sein Problem bestand darin, dass er den Anschein erwecken musste, ihre Zusammenarbeit habe etwas Gegenseitiges an sich; als könnten die Briten im Austausch gegen Informationen über eventuelle weitere Terroranschläge in Großbritannien irgendetwas liefern, was für die Palästinenser von Interesse war.

Mouna widerstand der Versuchung, eine ironische Bemerkung über die Durchschaubarkeit seines Vorschlags zu machen, und erklärte stattdessen ruhig und in sorgsam gewählten Worten – ihrer Erfahrung nach empfanden Männer Frauen, die langsam sprachen, als seriöser –, dass terroristische Aktivitäten in London, die von Palästinensern, Pakistanis, Immigranten der zweiten Generation oder anderen Personen ausgeführt würden, die man als »Muslime« bezeichnen könne, eines der größten Probleme der palästinensischen Freiheitsbewegung darstellten. Der freie palästinensische Staat in Gaza und im Westjordanland, also den Teilen, die nicht von den Israelis besetzt seien, könne sich nicht ohne kräftige internationale Unterstützung erheben. Vor allem von den USA und der EU erwarte man Hilfe. Jeder Terrorakt, egal in welchem Teil der Erde er sich ereigne, sogar unter den australischen Hippies an den Stränden Indonesiens, aber natürlich umso mehr in London, schwäche die diplomatische Rückendeckung für die Palästinenser. Folglich hätten die Palästinenser großes Interesse, weitere Terrorakte in London zu verhindern. Dieser Angelegenheit würde vom palästinensischen Geheimdienst momentan allerhöchste Priorität beige-

29

messen. Beinahe hätte sie bei der dicksten Lüge des Tages die Maske fallen lassen. Doch er kaufte ihr den Sermon ab und machte einen nahezu erleichterten Eindruck. Vermutlich hatte er mit einer der üblichen Kampagnen gerechnet, in denen die Vertreter von Dritte-Welt-Ländern mehr aus Prinzip denn mit ernsten Absichten darauf bestanden, dass man die Verhandlungen auf Augenhöhe führe. Um diese Peinlichkeit war er herumgekommen.

»Well, Captain MacGregor, dann sind wir ein Stück weiter«, seufzte sie erleichtert und in diesem Moment vollkommen aufrichtig. »Haben Sie etwas dagegen, wenn wir einige, sagen wir, bürokratische Probleme hinter uns bringen?«

Sie sah so entspannt aus, dass er nicht erkennen konnte, ob die schnellen Fortschritte, die ihr Gespräch machte, sie überraschten.

»Natürlich nicht, Madam Brigadegeneral«, antwortete er prompt. »Haben Sie an etwas Bestimmtes gedacht?«

»Ja, in der Tat. Wenn ich es richtig verstanden habe, bilden Sie und ich ab heute das Bindeglied zwischen der palästinensischen Befreiungsorganisation, der PLO, und dem Geheimdienst Ihrer Majestät, stimmt das?«

Sie betonte jede Silbe der formellen Bezeichnungen ihrer beider Organisationen und sprach sie mit deutlicher Ironie aus, was ihn ohne Zweifel amüsierte.

»Ganz richtig, Madam«, sagte er. »Sie sind die Frau des Präsidenten und ich der Mann der Königin. Aber worin besteht das Problem?«

Sie gab vor, besorgt zu sein: Schließlich existiere da ein kleines Hindernis. MacGregor arbeite für den MI6, den Teil des Geheimdienstes Ihrer Majestät, der sich nur mit Auslandsfragen beschäftige. Aber die eventuellen Kenntnisse der PLO bezüglich Problemen oder Bewegungen auf britischem Terrain beträfen natürlich eher den Inlandsdienst MI5.

Dies sei aus rein praktischer Perspektive vielleicht kein sehr günstiges Arrangement. Doch auf der anderen Seite gebe es Gesetze und Vorschriften, gegen die wohl nicht viel auszurichten sei.

Tja, in kritischen Situationen könne es zu fatalen Verzögerungen kommen, ehe die Informationen vom MI6 zum MI5 draußen im Feld weitergeleitet würden. Doch mit diesem möglicherweise bürokratischen, ja, zweifellos bürokratischen Nachteil werde man wohl leben müssen. Gesetze und Bestimmungen, so sei es eben.

Sie sah ihn betrübt an. Er tröstete sie damit, dass er am kommenden Tag die Ehre haben werde, ihr beim Höflichkeitsbesuch bei der Terrorabteilung des MI5 zur Seite stehen zu dürfen.

»Sehr gut. Dann lassen Sie uns über das morgige Treffen reden«, sagte sie.

»Selbstverständlich. Haben Sie bestimmte Wünsche?«

»Ja, das habe ich. Dies ist meine erste und vielleicht einzige Begegnung mit dem MI5, und ich wäre außerordentlich dankbar, wenn Sie dort anrufen und ankündigen könnten, dass ich gern eine Analyse unserer gemeinsamen Probleme aus Sicht der PLO in einem zwanzigminütigen Vortrag darstellen würde. Ich meine zwanzig Minuten, nicht einundzwanzig oder neunzehn, ohne unterbrochen zu werden. Die Vorgesetzten sollen selbst entscheiden, welche Angestellten mir zuhören dürfen. Hundert Personen oder zwei, das macht keinen Unterschied. Aber ich will meine zwanzig Minuten. Ich gehe davon aus, dass Sie als mein Verbindungsoffizier mich zu dem Treffen fahren?«

»Es wird mir eine Freude sein«, antwortete MacGregor, bevor ihm klar wurde, dass er auf einen der ältesten Überredungstricks der Welt hereingefallen war. Sie hatte zunächst eine unangemessene Forderung gestellt und dann eine kleine Frage angefügt, auf die er einfach mit Ja antworten musste. Sie stand auf, und er musste ihr als Gentleman in den eleganten Mantel helfen. Schließlich reichte sie ihm die Hand zum Abschied.

»Aber, Madame, ich bin nicht ganz sicher …«, setzte er an.

»Ich gehe davon aus, dass Sie mich um acht Uhr fünfzehn abholen«, fuhr sie unbeschwert fort, während sie an den weiten Ärmeln des Mantels zupfte. »Ich wohne im Duke's Hotel in St. James's Place, nicht ganz leicht zu finden, aber Sie werden es schon schaffen. Es war mir ein Vergnügen …«

»Gestatten Sie mir eine letzte Frage!«, startete er einen neuen Versuch, während er gleichzeitig ihren Abgang aus einem der am besten geschützten Gebäude in Großbritannien vorbereiten musste.

»Selbstverständlich«, log sie.

»Wenn es uns möglich wäre, Ihre zwanzigminütige Präsentation zu arrangieren, worüber würden Sie dann sprechen wollen?«

»Oh, nur über das Allerwichtigste«, sagte sie. »Zwei Dinge: Welchen ohnehin ungefährlichen Feinden widmet ihr euch, und welche wirklich gefährlichen Feinde macht ihr euch gerade? Mit *euch* meine ich Großbritannien. Wir sehen uns morgen!«

Er blieb eine Weile wie gelähmt hinter dem Schreibtisch sitzen. Ihm war, als müsse er erst mal verschnaufen. Es lag auf der Hand, dass diese Frau kein Grünschnabel war. Sir Evan hatte Bescheid gewusst. Und daraus konnte man schließen, dass sie nicht zum ersten Mal dabei war, dachte er und musste über seine eigene, nicht sonderlich scharfsinnige Schlussfolgerung lachen. Nicht zum ersten Mal war vermutlich die Untertreibung des Tages, wenn nicht des Monats.

Was ihm nun bevorstand, hatte er sich selbst eingebrockt. Da musste er durch. Seine wenig beneidenswerte Aufgabe be-

32

stand darin, seine mitunter auf groteske Weise feindseligen Kollegen beim MI5 anzurufen und zu versuchen, ihnen eine Tagesordnung für das morgige Treffen vorzuschreiben. Keine leichte Sache.

Im Gegensatz zu ihrem Partner Lewis MacGregor war Mouna al-Husseini außerordentlich gut gelaunt gewesen, als sie das hässliche, tortenähnliche Gebäude verlassen hatte. Labbrige alte Pistazien gemischt mit Humus, einem Püree aus Kichererbsen, dachte sie. Nach diesen Farben hatte sie gesucht. Merkwürdige Torte.

Die Hälfte des Weges hatte sie zurückgelegt. Nun brauchte morgen nur noch der MI5 anzubeißen. Dann wäre die große Operation, die größte aller Zeiten, wahrscheinlich in trockenen Tüchern.

Zuerst fuhr sie mit dem Taxi ins Hotel und zog sich eine Jeans und einen schwarzen Ledermantel aus einem spanischen Modehaus über, dessen Namen sie vergessen hatte. Dann schlenderte sie in die Stadt. Vom Duke's Hotel war es über die St. James's Street nur ein Katzensprung zum Piccadilly Circus. Es war fünf Uhr, und die Fußgänger rannten sie nahezu über den Haufen. Eine Unart der Londoner, die offensichtlich Angehörige aller Schichten pflegten. Sie wurde genauso oft von Pakistanis angerempelt wie von Männern mit Hut und Nadelstreifenanzug. So war das Leben in London eben. Es erinnerte sie an Tokio, aber London war früher anders gewesen, zumindest das London ihrer Kindheit.

Eine weitere Veränderung waren all die mehr oder minder sichtbaren Überwachungskameras. Wenn der charmante MacGregor oder, schlimmer noch, einer seiner Widersacher oder Kollegen oder einer seiner gegnerischen Kollegen, oder wie auch immer man diese verworrenen Beziehungen innerhalb des britischen Geheimdienstes bezeichnen sollte, sie nun mit den Kameras verfolgt hätte, seitdem sie das Hotel verlassen hatte, konnte man ihr Bild immer noch in irgendeiner Zentrale sehen. Nicht einmal in der U-Bahn war es mehr möglich, der Überwachung zu entgehen. Auch da unten funktionierte das System.

Wäre sie in London gewesen, um jemanden zu töten, hätte sie Schwierigkeiten gehabt. Aber die Zeiten waren vorbei. Nun hatte sie einen größeren Auftrag.

Sie betrat ein asiatisches Schnellrestaurant und nahm ein undefinierbares Fischgericht zu sich, bevor sie zur U-Bahn am Piccadilly Circus ging und mit der Piccadilly Line zum Finsbury Park fuhr. Die Fahrt dauerte gut zwanzig Minuten.

Sie nahm den falschen Ausgang und musste nach dem Weg zur Moschee fragen. Das Gebäude war relativ neu, wahrscheinlich aus den Siebzigern, ein roter Ziegelbau mit grünen Fensterrahmen, die seltsamerweise an die Farbe des Tortenhauses vom MI6 erinnerten, und einem weißen Minarett, das sich wie ein Schornstein an eine der Ziegelmauern drückte. Es war nicht besonders schön, und außerdem war die ursprünglich weiße Kuppel mit dem Halbmond von der verpesteten Londoner Luft grau geworden. Die Moschee schien geschlossen zu sein, und über dem verriegelten Tor hing deutlich sichtbar eine Überwachungskamera.

Hinter dem Gebäude setzte sie sich auf eine Bank. Schräg gegenüber lag ein Mietshaus aus den gleichen roten Ziegeln mit weißen Sprossenfenstern. Irgendwo da oben hatten sich vermutlich die Typen vom MI5 bei irgendeinem patriotischen Mitbürger eingemietet, um die Moschee rund um die Uhr überwachen zu können. Eine vollkommen idiotische Aktion, besonders wenn man bedachte, was Überstunden in Westeuropa kosteten.

Komischerweise – jedenfalls war es typisch englisch – hatte die *Charity Commission* die Schließung der Moschee verfügt. Weder die Polizei noch ein anderes Regierungsorgan, geschweige denn der MI5 (wo die Entscheidung vermutlich in Wirklichkeit getroffen worden war) hätten es gewagt, offiziell eine Moschee dicht zu machen. Aber der Wohltätigkeitskommission waren in einem kultivierten Gespräch die Wünsche der staatlichen Stellen dargelegt worden. Anschließend hatte die Wohltätigkeitskommission in guter demokratischer Weise und bestem englischen Geist das Problem genau analysiert und war zu dem Schluss gekommen, dass sich im Kreis der Moschee in Finsbury Park Personen bewegten, die Wohltätigkeit in einem Sinne betrieben, der irgendeiner Regel aus dem viktorianischen England des neunzehnten Jahrhunderts widersprach, in der es um »Anstand« und »gute christliche Absichten« ging.

Diesen ganzen Aufwand, all diese ausgeklügelten bürokratischen Winkelzüge hatten die britischen Behörden auf sich genommen, um eine einzige Moschee zu schließen und einen einzigen lästigen Agitator zum Schweigen zu bringen.

Nein, natürlich war er mehr als nur lästig. Als selbst ernannter Imam (bevor die Stimme Gottes an sein Ohr drang, hatte er als Rausschmeißer in einer Kneipe gearbeitet) stand Abu Hamza für fast alles, was den palästinensischen Widerstandskampf untergrub. Wäre sie zwanzig Jahre jünger gewesen, hätte sie ernsthaft erwogen, ein Team zu ihm zu schicken, um ihm ein für alle Mal das Maul zu stopfen. In Zeiten der weltweiten Kampagne, die sich Krieg gegen den Terror nannte, wurde ein einzelner Mann wie Abu Hamza in Finsbury Park zu einer ebenso großen Belastung wie eine fehlgeleitete Terroraktion. Außerdem repräsentierte er alles, was Mouna ihr Leben lang gehasst hatte: religiösen Eifer und die Vorstellung, Gott habe manchen Menschen das Recht gegeben, andere zu töten oder ihnen ihr Land zu stehlen, und würde sie dafür auch noch im Paradies belohnen.

Bezeichnenderweise hatte sich Abu Hamza zu Beginn seiner Karriere durch krude Ansichten zum Thema Diebstahl hervorgetan. Er hatte gepredigt, der Rechtgläubige dürfe englische Banken bestehlen. Mit dem Zitat »*Take, shoot and loot*« (»Bedient euch, schießt und plündert«) wurde er bekannt. Da die britische Boulevardpresse solche Moslems liebte und Abu Hamza jegliche Art von Aufmerksamkeit schätzte, entstand zwischen den Medien und dem mittelmäßigen Hassprediger eine natürliche Symbiose. Außerdem war er fotogen, weil er halbblind war und, seitdem er beide Hände bei einer Explosion verloren hatte, Eisenhaken an den Armstümpfen trug. Laut seiner eigenen Aussage rührte diese Verletzung von seinem heldenhaften Einsatz als Freiwilliger in Afghanistan her, wo er angeblich Landminen von Kinderspielplätzen entfernt hatte. Wahrscheinlich hatte sich das Unglück aber bei dem Versuch ereignet, eine Bombe zu basteln. Jedenfalls hatte Abu Hamza eine durchschlagende mediale Wirkung. Er war das nahezu perfekte Feindbild.

Und Idioten dieses Schlages zogen Gleichgesinnte an. Ein Mann, der von den amerikanischen Behörden trotz seiner offensichtlichen Geisteskrankheit »Der zwanzigste Flugzeugentführer« genannt wurde, ein gewisser Zacarias Moussaoui, hatte Abu Hamza in Finsbury Park besucht.

Bei diesem Zusammentreffen habe Moussaoui angeblich den göttlichen Auftrag erhalten, hieß es. Allerdings hatten ihm die so ungeheuer gut informierte internationale Presse und die amerikanischen Behörden, die ihn später gefasst und vor Gericht gestellt hatten, die rein praktischen Konsequenzen seiner Bekehrung gar nicht nachweisen können.

Gleich zu Beginn des Gerichtsverfahrens in den USA verlangte er für sich selbst die Todesstrafe. Mit der Begründung, er sei unschuldig. Als sein Anwalt einwandte, man habe es offensichtlich mit einem Verrückten zu tun, entließ er den

Anwalt – mit Zustimmung des Gerichts. Anschließend beschrieb er sich als treuesten Mann von Osama bin Laden und erhielt eine lebenslängliche Gefängnisstrafe in strenger Isolationshaft.

Eine ähnliche göttliche Erweckung wurde dem sogenannten Schuhbomber, dem Briten Richard Reid, zuteil, der mit ausreichend Sprengstoff an Bord eines Flugzeugs gegangen war, um mindestens eine Brandblase am Fuß zu riskieren. Aufgrund seiner Zeugenaussage zu Abu Hamzas göttlichen Vermittlungstätigkeiten kam er mit zwanzig Jahren Gefängnis davon.

Und als Abu Hamza zu seinem Entzücken endlich selbst vom MI5 geschnappt wurde, behauptete er, der Anführer einer Organisation zu sein, die sich »Anhänger der Scharia« nannte. Selbst die hitzigsten Kriegsreporter der britischen Presse mussten zugeben, dass weniger als zweihundert von den zwei Millionen Londoner Muslimen Mitglieder dieser Horde von Fanatikern waren.

Für irgendetwas würde er mit Sicherheit verurteilt werden. Im Moment saß er im Belmarsh-Gefängnis und hatte eine Anklageschrift mit sechzehn Punkten am Hals. Zum Beispiel »Aufwiegeln von Versammlungsteilnehmern zum Mord an Nicht-Muslimen, besonders Juden« oder »einschüchterndes, verunglimpfendes oder verletzendes Auftreten in der Absicht, zum Rassenhass aufzustacheln«.

Wessen Feind also war Abu Hamza? In erster Linie ihr Feind.

Und es gab keinen Zweifel daran, wie ihre alten russischen Spionagedozenten in Pjöngjang die Situation beurteilt hätten.

Zuerst hätten sie, im Sinne der alten Römer, gefragt: Cui bono – wem nützt es?

Die russischen Dozenten hätten dann dargelegt, dass Abu

Hamza im eigenen Interesse handle, vorausgesetzt, er sei tatsächlich so verrückt, wie er sich gab.

Außerdem musste er im Interesse des MI5 handeln. Ein Sicherheitsdienst benötigte einige prominente Feinde und ganz besonders solche, die man vor den Augen der Öffentlichkeit unschädlich machen konnte. Wenn Abu Hamza kein Wahnsinniger war, der sich selbst erfunden hatte, musste der MI5 zumindest das Bedürfnis gehabt haben, ihn zu erfinden.

Aber so eine schematische Analyse erschien Mouna viel zu russisch und konservativ. Die Russen waren nie gezwungen gewesen, mit einer freien Presse und unterschiedlichen politischen Parteien zu operieren. Im Westen gab es Journalisten, die ihre Zeitungen verkaufen wollten, indem sie ihren Lesern mit Tod und Zerstörung drohten, und Politiker, die Stärke zeigen mussten, indem sie Gesetze gegen falsche Gottesbegriffe erließen oder sich für den großen Lauschangriff aussprachen. Da brauchte man viele Abu Hamzas.

All das war sehr unerfreulich und praktisch nicht zu beeinflussen. Auch wenn Abu Hamza und seinesgleichen ihre Hauptfeinde waren, konnte sie ihn nicht erschießen lassen. Nicht nur politische Probleme – wie den Verwicklungen im Falle einer Festnahme –, sondern auch ethische Erwägungen spielten eine Rolle.

Manchmal empfand sie sich schmerzhaft machtlos gegen all diesen Wahnwitz des religiösen Fanatismus, der in der gesamten westlichen Welt den Widerstandskampf in Verruf brachte. Ein einziger Hassprediger in London hatte mehr Gewicht als die israelische Besetzung von Palästina oder die Okkupation des Iraks durch die USA oder ein Angriff auf den Iran, den man in Washington bereits vorbereitete und zu dessen Rechtfertigung man lapidar auf die mögliche atomare Bedrohung durch die Mullahs verwies.

Es war sinnlos, sich bei ihren westlichen Kollegen zu beklagen. Bevor sie dazu käme, etwas zu erklären, würde man demonstrativ entnervte Gesichter aufsetzen und beginnen, sich über Politik und den ganzen hochtrabenden Quatsch zu mokieren.

Dennoch würde sie, auch um zu provozieren, diesen Gedankengang morgen beim MI5 vortragen. Abu Hamza war ihr Feind und ein Freund des britischen Sicherheitsdienstes. Eins war klar: Egal, wie gut sie eine solche Analyse verpackte, sie würden wütend reagieren. Doch das war in gewisser Weise Absicht, es war ein Teil des Köders.

Ihr war aber klar, dass sie manche Formulierungen mildern und einige Sarkasmen weglassen musste. Ihr Notebook wartete schon im Hotelzimmer auf sie. Einige Änderungen am Vortrag würden noch nötig sein. Es wurde gerade erst dunkel, und sie freute sich auf eine Beschäftigung, die weniger deprimierend war als das westliche Nachrichtenprogramm.

Im Hinblick auf den Teil ihres Vortrags, der sich mit den Brüdern Husseini beschäftigen würde, dem wichtigsten Grund für ihre Reise nach London und das Treffen mit ihren feindlichen Alliierten, fühlte sie sich sicherer. Er war gut vorbereitet. Hier musste sie keine Änderungen in letzter Sekunde vornehmen.

Der beige und rote Teppichboden hatte ein geometrisches Muster und eingewebte Gebetsteppiche, die nach Mekka ausgerichtet waren. Der zwanzig mal zwanzig Meter große Raum war momentan leer. Die Kuppel war blau und golden mit Fensterbögen im umayyadischen Stil, wenn er sich nicht irrte. Im unteren Teil der Kuppel befand sich ein Ring aus kleinen Fenstern mit blau gefärbtem Glas – einfach und stilvoll.

Die Moschee hier im Regent's Park trug den fantasielosen Namen Zentralmoschee, war aber immerhin tatsächlich die

39

größte in London. Grün eingebettet in eine Ecke des Parks lag sie außerdem ganz hübsch.

Als er hereinkam, verspürte er augenblicklich Frieden, es war geradezu rätselhaft. An seinem Arbeitsplatz dröhnte ständig laute Musik, und sein Inneres war immer in Aufruhr. Er musste bald etwas tun, nicht nur reden. Er musste hart zurückschlagen. Und er suchte nach Ratschlägen, die er in der Gesellschaft, in der er aufgewachsen war, niemals bekommen hätte.

Er war kein großer Moslem, das musste er zugeben. Sein älterer Bruder hatte ihn gedrängt, den neuen jungen Imam Abu Ghassan aufzusuchen. Auch sein Arabisch war schlecht. Seit seiner Jugend, als seine Eltern sich hatten scheiden lassen und sein Vater eine Engländerin geheiratet hatte, von der man Dinge berichten konnte, die in einem Gotteshaus unpassend waren, war ihm die Sprache nicht mehr über die Lippen gekommen.

Er wusste – rein praktisch – nicht, wie man betete, wann man aufstehen und wann man vornübergebeugt in der demütigen Haltung knien sollte, die die Engländer so gern in abscheulichen Karikaturen ins Lächerliche zogen.

Und dennoch: Das hier war der einzige Ort in London, wo er augenblicklich Frieden fand, wenn er mit wirren Haaren und wild klopfendem Herzen angestürmt kam, in der festen Überzeugung sofort zurückschlagen zu müssen.

In keinem anderen Zusammenhang hatte das Wort Frieden für ihn eine Bedeutung. Draußen benutzte er es höchstens ironisch.

Hier drinnen waren seine Gedanken klar und rein, und das konnte nur an Gottes Anwesenheit liegen. Eine Erkenntnis die vollkommen neu für ihn war. In der Kapelle seines alten Internats hatte er mit Sicherheit Tausende von Gottesdiensten an all den christlichen Feiertagen abgesessen, ohne sich

unter Gott jemals etwas anderes als einen Teil dessen vorstellen zu können, was man gute Erziehung nannte. In Cambridge war es genauso gewesen. Gott war, wenn man so
wollte, eine noch frische Bekanntschaft.

Er war absichtlich eine halbe Stunde vor dem Treffen gekommen, um ein wenig dasitzen und seine Gedanken ordnen zu können. Die neue Bekanntschaft verwirrte ihn, auch
das musste er zugeben. Aber wenn er daran zurückdachte,
wie er vor 9/11 gewesen war, konnte er seinen damaligen Zustand ebenfalls nur als wirr bezeichnen.

Wut und Hass hatten ihn in das Gotteshaus getrieben, und
das war, wenn man es so aufrichtig und ohne Beschönigung
ausdrückte, vollkommen unangemessen.

Er hoffte, dass auch Ibra vor dem vereinbarten Zeitpunkt
eintreffen würde, denn für ihn war es das erste Mal.

Es sei nicht schwer, zur Moschee zu gehen. Man könne
einfach hineingehen, hatte er seinem etwas misstrauischen
Freund erklärt, der offenbar Wächter, Ausweiskontrollen,
Metalldetektoren, Überwachungskameras und all die anderen Dinge vermutete, die mittlerweile das tägliche Leben
prägten. Man müsse nur über den weiß gepflasterten Hof
spazieren, seine Schuhe in den Regalen abstellen, hineingehen und sich setzen. Niemand würde Fragen stellen, niemand würde sich wundern.

Wie erwartet sah Ibra misstrauisch und eingeschüchtert
aus, als er sich durch den Haupteingang zwängte – so, als
hätte er ein schlechtes Gewissen, weil er überhaupt hier ein-
drang, oder noch schlimmer, weil er daran zweifelte, dass er
das Recht dazu hatte. Er schien erleichtert, als er seinen
Freund entdeckte.

»Hey, Marw, was ist los?«, begrüßte ihn Ibra mit flatternden Lidern und ließ seinen Blick über ein paar kleine Gruppen von Männern wandern, die sich an den Wänden flüs-

ternd unterhielten. Einige hatten auf Buchstützen aus Holz einen aufgeschlagenen Koran vor sich.

»Man könnte fast sagen, Frieden, Bruder«, antwortete Marw. »Gut, dass du nicht zu spät gekommen bist. Dieser Imam, von dem ich dir erzählt habe, Abu Ghassan, kommt immer pünktlich auf die Minute.«

Sie saßen eine Weile bemüht schweigend da. Auch Ibra schien von Frieden erfüllt, seitdem er die Moschee betreten hatte. All ihre heißen Diskussionen bei der Arbeit und all ihre Gedanken über die Notwendigkeit, etwas Großes zu machen, wurden von der Stille hier drinnen gedämpft.

Der Imam kam wirklich auf die Sekunde genau. Er war in ihrem Alter, ziemlich groß und hatte einen durchtrainierten Körper, als ginge er wie jeder andere ins Fitnessstudio. Allerdings hatte er Narben im Gesicht, die erschreckend ausgesehen hätten, wenn seine Augen nicht gewesen wären. Mehr noch als seine religiöse Tracht ließ sein milder und humorvoller Blick ihn als denjenigen erscheinen, der er war.

Marw konnte seine englischen Reflexe, all das, was der Feind ihm ins Gehirn gepflanzt hatte, nicht unterdrücken und stellte die beiden Männer einander in der richtigen Reihenfolge vor.

Sie setzten sich an die Wand, und der Imam stellte den Koran, den er unter dem Arm getragen hatte, auf eine Buchstütze. Dann forderte er sie auf, still dafür zu beten, dass Gott ihr Gespräch leiten möge. Ohne besonderen Aufwand oder bestimmte Gebärden, sollten sie einfach ihre Handflächen mit ausgestreckten Armen nach oben halten.

Beide gaben sich aufrichtig Mühe.

Dann kam er direkt zur Sache und stellte ihnen einige Fragen, die wenig Raum für Ausflüchte ließen. Suchten sie Gott, weil man ihnen Unrecht getan hatte? Wollten sie Gott dienen, indem sie ihre Feinde bekämpften? Oder, etwas edler, indem sie die Feinde des Islam bekämpften? Und ob sie etwa glaubten, dass Gott an einer solchen Einstellung Gefallen fände?

Nüchtern betrachtet blieb ihnen nichts anderes übrig, als zuzugeben, dass es so war. Sie hatten sich gemeinsam einige Gedanken zum Dschihad gemacht, und wenn ihnen jemand anders als dieser ernste und gleichaltrige Imam die Fragen gestellt hätte, hätten sie sich vermutlich auf das dünne Eis begeben und sogar ihren Glauben beschrieben, der die meisten Engländer in Angst und Schrecken versetzte.

Doch hier taugte ihr religiöser Eifer nicht, nun mussten sie politisch und psychologisch argumentieren. Wenn man 9/11 mit der Explosion einer Atombombe vergleichen wolle, begann Ibra, dann habe man zunächst nur eine für alle wahrnehmbare Druckwelle gespürt. Inzwischen könne man die Langzeiteffekte beobachten: die verheerende Wirkung der freigesetzten Strahlung, die über große Entfernungen und einen langen Zeitraum alles und jeden töte.

Vor nicht allzu langer Zeit hätten die Gegensätze innerhalb der britischen Gesellschaft auf der Hautfarbe beruht. Nun komme es auf die Religion an. Jetzt hätten sich sogar die Sikhs, die Typen mit dem Turban, mit den Faschisten aus der Nationalen Front zusammengetan, um den bösen Islam zu bekämpfen. Und die einstigen Rassisten aus der Nationalen Front fänden das in Ordnung.

Man merke die Veränderungen, die Strahlung, auch im Kleinen, meinte Marw. Er und Ibra hätten in den letzten Jahren immer häufiger versteckte Andeutungen zu hören bekommen. Anfänglich seien es Witzeleien gewesen, später immer häufiger offen rassistische Kommentare hinzugekommen.

Und man müsse bedenken, dass es sich in ihrem Fall um hoch qualifizierte Arbeitsplätze handele. Sie seien extrem gut ausgebildet. Das Durchschnittsgehalt in der Firma läge, wenn man von den Sekretärinnen absah, bei dreihunderttausend Pfund.

Seit Londons 9/11, dem Anschlag vor zwei Wochen, sei es nahezu unerträglich geworden. Am liebsten hätten sie ihren Kollegen ins Gesicht geschrien, dass diese Schüler aus Leeds ihr Leben immerhin für eine Sache geopfert hatten, an die sie glaubten. Nicht aus kalkulierten politischen Gründen, nicht um sich zu bereichern, sondern einfach, weil sie die Schnauze voll hatten und verzweifelt waren. Sie hätten sich zur Wehr setzen und in diesem sogenannten Krieg gegen den Terror eine Gegenattacke starten wollen, und das würde, verdammt noch mal, Respekt verdienen. Allerdings wäre es äußerst unklug gewesen, diese Meinung laut zu äußern. Und nicht laut sagen zu können, was man denke, sei unerträglich.

So ging es eine Weile, anfangs eifrig und mit vielen, auch drastischen Worten, da sie beide es gewohnt waren, sich gewandt auszudrücken.

Der Imam hatte ihnen nur schweigend und ohne Anzeichen von Ungeduld gelauscht. Er hatte überhaupt keine Reaktion gezeigt, und das verunsicherte sie zunehmend und ließ sie schließlich ganz verstummen.

»Wollt ihr für das Seelenheil dieser Jugendlichen beten?«, fragte der Imam, als Marw und Ibra nichts mehr zu sagen hatten. Sie nickten zögerlich.

»Das könnt ihr natürlich tun. Gott ist barmherzig, er vergibt, und diese Gymnasiasten sind mehr aus Dummheit als für ihre hohen Prinzipien gestorben. Ihre Dummheit, die uns allen geschadet und die giftige Strahlung verstärkt hat, von der ihr gesprochen habt, diese Dummheit ist ihre einzige Entschuldigung. Aber ihr beide könnt euch nicht auf Dummheit berufen, von euch muss sich Gott viel mehr erwarten.

Du, Bruder Marw, wie du dich nennst, ich nehme an, du heißt Marwan, schlag die sechzigste Sure auf, al-Mumtahina, ›Die Geprüfte‹, und lies mir bitte den achten Vers vor.«

Langsam schob er den aufgestellten Koran zu Marwan hinüber, der eine ganze Weile nervös suchte, bis er die richtige Stelle gefunden hatte. Dann las er, etwas holprig zwar, aber dennoch verständlich – so hoffte er zumindest:

Nicht verbietet euch Allah gegen die, die nicht in Sachen des Glaubens gegen euch gestritten oder euch aus euern Häusern getrieben haben, gütig und gerecht zu sein. Siehe, Allah liebt die gerecht Handelnden.

»Nun, ziemlich gut gelesen, Marwan«, sagte der Imam und nickte bedächtig, als wolle er ihnen Zeit geben, die Worte auf sich wirken zu lassen. »Darf ich fragen, ob einer von euch zufällig Palästinenser ist?«

Beide streckten die Hand hoch.

»Das habe ich mir gedacht«, fuhr der Imam fort. »Ihr *sollt* die lieben, die euch *nicht* aus Palästina vertrieben haben. Das steht da. Und ihr sollt diejenigen lieben, die uns nicht aufgrund unseres Glaubens bekämpfen. Die Jugendlichen aus Leeds haben eine schwere Sünde begangen. Wie viele von den zweiundfünfzig Londonern, die sterben mussten, haben uns denn aus unserer Heimat vertrieben und unseren Glauben bekämpft? Drei? Möglicherweise zehn? Und die anderen?«

»Sind Sie auch Palästinenser, Abu Ghassan?« Ibra versuchte Zeit zu gewinnen.

»Ja, ich bin Palästinenser. Ich habe zehn Jahre in einem israelischen Gefängnis gesessen, übrigens mit keiner anderen Lektüre als dem Koran. Daher meine Kleidung und die Narben. Aber ihr sollt meiner Frage nicht ausweichen«, antwortete der Imam schnell. »Wie viele von diesen Londonern haben laut Gottes Wort den Tod verdient?«

»So, wie Sie die Frage stellen, rein theoretisch, niemand?

Aber gegen wen soll sich der Ohnmächtige wehren?«, fragte Ibra.

»Man nennt dich Ibra, aber du heißt doch Ibrahim, oder? Bedenke, dass du nach einem großen Propheten und geistigen Führer benannt wurdest.«

»Sollen wir uns denn nicht wehren?«

»Doch, das sollen wir manchmal. Wenn es gerechtfertigt ist. Aber nicht so wie am 7. Juli. Schlagt jetzt die neunundzwanzigste Sure, Vers neunundsechzig auf!«

Ibrahim tat, was ihm gesagt worden war, machte aber ein enttäuschtes Gesicht. Er war in Gottes Haus gekommen, um ein tröstendes Wort zu hören, das ihn zu Taten ermunterte, aber jetzt schien das Ganze in eine vollkommen andere Richtung zu laufen, fast wie im Christentum. Er fand jedoch schnell den Vers und las ihn deutlich besser vor, als es Marwan gelungen war.

Und diejenigen, die für uns eiferten, wahrlich, leiten wollen Wir sie auf Unsern Wegen; siehe, Allah ist wahrlich mit denen, die recht handeln.

Der Imam saß eine Weile schweigend da.

»Liebe Brüder, ich kann das Feuer verstehen, das in euren Herzen brennt. Ich spüre es selbst. Ihr wollt für unsere Sache kämpfen, und das ist gut und richtig. Aber bei euren sicherlich ganz besonderen Begabungen wäre es nicht nur eine Dummheit, sondern eine Sünde, U-Bahnen in die Luft zu sprengen. Gott könnte euch nicht so leicht vergeben wie den Gymnasiasten aus Leeds, das glaube ich euch in aller Demut garantieren zu können. Ihr beide müsst unbedingt auf den Augenblick warten, in dem Gott euch zu etwas Großem beruft.«

»Aber wann tut er es?«, fragte Marwan.

»Vielleicht morgen, vielleicht nie, was weiß ich?«, gab der Imam amüsiert zurück. »Gott hat euch beiden große intellektuelle Gaben verliehen, und deshalb seid ihr es ihm schuldig, diese Gaben zu benutzen. Geht nun und denkt über meine Worte nach. Wenn ihr in meinem Namen oder dem der Palästinenser, der Iraker oder meinetwegen aller Muslime Rache üben wollt, braucht ihr nicht zurückzukommen. Kommt wieder, wenn ihr davon überzeugt seid, dass ich euch helfen kann, Allah und somit den rechten Weg zu der Tat zu finden, zu der Er gerade euch berufen will.«

Sie standen auf und verbeugten sich, und der Imam kritzelte noch einen Koranvers auf ein Stück Papier, 2:218, der ihm auf ihr Ansinnen zu passen schien.

Siehe sie, die da glauben und auswandern und streiten in Allahs Weg, sie mögen hoffen auf Allahs Barmherzigkeit, denn Allah ist verzeihend und barmherzig.

Der Koran ist wirklich eine wunderbare Schrift, dachte der Imam, als er den grübelnden und leicht bedrückten jungen Männern hinterherblickte, die auf der Suche nach einem Grund zu kämpfen mit so brennendem Geist in das Haus Gottes gekommen waren. Wenn man den Koran auswendig gelernt hatte, konnte man für alles einen Beweis finden.

Er war sich ziemlich sicher, dass er sie nun für eine größere göttliche Tat gewinnen konnte, als die beiden sich je vorgestellt hatten. Die Operation verlief nach Plan.

Lewis MacGregor kam pünktlich auf die Minute mit dem Taxi an, als Mouna das Hotel verließ. Sie stieg in den Wagen, noch bevor er ihr die Tür hatte öffnen können. Sie begrüßte ihn knapp, klopfte bedeutungsvoll auf das grün schimmernde Panzerglas des falschen Taxis und lehnte sich zurück.

»Die Firma hält es für praktisch, bei gewissen Fahrten die anonymsten Wagen Londons zu benutzen«, erklärte er.

»Ausgezeichnet, ich nehme also an, der Fahrer ist einer von uns«, ohne den Fahrer oder MacGregor eines Blickes zu würdigen. Ihre Angespanntheit verwunderte ihn. Oder war es reine Morgenmuffeligkeit, dass sie nicht im Geringsten auf Konversation bedacht zu sein schien.

Er betrachtete sie heimlich. Sie war etwas eleganter gekleidet als bei ihrer ersten Begegnung, aber er war sich bei solchen Sachen nie ganz sicher. Sie trug ein eng anliegendes Kostüm in Hellgrün, laut MacGregors Ehefrau die Farbe der Saison, und eine graue Seidenbluse mit einem – wenn man bedachte, dass sie … Muslimin war – erstaunlich tiefem Ausschnitt. Über ihren Schultern hing ein lockeres Kaschmirtuch in warmen Herbstfarben, ihre schwarzen Schuhe hatten einen kleinen silberfarbenen Absatz, und in einer edel gealterten Aktentasche von Mulberry schien sie ein Notebook mit sich zu führen. Spätestens an der Sicherheitskontrolle würde es sich herausstellen.

Sie sah aus, als wäre sie zwischen vierzig und fünfundvierzig, aber MacGregor wusste, dass sie ein paar Jahre älter war. Er versuchte herauszufinden, weshalb sie jünger erschien. Sie hatte keine übermäßig schmale Taille, soweit er das durch die gut geschnittene Jacke beurteilen konnte, aber auch kein überschüssiges Gramm Fett. Sie war wohlproportioniert und machte anscheinend auch Krafttraining, was angesichts ihres angeblichen Rückzugs aus aktiven Operationen ein etwas unheimlicher Gedanke war. Wer nach langem und treuem Dienst hinter dem Schreibtisch landete, veränderte sich körperlich meist schnell. In diesem Punkt galt für Männer wie Frauen dasselbe. Sie dagegen hatte ihr Fitnesstraining offenbar auf hohem Niveau beibehalten.

Dafür konnte es verschiedene und zudem ganz einfache Erklärungen geben. Geheimdienstoffiziere waren nicht weniger eitel als andere Menschen. Und ein schlanker Körper wurde allgemein als schöner erachtet. Er war der Letzte, der sich darüber Gedanken machen musste, denn er verbrachte selbst einen Großteil seiner Arbeitszeit im Fitnessstudio des MI6 im zweiten Stock.

Wie vorausberechnet dauerte die Taxifahrt eine halbe Stunde. Sie sagte kein einziges Wort und wirkte nun überhaupt nicht mehr morgenmufflig, sondern verbissen.

Die zuständige Abteilung des MI5 befand sich in einem Bürogebäude an der Knightsbridge, genau gegenüber von den Kensington Gardens. Auf den Türschildern stand irgendetwas von Import und Export. Dieses Arrangement gefiel ihr, es war genau wie in der guten, alten Zeit. Und im Übrigen war ihr eigenes Hauptbüro in Tunis genauso getarnt.

Nachdem sie einen kalten Raum betreten hatten, in dem sich die Rezeption und fürchterliche moderne Kunst befanden, sah es immer noch aus wie in irgendeiner Firma. Dann aber wurden sie umgehend zu einer zweiten Rezeption geleitet, wo es etwas anders zuging. Es gab Durchleuchtungsgeräte, Metallschranken und uniformiertes Sicherheitspersonal, das ihren Computer mit einer Sorgfalt untersuchte, die sie leicht übertrieben fand.

In den Räumen dahinter dominierte modernste Technik: Sie gingen an blinkenden Bildschirmen und Angestellten mit futuristischen Headsets vorbei, bis sie zu einem Versammlungssaal gelangten, der ganz in Chrom und hellblauen Farben eingerichtet war.

Etwa dreißig Personen erwarteten sie bereits, darunter zwei Männer, die aussahen, als wären sie die Chefs. Der Empfang war alles andere als freundlich. Der Kleidungsstil der Anwesenden schien vor allem daran orientiert, nicht mit den Maßanzugträgern vom MI6 verwechselt zu werden. Dazu passend erhob sich niemand, als der weibliche Gast eintrat. Ganz hinten saßen einige bärtige Gestalten mit Jeans, Sonnenbrillen und amerikanischen Baseballkappen. Sir Evan Hunt vom MI6 wäre bei diesem Anblick in Ohnmacht gefallen.

Die beiden Chefs trugen zu ihren Jeans immerhin Tweed-jacketts und notdürftig geknotete Krawatten.

Sie hießen Pete und Webber, der eine war kurzhaarig, und der andere hatte eine lange Hippiefrisur. Höflich reichten sie ihr die Hand, wiesen ohne Umschweife zum Rednerpult und ließen sich mit einer andächtigen Aufmerksamkeit, die unverhohlen höhnisch war, auf ihren eigenen Plätzen nieder. Vereinzeltes Kichern unterstrich die Ironie. Mouna nahm an, dass sie dies in Kauf nehmen musste, weil sie dem MI5 durch seinen großen Bruder MI6 hatte vorschreiben lassen, wie das Treffen ablaufen sollte.

Auf dem Weg zum Rednerpult überlegte sie, dass sie die einleitende Passage noch stärker kürzen musste, als sie es bereits am Vorabend im Hotel getan hatte. Dieses Publikum war ihr von Anfang an feindlich gesinnt. Vielleicht sollte sie es eher mit Ironie und Humor versuchen, auch wenn das nicht gerade ihre stärkste Seite war.

Sie wartete, bis der Saal verstummt war, und legte dann sofort dar, warum der MI5 womöglich mehr Terroristen erzeugte, als er fing. Ausgangspunkt ihrer Argumentation war ein ägyptischer Offizierssohn namens Mustafa Kamel Mustafa aus Alexandria, der das Licht Gottes relativ spät im Leben geschaut hatte, nachdem er unter anderem eine Karriere als Rausschmeißer in einer Kneipe in Soho und eine Ehe garantiert nichtreligiöser Natur mit einer Engländerin namens Valerie Fleming hinter sich hatte. Mit anderen Worten, ein Mann aus Finsbury Park, der besser unter dem Namen Abu Hamza bekannt war.

Die folgenden Ausführungen über die Spielchen zwischen Medien, Politikern und folgsamen Beamten liefen passabel, mehr nicht. Der ein oder andere Seufzer machte ihr klar, dass es ungeschickt war, vor Leuten über Politik zu reden, die die Beschäftigung mit Politik prinzipiell ablehnten. Fast alle ihre

50

westlichen Kollegen waren der Meinung, die von ihnen aus-
geübte Tätigkeit sei eine analytische Wissenschaft, obwohl
Sicherheits- und Nachrichtendienste ganz offensichtlich als
Instrumente der Politik fungierten.

Aber Sturheit war hier die vollkommen falsche Taktik,
stattdessen musste sie noch schneller als beabsichtigt zu
ihrer wichtigsten Botschaft übergehen.

»Und damit, meine Herren«, sagte sie und machte eine
lange Kunstpause, »kommen wir zu Ihrem ärgsten Feind, den
Sie nicht sehen, den Sie unterschätzen und dem gegenüber
Sie sich im schlimmsten Fall machtlos fühlen. Ja, ich spreche
immer noch über unser großes gemeinsames Problem, den
potenziellen einheimischen Terrorismus in Großbritannien.
Meine Darstellung beginnt zwar 1917, aber ich kann Ihnen
versichern, dass das Zuhören sich lohnt und dass ich in wenigen Minuten im London des Jahres 2005 angekommen sein
werde.«

Und schon war sie in den Fall Husseini eingestiegen. Diese
Geschichte begann tatsächlich im Jahr 1917, als die Palästinenser einen gewissen Mohammed al-Husseini, den Bruder
des Großmuftis Hadschi Amin al-Husseini, von Jerusalem
nach London geschickt hatten. Er sollte den britischen Außenminister, Lord Balfour, davon abbringen, den Juden das
Palästina-Mandat zu geben. Großbritannien hatte ja ein Man-
dat über Palästina, nachdem es im Ersten Weltkrieg die Türken geschlagen hatte.

»Über die diplomatischen Fähigkeiten und Anstrengungen
dieses Mohammed al-Husseini ist wenig bekannt. Tatsache ist
jedoch, dass Lord Balfour nicht sonderlich beeindruckt gewesen sein kann, da er schließlich den Juden Palästina versprach.

Auf diesen Misserfolg hin beschloss Mohammed al-Husseini, nicht nach Palästina zurückzukehren und die Diplo-

51

matie an den Nagel zu hängen. Er hatte schon vorher begonnen, in London äußerst einträgliche Geschäfte zu machen. Dass er sich solche Freiheiten herausnehmen durfte, lag möglicherweise daran, dass er in Palästina beinahe so etwas wie ein Aristokrat war. Die Familie Husseini war angeblich mit dem Propheten, Friede sei mit ihm, verwandt.

Wir haben es hier also mit einem ungewöhnlich erfolgreichen arabischen Immigranten in London zu tun, übrigens einem britischen Staatsbürger. Er machte exzellente Geschäfte.

Und das soll mit Terrorismus zu tun haben? Ja, allerdings. 1920 jedoch hätte sich so etwas niemand träumen lassen. Damals kam ein Junge namens Ghassan als erstgeborener Sohn unseres geschätzten Mohammed al-Husseini zur Welt. Die Mutter war ein Mädchen aus bester Familie, das nur zu diesem Zweck aus Jerusalem herbeigeschafft worden war. Und die Geschäfte liefen weiterhin richtig gut. Der englische Zweig der Familie Husseini war nach dem Zweiten Weltkrieg, als Ghassans Sohn Abdullah geboren wurde, bereits vermögend.

Abdullah war der erste Spross der Immigrantenfamilie, der britischer wurde als die Briten. Er erwarb Montrose House in Kent und machte das Anwesen zum Familiensitz.

Abdullah, der seinen Vornamen übrigens zu Ab verkürzte und seinen Nachnamen in Howard änderte, war so durch und durch Engländer, dass er nie darüber hinwegkam, nicht geadelt worden zu sein. Er lebt zwar immer noch, aber da den britischen Behörden inzwischen bekannt ist, dass sein Familienname eigentlich Husseini lautet, ist an einen Adelstitel nicht mehr zu denken.

Somit wären wir beim Thema des Tages angelangt. Die Söhne Peter Feisal und John Marwan, beide mit Nachnamen Howard, wurden 1972 und 1973 geboren.

Die Brüder haben sich früh als technisch äußerst begabt erwiesen. In Montrose House hingen eine Zeit lang Zeichnungen von angeblich voll funktionstüchtigen Verbrennungs- und Elektromotoren, Hebekränen und Ähnlichem, die die Jungs im Alter von zwölf und dreizehn ausgeführt haben sollen.

In der Jugend bestand der einzige Unterschied zwischen den beiden darin, dass der jüngere Bruder John Marwan nicht nach Eton gehen wollte, sondern das Internat in Rugby vorgezogen hat.

Wenn Söhne aus der Oberschicht an die Uni kommen, studieren sie meistens lieber Betriebswirtschaft als etwas unter englischen Gentlemen so Verachtetes wie Technik oder Naturwissenschaften, die zur Domäne der Mittelschicht gehören. Doch dass die Brüder Howard sich über diese Konvention hinwegsetzten, ist leicht zu verstehen.

Peter Feisal promovierte im Alter von knapp neunzehn Jahren in Cambridge mit einer Arbeit über Elektromagnetismus. Ich kann das hier nicht näher erörtern, nicht nur aus Zeitmangel, sondern auch, weil mir die intellektuellen Möglichkeiten fehlen. Seine Doktorarbeit wurde extrem gut benotet, und eine Professur lag nicht mehr in unerreichbarer Ferne. Aber beachten Sie bitte das Datum seiner Disputation: Es war der 11. September 2001.

Sein jüngerer Bruder, John Marwan, schloss seine Dissertation nie ab. Auch er hat in Cambridge studiert, beschäftigt sich aber momentan sehr erfolgreich mit einer neuen Technologie zur Visualisierung komplexer Daten. Dieses Gebiet scheint für die Computerspielindustrie von enormer wirtschaftlicher Bedeutung zu sein.

Zufälligerweise brachen die beiden jungen Männer 2002 am Jahrestag von 9/11 mit ihrem Vater Ab und nahmen wieder den Familiennamen Husseini an. Man könnte sagen, sie sind zum Islam konvertiert. Peter Feisal kleidet sich seitdem exotisch, beide haben die Moschee oben in Finsbury Park beschnuppert, und nun hängen sie bei der Moschee im Regent's Park herum.

Diese beiden jungen Männer sind der Feind aus unseren schlimmsten Alpträumen. Sie stammen nicht aus der zweiten Generation von Einwanderern wie unsere U-Bahn-Bomber aus Leeds. Sie stammen, wenn man ernsthaft nachrechnen möchte, aus der vierten Generation.

Die beiden brauchen nicht im Internet nach Bauanleitungen für Bomben oder Mixturen für interessante Giftgase zu suchen, weil sie Wissenschaftler auf genialem Niveau sind.

Sie, meine Herren, die Sicherheitsdienste in Großbritannien, können zwar mittlerweile ein ganzes Viertel im nördlichen London, wo angeblich alle Einwanderer Muslime sind, einkreisen und eine Art Ausgangssperre verhängen oder eine Handvoll Leute aufgreifen und für unbestimmte Zeit einsperren, aber gegen die Brüder Husseini, ehemals Howard, sind Sie machtlos.

Das sind nicht irgendwelche Kanaken. Die beiden sind Eton, Rugby und Cambridge.

Sie sprechen nicht nur ein so exzellentes Englisch, dass selbst die derbsten und vulgärsten Ausdrücke einen poetischen Klang bekommen. Sie verkehren auch in denselben Kreisen wie Richter, Staatsanwälte, Rechtsanwälte und Polizeichefs. Eton, Rugby und Cambridge sind über jeden Terrorismusverdacht erhaben. So wie übrigens Cambridge einst über jeden Spionageverdacht erhaben war.

Wir haben es also mit den gefährlichsten Terroristen zu tun, die es in Großbritannien je gegeben hat.«

So weit der Vortrag. Mouna guckte auf die Uhr und stellte fest, dass sie viel Zeit gespart hatte. Nun kam der entscheidende Abschnitt, den sie in der vergangenen Nacht wieder und wieder leise geübt hatte.

»Nehmen wir also an, gefährlichere Terroristen habe es in Großbritannien nie gegeben. Sie, also der MI5, müssten nun in erster Linie analysieren, wie diese Gefahr entstanden ist. Erst dann sollte man überlegen, wie man vorbeugend gegen solche Terroristen vorgehen kann, ohne dass die Welt untergeht, man seinen Job verliert oder man bis zur Pensionierung nur noch Fahrraddiebstähle zu Protokoll nehmen oder Strafzettel ausstellen darf.

Meine Organisation, Dschihas al-Rasd, kann Sie in zwei Punkten unterstützen. Wenn Sie bereit sind, uns zuzuhören, können wir Ihnen das eine oder andere erklären. Und wir sind in der Lage, Gefahrenpotenziale zu entdecken, bevor Sie es tun. Auch hier in London.«

Unter ihrem Make-up brach kalter Schweiß aus. Aber diese Bande von Flegeln spendete mehr als höflich, ja sogar herzlich und lächelnd Beifall. Vor allem die Bemerkung mit den vulgären Ausdrücken – alle hatten an die gleichen Wörter gedacht –, die aus dem Mund der beiden Brüder einen poetischen Klang bekämen, war gut angekommen. Andere Länder, andere Sitten, dachte sie. Engländer waren für solche Scherze besonders empfänglich. Das war für sie nur schwer nachzuvollziehen. Aber im Krieg waren alle Tricks erlaubt.

Jetzt kam es ganz darauf an, wie die Sache weiterging. Pete und Webber sahen auf ihre Armbanduhren und schickten alle Angestellten mit Bemerkungen wie »Seid vorsichtig da drinnen« zur Arbeit und verabschiedeten sich höflich von Lewis MacGregor (der während ihres Vortrags das eine Bein über das andere geschlagen, mit professionell interessierter Miene zugehört und sich kein einziges Mal gerührt hatte).

Dass sie sich zuerst von MacGregor verabschiedeten, ließ Mouna hoffen. Sofort reichte sie ihrer Liaison aus dem MI6 die

Hand und bedankte sich. Sie versicherte, dass sie keinen Fahrer brauche und hoffe, man höre bald wieder voneinander.

Pete und Webber fragten sie äußerst freundlich, ob sie ein wenig mehr von ihrer sicherlich äußerst kostbaren Zeit erübrigen könne, und sie nahm das Angebot ohne Umschweife an. Die Sicherheitstüren öffneten sich, nachdem einer der beiden seine Hand auf eine kleine schwarze Glasplatte gelegt hatte.

Der kurze Korridor, in den sie gelangten, schien zu einigen großen Vorstandsbüros und einem Rechenzentrum samt Archiv zu führen. Hier herrschten nicht mehr Chrom, Hellblau und Neonlicht vor, sondern der alte englische Stil mit vertäfelten Wänden, dunklen Teppichböden, Ledersesseln und Tischen aus Eibenholz mit Messingbeschlägen. Zum Klischee fehlten nur noch groß geblümte Gardinen.

»Bitte sehr, Brigadegeneral«, begann Peter in seinem riesigen Büro, »nehmen Sie Platz. Als moderne Spione haben wir den Tee abgeschafft. Ist mir persönlich recht, diese widerlichen Teebeutel war ich ohnehin leid. Aber wir haben eine funktionierende Espressomaschine. Wenn Sie also …«

»Unbedingt, schrecklich gern«, antwortete sie schnell, während sie sich in den knarrenden Sessel aus weinrotem Leder setzte. »Vor allem, wenn mir der stellvertretende Abteilungsleiter Andrew Lloyd, Codename Webber, einen Kaffee holt.«

Die beiden Männer warfen sich einen hastigen Blick zu, bevor sie angestrengt zu lachen begannen.

»Ah ja. Ich verstehe, unsere Geheimnamen scheinen für die PLO kein großes Geheimnis zu sein. Nun, Mr Andrew Lloyd, Sie haben die Bitte der Brigadegeneralin vernommen?«

»Natürlich, Sir«, antwortete der Langhaarige und stand blitzschnell auf.

»Was darf es sein, Madame?«

»Ein doppelter Espresso mit etwas Milch, bitte, kein Zucker«, antwortete sie.

»Für mich das Übliche«, sagte der Chef zu seinem bereits davoneilenden Stellvertreter. Dann verschwand seine freundliche Miene.

»Ich möchte nicht kleinlich wirken«, sagte er, als sie allein waren, »aber unsere Identitäten hier in der Sektion T sind äußerst geheim. Man hört nicht gern, dass das für die PLO offenbar kein Hindernis ist.«

»Ich finde, darüber sollten Sie sich keine Sorgen machen, Mr Charles *Peter* Hutchinson, wovon der gewitzte Codename Pete doch wohl abgeleitet ist. Bis vor wenigen Minuten hatte niemand in der PLO eine Ahnung von diesen Namen, und ich beabsichtige auch nicht, mein Wissen weiterzugeben. Sie erinnern sich sicherlich, dass ich hier bin, um mit Ihnen zusammenzuarbeiten, und ich kann Ihnen versichern, dass ich viel netter bin, als ich aussehe.«

»Das bezweifle ich, Madame. Sie müssen verstehen, dass ich leicht konsterniert bin, wenn …«

»Keine Kunst«, unterbrach sie ihn. »Wenn man diesen Korridor betritt, sieht man oben links ein kleines Messingschild, auf dem die Beamten nach Rangordnung aufgelistet sind. Sie stehen ganz oben, Abteilungsleiter Hutchinson, mit Titel und allem. Und dass jemand mit dem Namen Andrew Lloyd den Codenamen Webber bekommt, ist nicht schwer zu erraten. Eher im Gegenteil, wenn ich ehrlich bin.«

»Aha. Interessant. Sie sind nicht zufällig ein Fan von Musicals?«

»Bestimmt nicht! In den Büros, in denen ich arbeite, dröhnt entweder arabischer Pop, schmalzige Schlager oder westafrikanische Rockmusik. Scheußlich, vermutlich bin ich halb taub. Aber bevor man diese Plage abstellt, könnte man eher ein Rauchverbot durchsetzen.«

»In Ihren Büros darf man rauchen?«

»Natürlich.«

»Haben Sie eine Stelle frei?«

»Im Moment nicht. Und wenn wir erst mal in der EU sind, ist sowieso Schluss mit der Qualmerei.«

»Natürlich, viel Glück. Dass ich an die EU nicht gedacht habe … Trotzdem, wie sind Sie so schnell auf Andrew Lloyd Webber gekommen?«

»Ach das! In meiner Abteilung steht man den üblichen Verschlüsselungscodes recht skeptisch gegenüber, da wir es auf beiden Seiten mit starken Gegnern zu tun haben. Die Israelis sind Meister im Abhören von Funksignalen und im Knacken von Codes. Ganz zu schweigen von ihrem Paten namens USA mit seiner NSA. Vor einigen Jahren haben wir eine Operation durchgeführt, bei der das gesamte Codesystem auf dem *Phantom der Oper* beruhte. Ich glaube, ich kann die Texte immer noch auswendig.«

»Faszinierend. Sie schützen sich vor westlichen Dechiffriermethoden, indem Sie einen technologischen Schritt zurück machen?«

»Ganz richtig.«

»Aber dann wäre ja die ganze Operation geplatzt, wenn wir eure Bande mit den Partituren zu fassen gekriegt hätten.«

»Falsch. Dann hätten wir gewusst, dass wir die Einheit auflösen und den Code austauschen müssen. Aber wenn eure Bande uns durch das Abhören und Dechiffrieren von Funksignalen auf die Schliche gekommen wäre, hätten wir erst davon erfahren, wenn es zu spät gewesen wäre. Übrigens, Mr Hutchinson, wen meinen Sie eigentlich mit *eure Bande*? Die Terroristen?«

»Verzeihen Sie bitte meine ungeschickte Ausdrucksweise, Madame Brigadegeneral. Ich fürchte, meine Assoziationen gingen aus alter Gewohnheit in diese Richtung.«

Webber war soeben mit dem Kaffee auf einem kleinen Tablett zurückgekehrt. Ihm konnte nicht entgangen sein, dass sein Chef den Gast gerade als Terroristen bezeichnet hatte.

Mouna kam die Unterbrechung gerade recht. Sie war wütend und kurz davor, Dinge zu sagen, die sie mit Sicherheit bereut hätte. Stattdessen probierte sie ihren Kaffee, lobte die Espressomaschine und lächelte.

»Lassen Sie uns diese Sache vergessen und über die Arbeit sprechen«, sagte sie, als sie ihre Tasse abstellte.

»Selbstverständlich!«, antworteten die beiden Männer einstimmig.

»Sie werden mich bedauerlicherweise nicht zu diesem kleinen außerprotokollarischen Gespräch eingeladen haben, weil plötzlich Ihr Interesse und Ihre Sympathie für die PLO erwacht sind. Ihnen brennt vielmehr die Frage nach den Brüdern Husseini unter den Nägeln, habe ich Recht?«

»Da haben Sie zweifellos ins Schwarze getroffen«, seufzte Hutchinson. »Diese Brüder sind keine Typen, die popelige Rohrbomben zusammenbasteln, sondern haben die technischen Fähigkeiten, ein Inferno auszulösen. Da beide dem religiösen Wahn verfallen sind, kann man sich leicht gewisse Schreckensszenarien ausmalen. Sie haben es selbst gesagt, Madame. Der Ältere, Peter Feisal, hat übrigens eine fürchterlich hoch bezahlte Forschungsstelle in einem führenden Unternehmen Großbritanniens angeboten bekommen, was jetzt nichts zur Sache tut. Und der jüngere Bruder …«

»Bei Marconi«, unterbrach sie ihn. »Peter Feisal hat eine Forschungsstelle bei Marconi mit einem Jahresgehalt von vierhunderttausend Pfund bekommen. Er hat dort im Bereich der marinen Waffentechnik gearbeitet, nicht wahr?«

»Sie müssen verstehen, Madame, dass ich mich dazu nicht äußern kann.«

»Ganz ruhig, Mr Hutchinson. Ich bin nicht hier, um Ihnen

Informationen aus der Nase zu ziehen. Da können Sie ganz sicher sein, meine Herren. Aber ich kann Ihnen praktisch alles erklären, was in Ihren Akten über diese, nehmen wir das schlimmste Szenario an, Brüder Frankenstein steht. Und meine Kenntnisse rühren nicht daher, dass die PLO auch nur die geringste Anstrengung unternommen hätte, Ihre Organisation zu unterwandern. Es gibt, wenn ich so sagen darf, eine viel sympathischere Erklärung dafür, dass ich alles über diese beiden jungen Männer weiß, was Sie wissen. Raten Sie mal!«

Charles Peter Hutchinson, zweiundvierzig Jahre, aus sogenannter guter Familie, Eleve verschiedener erstklassiger Schulen – wenn auch nicht solcher wie Eton –, saß nach einer schnellen Karriere im Geheimdienst seit fast zwei Jahren auf seinem Chefsessel. Nichts war ihm bislang in die Quere gekommen, nicht der geringste Fehler war ihm unterlaufen, alles war wie auf Schienen gelaufen, und sein Selbstvertrauen war ungebrochen. Bis zu diesem Augenblick, den er vermutlich nie vergessen würde.

Sie genau zu beobachten, brachte nichts. Es war, als wolle man einen gewieften Kartenspieler durchschauen. Sie war, auf eine etwas eigenartige und beängstigende Weise, eine schöne Frau. An der linken Hand trug sie einen Ring, aber keinen schlichten Goldring wie eine Witwe, die sie laut Akten eigentlich war. Der Ring war schwarz mit drei Steinen in Grün, Rot und Weiß. Die palästinensische Flagge, dachte er. Sie war, wie der alte Arafat zu sagen pflegte, mit der Revolution verheiratet.

Aber nun hatte sie mehr als angedeutet, dass alle Kenntnisse des britischen Geheimdienstes über die Brüder Big T, wie sie in der Abteilung genannt wurden, im Grunde von ihr stammten.

»Verzeihen Sie mein langes Zögern«, begann er, »aber ich

muss ganz aufrichtig sein. Ihre Andeutungen klingen … wie soll ich es ausdrücken?«

»Als hätten Sie alle relevanten Informationen von uns, der PLO«, antwortete sie fast übertrieben freundlich.

»Das ist doch nicht zu fassen!«, fiel ihr Hutchinson ins Wort, um wenigstens Zeit zu gewinnen und nicht wieder so lange schweigen zu müssen, während er überlegte, was er sagen sollte.

»Aber«, fuhr er mit etwas mehr Fassung fort, »wir haben unsere eigenen Quellen, die wir selbst rekrutiert haben und die diesen Objekten sehr nahe stehen. Ich begreife nicht, wie Sie …«

»Der junge Imam Yussuf Ibn Sadr al-Banna«, unterbrach sie ihn in mildem Tonfall und mit einer bestimmten Handbewegung, »ist mein Junge. Ausgebildet an der Al-Azhar-Universität in Kairo. Und die ist vereinfacht gesagt das, was der Vatikan für die Katholiken ist. Wie auch immer, er ist mein Junge. Ich habe ihn selbst trainiert, ich bezweifle, dass er gläubiger ist als ich, und ich glaube nicht an Gott.«

Die beiden britischen Nachrichtenoffiziere wechselten einen langen stummen Blick, als versuchten sie die Gedanken des anderen zu lesen. Schließlich nickte Webber entschlossen.

»Aha!«, sagte Hutchinson. »Das war ziemlich viel auf einmal. Okay. Wir dachten, wir hätten eine exklusive und äußerst wertvolle Quelle, zugegeben. Und nun nutzten Sie ihn also zur Desinformation.«

»Überhaupt nicht, Mr Hutchinson«, fiel sie ihm ins Wort. »Denken Sie mal nach. Ich breche eine der heiligsten Regeln der Spionage, nämlich die, niemals einen eigenen Agenten zu verbrennen. Ich tue das nur aus einem einzigen Grund: Ich will Ihr Vertrauen gewinnen. Und Sie können sicher sein, dass die Berichte, die Sie von unserem gemeinsamen Agenten

Abu Ghassan bekommen haben, echte Ware sind. Ich habe dieselben Berichte erhalten.«

»Ich kann Ihnen jetzt natürlich nicht widersprechen, Madame. Aber wie, in Gottes Namen, sollen wir diese Sache überprüfen?«

»Ganz leicht. Sie verhaften ihn, die nötigen Gesetze haben Sie ja, sperren ihn einige Tage ein und verhören ihn diskret. Dann stellen Sie ihm die Frage: Für wen arbeiten Sie? Dann wird er wortwörtlich antworten – sofern Sie ihm nicht dieses Gespräch vorspielen, das Sie vermutlich aufzeichnen: ›Für Mouna und niemand anderen als Mouna.‹ Die anschließende Kontrollfrage lautet: Warum haben Sie den Namen al-Banna angenommen? Und er wird antworten: ›Weil ich mit dem Miststück unglücklicherweise verwandt bin.‹ Probieren Sie es aus, dann wissen Sie, dass er zu mir gehört. Misshandeln Sie ihn in Maßen und lassen Sie ihn laufen. Das wäre mein Vorschlag.«

Die beiden Briten saßen eine Weile schweigend da. Keiner von ihnen machte Anstalten, die Codewörter aufzuschreiben.

»Entschuldigung, wer ist *dieses Miststück*?«, fragte plötzlich der langhaarige stellvertretende Abteilungschef, der während des Gesprächs die meiste Zeit mucksmäuschenstill dagesessen und keine Miene verzogen hatte.

»Al-Banna? Sie kennen ihn unter dem Namen Abu Nidal, ein mäßig begabter Terrorist, der für Saddam Hussein gearbeitet hat«, erklärte Mouna schnell.

»Sind Ihr Junge und dieser Abu Nidal tatsächlich verwandt?«, fragte der Langhaarige nach.

»Ja, allerdings um viele Ecken. Wir sind ein kleines Volk, da hat man mehr Verwandte, als einem lieb ist.«

»Sind Sie mit den Brüdern Husseini verwandt?«, fragte Hutchinson.

»In gewisser Weise. Ich habe ursprünglich einen anderen Familiennamen getragen und wurde weit entfernt von jeglicher palästinensischen Oberschicht in Gaza geboren. Später habe ich einen Arzt geheiratet, übrigens ein Pazifist, eine Zeit lang war ich drauf und dran, ein neues, friedliches Leben anzufangen. Er war ein echter al-Husseini. Als die Israelis ihn und meinen damaligen Chef Abu al-Ghul ermordeten, habe ich den Namen al-Husseini angenommen. Ungefähr so wie Pete oder Webber.«

»Aber warum haben die Israelis Ihren Mann getötet, wenn er ein Pazifist war?« Diese erneute Abschweifung von Webber irritierte sowohl Mouna als auch Abteilungschef Hutchinson.

»Ein Irrtum. Kollateralschaden, Sie wissen schon. Eigentlich hätte ich zu diesem Zeitpunkt bei Abu al-Ghul sein sollen, um die Kurierpost abzuholen. Aber ich hatte unerwarteten Besuch aus Tunis, und mein Mann wollte mir diese kleine Erledigung abnehmen. Nur zwei Personen kannten den Ort und den Zeitpunkt. Es bereitete uns also keine Schwierigkeiten, den Verantwortlichen zu finden und einen israelischen Spion loszuwerden. Vielleicht sollten wir zum Thema zurückkehren?«

»Ein sehr guter Vorschlag, Madame«, sagte Hutchinson und warf seinem Untergebenen einen kritischen Blick zu. »All das haben Sie mir in einer bestimmten Absicht erzählt, also wird auch diese ganze Operation einem bestimmten Ziel dienen, nehme ich an.«

»Selbstverständlich.«

»Okay, was wollen Sie erreichen?«

»Zunächst einmal, dass Sie eine meiner besten Quellen in London, und somit auch eine Ihrer besten Quellen in London, auf dem Spielbrett belassen. Sie ahnen nicht, wie schwierig es ist, einen Mitarbeiter an so einer Super-Uni zum Imam ausbilden zu lassen.«

63

»Doch, das können wir uns vorstellen. Klingt vernünftig, eine solche Spielfigur behalten zu wollen. Aber worauf zielt das Spiel ab? Dass alle gefährlichen Idioten sich an uns wenden, damit wir sie im Griff haben, oder wie?«

»Ja. Auf Russisch heißt dieses Spiel Maskirowka, es ist genauso altmodisch wie die Verschlüsselung mit Hilfe eines bekannten Textes, aber wie Sie sehen, funktioniert es immer noch.«

»So weit alles klar. Und weiter?«

»Ich will die Brüder Husseini haben.«

»Verzeihung?«

»Sie haben sehr gut verstanden, was ich gesagt habe. Ich will die Brüder Husseini haben.«

»Ja, ich habe es gehört. Aber was bedeutet das genau?«

»Ich werde sie rekrutieren, bevor jemand anders es tut.«

»Und wer sollte dieser Jemand sein?«

»Vielleicht Ihr schlimmster Albtraum. Wenn diese Brüder in den Klauen von Bruder Osama bin Laden landen, können wir alle nicht mehr ruhig schlafen.«

»Entschuldigung, wir alle?«

»Genau, wir alle. Lassen Sie mich eines klarstellen. Ich fange nicht an zu weinen, wenn ich sehe, wie der Big Ben auf infernalische Weise in die Luft gesprengt wird. Ich fürchte, ich würde sogar kurzfristig eine gewisse Schadenfreude empfinden. Aber wenn ich dann zur Arbeit komme, werde ich weinen. Der Terrorismus fügt mir größeren Schaden zu als Ihnen. Ihnen drohen neue Anschläge. Ich dagegen sehe den Traum von einem freien Heimatland in noch weitere Ferne rücken.«

»Okay, dieses Motiv können wir nachvollziehen. Aber wir fragen uns, wozu Sie die Brüder Frankenstein benutzen wollen?«

»Ich will sie zu unser aller Freude bekehren.«

»In religiöser Hinsicht?«

»Gott bewahre, natürlich nicht. Denken Sie daran, dass wir es mit sehr intelligenten und romantischen Persönlichkeiten zu tun haben. Ich werde den Jungs etwas zeigen, was sie noch nie gesehen haben und sich niemals vorstellen könnten: Dschihas al-Rasd, den Geheimdienst der Fatah, von innen. Sie werden den Freiheitskampf in einer Organisation erleben, die sich zwar in gewissen Situationen nicht der Gewalt enthält, hauptsächlich aber auf politischem und technischem Feld agiert und das genaue Gegenteil von simplem Terrorismus ist. Meine Herren, ich glaube, sogar Ihnen würde ein solcher Einblick imponieren. Die Brüder Husseini wären überwältigt, so gut kenne ich sie inzwischen.«

Endlich begann sich das Gespräch um ihr eigentliches Anliegen zu drehen. Das Problem wurde hin und her gewälzt. Schließlich waren die Brüder T britische Staatsbürger, und es konnte sie trotz aller Verdachtsmomente niemand daran hindern, jederzeit das Land zu verlassen. Solange sie kein Verbrechen begingen, waren sie unantastbar. Und sich einen Turban aufzusetzen und nach Islamabad zu fahren, war nicht verboten.

Die beiden waren wie reife Früchte; wer zuerst kam, brauchte sie nur zu pflücken. Und was war schlimmer, ein Terrorcamp in Pakistan oder ein Ausbildungslager der PLO?

Wenn man die Dinge so betrachtete, war es ganz einfach. Die zwei britischen Geheimdienstmänner hatten sich schließlich von Mounas Argumentation überzeugen lassen, weil sie immer wieder betont hatte, dass Terroraktionen ihr viel mehr schaden konnten als Großbritannien.

Als sie durch den Kensington Park zurückspazierte – sie hatte jeden mehr oder weniger diskreten Transport abgelehnt –, lag ein Weg von einer guten Stunde bis zu ihrem Hotel vor ihr. Aber sie war glücklich. Nein, das war natürlich der falsche Ausdruck, denn dieses Gefühl war seit Langem aus ihrem Bewusstsein verschwunden. Sie fühlte sich aufgeräumt, leicht und stark.

Die Briten hatten sich darauf eingelassen. Sie durfte die Brüder Husseini vor ihren Augen rekrutieren. Sie würden ihr nötigenfalls sogar mit falschen Papieren helfen.

Allmählich konnte eines der letzten und schwierigsten Puzzleteile an den richtigen Platz gelegt werden.

Webber, wie er sich normalerweise auch intern nannte, hatte keinen Anspruch auf einen eigenen Dienstwagen mit Chauffeur. Aber das war ihm egal, denn er war dankbar für einige Stunden Pause hinterm Steuer. Wenn er Auto fuhr, konnte er gut denken. Frei und unstrukturiert schweiften dann seine Gedanken von unbedeutenden Beobachtungen am Wegesrand zu der ewigen großen Frage, dem Terrorismus – wie jetzt auf der ständig überlasteten M1 nach Norden. Es wäre extrem wenig Material und Personal vonnöten, um den Verkehr hier stundenlang zu blockieren und ein Chaos zu produzieren. Im Grunde war es überall so. Wenn man bedachte, wie verletzlich die westlichen Gesellschaften auf die einfachste technische Sabotage reagierten, war es nahezu mysteriös, dass Anschläge so selten vorkamen.

Als er zum Flugplatz kam, ließen ihn die Sicherheitsleute nur widerwillig herein. Besuchsliste, Ausweispapiere, Codes und die angegebenen Telefonnummern zur doppelten Kontrolle waren natürlich vollkommen in Ordnung. Vermutlich lag es an seinen langen Haaren in Kombination mit der Tatsache, dass ausgerechnet dieser Flugplatz über ein Bereitschaftslager mit Kernwaffen verfügte – von dem die Nachbarschaft zum Glück keine Ahnung hatte.

Bis vor zwei Jahren hatte er einen leitenden Posten im Außendienst gehabt, und draußen in der englischen Gesellschaft war eine lässige Langhaarfrisur beinahe eine Garantie für absolute Unverdächtigkeit, zumindest was eine Tätigkeit im Geheimdienst Ihrer Majestät anging. Insofern war es ein gutes Zeichen, dass das militärische Wachpersonal hier am Flugplatz sogar seine militärischen und fälschungssicheren Papiere mit Misstrauen beäugte.

Zwei mürrische uniformierte Wachen brachten ihn schließlich zu einem entlegenen und mit Stacheldraht eingezäunten Gelände, das ein bisschen merkwürdig wirkte, weil hinter dem Stacheldraht nichts als ungemähter Rasen und einige verfallene und offenbar ungenutzte Holzbaracken zu sehen waren.

Das Gefangenenlager befand sich unter der Erde. Er wurde von zwei weiteren Begleitern in eine der Baracken geführt und musste noch eine Ausweiskontrolle über sich ergehen lassen. Als sie einen schweren, neu installierten Lastenfahrstuhl betraten, hatte er das Gefühl, in mehr als einer Hinsicht in die Unterwelt zu fahren.

»Verwahrabteilung 4« hätte gut als moderne Vision der Hölle herhalten können. Perfekte, saubere Korridore, starke Beleuchtung. Überwachungskameras, glänzende Stahltüren und entlegene Schmerzensschreie, lautes Brüllen und Flüche, die möglicherweise das bedeuteten, wofür man es halten musste, nämlich Folter. Oder es handelte sich um Tonbänder, die die Gefangenen mental beeinflussen sollten, um sie zur Zusammenarbeit zu ermuntern – eine dezente Umschreibung für eine andere Form von Folter.

Wie viele Gefangene hier unten in der Hölle gehalten wurden, konnte er nicht ermessen. Es konnten Dutzende oder Hunderte sein. Insgesamt hatte Großbritannien gegenwärtig mehr als tausend Personen auf unbestimmte Zeit und ohne richterlichen Beschluss oder auch nur einen konkreten Verdacht eingesperrt. Wer eines Nachts aus dem Bett gerissen und zur Verwahrabteilung 4 oder einer ähnlichen Anlage befördert wurde, hieß mit großer Wahrscheinlichkeit Mohammed oder Ahmed mit Vornamen und hatte höchstwahrscheinlich alle bürgerlichen Rechte verloren. Das hier war eine Militärbasis, eine Einrichtung für den Krieg und hatte mit Demokratie nichts zu tun.

Sie hatten den Gefangenen in einen etwas größeren Raum geschleppt. Er saß – oder hing vielmehr – auf einem leichten Plastikstuhl an einem kleinen quadratischen Campingtisch. Das Licht war grell und bläulich, die unangenehme Wirkung schien durchaus beabsichtigt.

»Steh auf!«, brüllte einer der Wärter, und der Gefangene nahm eine Haltung ein, die in der Verwahrabteilung 4 mit Sicherheit nicht als korrekt betrachtet wurde, da er den Rücken krümmte und sich mit einer Hand auf die Tischplatte stützte.

Webber bat darum, mit dem Gefangenen allein gelassen zu werden. Zögernd kam man seinem Wunsch nach, und erst als die blitzende Stahltür fest verschlossen war, setzte er sich an den Tisch.

Der Gefangene sah mehr als bedauernswert aus. Sein Anblick war geradezu herzzerreißend, und wenn man bedachte, dass es sich um einen ihrer eigenen Agenten handelte, war die Situation äußerst peinlich.

»Sind Sie in der Lage, ein Gespräch zu führen?«, fragte Webber mit brüchiger Stimme. Der Gefangene hob den Kopf und versuchte, ihn durch die schmalen Schlitze unter seinen blutigen und geschwollenen Lidern anzusehen. Er gab jedoch keine Antwort, sondern machte nur eine kreisende Handbewegung, die Webber zum Weiterreden aufzufordern schien.

»Ich bin Webber, stellvertretender Leiter der Abteilung T im MI5. Und Sie müssen Mr Yussuf Ibn Sadr al-Banna, alias

Abu Ghassan sein. Stimmt das?« Der Gefangene nickte, ohne zu antworten.

»Aha, Yussuf ... es ist doch okay, wenn ich Sie Yussuf nenne? Ich habe zwei Fragen. Können Sie die beantworten?«

Der Gefangene wiederholte die kreisende Geste.

»Gut. Erste Frage: Für wen arbeiten Sie?«

»Für Mouna und niemand anderen als Mouna«, antwortete der Gefangene heiser.

»Ich verstehe«, fuhr Webber drängender fort. Eigentlich wollte er eine Pause machen, um für sie beide ein Glas Wasser zu holen. »Dann habe ich nur noch eine Frage. Warum haben Sie den Namen al-Banna angenommen?«

»Weil ich mit dem Miststück verwandt bin, ich meine, weil ich mit dem Miststück unglücklicherweise verwandt bin«, flüsterte sein Kollege.

Webber war erschüttert. Aber er nahm sich zusammen und bestellte Wasser. Der Gefangene trank, als habe er sehr lange kein Wasser bekommen.

»Ja, Yussuf ... im Namen der Behörde bedaure ich wirklich, wie Sie hier behandelt worden sind. Ich fürchte, wir haben angedeutet, dass es günstig sein könnte, wenn man Ihnen ansähe, dass Sie hier waren. Aber das ist ... furchtbar. Wirklich.«

»Wenn ich Sie wäre, würde ich mir nicht so viele Sorgen machen«, antwortete Yussuf und versuchte, seine aufgeplatzten Lippen zu einem Lächeln zu verziehen. Seine oberen Vorderzähne waren ausgeschlagen. Allein diese Schmerzen waren wahrscheinlich kaum zu ertragen.

»Webber war Ihr Name?«, fuhr er fort und betupfte mit dem Rest des kalten Trinkwassers sein wundes Gesicht. »Also, Webber, unser erstes Zusammentreffen ist ein bisschen seltsam.«

»Wir werden natürlich dafür sorgen, dass Sie schnellstens hier rauskommen. Ich bedaure noch einmal ...«

»Hören Sie auf!«, unterbrach ihn Yussuf und verzog in der Absicht zu lächeln das Gesicht zu einer grotesken Grimasse. »Ich habe schon schlimmer Prügel bezogen. Nicht nur von den Israelis, sondern auch während meiner Ausbildung. Zunächst einmal ist das hier nicht Ihre Schuld. Alle Neuen bekommen Prügel ohne Verhör. Sie nennen das Aufweichphase. Sie schlagen einen, pissen auf den Koran, äußern ihre Meinung über den Propheten, Friede sei mit ihm, und treten auch sonst als Vertreter der kämpfenden Demokratie auf.«

»Aufweichphase? Was, zum Teufel, soll das bedeuten?«

»Halten Sie den Mund und hören Sie mir zu! Es wäre gar nicht günstig, wenn man mich hier aus irgendeinem Grund anders behandelte als die anderen. Wenn da draußen jemand ahnt, woran ich arbeite, platzt die ganze Operation.«

»Ich will Sie trotzdem so schnell wie möglich hier raushaben«, wandte Webber ein. »Bei Ihrem jetzigen Aussehen wird Sie niemand für einen von uns halten.«

»Sie können sich nicht vorstellen, wie schnell die Leute hellhörig werden. Ich habe einen besseren Vorschlag. Meine Aufenthaltsgenehmigung hängt an einem Stipendium, das ich vom angloislamischen Freundschaftsbund bekomme. Dafür muss ich in der Moschee am Regent's Park arbeiten, vor allem in der Jugendbetreuung. Meine Wohltäter wissen nicht, warum ich verschwunden bin; das ist ja auch nichts Außergewöhnliches, wenn verdächtige Personen verschwinden. Aber gebt meinen ehrenwerten und idealistischen Freunden einen kleinen Tipp, und sie veranstalten einen wahnsinnigen Medienrummel und machen den Behörden die Hölle heiß. Simsalabim, schon haben sie nach wenigen Tagen Erfolg. Meine Verletzungen sind bis dahin nicht verheilt. Ich jammere ein bisschen herum, wenn ich wieder draußen bin, und gebe mich bei Interviews verstört. Falls überhaupt jemand Interesse an Interviews hat, was ich bezweifle. Misshandelte und in ihren religiösen Gefühlen verletzte Muslime in geheimen Gefangenenlagern des Königreichs eignen sich wohl kaum für eine Titelstory. Oder was meinen Sie?«

»Yussuf, was soll ich sagen? Das Ganze ist einfach widerlich. Ich weiß gar nicht, wie man das wiedergutmachen kann.«

»Ja, weil Sie jetzt wissen, dass ich Mounas Mann bin. Sie haben sie ja offenbar kennengelernt, da Sie ihre Kontrollcodes haben.«

»Ja, wir haben uns kennengelernt.«

»Und?«

»Beeindruckende Frau, ich meine Kollegin.«

»Hm. So könnte man es ausdrücken. Beeindruckende Frau.«

»Absolut.«

»Und ein wenig von ihrem Glanz darf ich mir ausleihen. Aber wenn ich nur einer von den anderen dreißig bis vierzig Gefangenen hier drinnen wäre und natürlich genauso aussähe, würden Sie mich nicht bemitleiden.«

»Yussuf, so, wie Sie hier behandelt worden sind, kann ich Ihre kritische Einstellung verstehen. Ich hoffe, es schadet unserer guten Zusammenarbeit nicht.«

»Natürlich nicht, ich tue nur meine Arbeit.«

Webber konnte vor dem gefolterten Kollegen nur schwer verbergen, wie sehr ihn die Situation mitnahm. Noch weniger konnte er seine Gefühle vor sich selbst verstecken. Vielleicht hätte er an dieser Stelle des Gesprächs gehen sollen, obwohl der palästinensische Agent nun viel munterer wirkte als zu Beginn. Was daran liegen mochte, dass er Wasser bekommen hatte. Einfach Wasser.

Es wäre zumindest kein Fehler gewesen, jetzt zu gehen. Sie hatten geklärt, was unter diesen Umständen geklärt werden konnte. Sein Kollege Yussuf hatte sogar eine sehr viel intelligentere Methode skizziert, ihn hier herauszubekommen, als einen blitzschnellen Beschluss vom MI5.

Wahrscheinlich schämte er sich, diesen grün und blau geschlagenen Agenten in kühler Beamtenmanier hier zurückzulassen, wie er es mit einem britischen Kollegen nie getan hätte. Von all den kleinen Fragen, die man in Situationen stellte, in denen man selbst unsicher war, hörte er sich plötzlich diejenige aussprechen, die am wenigsten angemessen war.

»Yussuf, die Frage mag merkwürdig klingen, aber glauben Sie an Gott?«

Er hätte sich die Zunge abbeißen können.

Yussuf blickte verblüfft auf und betrachtete ihn eine Weile durch seine verquollenen Augenschlitze, bevor er antwortete.

»Nein«, sagte er schließlich, »das tue ich nicht. Jedenfalls nicht heute. Warum, in Gottes Namen, stellen Sie mir eine solche Frage?«

»Sie sind Imam.«

»Ja, aber das ist doch nur meine Tarnung. Ich habe natürlich eine gute theologische Ausbildung und kann alle möglichen und unmöglichen Fragen nach Gott beantworten. Aber das ist nicht dasselbe. Was wollen Sie eigentlich wissen?«

Hier lag wohl das Problem. Der Gedanke war ihm gekommen, weil Mouna al-Husseini gesagt hatte, sie glaube nicht an Gott, und Yussuf tue es bestimmt auch nicht. Aber eigentlich wollte Webber etwas ganz anderes wissen. Wie sprach man mit verzweifelten jungen Muslimen über Gott, die sich einbildeten, Gott fände Bombenattentate in der U-Bahn gut? Obwohl ihm eine solche Idee vollkommen unbegreiflich war, bestand sein Beruf zu großen Teilen darin, diese Gedankengänge nachzuvollziehen. Eine weitere wichtige Aufgabe war,

Muslime, die sich in solch gefährlichen Vorstellungswelten bewegten, zu selektieren und zu ähnlichen Institutionen wie dieser hier zu bringen.

Er verdeutlichte seine Frage. Und bekam als Antwort eine Predigt zu hören, die nicht länger als eine halbe Stunde dauerte. Trotzdem reichte die zweistündige Rückfahrt auf einer noch volleren M1 nach Süden nicht aus, um die Worte des falschen Imams in seinem Kopf zu ordnen.

Der Ausgangspunkt des terroristischen Denkens sei simpel, hatte Yussuf gesagt: Gut und Böse, das dualistische Weltbild, das in allen Weltreligionen vorkomme – in diesem Fall George W. Bush und Israel gegen alle Muslime auf der Welt, die Wiederholung des heiligen Krieges der Christen, die unfreien Völker in Palästina und im Irak, lauter Selbstverständlichkeiten. Aber was war nun Religion, und was war Politik? Das sei die Kernfrage und der schwächste Punkt zumindest der schlimmsten Fanatiker, weil es so einfach sei, aus Politik Religion zu machen, indem man einfach mit dem Koran oder, wie George W. Bush, mit der Bibel winke.

Hier müsse der redegewandte Prediger ansetzen. Er müsse die satanischen Kräfte hinter den USA und Israel aufs Schärfste verurteilen, weil er sonst das Vertrauen seines Zuhörers verliere.

Ein nahezu komisches Problem sei, dass man auch nicht zu aggressiv sein dürfe, weil die Moscheen abgehört würden und es mittlerweile Gesetze gegen allzu hitzige Ausbrüche in der Predigt gebe.

Aber Gut und Böse seien nur der Ausgangspunkt. Danach werde es schwieriger und heikler. Denn diese Gymnasiasten oder Studenten habe nicht die Liebe zu Gott oder eine andere erhebende esoterische Erfahrung wütend gemacht.

Die Gründe seien 9/11 und der anschließend proklamierte Krieg gegen den Terror. Die drei Millionen echten oder angeblichen Muslime Großbritanniens stünden plötzlich als Feinde da. Wenn man wie er, Yussuf, gekleidet sei oder als Frau mit Kopftuch in die U-Bahn steige, sehe man Angst und Widerwillen in den Gesichtern der anderen Fahrgäste. Alle hofften, dass man sich nicht neben sie setze. Man könne nicht mehr unbeschwert einkaufen gehen oder sich über eine zweifelhafte Stromrechnung beschweren, ohne als potenzieller Terrorist betrachtet zu werden. Am meisten frustriere, bedrücke und erzürne das gar nicht die strenggläubigen Muslime, jedenfalls nicht die unterprivilegierten, sondern die nicht besonders oder gar nicht Gläubigen, die mit den Terroristen in einen Topf geworfen würden. Wenn man es aus diesem Blickwinkel betrachte, sei es unwahrscheinlich, dass der kleine Palästinenser, der bei seinem Vater am Kebab-Stand jobbe und brav seine Gebete verrichte, eine U-Bahn in die Luft jagte. Wer für so etwas viel eher in Frage komme, sei ja bereits bekannt. Zum Beispiel jemand, der Cambridge-Absolvent sei und plötzlich meine, Gott gefunden zu haben, nun lernen wolle, wie man richtig betet, und ernsthaft überlege, keinen Alkohol mehr zu trinken.

Die meisten Imame, mit denen er über das Problem gesprochen habe, sähen die Sache ähnlich. Verwirrte Seelen auf der Suche nach Gott dürfe man nicht abweisen, man müsse ihnen helfen. Leider wollten sie meistens zuerst über den Dschihad und ihren Willen sprechen, sich für Gottes Sache zu opfern.

Und dann komme es darauf an. Man müsse sagen, dass es richtig sei, sein Leben für Gott zu opfern. Aber nicht bedingungslos. Es betreffe nämlich nur diejenigen, die wirklich von Gott berufen seien. Gott verbiete den Selbstmord. Und wer sich in der eitlen Vorstellung umbringe, er werde dadurch zum Helden, begehe eine doppelte Sünde. Dass Gott ihm das Leben geschenkt habe und Er allein das Recht habe,

74

es ihm zu nehmen – genau das müsse man ihnen sagen, hatte Yussuf gemeint und dann geschwiegen.

Wenn er nicht gerade verprügelt worden war, konnte er vermutlich noch überzeugender predigen, dachte Webber, während er das Auto vor seinem Reihenhaus in Kensington abstellte.

Yussuf hatte gesagt, er lebe in einer Parallelwelt und dass er während der Predigt alles glaube, was er sage, und dass es ihm nun schizophren, ja geradezu blasphemisch vorkomme, wenn er einem britischen Offizierskollegen das Ganze darlege.

Zweifelsohne eine fantastische Leistung, nicht zuletzt in schauspielerischer Hinsicht. Al-Banna war kein Grünschnabel, er war wahrhaftig Mounas Mann.

In dem Moment, als die Reihenhaustür hinter ihm ins Schloss fiel, sperrte er alles aus, was mit seiner täglichen Arbeit zu tun hatte. Das war Routine. Er hatte diese Kunst über die Jahre entwickelt, und es gelang ihm fast immer. Wenn nicht, dann durchschaute ihn seine Ehefrau Mary sofort.

»Harter Tag, Liebling?«, fragte sie, als er in die Küche kam und sie auf beide Wangen und den Mund küsste. Mehr brauchte nicht gesagt zu werden. Sie wusste, dass er beim Geheimdienst war, aber nicht, was genau er machte.

Er nahm wortkarg und etwas abwesend am Familientrubel teil, fragte die ältere Tochter über Cromwell und den Puritanismus ab, informierte sich heimlich im Videotext, wie Manchester United gespielt hatte, räumte nach dem Essen den Tisch ab, überwachte das Zähneputzen und las seiner Jüngsten eine Gutenachtgeschichte vor.

Als die Kinder im Bett waren, sahen Mary und er sich ein Quiz im Fernsehen an, aber seine Gedanken waren woanders. Mary bemerkte das natürlich, sagte aber nichts dazu. Dass die Sendung zu Ende war, merkte er erst, als sie den Fernseher abgeschaltet hatte, sich auf seinen Schoß setzte und an seinen langen Haaren zog.

»Ich glaube, es wird langsam Zeit, sie abzuschneiden. Was meinst du?« Seine Frage kam für ihn selbst ebenso unerwartet wie für sie.

»Willst du meine ehrliche Meinung hören?«, lachte sie.

»Ja.«

»Ich finde, das ist eine der besten Ideen seit Langem, sie kommt dir nur viel zu spät!«, antwortete sie und zupfte ihn an seinen Nackenhaaren.

»Okay, habe ich mir gedacht ...«, murmelte er. »Darf ich dich etwas ganz anderes fragen?«

»Ja?«, gab sie zurück. Ihr Lächeln erlosch augenblicklich.

»Du bist schön, elegant gekleidet, eine fantastische Mutter, Universitätsdozentin in Betriebswirtschaft, liberal, aber nicht Labour, typisch intellektuell, Mitglied im Kirchenrat, der Stolz von Wales, und ich liebe dich ...«

Er konnte seinen Satz nicht zu Ende bringen, und sie bekam natürlich Angst, dass er auf etwas hinauswollte, das sie verletzen könnte.

»Das war eine Charakterisierung, teilweise schmeichelhaft, aber korrekt«, konstatierte sie. »Wie lautet die Frage?«

»Ist jemandem wie dir bewusst, dass wir in Großbritannien tagtäglich Menschen in geheimen Kerkern foltern?«

Sie stand abrupt auf, zupfte nervös an ihrem Pullover und verschränkte die Arme vor ihrer Brust.

»Nein!«, sagte sie. »Das ist mir nicht bewusst, und ich bin mir auch nicht sicher, ob ich es wissen will oder überhaupt wissen darf. Solange nur ...«

»Solange nur was?«

»Solange nur mein Mann, *mein Mann*, nicht der Folterknecht ist.«

»In diesem Punkt kann ich dich beruhigen«, antwortete er. »Zu so etwas wäre ich, glaube ich, niemals fähig. Nicht einmal, wenn man die Frage theoretisch formuliert. Was wäre, wenn du die ganze Welt retten könntest, indem du deine eigene Mutter folterst … Nein. *Dein Mann* würde sich nie zu so etwas herablassen.«

»Wie schön«, sagte sie. »Dann trinke ich einen Pimm's und du einen Scotch. Warte, ich hole dir deinen Drink, du bist ja entweder gelähmt oder im Halbschlaf. Ein bisschen Wasser, wie immer? Highland Park oder Caol Ila oder etwas anderes?«

»Caol Ila, bitte.«

Natürlich bereute er seinen Ausbruch. Der Rest des Abends würde, milde ausgedrückt, verkrampft verlaufen. Die meisten seiner Kollegen hielten sich nicht deshalb so diszipliniert an die Schweigepflicht, weil von den Ehefrauen ein Sicherheitsrisiko ausging, sondern weil halbe Wahrheiten selten etwas Gutes mit sich brachten. Und mehr als halbe Wahrheiten konnten sie sowieso nicht preisgeben.

Er ging früh ins Bett und stellte sich schlafend, während sie einen Roman las und tat, als würde er schlafen.

Am nächsten Tag im Büro berichtete er seinem Chef von dem Treffen mit dem Informanten und palästinensischen Kollegen und sorgte dafür, dass dieser angloislamische Verband einen Tipp von der Boulevardpresse bekam und Druck zu machen begann.

Anschließend zog er sich in sein Dienstzimmer zurück und nahm die ausführliche Version von Mouna al-Husseinis Vortrag zur Hand. Sie hatte ihm einen Ausdruck davon gegeben, bevor sie gegangen war. Er übersprang ihre zwar drastischen, aber doch überzeugenden Ausführungen über Wahnsinnige wie Abu Hamza in Finsbury Park und wandte sich gleich dem letzten Abschnitt über die wirkliche Gefahr zu, welche laut Mouna darin bestand, sich alle Muslime, auch die nichtgläubigen und die gebildeten, zu Feinden zu machen.

In seinem Weltbild war etwas ins Wanken gekommen. Er hatte Palästinenser immer als mehr oder weniger lästige Fahndungsobjekte oder Ziele größerer Operationen betrachtet. Man sah sie in den Nachrichten mit ihren grünen Stirnbändern in Gaza herumbrüllen. Ein merkwürdiger Gedanke, dass sie von dort kam.

Die Operation, die Mouna al-Husseini in London auf die Beine gestellt hatte, war die intelligenteste, von der er seit Langem gehört hatte. Ein künftiger Klassiker, von dem man später bei Schulungen berichten würde. Es war wie ein Theaterstück, eine Maskirowka, wie sie es nannte, die sich Hunderttausende von Thrillerautoren nicht besser hätten ausdenken können.

Enorme Fähigkeiten, speziell ausgebildete Mitarbeiter und sowohl politische als auch intellektuelle Kontakte waren dafür notwendig gewesen. Waren all diese Mühen wirklich nur dazu da, Terroraktionen in London zu verhindern?

Ihr schriftlicher Vortrag endete anders als der, den sie mündlich zum Besten gegeben hatte:

»… und alle unsere Anstrengungen lassen sich am Ende auf eine einzige Sache reduzieren. Wir kämpfen gegen die israelische Okkupation unseres Heimatlandes. Das ist unser übergeordnetes Ziel. Und Sie werden sich jetzt vielleicht fragen, was ich hier in London mache, warum ich so interessiert daran bin, Ihnen zu helfen, obwohl Sie mich aus historischen und möglicherweise auch aktuellen Gründen als feindliche Agentin betrachten.

Die Antwort ist einfach. Jedes Mal, wenn sich eine durchgedrehte Frau aus Hamsar in einem Café am Dizengoff-Platz in Tel Aviv oder an irgendeiner Bushaltestelle im Negev in die Luft sprengt, verlängert Ariel Sharon die Mauer. Und jedes

Mal, wenn verwirrte Gymnasiasten in London eine Bombe in der U-Bahn hochgehen lassen, verlängert Sharon die Mauer. In letzterem Fall im Einverständnis mit den Briten. Wenn die Mauer fertig ist, und das dauert nicht mehr lang, stirbt der Traum von einem befreiten Palästina. Deshalb bin ich hier.

George W. Bush hat das, was er den Krieg gegen den Terror nennt, internationalisiert und globalisiert. Wir müssen seiner Logik folgen, so einfach ist das. Darum bin ich hier. Vielen Dank für Ihre Aufmerksamkeit, meine Herren!«

Webber las den letzten Abschnitt zweimal, weil er das seltsame Gefühl hatte, etwas zu sehen, was er nicht sah. Warum hatte sie das hier nicht in ihrem mündlichen Vortrag gesagt? Es war doch recht gut formuliert. Wenn Tony Blair es im Parlament vorgetragen hätte, wäre der Applaus enorm gewesen.

Doch diese Frage konnte er sich selbst beantworten. Der Text war für jemanden bestimmt, der über Yussuf informiert war.

Aber wie konnte sie wissen, dass sie noch zu einem außerprotokollarischen Nachgespräch gebeten werden würde? Aber eigentlich muss ihr klar gewesen sein, dass es so kommen würde. Sie hatte sich leicht ausrechnen können, dass ihre Ausführungen zu den Brüdern T eine berechtigte Neugier wecken würden. Und später konnte sie von Yussuf erzählen. Ungeheuer clever.

Es blieb aber die Frage nach dem enormen Aufwand und der langfristigen Vorbereitung. Es lag die Vermutung nahe, dass sie etwas viel Größeres als die »Operation Rekrut« plante. Versteckte sich hinter diesem Projekt, das sie zu ihrer gemeinsamen Sache gemacht hatte, etwas weitaus Wichtigeres?

Es war nur so ein Gefühl, einen Anhaltspunkt hatte er nicht. Außerdem war es unwahrscheinlich, dass sie die Brüder T für ihre eigenen Zwecke nutzen wollte. Das gefährlichere dieser beiden technischen Genies hatte seine Doktorarbeit über magnetische Effekte, grüne Laser und Brechungsphänome in größeren Wassermassen geschrieben. Oder etwas Ähnliches. Und der Jüngere war ein Spezialist für die Anwendung von Programmiersprachen bei Computeranimationen.

Zwei Dinge standen jedenfalls fest.

Mit den wissenschaftlichen Spezialkenntnissen der Brüder T jagte man gewiss keine U-Bahnen in die Luft.

Und diese Brigadegeneralin al-Husseini war eine Spionin mit ganz besonderen Fähigkeiten.

Irgendwann würde man erfahren, worum in aller Welt es hier ging.

Bis dahin blieb dem MI5 nichts anderes übrig, als brav bei der Operation Rekrut mitzuspielen, mit einem eigenen Prediger in der Zentralmoschee präsent zu sein und vielleicht sogar falsche Ausreisepapiere zu beschaffen, wenn es nötig war.

»Ich fürchte, wir sind hereingelegt worden«, murmelte er. »Das Problem ist nur, dass ich nicht die geringste Ahnung habe, wie.«

Das Schlimmste war die ewige Dunkelheit. Man hatte ihm gesagt, die Sonne würde sich erst in einigen Monaten, irgendwann im März, wieder über dem Horizont zeigen. Seweromorsk, ein Ort, von dem er nie gehört hatte, bevor er als eine Art Gefangener hierher transportiert worden war, kam der Hölle auf Erden ziemlich nah. Die Dunkelheit war jedoch vorteilhaft, denn er erinnerte sich noch, wie Seweromorsk bei Tageslicht ausgesehen hatte. Alles war verfallen, überall ragten rostige Eisenteile hervor, der Putz bröckelte, die Straßen waren schlammig, Plattenbauten ohne Parks, geschweige denn einzelne Bäume. Schwere und vermutlich giftige Industrieabgase vermischten sich mit dem Nebel.

Doch trotz dieser düsteren Voraussetzungen hatte er sein neues Dasein schnell lieben gelernt. Im Grunde hatten drei Dinge ihn überzeugt. Er hatte zwei erstaunlich begabte Wissenschaftler in seinem Alter kennengelernt, die beide auf die Problemstellungen und Möglichkeiten spezialisiert waren, die er in seiner Doktorarbeit diskutiert hatte. Natürlich hatte es ihm geschmeichelt, dass die zwei beteuerten, seine Dissertation sei in den vergangenen Jahren ihre Bibel gewesen. Iwan Firsow und sein Doktorand Boris Starschinow machten zwar einen verschrobenen Eindruck und sprachen ein eigentümliches Englisch, an das er sich erst gewöhnen musste, aber über diese Dinge konnte er leicht hinwegsehen, nachdem er begriffen hatte, worauf das Projekt hinauslief.

Schon nach wenigen Tagen hatte er das Monster selbst anschauen dürfen, war verführt worden, und Iwan Firsow und ein Fachmann von der russischen Nordmeerflotte waren die Verführer. Er hatte das Gefühl gehabt, ein Raumschiff aus der Zukunft zu besteigen. Es war wie in einem Science-Fiction-Film; Instrumente und Bildschirme waren zwischen einem Wirrwarr von Kabeln aufgereiht, an denen gerade eine vollkommen neue Elektronik installiert wurde.

Gänzlich in den Bann geschlagen war er gewesen, als ihm nach der Besichtigung des Monstrums klar geworden war, dass das Projekt tatsächlich durchführbar war.

An diesem nachtschwarzen Novembernachmittag wollten sie einen Test durchführen, der zeigen sollte, ob das Resultat monatelangen Grübelns, Diskutierens und Experimentierens in ihrem kleinen Labor auch in der Praxis funktionierte. Iwan Firsow und Boris Starschinow waren genauso optimistisch wie er; all ihre Computersimulationen zeigten, dass sie die entscheidenden Probleme gelöst hatten.

Sie hatten sich eins der Trockendocks von Seweromorsk für ihr Experiment ausgeliehen. Es konnte selbst U-Boote aus der Anteus-Klasse aufnehmen, das gleiche Modell wie die Kursk, und wenn man das hundertachtzig Meter lange, dreißig Meter tiefe und vierzig Meter breite Becken mit Wasser füllte, entstand ein Raum, der dem Aktionsradius eines U-Boots entsprach. Denn die kleinen U-Boot-Modelle, die in diesem imaginären Meer agieren würden, waren nicht länger als einen Meter. Man musste alle Maße mit hundert multiplizieren. Ihr Versuchsmeer war also achtzehn Kilometer lang und im Verhältnis zu den U-Booten dreitausend Meter tief.

Das Experiment setzte voraus, dass die Angestellten des Marinenachrichtendienstes vor der wissenschaftlichen Leitung geheim hielten, wann und wo sie die U-Boote zu Wasser lassen würden.

Der Unterschied zwischen der Wirklichkeit und dem Versuchsmilieu bestand im großen Eisenanteil des Docks, das die Magnetsensoren beeinflusste. Diesen Faktor meinte man jedoch kompensiert zu haben.

Bereits nach wenigen Minuten war klar, dass das Experiment ein Erfolg werden würde. Die Sonden, die durchs Wasser trieben, ließen das Trockendock auf ihren Bildschirmen Meter um Meter wachsen. Sie konnten einen vergessenen Schraubenschlüssel auf dem Grund erkennen und sogar auf einen Rostfleck zoomen, der den Wasserverwirbelungen zufolge ein Leck verbarg. Die lautlosen kleinen U-Boot-Modelle zu erkennen, war überhaupt kein Problem. Sie konnten sogar die Ziffern auf den Türmen ablesen.

Mit dem grünen Laser erreichte man eine mehr als hundertmal stärkere Wirkung als bisher. Das war ein wissenschaftlicher Durchbruch; diese bislang unüberwindliche Grenze zu überschreiten, war ein Traum der Menschheit, oder zumindest des Militärs: sie konnten unter Wasser weit sehen.

In der folgenden Nacht tranken sie Wodka bis zur Besinnungslosigkeit und ließen Sünde Sünde sein und störten sich auch nicht an der eintönigen Folge von Wodkaflaschen, die von keinem einzigen kleinen Highland Park oder Macallan unterbrochen wurde.

Zur Hölle mit der Sünde und dem bevorstehenden Kater, zumindest in diesem Moment. Sie hatten es nicht nur zu einem wissenschaftlichen Durchbruch gebracht, an dem allein man sich ohne einen Tropfen Wodka berauschen konnte. Sie hatten gezeigt, dass das Projekt wirklich durchführbar war.

Das Monster trug einen etwas fantasielosen Namen. Die Russen nannten das Ding *Projekt Pobjed*, wenn er sich recht entsann. Das sollte »Projekt Sieg« bedeuten. Aber Peter Feisal hatte vorgeschlagen, dass man es zumindest in englischsprachigen Kreisen in »Viktoria« umbenennen sollte. Boris und Iwan hatten zunächst protestiert, weil es in ihren Ohren wie der affige Name einer alten Zarin oder Königin klang. Sie änderten jedoch ihre Meinung, als er sie in seinem ironisch übertriebenen Queen's English darüber aufklärte, dass Viktoria das lateinische Wort für Sieg war.

Den Russen gefiel es, wenn er die *anglijskij gospodin*, die englischen Gentlemen, parodierte. Seinen Bruder Marwan amüsierte es weniger. Schließlich parodiere er dabei auch sie beide, meinte Marwan. Und Peter Feisal spielte diese Rolle in einer Weise, dass die Grenze zwischen Parodie und Wirklichkeit tatsächlich nur noch schwer zu erkennen war.

Möglicherweise endete dieser Abend, trotz des fantastischen Erfolgs, deshalb im Streit, weil Marwan so empfindlich war. Er hatte sich ein wenig über die Farben mokiert, die der Computer zustande brachte. Sein Bruder hatte zunächst versucht, das Selbstverständliche zu erklären, nämlich dass die Farben ein reines Kunstprodukt seien – dort draußen gebe es nämlich keine realistischen Farben. Die farbliche Darstellung auf den Bildschirmen diene nur dazu, die Bilder für den Betrachter, der schnelle Entscheidungen fällen müsse, unmittelbar verständlich zu machen. Außerdem sei so etwas leicht zu korrigieren. All das war natürlich offenkundig und nichts, worüber man sich hätte streiten müssen. Aber wenn man hier im mitternachtsdunklen Russland saß und betrunken war, dann ging es in einem unnötigen Streit nicht um Wissenschaft und gesunden Menschenverstand.

Die Angst, die mit einem Kater einherging, war natürlich nichts Neues für ihn. In seinen ersten Jahren in Cambridge hatte er in diesem Punkt bis heute gültige Erfahrungen gemacht. Aber an diesem Morgen war es ungewöhnlich schlimm, und der wissenschaftliche Durchbruch vom Vortag war nur einer von vielen Gründen. Dass er ein *anglijskij gospodin* war, konnte er nicht wegwischen. Aber er war auch ein Palästinenser, sogar mehr Palästinenser als Engländer, vor allem seit 9/11.

Gott zu suchen, war richtig. Es war ebenfalls richtig, sich selbst und seine Landsleute zu verteidigen, denen das Glück weniger hold war. Und wegen der Aktion mit Iwan und Boris brauchte er sich wahrlich nicht zu schämen. Im Gegenteil, das Endergebnis könnte zu einer der größten Niederlagen, nein, der allergrößten Niederlage der feindlichen westlichen Welt führen. All das war kein Grund, diese Angst zu empfinden.

Um Gottes willen, wie naiv er gewesen war! Und wie leicht an der Nase herumzuführen. Objektiv betrachtet war es sicherlich gut. Es war ausgezeichnet, dass er nun hier war. Aber es war ja nicht sein Verdienst, es war nicht seine Absicht gewesen.

Erst vor wenigen Monaten hatten er und Marwan und Marwans Kollege aus der Animationsfirma in einer Art fortgeschrittenem Studienkreis für, wenn man so wollte, eifrige und intellektuell gut ausgerüstete Anfänger im Islam gesessen und die Antwort auf die Frage gesucht, wie die Berufung denn aussehen würde, wenn und falls sie kam.

Abu Ghassan war ein fantastischer Lehrer gewesen, daran bestand kein Zweifel. Er war theologisch bewandert, aber kein Dogmatiker. Er predigte auf sehr überzeugende Weise Toleranz als Kern des Islam, ohne einen Fingerbreit abzuweichen oder eine einzige Sekunde zu zögern, wenn es darum ging, mit Gottes Hilfe einen gerechten Kampf gegen die israelischen Okkupanten und die satanische Weltmacht unter George W. Bush zu führen, die Israels Überlegenheit finanziell und mit Hilfe von Waffen stützte.

Abu Ghassan initiierte anhand der Apache-Helikopter eine Diskussion, in der es eher um Technologie und politische Psychologie ging als um Theologie.

Das Beispiel war simpel. Ein Teenager, Junge oder Mädchen, wurde von der Hamas mit einem dicken Gürtel ausgestattet, der ihn in eine lebende Bombe verwandelte. Der Sprengstoff war mit Nägeln gespickt, die nicht nur den Märtyrer zerreißen, sondern auch so viele Israelis wie möglich töten und verletzen würden.

Angenommen, die Aktion glückt insofern, als neun Menschen sterben, nämlich der Selbstmordattentäter, ein Tourist aus Brasilien, zwei irische Friedensaktivisten, drei israelische Kinder und deren Mutter und ein Soldat auf dem Weg in den Heimaturlaub.

Vierzig Minuten später starten zwei Apache-Helikopter und feuern über Gaza drei Hellfire-Raketen ab. Sechsundzwanzig Personen sterben sofort. Weitere fünfzehn sterben in den Rettungswagen und am folgenden Tag im Krankenhaus.

Die erste Aktion gelte als Terrorismus und bekomme große Medienaufmerksamkeit. Die zweite Aktion werde als Notwehr, Repressalie öder Ähnliches betrachtet, aber nicht als Terrorismus, sagte Abu Ghassan.

Was man mit einfachen Waffen mache, sei immer Terrorismus, was man mit hoch entwickelten Waffen mache, sei etwas ganz anderes, vor allem, wenn man eine blaue Uniform trage.

Was solle der Rechtgläubige nun zu Gott sagen?

Dass die Welt ungerecht sei? Natürlich, würde Gott sagen, das sei sie.

Dass unsere Unterdrücker uns töten und dafür Beifall in den Medien und aus London und Washington Unterstützung bekämen, während uns Hass und Abscheu entgegenschlage, wenn wir uns verteidigen? Natürlich, sage Gott, so sei es.

Sei es nicht doch eine gute Tat, dass dieser junge Märtyrer sein Leben im Kampf gegen die Übermacht geopfert habe?

Es sei eine mutige Tat, würde Gott sagen.

Aber mehr sage Er nicht.

Und nun saßen sie wieder da und gingen das Ganze noch einmal durch. Wenn der Feind tödliche Schläge gegen die Gläubigen ausführte, mussten sie zurückschlagen. Aber die erste Frage war, wie und gegen wen?

Es wie die Gymnasiasten aus Leeds zu machen und U-Bahn-Fahrgäste in London zu töten, war in jeder Hinsicht falsch. Nur Betrüger wie der selbst ernannte Imam Abu Hamza konnten etwas anderes behaupten – zum Schaden für die Sache der Gläubigen und allein zur eigenen ebenso selbstherrlichen wie sündhaften Freude. Und genau deshalb saß er dort, wo er hingehörte: im Belmarsh-Gefängnis.

Abu Ghassan zeigte ihnen, dass der Koran zwei Wege beschrieb. Den einen, auf Gott zu vertrauen und ihn um Hilfe zu bitten, verstand jeder. Wie in den Versen zweihundertfünfzig bis zweihunderteinundfünfzig der zweiten Sure:

Und als sie wider Goliath und seine Scharen auf den Plan traten, sprachen sie: »Unser Herr, gieße Standfestigkeit über uns aus und festige unsere Füße, hilf uns wider das Volk der Ungläubigen.

Und so schlugen sie mit Allahs Willen, und es erschlug David den Goliath; und Allah gab ihm das Königtum und die Weisheit und lehrte ihn, was Er wollte.

Das war also laut Abu Ghassan der einfache Weg. »Wer würde in seiner Angst nicht um Gottes Hilfe bitten, wenn er Goliath gegenübersteht? Aber Gott verlangt mehr von uns und vor allem von denjenigen, die Er mit Verstand ausgestattet hat.«

Daher sollten Peter Feisal, Marwan und Ibrahim besonders die dritte Sure, Vers einhundertneunzig beachten:

Siehe, in der Schöpfung der Himmel und der Erde und in dem

Wechsel der Nacht und des Tages sind wahrlich Zeichen für die Verständigen.

Gott äußerte sich also über die Bedeutung der Naturwissenschaften und die Pflicht eines Wissenschaftlers, seinen Verstand und seine Begabung zu nutzen.

Ungefähr so war die Diskussion verlaufen.

Natürlich war es eine Art Falle gewesen – das ließ sich im Nachhinein leicht sagen. Eines Tages hatte ihr normalerweise so lässig-ironischer Imam mit ernster Miene gesagt, er müsse ihnen etwas Gefährliches und Wichtiges mitteilen. Für den Fall, dass die Moschee abgehört werde, gehe man besser in den Park.

Zwischen Touristen, jungen Frauen mit Kinderwagen, Vögel fütternden Rentnern und anderen freundlichen Menschen, die ihr Lunchpaket in der noch immer milden Spätsommersonne verzehrten, hatte sich Abu Ghassan als vollkommen anderer Mensch gezeigt. Er war angespannt und tiefernst, als er ihnen eröffnete, dass er einer der geheimsten und mächtigsten Widerstandsbewegungen der Welt angehöre. Er habe ihnen eine wahrhaft bedeutsame Mitteilung zu machen. Vielleicht seien sie berufen worden.

Das bedeute nicht, dass sie auserwählt seien, sondern dass sie auf die Probe gestellt würden. Genaueres könne er ihnen im Moment nicht sagen – falls jemand einen Rückzieher machen wolle –, aber es seien großer Mut und fester Glaube an die gute Sache erforderlich und es sei unumgänglich, dass man wie ein englischer Gentleman auftreten könne. Was ja bei ihnen dreien zufällig gegeben sei.

Zuerst schien es, als wäre die Zeit stehen geblieben. Wenn ausgerechnet Abu Ghassan, der ihren kriegerischen Eifer die ganze Zeit gebremst und ihnen immer wieder eingeschärft hatte, dass sie auf ein Zeichen, auf die wahre Berufung warten sollten, wenn ausgerechnet er so überzeugt war, dass der Augenblick gekommen war, bestand kein Zweifel mehr. Es konnte einem schwindlig werden.

Als sie sich wieder beruhigt hatten, waren ihnen dennoch leise Zweifel gekommen; ganz abgesehen von der Angst, die sie befiel. Doch wenn dieser so überzeugend wirkende Gottesmann in Wahrheit ein Wahnsinniger war, der sie manipuliert hatte, würden sie das bestimmt bald merken.

Irgendwo im Hintergrund gab es offensichtlich eine starke Organisation. Ein Mann, den Peter Feisal noch nie gesehen hatte, steckte ihm freundlich zwinkernd einen Zettel in die Tasche, als er in Ruhe in der Moschee beten wollte. Auf dem Zettel standen nur eine Uhrzeit, eine Adresse in Kensington und die Beschreibung eines kaputten Briefkastens. Als er dorthin ging und in den Briefkasten griff, hatte er das Gefühl, seine Hand in eine Mausefalle zu stecken. Er fischte einen irischen Pass heraus.

Drei Kilometer entfernt setzte er sich auf eine Parkbank, schaute sich um und schlug den Pass auf. Ihm wurde eiskalt, als er sein eigenes Bild in dem, soweit er das beurteilen konnte, vollkommen echt wirkenden Pass sah. Sein Name lautete nun David Gerald Airey.

Marwan und Ibra erging es ähnlich. Anschließend erhielten sie Flugtickets, die auf die Namen in ihren neuen Pässen ausgestellt waren. Die Abflugorte unterschieden sich, aber sie hatten alle dasselbe Ziel: Frankfurt am Main in Deutschland.

Am Tag vor der Abreise versammelten sie sich bei Abu Ghassan, um für den Erfolg zu beten. Flüsternd erklärte er ihnen, dass sie einen bestimmten Treffpunkt in der Abflughalle für Asienflüge aufsuchen sollten. Dort würden sie eine Frau in muslimischer Kleidung, aber mit Turnschuhen mit drei Streifen treffen. Sie würde sie etwas fragen und dann ein

Päckchen fallen lassen, das einer der Gentlemen natürlich aufheben würde. Darin befänden sich neue Pässe und neue Flugtickets. Ihre alten Pässe sollten sie in einen Papierkorb auf der nächsten Toilette werfen.

Eine Sache war von besonderer Bedeutung. Sie würden auf der Reise zwar falsche Identitäten haben, aber immer irische oder britische. Ihre Kleidung sollten sie daher passend wählen. Und sie sollten für kaltes Klima packen, vorzugsweise Tweed, aber auf keinen Fall Kleidungsstücke, die muslimisch anmuteten. Ihr Gepäck müsse zu ihren Identitäten passen, falls unerwartet jemand Verdacht schöpfe.

Das ganze Arrangement war unwiderstehlich, vor allem, da es offensichtlich von Beginn an professionell geplant war. Allein die Tatsache, sechs scheinbar echte Pässe zu besorgen und drei ihrer Identitäten samt Flugtickets verschwinden zu lassen!

Sie hatten also in ihrer englischen Kleidung auf dem Frankfurter Flughafen gestanden, zufällig alle in Tweed, sich angestrengt über die Fasanenjagd unterhalten und typische Briten gespielt, was recht amüsant war, da Marwan einen Schotten und Ibrahim einen Waliser abgeben sollte. Peter Feisal galt vorübergehend als Ire, was seiner Ansicht nach die undankbarste Rolle war.

Sie trug einen langen schwarzen Schleier, der jedoch nur die Hälfte ihres Gesichts bedeckte, schwarze weite Kleider und Turnschuhe mit drei Streifen. In einem etwas schwer verständlichen Englisch fragte sie nach der richtigen Abflughalle für Flüge nach Islamabad. Sie tat, als würde sie etwas verlieren, und als Peter Feisal sich reflexartig nach dem Päckchen bückte, stieß sein Kopf mit ihrem zusammen, da auch sie sich hinuntergebeugt hatte. Sie jammerte lautstark vor Schmerz, steckte ihm jedoch blitzschnell das kleine Paket in die Jackentasche. Dann wuselte sie weiter.

90

Das war seine erste Begegnung mit Mouna al-Husseini gewesen.

Als sie die Herrentoilette betraten, um ihre alten Reisepapiere loszuwerden und die neuen zu sortieren, stellten sie fest, dass sich ihre Identitäten kaum verändert hatten, nur war Marwan jetzt Ire und Peter Feisal Waliser. Sie interpretierten das Ganze als geistreichen, nahezu arroganten Scherz einer Organisation, die über so große Mittel verfügte, dass man sogar die neuen, extrem fälschungssicheren Pässe in jeder beliebigen Variation herstellen konnte. Es war, genau wie Abu Ghassan gesagt hatte, ein ganz großes Abenteuer.

Dass auf ihren neuen Flugtickets nur ein einfacher Hinflug nach Moskau vermerkt war, machte sie nicht stutzig. Sie gingen davon aus, dass sie dort neue Tickets bekommen würden.

Und so war es auch. Von Mouna persönlich. Sie hatte denselben Flug genommen, aber in ihrer modernen westlichen Kleidung hatten sie sie nicht erkannt. Als sie später zusammen über den Trick lachen konnten, erfuhr Peter Feisal, dass Mouna den Schleier einfach auf der Damentoilette entsorgt hatte.

Nachdem sie die Pass- und Zollkontrolle auf dem Domodedowo-Flughafen bei Moskau passiert hatten, wurden sie von dunklen Männern in schwarzen Lederjacken abgeholt, die ihr Gepäck nahmen und sie zu einem VW-Bus mit heruntergezogenen Gardinen brachten. Im Wagen erklärte Mouna, die neben dem Fahrer saß, den britischen Abenteurern kurz und knapp, man werde zu einem anderen Flugplatz namens Scheremetjewo fahren und von dort aus über große Teile Asiens fliegen. Dann begann sie ein Gespräch mit dem russischen Chauffeur.

Große Teile Asiens war eine Information, die man mit Vorsicht hätte genießen sollen, wie er nun wusste. Scheremet-

jewo I war ein Flughafen, von dem ausschließlich Inlands-
flüge abgingen. Aber den Zielort konnten sie nicht so recht
entziffern, da er in kyrillischer Schrift und mit einem
schlechten Drucker oder bei fast leerem Toner auf die Tickets gedruckt worden war.

Als sie in ihren Tweedjacketts das Flugzeug nach Murmansk bestiegen, stachen sie deutlich aus der Gruppe der
anderen Passagiere mit den dicken Wintermänteln und den
pelzigen Kopfbedeckungen heraus. Aber sie begriffen immer
noch nicht, was vor sich ging. Da es sich zu allem Überfluss
um einen Abendflug handelte, konnten sie nicht an der
Sonne ablesen, dass sie nicht nach Süden, zum Beispiel nach
Islamabad, sondern nach Norden flogen.

Murmansk war ein Schock für sie. Der Flugplatz erinnerte
an das Ende der Welt, und als sie in die arktische Kälte
hinaustraten, bestand kein Zweifel mehr über das Land, in
dem sie sich noch immer befanden, und den Breitengrad.

Man verfrachtete sie in einen übel riechenden Bus, dessen Gardinen allerdings nicht zugezogen waren, nach Murmansk und setzte sie vor einem Hotel ab, dessen nagelneue
Neonreklame in kyrillischen und lateinischen Buchstaben
verkündete, dass dies das Hotel Arktika sei. Allein das war
schon niederschmetternd gewesen.

Als sie die gigantische Rezeption mit dem rauen Stein-
boden betraten, fühlten sie sich in einen Albtraum versetzt.
Im hinteren Teil der hangarartigen Halle befand sich eine Art
Diskothek oder Nachtclub, wo ziemlich betrunkene junge
Leute wild unter flackerndem Neonlicht und Scheinwerfern
tanzten.

Mouna lenkte sie energisch in die andere Richtung zur
Rezeption, wo demonstrativ missgelaunte Menschen ihren
Blick nicht von der Sportübertragung im Fernsehen ab-
wenden wollten. Sie herrschte sie auf Russisch an, einer

drehte sich verwundert um, kam zu ihnen an den Tresen, war plötzlich erstaunlich höflich und reichte ihnen die Zimmerschlüssel.

So also hatte der der Albtraum begonnen. Wenn man es genauer ausdrücken wollte, war dies der Beginn einer langen schlaflosen Nacht gewesen. Die Worte, die Mouna damals zu ihnen gesagt hatte, waren in ihrer Wirkung mit einem Sprung in das Eisloch eines russischen Sees vergleichbar gewesen. Erst viel später hatte Peter Feisal begriffen, warum sie so unnötig brutal vorgegangen war.

»Meine Herren!«, hatte sie im Befehlston gesagt, »mein Name ist Mouna, ich bin die stellvertretende Chefin des Nachrichtendienstes der PLO, und wir haben einige kleine Tricks anwenden müssen, um Sie hierher zu bringen. Von drei Dingen können Sie überzeugt sein. Sie sind in kein religiöses Projekt verwickelt. Trotzdem werden wir Sie davon überzeugen, uns zu helfen. Ab morgen früh um acht. Kommen Sie nicht zu spät zum Frühstück! Falls Sie unsicher sind, können Sie sich gern vom Hotel wecken lassen. Eins noch: Sollte einer von Ihnen einen Rückzieher machen, werden wir Sie nicht umbringen, aber unangenehm lange in Russland festhalten. Gute Nacht, meine Herren.«

Dann war sie auf knallenden hohen Absätzen davongegangen und hatte die drei an der Rezeption stehengelassen. Sie hatten mit ihren falschen Namen eingecheckt und ihre Pässe abgeben müssen.

Sie bekamen drei nebeneinander liegende Zimmer im vierten Stock. Nachdem ihr Gepäck gebracht worden war und sie den Boy losgeworden waren, der über ihre Fünf-Pfund-Noten die Nase gerümpft und irgendetwas von Dollars gemurmelt hatte, trafen sie sich in Peter Feisals Hotelzimmer. Es roch stark nach Tabak und etwas Säuerlichem, dem im Moment niemand auf den Grund gehen wollte.

93

»Tja, Jungs, interessante Reise«, sagte Ibrahim, warf sein Jackett von sich und sank in das betagte dunkelrote Sofa mit den quietschenden Federn. »Früher hätte man sich unter solchen Umständen einen Drink gegönnt. Ich weiß nicht, wie ihr dazu steht. Gibt es keine Ausnahmen?«

Keiner grinste über die theologische Frage, ob ein guter Gläubiger sich in gewissen Situationen einen Drink genehmigen durfte. Marwan ging sofort zur Minibar und belud ein Tablett mit kleinen Flaschen und Gläsern.

Peter Feisal, der das Alkoholverbot strenger einhielt als die beiden anderen, hatte nichts dagegen einzuwenden, wollte seinen Whiskey aber auch nicht ohne Wasser trinken. Wortlos ging er ins Badezimmer und kam mit einem vollen Zahnputzbecher zurück, der als Karaffe herhalten musste.

Sie nickten sich zu, kippten ihren ersten Whiskey hinunter und schenkten sich sofort einen neuen ein. Alle drei warteten ab, wer zuerst etwas sagen würde. Es war nicht einfach, die passenden Worte zu finden.

»Wir stecken in der Scheiße«, sagte Ibrahim mit versteinertem Gesicht.

»In der Tat. Man könnte sagen, in einer klitzekleinen Klemme«, fügte Marwan hinzu.

Dann lachten sie erleichtert, weil sie über das Elend wenigstens noch Witze machen konnten.

Sie waren also von der PLO gekidnappt worden, genauer gesagt, vom Nachrichtendienst der PLO. Es war ihnen nie bewusst gewesen, dass die PLO über eine solche Organisation verfügte, so etwas verband man mit Großbritannien, den USA oder geheimnisvollen islamistischen Befreiungsbewegungen.

Aber nun hatten sie keinen Anlass mehr, diese Tatsache infrage zu stellen. Die ausgeklügelte Art und Weise, wie man sie nach Murmansk gelockt hatte – ausgerechnet nach Murmansk am nördlichen Eismeer! –, ließ zumindest keinen Zweifel an den Fähigkeiten dieses palästinensischen Nachrichtendienstes.

Aber wieso? Das war die große Frage. Wenn die PLO ihre Unterstützung brauchte, warum hatte sie nicht vorher gefragt? Diese Mouna hatte doch gesagt, sie sei sicher, die drei überzeugen zu können. Wozu dann dieser kostspielige und zeitraubende Aufwand?

Die ganze Sache stank zum Himmel. Zudem stand eine – gut getarnte – Todesdrohung im Raum, denn konnte man etwas anderes darunter verstehen »unangenehm lange« hier festgehalten zu werden? Außerdem stellte sich natürlich die Frage, was die drei hier tun konnten. Womit konnten sie der PLO nützlich sein?

Vermutlich ging es nicht um die Herstellung von kleinen oder größeren Bomben. Die Brüder Marwan und Peter Feisal hatten als kleine Jungen zwar einige spektakuläre Erfolge auf diesem Gebiet zu verzeichnen gehabt. Unter anderem hatten sie mit Hilfe von einfachen Mitteln auf dem Familiengut Silvesterkracher aufgemotzt und damit eine gewisse Aufregung, erhitzte Gemüter und einen explodierten Schuppen hinterlassen. Aber sie waren damals elf und zwölf Jahre alt gewesen, es war lange her.

Peter Feisal hing einer Vermutung nach. Man hatte ihm doch eine Stelle bei Marconi angeboten, oder vielmehr hatte man sich nach der Veröffentlichung seiner Doktorarbeit um ihn gerissen. Nicht, dass er große Lust gehabt hätte, in der Industrie zu arbeiten, schon gar nicht in der Waffenentwicklung, aber er hatte das Angebot angenommen, wahrscheinlich zunächst aus Neugier. Natürlich hatte er manche praktischen Konsequenzen seiner Entdeckungen erahnen können. Er glaubte fest an die Möglichkeit, die Ozeanografie zu revolutionieren, an eine Zukunft, in der es genauso detaillierte

Karten der Weltmeere gäbe wie von den Landmassen auf der Erde. Jede Senke, jeder Gebirgszug unter Wasser würde auf gedruckten und elektronischen Seekarten mit der gleichen Genauigkeit verzeichnet sein wie die entsprechenden Bodenverhältnisse an Land. Er hatte gehofft, dass dies das Ziel der Arbeit seines Teams war.

Aber die Forschungsabteilung bei Marconi hatte ganz andere Pläne gehabt. Man hatte eine Art U-Boot-Waffe konstruieren wollen. Als ihm das klar geworden war, hatte er das Interesse verloren und gekündigt.

Man konnte also annehmen, dass die PLO dasselbe vorhatte. Der Ort, an dem er sich nun befand, versetzte seiner Stimmung einen gehörigen Dämpfer: Soweit Peter Feisal wusste, waren die größten U-Boot-Basen Russlands nicht weit entfernt. Und es beunruhigte ihn, für die PLO zu arbeiten. Die sogenannte Befreiungsbewegung des palästinensischen Volkes war so weltlich wie korrupt. Vor allem aber besaß die PLO gar keine U-Boote. Und seine Fähigkeiten an Russen zu verkaufen, die wahrscheinlich von ähnlichem Schlag waren wie die Wissenschaftler bei Marconi, war doch, zumal für einen Mann aus Cambridge, ungemein geschmacklos.

Über diese Meinung lachten sie nun zum zweiten Mal. Es war zwar tatsächlich komisch, aber man brauchte eine gute Portion Selbstironie, um diesen Scherz zu goutieren. *Für einen Mann aus Cambridge ungemein geschmacklos.* Klar. Wer wollte sich schon in den Spionagering aus Cambridge einreihen und mit den berühmten Landesverrätern Burgess, Kim Philby, Maclean und Blunt auf eine Stufe stellen?

Doch nun hatten sie zumindest – mit Hilfe von weiterer Whiskeyfläschchen aus Marwans Zimmer – eine plausible Erklärung für diese extrem komplizierte Headhunting-Aktion gefunden.

Aber wenn sie Peter Feisal wegen der Ozeanografie gebrauchen konnten, was wollten sie mit Marwan und Ibra, »The Wiz«, anfangen, wie Letzterer in seiner seltsamen kleinen Game-Design-Firma genannt wurde?

Ibrahim und Marwan überhörten geflissentlich, dass Peter Feisal ihre Fähigkeiten anscheinend für vollkommen unbrauchbar hielt. Gemeinsam grübelten sie über die unterschiedlichen Gebiete nach, auf denen ihr Können von Nutzen sein könnte.

Marwan holte Papier und Stift. Seine Zeichnung sah wie ein gewöhnlicher Schaltplan aus, hatte aber mit Computersprache zu tun. Sein Bruder konnte ozeanografische Details sammeln und systematisieren; Senken, Gebirgsketten, Hindernisse und natürlich andere Fahrzeuge aus Eisen, die starke magnetische Signale aussendeten. Doch diese Informationen mussten natürlich auch sichtbar gemacht werden. In einem wissenschaftlichen Labor war das kein Problem, da dort jeder die Signale lesen und interpretieren konnte, ohne dass sie realistisch dargestellt wurden. Aber was, wenn man eine schnelle Übersetzung der Signale in deutliche Bilder benötigte?

Genau das konnten Marwan und Ibrahim, sie konnten die Sprache des Computers in ein klares Bild umsetzen, das jeder Betrachter verstehen konnte. Im Grunde war es merkwürdig, dass diese Technik noch nicht existierte. Man brauchte lediglich bereits vorhandene Erkenntnisse zu kombinieren. Mit Science-Fiction hatte das nichts zu tun. Vielleicht war der Gedanke zu nahe liegend.

Sie versuchten, alles noch mal von vorne durchzukauen, aber es ging nicht. Sie waren schon zu weit gekommen und außerdem nach der dritten Runde Fläschchen, nun aus Ibrahims Zimmer, ziemlich angetrunken. Und es war schon nach zwei. In weniger als sechs Stunden würden sie erfahren, ob sie richtig lagen. Mouna hatte ihnen ja gesagt, sie sollten pünktlich zum Frühstück erscheinen, und sie schien nicht der Typ zu sein, der Verständnis aufbrachte, wenn ein Gentleman sich morgens noch einmal umdrehte und in Ruhe seinen Rausch ausschlief.

Frisch geduscht, gut rasiert und in sauberen Hemden, aber ein wenig rot geränderten Augen erschienen sie am nächsten Morgen um kurz vor acht im Frühstückssaal.

Die Tischdecken waren weiß, aber abgenutzt. Sie holten sich ihr Frühstück – eine Variation des *Full English Breakfast*, zu erkennen an einem Übermaß an Schweinefleisch, mit starkem russischem Einschlag, auf den Eier und Fisch in allen möglichen Variationen zurückzuführen waren – und setzten sich. Natürlich waren sie gespannt.

Sie kam pünktlich auf die Minute, in Jeans und Strickpullover und mit einer langen Pelzjacke über dem Arm. Gut gelaunt ließ sie sich an ihrem Tisch nieder und wurde sofort von einem Kellner nach ihren Wünschen gefragt. Mühelos bestellte sie auf Russisch.

»Nun, Gentlemen«, begann sie fast fröhlich, »zunächst möchte ich Ihnen zu Ihrer Kombinationsgabe gratulieren. An sich hatte ich das von solchen Talenten wie Ihnen auch nicht anders erwartet. Aber unter Druck ist es natürlich etwas ganz anderes. Die unausgesprochene Todesdrohung dürfen Sie nicht ganz so ernst nehmen.«

»Nicht ganz so ernst?«, wiederholte Marwan nachdenklich. »Wie sollen wir sie denn auffassen?«

»Verzeihung, ich habe nur versucht, eine Britin zu spielen, Sie wissen schon, *understatement*. Wie auch immer, wir haben Ihre Konversation heute Nacht belauscht. Ich bitte um Entschuldigung, es wird nie wieder vorkommen, von nun an können wir sicherlich offen miteinander reden, aber heute Nacht mussten wir Sie abhören. Ich bin sehr zufrieden mit dem, was ich gehört habe.«

»Tatsächlich? Darf ich fragen, warum?«, wollte Peter Feisal wissen.

»Weil Sie nicht in Panik geraten sind. Sie haben richtig geraten, wir werden Sie drei für längere oder kürzere Zeit in einem U-Boot brauchen. Da darf man nicht hysterisch werden. Außerdem bin ich froh, dass Sie mir die Chance geben wollen, Sie zu überzeugen. Denn genau das werde ich tun.«

Sie hielt inne, als zwei Kellner ihr von beiden Seiten das Frühstück servierten, das einen rein russischen Eindruck machte.

Sie begann mit gutem Appetit zu essen und forderte die drei ein wenig auffälligen britischen Gentlemen in Harris-Tweed auf, es ihr nachzutun.

Nach kurzer Stadtführung durch Murmansk, vorbei an dem grotesk großen Siegesdenkmal und dem propagandistischen Naturhistorischen Regionalmuseum an einer Hauptstraße, die im Volksmund noch immer Leninprospekt hieß, obwohl sie längst umbenannt worden war, saßen sie wieder in einem Kleinbus, der sie auf Straßen voller Schneematsch in Richtung Seweromorsk fuhr. Sie passierten einige Militärkontrollen und kamen schließlich an der Forschungsstation 2 an.

Sie mussten sich ein Zimmer in einer nicht mehr genutzten Unterkunft für Marineinfanteristen teilen. Das Gebäude machte einen niederschmetternden Eindruck. Nicht, weil sie eine elegantere Umgebung erwartet hätten, sondern weil der allseitige Verfall sie jegliches Vertrauen verlieren ließ. Wie sollte der Freiheitskampf des palästinensischen Volkes von den hiesigen Verhältnissen in irgendeiner Weise profitieren können? Ebenso gut hätte man sie in einem Flüchtlingslager unterbringen können.

Mouna al-Husseini trieb sie zur Eile an, und sobald sie ihr Gepäck auf der »Stube« abgestellt hatten, wie Marwan es seufzend nannte, führte sie sie hinaus in den Schneematsch und über einen Kasernenhof, auf dem einst Massen von Marinesoldaten exerziert haben mussten.

Sie gelangten in einen kleinen Vorlesungssaal mit glühend heißem Kamin in der Ecke und wurden von zwei Männern in Zivil, die sie zunächst für eine Art Hausmeister hielten, und einem Mann in Marineoffiziersuniform empfangen.

»Dies ist Fregattenkapitän Alexander Owjetschin«, stellte ihn Mouna al-Husseini vor. »Er ist mein allerbester russischer Freund und außerdem der Verbindungsoffizier zwischen Russland und den Nachrichtendiensten der PLO. Wir haben vier Jahre zusammen an dem Projekt gearbeitet, über das Sie nun alles Wesentliche erfahren werden. Danach übernehmen unsere wissenschaftlichen Fachleute Iwan Firsow und Boris Starschinow, übrigens Kollegen von Ihnen. Nehmen Sie bitte Platz, meine Herren.«

Sie sagte etwas auf Russisch zu dem Marineoffizier, schien es sich aber anders zu überlegen, wandte sich an ihre unfreiwilligen Gäste und fügte hinzu, man werde sich von nun an auf Englisch verständigen, was ansonsten in Russland nicht üblich sei. Sämtliche Herren seien jedoch philologisch gebildet genug, sich in der englischen Sprache auszudrücken.

Dieser Kommentar machte zunächst einen befremdlichen Eindruck, erklärte sich jedoch von selbst, als der junge Fregattenkapitän zu sprechen anfing. Er konnte mit Sicherheit die anspruchsvollsten englischen Texte lesen, möglicherweise auch verfassen. Aussprache und Grammatik jedoch stammten aus einer ganz anderen Welt als der der drei Cambridge-Absolventen.

»Meine Herren anwesende Wissenschaftler«, begann er. »Es ist mir eine große Befriedigung, Sie willkommen zu begrüßen in Seweromorsk, das ein wichtiges Zentrum ist für die hoch entwickelte Positionierung von U-Booten in einer Zeit, in der sowohl marinetechnologische wie auch die geopolitischen Kräfteverhältnisse auf eine harte Probe gestellt werden. Wir haben es heute zu tun mit einer Art von politischen Gegensätzen, mit der man sich auf keiner Seite der einstigen Barriere im sogenannten Kalten Krieg in genügender Weise, ausreichende analytische Fähigkeiten vorausgesetzt, vertraut machen konnte.«

Und so war es weitergegangen. Die drei wohlerzogenen und höflich lauschenden englischen Akademiker brauchten eine Weile, bis sie sich in die Ausdrucksweise des Fregattenkapitäns eingehört hatten. Aber nachdem das sprachliche Hindernis überwunden war und der Vortragende die erste Abbildung des Monsters aufgehängt hatte, spitzten sie genauso gebannt die Ohren wie die feinen Internatsschüler, die sie einst gewesen waren.

Fregattenkapitän Owjetschin begriff vielleicht, dass er so schnell wie möglich auf gewisse wichtige Punkte zu sprechen kommen musste. Das Bild zeigte das U-Boot Kostroma, die Nummer K 276 in der russischen Nordmeerflotte. Es handele sich um ein Jagd-U-Boot, das nicht für den strategischen Kernwaffeneinsatz, sondern dazu gedacht sei, taktische Ziele anzugreifen, wie zum Beispiel die Flotte und die Luftwaffenstützpunkte des Feindes, erläuterte der Russe. Das Boot sei hundertsieben Meter lang und verfüge über eine Besatzung von einundsechzig Mann, darunter dreißig Offiziere unterschiedlichen militärischen Rangs. Die Waffenladung könne man bis auf Weiteres außer Acht lassen, sie sei mit Sicherheit ausreichend. Das wirklich Interessante an diesem U-Boot-Typ sei jedoch der innere Rumpf, eine Art Druckkammer, aus Titan.

Titan sei teurer als Gold. Darüber hinaus habe Titan zwei weitere Eigenschaften, die im Zusammenhang mit U-Booten besonders bedeutsam seien. Zunächst eine Haltbarkeit, die alle bisher bekannten Formen von Stahl überträfe. Und zweitens habe Titan keine magnetische Signatur. Praktisch bedeute das, dass K 276 bis in achthundert Meter Tiefe tauchen könne. Kein bekanntes amerikanisches U-Boot sei in der Lage, tiefer als sechshundert Meter zu tauchen, und im Übrigen funktionierten die Torpedos der NATO nur bis zu einer Tiefe von vierhundertfünfzig Metern.

Magnetbojen, Magnetschlingen und andere auf Magnetismus beruhende Methoden zum Aufspüren von U-Booten seien somit wirkungslos. Trotzdem sei leicht zu verstehen, warum bislang nur wenige so konstruierte U-Boote gebaut wurden. Die größten Titanvorkommen der Welt befänden sich in der ehemaligen Sowjetunion, hauptsächlich in Sibirien. Dennoch wären die Kosten verheerend, würde man ein ganzes Boot aus diesem Material herstellen.

Außerdem müsse die neue russische Marine Rücksicht auf globale Aufgaben nehmen, von der Verteidigung der strategischen U-Boote bis zur Abwehr feindlicher Jagd-U-Boote oder größerer Flotteneinheiten; U-Boote mit Titanrumpf dagegen benötige man nur für spezielle Aufgaben.

Betrachte man die Sache allerdings aus palästinensischem Blickwinkel, ergäbe sich eine vollkommen andere Logik. Die einzige Aufgabe eines palästinensischen U-Bootes wäre ein Sieg über die israelische Flotte und eventuell über Teile der israelischen Luftwaffe.

Es sei bekannt, dass ein beachtlicher Teil des israelischen Bruttoinlandsprodukts dem Erhalt der militärischen Macht des Landes zugutekomme. Weniger bekannt, aber in diesem Zusammenhang von besonderem Interesse sei, dass nur fünf Prozent von Israels Militäretat für die Flotte verwendet würden. Das läge daran, dass die israelische Flotte praktisch keinen ernst zu nehmenden Feind habe, weder im Roten Meer noch im Mittelmeer. Libyen, Ägypten und Syrien hätten früher über russische oder vielmehr sowjetische U-Boote der

Kilo-Klasse verfügt. Sie seien als eine Art brüderliche Entwicklungshilfe verschenkt worden. Seit Russlands Wiedergeburt liefere man militärisches Material jedoch nur noch an zahlende Kunden. Soweit man wisse, seien sowohl die syrischen als auch die libyschen Kilo-U-Boote aufgrund mangelnder Instandhaltung in ihren Häfen gesunken. Ägypten verhandele zwar mit Deutschland über den Bau einer neuen U-Boot-Flotte, aber nichts deute darauf hin, dass diese Pläne innerhalb der nächsten fünf Jahre verwirklicht würden.

Daher habe die israelische Marine nur eine überschaubare Anzahl von Aufgaben. Die wichtigste bestehe darin, das Seeterritorium des Landes zu schützen und palästinensische Fischerboote daran zu hindern, in Gaza abzulegen. Es handele sich also um das routinemäßige Kontrollieren eines unbewaffneten Feindes. Für die zweite seemilitärische Hauptaufgabe verfügten die Israelis über drei U-Boote: Sie könnten Spezialeinheiten durch das Mittelmeer befördern, gegebenenfalls irgendwo absetzen oder einen Atomwaffenangriff auf den Iran starten. Diese drei U-Boote, übrigens ein Geschenk aus Deutschland, Dolphin, Leviathan und Tekuma, seien mit Marschflugkörpern vom Typ Popeye bewaffnet, die über Atomsprengköpfe verfügten.

Die U-Boote stellten die am höchsten entwickelte Waffenplattform der israelischen Flotte dar und seien, wenn man es objektiv betrachte, der einzige ernst zu nehmende Gegner der palästinensischen Flotte.

An diesem Punkt brach der Fregattenkapitän, für seine englischen oder genauer palästinensischen Zuhörer recht überraschend, seinen Vortrag ab. Er erkundigte sich höflich, ob es Fragen gebe.

»Verzeihung, aber existiert dieses palästinensische U-Boot?«, fragte Marwan unmittelbar und dachte im gleichen Augenblick, dass sich daraus unzählige weitere Fragen ergaben.

»Ja, es liegt zwei Kilometer von hier am Kai«, antwortete Mouna al-Husseini anstelle des Fregattenkapitäns. »Bislang hat uns die Mission fast eine Milliarde Dollar gekostet. Wir haben, gemeinsam mit russischen Mitarbeitern, einige Übungen mit dem Boot durchgeführt. Für alle taktischen Aufgaben, die die Offensive betreffen, haben wir inzwischen eine Lösung gefunden, wir könnten die israelische Flotte morgen vernichten. Aber im Moment würde das U-Boot einen solchen Angriff vermutlich nicht überstehen. Das heißt: Unser Verteidigungssystem ist noch nicht perfekt. Und hier kommen Sie ins Spiel. Hören Sie sich zunächst an, was Ihre Kollegen aus der Forschung dazu zu sagen haben. Anschließend steigen wir in die Diskussion ein.«

Sie hatten sich kerzengerade auf ihren wackligen Stühlen aufgerichtet und sich wieder wie äußerst wohlerzogene Internatsschüler gegeben. Obwohl sie genau diesen Eindruck nicht hatten erwecken wollen.

Es war ein überwältigendes Gefühl, als sie zweieinhalb Monate später mit der gesamten Besatzung in das U-Boot stiegen. Endlich begann die Praxis. Sie sollten unter realistischen Bedingungen eine drei Wochen lange Übungsfahrt durch den Nordatlantik und die Barentssee antreten. Jeder der drei hatte sich einen Seesack aus Jute mit einem Minimum an Gepäck über die Schulter geworfen; Waschzeug, Socken, Unterwäsche und ein paar Bücher. In den engen Räumen herrschten Gedränge und munteres Treiben, als jeder seine Koje zu erreichen versuchte. Die drei englischen Gentlemen, wie sie offenbar von allen Russen an Bord genannt wurden, teilten sich eine Kajüte. Mehr noch, da insgesamt neun Palästinenser auf die drei Liegen der Kajüte verteilt werden sollten, müssten sie sogar das Bett teilen, hieß es. Die Russen bezeichneten die Palästinenser übrigens alle als »Libyer«, da ihnen niemand gesagt hatte, woher die arabischen Gäste eigentlich stammten. Auch unter den palästinensischen Besatzungs-mitgliedern kannte man sich nur mit Vornamen.

Dass man zu dritt in dem winzigen Bett schlafen sollte, stellte sich als Missverständnis heraus; die drei würden sich selbstverständlich nicht gleichzeitig darin aufhalten. Von diesem Moment an war ihr Tag in drei Acht-Stunden-Schich-ten eingeteilt. Acht Stunden Arbeit, acht Stunden Russisch-unterricht, militärische Ausbildung und Freizeit und danach acht Stunden Schlaf.

Die drei Gentlemen arbeiteten an Bildschirmen im Her-zen – oder vielmehr im Hirn des U-Boots – der Kommando-zentrale, in unmittelbarer Nähe des ranghöchsten Offiziers oder seines Stellvertreters.

Als sie die Schichten verlosten, zog Peter Feisal leider die Niete und erhielt die erste Schlafschicht, doch an Schlaf war nicht zu denken.

Stattdessen drängten sich alle drei in der Zentrale, als das U-Boot ablegte. Ihre grünen Schulterklappen hatten einen roten Rand, woran zu erkennen war, dass ihnen der Zutritt jederzeit gestattet war. Schließlich hatten sie die neuen süd-koreanischen Bildschirme selbst angeschlossen, die nicht nur viel Platz sparten, sondern auch eine wesentlich bessere Bildqualität boten.

Die Abfahrt war ernüchternd. Langsam glitten sie in den dunklen Fjord hinaus, und auf den Schirmen war außer ein-zelnen Lichtern von entgegenkommenden Schiffen oder aus dem Hafen von Seweromorsk nichts zu erkennen. Als der Kommandant den Befehl gab, auf zweihundert Meter Tiefe zu tauchen, waren abgesehen von der rauschenden Klima-anlage keine besonderen Geräusche zu unterscheiden, man spürte nicht einmal das geringste Neigen oder Kippen, das darauf hingedeutet hätte, dass man sich auf dem Weg in die

Tiefen des Meeres befand. Plötzlich meldete einer der Unteroffiziere, dass der Befehl ausgeführt worden sei.

Die drei Gentlemen hingen stundenlang vor den Bildschirmen, oder vielmehr hingen Peter Feisal und Ibra auf den Schultern von Marwan, weil dieser die erste Schicht und somit einen Sitzplatz hatte. Für zusätzliche Stühle war kein Platz, jeder Quadratzentimeter an Bord wurde voll ausgenutzt. Auf den Schirmen wurden drei Funktionen abgebildet. Ganz links das bisherige russische System, die elektronische Seekarte, mit deren Hilfe das U-Boot navigierte. Auf dem rechten Bildschirm hatten sie ihr eigenes, das neue System installiert, mit dem das U-Boot im Dunkeln sehen konnte. Allmählich trat die Parallelität der Bilder deutlicher hervor, das eine verschwommen und schwarzweiß, das andere farbig. Die Farben waren jedoch nur eine Äußerlichkeit, wirklich interessant war es, die großen Übereinstimmungen rechts und links zu sehen. Das neue System registrierte sofort, was die Russen sich durch jahrelange Echolotstudien erarbeitet hatten. Hin und wieder kamen neugierige Offiziere vorbei und stellten dem jungen Offizier oder Unteroffizier, der Marwan assistierte – dummerweise hatten sie die Rangbezeichnungen nicht gelernt –, die eine oder andere Frage. Die Besucher schienen nur widerwillig zu akzeptieren, was sie sahen, grunzten irgendetwas und zogen wieder ab.

Der Bildschirm in der Mitte war schwarz und leer. Hier wurde angezeigt, was unmittelbar vor ihnen lag; in den ersten beiden Stunden nichts außer Fischschwärmen. Doch kurz nachdem Ibra müde geworden war, einen Blick auf die Uhr geworfen und sich zum Sprachkurs aufgemacht hatte, kam in zwei Seemeilen Entfernung und fünfzig Meter tiefer etwas auf sie zu. Ein U-Boot.

Nachdem der Russe an seiner Seite Alarm geschlagen hatte, kam der Kommandant persönlich herunter und erkundigte sich nach der Lage. Es entwickelte sich eine hitzige Diskussion, der Marwan, Ibras Ablösung, zu entnehmen glaubte, dass es sich um eine unerwartete Begegnung handelte.

Sie hatten die Geschwindigkeit gedrosselt und einen ultraleisen Gang eingelegt. Das andere U-Boot kam stetig näher. Sobald man die Kavitationsgeräusche registrieren konnte, meldete der Computer, dass es sich nicht um ein bekanntes Fahrzeug handele. Ein unbekanntes U-Boot in russischen Gewässern löste an Bord nahezu Panik aus, wenn Marwan die Situation richtig deutete. Er wies seinen Assistenten an, die Lasersensoren auf das Fahrzeug zu richten, und konnte fast sofort die Ziffern auf dem Turm des fremden U-Boots erkennen: K 329. Blitzschnell fanden sie heraus, dass es sich um das Versuchs-U-Boot Sewerodwinsk der russischen Flotte handelte.

Der russische Kommandant strahlte und gab Befehl, ein Schallsignal auf den Fremdling zu richten, ein »Ping«, das in ihrem eigenen Sonargerät widerhallte, als es auf den Rumpf des Kollegen traf. Alle in der Zentrale jubelten und klatschten in die Hände.

Viel später fand Marwan, unter gewissen Mühen und mithilfe des Wörterbuchs und seines widerwilligen Russischlehrers, heraus, dass es sich um einen klassischen Scherz unter russischen U-Booten handelte. Es war ärgerlich, plötzlich und aus nächster Nähe von einem aktiven Sonar getroffen zu werden. Dementsprechend befriedigend war es für denjenigen, der das Spiel gewann. Und diesmal hatte man nicht irgendjemanden angepingt, sondern ein ultraleises Versuchsfahrzeug. Außerdem hatte man die Laute des neuen U-Boots aufgenommen und in der Klangbibliothek archiviert.

Peter Feisal hatte das einzige unerwartete Ereignis des ersten Tages an Bord verpasst, weil er zurück in seine Kajüte gegangen war, wo er neben zwei ebenfalls schlaflosen Palästinensern zur Ruhe zu kommen versuchte.

Obwohl er müde war, fiel ihm das Einschlafen an diesem ersten Abend in der Tiefe des Meeres schwer. Er spürte, dass die Metallwand neben seiner Koje leicht gerundet war. Also lag er dicht am Druckrumpf, der fünf Zentimeter dicken Titanwand. Vorsichtig klopfte er gegen die Wand, aber die Empfindung in seinem Finger sagte ihm nur, dass es sich um hartes Metall handelte.

Wieder erfasste ihn ein schwindelndes Gefühl von Unwirklichkeit. Die monatelange Schufterei im Labor und im Versuchsbecken ließ jedoch keinen Zweifel daran, dass sie wirklich und ganz konkret dabei waren, das Unerhörte zu versuchen. Für die nächste Frage, danach, wie der Rest der Welt reagieren würde, reichte seine Fantasie bei Weitem nicht aus.

Ab und zu fragte er sich fast beschämt, ob Gott immer noch an seiner Seite war, so wie in der ersten und zugegebenermaßen etwas schwärmerischeren Zeit in der Zentralmoschee. Hier unten in der Tiefe gab Gott ihm jedoch nicht das kleinste Zeichen, und irgendwie sehnte er sich nach dem Gefühl von Verliebtheit, das er empfunden hatte, nachdem er bei Abu Ghassan Trost und Rat gesucht hatte.

Er merkte, dass die anderen in der Kajüte auch nicht schlafen konnten, sah aber keinen Grund, sich seinen unbekannten Landsleuten vorzustellen. Dafür würde noch genug Zeit sein. Vermutlich dachten sie genauso, denn auch von ihnen begann keiner ein Gespräch.

Es gab eine Moralfrage, die sich hin und wieder in Form von schlechtem Gewissen in Erinnerung brachte, und ausgerechnet jetzt, als er nicht schlafen konnte, drängte sie sich ins Bewusstsein – wie eine fixe Idee, über die man sich das Hirn zermartern konnte.

Nach nur einer Woche waren sie alle drei so fieberhaft in das Projekt verwickelt gewesen, dass sie die Nächte durchgearbeitet hatten. Ihre russischen Kollegen hatten zwar irgendwo in den trostlosen Hochhäusern Familien, schufteten aber ebenfalls bis zum Umfallen. Oder sie hatten endlose Materiallisten für die Computerausstattung geschrieben (Samsung galt als der diskreteste Lieferant). Was die Funktionen der Hardware betraf, erwies sich Ibra »The Wiz« tatsächlich als Zauberkünstler. Die Russen waren beeindruckt.

Doch mitten in diesem fiebrigen Zustand hatte Peter Feisal Mouna al-Husseini über einer Tasse Tee eine persönliche Frage gestellt. Ihre »Chefin« kam hin und wieder vorbei, um nach ihnen zu sehen. Sie war gerade von einer knapp einwöchigen Reise nach Gott weiß wo zurückgekehrt. Sie wirkte freundlich und optimistisch und sagte, im Moment würde sie jede Frage beantworten. Ihr Lächeln jedoch verlieh den Worten einen nahezu zweideutigen Ton.

Objektiv betrachtet war Peter Feisals Frage simpel: Wenn sie die drei Gentlemen nun fröhlich wie die singenden sieben Zwerge auf dem Weg ins Bergwerk arbeiten sehe, wenn sie doch sehe, dass sie alles täten, um das Projekt zu perfektionieren – bereue sie dann nicht ihre etwas, wenn man es so ausdrücken dürfe, hinterhältige Rekrutierungstaktik?

Sie dachte eine Weile nach, nickte und setzte ein Lächeln auf, bevor sie seine Frage beantwortete.

Doch, vielleicht. Jetzt, da alles geklappt habe. Aber nach ihrer Erfahrung verlaufe das Leben nie logisch und gradlinig. Bitte einen reichen Mann, der die Befreiungsbewegung unterstützt, um zehntausend Pfund für die gute Sache, vermutlich nur ein Bruchteil seines Vermögens, und er würde mit nein antworten.

Er würde praktische Schwierigkeiten anführen, von technischen Problemen sprechen, behaupten, eine Überweisung würde ihn in eine verdächtige Lage bringen, vor allem in Zeiten allseitiger Überwachung und nach Abschaffung des

109

Bankgeheimnisses. Auf der anderen Seite sei es aus genau diesem Grund verdächtig, eine so große Summe in bar abzuheben und sie in der Aktentasche aus der Bank zu tragen, als hätte man etwas Verbotenes im Sinn. Und falls sie sich Lösungen für diese kleinen, praktischen Probleme einfallen ließe, was ihr nicht schwer fiele, würde er neue praktische Einwände vorbringen.

Ginge sie aber zu demselben Mann und fragte ihn, ob er sein Leben für die Freiheit Palästinas riskieren wolle, indem er mit etwas behilflich war, was nur er zu leisten imstande war, dann würde er erfahrungsgemäß nach kurzer Bedenkzeit mit Ja antworten – und zu seinem Wort stehen.

Warum die Menschen so seien, auch gute Menschen wie der in ihrem Beispiel, wisse sie nicht. Sie habe es vorgezogen, ihn, seinen Bruder Marwan und Ibrahim erst nach einigen Umwegen zu fragen, ob sie bereit seien, ihr Leben für eine große Operation zu opfern. Und schließlich hätten sie, nach kurzem Zögern, die Frage mit Ja beantwortet. So seien die Menschen eben. Sie reagierten weder rational, intelligent, vorausschauend oder berechnend noch clever, sondern schlichtweg emotional. Aber immerhin habe es funktioniert, oder?

Er musste jetzt an seine erste Nacht in einem kalten Schlafsaal in Eton denken. Er hatte dort mit elf Jungs gelegen, die älter als er gewesen waren und ihm klar gemacht hatten, dass die Jüngsten und Neuen gewisse, noch nicht näher erläuterte Pflichten hätten. Er hatte sich klein und sehr einsam gefühlt.

Das war er nun nicht mehr. Aber auf merkwürdige Weise verband die damalige und die heutige Nacht mehr als nur die Tatsache, dass er nicht einschlafen konnte. In Eton hatte eine kaltherzige Hausvorsteherin, die die besonderen Schwierigkeiten der Neuen kannte, ihnen geraten, Schäfchen zu zählen.

So etwas hatte er nicht mehr nötig. Seit seinem zweiten Jahr in Eton hatte er nie wieder Einschlafprobleme gehabt.

Jetzt aber schlug er sich nicht mit Lämmern, sondern mit einer Frage herum, die unaufhörlich in seinem Kopf kreiste. Wenn sie zu ihm gekommen wäre wie zu dem reichen Mann und ihn um zehntausend Pfund für die palästinensische Sache gebeten hätte? Wenn sie mit offenen Karten gespielt, ihn angesprochen und ihn auf irgendeiner Parkbank oder in einem Restaurant ganz direkt gefragt hätte?

Er hätte eine elegante, geradezu schöne Frau mittleren Alters vor sich gesehen, die ihm auf so kundige Weise ein kompliziertes technologisches Problem erläutert hätte, dass er ihr mit Sicherheit geglaubt hätte. Sie hätte ihn überzeugen können, dass gerade sein Fachwissen von Bedeutung war. Da sie ebenso überzeugend wie rhetorisch geschickt war, hätte es ihr wahrscheinlich keine Schwierigkeiten bereitet.

Doch was, um Himmels willen, hätte er geantwortet? Würde er jetzt in derselben kurzen Koje neben zwei fremden Landsleuten zweihundert Meter unter der Wasseroberfläche liegen und sich auf dem Weg in die Barentssee befinden?

Es war nicht unwahrscheinlich, dass er noch immer in pseudo-muslimischer Tracht durch London stolzieren und nach Gottes Stimme suchen würde. Er grinste über seine Untertreibung. *Nicht unwahrscheinlich* bedeutete ja genau das Gegenteil. Sie hatte ihn mit Gottes Hilfe hinters Licht geführt, der unmoralischste Betrug überhaupt, und er hatte dankbar eingewilligt. Was hatte er denn eigentlich gesucht? Hatte er Gottes Barmherzigkeit in Wahrheit erst durch Mouna al-Husseinis Trick gefunden? Und wäre Gott, wenn er zusähe, nicht wahrscheinlich amüsiert? Abu Ghassan zumindest hatte behauptet, Gott habe Humor.

Es gab also einige ausgewachsene Schafe, die in dieser schlaflosen Nacht umhersprangen.

Während Peter Feisal sich in der ersten Nacht hin und her wälzte, oder, besser gesagt, in seiner ersten Schlafschicht, denn Tag und Nacht gab es auf einem U-Boot nicht, bekam Ibra eine Art Sprachunterricht von einem Kapitän, der zumindest dem Aussehen nach die Erwartungen an einen russischen U-Boot-Offizier erfüllte. Er wirkte wie ein rasierter Bär und hatte einen hochroten Kopf. Er hatte sich als Jewgenij Kasatonow vorgestellt und gleich zu Beginn erklärt, er spreche kein Wort Arabisch, aber gut Englisch. In den fast vier Monaten in der polaren Dunkelheit hatte Ibra genug Russisch aufgeschnappt, um diese erfreuliche Nachricht zu verstehen. Erleichtert antwortete er in seinem Queen's English, dies würde die Kommunikation erheblich vereinfachen. Doch Genosse Kapitän Kasatonow hatte ein wenig übertrieben. Sein englischer Wortschatz beschränkte sich auf einige üble Schimpfworte, ein primitives Wort für Geschlechtsverkehr sowie Ja und Nein.

Der Unterricht lief also Russisch-Russisch ab.

Der Seebär ging pädagogisch vor. Er zeigte zunächst auf Ibras grüne Schulterklappen und sprach das Wort *seljonnij* aus. Anschließend zeigte er auf ein weißes Blatt Papier und sagte *bjelij*. Damit schien die Farbenlehre vorerst abgeschlossen. Erneut zeigte er auf die Schulterklappen und fragte: *Musulman?*

Ibra nickte zustimmend. Allmählich kamen ihm Zweifel am Aufbau der Lektionen.

Das nächste Wort, das er lernte, war *Swinina*. Sie saßen nämlich im größten Raum des U-Boots, der als Speisesaal, Aufenthaltsraum, Bibliothek, Studierzimmer, in einem abgetrennten Bereich auch als Offiziersmesse, und als Schachtreff diente. Über dem Kopf des Russen hing ein Porträt von Präsident Wladimir W. Putin, der mit der Wintermütze der russischen Flotte auf dem Kopf sehr entschlossen schräg nach oben, Richtung Zukunft blickte. »Swinina, Swinina«, wiederholte der Russe und grinste dabei. Der Begriff *Swinina*

112

war also wichtig, oder vielmehr unterhaltsam. Genosse Kapitän Kasatonow zeichnete ein Schwein auf das weiße Blatt und grunzte dazu täuschend echt. Dann zeigte er zum Tresen, wo sich gerade zwei Torpedomatrosen ihr Abendessen abholten, und ließ sich offenbar über die ausgeprägte Vorliebe des russischen Volkes für Schweinefleisch aus. Noch einmal ahmte er ein nahezu perfektes Grunzen nach, schüttete sich aus vor Lachen, fügte irgendetwas von »viel Schwein« hinzu und zeigte auf die Kombüse.

Das hier ist nicht gerade Cambridge; was, zum Teufel, mache ich hier eigentlich, dachte Ibra und versuchte zu lächeln. Zweihundert Meter unter dem Wasserspiegel sollte man keinen Streit anfangen. Lieber ergriff er die Initiative im Unterricht.

Er zeichnete einen Schaltplan des Datenverarbeitungssystems in der Kommandozentrale und zeigte darauf.

»Kompjuter?«, fragte er und erntete ein fröhliches Nicken. Er arbeitete sich durch Kabel, Tastatur, Bildschirm, Frequenz, Sonarsystem, Ton, Kavitationston, Licht, Laser und alles, was ihm einfiel. Dann skizzierte er die Konturen eines U-Bootes und fragte nach Rumpf, Druckrumpf, Stabilisatoren, Propellern, Torpedoluke, Torpedorohr, Rettungsfahrzeug, Elektroantrieb, Brennzellen und so weiter. Auf diese Weise kam das Ganze zwar in Fluss, aber der Tonfall, in dem dieser Seebär das Wort *Musulman* ausgesprochen hatte, verhieß nichts Gutes.

Erstaunlich schnell gewöhnten sich ihre Körper an den Acht-Stunden-Rhythmus. Sie lernten, augenblicklich in Tiefschlaf zu fallen, und waren ausgeschlafen, wenn der Bettgenosse sie weckte. Das nützlichste Russisch schnappten sie von den Technikern an den Computern und Bildschirmen auf. Und mit der Zeit lernten sie auch die anderen Palästinenser an

Bord kennen. Fast alle waren gut ausgebildete Fachleute auf verschiedenen technischen Gebieten, und die übrigen waren im Brandschutz des Fahrzeugs beschäftigt. Sie stellten sich als echt harte Kerle von der PLO vor, hatten aber ganz offenbar mit deren Nachrichtendienst nicht das Geringste zu tun. An Bord befanden sich sechzehn Palästinenser, weitere vier führten an Land Übungen mit einem kleinformatigen Unterwasserfahrzeug durch, das im Bug des U-Boots untergebracht werden sollte, wo man Platz dafür geschaffen hatte, indem man anstelle des einen Atomreaktors Dieselmotoren verwendete.

Doch sechzehn Palästinenser in einer Besatzung von insgesamt zweiundfünfzig Männern bedeuteten ein unerwartetes Problem. Wären es achtzehn »Araber« gewesen, wie die Russen sie nannten, wenn einer der sechzehn anwesend war, oder achtzehn »Tschetschenen« oder »Terroristen«, wie man die Gäste an Bord nannte, wenn man annahm, dass sie nicht zuhörten, hätte es kein Problem gegeben. Achtzehn »arabische Menschen« hätten in zwei Drei-Mann-Kabinen gepasst, bei sechzehn blieb Platz offen. Da aber niemand von der russischen Besatzung in einem Bett schlafen wollte, das einen solchen Menschen beherbergt hatte, und man keinen Schlafplatz ungenutzt lassen wollte, hatte die ethnische Mathematik dazu geführt, dass zwei Russen sich ein improvisiertes Lager neben dem Maschinenraum teilten. Gut schlief man dort nicht.

Die drei Gentlemen kamen nicht umhin, die Schwierigkeiten zu bemerken, zogen sich aber mehr und mehr zurück, je näher die große Übung rückte.

Drei Dinge wollte man testen, zwei davon waren für die russische U-Boot-Flotte bereits Routine. Sie sollten sich an einen angeblichen Feind anschleichen und mit einem Schkwal-Torpedo einen Flugzeugträger versenken. Anschließend sollten sie vor den imaginären Verfolgern flüchten, wenden und einen Marschflugkörper auf das Stabs- und Führungsfahrzeug abfeuern.

So weit der vergleichsweise einfache und bereits eingeübte Teil der Übung. Aber anschließend würden sie von einem feindlichen U-Boot entdeckt werden, das ihnen nach einigen Navigationstests nahe genug kommen würde, um das Torpedofeuer zu eröffnen.

Dieser Teil war der wichtigste, weil man ein vollkommen neues Steuerungssystem für das effektivste Mittel der Russen gegen feindliche Torpedos testen wollte: *Schtschuka*, den »Hecht«.

Der Hecht war das Pendant zur Patriot-Rakete oder anderen Typen von Flugabwehrraketen. Er war ein kleiner und extrem schneller Torpedo, dessen einzige Aufgabe darin bestand, die feindlichen Torpedos abzuwehren.

Das russische System unterschied sich in nichts von anderen Verteidigungssystemen und beruhte darauf, dass man Ziele mit Hilfe von Tönen lokalisierte, Geschwindigkeit und Kurs des Ziels berechnete und dann mit Gottes Hilfe, oder zumindest mit Glück, das Ziel zu treffen versuchte. Als würde man im Dunkeln auf ein bewegliches Ziel schießen.

Nun sollte das Fachwissen der drei englischen Gentlemen wirklich auf die Probe gestellt werden. Jetzt würde sich herausstellen, ob sie das näher kommende Ziel wirklich sehen und den Kurs des Hechts exakt berechnen konnten. Die alten russischen Seebären schüttelten zweifelnd die Köpfe.

Die beiden ersten Übungen verliefen nach Plan. Die Schwierigkeiten, die man früher beim Steuern des Supertorpedos Schkwal gehabt hatte, schienen überwunden. Problemlos vernichtete er den fiktiven Flugzeugträger des Feindes.

Später schickten sie zwei Marschflugkörper auf den Weg, die ihr Ziel ohne Probleme trafen.

Am dritten Tag der Übung war zwischen Brandübungen und heftigen Tauchgängen, die den Titanrumpf lautstark erschauern ließen, endlich der entscheidende Test an der Reihe. In der Kommandozentrale herrschte gespannte Stille. Sie übermittelten dem U-Boot, das die Übungstorpedos auf sie abfeuern sollte, ihre exakte Position, es wurde klar Schiff gemeldet, und alle Luken zwischen den sechs drucksicheren Schotten wurden fest verschlossen.

Dann kamen die zwei Torpedos, die im Sonarsystem schon beim Abschuss deutlich zu hören waren. Es war ein grauenhaftes Geräusch, denn wenn man diesen Ton auf einem U-Boot hörte, blieb einem nicht viel anderes übrig, als seine Gegenmittel abzufeuern und zu seinem Gott zu beten – wenn man einen hatte.

Vier Hechte lagen zum Abschuss bereit; um zwei kümmerte sich die russische Besatzung, und zwei sollten mithilfe des Lasersystems der englischen Gentlemen gesteuert werden.

Peter Feisal, der mit Marwan und Ibra über den Schultern am Bildschirm saß, verschwendete keinen Gedanken an den Abschuss der Russen. Zu viel stand auf dem Spiel, dies hier hatten sie bisher nur simuliert und im Labor getestet.

Aber sie sahen das angreifende U-Boot und konnten sogar beobachten, wie es zwei Torpedoluken öffnete. Sie meldeten diesen Umstand, bevor das Sonarsystem den Ton erfasste.

Gleichzeitig sahen sie zwei Torpedos näher kommen, die deutliche Wirbelströmungen hinter sich herzogen. Bis jetzt funktionierte das Ganze.

»Nun, Gentlemen«, sagte Peter Feisal und zeigte auf die beiden Torpedos auf dem Schirm, »das ist ein Grund zum Feiern.«

»Halt die Schnauze, lieber Bruder, und visier lieber das Ziel an«, flüsterte Marwan.

»Ungefähr so?«, fragte Peter Feisal, während er die Mouse bewegte und zwei rote Rechtecke auf die Vorderteile der heranrasenden Torpedos richtete.

»So in der Art«, wisperte Ibra. »Scheiße, mit so etwas macht man keine Witze. Stell dir vor, das wäre echt.«

Sie ließen das russische Team ihre Hechte zuerst abschießen und konnten den gesamten Verlauf auf dem Bildschirm verfolgen. Ein Schuss landete daneben, aber einer hätte beinahe getroffen und brachte mit seiner Explosion die beiden angreifenden Torpedos für einige Sekunden vom Kurs ab.

Peter Feisal musste seine Ziele erneut ins Visier nehmen und platzierte zwei neue rote Rechtecke auf dem Schirm.

»Ziel erfasst«, stellte er fest. »Wer möchte?«

»Ich!«, sagte Marwan, warf sich über die Schulter seines Bruders und drückte auf den Knopf zum Abschuss.

»Jetzt ich!«, rief Ibra und tat es ihm nach.

Hinter ihnen hatten sich jetzt mehrere Personen versammelt. Das Geräusch der herannahenden Torpedos war nun so laut, dass alle es ohne technische Hilfsmittel hören konnten. Folglich hörten sie auch die beiden Detonationen, deren Lautstärke knapp vor der Schmerzgrenze lag. Auf dem Bildschirm hatten sie sie eine Sekunde früher wahrgenommen.

In der Kommandozentrale herrschte gespenstisches Schweigen, als traue keiner der zwölf anwesenden Offiziere seinen Augen und Ohren. Dann brach ein Jubel aus, der an sportliche Großveranstaltungen erinnerte. Die Leute hüpften und schrien, sie fielen sich in die Arme und küssten sich sogar.

Als die Aufregung sich wieder gelegt hatte, ordnete der Kommandant einen neuen Kurs an, den er Ziffer für Ziffer ausrief. Erneuter Jubel brach aus, denn alle wussten, diese Zahlen bedeuteten Heimathafen.

Es hätte eine strahlende Heimfahrt werden können, eventuell von kleineren Übungen unterbrochen. Es hätte eine Heimfahrt in Triumph und Verbrüderung sein können. Die Übung war für die K 601 Pobjeda ein voller Erfolg gewesen, mehrere der Offiziere hatten mit neuen Dienstabzeichen zu rechnen. Der Supertorpedo hatte nicht die geringsten Schwierigkeiten beim Abschuss oder bei der Steuerung gezeigt, und die beiden Marschflugkörper hatten auf einhundertdreißig Kilometer Entfernung präzise getroffen. Allem Anschein nach hatte man die Amerikaner auf dem einzigen Gebiet innerhalb der U-Boot-Kriegsführung eingeholt, auf dem sie bislang eindeutig vorne gelegen hatten.

Und das neue Steuerungssystem für den Hecht, mit dem man angreifende Torpedos abschießen konnte, war auf seine Weise ein ebenso großer technologischer Durchbruch wie einst der Schkwal. Ingesamt hatte die Übung bewiesen, dass die K 601 hinsichtlich ihrer offensiven und defensiven Qualitäten sogar der Seawolf der Amerikaner überlegen war. Übrigens ein Projekt, das zweieinhalb Milliarden Dollar verschlungen hatte. Für Bau und Ausrüstung eines einzigen Bootes.

Die K 601 war zwar in gewisser Hinsicht in ausländischem Besitz, aber der Triumph gebührte trotzdem der russischen Flotte. Die Ausländer hatten einen Haufen Öldollar hingeblättert, aber die Technologie war russisch. So sahen es alle in der russischen Besatzung.

Daher machte es zunächst keinen allzu merkwürdigen Eindruck, als der Kommandant drei Schichten hintereinander in der Essenspause Wodka zuteilte. Marwan weckte Peter Feisal mit dieser seltsamen Nachricht und wies darauf hin, dass es in der englischen Flotte bei besonderen Gelegenheiten ja traditionell auch eine Ration Rum gebe.

Doch als Peter Feisal acht Stunden später die Messe betrat, um zu frühstücken, bemerkte er auf den ersten Blick, dass man von Admiral Nelsons Traditionen ziemlich weit entfernt war. Die Besatzungsmitglieder im Speisesaal waren nicht nur sternhagelvoll, sondern auch aggressiv und streitlustig.

Die Sauferei verschlimmerte alles, was man bislang nur hatte ahnen können. Was zwischen zusammengekniffenen Lippen gezischt worden war, äußerte sich nun als lautstarke Beleidigung. Kein russischer Matrose oder Offizier setzte sich zu einem palästinensischen Besatzungsmitglied an den Tisch; es wurde lautstark über die Palästinenser geflucht, und die Russen versuchten immer wieder, politische Auseinandersetzungen über Osama bin Ladens Terrorismus und die sogenannte grüne Gefahr zu provozieren. Dass das technische Personal, das mehrheitlich aus Palästinensern bestand, grüne Schulterklappen trug, war in dieser Hinsicht keine besonders glückliche Wahl, denn Grün galt nicht als Farbe der Wissenschaft, sondern stand für Islam und Terrorismus.

Hätte man in Cambridge noch scherzhaft behaupten können, dass der Wein die Zunge löse, so sprengte der Wodka an Bord der K 601 alle Ketten und Zügel, die den Hass zurückgehalten hatten.

Als sich einige palästinensische Maschinisten nach beendeter Schicht ihr Essen holen wollten, bekam jeder ein riesiges Schweinekotelett mit Weißkohlsoße serviert. Natürlich lehnten sie diese Mahlzeit angewidert ab. Wenige Sekunden später hatte sich eine Prügelei entwickelt, an deren Ende einer der Palästinenser von vier Russen auf den Boden gedrückt wurde, während der fünfte ihm das Schweinekotelett in den Mund stopfte.

Die Wachen waren ausnahmslos Russen, die die Misshandlung der »tschetschenischen Unruhestifter« mit ihren Gummiknüppeln fortsetzten und diese anschließend zu den Arrestzellen schleiften.

Peter Feisal hatte das Geschehen von der Offiziersmesse aus beobachtet und nur mühsam den mit Sicherheit unklu-

119

gen Impuls unterdrückt, sich in die Schlägerei einzumischen. Stattdessen ging er zur Zentrale, wo vorübergehend der stellvertretende Kommandant, Fregattenkapitän Almetow, das Sagen hatte. Almetow war der Einzige von den drei hohen Offizieren an Bord, der Englisch verstand, was die Sache jedoch kaum besser machte. Denn als Peter Feisal verlangte, dass der Befehlshaber einschreiten, die Schuldigen bestrafen und die Wodkarationen unverzüglich einziehen müsse, traf er auf eine Mauer aus Verständnislosigkeit. Man riet ihm, sich herauszuhalten, und wies ihn darauf hin, dass die Mannschaft das Einziehen des Wodkas unter diesen Umständen als einen so feindseligen Eingriff betrachten würde, dass die Sicherheit an Bord nicht mehr gewährleistet wäre. Als Peter Feisal daraufhin verlangte, dass man den Kapitän zur See, Genossen Alexandrow, wecken möge, erntete er bloß ein müdes Lächeln. Den Genossen Wladimir Sergejewitsch dürfe man nur im Falle eines Krieges oder einer Reaktorkatastrophe wecken.

Hier war keine Hilfe zu erwarten. Zwar waren die vierundzwanzig Wodkastunden die schlimmsten, doch auch danach lag noch tagelang eine ungute Stimmung über der Heimfahrt. Es wurde nicht gerade besser, als man an die Wasseroberfläche ging und mit Hilfe von Schnorcheln die Dieselmotoren und das Belüftungssystem mit neuem Sauerstoff versorgte. Oben herrschte aufgrund der Winterstürme heftiger Seegang, und das U-Boot, das sich in der Tiefe nur unmerklich bewegt hatte, kippte nun kräftig hin und her. Was auf eine verkaterte Besatzung Auswirkungen hatte, die man sich leicht ausmalen konnte. Erneut kam es zu Schlägereien und einem nicht versiegenden Strom von Anfeindungen und Schikanen. Als die K 601 am Kai von Seweromorsk anlegte, trennten sich die Besatzungsmitglieder, ohne sich die Hände zu schütteln. Es herrschte nahezu offene Feindschaft – an Bord eines U-Boots eine Ungeheuerlichkeit.

Schon während der Busfahrt zu den Baracken der Forschungsstation 2 hatten die sechzehn palästinensischen Besatzungsmitglieder eine Art Gewerkschaft gegründet, einen Forderungskatalog aufgestellt und für den Fall, dass man diese sechs Forderungen nicht erfüllte, mit Streik gedroht.

Man verlangte einen Raum zum Beten und zwei Seelsorger, einen muslimischen und einen griechisch-orthodoxen. Ethnisch gemischtes Wachpersonal. Zwei Speisen zur Auswahl, ein Gericht aus der Halalküche neben dem russischen Schweinefraß. Verbesserte Sprachkurse, die von kompetenten Lehrern geleitet wurden, und Englischunterricht für die russische Besatzung. Und schließlich ein absolutes Alkoholverbot an Bord.

Peter Feisal war einstimmig zum Sprecher der palästinensischen Gruppe gewählt worden. Allerdings konnte er Mouna al-Husseini den Forderungskatalog erst zwei Tage später vorlegen, weil sie während der Seeübungen verreist gewesen war. Als Peter Feisal sie aufsuchte, war sie in bester Laune und bestellte ihnen allen Grüße von Abu Mazen, dem Palästinenserpräsidenten Machmud Abbas, wie sie hinzufügte.

Ihre gute Stimmung verflog schnell, als Peter Feisal ihr behutsam, aber unmissverständlich erklärte, dass sich die Reise als Erfolg oder als Misserfolg beschreiben ließ. Die gute Nachricht war, dass die Waffentechnologie, auch die neue und bislang noch ungetestete, reibungslos funktioniert hatte. Die schlechte Nachricht war, dass das gesamte Projekt aufgrund von zwischenmenschlichen Problemen in Trümmern lag. Dann zählte er seinen Forderungskatalog auf. Sie hörte zu, ohne eine Miene zu verziehen.

»Wie sehen Sie persönlich diese Forderungen?«, fragte sie.

»Diese Liste ist sehr bescheiden, Madame, und ich könnte ihr problemlos weitere Punkte hinzufügen. Ich bringe nur vor, was mir die anderen aufgetragen haben.«

»Sie sollen jetzt nichts hinzufügen, sondern das begründen, was Sie hier vorgelegt haben!«, befahl sie.

Überzeugende Argumente zu finden, fiel ihm zwar nicht schwer, aber ihr Blick hatte etwas Einschüchterndes an sich.

Die Forderungen nach einem Gebetsraum, einem orthodoxen Priester und einem Imam spiegelten seiner Ansicht nach kein allgemeines religiöses Bedürfnis an Bord wider. Er schätze, dass ein Drittel der Palästinenser im weitesten Sinne religiös sei, und an einigen Bekreuzigungen in gefährlichen Augenblicken meine er abgelesen zu haben, dass der Anteil der Gläubigen unter den Russen ungefähr gleich hoch sei. Es gehe jedoch mehr um Psychologie als um Seelsorge, man wolle damit ein Zeichen der Gleichberechtigung von Christen und Muslimen setzen.

Die Forderung nach vegetarischen Gerichten könne man ähnlich betrachten. Die meisten Palästinenser an Bord äßen, genau wie er, hin und wieder Schweinefleisch. Es sei jedoch etwas ganz anderes, das Schweinefleisch buchstäblich ins Gesicht geschmiert zu bekommen. Dies sei eigentlich keine Glaubensfrage, sondern eine Frage der Selbstbestimmung.

Dass man an Bord Wachpersonal brauche, das die Ordnung gewährleiste, halte er für eine Selbstverständlichkeit. Mit Rassisten sei das natürlich nicht zu machen. Diese Forderung sei also nicht zu hoch gegriffen und im Übrigen auch leicht zu erfüllen, denn an großen starken Palästinensern mit vernarbten Gesichtern herrsche ja kein Mangel.

Die Sprachkurse bereiteten sicherlich größere Schwierigkeiten, aber in brenzligen Situationen, und auf solche bereite man sich schließlich vor, dürfe es unter keinen Umständen zu Missverständnissen kommen. Zweisprachigkeit an Bord wäre eine ausgezeichnete Neuerung.

Das Alkoholverbot schließlich sei nicht religiös motiviert. Die Besäufnisse und Prügeleien auf der Rückfahrt, die zu offenem Rassismus geführt hätten, sprächen für sich. Unterm Strich sei das Projekt ohne die vorgeschlagenen Veränderungen nicht durchführbar.

»Tun Sie Folgendes«, sagte sie, als er geendet hatte. »Verfassen Sie einen ausführlichen Bericht, ich meine, einen wirklich detaillierten, bis morgen früh um acht. Dann werden wir diese Fragestellungen ernsthaft besprechen. Wie war es sonst an Bord?«

Er lächelte zumindest ein bisschen.

»Danke der Nachfrage. Eine einzigartige Erfahrung, muss ich sagen. Ein in vieler Hinsicht großartiges und bemerkenswertes Erlebnis. Hervorragende technische Ergebnisse.«

»Gut. Leider müssen wir die technischen Ergebnisse nun beiseite lassen, bis wir dieses Problem gelöst haben. Wir sehen uns morgen um acht!«

Sie stand auf und reichte ihm die Hand.

Als sie wieder allein war, verspürte sie plötzlich einen tiefen Pessimismus. Diese jahrelange Anstrengung, das viele Geld, unendlich viel Zeit für technische Expertisen und Treffen mit russischen Politikern, die im Laufe der Zeit immer größer werdenden Hoffnungen. Was Peter Feisal ihr berichtet hatte, war die schlimmste aller denkbaren und undenkbaren Katastrophen. Der großen Operation stand nur noch ein einziges Hindernis im Weg, aber es konnte alles zum Scheitern bringen.

Sie war eben erst von einem Treffen mit dem Präsidenten zurückgekehrt, der in den vergangenen beiden Jahren kein Wort von ihr gehört hatte. Natürlich hatte er sie als Erstes darauf hingewiesen, dass sie sich lange nicht habe blicken lassen, ihm aber jede Menge Geld abgeluchst hätte. Mit diesem Einwand konnte sie umgehen. Während sie neben ihm durch den Garten hinter der zerbombten Residenz in Ramallah spazierte, riskierte sie in jedem Augenblick ihr Leben. Die

123

Israelis hatten sie bereits zweimal zu töten versucht, und sobald ihnen auffiel, dass es ihnen auch beim zweiten Mal nicht gelungen war, würden sie nicht zögern, einen dritten Hinrichtungsversuch zu unternehmen. Aber das war nur eine von mehreren großen Sicherheitsfragen. Denn wenn auch nur das geringste Gerücht über das Projekt in Umlauf kam, stand die gesamte Operation auf dem Spiel. Dadurch würde man nicht nur Zeit verlieren, sondern auch den Überraschungsbonus. Man konnte also weder per Telefon noch per E-Mail oder kodiertem Funk kommunizieren. Persönliche Kuriere und ein Gespräch unter vier Augen waren die einzigen Möglichkeiten.

Abu Mazen war Yassir Arafats Bankier gewesen, und als solchen hatte sie die graue bürokratische Eminenz hinter den polternden Revolutionsveteranen, die einer nach dem anderen von den Israelis ermordet worden waren, immer betrachtet. Als Arafat starb, waren von den alten Recken aus dem inneren Kreis nicht viele übrig, und Abu Mazen eignete sich unter anderem deshalb als Kompromisskandidat, weil er von den Israelis, und vor allem von den Amerikanern, für harmlos gehalten wurde.

Als Bankier der PLO hatte er sich an einige äußerst unkonventionelle Methoden des Umgangs mit Geld gewöhnt – herkömmliche Buchführung gehörte nicht dazu. Yassir Arafat hatte dafür gesorgt, dass er allein die Kontrolle über alle ausländischen Bankkonten hatte. Dieser Umstand führte nach seinem Tod zu einigen nahezu tragikomischen Missverständnissen. Unter anderem bildete sich seine Witwe ein, ihr Mann habe ein Erbe von mehreren Milliarden Dollar hinterlassen. Das musste sie der westlichen Presse entnommen haben, in der er immer als vollkommen korrupt dargestellt wurde. Natürlich hatte er einige persönliche Schwächen. Mouna hatte viel gegen seinen Führungsstil einzuwenden gehabt. Soweit sie wusste, war sie die einzige Frau in der PLO, die er jemals ernst genommen hatte.

Als er in Paris im Sterben gelegen hatte, war sie aus Moskau herbeigeeilt und hatte mit Abu Mazens Hilfe durch den Hintereingang in das angeblich so gut bewachte Krankenhaus geschmuggelt werden können.

Er war schwach, aber bei vollem Bewusstsein gewesen. Das Projekt war damals bereits vier Jahre alt und das U-Boot so gut wie fertig. Es fehlten nur noch fünfhundert Millionen Dollar.

Sie hatte ihm direkt ins Ohr geflüstert. Er hatte nach Medikamenten gestunken und ungepflegt gewirkt, war aber klar im Kopf gewesen und hatte einige Passwörter zurückgeflüstert, die er seltsamerweise auswendig konnte. Erst lange nachdem sie die Konten geleert und das Geld auf eine russische Bank gebracht hatte, war ihr klar geworden, welcher simplen Gedächtnisstützen er sich bedient hatte. Jeder dahergelaufene Hacker hätte den Zugang zu den Konten knacken können.

Abu Mazen war Zeuge des Ganzen gewesen. Er hatte einen alten Mann seinen letzten Willen äußern sehen und hatte niemals etwas dagegen eingewandt, nicht einmal, als er später Präsident wurde und durchaus Möglichkeiten dazu gehabt hätte. Aus seiner Sicht war die Sache klar. Arafat, Abu Ammar, hatte tatsächlich ein enormes Erbe hinterlassen. Allerdings nicht seiner Familie oder seiner Witwe, sondern dem palästinensischen Widerstandskampf. Und Mouna hatte er zur Verwalterin seines Erbes ausersehen. Ganz einfach.

Während sie nun mit dem neuen Präsidenten im Garten spaziert war, hatte sie ihm das genaue Datum und die Uhrzeit des Angriffs mitgeteilt, der die gesamte Geschichte der palästinensischen Widerstandsbewegung in den Schatten stellen würde. Er selbst, Abu Mazen, würde die Verantwor-

tung tragen; die Operation würde erst auf seinen endgültigen Befehl hin durchgeführt werden.

Ihn bedrückte, dass anscheinend einige religiöse Wirr-
köpfe in der Hamas so gute Chancen bei der kommenden
Wahl hatten, dass man sie vermutlich an der Regierung
würde beteiligen müssen. Eine nahezu absurde Situation.
Man stelle sich vor: Der Präsident bestellt zwei Minister von
der Hamas zu sich und schärft ihnen ein, die folgende Mitteilung unbedingt für sich zu behalten. Die Minister schworen
beim Propheten, Friede sei mit ihm. Am nächsten Tag steht
der geplante Terrorangriff in der *New York Times*. Manchmal
war Demokratie ein Elend.

Sie hatte nach dem Treffen mit Mahmud Abbas unver-
sehrt die israelischen Straßensperren und Passkontrollen an
der Allenby-Brücke passiert und war von Amman direkt
nach Moskau und dann nach Murmansk geflogen. Während
des gesamten Fluges war sie sich vor Freude und Optimismus leicht wie ein Vogel vorgekommen. Das schlechte Gewissen, weil sie Abu Mazen nicht eingeweiht hatte, war verflo-
gen, und nichts deutete darauf hin, dass die Übungen in der
Barentssee etwas anderes als positive Ergebnisse erbringen
würden.

Und dann berichtete ihr Peter Feisal auf seine kühle und
leichte Cambridge-Art, dass die Operation nicht durchführbar wäre. Genau das hatte er im Kern gesagt. Man wollte den
verwegensten und tödlichsten Angriff der marinemilitäri-
schen Neuzeit – Fregattenkapitän Owjetschins Worte – mit
einer U-Boot-Besatzung durchführen, die sich spinnefeind
war. Das war unmöglich. Hier waren keine kleineren Repara-
turen vonnöten, hier mangelte es nicht an einem Imam oder
vegetarischen Gerichten. Die Sache würde unendlich viel
schwieriger werden.

Sie hatte die beiden anderen Gentlemen, Marwan und Ibrahim, sowie die wissenschaftlichen Berater Iwan Firsow und Boris Starschinow und natürlich Fregattenkapitän Owjetschin, mit dem sie seit vielen Jahren befreundet war, ebenfalls zu dem anberaumten Treffen gebeten.

Es begann wie ein gewöhnlicher Ausschuss. Sie lasen Peter Feisals Bericht und den Forderungskatalog der palästinensischen Besatzung.

Über zwei Dinge wurden die Anwesenden sich schnell einig. Erstens sollte man die Forderungen der palästinensischen Mannschaft Punkt für Punkt erfüllen. Ohne Diskussion.

Zweitens: Das Problem war viel größer. Was ließ sich gegen die Islamophobie in der russischen Flotte unternehmen? Wenn man die jetzigen Seemänner auf der K 601 hinauswarf und neue anforderte, kam man bloß vom Regen in die Traufe.

Fregattenkapitän Owjetschin rutschte angespannt auf seinem Stuhl hin und her, räusperte sich und ließ keinen Zweifel daran, dass es ihn außerordentlich plagte, diese Diskussion einleiten zu müssen. Die anderen blickten ihn erwartungsvoll an.

Das weit verbreitete Misstrauen gegenüber allem, was mit dem Islam zu tun hatte, hinge in erster Linie mit der jüngsten russischen Geschichte zusammen, begann er. Die anderen nickten höflich.

Afghanistan sei der erste Prüfstein gewesen, dort hatte das Ganze seinen Lauf genommen. Zunächst hatte es wie normale Bruderhilfe für ein progressives Regime beziehungsweise Freunde in Not ausgesehen, wie man sich auszudrücken pflegte. So etwas sei nicht zum ersten Mal vorgekommen und habe der herrschenden Überzeugung entsprochen, er erinnere nur an Ungarn '56 oder die Tschechoslowakei '68.

In Afghanistan sei jedoch eine nie gekannte religiöse Dimension hinzugekommen, als die Amerikaner eine Banditenorganisation aus religiösen Fanatikern mit Osama bin Laden an der Spitze aufgebaut hätten.

Diese habe nicht nur Afghanistan in eine Hölle verwandelt, sondern eine Lunte nach Tschetschenien, zum 11. September und – das sei das Schlimmste – zu einer ganzen Reihe von wahnsinnigen Kriegen im Kaukasus und in Zentralasien gelegt.

Allein das bisher Geschehene, all die russischen Mütter, die ihre Söhne in unbegreiflichen Kriegen verloren hätten, die wiederum neue Kriege hervorgebracht und zu großen Terrorangriffen sogar in Moskau geführt hätten, hätte die Russen gelehrt, alle »Tschetschenen« zu hassen.

Man könne vielleicht meinen, die russische Nordmeerflotte wäre davon unberührt geblieben. In Tschetschenien seien keine Seeleute gefallen. Aber zum Teil solidarisiere sich die russische Flotte mit Freunden und Bekannten, die Söhne in der Armee hätten.

Aus nahe liegenden Gründen gebe es in der russischen Nordmeerflotte keine Muslime. Ob Libyer oder Araber aus anderen Ländern, sie alle galten als Tschetschenen. Dies sei der psychologische und politische Hintergrund der unglückseligen Ereignisse an Bord der K 601.

Mouna hatte während der etwas langatmigen und insgesamt recht vorhersehbaren Erklärungen keine Ungeduld gezeigt. Sie fragte, ob der Fregattenkapitän sich überhaupt vorstellen könne, die Stimmung an Bord insbesondere unter den Russen zu verbessern.

Möglich wäre das bestimmt, meinte der Fregattenkapitän. Aber dann geriete man mit der Forderung nach absoluter Sicherheit in Konflikt. Er selbst gehöre zu einem knappen Dutzend von Personen in ganz Russland, Präsident Putin eingeschlossen, denen das Ziel des Projekts bekannt sei. Sollte

128

dieses Wissen gerüchteweise durchsickern, könnte alles vergebens gewesen sein. Daher bekämen die russischen Seeleute einen für russische Verhältnisse glänzenden Sold von fünfhundert Dollar im Monat – die Offiziere sogar zweitausendfünfhundert. Aber vielen sei gar nicht bewusst, dass es um einen Angriff gehe, der in die Seekriegsgeschichte eingehen würde. Und manche betrachteten den Job nur als Ausbildung mit »Libyern«. Im Übrigen sei ein totales Wodkaverbot unter russischen U-Boot-Leuten unmöglich durchzusetzen.

Die letzte Bemerkung führte zu einer chaotischen Diskussion über Alkohol, Moral und Disziplin.

Peter Feisal wechselte schließlich das Thema, indem er die Frage aufwarf, ob eine so streng hierarchische Organisation wie die an Bord nicht von der Spitze ausgehen würde. Der Kommandant hatte den Oberbefehl. Aber Mouna stehe schließlich einen oder sogar zwei Ränge höher. Müsse sie nicht an Bord sein, wenn die Operation durchgeführt werde?

Die drei anwesenden Russen machten betretene Gesichter angesichts dieser Überlegung, die Peter Feisal so selbstverständlich formuliert hatte, und flehten Mouna mit Blicken geradezu an, diese unpassende Frage zu verneinen.

»Natürlich«, antwortete sie kurz, »werde ich eine Uniform tragen und diejenige sein, die das Oberkommando hat. Ich werde den Befehl zum Angriff geben.«

Es wurde still. Marwan versuchte zu verstehen, warum dies in den Augen der Russen absolut undenkbar war. Ohne Zweifel stand sie in der Rangordnung am höchsten; sie hatte das Projekt organisiert und sogar finanziert. Kurz gesagt, es gehörte ihr. Was war das Problem?

Er merkte, dass er fror, und schielte zu dem windschiefen Doppelfenster mit dem abgeblätterten Lack. Wahrscheinlich kam die Zugluft von dort, und draußen herrschten dreißig Minusgrade.

»Als dein aufrichtiger Freund, Mouna«, begann der Fregattenkapitän gequält, »muss ich auf eine Sache aufmerksam machen und eine andere Sache erläutern. Bislang gibt es an Bord der russischen U-Boot-Flotte keine Frauen, da sie in den Augen russischer Seeleute Unglück mit sich bringen. Abgesehen davon bist du kein Offizier zur See.«

»Was ist schlimmer«, fragte Mouna ironisch »dass ich eine Frau bin oder dass ich eine Landratte bin?«

»Es ist natürlich ein ungeheurer Nachteil, dass du eine Landratte bist«, antwortete der Fregattenkapitän im gleichen Tonfall, »aber eine Frau zu sein, ist noch schlimmer.«

»Gibt es palästinensische Offiziere zur See?«, fragte Marwan.

»Ja, selbstverständlich«, antwortete Mouna. »Wir operieren mit einigen kleineren Unterwasserfahrzeugen, mit Angriffstauchern und ein paar schnellen kleinen Booten. Aber wir haben niemanden, der in die Nähe eines russischen Kapitäns im U-Boot-Dienst käme. Wir können mit Technikern – wie Ihnen dreien –, Feuerwehrleuten, Ordnungskräften, Maschinisten und sogar Torpedoschützen dienen. Aber ein russisches Atom-U-Boot zu führen, ist etwas ganz anderes. Würdest du das bitte erklären, Alexander?«

»Sicher«, sagte Fregattenkapitän Owjetschin. »Um Befehlshaber an Bord eines russischen U-Boots mit der Kapazität zu werden, von der hier die Rede ist, muss man zunächst eine mindestens zwanzigjährige tadellose, um nicht zu sagen rühmliche Karriere in der Marine hinter sich haben. Wie Sie vielleicht wissen, hatten wir zu Sowjetzeiten eine enorm große U-Boot-Flotte, und sie ist immer noch groß. Kapitän Alexandrow an Bord der K 601 gehört ebenso wie seine beiden Stellvertreter Loktjew und Almetow zu den Besten unter zweihundert Personen, die infrage kamen. Ich betrachte es als vollkommen unmöglich, ihn zu übertreffen.«

»Also können die drei führenden Offiziere an Bord nicht ausgetauscht werden«, stellte Marwan fest.

»Wenn nun Brigadegeneral al-Husseinis Mängel darin bestehen, dass sie eine Landratte und eine Frau ist ...«, sinnierte Ibra, »sind die russischen Genossen also der Meinung, dass die Aussichten besser wären, wenn sie ein Mann und Konteradmiral wäre?«

Die drei Russen nickten peinlich berührt.

»Dann stellt sich die Frage«, fuhr Ibra fort, »ob es irgendwo einen arabischen Admiral gibt, den wir anheuern könnten, damit er wiederum Mouna unterstellt wäre.«

»Der Gedanke klingt logisch«, gab Mouna zu, »aber ich fürchte, wir werden keine geeigneten Kandidaten finden. Der Irak verfügt sicherlich über eine Art Admiral, allerdings würde ein Iraker politische Nachteile mit sich bringen, die ich hier wahrscheinlich nicht zu erörtern brauche. Die Amerikaner würden sich, wenn wir einmal über den arabischen Tellerrand hinausschauen wollen, bestimmt die rechte Hand für die Technologie an Bord der K 601 abschlagen lassen, aber ich bezweifle, dass wir einen amerikanischen Kapitän anwerben können. Wo waren wir stehen geblieben?«

»An einem Punkt, an dem es fast so aussieht, als müssten wir aufgeben«, sagte Peter Feisal. »Der Kommandant und seine beiden Stellvertreter an Bord müssen Russen sein, habe ich das richtig verstanden?«

Niemand antwortete ihm, aber einige am Tisch nickten zustimmend.

»Dann stecken wir also in der Scheiße«, fuhr er sarkastisch fort. »Wir haben eine hoch entwickelte Technologie nach Russland überführt, die wir niemals für unser eigenes Projekt nutzen können. Aus dem Jubel, der vor dem Wodkadebakel an Bord ausbrach, schließe ich, dass wir Russlands

Vorsprung in der Unterwasserkriegsführung entscheidend vorangebracht haben, nicht wahr?«

Noch immer widersprach ihm niemand.

»Nun«, fuhr er fort, »wissen Sie, was das für mich bedeutet? Und für meinen Bruder Marwan und meinen Freund Ibra? Wir sind jetzt Landesverräter, wir sind Spione, und diesen Gedanken finde ich total beschissen. Wir hatten bereits Scherze darüber gemacht, dass diese Laufbahn für Männer aus Cambridge nicht angemessen scheint. Ein russischer Spion ist tatsächlich das Letzte, was ich hätte werden wollen.«

Es entspann sich eine lange Diskussion. Denn nun meldeten sich die Wissenschaftler Iwan Firsow und Boris Starschinow zu Wort. Sie betonten, das gemeinsam Erreichte sei ein wissenschaftlicher Durchbruch, und bei Entdeckungen im Bereich der Wissenschaften könne es sich nicht um Spionage handeln. Die Geheimnisse anderer auszuspionieren und zu verkaufen, sei schändlich. Aber über nationale Grenzen hinweg zu forschen und zu experimentieren, sei nicht ehrenrührig. Im Übrigen hätten alle Teilnehmer nun ein gemeinsames Wissen. Wenn die drei englischen Genossen in ihre Heimat zurückkehrten, würde sich die britische Regierung sicherlich lieber ihre Kenntnisse zunutze machen, als sie ins Gefängnis zu stecken. Außerdem beinhalte die neue Technik enorme zivile Möglichkeiten, beispielsweise würde für die Ozeanografie eine ganz neue Ära anbrechen. Zumindest Boris und Iwan sei es eine Ehre gewesen, mit so außerordentlich fähigen Forschern wie den drei englischen Genossen zusammenzuarbeiten.

»Wir fangen noch einmal von vorn an!«, befahl Mouna al-Husseini. »Ich sehe ein, dass Sie nicht gegen Ihren Willen zu Spionen gemacht werden dürfen. Sollte das Projekt scheitern, steht es Ihnen frei, in Ihr Heimatland zurückzukehren und den Nobelpreis zu erringen. Aber wir machen einen Neuanfang, wir dürfen jetzt nicht aufgeben, sondern müssen das Projekt retten. Sie verlangen einen neuen Befehlshaber an Bord, der über dem russischen Kommandanten steht. Und weiter?«

»Es muss ein Mann sein«, stellte Iwan Firsow fest.

»Kein Russe«, fuhr Ibra fort.

»Aber auch kein Araber«, sagte Boris Starschinow.

»Ein echter Offizier zur See, kein angeblicher Admiral oder Ähnliches«, fügte Fregattenkapitän Owjetschin hinzu.

»Er spricht Englisch und Russisch, am besten perfekt«, meldete sich Peter Feisal zu Wort. »Ach, vergessen Sie das *perfekte* Englisch, ich bitte um Verzeihung, aber Standardenglisch reicht in diesem Raum vollkommen aus.«

»Idealerweise tut er es nicht wegen des Geldes. Vielleicht ist es nicht unbedingt notwendig, aber ich würde einen Mann vorziehen, der an unsere Sache glaubt«, sagte Mouna al-Husseini.

»Folglich könnte er Amerikaner, Engländer, Franzose, Deutscher oder Skandinavier sein, in diesen Ländern gibt es ausreichend kompetente Offiziere«, sagte Fregattenkapitän Owjetschin.

Alle hatten sich die Stichpunkte notiert. Nun saßen sie eine Weile schweigend da, betrachteten ihre Aufzeichnungen, schüttelten die Köpfe und seufzten. Natürlich steckten sie in einer Sackgasse. Dem Besprochenen hatte niemand etwas hinzuzufügen. Jeder suchte verzweifelt nach einer Möglichkeit, die sie zurück zu einem Projekt führen würde, das bis vor Kurzem im sicheren Hafen gewesen zu sein schien.

»Ich würde den Forderungskatalog gern vervollständigen«, sagte Mouna al-Husseini mit einem Gesichtsausdruck, aus dem jeder der Anwesenden den Galgenhumor herauslesen konnte. »Der Mann, den wir suchen, sollte über weitere Qualifikationen verfügen. Ich schlage vor, dass wir einen Vizeadmiral nehmen, denn der kann einem Kapitän zur See Befehle erteilen. Und er sollte während seiner militärischen Laufbahn so gut mit Russland zusammengearbeitet haben, dass ihm die höchsten russischen oder sowjetischen Orden verliehen wurden, beispielsweise als *Held der Sowjetunion.* Sie wissen schon, dieser kleine fünfzackige Stern in Gold, von dem Breschnjew drei, vier Stück hatte. Aber wie man an Breschnjew sieht, bekommen diese Auszeichnungen auch Menschen, die sich nur den Hintern breitsitzen. Unser Held sollte also auch einen *Roten Stern* haben. Denn den erwirbt man nur im Kampf. Verlangen wir doch sicherheitshalber auch die Mitgliedschaft in der französischen Ehrenlegion und das deutsche Bundesverdienstkreuz. Das wäre doch etwas, oder?«

»Hervorragend«, konstatierte Peter Feisal, der genau wie alle anderen im Raum davon ausging, dass Mouna al-Husseini sich über die Anforderungen lustig machte. »Eine glänzende Idee. Ich schlage vor, dass wir eine Stellenanzeige ausschreiben oder die Person direkt und diskret headhunten.«

»Ich werde ihn diskret aufsuchen«, sagte Mouna al-Husseini nachdenklich.

Die anderen tauschten unsichere Blicke. Sie wussten nicht, ob sie höflich lachen sollten.

»Vielleicht sollte er nicht älter als fünfzig sein«, fuhr sie plötzlich fort. »Für einen Vizeadmiral ist das kein Alter, oder was meinst du, Alexander Iljitsch?«

»Wer vor dem fünfzigsten Lebensjahr den Rang eines Vizeadmirals erreicht, muss eine überaus glänzende Karriere hinter sich haben«, antwortete der Fregattenkapitän höflich.

Sie trommelte mit dem Kugelschreiber auf ihre Notizen. Genau wie die anderen hatte sie sich die erforderlichen Eigenschaften Punkt für Punkt aufgeschrieben. Nach einer Weile seufzte sie tief und schaute auf.

»Gentlemen«, sagte sie und ließ den Blick langsam von einem zum anderen wandern. Es verhält sich folgendermaßen: Den beschriebenen Mann gibt es tatsächlich. Ein weiterer Pluspunkt: Er ist ein alter Freund von mir. Wir haben in alten Zeiten einige Operationen gemeinsam durchgeführt und sind uns auch auf menschlicher Ebene recht nahe gekommen. Vor zehn Jahren hat er sich zurückgezogen, und zwar auf eine Weise, die nur Nachrichtenoffizieren zur Verfügung steht. Daher kann nur jemand wie ich ihn finden. Wenn ich das getan habe, werde ich ihm ein Angebot machen, das er nicht ablehnen kann. Und wenn dieser Mann an Bord der K 601 geht, ist die Ordnung garantiert wiederhergestellt. Noch Fragen?«

Die Aufforderung, Fragen zu stellen, war offensichtlich ironisch gemeint. Niemand sagte ein Wort.

»Nun gehen wir folgendermaßen vor«, fuhr sie energisch und voller Tatendrang fort, »Sie setzen das Programm in die Tat um, das wir hier vorliegen haben. Allerdings mit gewissen Korrekturen. Stellen Sie *weibliche* Lehrkräfte ein, die den Russen Englischunterricht und den Palästinensern Russischunterricht erteilen können. Verbessern Sie die technischen Fortbildungen und bauen Sie in Ihren Laboratorien, was Sie benötigen. Ich werde zu meiner Zentrale nach …, das spielt keine Rolle, fahren. Jedenfalls liegt sie nicht um die Ecke. Von dort aus werde ich unseren Helden Russlands und Vizeadmiral finden. Gentlemen, das war alles für heute!«

Entschlossen erhob sie sich und zwang die anderen, ebenfalls aufzustehen und rechts um, links um, vorwärts Marsch zu machen.

Den Fregattenkapitän packte sie allerdings am Uniformärmel und forderte ihn auf, sich wieder zu setzen. Sie schloss die Tür hinter den anderen und rieb sich, nachdem sie sich ihm gegenüber niedergelassen hatte, die Hände, als würde sie frieren.

»Ich habe von diesem Mann gehört«, flüsterte er.

»Tatsächlich? Er hat doch hauptsächlich im Nachrichtendienst gearbeitet.«

»Das habe ich auch, vergiss nicht, dass ich beim GRU bin. So haben wir uns schließlich kennengelernt.«

»Gut, dann brauch ich dir nicht viel zu erklären. Ich wollte nur sichergehen, dass wenigstens du mich nicht für verrückt hältst. Solange ich weg bin, trägst du hier schließlich die Hauptverantwortung.«

»Kein Problem, ich weiß, dass es ihn gibt. Auf zur frohen Jagd!«

Einen Tag später stürmte sie mit wirrem Haar und Ringen unter den Augen in ihr Büro in Tunis, arbeitete stundenlang hoch konzentriert und schlief schließlich über der Akte des Mannes ein, der im Augenblick anscheinend als Einziger die unerwarteten Probleme lösen konnte, die auf ihr und dem Projekt lasteten. Ihre Mitarbeiter, die sie in diesem Zustand bereits erlebt hatten, trugen sie auf das große französische Besuchersofa in ihrem Dienstzimmer und zogen sich zurück.

Am nächsten Morgen duschte sie in Ruhe, wusch und fönte ihre Haare, zog sich frische Kleider an und ging ausgiebig frühstücken. Sie mochte das tunesische Frühstück, am liebsten mit viel rotem Pfeffer. Danach schaffte sie es sogar, mit einem ihrer normalen Kunden ein Geschäft zu diskutieren, ließ das Ganze aber vorerst am Preis scheitern. Vielleicht würde er mit einem neuen Angebot zurückkommen, vielleicht auch nicht. Momentan war es ihr vollkommen gleichgültig. Offiziell betrieb sie eine Import-Export-Firma; die Rolle der Geschäftsfrau spielte sie auf Arabisch genauso gut wie auf Französisch.

Zurück in ihrem Büro, das von ihrem Stellvertreter hastig geräumt worden war, vertiefte sie sich wieder in die Akte.

Die Karriere des Mannes war einzigartig in der Geschichte der Geheimdienste, das ging schon aus den ersten Seiten hervor. Außerdem war er, für einen intellektuell geschulten Nachrichtenoffizier eher ungewöhnlich, ein äußerst geschickter Mörder gewesen. Vielleicht war bei einem dieser Aufträge irgendetwas schiefgegangen, und er war komplett durchgedreht. Im schlimmsten Fall würde man ihn als verwahrlosten Trinker unter Gleichgesinnten in irgendeiner Großstadt auflesen.

Sie hatte ihn gut gekannt. Bei ihrer ersten Begegnung waren beide jung gewesen, er Hauptmann und sie Leutnant, wenn sie sich recht entsann. Oder war es umgekehrt gewesen? Damals hatte sie ihn mit der Pistole bedroht. Als sie sich zum zweiten Mal sahen, schoss sie auf ihn und folterte ihn in Maßen, um ihn vor den Verdächtigungen der Syrer zu schützen. Danach wurden sie Freunde fürs Leben, und ihre gemeinsamen Operationen waren immer erfolgreich verlaufen.

Bei ihrem letzten Treffen waren sie beide wegen eines Auftrags in Libyen, der darin bestand, den nuklearen Sprengkopf einer SS-20 aufzufinden und unschädlich zu machen, den der Vollidiot Gaddafi der zusammenbrechenden Sowjetunion abgekauft hatte. Auch diese Aktion war gut gegangen.

Doch dann wurde sie zum zweiten Mal von den Israelis getötet. Sie tauchte für einige Jahre unter und arbeitete von ihrem Büro in Damaskus aus. Das Haus verließ sie nur mit schwarzem Schleier. Ihn oder irgendeinen anderen alten Freund zu kontaktieren, wäre in dieser Zeit schlecht möglich gewesen. Sie war ja tot.

Daher gab der letzte Teil seiner Akte kein wirklich lebendiges Bild von ihm. Er war im Berichtsstil verfasst und wurde nur von Zeitungsausschnitten aufgelockert. Viel konnte sie der Akte nicht entnehmen, obwohl der Inhalt es ihr nicht schwer machte, dem allerletzten Vermerk zuzustimmen, den es über ihn gab: Wurde verrückt, kam ins Gefängnis, brach aus. Ist seitdem verschwunden.

Vielleicht stimmte es, vielleicht auch nicht. An und für sich war es vollkommen logisch und psychologisch glaubwürdig.

Er war zum obersten Chef des Sicherheitsdienstes seines Landes befördert worden und hatte folglich leichten Zugang zu den Namen und Adressen aller Denunzianten, die gegen Bezahlung ihre eigenen Landsleute, die politischen Flüchtlinge, verpetzten.

Er hatte die Verräter der Reihe nach aufgesucht und sie mit denselben Methoden umgebracht, die ihn einst zum Helden gemacht hatten. Nun machten sie ihn zum Verbrecher.

Während des Gerichtsverfahrens hatte er psychiatrischen Beistand abgelehnt. Im Übrigen hatte er sich selbst gestellt. Es schien, als wolle er bewusst Buße tun, denn ein Fluchtversuch wäre ihm vermutlich gelungen. Er wurde in einem weltweit Aufsehen erregenden Prozess zu einer lebenslänglichen Freiheitsstrafe verurteilt und brach einige Zeit später auf geheimnisvolle Weise aus seiner Zelle aus.

Das war zehn Jahre her. Damals war er zweiundvierzig Jahre alt, heute wäre er also zweiundfünfzig. Wie gesagt, immer noch kein Alter für einen Vizeadmiral.

War er damals wirklich verrückt gewesen? War er es noch immer?

Es gehörte ein ungeheures Geschick dazu, sich so unsichtbar zu machen. Und wie alle Spione konnte er sich verstellen.

Es gab gute Gründe anzunehmen, dass er weder verrückt noch ein Trinker unter irgendeiner Brücke in Europa geworden war. Denn bei der kleinsten Passkontrolle hätte man ihn erwischt. Er war nicht in Europa. Aber auch nicht in Russland. Die Russen hätten ihm wegen all seiner Auszeichnungen zwar einen Zufluchtsort angeboten, aber sie kannte ihn gut genug, um zu wissen, dass er solch ein isoliertes Leben niemals ausgehalten hätte. Sofern er nicht einer religiösen Bekehrung zum Opfer gefallen war und nun als Mönch in einem sibirischen Kloster hockte.

Nein, das war unwahrscheinlich. Er hatte seine Ausbildung in San Diego in Kalifornien absolviert, an der University of California San Diego, außerdem das Navy-Seals-Programm und einige andere militärische Ausbildungsstätten durchlaufen. Dort musste er sein.

Er sprach ein perfektes amerikanisches Englisch und würde von jedermann als Amerikaner angesehen werden. Er musste dort sein!

Plötzlich begann ihr Gedächtnis nach etwas zu suchen, das nicht in seiner Akte stand. Dieses Versäumnis hatte sie selbst verschuldet, weil sie für die Aufzeichnungen verantwortlich gewesen war. Bei ihrer letzten gemeinsamen Operation, der Jagd auf den russischen Atomsprengkopf in Libyen, hatte ihm die CIA einen Decknamen verpasst. Er lag ihr auf der Zunge. Sie drehte und wendete seinen richtigen Namen einige Minuten hin und her, bis sie plötzlich darauf kam.

Die Sache könnte ziemlich schnell gehen, dachte sie. So etwas war ausnahmsweise ein Gebiet, auf dem der palästinensische und der israelische Nachrichtendienst allen anderen auf der Welt überlegen waren.

Jede Universität von Rang hatte jüdische Studenten, Doktoranden, Assistenten, Dozenten und Professoren.

Aber es gab auch an jeder namhaften Universität palästinensische Studenten, Assistenten, Dozenten und Professoren. Dieser Umstand beruhte auf der ähnlichen Geschichte dieser zwei Völker, die sich beide mehr in der Diaspora als in dem Land aufgehalten hatten, das sie aus unterschiedlichen Gründen als ihre Heimat betrachteten.

Diese vielen Universitätsmenschen hatten sicherlich alle schon einmal über eine gewisse Situation nachgedacht – für die einen war es ein Albtraum, für die anderen eine mehr oder weniger fromme Hoffnung: Eines schönen Tages kommt ein Fremder mit ausgezeichnetem Benehmen in ihr Zimmer spaziert und eröffnet ihnen frank und frei, er – oder sie – vertrete den Mossad beziehungsweise den Dschihas al-Rasd. Der jeweilige Nachrichtendienst benötige Hilfe in einer kleinen Angelegenheit.

Vermutlich reagierten alle gleich. Wenn sich das, worum der Agent bat, in einem angemessenen Rahmen hielt, zog niemand eine Absage in Erwägung.

Ihre höfliche Bitte war ganz simpel. Sie hatte sie bereits in ihren Laptop getippt, um sie an ihre vierzig mehr oder weniger aktiven Agenten in Kalifornien zu schicken: *Findet Hamlon!*

Manchmal fuhr sie an den Wochenenden, wenn sie einige Tage hintereinander frei hatte, nach San Diego und besuchte ihre beiden jüngeren Schwestern, um die sie sich ernsthaft Sorgen machte. Obwohl sie als Amerikanerinnen, also auf amerikanischem Boden, geboren waren, hatten sie es in ihrer Jugend schwer gehabt. Linda war die Einzige der Geschwister Martinez, die es weiter als bis zur Highschool geschafft hatte. Ihr Medizinstudium hatte sie jedoch nach der Hälfte abbrechen müssen, weil es enorm teuer gewesen war, ihren beiden jüngeren Schwestern zu festem Boden unter den Füßen zu verhelfen. Daher die unzähligen Nachtschichten in verschiedenen chirurgischen Notaufnahmen in L. A. Hätte sie nicht jahrelang in der Chirurgie gearbeitet und Tausende von jungen schwarzen Männern und ebenso viele spanischsprachige junge Männer gesehen, deren Gliedmaßen auf jede erdenkliche Weise aufgeschnitten oder zerschossen waren, wäre es vielleicht nie zu dieser gescheiterten Liebesgeschichte gekommen. Sie hätte nicht begriffen, was sie damals vor einigen Jahren am Strand von San Diego gesehen hatte, zumindest nicht innerhalb von drei Sekunden. Und ihre Neugierde wäre nicht im gleichen Maß geweckt worden. Aber so war es eben im Leben. Man verpasste einen Bus und traf dafür jemanden, der alles veränderte. Oder man erreichte den Bus in letzter Sekunde und erfuhr nie, was einem entgangen war.

Corazón, die ältere der beiden Schwestern, hatte wegen

Drogenbesitzes eine Bewährungsstrafe erhalten und riskierte zwei bis fünf Jahre Gefängnis, wenn sie ein zweites Mal erwischt wurde, bei einem dritten Mal sogar Lebenslänglich. Teresia, die jüngere, hatte sich vermutlich als Prostituierte betätigt. Linda Martinez wusste es bis heute nicht genau und wollte es auch nicht wissen.

Über persönliche Beziehungen hatte Linda ihre Schwestern im Rehabilitierungsheim Santa Teresia in San Diego unterbringen können, einer privaten Stiftung, die mexikanischstämmige Jugendliche unterstützte, die in Schwierigkeiten waren. Jetzt, im Rückblick, war das ihre Rettung gewesen. Sie schienen sich berappelt zu haben und das hatten nicht zuletzt auch mit dem Teilzeitjob zu tun, den sie damals gerade angenommen hatten.

Die Arbeit der beiden Schwestern roch nach Wohltätigkeit und war ebenso leicht wie überbezahlt. Zudem fand sie zu Hause bei einem Mitglied des Stiftungsvorstands statt. Sie mussten bei einem eigenbrötlerischen und etwas sonderbaren Millionär namens Hamlon putzen und den Garten pflegen. Er war wahrscheinlich während des Börsenbooms in der Computerbranche reich geworden, was in Kalifornien nichts Besonderes war. Er hatte sich im Alter von vierzig Jahren zurückgezogen und widmete sich vor allem der Musik und, gleichfalls keine Besonderheit in Kalifornien, fanatischem Fitnesstraining.

Die wundervolle Villa draußen in La Jolla, einem der reichsten und angesagtesten Viertel von San Diego, hatte er damals schon besessen. Aber im Gegensatz zu anderen Millionären feierte er nie Partys und veranstaltete keine Sauereien, sodass die Reinigungsarbeiten eher symbolischen Charakter hatten. Immerhin hatten die beiden Schwestern etwas zu tun.

Als das Ganze begonnen hatte, waren sie zu dritt am Strand gewesen, hatten im Sand gesessen und ihn schon von

Weitem angelaufen kommen sehen. Corazón und Teresia begannen aufgeregt durcheinanderzureden, als sie seinen verflucht attraktiven Körper zu beschreiben versuchten. Er benehme sich, wie sie fast bedauernd bemerkten, stets wie ein Gentleman, vielleicht sei er aber auch schüchtern oder schwul. Vermutlich Letzteres. Allerdings besäße er einige pornografische Bilder von nackten Frauen, die sich auf Klippen in »nordischem Licht« sonnten – was immer das sein mochte. Außerdem hingen bei ihm einige verrückte Gemälde von weißen Wildkaninchen im schneebedeckten Kanada oder irgendwo in Alaska und Kunstwerke aus Mexiko. Er kenne sich damit viel besser aus als sie und habe ihnen viel über die mexikanischen Revolutionäre Emiliano Zapata und Pancho Villa erzählt.

Die beiden kamen immer mehr ins Schwärmen, während ihre große Schwester mit wachsender Neugier den Läufer betrachtete, der sich allmählich näherte.

Er habe einen unglaublichen Weinkeller mit Weinen, die nicht aus Kalifornien stammten, und massenhaft seltsame Bücher, deren Buchstaben man gar nicht entziffern könne. Er trainiere wie ein Verrückter, täglich zwei Stunden Laufen, eine morgens und eine abends. Außerdem absolviere er jeden Tag eine Stunde Krafttraining in seinem eigenen Fitnessraum. In seinem Keller mache er regelmäßig Schießübungen und schwimme manchmal bis zu eine Stunde im Pool. Das sei alles, womit er sich beschäftige. Ach nein, er besäße auch eine riesige Plattensammlung mit unzähligen Schnulzen und höre sich oft auf seiner Terrasse so alten Scheiß an. Er sei aber trotzdem ein super Typ, keine Frage. Wäre schade, wenn er schwul wäre.

Linda Martinez hatte den Beschreibungen der Schwestern nur noch mit halbem Ohr gelauscht und stattdessen blinzelnd den Mann mit dem Pferdeschwanz und dem Stirnband betrachtet, der mit lockeren Laufschritten näher kam. Sein Alter musste irgendwo zwischen fünfunddreißig und fünfundvierzig liegen, es war aufgrund seines durchtrainierten Körpers schwer zu bestimmen. Er lief ohne sichtbare Anstrengung und hörte dabei Musik. Die kleinen Stöpsel in den Ohren waren deutlich zu erkennen.

Das Wasser war an diesem Tag eiskalt gewesen, der Wind hatte ablandig geweht, und eine rote Fahne am Turm der Strandwacht Badeverbot wegen zu starker Strömung angezeigt. Sie konnte sich noch an alles erinnern.

Direkt vor ihnen spielte ein älteres Paar mit seinem Pudel, der eine rosa Bademütze und eine Art Schwimmweste trug, die ihm das Schwimmen erheblich erschwerte.

Plötzlich ergriff die Strömung Besitz von dem Pudel und zog ihn aufs Meer hinaus. Die Lage des Hündchens wurde von Sekunde zu Sekunde bedrohlicher, und das Paar begann, panisch zu schreien.

Zu diesem Zeitpunkt war Hamlon nur noch ein paar Meter von ihnen entfernt. Er sah das Tier, das von der Strömung hinaus ins offene Meer getragen wurde, blieb stehen, senkte den Kopf, als würde er tief durchatmen. Dann nahm er ohne Eile seinen Walkman ab, schüttelte die Joggingschuhe von den Füßen, zog sich das ausgeblichene Sweatshirt mit dem Aufdruck der UCSD über den Kopf und watete einige Meter in das eisige Wasser hinein, dessen Kälte ihm nicht das Geringste auszumachen schien. Er verschwand kopfüber in einem Strömungswirbel, schwamm mit kraftvollen und ruhigen Zügen zu dem Hund, packte ihn an der Schwimmweste und hielt ihn fröhlich in die Höhe, um dem verzweifelten Paar am Strand die Nachricht seiner glücklichen Rettung zu übermitteln. Derweil wurden er und der Pudel wie von unsichtbarer Riesenhand weiter hinausgetragen.

Er schwamm jedoch, mit dem Tier in der einen Hand und

144

immer noch ohne Eile, in Richtung Land. Wegen der starken Strömung dauerte es eine Weile. Die Strandwächter, die von ihrem Turm heruntergestiegen waren, beschlossen nach kurzem Zögern, dass es nicht nötig war, sich ins Wasser zu werfen. Sie erkannten, dass der Mann da draußen wusste, was er tat, und nicht zum ersten Mal gegen die eiskalte Strömung schwamm.

Am Strand angekommen warf Hamlon den Pudel scherzhaft seinem Frauchen zu, die sich sofort daran machte, das geliebte Tier abzuküssen. Das eigentliche Ziel war aber offenbar, dem zu diesem Zeitpunkt bereits wieder putzmunteren Tier eine Mund-zu-Mund-Beatmung zu verabreichen. Es strampelte verzweifelt.

Hamlon reichte dem Herrchen die Hand und eilte zu seinem Kleiderhaufen. Das Herrchen sah ihm – unschlüssig, ob er seine Dankbarkeit stärker zum Ausdruck hätte bringen sollen –, hinterher und stürzte sich seinerseits ebenfalls in die Wiederbelebungsversuche.

Als Hamlon dann die Arme über den Kopf gestreckt hatte, um sich seinen Pullover überzustreifen, hatte Linda Martinez es gesehen.

In den wenigen Sekunden, in denen sein Oberkörper vollständig entblößt war, durchleuchtete sie ihn wie Röntgenstrahlen vor einer Operation. Zwei der Schusswunden waren verhältnismäßig frisch, aber sauber vernäht. Andere Schusswunden waren älter und nicht so gut versorgt, sein rechter Unterarm war voller Narbengewebe, das von Tierbissen herrühren musste. Sein Brustkorb war mit einem Messer aufgeschnitten worden. Folter also.

Sie las in seiner Erscheinung so deutlich wie in einem medizinischen Gutachten. Der Mann war mindestens dreimal angeschossen und gefoltert worden. Für Vietnam war er zu jung, und zudem waren einige Wunden noch frisch. Im Irak

145

hätte man ihn wohl kaum mehrmals so übel zugerichtet, aber ein Soldat war er ohne Zweifel. In Los Angeles wurden junge Männer ein- oder höchstens zweimal angeschossen, öfter überlebten sie nicht. Soldaten dagegen konnten mehrmals angeschossen werden, da sie nicht verbluten mussten, während sie auf eine Operation warteten, weil medizinisches Personal und Krankenhausverwaltung erst klären wollten, welcher Bezirk für den jungen Mann zuständig war.

Sie blickte Hamlon hinterher, der sich wieder die Kopfhörer in die Ohren gesteckt hatte und mit den Joggingschuhen in der Hand barfuß durch den Sand lief. Scherzhaft bat sie ihre Schwestern, ihr diesen »Computerfachmann« bei Gelegenheit vorzustellen. Kichernd hatten die beiden dann einige plumpe Anspielungen zurückgegeben. Manchmal machte es ihnen Spaß, die anständige große Schwester mit ihrer derben Ausdrucksweise in Verlegenheit zu bringen.

Als sie ihn kurz darauf kennenlernte, hatte auch sie den Eindruck, dass er schwul sei. Seiner Art haftete eine weiche Eleganz an, die zu der feineren Sorte von Schwulen passte. Seine Kleidung, die teuer aussah, ohne versnobt zu wirken, die nahezu weibliche Geschicklichkeit, mit der er eine Soße zu dem großen Stück Lachs zusammenrührte, das er am Tisch auf der Terrasse grillte, seine Handbewegungen, als er den Wein einschenkte.

Später redete sie sich jedoch ein, dass sie sich zu Beginn so sehr geniert hatte, dass sie weder klar sehen noch denken konnte. Teresia hatte nämlich eine Woche nach der Begegnung am Strand bei ihr angerufen, um mitzuteilen, dass sie alle drei am Wochenende zum Mittagessen eingeladen seien. Ohne Hemmungen hatte Teresia zugegeben, dass sie ihm von ihrer echt scharf aussehenden großen Schwester erzählt habe, die ihn tierisch gerne kennenlernen wolle.

Er servierte einen Wein, der himmlisch schmeckte, obwohl

er aus Europa stammte, und schien bei den ersten Schlucken vor Glückseligkeit beinahe selbst in Tränen auszubrechen. Er bemerkte ihre Blicke und erklärte seine Verzückung mit Nostalgie und Sentimentalität. Wein trinke man besser nicht allein, und daher sei er ihn nicht mehr gewohnt. Dann sprach er über Teresias und Corazóns Förderunterricht im Heim. Ziel sei, dass die beiden einen Highschool-Abschluss erlangten, um das College besuchen zu können.

Schließlich gelang es Teresia mithilfe von sanfter Gewalt, ihn von der Schulbildung abzulenken, indem sie ihn zweimal fragte, weshalb er sich so jung zurückgezogen habe. Beim ersten Mal ging er über die Frage hinweg, aber beim zweiten Versuch siegte nach kurzem Zögern seine Höflichkeit. Er war wirklich ein Gentleman.

Er antwortete ausweichend, er habe genug von seinem einträglichen, aber trostlosen und trockenen Job gehabt, und dass die Menschen, mit denen er beruflich zu tun gehabt hätte, alle männlich-logisch, in Zahlen eben, gedacht hätten und gefühlskalt gewesen seien. Während er den Tisch abdeckte, was er unbedingt selbst machen wollte, da sie seine Gäste seien, und das Dessert vorbereitete, unterhielten sich die Schwestern im Flüsterton. Die große Frage war immer noch, ob er schwul war. Sie erzielten keine Einigung. Linda war ganz sicher, dass er es nicht sei, Corazón hielt das für reines Wunschdenken, und Teresia deutete an, dass ihr reicher Erfahrungsschatz bezüglich Männern eindeutig Schwuchtelalarm melde.

Als er mit Obstsalat, frischen Weingläsern und einem neuen, hervorragenden Wein aus Frankreich zurückkam, brachte Teresia das Thema ohne Umschweife zur Sprache.

Linda wäre am liebsten im Erdboden versunken.

Im ersten Moment starrte er alle drei nacheinander verblüfft an. Er sah äußerst verwundert aus.

Er gab zurück, er sei nicht schwul und über ihre Frage einigermaßen erstaunt. Was sie denn beobachtet zu haben glaubten. Sie starteten einige peinliche Versuche, es ihm zu erklären. Die Art und Weise, wie er das Essen serviere und ihnen die Stühle zurechtrücke, die seltsamen – wenn auch sehr guten – Weine, seine Körperfixiertheit und was ihnen sonst noch einfiel.

Er wirkte recht amüsiert und überlegte laut, ob vielleicht die zehn Jahre in Europa ihre Spuren hinterlassen haben könnten.

Tatsächlich hatte er etwas Unamerikanisches an sich. Beim nächsten Treffen achtete Linda auf seine Ausdrucksweise, die schwer einzuordnen war, aber eher nach Ostküste als nach San Diego klang. Zweifelsohne hatte er einen akademischen Hintergrund. Von seiner Sprache hätte man eher auf einen viel älteren Mann in viel konservativerer und farbloserer Kleidung geschlossen. Von einem solchen hätte man bestimmt keinen Pferdeschwanz erwartet.

Vielleicht war sie in der ersten Zeit zu aufdringlich gewesen, denn die Geheimnisse, die sie ihm entlockte, hatten mit einer Tragödie zu tun, die jeder lieber für sich behalten hätte. Er hatte eine Frau und zwei Kinder gehabt, die bei einem Autounfall ums Leben gekommen waren. Es stimmte also nicht, dass er sich wegen der trostlosen Typen und der Trockenheit seines Jobs aus dem Berufsleben zurückgezogen hatte.

Als Liebhaber war er zu Beginn sowohl schüchtern als auch auf eine Weise rücksichtsvoll, die entweder auf mangelnde Leidenschaft oder auf Angstgefühle zurückzuführen war. Als hätte er ein schlechtes Gewissen, weil er seine verstorbene Frau betrog. Aber seine geheimnisvolle Aura zog sie immer mehr an und verführte sie dazu, immer mehr Fragen zu stellen, die er offensichtlich lieber nicht beantworten wollte.

Wie an dem Morgen, als sie bei strahlender Sonne in seinem Doppelbett im oberen Stockwerk aufgewacht waren. Plötzlich hatte sie ihn einfach gefragt, was für eine Art von Soldat er gewesen wäre, und warum er so täte, als hätte er in der Computerbranche gearbeitet.

Zunächst hatte er gekränkt geantwortet, natürlich habe er sich beruflich mit Computern beschäftigt. Er habe sogar einen Master of Science von der UCSD. Sie hatte nur wortlos ihre Finger über die Schussverletzungen und die anderen Narben an seinem Körper gleiten lassen.

Sie brauchte nicht mehr zu sagen, denn er wusste, dass sie in Los Angeles in der Notaufnahme arbeitete.

»Okay«, hatte er geantwortet. Er habe zwar eine militärische Laufbahn hinter sich, aber alles, was damit zusammenhing, sei leider geheim. Er würde niemals zurückkehren, und mehr sei dazu nicht zu sagen.

Er spielte eine Rolle, und sie war überzeugt, dass der Pferdeschwanz mit dieser Rolle zu tun hatte. Er hatte irgendetwas aus seiner Vergangenheit zu verbergen.

Darüber hinaus war sie überzeugt, dass ihn die Gewalt in seiner militärischen Vergangenheit quälte. Ein Gangster war er mit Sicherheit nicht gewesen. Er gab zu, dass er regelmäßig zu einem Psychoanalytiker ging, um über das zu sprechen, was er mit niemandem sonst, nicht einmal mit ihr, bereden wollte.

Sachte glitten sie in eine Beziehung, die einige Jahre dauerte, und genauso sachte glitten sie auseinander. Hätte sie einen besonderen Grund angeben sollen, hätte sie seine anscheinend panische Angst vor einem neuen Kind angeführt. Das verletzte sie nicht nur, weil sie gern ein Kind gehabt hätte, sondern auch, weil sie das Gefühl hatte, dass er ein Kind mit ihr als Betrug an seiner toten Familie betrachtet hätte. Falls er so gedacht hatte, hätte sie es selbstsüchtig und unsympathisch gefunden. Er selbst hatte jedoch nur ange-

149

deutet, dass er zu große Angst davor hatte, noch einmal nahe Angehörige einen gewaltsamen Tod sterben zu sehen.

Trotzdem wurden sie auf eine tiefe und innige Weise Freunde. Er sorgte dafür, dass sie ein großzügiges Stipendium von der Santa-Teresa-Stiftung bekam, mit dem sie ihr Medizinstudium abschließen konnte. Er behütete ihre Schwestern wie ein großer Bruder. Seine Großzügigkeit kannte keine Grenzen. Nach einiger Zeit fand sie heraus, dass er der wichtigste Geldgeber hinter Santa Teresia war. Außerdem glaubte sie, dass seine verstorbene Frau Mexikanerin gewesen war.

Als sie vier Jahre nach dem Ende ihrer kurzen Beziehung geheiratet hatte, hatte er auf ihrer Hochzeit eine glänzende Rede gehalten, die den Anschein erweckte, er wäre in seiner geheimnisumwitterten Vergangenheit Politiker gewesen. Viel hatte sie von seiner Vergangenheit nicht erfahren, obwohl sie als Einzige in seinem überschaubaren Bekanntenkreis herausgefunden hatte, dass er etwas zu verbergen hatte und dass der Pferdeschwanz zu seiner Tarnung gehörte.

Nach ihrem Studienabschluss war sie in den Vorstand von Santa Teresia gewählt worden, und es war nicht schwer zu erraten, wer sie empfohlen hatte. Bei der letzten Vorstandssitzung hatte er sich wie immer nach ihrem kleinen Sohn, ihren Schwestern und ihren Eltern erkundigt. Sie wusste, dass ihr geheimnisvoller Schutzengel sofort eingreifen würde, wenn sie auch nur die geringsten Mietsorgen oder Ähnliches angedeutet hätte. Er war mit Sicherheit der liebevollste und fürsorglichste Mann, der ihr je begegnet war.

Beim Vorstandstreffen hatte er nicht anders als sonst gewirkt, höchstens einen Tick melancholischer, und sie wäre nie darauf gekommen, dass dies ihre letzte Begegnung war. Selbstmordgefährdet war er bestimmt nicht. Sein Verschwinden kam deshalb völlig unerwartet. Irgendwie war er aus La

Jolla, wo er seine exakt bemessenen Joggingrunden absolvierte und sich gemeinsam mit den anderen Villenbewohnern gegen Einbrüche und Jugendkriminalität engagierte, nicht mehr wegzudenken.

Eines Tages war er einfach verschwunden. Es erschien ihr zwar unbegreiflich, aber auf eine seltsame Weise war sie sich sicher, dass sie ihn nie wieder sehen oder von ihm hören würde. Für sie war es nahezu undenkbar, dass er zu irgendeiner Tätigkeit in Uniform zurückgekehrt war. Er war der zivilste Mann, den sie kannte.

Nach Hamlon könne man die Uhr stellen, sagte man in Harrys Strandbar nahe der Anhöhe, auf der seine festungsähnliche Villa stand. Für gewöhnlich kam er zwischen zehn Uhr fünfunddreißig und zehn Uhr siebenunddreißig, trank einen Super Size Ice Tea und erkundigte sich, was es Neues gab. Das Thema Politik hätte er lieber vermieden, aber in diesen Tagen hatte manch einer etwas zu George W. Bushs schmutzigem Krieg im Irak zu sagen. Meist ging er darüber mit dem scherzhaften Hinweis hinweg, militärisches Denken könne er ohnehin nicht nachvollziehen.

Von November bis Februar war die Strandbar geschlossen gewesen, aber schon ab Anfang Februar strömten die Gäste in Massen herbei. Kurz vor seinem Verschwinden tauchte auch Hamlon wie ein treuer Zugvogel wieder auf. Er verschnaufte kurz, rieb sich mit einem Handtuch den Schweiß aus dem Gesicht und bekam seinen Riesenpappbecher Ice Tea serviert, den er längst nicht mehr zu bestellen brauchte.

Alles war wie immer. Doch in der zweiten Woche nach Saisonbeginn machte der Betreiber eine ungewöhnliche Beobachtung. Hamlon entfernte sich – zum ersten Mal! – in weiblicher Begleitung. Allerdings hatte Harry gar nicht mitgekriegt, wie es dazu gekommen war. Er freute sich, dass

Hamlon wider seine Vermutung etwas für Frauen übrig hatte. Ihn wunderte nur, dass das Ganze so schnell und unbemerkt vor sich gegangen war.

Carl hatte wie üblich den Kopf voll mit den morgendlichen Geschäftstelefonaten und der Arbeit am Computer gehabt, mit der er seine Wohltätigkeitsaktionen finanzierte. Noch nie im Leben war er so unvorbereitet gewesen. Die sportlich gekleidete Frau mittleren Alters war ihm überhaupt nicht aufgefallen, bevor sie sich ihm gegenübergesetzt und langsam die Sonnenbrille abgenommen hatte.

»Hallo, Carl«, hatte Mouna al-Husseini gesagt, »long time no see.«

Die Zeit war plötzlich stehen geblieben, er war sprachlos gewesen. War sie es wirklich oder hatte er Halluzinationen?

Sie hatte mit interessiertem Lächeln beobachtet, wie er um Fassung gerungen hatte. Für einen Moment hatte sie gedacht, er würde in Tränen ausbrechen.

»Mouna, meine geliebte, hoch geachtete Genossin Mouna, ich habe acht Jahre um dich getrauert«, hatte er geflüstert.

»Beim zweiten Mal haben sie meine Schwester getötet. Meine Familie und meine Abteilung hatten gute Gründe, die Sache geheim zu halten. Nicht einmal bei dir konnte ich mich melden«, hatte sie zurückgeflüstert.

Übers ganze Gesicht strahlend war er aufgesprungen, hatte die Arme um sie geschlungen, sie geküsst und sie schließlich davongezogen.

»Ich wohne in der Nähe, wir gehen zu mir«, sagte er nun, als sie außer Hörweite waren.

»Ich weiß, wo du wohnst.«

»Das ist mir klar, aber jetzt bist du mein Gast und brauchst nicht herumzuschnüffeln.«

»Es ist wirklich schön, dich zu sehen. Freut mich, dass es dir so gut geht«, sagte sie.

»Danke, gleichfalls. Aber du hast mich wahrscheinlich nicht aufgespürt, um dich nach meiner Gesundheit zu erkundigen. War es eigentlich schwierig, mich zu finden? Hältst du dich legal in den USA auf?«

»Es war nicht besonders schwierig, und ich kann mich legal hier aufhalten, weil ich einen britischen Pass vom MI6 habe. Es besteht also kein Grund zur Sorge. Wirst du abgehört?«

»Nein.«

»Gut.«

Er hatte den Arm um sie gelegt. Jeder zufällige Beobachter hätte ohnehin das Richtige vermutet. Dass sie alte Freunde waren, die sich nach langer Zeit wieder trafen und es eilig hatten, nach Hause zu kommen. Es würde ein langes Gespräch werden, sonst hätte sie sich nicht auf die Suche nach ihm gemacht. Er hatte zwar nicht die geringste Ahnung, was so wichtig sein könnte, aber ihm war klar, dass sie *ihn* und nicht Hamlon mit dem Pferdeschwanz gesucht hatte. Die Rolle des Hamlon spielte er nun schon so lange, dass er manchmal fürchtete, er habe sich selbst vergessen. Aber Mounas Schultern an seinem Arm führten ihn zurück in die Wirklichkeit. Überrumpelt von einem plötzlichen Gefühl der Freiheit, wurde er fast euphorisch.

Als sie zu der weißen Villa hinter der Mauer kamen, fragte er als Erstes, ob sie genügend Zeit habe. Sie antwortete, sie habe alle Zeit, die sie bräuchten, und da schlug er vor, dass man ihr Gepäck abholen lassen solle und sie sich hier häuslich einrichte wie eine alte Liebe, was ja nicht gelogen wäre. Er drückte sie in einen Korbstuhl auf der Terrasse mit Meerblick, ging unter die Dusche, zog sich um und kehrte mit zwei Gläsern köstlicher Limonade zurück.

»Eine bessere kriegst du auch in Beirut nicht«, versicherte er und setzte sich ihr gegenüber. »Und da du nun von den

153

Toten auferstanden bist und ich mich inzwischen nicht nur an den Gedanken gewöhnt habe, sondern richtig glücklich darüber bin – merkwürdigerweise ist man erst einmal schockiert, aber dann ... *Le'chaim,* wie unsere Feinde sagen, auf das Leben!«

»*Le'chaim!*«, lachte sie und prostete ihm zu.

»Von allen lebenden Frauen auf der Welt habe ich dich am meisten respektiert und bewundert, liebste Mouna«, fuhr er in ernstem Ton fort. »Aber du hast mich nicht aus sentimentalen Gründen gesucht, obwohl das eine reizende Vorstellung wäre. Du willst etwas von mir. Stimmt's?«

»Stimmt.«

»Okay. Für dich tue ich alles, was in meiner Macht steht. *Fast* alles. Worum geht es?«

»Das möchte ich dir noch nicht sagen. Erzähl mir erst von dir.«

Sie begann mit dem Verhör. Er fand sich damit ab, weil er nach kurzer Zeit einsah, dass sie in Ruhe herausfinden wollte, ob er damals tatsächlich verrückt geworden war und wie es heute um seinen Geisteszustand bestellt war. Spitze Bemerkungen wären fehl am Platz gewesen. Zu viel Tod und trauriges Chaos lagen hinter ihnen.

Er nahm sich also Zeit und bemühte sich, ehrlich und konkret zu berichten, obwohl er sich dabei an die Sitzungen erinnert fühlte, in denen das kostspielige psychiatrische Gutachten erstellt worden war, das er selbst in Auftrag gegeben hatte.

Natürlich konnte man sagen, er sei verrückt geworden. Seine Sicherungen seien durchgebrannt. Nüchtern betrachtet handelte es sich anfänglich um eine buchstäbliche Vendetta. Hier traf der Begriff wirklich zu. Er war mit einem seiner Mitarbeiter in Sizilien gewesen, um einige schwedische Manager freizukaufen, an sich nichts Besonderes. Aber dann hatten diese geisteskranken Mafiosi plötzlich die Idee gehabt, ihre Verhandlungsbasis zu verbessern, indem sie seinen engsten Mitarbeiter und Freund vor seinen Augen umgebracht hatten. Das war lediglich als theatralische Geste gedacht gewesen, sie hatten es *vendetta transversale* genannt.

Wenn man von Wahnsinn sprechen wollte, konnte man sagen, dass es dort losgegangen war. Denn er hatte in Zusammenarbeit mit dem italienischen militärischen Nachrichtendienst alles in Bewegung gesetzt, wozu der Geheimdienst eines westlichen Staates fähig war. Gemeinsam hatten sie ein Massaker unter den Gangstern angerichtet.

Ein strahlender Sieg, Auszeichnungen, Heimflug mit befreiter Geisel und Jagdflugzeugeskorte auf dem letzten Stück bis zum Stockholmer Flughafen Arlanda. So weit, so gut.

Leider hatten sich sämtliche Überlebende der sizilianischen Mafia mit unnachahmlicher Beharrlichkeit und einer gehörigen Portion Verschlagenheit darangemacht, der Reihe nach alle seine Familienmitglieder umzubringen. Auch ihn hatten sie einige Male zu töten versucht, aber das war nicht ganz so leicht gewesen wie der Mord an Frau und Kindern. Sie hatten seine erste Frau, seine zweite Frau und seine Kinder umgebracht und sich damit nicht zufriedengegeben. Am Ende war sogar seine alte Mutter bei einem Fest auf einem südschwedischen Schloss den Mafiosi zum Opfer gefallen.

Ausgerechnet zu diesem Zeitpunkt aber hatte sich der schwedische Staat überlegt, er könnte den perfekten Chef des zivilen Sicherheitsdienstes abgeben. Sein kalifornischer Psychiater hatte seinen Ohren nicht getraut. Auch ohne medizinische Gutachten hätte man sich leicht ausmalen können, dass er der falsche Mann in der falschen Position war. Er hatte unter anderem Zugang zu den Namen und Adressen aller palästinensischen und kurdischen Verräter, die unter den politischen Flüchtlingen und Asylsuchenden ihr Unwesen trieben.

Und so war er auf die glänzende Idee gekommen, einen nach dem anderen umzulegen, um dem Elend ein Ende zu bereiten. Der Gedanke hatte nahe gelegen, denn schon sein Vorgänger hatte einige seiner unwilligen kurdischen Verräter ums Leben gebracht, indem er sie an die Terrororganisation PKK veraten hatte. Aber Auftragsmorde waren nicht sein Stil, er erledigte die Arbeit selbst.

Als er wieder bei Verstand war, oder wie auch immer man es nennen sollte, hatte ihn sein schlechtes Gewissen überwältigt. Er hatte sich gestellt, psychiatrischen Beistand abgelehnt und heroisch die Strafe auf sich genommen, die bei einem Serienmord natürlich nur Lebenslänglich heißen konnte. Sein Psychiater hier in San Diego hatte ihm überzeugend dargelegt, dass er damals in der Klinik besser aufgehoben gewesen wäre als im Gefängnis. Mittlerweile stimmte er ihm von ganzem Herzen zu.

Die prinzipientreue Entschlossenheit, mit der er zunächst den Preis für seine wahnsinnigen Taten hatte bezahlen wollen, war allerdings nach einer gewissen Zeit in der Zelle geschwunden. Er war einundvierzig Jahre alt gewesen, als er die lebenslängliche Freiheitsstrafe angetreten hatte.

Er war ausgebrochen, nach Kalifornien geflohen, hatte sich auf seine amerikanische Staatsangehörigkeit und sein Navy Cross berufen und war im Zeugenschutzprogramm des FBI untergekommen. Die Abmachung mit dem FBI war simpel. Er hatte sich verpflichtet, Kalifornien nicht zu verlassen. Sie hatten sich verpflichtet, ihn niemals auszuliefern oder seine Identität preiszugeben.

»Seit zehn Jahren spiele ich nun den Hamlon mit dem Pferdeschwanz«, schloss Carl seine Erzählung. Falls es der Sache dienlich wäre, könne er mit Sicherheit sagen, dass er nicht verrückt sei. Die Seelenklempner hätten ausgezeichnet an ihm verdient, aber das Geld sei gut angelegt gewesen.

Möglicherweise ließe sich noch hinzufügen, sagte er, dass es eine außerordentliche Erleichterung sei, zum ersten Mal seit zehn Jahren außerhalb einer Arztpraxis über das eigene Ich zu sprechen. Nun sei er Mounas Freund und Carl Gustaf Gilbert Hamilton und unter anderem Kommandant der palästinensischen Ehrenlegion. Es sei ein merkwürdiges Erlebnis, nach so langer Zeit die Tarnung aufzugeben und über sich selbst zu reden. Um das Gefühl zu vervollkommnen, hätte er eigentlich Schwedisch sprechen müssen.

»Ich hoffe, du hast eines Tages die Gelegenheit, deine Geschichte in deiner Muttersprache zu erzählen«, antwortete sie. »Im Moment wäre es zwar eher unpraktisch, aber ich weiß, wie du dich fühlst. Ich habe in Damaskus drei Jahre lang eine Syrerin gespielt, mit Schleier und allem Drum und Dran, und wäre am Ende beinahe durchgedreht. Man weiß nicht mehr, wer man ist; ob man eins mit seiner Rolle ist oder ob man sich seine Vergangenheit nur einbildet. – Okay, Carl, deine Geschichte hat mir gefallen. Ich meine, es freut mich, dass du in viel besserer Verfassung bist, als ich zu hoffen gewagt habe.«

»Danke, Mouna, nun bist du dran.«

»Nein, noch nicht, ich bin noch lange nicht fertig mit dir, mein Freund. Was ist der Sinn des Lebens?«

»Verzeihung, was hast du gesagt?«

»Du hast mich richtig verstanden. Was ist der Sinn deines Lebens?«

Eine Zeit lang sahen sie sich schweigend an. Er versuchte, an ihrem Gesicht abzulesen, ob sie ein Spiel mit ihm trieb. Sie versuchte herauszufinden, ob er entgegen ihrer bisherigen Erkenntnisse doch vom Wahnsinn gezeichnet war.

Da sie keine Anstalten machte, die Frage umzuformulieren oder zurückzuziehen, versuchte er, sie aufrichtig zu beantworten.

Zunächst einmal könne er keinen besonderen Sinn im Leben erkennen. Das Universum sei unbegreiflich. Zumindest für ihn sei es weder vorstellbar, dass es sich selbst erschaffen habe, noch dass es eine göttliche Schöpfung wäre. Aber man sei nun einmal hier gelandet. Wahrscheinlich gehe es nur darum, diesen Ort in etwas besserem Zustand zu hinterlassen, als man ihn vorgefunden habe. Mehr könne er dazu nicht sagen.

Damit gab sie sich nicht zufrieden. Sie wollte wissen, was er konkret unternahm, um »diesen Ort in etwas besserem Zustand zu hinterlassen«.

Sein Lachen klang herzlich und entspannt, das war der Carl, den sie kannte. Mit schonungsloser Selbstironie berichtete er von seiner Wohltätigkeit. Als er noch Schwede gewesen sei, habe er Wohltätigkeit immer verabscheut und für eine bürgerliche Erfindung gehalten, die reichen Damen ein gutes Gewissen verschaffe. Milde Gaben, mit denen man sich einen Platz im Himmelreich erkaufte. Als Schwede habe er hohe Steuersätze der Wohltätigkeit vorgezogen.

Aber hier in Kalifornien, als Hamlon, könne er in hohen Steuern keinen Segen erkennen. Vor allem die Bundessteuer ginge unter dem Vorwand, die Iraker seien ungeheuer gefährlich, für Eroberungen von Ölfeldern im Nahen Osten drauf.

Dann widmete er sich dem, was sich nur mit dem etwas peinlichen Wort Mildtätigkeit umschreiben ließ. Er habe zum Beispiel ein Rehabilitierungsheim für Jugendliche mexikanischer Herkunft aufgebaut und spende täglich so viel Geld, wie er in zwei Stunden verdiene.

Als sie darauf beharrte, das scheinbar so nebensächliche Thema auszuweiten, meinte er, sich verteidigen zu müssen, indem er erklärte, er sitze ohnehin für immer und ewig in Kalifornien fest und habe keine andere Wahl. Überraschenderweise war das Thema für sie damit plötzlich beendet. Sie schlug einen langen Strandspaziergang vor und fügte hinzu, dass es kein Problem sei, wenn ein Sicherheitsdienst sie beobachte oder sogar zusammen filme, solange niemand höre, worüber sie sprächen. Fast gekränkt brachte er eine Reihe von Erklärungen vor. Die Vorderseite seines Hauses sei selbst für das bestausgestattete Abhörteam nicht zu erreichen, weil davor ein steiler Abhang und das Meer lägen. Was die Gefahr versteckter Wanzen betreffe, so wohne er nun seit fast zehn Jahren in diesem Haus, und ein eventuell lauschender Spion seines ehrwürdigen Schutzpatrons, des FBI, sei mit Sicherheit, schon allein aus Kostengründen, vor langer Zeit von diesem unfruchtbaren Unterfangen abgezogen worden. Er habe das Haus in regelmäßigen Abständen auf versteckte Mikrofone untersucht und nie eins gefunden.

Sie antwortete, das sei ganz wunderbar, sie wolle aber unbedingt einen langen Spaziergang im störenden Rauschen des Pazifiks machen.

Zuerst ließen sie ihr Gepäck aus einem Hotel in San Diego kommen und bestellten auf ihren Wunsch das Abendessen bei einem libanesischen Lieferservice in der Innenstadt.

Dann spazierten sie stundenlang eng umschlungen am Strand entlang und sahen aus wie das, was sie beinahe waren: zwei Menschen, die vor langer Zeit eine Liebesgeschichte verbunden hatte.

Am Strand von La Jolla erzählte sie ihm haarklein alles über das Projekt. Angefangen vom politischen Ursprung bis zum kleinsten waffentechnischen Detail, von der K 601 und den Problemen mit der russischen U-Boot-Besatzung, die jegliche Aussicht auf Erfolg zunichtezumachen drohten. Er hörte aufmerksam zu und stellte nur hin und wieder eine technische Zwischenfrage.

Als sie zum Haus zurückkamen, zeigte er ihr seine Sammlung mexikanischer Kunst, richtete ihr ein Gästezimmer her

159

und sagte, er wolle sich ein Stündchen in seinen Fitnessraum zurückziehen, um nachzudenken. Dann würde er das Abendessen servieren. Sie schloss aus seinem Auftreten, dass sie guten Grund hatte, sich auf den Abend zu freuen. Diese entspannte Entschlossenheit kannte sie von früher.

Er hatte den Tisch draußen im Wintergarten gedeckt, wo das Meeresrauschen durch die geöffneten Fenster drang und die Scheiben vibrieren ließ, sodass sie unmöglich als Abhörmembran dienen konnten – sie nahm an, dass er das beabsichtigt hatte. Ebenso umsichtig hatte er einige Wolldecken bereitgelegt – in Kalifornien war es immer noch februarkühl – und Kerzen auf den Tisch gestellt. Außerdem hatte er einige Flaschen Comte de M. besorgt, den besten Wein vom Château Ksara. Es war ihr ein Rätsel, wie er an diesen exzellenten libanesischen Wein herangekommen war.

Mit heiterer Feierlichkeit führte er sie zu Tisch, servierte warmes Pitabrot und stieß mit ihr an. Beide nahmen sich von den vielfältigen Vorspeisen.

»Als Erstes musst du den Russen ihre Uniformen abnehmen«, kam er direkt zur Sache. »Die praktischen Anweisungen habe ich dir aufgeschrieben, das können wir überspringen. Die russischen U-Boot-Matrosen dürfen nur zwei Dinge behalten, auf die sie vermutlich nicht verzichten können. Eins davon ist das fünf Zentimeter lange silberfarbene U-Boot-Emblem mit dem roten Stern in der Mitte, wobei sich letzteres Detail wahrscheinlich verändert hat. Für dieses Abzeichen haben sie Blut und Tränen geschwitzt. Die andere Sache ist nicht ganz so nachvollziehbar, aber genauso wichtig. Russische Eliteverbände tragen ein blau-weiß gestreiftes Unterhemd, das *Telnjaschka* genannt wird. Kleide sie also in fremde Uniformen ein, aber lass sie das Unterhemd und das Abzeichen behalten. Diese Dinge sind viel wichtiger, als man meinen könnte. Kein Witz.«

160

»Ich glaube dir, Carl, sei unbesorgt. Und was dürfen die Offiziere behalten, außer ihren Hemden, die man unter den Uniformen sowieso nicht sieht?«

»Die Kärtchen mit den Farbsymbolen, auf denen ihre Verdienstzeichen erklärt sind, eventuelle Medaillen und natürlich das U-Boot-Abzeichen.«

Er lachte und sie erhob bei seinen letzten Worten lächelnd das Glas. Er schien glänzender Laune zu sein. Sie nahm an, dass er mit dem originellsten Vorschlag begonnen und noch jede Menge in petto hatte.

Ohne Eile brachte er seine Ideen zur Sprache, die allesamt leicht durchführbar und zudem bezahlbar wirkten. Er zog einen kleinen iPod aus der Tasche und erklärte ihr, wie man die U-Boot-Bibliothek mit einer nahezu vollständigen Hörbuchsammlung der russischen Klassiker ausstatten konnte, er hatte alle Aufnahmen sowie einige Sprachkurse zu Hause. Sie nutzte die Gelegenheit, um sich zu erkundigen, wie es mittlerweile um seine Russischkenntnisse bestellt war, und er antwortete lachend, für den Job des russischen Präsidenten würden sie ausreichen, auch wenn seine Ausdrucksweise vielleicht etwas altmodisch wirke.

Er aß ein bisschen, reichte ihr die Platten mit den verschiedenen Gerichten und schenkte ihr Glas voll.

Aus mehreren Gründen wären weibliche Sprachlehrerinnen an Bord eine ausgezeichnete Idee. Mouna dürfe nicht die einzige Frau an Bord sein, weil es erstens ihre Autorität untergrabe und weil zweitens alle U-Boot-Seeleute auf seltsame Weise abergläubisch seien. Dieser Aberglaube sei aber nicht mit einem ernsthaften Glauben an Feen und Trolle zu vergleichen, sondern habe mehr mit Traditionen und Machohaltung zu tun. Sogar in seiner schwedischen Heimat hätten die Männer mit den Zähnen geknirscht, als die ersten Frauen an Bord gekommen seien.

Auf der K 601 brauche man jedoch so viele Frauen wie möglich. Das habe weder mit Feminismus noch mit Gleichstellung oder einem sonstigen politischen Aspekt zu tun. Es gehe um Psychologie. Man müsse eine vollkommen neue Ordnung demonstrieren, die für die Russen so neu und ungewohnt wäre, dass sich kein Russe einem Nichtrussen überlegen fühle. Mit den Lehrkräften an Bord könne man beginnen. Außerdem müsse eine Schiffschirurgin her; da die Chirurgie in Russland traditionell eine weibliche Domäne sei, würde man problemlos eine qualifizierte Person finden. Wo immer es möglich sei, solle sie versuchen, die Stelle mit einer Frau zu besetzen. Nein, nicht jede Stelle. Das Reinigungspersonal müsse unbedingt männlich sein. Weibliches Küchenpersonal dagegen wäre in Ordnung, da die Köche an Bord eines U-Boots hoch angesehen seien.

Man müsse also für Veränderungen sorgen, die aus allen Besatzungsmitgliedern Ausländer machten. Der Wodka dürfe übrigens nicht ganz verboten werden, man müsse ihn allerdings kontrollierter ausschenken als auf der unglückseligen Heimfahrt durch die Barentssee.

Nun käme ein noch wichtigerer Punkt der »Entrussifizierung«: Das U-Boot brauche einen eigenen Pressedienst. Sie solle einem Korrespondenten von Al-Dschasira, am besten, nein, unbedingt einer Frau, den dicksten Knüller ihres Lebens anbieten und sie als *embedded journalist* auf das U-Boot einladen, wie die Amerikaner ihre Kriegsberichterstatter vor Ort nannten. Die Fernsehreporterin solle ihre eigene Ausrüstung mitbringen, um an Bord Berichte und Interviews produzieren und per Satellit versenden zu können.

Hier hatte Mouna zum ersten Mal einen Einwand. Es wäre ein Albtraum, nach Katar oder London zu fliegen und dort einen Fernsehjournalisten aufzutreiben, ohne ihm sagen zu dürfen, worum es gehe. Zudem hätten diese Leute ein äußerst umfangreiches Equipment, und man habe keine Möglichkeit, sie einer Sicherheitskontrolle zu unterziehen, bevor sie an Bord kämen. Im Übrigen locke man womöglich einen Menschen in den Tod, der keine Ahnung habe, worauf er sich einließe.

Carl stimmte ihren Argumenten zu. Er war jedoch der Meinung, dass die Überlebenschancen mit eingebetteten Journalisten an Bord größer wären und erklärte ihr geduldig, was nach dem ersten Angriff in der internationalen Presse los sein würde. Das Ereignis hätte den gleichen Stellenwert wie 9/11. Hätte man in einer solchen Situation den Aussagen der amerikanischen Einheizer nichts entgegenzusetzen, könnten die USA ungehindert zuschlagen und eventuell sogar taktische Atomwaffen einsetzen.

Mouna wandte ein, der palästinensische Präsident würde nach dem Angriff weltweit eine gigantische Medienaufmerksamkeit erhalten. Carl seufzte, er wolle nicht unhöflich sein, aber das Medieninteresse an Abu Mazen würde im Vergleich zu dem an den Amerikanern verschwindend gering sein.

Im Krieg gehe es nicht nur um Waffen. Heutige Kriege würden mehr als je zuvor in den Medien ausgefochten. Gegen westliche Journalisten habe man nur ein Mittel: sensationelle Neuigkeiten. Wenn dem meistgesuchten U-Boot der Welt der erfolgreichste Angriff aller Zeiten gelungen sei, werde nichts, aber auch rein gar nichts heißer gehandelt als Nachrichten direkt aus dem Zentrum des Geschehens. Eine Korrespondentin von Al-Dschasira sei also nicht nur ein taktischer Zug, sondern könne über Leben und Tod entscheiden.

Im Übrigen brauche man an Bord einwandfreien Satellitenempfang, damit man alle Fernsehsender der Welt verfolgen könne. Direkte Kommunikation mit einer Heimatbasis sei schwierig. Wenn die Welt erst Kopf stünde, seien nicht einmal Kurzwelle oder kodierte Funksignale zu empfehlen.

Das Risiko sei zu groß, dass man abgehört werde. Indirekt kommunizieren, ohne sich zu verraten, könne man nur, indem man Fernsehen schaue. Wenn Abu Mazen in einem Live-Interview sage, »ich habe dem U-Boot soeben den Befehl erteilt …«, würden sich Israelis und Amerikaner den Kopf zermartern.

Für Mouna war die Problematik nicht neu. Ihr war seit Langem klar, dass man beim Senden verschlüsselter Nachrichten höchste Gefahr lief, ertappt zu werden. Die technischen Möglichkeiten, Codes zu dechiffrieren, waren nahezu unbegrenzt, und den Amerikanern und Israelis machte auf diesem Gebiet sowieso niemand etwas vor. Die Idee, über Live-Sendungen im Fernsehen direkt zu kommunizieren, war eindeutig eine Verbesserung. Die Methode war zwar leicht zu durchschauen, aber man konnte praktisch nichts dagegen unternehmen.

Von ihrer Mahlzeit waren, so wie es bei libanesischen Mezze sein sollte, nur noch Trümmer übrig. Mouna hatte eine Reihe von Anregungen bekommen, und zum Glück sprengte keine der neuen Ideen den finanziellen oder praktischen Rahmen. Während sie in Gedanken versank, räumte er den Tisch ab, legte ihr eine Wolldecke um die Schultern und holte eine neue Flasche Wein.

»Lass uns ein Gedankenexperiment machen«, sagte sie, nachdem sie seiner Weinwahl zugestimmt hatte. »Abu Mazen hätte mich bevollmächtigt, dich zum Vizeadmiral und Oberbefehlshaber der palästinensischen Flotte zu ernennen. Nicht zum Kommandanten des U-Boots, sondern der gesamten Flotte. Wenn du nun also in Seweromorsk einträfst, am besten mit dem russischen Heldenabzeichen und dem roten Stern an der Brust – was wäre deine erste Handlung?«

Er belächelte die Frage und warf ihr einen sanft provozierenden Blick zu.

»Diese Medaillen habe ich leider verkauft, weil ich mir nicht vorstellen konnte, dass sie mir noch einmal nützlich sein könnten. Ansonsten würde ich als Erstes jeden einzelnen Mann an Bord der K 601 rauswerfen und eine von Grund auf neue Besatzung aufbauen.«

»Alle? Warum?«

»Vielleicht nicht alle. Sollten diese britischen Gentlemen Unteroffiziere an ihrer Seite gehabt haben, die niemandem Schweinekoteletts ins Gesicht geklatscht haben und die mit dem Fachwissen der Gentlemen bereits vertraut sind, könnte man eventuell eine Ausnahme machen. Aber im Prinzip würde ich alle rausschmeißen.«

»Aber wieso?«

»Weil U-Boote etwas Besonderes an sich haben. Wie der Kapitän, so die Besatzung. Wenn du den richtigen Kommandanten findest, musst du die Karten auf den Tisch legen und ihm sagen, wer ihr seid und was ihr vorhabt.«

»Und wenn er das Angebot ablehnt, haben wir ein fürchterliches Sicherheitsproblem.«

»Ganz richtig. Aber ohne den russischen Kommandanten hast du auch nicht seine Besatzung am Hals.«

»Das ist nicht machbar«, sagte sie, nachdem sie eine Weile angestrengt nachgedacht hatte.

»Warum nicht?«

»Ich leite zwar das Projekt und bin der höchste *politruk*, um es auf Russisch auszudrücken, aber ich habe zwei, nein, drei entscheidende Fehler. Ich bin, wenn man es genau nimmt, eine Armeeoffizierin, ich bin Araberin, in ihren Augen also Tschetschenin und Muselmanin, und ich bin eine Frau.«

»Ich sehe, du hast in Russland einiges gelernt.«

»Ja, und zwar mehr, als mir lieb ist. Weißt du, wer den neuen Kommandanten rekrutieren könnte?«

»Ich höre.«

»Der neue Befehlshaber der palästinensischen Flotte muss ein weißer Vizeadmiral sein, der fließend Russisch spricht und mit dem Roten Stern sowie dem Helden Russlands ausgezeichnet ist. Nur so könnte es klappen.«

»Ist das ein Angebot?«

»Sag Ja.«

»Bist du deswegen hergekommen?«

»Ja, unter der Voraussetzung, dass du im Vollbesitz deiner geistigen Kräfte bist. Abgesehen von deiner ungünstigen Frisur habe ich meinen alten Freund so vorgefunden, wie ich ihn kenne. Auch wenn du mich jetzt hinauswirfst, freue ich mich, dich wiedergesehen, wiedererkannt, umarmt und geküsst zu haben.«

»Unter gewöhnlichen Umständen könnte ich dir niemals etwas abschlagen, das weißt du, Mouna.«

»Ja, das weiß ich. So weit waren wir schon, aber da wusstest du noch nicht, wie ungewöhnlich die Umstände sind.«

»Du bittest mich, für die palästinensische Sache zu sterben. Das ist in Kalifornien eher unüblich.«

»Dachtest du, ich wäre gekommen, um eine Million Dollar von dir zu verlangen?«

»Auf die K 601 wäre ich jedenfalls nicht gekommen. Im Übrigen hätte ich bei der Übergabe einer so großen Summe leicht in die Fänge der Terroristenjäger geraten können.«

»Und nun?«

»Nun ist alles anders. Ich bin ein bisschen angetrunken. Lass mich eine Nacht darüber schlafen.«

Sie nickte nur.

Er zeigte ihr das Badezimmer, das in der Nähe des Gästezimmers lag, küsste sie auf beide Wangen und umarmte sie mit einer Wärme, die er weder verbergen konnte noch wollte. Dann ging er wieder hinunter und hinaus in den kalten Wind auf der Terrasse.

Es fiel ihm nicht leicht, seine Gedanken zu ordnen, seine Bemerkung über die Wirkung des Weins war kein Vorwand gewesen. In seinem Kopf ging es rund, das Ganze war ein bisschen viel auf einmal. Sie hatte ihm also ein neues, wenn auch kurzes Leben angeboten.

Er hätte auch hier in La Jolla ein neues Leben anfangen können. Alles hatte dafür gesprochen, sich mit Haut und Haar in die Liebesgeschichte mit Linda Martinez zu stürzen. Aber er hatte sich nicht getraut.

Sie hätten inzwischen Kinder haben können. Wäre Mouna unter diesen Umständen aufgetaucht, hätte sie ihn vermutlich gar nicht aufgesucht, sondern wäre unverrichteter Dinge wieder zu ihren hoffnungslosen Problemen nach Seweromorsk zurückgekehrt. Er überlegte kurz, wie Mouna ihn überhaupt gefunden haben mochte. Doch im Grunde spielte es keine Rolle.

Linda Martinez war ein wunderbarer Mensch. Vermutlich hätte sie ihre beiden Schwestern auch ohne seine Hilfe davor bewahrt, auf der schiefen Bahn gänzlich abzurutschen. Zum ersten Mal seit einem Jahrzehnt ertappte er sich dabei, dass er auf Schwedisch dachte.

Im Kriegsmarinehafen von San Diego lag das schwedische U-Boot Gotland. Als er in der Lokalzeitung davon gelesen hatte, hatte er es kaum glauben können. Die amerikanische Flotte hatte sich tatsächlich ein U-Boot mit Mann und Maus vom Königreich Schweden ausgeliehen, um etwas zu üben, was die Amerikaner nicht beherrschten, nämlich die Jagd auf konventionelle U-Boote, die nicht nuklear, sondern mit Dieselgenerator und Elektromotor betrieben wurden. Die Übungen wurden seit knapp einem Jahr durchgeführt, und wenn er die Informationen auf der Homepage der US Navy richtig deutete, stand es in der U-Boot-Jagd nach einem Jahr 6:1, 6:1, 6:1 für die Schweden. Die Amerikaner wollten daher den an sich etwas eigenartigen Vertrag – warum sollte Schweden die amerikanische Flotte unterstützen? – um ein Jahr verlängern.

Er war hinunter zum Kai gegangen und hatte gemeinsam mit anderen anonymen Zuschauern beobachtet, wie das kleine U-Boot mit der dreizüngigen schwedischen Kriegsflagge angelegt hatte. Im Hintergrund ein riesiger Flugzeugträger und zwei Zerstörer. Eine merkwürdige Rührung hatte ihn überkommen, und er hatte die Tränen nur schwer zurückhalten können. Plötzlich hatte er ein Gefühl verspürt, von dem er bislang nur hatte reden hören; den Impuls, sich aus wahnsinniger Höhe in den Tod und die Freiheit stürzen zu müssen. Am liebsten hätte er sich zu den Männern und vereinzelten Frauen gesellt, die aus dem U-Boot geklettert und an Land gegangen waren, hätte sie umarmt und ihnen erzählt … Doch was hätte er sagen sollen? Hey, Landsleute, ich bin euer alter Vizeadmiral Hamilton, der wegen Mordes gesucht wird?

Mouna hatte richtig gedacht, als sie den Gedanken an ein Atom-U-Boot verworfen hatte. Das gute Abschneiden der schwedischen Gotland sprach eine deutliche Sprache. Die Amerikaner bekamen die Gotland einfach nicht zu fassen und würden mit der K 601, die sogar zurückschießen konnte, noch größere Schwierigkeiten haben.

Für einen Augenblick überkam ihn der Verdacht, Mouna könnte die defensiven Fähigkeiten der K 601 stark beschönigt haben, aber er verwarf den Gedanken wieder.

Zurück zu Linda. Sie hätte ihm ein neues Leben ermöglicht. Der Hamlon war nur eine Theaterrolle, die ihm mit jedem Jahr langweiliger wurde. Nach Aussage seiner Ärzte könnte er gut und gern noch vierzig Jahre leben. Aber weitere vierzig Jahre als Hamlon?

Noch ein Jahr als der Mensch, der ich einst war, Carl Gustaf

Gilbert Hamilton, dachte er. Vermutlich würde auch der Tod der am Projekt Beteiligten einiges bewirken. Dass Gaza einen eigenen Hafen und eigene Territorialgewässer erhielt, war nicht unrealistisch. Und es war nur ein Minimum dessen, was man sich mit Recht erhoffen konnte. War es wert, dafür zu sterben? Ja. Zumindest wenn die Alternative in vierzig Jahren Pferdeschwanz bestand.

Seine Untergebenen warten zu lassen, war eine typisch russische Methode, die er selbst mitunter anwendete. Ein Fregattenkapitän hatte das Kommando über so viele Menschen, dass er hin und wieder mit Hilfe gewisser Tricks seine Macht demonstrieren musste.

Aber jemanden drei Stunden warten zu lassen, war ein starkes Stück. Zar Wladimir, wie der Präsident im Geheimen von vielen genannt wurde, hatte gnädig mitteilen lassen, Fregattenkapitän Alexander Iljitsch Owjetschin solle am nächsten Morgen um sechs Uhr im Büro des Präsidenten im Westflügel des Kremls erscheinen. Zu diesem Zeitpunkt hatte Owjetschin bereits zwei Tage lang in seinem Hotelzimmer vor dem Telefon gehockt.

Zunächst war er erleichtert und froh gewesen, weil er annahm, sechs Uhr sei wörtlich zu nehmen und deute darauf hin, dass der Präsident die äußerst geheime Angelegenheit K 601 vor allen anderen Pflichten behandeln wolle. Nun war es genau neun Uhr. Die Ehrenwachen in der Paradeuniform der Armee wurden unter schrecklichem Getrampel und steifen Gesten zum dritten Mal abgelöst. Nun bewachten zwei neue menschliche Salzsäulen die mindestens sechs Meter hohen und mit Samt verkleideten Flügeltüren des Präsidenten. Über der Tür spreizte der alte russische Doppeladler die Flügel. Was das Dekor betraf, hätte er also genauso gut auf den Empfang beim Zaren warten können.

In der ersten halben Stunde auf dem unbequemen Gold-mobiliar hatte er im Geiste nervös seine Antworten auf alle denkbaren Fragen wiederholt. Anschließend hatte er ver-sucht, die außenpolitischen Konsequenzen des Projekts zu durchdenken, die den Präsidenten mit Sicherheit am meis-ten interessieren würden. Dieses Gebiet war sein Schwach-punkt, hier waren Mouna al-Husseini und der neue Vize-admiral aus Schweden im Vorteil. Da beide außerhalb Russ-lands lebten, kannten sie sich in der Welt besser aus als er. Er musste sich an die Marinetechnologie halten, die seine Stärke war.

Nach zweistündiger Wartezeit hatte er es aufgegeben, sich kluge und klare Antworten auf die Fragen des Präsidenten zu überlegen, und rekonstruierte stattdessen, wie das Ganze an-gefangen hatte.

Er und Mouna sollten als Verbindungsoffiziere Russlands beziehungsweise der PLO bei Fragen zusammenarbeiten, die den internationalen Terrorismus betrafen. Diese Funktion er-füllte Mouna auch gegenüber den westlichen Nachrichten-diensten, vor denen sie übrigens keinen übertriebenen Res-pekt empfand. Sie hatte einige witzige Geschichten über ihre amerikanischen und britischen Kollegen erzählt.

Hätten er und Mouna sich nur auf ihren Auftrag konzen-triert, wäre aus ihrer Zusammenarbeit wahrscheinlich nie ein Projekt entstanden. Das, was sie sich zum Thema Terroris-mus zu sagen hatten, war schnell abgehandelt gewesen. In Zentralasien gab es weder eine palästinensische fundamen-talistische Bewegung, noch hatten die Palästinenser das ge-ringste Interesse daran, muslimische Aufstände in Russland zu unterstützen – abgesehen von einigen Extremisten aus der Hamas, deren Anstrengungen sich jedoch auf leere Worte beschränkten. Vonseiten der russischen Nachrichtendienste hatte es ebenfalls nicht viel zu berichten gegeben. Deren di-

171

plomatische Beziehungen zum Nahen Osten waren nicht gerade glorreich. Aber da beide die Treffen offenbar genossen, waren sie auf die Suche nach neuen Gesprächsthemen gegangen. Neue strategische Szenarien im Nahen Osten hatten sich als besonders geeignet erwiesen.

Als er wieder einmal etwas langatmig und dozierend – eine seiner größten Schwächen – über den einzigen Schwachpunkt der israelischen Schlagkraft gesprochen hatte, war sie plötzlich ganz Feuer und Flamme gewesen. Wenn man daran zurückdachte, erschien das Ganze so einfach. Während er ihr die israelische Flotte erklärt hatte, hatte sie plötzlich unverhohlen die Frage gestellt: Was bräuchten wir, um sie zu schlagen?

Er hatte nicht lange nachdenken müssen, um etwas auf diese Frage zu erwidern. Inzwischen, nach fünf Jahren, kannten sie beide die Antwort bis ins kleinste Detail. Auch damals schon hatte sie auf der Hand gelegen. Das Überraschungsmoment war die erste Voraussetzung. Ein einziges russisches Super-U-Boot war die zweite. Das müsste reichen.

Auf ihre Frage, ob es solche russischen U-Boote zu kaufen gebe und was sie denn wohl kosteten, hatte er natürlich nicht geantwortet. Welche Überlegungen und politischen Verhandlungen in den folgenden Monaten angestoßen worden waren, konnte er bis heute nicht einmal erahnen. Vermutlich hatte Mouna umgehend auf diskrete, aber höchst offizielle Weise bei Jassir Arafat angefragt, dem damaligen Präsidenten.

Plötzlich war er zu einem Treffen mit dem neuen russischen Verteidigungsminister nach Moskau bestellt worden. Der alte Verteidigungsminister hatte wegen der Kurskaffäre seinen Platz räumen müssen.

Das Verteidigungsministerium, ein großes Gebäude aus weißem Marmor, lag mitten in der Stadt. Der neue Vertei-

172

digungsminister hatte ihm einen außenpolitischen Vortrag gehalten, den Owjetschin größtenteils nicht begriffen hatte.

Im guten, alten Geist der Sowjetarmee war die Analyse in Stichpunkten dargelegt worden. Erstens lasse Russland armen und ausgelaugten Ländern keinen militärischen Beistand mehr als brüderliche Hilfe angedeihen. Zweitens mache Russland sein Kriegsmaterial inzwischen zu Geld. Am liebsten, wenn es eigenen politischen Interessen dienlich sei. Und nun liege ein solcher Fall vor.

Die palästinensische Partisanenbewegung wolle ein U-Boot kaufen und könne es auch bezahlen. Das sei das eine. Und sofern das Projekt erfolgreich verlaufe, würde dies den außenpolitischen Bestrebungen Russlands auf mehreren Ebenen nützen. Erstens würde es den Handel mit russischem Kriegsmaterial beleben. Solche Gedanken waren dem ehemaligen Verteidigungsminister nicht genehm, das hatte man gemerkt, gehörten aber zur neuen Zeit. Zweitens könne Russland auf diese Weise seinen Einfluss auf die politischen Entwicklungen im Nahen Osten ausweiten. Diese geopolitischen, ökonomischen und strategischen Aspekte seien von höchster Wichtigkeit.

Irgendwo ab hier hatte Alexander Owjetschin den politischen Ausführungen nicht mehr folgen können, hatte aber immerhin begriffen, dass ein palästinensischer Sieg, der mithilfe russischer Ausrüstung errungen würde, den außenpolitischen Interessen Russlands und des Präsidenten dienlich wäre.

Nachdem man die Politik abgehandelt hatte, war alles ganz schnell gegangen. Der Verteidigungsminister hatte auf die Uhr gesehen und ihm ein Dokument überreicht, dessen Inhalt er nur in Grundzügen beschrieb. Hiermit werde Fregattenkapitän Owjetschin zum technischen Verbindungsoffizier im russisch-palästinensischen Gemeinschaftsprojekt

Pobjeda ernannt. Sein palästinensisches Pendant kenne er ja bereits, es handle sich um Brigadegeneral al-Husseini, die ebenfalls von ihrem geheimdienstlichen Auftrag entbunden sei, um sich voll und ganz der Verwirklichung des geheimen Plans widmen zu können. Plötzlich hatte Owjetschin sich nur noch militärisch korrekt zu verabschieden gebraucht.

Als er eine Woche später in Moskau mit Mouna zusammengetroffen war, hatten sie ganz von vorn anfangen müssen. Er hatte die U-Boot-Typen beschrieben, die infrage kamen, und sie hatte seine Erläuterungen – mit Recht – zu langatmig gefunden.

Gleich zu Beginn war eine harte Nuss zu knacken gewesen, die wichtiger war als alle künftigen taktischen Fragen. Sollten sie ein nuklear angetriebenes U-Boot nehmen?

Die Vorteile eines Atomreaktors lagen auf der Hand. Die enorme Motorstärke ermöglichte höhere Geschwindigkeiten, sodass man eventuellen Verfolgern in brenzligen Situationen besser entkommen konnte. Ein Reaktor verfügte zudem über Brennstoff für zwanzig Jahre, man brauchte also keinen Treibstoff zu lagern. Man hätte von Seweromorsk aus Afrika und Asien umrunden und ohne zu tanken bis nach Wladiwostok und zurückfahren können.

Die Nachteile eines Atomreaktors waren allerdings nicht zu unterschätzen. Aufgrund der verschiedenen internationalen Sicherheitsbestimmungen und -abkommen durfte ein Atom-U-Boot nicht jeden beliebigen Hafen anlaufen. Außerdem, hatte er Mouna erinnert, gebe es internationale Absprachen, Kernenergietechnik nicht ungehindert zu verbreiten. Dieses Problem könne für Russland äußerst peinlich werden. Schließlich erfordere ein Atomreaktor an Bord eine komplette, eigens geschulte Besatzung und sei aufgrund der Geräusche, die er erzeuge, für Jagd-U-Boote, Flugzeuge, Helikopter und Schiffe ein leichteres Ziel. Und das U-Boot, für das man sich letztendlich entscheide, würde mit Sicherheit schon nach den ersten Einsätzen intensiv gejagt werden.

Ein herkömmlicher Antrieb auf der Basis des neuen und verbesserten Systems »Kristall 28« würde folglich für beide Partner eine Reihe von Vorteilen bieten. Die Palästinenser an Bord wären sicherer, und Russland bräuchte nicht gegen internationale Abkommen zu verstoßen, indem es seine atomare Technologie exportierte.

So hatten sie angefangen. Nach all den Jahren war es merkwürdig, an diese primitive Anfangsphase zurückzudenken. Erst in der zweiten Phase war man auf die Idee gekommen, einen modifizierten U-Boot-Typ mit dieselelektrischem Antrieb, aber mit Titanrumpf herzustellen. Teuer, aber in gewisser Hinsicht ungeheuer vorteilhaft. Besonders für ein U-Boot, das man jagen würde. Sie hatten früh erkannt, dass sie jede Möglichkeit nutzen mussten, um die Lebensdauer des U-Boots zu verlängern.

Er war vollständig in all die Gedanken an die Probleme versunken, die sie schließlich mit Hilfe der Titankonstruktion gelöst hatten, als ein Oberst plötzlich die Flügeltüren zum Büro des Präsidenten aufschlug, woraufhin sich die beiden Wachen blitzschnell aufrichteten und mit ihren Karabinern fuchtelten. Auch Alexander Owjetschin stand stramm.

»Fregattenkapitän Owjetschin!«, brüllte der Oberst.

»Jawohl, Oberst, anwesend!«, brüllte er zurück.

»Der russische Präsident ist mit wichtigen Staatsangelegenheiten fertig und kann Sie nun empfangen, Fregattenkapitän!«

Der Oberst zeigte auf den roten Läufer, der gleich hinter der Flügeltür begann und direkt zu einem barocken Schreibtisch samt thronartigem Sessel am anderen Ende des unendlichen Raums führte. Schemenhaft war der Präsident zu erkennen, der sich über seinen Schreibtisch gebeugt hatte.

Zögern wäre fehl am Platze gewesen. Alexander Owjetschin marschierte los, hörte, wie die Türen hinter ihm krachend geschlossen wurden, und salutierte vor dem Präsidenten, der sein Kommen gar nicht bemerkt zu haben schien.

Angespannt und mit eng am Körper anliegenden Armen stand er da und schielte zu den beiden Kristalllüstern, die je eine Tonne zu wiegen schienen. Um ihn fünf gigantische Ölbilder, die Helden des neunzehnten Jahrhunderts zu Pferde darstellten, im kunstvollen Parkett Intarsien und ein Doppeladler über dem Kopf des Präsidenten.

Der Präsident war anscheinend immer noch tief in die Akten vor ihm versunken.

»Ich habe Ihre Berichte gelesen, Alexander Iljitsch. Sie beschreiben einige große und komplizierte Probleme, nicht wahr?«, gab der Präsident schließlich von sich. Er sprach leise und nachdenklich.

»Ja. Das stimmt, Herr Präsident!«, antwortete Alexander Owjetschin blitzartig.

»Ist Ihnen auch bewusst, Alexander Iljitsch, dass wir nun in diesem Zimmer eine geheime Materie besprechen werden, von der nur wenige Menschen in Mutter Russland wissen?«

»Ja, Herr Präsident! Ich bin *raswedtschik*, Herr Präsident!«

Als der Präsident erstaunt aufblickte, wurde Alexander Owjetschin klar, dass er sich womöglich lächerlich gemacht hatte. Aber das Wort war aus tiefster Seele gekommen.

Er hatte den militärischen Ausdruck für Nachrichtenoffizier verwendet. Dies konnte als Dreistigkeit aufgefasst werden, was ganz und gar nicht beabsichtigt war. Die *Rasvedka* war immer ein Konkurrent, wenn nicht sogar Feind, der *Tscheka*, also des KGB und aller seiner Vorgänger und Nachfolger, gewesen.

Der Präsident machte ein strenges, wie versteinertes Gesicht. Es stellte sich jedoch bald heraus, dass er nur mit Owjetschin spielte.

»Aha, ich verstehe«, sagte der Präsident und strahlte plötzlich, als wäre ihm just in diesem Moment etwas klar geworden. »Welch ein Glück, dass Russlands Geheimnisse in den Händen eines *Rasvedtschik* liegen, und nicht in den Händen eines alten *Tschekisten* wie mir. Habe ich Sie richtig verstanden, Genosse Fregattenkapitän?«

»Natürlich, Herr Präsident. Ich meine, natürlich *nicht*, Herr Präsident!«

Am liebsten wäre er im Erdboden versunken. In Anbetracht der Umstände machte er gute Miene zum bösen Spiel.

Unerwartet brach der Präsident in Lachen aus, warf die Lesebrille von sich und strich seinen eleganten Anzug mit der dunkelblauen Krawatte glatt.

»Ich muss sagen, Alexander Iljitsch, das haben Sie sehr witzig formuliert«, lachte der Präsident. »Ein alter Tschekist wie ich ist, wie wir beide wissen, schwer zu bremsen, aber Sie gehen auch ziemlich weit. Solange wir nicht stolpern, nicht wahr?«

»Korrekt, Herr Präsident!«

»Stehen Sie bequem! Verzeihen Sie, ich habe gar nicht bemerkt, dass Sie immer noch stocksteif dastehen. Vor dem Präsidenten benehmen sich die Leute immer so merkwürdig. Ich habe ein paar Fragen.«

»Ich werde mein Bestes tun, um Ihre Fragen zu beantworten, Herr Präsident«, antwortete Alexander Owjetschin folgsam.

»Ausgezeichnet. Erste Frage: Befindet sich diese neue Technologie, mit der man in brenzligen Situationen fremde U-Boote entdecken kann, mittlerweile unter russischer Kontrolle?«

»Ja, Herr Präsident! Und unter palästinensischer Kontrolle.«

»Wir können also in Kürze auch unsere eigenen U-Boote mit dieser neuen Technik ausstatten?«

»Ja, Herr Präsident.«

»Was uns unter jetzigen Bedingungen im Kampf zwischen zwei U-Booten einen enormen Vorsprung bieten würde?«

»Korrekt, Herr Präsident.«

»Kein Zweifel?«

»Kein Zweifel, Herr Präsident.«

»Das sind wirklich wunderbare Neuigkeiten, Alexander Iljitsch. Ich habe mich nämlich gerade gefragt, ob ich wütend werden soll. Einige Ihrer Anfragen erschienen mir ein wenig, wie soll ich sagen, apart. Wie auch immer. Dann schlage ich vor, dass wir unser Gespräch etwas informeller fortsetzen. Wünschen Sie einen ausgezeichneten schottischen Malt, Alexander Iljitsch?«

»Nein danke, Herr Präsident! Es ist erst neun Uhr siebenunddreißig.«

»Ich weiß, nur ein kleiner Scherz. Onkel Boris, mein Vorgänger, hätte die Sache vielleicht anders gesehen. Lassen Sie uns zur Sitzgruppe hinübergehen und dort weiterreden. Es gibt übrigens auch herrlichen Tee aus Georgien im Kreml. Wäre der vielleicht eher genehm?«

»Danke gern, Herr Präsident!«

Als sie zu den plüschigen roten Sofas mit den barock geschwungenen Beinen und Rückenlehnen in Gold hinübergingen, veränderte der Präsident seinen Stil vollkommen. Es schien, als wären die vorherigen Schikanen nur Theater gewesen. Als Erstes schlug er vor, sich doch mit Vor- und Vatersnamen anzusprechen. Er wies darauf hin, dass Genosse Alexander Iljitsch genau einundzwanzig Minuten zur Verfügung stünden, und bestellte Tee, indem er auf einen Knopf drückte, der unter dem Tisch aus lilafarbenem Marmor versteckt war.

Nach Meinung von Wladimir Wladimirowitsch war es unnötig kompliziert, die gesamte russische Besatzung der K 601 auszuwechseln. Der Kapitän zur See Alexandrow und seine engsten Mitarbeiter, die Korvettenkapitäne Almetow und Loktschew, hätten sich, soweit er wüsste, in der Nordmeerflotte enorme Verdienste erworben. Worin das Problem bestehe?

Alexander Owjetschin bemühte sich um eine Begründung. Die Besatzung von Kapitän zur See Alexandrow sei der arabischen Gruppe gegenüber so voreingenommen, dass man ernsthafte Probleme riskiere, falls man nicht einen radikalen Schnitt unternehme und von vorn anfinge. Schließlich müsse man, der Präsident, äh, Wladimir Wladimirowitsch möge entschuldigen, auch den Blickwinkel der Palästinenser berücksichtigen. Die bezahlten schließlich.

»Korrekt. Nächste Frage: Wieso steht Kapitän zur See Petrow in der engeren Auswahl für die Stelle des Kommandanten?«

»Aus zwei Gründen«, teilte Alexander Owjetschin eifrig und vielleicht einen Tick naiv mit. »Kapitän zur See Petrow ist für die waghalsigste Autonomka in der jüngeren Geschichte der russischen Flotte verantwortlich, denn er hat 1999 mit der Kursk die amerikanische Mittelmeerflotte mehrfach hinters Licht geführt. Für ihn als ehemaligen Kommandanten der Kursk ist es sicherlich nicht uninteressant, mit den technischen Neuerungen, die inzwischen zur Verfügung stehen, auf ein amerikanisches U-Boot zu treffen.«

Plötzlich begriff Alexander Owjetschin, dass er schon zu viel gesagt hatte. Er hatte die Kursk erwähnt und hätte beinahe auf die offizielle Lüge angespielt, nach der die Kursk sich selbst in die Luft gesprengt und nicht von einem amerikanischen U-Boot versenkt worden war. Der Blick des Präsidenten hatte sich merklich verfinstert. Wladimir Wladimirowitsch brachte Owjetschin mit einer Handbewegung zum Schweigen.

»Immer mit der Ruhe, Alexander Iljitsch«, sagte er. »Dies ist ein äußerst geheimes Gespräch von Tschekist zu Rasvedtschik. Niemand hört uns zu, und niemand wird je von diesem Gespräch erfahren. Es hat nicht stattgefunden und wird nie wieder erwähnt werden, sofern wir am Ende nicht als strahlende Sieger dastehen. In dem Fall können Sie es selbstverständlich in meinen Memoiren nachlesen. Haben wir uns verstanden?«

»Ganz bestimmt, Herr Präsident! Ich meine, Wladimir Wladimirowitsch, ganz bestimmt.«

»Gut. Noch ein paar Fragen. Sie sind also der Ansicht, dass die Kursk von einem amerikanischen U-Boot der Los-Angeles-Klasse versenkt wurde, dass dies aus unerfindlichen Gründen ein Staatsgeheimnis ist und dass Kapitän zur See Petrow und seine Stellvertreter Fregattenkapitän Larionow und Korvettenkapitän Charlamow diese Ansicht teilen. Und dass sie von allen amerikanischen U-Booten da draußen am liebsten auf die USS Memphis stoßen würden. Habe ich das richtig verstanden?«

»Korrekt, Herr …, vollkommen korrekt, Wladimir Wladimirowitsch.«

»Gut. Ihr Mut gefällt mir. Die Vollmacht, die Sie verlangt haben, erteile ich Ihnen. Eine letzte Frage. Was ist so wichtig an diesem Schweden, und warum müssen wir seine Auszeichnungen erneuern?«

»Er spricht fließend Russisch und Englisch, er ist ein Held Russlands, ein echter Vizeadmiral, und er eignet sich als Bindeglied für unsere internen Beziehungen.«

»Ich verstehe. Außerdem vertraue ich auf Ihr Urteil, Alexander Iljitsch. Das Datum für den Beginn der Vorbereitungsphase gilt noch?«

»Korrekt.«

»Eine letzte Frage. Garantieren Sie mir, dass die K 601 aus einer konfrontativen Begegnung mit, sagen wir beispielsweise der USS Memphis siegreich hervorgehen wird – ohne dass ich damit irgendetwas bestätigt haben möchte?«

»Im Falle einer solchen Konfrontation sind wir garantiert im Vorteil, Wladimir Wladimirowitsch.«

»Hervorragend. In einem solchen Fall werden Sie nicht auf eine Belohung verzichten müssen. Allerdings werden Sie im gegenteiligen Fall auch Ihrer Strafe nicht entgehen.«

»Selbstverständlich, Herr Präsident.«

Präsident Putin belächelte Alexander Owjetschins Rückfall in die formellere Ansprache und erwähnte am Ende des Gesprächs beiläufig, dass nicht jeder den Präsidenten treffen dürfe. Das sei Teil der Politik. Momentan halte sich eine Delegation der palästinensischen Hamas-Regierung in Moskau auf. Sie dürften Vertreter des Außenministeriums, aber keinesfalls den Präsidenten treffen. Es sei übrigens ein amüsanter Gedanke, dass die erst kürzlich gewählten Abgesandten der Hamas keine Ahnung hatten, dass ihre Regierung in Kürze die K 601 befehligen würde. Doch das sei deren Problem und das des palästinensischen Präsidenten. Insofern hätten Treffen, die nie stattfanden, doch gewisse Vorteile, nicht wahr?

Carl orientierte sich mithilfe seines Gedächtnisses. Ging man vom Zentralbahnhof die Straße hinauf, die bei seinem ersten und bei seinem letzten Besuch Karl-Marx-Straße geheißen hatte, war es gar nicht so schwierig. Der neue Straßenname war überall mit Farbe beschmiert und nicht zu erkennen. Er fragte sich, wie dieser offenbar unbeliebte Name lauten mochte. Wladimir-Putin-Straße?

181

Kurz vor der kleinen Querstraße, deren Namen man sich so gut merken konnte, Rybnyj Projesd – Fischgasse –, hatte es früher eine Eislaufbahn gegeben. Am einen Ende hatten Kinder Eishockey gespielt und am anderen ältere Paare Arm in Arm ihre würdevollen Runden gedreht. Russland war aus beruflichen Gründen immer sein Feind gewesen. Umso merkwürdiger, dass er so vieles hier liebte. Einer der besten Freunde, den er je gehabt hatte, war russischer Nachrichtenoffizier gewesen. Inzwischen war er hoffentlich pensioniert und vertrieb sich die Zeit beim Jagen und Angeln in seinem geliebten Sibirien.

Mutter Russland verführte unweigerlich zu Sentimentalitäten. Er schämte sich ein wenig dafür, genau wie ihm seine Vorliebe für Tschaikowski peinlich war.

Sie wohnte immer noch dort oben hinter den erleuchteten Fenstern im vierten Stock in der Rybnyj Projesd. Er hatte seinen Besuch angekündigt, konnte aber unmöglich vorausahnen, in welcher Stimmung sie ihn empfangen würde. Keine Russin um die fünfzig hätte einem Nachrichtenoffizier eine höfliche Bitte abgeschlagen. Außerdem hatte er so großen Einfluss auf ihr Leben genommen, dass er das ungeschriebene Recht hatte, sich ihr jederzeit aufzudrängen, zumindest nach den alten Regeln des Kalten Krieges.

Aber Murmansk war ganz offenbar nicht mehr dasselbe wie vor zehn Jahren. Oder war es schon zwölf Jahre her? Vermutlich hatte er sich auch verändert.

Möglicherweise war es nur russische Sentimentalität, die ihn ausgerechnet zu ihr führte. Wenn sie Nein sagte, war das keine Katastrophe. Dann konnte man die Sache als kleinen Höflichkeitsbesuch abhaken. Sie hatte damals einen unvergesslichen Eindruck auf ihn gemacht: Dozentin Jelena Mordawina, Chirurgin im Zentralkrankenhaus von Murmansk, verheiratet mit Kommandant Alexej Mordawin, der einen verdienten Tod gestorben, dessen Gründe ihr gleichwohl immer unverständlich geblieben waren.

Das Licht im Treppenhaus funktionierte noch immer nicht. Vielleicht war es nur Zufall, womöglich aber auch ein Zeichen, dass sich gewisse Dinge nie änderten.

Fast auf die Sekunde genau zum vereinbarten Zeitpunkt klopfte er an die Tür, eine Art Berufskrankheit. Als sie öffnete, war sein erster Gedanke, dass sie sich nicht so verändert hatte, wie er es bei einer Russin erwartet hätte. Um etwa zwanzig Kilo hatte er sich verschätzt. Ihre Gestalt war schlank und elegant. Auch ihr Haar hatte nichts von seiner Fülle verloren, noch immer hing es ihr in einem dicken blonden Zopf über den Rücken. Das wiederum passte. Geschminkt oder fein gemacht hatte sie sich für ihn nicht.

»Frau Mordawina, was für eine Freude, Sie zu sehen«, begrüßte er sie mit aufrichtiger Freude.

»Es ist mir eine Ehre, Sie wiedersehen zu dürfen, Herr Admiral«, antwortete sie viel zurückhaltender.

Er hängte seinen Mantel selbst an einen Garderobenhaken und folgte ihr ins Wohnzimmer. Viel hatte sich nicht verändert. Die Wohnung war in einer anderen Farbe gestrichen und hatte neue Heizkörper, und die weißen Ledersofas aus Koljas Zeit waren inzwischen, wie zu erwarten, etwas angegraut. Sie hatte Tee auf den Couchtisch gestellt.

»Warum um alles in der Welt statten Sie mir nach all diesen Jahren einen Besuch ab, Herr Admiral?«, fragte sie, während sie ihm die Zuckerschale hinüberreichte. »Geht es um das Geld …?«

Er unterbrach sie, indem er die Hände in die Höhe hielt. Sie verstummte augenblicklich, weil sie aus der Geste schloss, sie würden abgehört.

»Nein, Frau Mordawina«, sagte er. »Wir werden garantiert

nicht abgehört. Da wir gerade beim Thema sind: Haben Sie noch etwas übrig von dem Geld?«

»Ja«, antwortete sie wachsam. »Ich habe noch viertausenddreihundert Dollar. Wie viel haben Sie von den fünfzigtausend übrig, die Sie genommen haben, Herr Admiral?«

»Keine Kopeke«, seufzte er zweideutig. »Ich habe die gesamte Summe meinem Freund Generalleutnant Jurij Tschiwartschew von der Rasvedka überlassen. Was er mit dem Geld gemacht hat, weiß ich nicht, aber seien Sie unbesorgt, Frau Mordawina: Ich bin nicht gekommen, um diese alte Geschichte aufzuwärmen.«

»Das freut mich. Ein Dollar ist nicht mehr das, was er einmal war, nicht einmal in Russland.«

»Stimmt. Aber unser Gespräch ist auf Abwege geraten. Wie geht es Sascha und Pjotr?«

»Sie erinnern sich an ihre Namen?«

»Selbstverständlich. Wie geht es den beiden, und was machen sie?«

»Pjotr hat in organischer Chemie promoviert und einen Lehrauftrag in Sankt Petersburg bekommen, und Sascha ist Korvettenkapitän in der Nordmeerflotte. Er ist in die Fußstapfen seines Vaters getreten.«

»Ist er nicht ein bisschen zu jung, um schon Korvettenkapitän zu sein? Verzeihung, ich gratuliere Ihnen natürlich zum Erfolg Ihrer Söhne. Könnten wir uns vielleicht duzen, Jelena? Ich heiße Carl.«

»Karl? Wie Karl Marx?«

»Ja, aber ich bezweifle, dass ich nach ihm benannt wurde. Wie heißt eigentlich die Karl-Marx-Straße jetzt?«

»Keine Ahnung. Zum Schluss hieß sie so ähnlich wie Bizznizzstraße. Nachdem du die wesentlichen Erkundigungen angestellt hast, stellt sich die Frage, ob du gekommen bist, um noch mehr zu erfahren.«

184

»Ich habe gelesen, dass du inzwischen Professorin bist«, antwortete er ruhig, ohne auf den ironischen Unterton einzugehen. »Operierst du immer noch selbst, oder hältst du nur Vorlesungen?«

»Ich operiere täglich. Meine Professur beinhaltet vor allem die praktische Unterweisung in der Klinik. Unsere Tätigkeit ist so konkret wie die eines Rohrlegers.«

»Ist es nie zu der Gastprofessur in Boston gekommen?«

Sie zögerte kurz, bevor sie den Kopf schüttelte. Endlich war es ihm gelungen, sie ein wenig aus der Fassung zu bringen. Man hatte ihr damals einen hervorragenden Job angeboten, der einer frisch verwitweten Frau einige Jahre lang ein gigantisches Einkommen geboten hätte. Die Verantwortung für ihren jüngeren Sohn war allerdings vorgegangen. Er hatte kurz vor dem Gymnasialabschluss gestanden, und wenn er damals alleingelassen worden wäre und seine Prüfungen vernachlässigt hätte, wäre er nie weiter gekommen als bis zur Hochschule in Murmansk.

»Ich habe vergessen, warum es so ist, Jelena, aber du kannst mir sicherlich erklären, warum ihr russischen Chirurgen in den USA so beliebt seid.«

Was sie berichtete, stimmte mit seinen vagen Erinnerungen überein. In den USA spezialisierten sich die Chirurgen frühzeitig, weil ihr Einkommen an ihre Spezialgebiete gebunden sei. Die unausgesprochene Hackordnung unter Chirurgen bliebe zwar bestehen, ein Thoraxchirurg würde immer über einem Urologen stehen. Aber dem vermögenden amerikanischen Patienten, der sich seine Blase so gut und teuer wie möglich operieren lassen wolle, sei die Ärztehierarchie egal. Er wolle einfach einen Spezialisten.

Im alten Sowjetsystem dagegen sei Geld nie ein Motiv für Spezialisierung gewesen. Langsam, aber sicher sei man die Gehaltsleiter emporgewandert, ob man spezialisiert gewesen sei oder nicht. Im Übrigen sei die medizinische Versorgung ja auch kostenlos gewesen.

Der Unterschied zwischen amerikanischen und russischen Chirurgen trage daher nahezu tragikomische Züge. Wer als Opfer eines Autounfalls mit lebensbedrohlichen Blutungen infolge eines zerquetschten Brustkorbs in ein Moskauer Krankenhaus eingeliefert werde, riskiere nicht, auf einen diensthabenden Arzt zu treffen, der womöglich auf Schließmuskel oder gar Vergrößerung der oberen beziehungsweise Verkleinerung der unteren Lippen spezialisiert sei. Besonders in den Notaufnahmen der Großstädte seien Ärzte russischen Schlages von enormem Vorteil. Sie würden auf den ersten Blick erkennen, was zu tun sei, und täten es einfach. Es sei Teil ihrer Berufsehre, dass den russischen – größtenteils weiblichen – Chirurgen nichts Menschliches fremd wäre. Sie seien mit allen Wassern gewaschen.

Das ist auf einem U-Boot ebenfalls von Vorteil, dachte Carl, während er in den Flur hinausging, um ein Papier aus der Innentasche seiner Uniformjacke zu holen.

Als er zurück ins Wohnzimmer kam, war der Enthusiasmus von ihr gewichen, mit dem sie die Unterschiede zwischen amerikanischen und russischen Chirurgen beschrieben hatte. Misstrauisch betrachtete sie den imposanten weißen Umschlag in seiner Hand.

Er blieb vor einem niedrigen Bücherregal stehen und griff nach einem gerahmten Foto ihres Mannes. Interessanter Kollege, dachte er. Der Mann auf dem Bild hatte seine Uniformmütze in den Nacken geschoben wie ein junger Matrose oder Unteroffizier. Einem hohen russischen Offizier sah das überhaupt nicht ähnlich. Er hatte Sommersprossen und eine leichte Stupsnase und strahlte Wohlbefinden aus wie ein Fisch im Wasser. Ein guter Offizier war er natürlich auch gewesen. Man übergab nicht irgendjemandem die Verant-

186

wortung für die strategischen Raketen an Bord eines Atom-U-Boots.

»Weißt du immer noch nicht, warum er ermordet wurde?«, kam ihre nervöse Stimme vom Sofa. »Möchtest du noch Tee?«

»Ja, gern«, antwortete er und setzte sich ihr wieder gegenüber. »Tut mir leid, mir ist über die Hintergründe dieser tragischen Sache nichts bekannt.«

Er wusste nicht nur, warum Alexej Mordawin umgebracht worden war, er wusste sogar, wer für den Mord verantwortlich war und wer ihn ausgeführt hatte. Aber abgesehen davon, dass all dies zu den empfindlichsten Militärgeheimnissen Russlands gehörte, würden diese Informationen Jelena Mordawina ganz und gar nicht erfreuen. Und sie waren alles andere als geeignet, ihre Bereitschaft zu erhöhen, sich für das Projekt anwerben zu lassen.

Schweigend rührten sie in ihren Teegläsern.

»Ich werde einfach nicht schlau aus dir, Carl«, sagte sie schließlich. »Vor langer Zeit bist du einmal in voller Paradeuniform zu mir gekommen. Nun bist du gekleidet wie an Bord. Man sieht kaum, dass du ein Vizeadmiral bist. Damals hast du mir schreckliche Nachrichten überbracht. War es nicht so?«

»Stimmt. So war es, Jelena. Ich erinnere mich, wie sehr ich deinen Mut und deine Fähigkeit bewundert habe, dich zusammenzunehmen. Deswegen bin ich wiedergekommen. Aber diesmal bringe ich keine schlechten Nachrichten, keine Sorge.«

»Keine Sorge?«

»Korrekt.«

»Versetz dich mal in meine damalige Situation. Witwe, zwei Söhne in der Ausbildung, mickriges Gehalt, mickrige Witwenrente und neunundvierzigtausend Dollar in einer Keksdose!«

»Du hast doch getan, was ich dir geraten habe. Du bist vorsichtig mit dem Geld umgegangen und hast die Ausbildungen deiner beiden Söhne finanziert. Alles andere hätte mich übrigens gewundert. Und genau deswegen bin ich hier.«

»Nun verstehe ich gar nichts mehr. Du sagtest doch, du seiest nicht wegen des Geldes gekommen!«

»Nein, das bin ich auch nicht. Ich bin wiedergekommen, weil du so einen starken Eindruck auf mich gemacht hast, und möchte dir einen Job anbieten.«

»Als Chirurgin?«

»Genau. Aber nicht als irgendeine Chirurgin. Mein Angebot ist besser als das aus Boston.«

»Ist es legal?«

»Ja, zumindest hier in Russland. Lies!«

Er reichte ihr das weiße Leinenkuvert mit dem Staatssymbol der Russischen Föderation. Bedächtig nahm sie es entgegen und griff nach ihrer Lesebrille.

In dem Brief erklärte Präsident Putin umständlich und hochtrabend, jeder russische Bürger, ob in den Streitkräften oder anderswo beschäftigt, der das Angebot von Vizeadmiral Hamilton, Brigadegeneral Mouna al-Husseini oder Fregattenkapitän Alexander Owjetschin annehme, an einem bedeutenden Projekt mitzuwirken, habe seine Genehmigung und könne sich seiner Glückwünsche gewiss sein.

Sie runzelte die Stirn, wollte etwas sagen, überlegte es sich aber anders und las den verworrenen Text noch einmal.

»Weißt du, was mein Mann zu diesem Brief gesagt hätte?«, fragte sie.

»Nein.«

»Was soll diese gequirlte Kacke bedeuten?«

»In normales Russisch übersetzt soll es bedeuten, dass ich befugt bin, dich als Chirurgin einzustellen, und dass er dir Glück wünscht.«

»Und wo?«

»Auf einem U-Boot.«

»Wie bitte? Auf einem U-Boot?«, wiederholte sie zweifelnd, als hielte sie das Ganze für einen Witz.

»Ganz genau, Jelena. An Bord des in mancher Hinsicht am höchsten entwickelten U-Boots der Welt. Wir werden ungefähr vierzig Mann sein.«

»Und eine Frau! Ist dir bewusst, Carl, dass … entschuldige bitte, wenn ich darauf hinweise, aber ich bin eine Frau.«

»Das ist mir durchaus bewusst.«

»Auf einem U-Boot?«

»Ihr werdet fünf bis zehn Frauen sein.«

»Und was sollen wir deiner Meinung nach anziehen?«

Beinahe hätte er angefangen zu lachen, so erleichtert war er, dass sie mit einer solchen Nebensächlichkeit kam, anstatt ihn hinauszuwerfen. Amüsiert erklärte er ihr, dass Frauen und Männer an Bord die gleiche Kleidung tragen würden. Sie würde also genauso aussehen wie er im Moment, dunkelblauer Wollpullover mit Achselklappen und Rangabzeichen, Uniformhose in der gleichen Farbe und schwarze Schuhe, allerdings mit einer dickeren und weicheren Sohle. Er habe sie übrigens zunächst zum Kapitänleutnant ernennen wollen, aber da er nun wisse, dass sie Professorin sei, würde sie Korvettenkapitän werden – witzigerweise derselbe Rang wie der ihres Sohnes Sascha.

Im ersten Moment schien sie begeistert. Er fügte hinzu, der Monatslohn eines Offiziers betrage zehntausend Dollar, und an jeden würde bei Beginn der Autonomka ein Vorschuss für das erste Jahr ausgezahlt. Um ihre letzten Zweifel auszuräumen, versprach er ihr eine Urlaubsuniform und sagte, er könne sie im Grunde auch zum Fregattenkapitän ernennen, dann stünde sie einen Rang höher als ihr älterer Sohn.

Doch ihre Begeisterung legte sich besorgniserregend rasch. Carl sah förmlich, wie sich hinter ihrer gerunzelten Stirn die Einwände stapelten.

Worauf liefe das Ganze hinaus? Wie solle man sich auf ein Projekt einlassen, dessen Tragweite man nicht einschätzen könne? Ein solches Dokument zu fälschen, sei schließlich keine Kunst, sie könne schlecht bei Präsident Putin anrufen und nachfragen. Und ein solches Kriegsgerät war sicherlich nicht zu Vorführzwecken hergestellt worden. Worin bestehe denn der militärische Auftrag? Und falls nicht Russland den Auftrag gegeben habe, wer dann? Man befinde sich schließlich in einer äußerst schwierigen und komplizierten Situation, wenn man nicht wisse, für wen man arbeite.

Carl gab zu, dass ihre Einwände sowohl klug als auch relevant seien. Einige ließen sich aber entkräften. Was die Genehmigung des Präsidenten und das von ihm unterzeichnete Dokument angehe, würde das U-Boot von seinem Heimathafen Seweromorsk zu seinem Auftrag aufbrechen. Dort könne man schlecht mit falschen Papieren winken.

Diese Erklärung akzeptierte sie unmittelbar. Als Witwe eines Kapitäns zur See im U-Boot-Dienst hatte sie eine Vorstellung von den Sicherheitsvorkehrungen bei einem Atom-U-Boot.

Russland habe also Anteil an diesem Projekt und folglich etwas zu gewinnen, zumindest müsse Putin dieser Ansicht sein.

Dennoch blieb eine Unmenge an offenen Fragen. Carl gab zu, dass das ein Dilemma war. Alles musste bis zur Abfahrt geheim bleiben. Erst wenn alle an Bord sich endgültig zur Verfügung gestellt hätten, würde die U-Boot-Leitung die geplante Operation erläutern. Erst dann.

»Darf ich keine weiteren Fragen stellen?«, fragte sie nach langem und konzentriertem Schweigen.

»Versuch es einfach«, seufzte er, da er vermutete, ihre aus menschlicher Sicht vollkommen verständlichen Fragen ohnehin nicht beantworten zu können.

»Kannst du mir ehrlich sagen, ob es an Bord Atomwaffen geben wird?«, fragte sie.

»Ja«, antwortete er erleichtert. »Diese Frage darf ich beantworten. An Bord wird es definitiv keine Atomwaffen geben.«

»Wirst du auch an Bord sein?«

»Ja.«

»Wird es an Bord jemanden geben, der ranghöher ist als du?«

»Nein. Ich bin der höchste Offizier, aber nicht der Kommandant. Unser Kommandant wird ein Kapitän zur See aus der Nordmeerflotte sein, ein Kollege deines Mannes, den du vielleicht sogar kennst. Du stellst gute Fragen, Jelena.«

»Schließlich weiß ich einiges über die Befehlsordnung auf großen U-Booten. Du bittest mich also, dir und Präsident Putin mein Vertrauen zu schenken?«

»Ich fürchte, diese Beschreibung ist zutreffend. Aber lass mich noch eine Sache sagen, bevor ich erfahre, wie du dich entscheidest. Ich bin wirklich froh über unser Wiedersehen und freue mich, dass eure Familie das Leben trotz der Katastrophe meistert, die über euch hereingebrochen ist. Außerdem hat mich noch nie ein Chirurg so beeindruckt wie du. In erster Linie bin ich deswegen zu dir gekommen. So, wie lautet deine Antwort, Genossin Fregattenkapitän?«

»Immer langsam mit den jungen Pferden, noch bin ich kein Fregattenkapitän«, lachte sie.

»O doch!«, gab er mit russischer Grimmigkeit zurück. »Ich habe dich schon vor einer Weile befördert, aber das ist noch geheim. Im schlimmsten Fall muss ich dich heimlich degradieren. Und? Wie sieht es aus?«

»Gibst du mir eine Woche Bedenkzeit?«

»Ja, aber du darfst mit niemandem darüber sprechen. Die Sache ist so geheim wie das Geld in deiner Keksdose.«

»Selbstverständlich. Doch auch in meiner Einsamkeit muss ich das ein oder andere Für und Wider überdenken.«

»Das ist wahr, Jelena. Hoffentlich bekomme ich in einer Woche einen positiven Bescheid.«

Er unternahm keine weiteren Überredungsversuche, weil er spürte, dass es seinen Absichten eher schaden würde. Als er sich mit einer Hand an der Wand durch das dunkle Treppenhaus tastete, tippte er, dass seine Chancen ungefähr siebzig zu dreißig standen. Es wäre keine Katastrophe gewesen, wenn sie nicht mitgemacht hätte. Es gab genügend russische Chirurginnen, vor allem wenn man zehntausend Dollar im Monat zu bieten hatte. Er bevorzugte Jelena Mordawina aus persönlichen Gründen, denn er empfand ihr gegenüber nicht nur Respekt, sondern auch Schuld. Er hatte ihren Neffen umgebracht, und er hatte ein für alle Mal beschlossen, ihr niemals zu erzählen, warum ihr Mann – verdientermaßen – gestorben war. Weil er versucht hatte, Atomwaffen aus der zerfallenden Sowjetunion hinauszuschmuggeln.

Widjajewo war nur ein Pickel am Arsch von Russland, pflegte er zu sagen. Trotzdem hatte er es länger als zwanzig beschissene Jahre in dem arktischen Kaff ausgehalten. Genützt hatte es nichts. Jedenfalls nicht in dem Sinne, dass er dort irgendjemandem von Nutzen gewesen wäre. Dabei war es in seiner Jugend seine feste Absicht gewesen, etwas Nützliches zu tun. Auf der Marinehochschule in Leningrad, oder Sankt Petersburg, wie die verdammten Zaristen es nun nannten, hatte er sich immer wieder gesagt: Ich will zu etwas nütze sein.

Nun war alles verloren. Seine Lebensfreude war verschwunden, seitdem seine Frau Jekaterina im Jahr nach dem Untergang der Kursk verstorben war. Mit der Kursk war auch sein bester Freund in der Tiefe verschwunden. Es war eine riesengroße Scheiße, dass er und Wassilij damals die Schicht getauscht hatten. Eigentlich hätte er selbst, Anatolij Petrow, auf der letzten Reise der Kursk das Kommando führen sollen und nicht sein bester Freund Wassilij Orlow.

Jekaterina hatte auf ihre rührselige Weise versucht, das Ganze mit Gottes Willen zu erklären. Dessen Wege seien unergründlich, hatte sie gesäuselt. Das war die einzige Seite an ihr, mit der er sich nie hatte anfreunden können. Es war bekannt, dass viele Ehefrauen der U-Boot-Flotte solches Zeug faselten. Normalerweise wäre es also kein Grund zum Streiten gewesen, doch es ging ihm gegen den Strich, irgendeinen Gott in die Sache mit hineinzuziehen, wenn alle wussten, dass die Amerikaner die Kursk versenkt hatten.

USS Memphis, dachte er. Gäbe es Gott wirklich und wäre er wirklich ein guter Gott, hätte er dafür gesorgt, dass ein kleiner russischer Kapitän zur See da unten auf der Erde das Kommando auf einer Schwester der Kursk hätte führen und ein zweites Mal auf die USS Memphis treffen dürfen.

Aber so gut war Gott eben nicht. Der Mistkerl da oben hatte seine treuherzige Anhängerin Jekaterina im Jahr darauf auch noch mit einem Herzinfarkt belohnt. Zumindest behaupteten das die Marineärzte; ein massiver Herzinfarkt infolge verschiedener Faktoren: zu fettes Essen, Rauchen, Stress, die Angst einer jeden U-Boot-Gattin und Veranlagung.

Ohne Jekaterina hatte sein Leben keinen Sinn mehr. Seine untüchtigen Söhne waren nach Moskau gezogen und betrieben dort angeblich irgendein »Bizznizz«, das ihnen immerhin je einen Mercedes und unfassbar geräumige Wohnungen mit Wasserhähnen aus Gold beschert hatte. Seine Tochter, diese dumme Gans, hatte sich nach Leningrad beziehungsweise Sankt Petersburg abgesetzt und einen arbeitslosen Dichter mit langen Haaren geheiratet.

An Land hatte er nur Jekaterina gehabt. Es wäre nicht nur besser, sondern auch gerechter gewesen, wenn *er* in der Kommandozentrale der Kursk gesessen hätte, als ein Mark 48 der USS Memphis in ihren Rumpf eingeschlagen war. Wassilijs Ehefrau Maria war bei bester Gesundheit. Wassilij könnte also noch mit ihr zusammen sein, während seine Jekaterina das Zeitliche ohnehin kurz nach seinem eigenen Tod gesegnet hätte. Vielleicht hätten sie sich im Himmel sogar wiedergesehen. Wer wusste das schon.

Doch wenn er und nicht Wassilij damals im August 2000 ...

Nun kehrten die zwanghaften Gedanken zurück, die er nicht loswurde. So sehr er die Sache auch drehte und wendete, er konnte noch immer nicht begreifen, warum Wassilij nicht einfach an die Oberfläche gestiegen war, nachdem der Torpedo die Kursk getroffen hatte. Heute wusste man, dass er auf diese Weise einen Großteil der Besatzung gerettet hätte. Zwischen dem Einschlag des Torpedos und der Explosion hatten zwei Minuten gelegen.

Einige Sekunden nachdem der Torpedoraum explodiert war, waren wahrscheinlich alle, die in der Manöverzentrale gesessen hatten, gestorben. Aber zwei Minuten Bedenkzeit waren in einer solchen Krisensituation nicht wenig. Wassilij hätte innerhalb von dreißig Sekunden an der Wasseroberfläche sein können. So aber waren hundertachtzehn Männer durch Feuer und eindringendes Wasser schnell umgekommen, und darüber hinaus waren dreiundzwanzig Männer aus politischen Gründen einen langsamen Tod gestorben.

Er selbst hätte die Kursk nach dem Treffer ohne zu zögern nach oben gezogen. Das redete er sich nicht nur ein, weil man hinterher immer klüger war. Vielmehr hätte er diese Situation, die mitten in einer russischen Flottenübung aufgetreten war, gar nicht als Krieg betrachtet. Außerdem wäre es auch im Krieg richtig gewesen, die Mannschaft zu retten.

Nein, es war zum Verrücktwerden, die Geschichte war und blieb ihm ein Rätsel.

Sein Leben befand sich in Auflösung. Dabei hatte er einst ganz anders dagestanden. Ein Jahr bevor die Kursk versenkt wurde, hatte er mit ihr die erfolgreichste Autonomka der jüngsten Geschichte durchgeführt. Sie waren ins Mittelmeer hinuntergefahren, hatten sich ohne Probleme durch die Straße von Gibraltar geschlichen und amerikanische Manöver aus der Nähe beobachtet. Erst nach Tagen waren sie an die Oberfläche gegangen und hatten ihre Flagge gehisst. Die Amerikaner hatten sich vermutlich in die Hosen geschissen. Die Kursk war getaucht, hatte die Verfolger abgeschüttelt und war erst nach einigen Tagen wieder aufgetaucht. Nach zwei Wochen brachen die Amerikaner die Übung ab und fuhren nach Hause. Die Kursk bekam eine Auszeichnung, die am Turm festgeschraubt wurde, und die gesamte Besatzung erhielt die neuen Orden und Medaillen der russischen Flotte, jeder nach seinem militärischen Rang. Er und seine Ersten Offiziere hatten den Stern der Flotte bekommen. Das waren noch Zeiten gewesen.

Nun hockte er einsam und verlassen in Widjajewo und war zum zweiten Mal vorübergehend kaltgestellt worden. Aus dem gleichen Grund wie beim ersten Mal. Zunächst waren alle Admiräle entlassen, worden, die dem Märchen dieses Grünschnabels von Präsidenten widersprochen hatten, auf der Kursk sei ein altertümlicher Torpedo von selbst explodiert. Sogar der damalige Verteidigungsminister hatte den Laufpass bekommen.

Dass er dann als einer der beiden Kommandanten der Kursk mit einer Verwarnung davongekommen war, hatte vermutlich auf seinen Verdiensten, seiner emotionalen Bindung an die Kursk und schlichtweg darauf beruht, dass man nicht jeden Marineoffizier entlassen konnte, der nicht an das Märchen vom altersschwachen Torpedo glaubte. Denn sonst hätte man alle entlassen müssen.

Wahrscheinlich hatte er auch die zweite unfreiwillige Beurlaubung einem übereifrigen kleinen Arschloch zu verdanken, das ihn verpetzt hatte, weil er sich des Öfteren »unangemessen« über das Kursk-Unglück geäußert hatte. Oder wie die da oben im Marinestab das ausdrücken mochten. So etwas bekamen die richtigen Seeleute gar nicht mit.

Widjajewo war bestimmt das hässlichste Kaff in der Sowjetunion. Er hatte in seinem Leben einige Käffer gesehen und stammte selbst aus einem. Nicht einmal für frisch Verliebte, und nicht einmal jetzt im Mai, wo der teuflische Winter überstanden und die Mitternachtssonne zurückgekehrt war, hätte sich ein Spaziergang gelohnt. Fünfstöckige Häuser aus rissigem Beton, so streng abgezirkelt wie auf einem Militärfriedhof. Und jeder kannte jeden. Keine Hotels, geschweige denn Restaurants. Es gab das Haus des Volkes und den Kriegsmarinehafen und damit basta. Ringsum rostige Zäune. Kein Baum und kein Strauch, höchstens jämmerliche Rasenflächen auf den Hinterhöfen. Es war schlimm genug, hier mit seiner Familie zu leben. War man allein und hatte als einziges Vergnügen die Wodkaflasche, war es die reinste Hölle.

Zu Lebzeiten von Jekaterina war ihm nie klar gewesen, wie viel eine warme Mahlzeit wert war. Das Essen hatte wie selbstverständlich auf dem Tisch gestanden. Ein kräftiges Frühstück mit Speck, der in der Pfanne brutzelte, Schwarzbrot dick mit Butter und Tee. Ihr Borschtsch und ihre Beefsteaks oder die selbst gesammelten Pilze mit Sauce und Kartoffelbrei.

Er hatte versucht, ihren Borschtsch nachzukochen, nachdem er es leid war, sich nur von Pökelfleisch und Würsten zu ernähren. Er kriegte es einfach nicht hin, obwohl er das Manöver theoretisch beherrschte. Für die Brühe ließ man billiges Fleisch und Markknochen vier Stunden lang kochen. Dann hackte man Zwiebeln und raspelte Karotten und Rote Bete. So weit, so gut. Leider hatte er dann den vermaledeiten Essig vergessen, seine Suppe war viel zu süß und seine Kartoffeln feuerrot geworden.

Wodka, Pökelfleisch, Wurst und Sportsendungen waren sein Leben in Widjajewo, wenn man von seinen peinlichen Annäherungsversuchen an Maria absah, die zu allem Übel die Witwe seines besten Freundes war. Er hatte entsetzliche Erinnerungen an den Abend, an dem er besoffen zu ihr hinübergegangen war und gefragt hatte, ob man nicht wenigstens ein bisschen ficken könne. Fortan blieb er lieber in seiner Wohnung.

Hier saß er also unrasiert in der schwarzen langen Flottenunterhose und seiner Telnjaschka, erging sich wieder einmal in Selbstmitleid, weil er als einer der besten U-Boot-Kapitäne Russlands vollkommen zu Unrecht verfolgt wurde, und roch vermutlich nach allem, nur nicht der frischen Meeresbrise, als unten der schwarze Dienstwagen hielt.

Er hatte den Motor gehört und war zum Fenster gegangen, um hinunterzuschauen. Vor Haus 7 in Straße 16 blieben selten Autos stehen. Als er den adretten jungen Fregattenkapitän aus dem Auto steigen sah, kam ihm als Erstes – wie so oft in verzweifelten Lagen – ein absurder Gedanke. Warum hat denn der einen weißen Bezug an der Mütze, fragte er sich und gab sich gleich selbst die Antwort: Ach, wir haben ja schon Mai. Erst dann wurde ihm klar, was sein Instinkt ihm sofort hätte sagen müssen: Scheiße, jetzt ist es aus mit mir.

Natürlich konnte sich das Leben eines Menschen mit einem Schlag verändern. In der russischen Sprache gab es unzählige Redewendungen, die diese Hoffnung zum Ausdruck brachten. Nach Regen kommt Sonnenschein; wenn die Not am

197

größten ist, ist die Rettung am nächsten – und all so etwas. Aber nun passierte es wirklich.

Es war wie ein Wunder, als der angesichts der äußeren Umstände erstaunlich höfliche junge Fregattenkapitän Owjetschin in Petrows Schweinestall saß und stammelnd sein Anliegen an den Genossen Kapitän zur See vorbrachte.

Unter der Dusche war er immer noch glücklich, aber beim Rasieren kam ihm der Gedanke, es braue sich etwas über ihm zusammen, das er aus alten Zeiten kannte. Vielleicht sollte er hübsch hergerichtet und in seine Uniform gesteckt werden, damit man ihn standesgemäß hinrichten konnte.

Als er sechs Stunden später in Seweromorsk verkatert und mit rot unterlaufenen Augen den lettischen Vizeadmiral traf – im ersten Moment hielt er Carl für einen Letten aus der ehemaligen sowjetischen Flotte –, hatte er nicht viele Fragen, bevor er allem zustimmte.

Das Geld war natürlich ein zusätzlicher Pluspunkt, wie man heutzutage sagte. Aber er hätte auch weniger als sein altes Gehalt akzeptiert, wenn nur die Hälfe von dem stimmte, was man ihm erzählt hatte. Außerdem würde sich bald zeigen, ob zumindest die technischen Details in Carls kurzer und geradezu vorbildlich präziser Darstellung der Wahrheit entsprachen. Wichtiger war jedoch, dass er von dem Wunsch besessen war, bis in alle Ewigkeit durch die Weltmeere zu fahren, um noch einmal auf die USS Memphis zu treffen, die ihm sein U-Boot, seinen besten Freund und seine Frau genommen hatte. Selbst als die beiden längst Freunde geworden waren und die Titel abgelegt hatten, verschwieg er Carl diese heimliche Besessenheit.

Das ganze Theater war im Übrigen verständlich. Sie bildeten eine international zusammengesetzte Einheit, die sich in vieler Hinsicht von den straff organisierten russischen unterschied. Allein die Tatsache, dass man Weiber mit an Bord nahm!

Er würde zwar einen Politruk, der Brigadegeneral war, und einen Vizeadmiral über sich haben, aber im Grunde war er der Kommandant, Rang hin oder her. Die Zweisprachigkeit an Bord würde die Sache zusätzlich erleichtern. Er würde die Befehle zunächst auf Russisch erteilen, und Carl sollte sie auf Englisch wiederholen. Dass diese Reihenfolge den Vizeadmiral zum Untergebenen des Kommandanten machte, war bisher noch niemandem aufgefallen.

Das Theater war wichtig. Und umso leichter zu akzeptieren, wenn dieses umgebaute U-Boot der Alfa-Klasse nur die Hälfte der Versprechungen hielt, die Carl ihm in seiner knappen Rede gemacht hatte.

Es war ein sonniger Juniabend im ungewöhnlich warmen Seweromorsk. Die K 601 war am äußersten Kai vertäut, der überdacht war, damit feindliche Satelliten das Boot nicht fotografieren konnten.

Die gesamte Probebesatzung – noch hieß sie so – hatte sich in perfekter Ordnung an Deck aufgestellt. Sie hatten gute Sicht auf den Mann, der über den langen Pier schritt. Nicht einmal Putin hätte es besser inszenieren können, dachte Kapitän zur See Anatolij Petrow, der in der Reihe der Offiziere an zweiter Stelle über der Mannschaftsreihe stand.

Als sich der Vizeadmiral dem Landungssteg näherte, konnte man bereits die Lichtreflexe auf dem fünfzackigen Goldstern und andere Details seiner Uniform erkennen. Der Held Russlands blieb mitten auf dem Landungssteg stehen, erwies der blau-weißen Flagge der russischen Flotte und dem wachhabenden Leutnant seine Ehre und bat um Erlaubnis, an Bord zu kommen. Welche der Leutnant erteilte, Theater ist eben Theater, dachte Anatolij Petrow.

Anschließend geleitete der Leutnant den Vizeadmiral bis zu einem bestimmten Punkt vor der aufgestellten Besatzung, befahl Strammstehen und verzog sich nach einigen Verrenkungen wieder. Alle starrten den Vizeadmiral an, der sie mit regungslosem Gesicht musterte, bevor er zu sprechen anfing.

»Genossen Offiziere und Seeleute!«, begann er. »Dies ist die letzte Übung vor einem sehr großen Einsatz, einer Autonomka, die in die Geschichte eingehen wird, und ich bin stolz, Ihr Befehlshaber zu sein, und werde alles tun, damit Sie auch stolz auf mich sein können.«

Nachdem er das Ganze auf Englisch wiederholt hatte, kam er zum wichtigen Teil seiner Rede.

»Genossen! Wir werden uns nun aufmachen zu einer vierwöchigen, vielleicht auch längeren Übung. Es wird hart werden. Wir haben viele Tests vor uns. Aber vor allem wollen wir Sie, die besten Seeleute Russlands. Wir stellen hohe Anforderungen. Unsere Besatzung hat zehn Männer zu viel, zehn von Ihnen werden also beim nächsten Mal, wenn es ernst wird, nicht mehr dabei sein. Wer gegen die Regeln an Bord verstößt und sich zum Beispiel den weiblichen Offizieren gegenüber respektlos verhält – ich denke, vor allem unsere russischen Kameraden müssen sich hier ein wenig umstellen –, fliegt raus. Enttäuschen Sie mich nicht. Enttäuschen Sie nicht sich selbst!«

Dann sagte er etwas auf Englisch, ließ aber die Bemerkung über die besten Seeleute Russlands weg. Anschließend befahl er: »Rühren!«, und begrüßte alle persönlich. Er begann bei dem weiblichen Brigadegeneral und arbeitete sich durch die Reihe der Offiziere, in der auch die Schiffsärztin stand, die den Rang eines Fregattenkapitäns erhalten hatte.

Seltsamerweise begnügte er sich nicht damit. Er ging durch alle Reihen, grüßte jeden auf militärische Art und gab allen die Hand. Das dauerte eine Weile. Schließlich begab er sich wieder zur U-Boot-Leitung und befal dem Kapitän zur See, das Kommando zu übernehmen und abzulegen. Eine überzeugende Vorstellung.

Als alle Routinebefehle abgehandelt waren und man sich in zweihundert Metern Tiefe auf sicherem Weg durch die Lizabucht befand, zog sich Anatolij Petrow in seine überraschend große Kabine mit den zwei Kojen zurück. Er legte sich hin, verschränkte die Hände im Nacken, starrte an die Decke und machte sich so seine Gedanken.

Es sah gut für ihn aus. Seit Jekaterinas Tod war er dem Glück nicht so nahe gekommen. Die K 601 war für ihre Zwecke perfekt gebaut, daran gab es nichts zu rütteln. Noch vor einem knappen Monat hatte er knietief in der Scheiße gesteckt. Nun lag er wieder in der Kommandantenkajüte. Das Leben war seltsam.

Eine Schiffsreise, dachte Mouna. Immer habe ich von einer Schiffsreise geträumt, am liebsten bei Mitternachtssonne durch die Arktis. Eine kurze Reise.

Sie hatte mit der Leitungsgruppe auf dem Turm gestanden, als die K 601 langsam in die Bucht hinausglitt. Es war nach elf Uhr abends, Sonnenstrahlen glitzerten auf dem blauen Meer und Möwen kreischten. Nach zwanzig Minuten hatte Anatolij die Geduld verloren und Carl angesäuert gefragt, ob es nicht allmählich Zeit werde.

»You are the boss, captain«, hatte Carl gesagt, aber keine Antwort erhalten. »Anatolij Waleriwitsch, Sie müssen sich im Sprachkurs mehr Mühe geben! Ich habe gesagt, dass Sie hier das Kommando führen.«

Anatolij hatte mürrisch genickt und seine Befehle gebrüllt. Zehn Minuten später waren sie stetig und leise auf zweihundert Meter Tiefe gegangen. In Mounas Kajüte war nichts außer dem leisen Rauschen der Klimaanlage zu hören. Das war also die Schiffsreise in der arktischen Mitternachtssonne gewesen, dachte sie. Erst in drei Wochen würden sie wieder an die Oberfläche kommen.

Die Atempause bekam ihr trotzdem gut, sie brauchte dringend Urlaub. Hier in dieser geräumigen Kabine mit Dusche und Bildschirm überkam sie beinahe Frieden. Dies war der letzte Schritt. Sie hatten sich unendlich weit von ihren einst so wilden Fantasien entfernt. Noch drei Wochen. Wenn alle Übungen und Tests klappten und keine besonderen Hindernisse auftauchten, mussten sie das U-Boot nur noch frisch beladen, die letzten Waffen an Bord holen und Kurs auf Israel nehmen. Wahnsinn, dass es schon so bald passieren würde.

Es war ein Segen, eine Zeit lang nur Passagier zu sein. Der Einkauf der Kleidungsstücke, DVDs und Medaillen hatte sie über die Maßen angestrengt. Wie eine Handelsvertreterin war sie sich vorgekommen. Außerdem hatte sie das Gefühl gehabt, Geld und vor allem Zeit zu verschwenden.

Aber Carl hatte erstaunlicherweise recht gehabt. Kleider machten Leute. Die Leutnants Peter Feisal, Marwan und Ibrahim hatten ihr das als Erste bestätigt. In ihren Offiziersuniformen strahlten sie eine ganz andere Würde aus. Nun war es geradezu undenkbar, dass einer der russischen Seeleute sich mit einem Schweinekotelett auf sie stürzte.

Im Nachhinein musste sie zugeben, dass sie das Ganze, vor allem Carls intensive Bemühungen um bestimmte Regeln an Bord, lange Zeit für albernen Tinnef gehalten hatte. Eines Tages hatte er vorgeschlagen, sie solle einen *grünen* Pullover mit Rangabzeichen tragen, sich aber ansonsten genauso kleiden wie die anderen Offiziere an Bord. Er hatte ihr versichert, das sei bei Spezialisten anderer Waffengattungen auf U-Booten so üblich. Auf diese Weise würde sie tatsächlich für eine Spezialistin gehalten werden, und im Übrigen gebe der Generalsstern den Ausschlag. Eine Zeit lang hatte sein Arbeitszimmer in Seweromorsk an ein Modeatelier erinnert. Er hatte sogar neue Uniformen für die Mannschaft entworfen, bei denen das blau-weiß gestreifte Unterhemd immer gut zu sehen war. Manchmal hatte sie sich gefragt, ob ihr bei der Überprüfung seines Geisteszustands nicht doch etwas entgangen war. Vor allem beim zeitaufwendigen Shoppen in Stockholm oder Rom, wo sie sich die Hacken abgelaufen hatte, um die verhassten Bestellungen aufzutreiben.

Aber es hatte funktioniert. Die Schlussszene, in der Carl mit seinen Medaillen durch die kräftige Abendsonne geschritten war – wie viel Mühe allein dieses verfluchte Detail gekostet hatte! –, war unbezahlbar. Hier wurde wirklich eine neue Ära des Seekriegs eingeleitet, hier vereinte sich eine internationale Truppe zu einer neuen Bruderschaft, die Besten der Besten aus verschiedensten Nationen. In dem Augenblick, als er über die Landungsbrücke kam, veränderte sich alles. Die K 601 verwandelte sich, und wundersamerweise steckten hinter dieser Verwandlung nicht Geld und Technologie, sondern nur Theater und Psychologie. Aber es hatte funktioniert! Er hatte recht gehabt, sie hatte falsch gelegen und ihm das später, ganz ohne Widerwillen, sogar gesagt.

Er hatte nur mit den Schultern gezuckt und erklärt, man könne das technische Wunderwerk, das einem zur Verfügung stehe, nur nutzen, wenn man die Besatzung zu einem Team zusammenfüge, in dem jeder den anderen unterstütze. So einfach war das. Und es war die richtige Konsequenz aus den katastrophalen Erfahrungen der ersten großen Übung der K 601.

Von nun an fußte die Inszenierung auf seinem Rang. Die drei Admiralssterne unterbrachen jegliche Tätigkeit in jedem Raum, den er betrat. Irgendjemand brüllte: »Admiral an Deck!«, und alle standen still. Er musste dann streng um sich blicken, nicken und auf Russisch und Englisch Weitermachen befehlen.

Er ging herum und wies auf kleine Nachlässigkeiten hin, verscheuchte einen ungeduschten Maschinisten aus der Messe oder hob im Maschinenraum einen Fussel auf. Eigentlich trat er eher wie ein Bootsmann auf als wie der Oberbefehlshaber der Flotte. Doch auch das funktionierte. Alle wussten oder glaubten zumindest zu wissen, dass er bei der Entscheidung, wer bleiben durfte und wer nicht, das letzte Wort haben würde. Zwei triftige Gründe hielten die Mannschaft davon ab, sich mit dem Vorgesetzten anzulegen: Geld und das große Abenteuer. Niemand bezweifelte, dass ihnen ein solches bevorstand. Eine Autonomka, die es wert war, sein Leben aufs Spiel zu setzen. Was U-Boot-Seeleute sowieso immer taten.

Dabei leistete er als Personalchef am meisten. In seiner Kabine hing ein sorgfältig ausgetüftelter Dienstplan. Da er wie alle hohen Offiziere eine Kajüte für sich allein hatte, konnte er sich den Tag frei einteilen. Nach dieser Übungsfahrt wollte er mit jedem Mann an Bord einmal gefrühstückt, zu Mittag oder zu Abend gegessen haben. Auf diese Weise konnte er nicht nur Vorstellungsgespräche führen, sondern auch die Kameradschaft stärken und die Distanz zwischen Offizieren und Mannschaft abbauen. Letzteres war in Russland eher unüblich.

Carl wusste, was er tat. Er spielte seine Rolle perfekt, und dass seine Inszenierungskünste eine erstaunliche Wirkung hatten, war Mouna bereits in Seweromorsk aufgefallen, als die ersten neuen Rekruten aus Anatolijs alter Kursk-Besatzung herbeigeströmt waren. Sie wünschte, sie hätte das alles schon begriffen, als sie wie eine Verrückte durch Europa und den Nahen Osten geflitzt und sich vorgekommen war wie eine Handelsvertreterin für Modeschmuck und Strass. Ihre

Stimmung war im Keller gewesen. Bis ihr vor einem Monat plötzlich ein Geistesblitz gekommen war, der im ersten Moment genauso weit hergeholt schien wie die Idee, Carl zu rekrutieren:

Die »Operation Zaiton« hatte gewisse Ähnlichkeit mit ihrem Besuch bei Carl in La Jolla gehabt. Das Manöver war genauso improvisiert gewesen und hatte ebenso auf alten Erinnerungen und Gefühlen gefußt. Möglicherweise war ihr der Gedanke bereits gekommen, als sie mit Carl in La Jolla gesessen und bekommen hatte, was sie wollte – ein libanesisches Essen. Sie hatten gerade über die Frauen, die sie an Bord holen könnten, gesprochen, und sie hatte sich eine große schwarze *zaiton* in den Mund gesteckt, eine Olive.

Als nach dem Bürgerkrieg und der israelischen Besetzung das Leben nach Beirut zurückgekehrt war, hatte das Agentennetz der PLO in Trümmern gelegen. Sie selbst konnte nur besuchsweise mit dem Flugzeug aus Tunis kommen, und diese Besuche endeten in nachrichtendienstlicher Hinsicht immer enttäuschend. Meist kehrte sie mit schlecht untermauerten Spekulationen zurück, und zudem wurden alle »Tunesier« misstrauisch beäugt, selbst die aufopferungsvollsten, die nach dem zweiten Exodus der PLO verdeckt geblieben waren. Während des Schwarzen Septembers Ende der Sechzigerjahre hatte König Hussein sie aus Jordanien vertrieben. In den Achtzigern wurden sie vom libanesischen Bürgerkrieg und Israel aus dem Libanon vertrieben und mussten Zuflucht in Tunis nehmen.

Um dem Geheimdienst in Beirut neues Leben einzuhauchen, brauchte sie einen neuen Deckmantel, das stand fest. Am besten irgendein Geschäft, mit Vorliebe gewinnbringend, auch wenn das nicht immer möglich war. Jedenfalls sollten Leute ein- und ausgehen können, ohne Aufmerksamkeit zu erregen.

In Bourj al-Barajneh, dem größten palästinensischen Flüchtlingslager im Libanon, fand sie Khadija und Leila, die ihr wie geschaffen für die Aufgabe vorkamen. Da sie beide PFLP-Mitglieder waren, also marxistisch-leninistisch eingestellt, gottbewahre, waren sie natürlich harte Mädels. Aber in den Flüchtlingslagern leisteten sie damals das, was inzwischen die Hamas übernommen hatte. Beide waren ausgebildete Krankenschwestern, und Khadija war zudem im kleinen Restaurant ihres Vaters aufgewachsen und konnte zumindest notdürftig kochen.

Sie stellte ihnen ein Lokal in der Hamra Street zur Verfügung, wo sie ein kleines Café für Intellektuelle eröffneten, das auf den unscheinbaren Namen Zaiton hörte. Dass beide gut aussahen, schlagfertig waren und sich von allen Frömmeleien und jeglicher traditioneller Schüchternheit befreit hatten, waren weitere Vorteile. Sogar den perfekten Rausschmeißer hatten sie in Form von Khadijas Ehemann Mohammed im Gepäck, ein hartgesottener Kerl, den Mouna noch aus ihrer aktiven Zeit als Kompaniechefin kannte.

Das Café Zaiton war sogar in kommerzieller Hinsicht ein Erfolg. Bald hatte sich der neue Geheimtipp unter Intellektuellen herumgesprochen, was vor allem den beiden Wirtinnen zu verdanken war, die mit jedem ein marxistisches Palaver abhalten konnten. Einige Jahre lang war das Zaiton ein perfekter Treffpunkt. Noch eine Operation russischen Stils, die ausgezeichnet funktioniert hatte.

Irgendwann nahm der geschäftliche Erfolg ungeahnte Ausmaße an, und sie eröffneten ein weiteres Restaurant für Feinschmecker, das angeblich beinahe einen Michelinstern bekommen hätte. So begann der Ausstieg. Schließlich durften die beiden Frauen ihre Schulden an die PLO zurückzahlen und ihr eigenes Leben in Saus und Braus führen. Mohammed war leider von den Israelis erschossen worden. Den Grund hatte man nie erfahren. Vermutlich war es eine Verwechslung gewesen, die Israelis handhaben ihre sogenannten gezielten Hinrichtungen manchmal ein wenig schlampig.

Und Leila hatte sich aus Gründen, die man nicht zu vertiefen brauchte, von ihrem versoffenen Mann getrennt.

Leila und Khadija, die einstigen Krankenschwestern in den von der PFLP geführten Flüchtlingslagern, hatten sich in erfolgreiche Gastronomie-Unternehmerinnen verwandelt. So etwas kam vor, sie waren nicht die einzigen Revolutionäre der Weltgeschichte, die auf Abwege gerieten. Die Ironie bestand darin, dass die tiefere Ursache ihrer Abkehr von der Politik im Nachrichtendienst der PLO, um nicht zu sagen in Mouna höchstpersönlich, begründet lag.

Dies war die gemeinsame Vorgeschichte der drei Frauen. Vor ungefähr einem Monat hatten sie nun, als die Temperaturen erträglich geworden waren, auf Leilas Dachterrasse im westlichen Beirut gesessen und in den Sonnenuntergang geblinzelt. Anfangs schwelgten sie in Erinnerungen an ihre alte Freundschaft und das Zaiton. Sie hatten einen Ksara Rosé getrunken, und wenn man bedachte, warum Mouna die beiden überhaupt aufgesucht hatte, erschien die Situation geradezu grotesk.

Leila und Khadija – beide waren überschminkt, und an ihren Armen rasselte und klapperte das Basargold – strahlten die Zufriedenheit der erfolgreichen Mittelklasse aus, die sich weit von der Kindheit im Flüchtlingslager entfernt hatte.

Wie so viele litten die Frauen unter albtraumhaften Gewissensqualen und beteuerten ständig, besonders unter Alkoholeinfluss, dass sie im Herzen noch immer hinter dem palästinensischen Freiheitskampf standen. So menschlich diese Neigung war, hatte sie doch etwas Tragisches an sich.

Hätte sie die beiden um hunderttausend libanesische Pfund für den Freiheitskampf gebeten, sie hätten abgelehnt.

207

Mouna ging gleich aufs Ganze und warf alle Sicherheitsvorkehrungen über Bord. Wahrscheinlich nahm sie das Risiko in Kauf, weil es sie traurig gemacht hätte, dieses angenehm vor sich hinplätschernde Gespräch über die alten Zeiten bei einem weiteren Glas Wein fortzusetzen, der so teuer war, dass eine ganze palästinensische Flüchtlingsfamilie sich davon eine Tagesration ägyptischen Reis hätte kaufen können.

Es war zu viel für Mouna, die eine große Traurigkeit fühlte.

»Ich bin aus einem ganz bestimmten Grund gekommen«, sagte sie unvermittelt, als sie gerade über die neuen Beiruter Luxushotels für Saudis plauderten. »Haltet den Mund. Ich brauche zwei Köchinnen, die ein Jahr lang für eine Operation arbeiten, die die Zionisten härter treffen wird als je zuvor. Die Küche muss funktionieren. Ich will euch beide haben.«

Natürlich war es auf der Terrasse mucksmäuschenstill geworden. In dem Moment, als vielleicht eine der Frauen gefragt hätte, ob Mouna sich einen schlechten Scherz erlaubt habe, senkte sich über ihnen mit Ohren betäubendem Donnern eine Boeing 747 im Landeanflug auf den Flughafen von Beirut. Vielleicht war es besser so.

»Ist das dein Ernst?«, fragte Khadija.

»Das ist mein vollkommener Ernst. Aber es ist lebensgefährlich«, antwortete Mouna trocken.

»Wir kommen«, sagte Leila.

Mehr Worte brauchten nicht verloren zu werden. Es schien, als hätten die beiden seit Langem auf diese Frage gewartet.

Im Nachhinein war alles logisch. Aber so kam es einem ja oft vor, wenn man den Lauf der Ereignisse kannte.

Alexander Owjetschin hatte zwei russische Köchinnen engagiert, Irina Woronskaja und Luba Politowskaja. Sie waren für die russischen Speisen zuständig, die sogenannte Schweineküche. Ursprünglich wollte man drei Viertel der Vorräte für die russische Küche und ein Viertel für die Halalküche verwenden, die diese Bezeichnung streng genommen gar nicht verdiente. Es zeigte sich jedoch rasch, dass der tatsächliche Verbrauch gar nicht mit diesen Berechnungen übereinstimmte. Eigentlich sollten Khadija und Leila den russischen Köchinnen beim Zubereiten der Schweinekost zur Hand gehen. Das wäre zwar kein Problem gewesen, da keine der beiden an sündige Schweinekoteletts, Gott oder Satan glaubte. Sie kamen schließlich von der PFLP, wie sie immer öfter betonten.

Aber es kam genau umgekehrt. Die »internationale Besatzung«, wie sie an Bord offiziell genannt wurde, zog mehrheitlich die französisch-orientalische Küche vor. Besonderen Anklang fand der Holzkohlengrill, den man trotz der Bedenken des Brandschutzbeauftragten, Offizier Charlamow, angeschafft hatte.

Gemäß Carls unergründlicher Ordnung hatten alle vier Köchinnen den Dienstgrad eines Bootsmanns erhalten.

Am sechsten Tag ertönte während des Mittagessens das Alarmsignal »Klar Schiff!«, und gleichzeitig wurde über die Lautsprecher auf Russisch und in gebrochenem Englisch erklärt: Dies ist keine Übung! Dies ist keine Übung!

Die darauf folgende Hektik an Bord hätte man leicht mit Panik verwechseln können. Alle Kampfleitungsstationen mussten bemannt werden, die halbe Besatzung musste an ihre Kampfpositionen, die Verbindungen zwischen den fünf wasserdichten Sektionen des U-Boots wurden fest verschlossen, alle Gegenstände vertäut, das Geschirr weggeräumt und sämtliche Besatzungsmitglieder, die nicht im Dienst waren, hatten sich in ihre Kajüten oder auf spezielle Reservepositionen zu begeben. Es dauerte keine zwei Minuten, bis alle Leuchten in der Leitungszentrale grünes Licht zeigten. Die K 601 war bereit.

Mouna hatte sich mit Abu Ghassan in der Offiziersmesse unterhalten. Er begab sich rasch an seinen Platz im Gebetsraum, und Mouna eilte zur Leitungszentrale, um nicht vor einem verschlossenen Schott stecken zu bleiben. Unterwegs warf sie einen hastigen Blick auf einen Bildschirm, auf dem, ähnlich wie bei Transatlantikflügen, die Position der K 601 zu erkennen war. Man befand sich auf 69° Nord und 3° Ost, also nordöstlich von Island auf der klassischen Route der U-Boot-Konvois, die im Zweiten Weltkrieg auf Murmansk zurollten.

In der Kommandozentrale herrschte gespenstische Ruhe, obwohl alle Systeme aktiviert und die Posten besetzt waren. Die Kommandanten Petrow und Carl standen leicht erhöht in der hintersten Ecke des Raums. Mouna drängte sich zwischen die zwei und fragte flüsternd, was los sei.

»Unsere Aufklärer haben ein dickes Ding gewittert«, antwortete Anatolij Petrow. »Auf dem linken Schirm kannst du es sehen.«

Einige Seemeilen von der K 601 entfernt schwammen zwei kleinere U-Boote wie Lotsenfische vor dem großen Hai her. Die Besatzung nannte die beiden Fahrzeuge Krabbenaugen, weil sie eine gewisse Ähnlichkeit mit den Stielaugen von Krebsen hatten. Nun hatten sie einen großen Gegenstand registriert, der hundert Meter tiefer lag und auf sie zukam.

»Auf Elektroantrieb umstellen, Geschwindigkeit drei Knoten!«, befahl Anatolij, und Carl wiederholte den Befehl sofort auf Englisch.

»Südliches Krabbenauge zurück, nördliches Krabbenauge runtergehen lassen auf die Tiefe des Banditen!«, erklang der nächste zweisprachige Befehl.

Als das eine Aufklärer-U-Boot Kurs zurück zum Mutterschiff aufnahm und seine Spähfunktionen abgeschaltet wurden, flackerte es auf dem Bildschirm.

»Bericht vom Sonar!«, ordnete Anatolij an.

»Amerikaner, vermutlich Ohio-Klasse, Kapitän!«, sagte jemand, der ganz vorn bei Peter Feisal saß.

»Ja, das ist ein ganz schöner Brummer«, stellte Anatolij fest und wandte sich mit zufriedenem Lächeln Carl und Mouna zu. »Was sollen wir mit ihnen machen? Ich meine, wir sollten ihnen einen Heidenschreck einjagen – aber wie?«

»Wissen die nicht, dass wir hier sind?«, fragte Mouna ungläubig.

»Vermutlich nicht, jedenfalls bisher nicht, aber das werden

211

wir bald herausfinden. Ist Krabbenauge Nord auf Position?«, brüllte er im nächsten Augenblick.

»Yes, Sir«, kam von Peter Feisal zurück. »Wir haben die Nahaufnahme in fünf, vier, drei, zwei, einer Sekunde. JETZT!«

Mouna blickte auf den Bildschirm hinunter. Lautlos kam das große schwarze Ungeheuer näher. Das Detektorsystem suchte sofort den Turm, damit man die Ziffernbezeichnung des U-Boots lesen konnte. 731. Innerhalb von wenigen Sekunden würde ihnen der Computer sagen, um wen es sich handelte.

»Wir haben sie identifiziert, Sir«, berichtete Peter Feisal. »USS Alabama.«

Es wurde gelacht, geklatscht und gepfiffen.

»Ruhe! Haben wir sie in der Klangbibliothek?«, brüllte zuerst Anatolij und dann Carl, sein englisches Echo.

»Negativ, Sir!«, antwortete ein russischer Sonaroffizier auf Englisch.

»Gut. Das Krabbenauge soll stehen bleiben und eine Aufnahme machen, wenn sie vorbeifährt!«, lautete der nächste Befehl. »Sagt Bescheid, wenn ihr die Klangsignatur habt!«

Als das amerikanische U-Boot auf zwei Seemeilen herangekommen war, wurde eine perfekte Tonaufnahme gemacht. Unterdessen hatte Anatolij einige Überlegungen angestellt, wie man die Amerikaner aufs Korn nehmen könnte. Die USS Alabama war eines der vierzehn strategischen U-Boote der USA und befand sich auf dem Weg nach Russland. An Bord waren vierundzwanzig Trident-Raketen mit jeweils acht nuklearen Mehrfachsprengköpfen von je hundert Kilotonnen. Sie bräuchten nicht nachzurechnen, sagte er, das habe er bereits viele Male getan. Insgesamt hatten sie es mit einhundertzweiundneunzig Hiroshimas zu tun. Von ihrem jetzigen Standpunkt aus könne die USS Alabama jede russische Großstadt bis zum Ural dem Erdboden gleichmachen, sogar Moskau, Sankt Petersburg und die Flottenbasen im Norden. Außerdem gebe es weitere dreizehn Schwesterfahrzeuge mit der gleichen Waffenladung.

»Wie kann man sich gegen so etwas verteidigen?«, fragte Mouna matt.

»Eigentlich gar nicht«, antwortete Anatolij achselzuckend. »Falls man nicht das Glück hat, sich auf der Position zu befinden, wo wir gerade liegen. Im Moment ist die USS Alabama in unserer Gewalt. Seit einigen Minuten können wir sie zerstören.«

»Und was schlägst du stattdessen vor?«, fragte Carl trocken.

»Wir spielen ein bisschen mit ihr«, sagte Anatolij mit breitem Grinsen und drückte auf den Lautsprecherknopf, damit die gesamte Besatzung seine nächste Anordnung hören konnte. »Achtung, Genossen! Jetzt jagen wir den Amerikanern einen Schreck ein, dass ihnen der Arsch auf Grundeis geht. Sendet vom Krabbenauge Nord die Klangsignatur eines U-Boots der Akula-Klasse!« Als Carl den Befehl auf Englisch wiederholen wollte, gingen seine Worte im Gelächter in der Zentrale unter.

Mouna wurde aus dieser Ausgelassenheit nicht klug. Später wurde ihr klar, dass die allgemeine Heiterkeit in gewisser Weise ihr Verdienst war. Mindestens fünfzig der vierhundert DVDs, die sie mit an Bord gebracht hatte, handelten von U-Boot-Abenteuern aus dem Zweiten Weltkrieg und der Zeit danach. Der Film mit der USS Alabama, in dem Gene Hackman einen leicht durchgeknallten Kapitän spielte, stand auf der Top-Ten-Liste der Besatzung auf Platz drei. Und nun hatte man Gene Hackman plötzlich an den Eiern gepackt.

»Klangsignatur Akula-Klasse geht raus in fünf, vier, drei, zwei, einer Sekunde – JETZT!«, meldete der Sonaroffizier.

In der Ferne erklangen U-Boot-Motoren. Das U-Boot schien

zu beschleunigen, als wollte es sich eilig aus dem Staub machen.

Alle starrten auf die Bildschirme. Fünf Sekunden lang herrschte Stille, dann wälzte sich die USS Alabama plötzlich mit einem ruckartigen Ausweichmanöver nach vorn und zur Seite, kam wieder in eine waagerechte Position, verringerte ihre Geschwindigkeit und verstummte. Das Krabbenauge verfolgte sie.

»Dreimal dürft ihr raten, ob die jetzt nervös sind«, grinste Anatolij.

»Was denken die?«, fragte Mouna.

»Ganz einfach. Wie, in Gottes Namen, kann sich ein russisches Jagd-U-Boot der Akula-Klasse so nah an uns heranschleichen, ohne dass wir es bemerken? Und nun horchen sie wie Mäuse nach der Katze und haben die Akula bereits verloren, weil sie nicht existiert.«

Die USS Alabama lag fast reglos da und ließ sich von der Strömung treiben, immer näher auf die K 601 zu. Auf ihren Fersen folgte lautlos das ferngesteuerte Krabbenauge, das alle Geräusche aussenden konnte, die in der Datenbank der K 601 zur Verfügung standen.

»So, jetzt setzen wir noch einen drauf«, ordnete Anatolij an. »Krabbenauge Nord auf gleiche Höhe. Auf Position sendet ihr einen Ping und holt sie vorsichtig zurück!«

Carl wiederholte den Befehl, bekam aber vor Lachen den mürrischen Ton nicht hin. Die Amerikaner hatten eine kräftige Nuss zu knacken.

Einige Minuten später war es so weit. Das Krabbenauge war weniger als eine halbe Seemeile von der USS Alabama entfernt, als es dieser einen aktiven Sonarstoß, einen sogenannten Ping, auf den Rumpf schickte. Das brachte zwei Dinge mit sich: Zum einen begriff man an Bord des amerikanischen U-Boots, dass die Akula noch in der Nähe war und der USS

214

Alabama nun von der Längsseite zusetzte. Zum anderen konnten die Amerikaner jetzt die exakte Position der Akula bestimmen. Plötzlich änderte die USS Alabama ihre Fahrtrichtung und steuerte direkt auf die Position zu, wo man die Akula vermutete. Ein extrem aggressives Manöver.

Gleichzeitig glitt Krabbenauge Nord mit der Strömung lautlos zu seinem Dock an der K 601. Man war dem amerikanischen U-Boot seit einiger Zeit so nahe gekommen, dass man es ohne das Aufklärer-U-Boot verfolgen konnte. Die USS Alabama war groß und deutlich auf einem Dutzend Bildschirmen in der Kommandozentrale zu erkennen.

Vorsichtig tasteten sich die Amerikaner voran und spähten mit jedem Auge in die Richtung, in der sich der Feind so deutlich gezeigt hatte. Dieses Schauspiel regte die Fantasie enorm an. Niemand in der Zentrale wandte den Blick vom Schirm ab.

»Was geht dem Kommandanten jetzt wohl durch den Kopf?«, fragte Carl. »Was hättest du gedacht, und vor allem, was hättest du getan?«

»Weiß der Teufel«, flüsterte Anatolij und kratzte sich im Nacken. »Wirklich, keine Ahnung. Ich würde glauben, dass irgendwo ein gravierender technischer Fehler vorliegt. Denn das, was passiert ist, kann eigentlich gar nicht passieren. Ich würde mich lieber aus der Gegend zurückziehen. Wenn ich besonders verantwortungsbewusst wäre, würde ich in meinen Heimathafen zurückkehren und mein U-Boot überprüfen lassen. Der Bericht, den ich dort abgeben müsste, würde mir weder Respekt noch Auszeichnungen einbringen. U-Boot-Kapitäne hassen so etwas. Zumindest in dieser Hinsicht ist der da drüben mir vermutlich ähnlich. Aber wer weiß das schon.«

»Wenn wir Krieg gegeneinander führen würden, wäre er jetzt also tot?«, fragte Mouna sachlich. Sie schien fast zu hoffen, dass es der Fall wäre.

»Und ob«, grinste Anatolij. Ihm kam eine Idee. »Achtung, Leute! Wir machen eine Übung. Beachten Sie bitte, dass das Folgende eine Übung ist! Simulator aktivieren!«

Als Carl den Befehl wiederholt hatte, brach für zehn Sekunden fieberhafte Geschäftigkeit aus. Dann wurde von zwei Stationen »klar!« gemeldet.

Immer noch sahen sie direkt vor sich die Breitseite der absolut geräuschlosen USS Alabama. Auf allen Bildschirmen waren die Ziffern am Turm deutlich zu erkennen.

Anatolij befahl, die Torpedos in Rohr eins und zwei zu aktivieren, und dann gab er das Kommando: Feuer! Man konnte die beiden Torpedos loszischen hören, und irgendjemand meldete, es seien noch dreißig Sekunden bis zum Einschlag.

»Inzwischen«, sagte Anatolij und klopfte mit dem Knöchel auf den Schirm, »hätten sie die Torpedos gehört. Die Sonaroffiziere hätten bereits Geschwindigkeit und Entfernung bestimmt und zwanzig Sekunden bis zum Einschlag gemeldet. Und dann passiert Folgendes, guckt mal!«

Auf dem Bildschirm war zu erkennen, wie die USS Alabama vier weiße, wirbelnde Gegenstände abschoss.

»Das ist ihr aktives Gegenmittel, aber damit haben wir keinerlei Schwierigkeiten. Unsere Torpedos sind ferngesteuert, und außerdem können wir unser Ziel sehen. Ich sage euch, das hier ist der Albtraum eines jeden, der auf einem U-Boot arbeitet, vom jüngsten Maschinisten bis zum Kommandanten. Jetzt hört jeder an Bord der USS Alabama die beiden Torpedos kommen und weiß, jetzt ist es zu Ende.«

»Fünf Sekunden bis zum Einschlag«, meldeten die Torpedooffiziere.

Mouna starrte wie gebannt auf das täuschend echt wirkende Computerspiel. Als die Torpedos in den schwarzen Leib des U-Boots einschlugen, war kein Laut zu hören und weder Flammen noch Licht zu sehen. Aber einige Sekunden später hallte das Dröhnen eines zermalmten U-Boots wider, das quietschend und knarrend sank. *Game over* blinkte in roten Lettern auf den Bildschirmen. Spontaner Jubel brach aus. Im nächsten Augenblick kehrten alle in die Wirklichkeit zurück. Dort drüben lag die unbeschädigte USS Alabama und lauschte regungslos ins Dunkel.

»So, Genossen, das war der kleine Scherz für heute! Nun müssen wir uns nur noch davonschleichen, langsam auf vierhundert Meter sinken und unter ihr hindurchgleiten!«

Nachdem Carl den Befehl auf Englisch wiederholt hatte, erklärte Anatolij den Schwachpunkt dieser hundertsiebzig Meter langen amerikanischen Riesen. Sie konnten nämlich nicht tiefer als zweihundertfünfzig Meter tauchen. Viel zu großer Rumpf, viel zu viel Tod und Zerstörung an Bord.

»Befehl geändert! Runtergehen auf sechshundert Meter!«, brüllte er im nächsten Augenblick. Carl wiederholte den Befehl sofort, allerdings ohne zu brüllen.

»Das mit dem Titanrumpf ist interessant!«, schmunzelte Anatolij, als die K 601 unter einem Druck, der die USS Alabama oder eine ihrer dreizehn todbringenden Schwestern wie eine Eierschale zerquetscht hätte, nur knackte und knarzte.

Auf dem Weg in die große Tiefe passierten sie eine kalte Strömung, die entgegen dem großen, warmen Golfstrom floss, in dem die USS Alabama vermutlich noch immer verzweifelt ihr System überprüfte und nach Erklärungen suchte. Die K 601 befand sich nun direkt unter der USS Alabama, aber da das Wasser hier unten einen anderen Salzgehalt und eine andere Temperatur aufwies, wurden sie von einer reflektierenden Grenzfläche geschützt, an der auch das beste bekannte Sonarsystem der Amerikaner abprallte. Sie würden das Geheimnis der verschwundenen Akula niemals lösen.

Anatolij ordnete Dieselbetrieb an, erhöhte die Geschwindigkeit auf zehn Knoten und ließ das U-Boot sachte auf vierhundert Meter steigen, wo man die erhöhte Bereitschaft, die in maximaler Tiefe herrschen musste, lockern konnte. Bereitschaftsgrad vier war ausreichend. Alle alltäglichen Aktivitäten an Bord, die unterbrochen worden waren, durften wieder aufgenommen werden.

Carl verließ die Zentrale und rief den U-Boot-Matrosen Sergej Kowalin über Lautsprecher zurück zum Mittagessen in die Offiziersmesse.

»Wo waren wir stehen geblieben, Sergej Petrowitsch?«, fragte er gutmütig, als sie mit zwei neuen Tabletts auf ihren alten Plätzen saßen.

»Fantastisches Manöver haben wir da gemacht, Admiral!«, antwortete der junge Seemann, der offensichtlich zutiefst beeindruckt war.

»Wo waren Sie denn während des Manövers, Sergej Petrowitsch?«, fragte Carl verwundert.

»Im Torpedoraum, auf meinem Posten, Admiral!«

»Gibt es da unten auch einen Plasmaschirm?«, fragte Carl und begriff zu spät, dass er sich diese Frage besser verkniffen hätte.

»Ja, Admiral! Und perfekten Stereoklang. Den Kommandanten hören wir aus dem linken Lautsprecher, und Sie, Herr Admiral, hören wir aus dem rechten. Und die Bilder sind gestochen scharf!«

»In der Tat, unsere englischen Gentlemen haben eine beeindruckende Technik eingeführt. Wie gesagt, wo waren wir stehen geblieben?«

Vor der Übung hatte Kowalin erzählt, was mit der zweiten Besatzung der Kursk passiert war, zu der er genau wie Kommandant Petrow und viele andere gehört hatte, die jetzt auf der K 601 arbeiteten. Einige hatten es nicht gut verkraftet. Schließlich war es reines Glück gewesen, dass sie nicht an Bord der Kursk waren, als sie versenkt wurde.

Manche wurden gut damit fertig, dass sie zufällig überlebt hatten, einige begannen zu grübeln. Anfänglich wurden sie auf andere U-Boote verteilt. Er selbst landete auf der K 119 Woronets, einer Schwester der Kursk mit Heimathafen Seweromorsk, und arbeitete auch dort im Torpedoraum. Eine Zeit lang war alles wie vorher. Doch nach einer Weile zeigte sich, dass auf allen ehemaligen Besatzungsmitgliedern der Kursk eine Art Fluch zu lasten schien. Die Gruppe wurde auf die Nordmeerflotte und die Pazifikflotte verteilt. Er selbst wurde nach Wladiwostok geschickt und sollte auf der K 186 Omsk dienen. Technisch gesehen war alles gleich, ein Torpedoraum ist ein Torpedoraum, ob Woronets oder Omsk, Arbeit ist Arbeit. Aber die neuen Kollegen und Vorgesetzten begegneten den Leuten von der Kursk mit Misstrauen und munkelten, sie brächten Unglück. Hinzu kam, dass von allen strengen Verboten, die auf einem Atom-U-Boot galten, nichts so streng verboten war, wie über die Sache mit der USS Memphis zu reden. Selbst der jüngste Matrose im Torpedoraum wusste, dass man diese Wahrheit mit keinem Flüsterton erwähnen durfte.

Vor diesem Hintergrund überraschte es nicht, dass Sergej Petrowitsch beim Beschreiben der Arbeitsbedingungen im Torpedoraum der K 601 ins Schwärmen geriet. Bessere Schlafplätze, saubere Bettwäsche, perfekte Ordnung und eine funktionierende Klimaanlage. Da der Schiffsarzt an Bord der K 186 Omsk der Ansicht gewesen war, die Klimaanlage würde Erkältungen und andere ansteckende Krankheiten verbreiten, war sie meistens abgeschaltet gewesen. Und so war es im engen Torpedoraum, je nach Wassertiefe und Breitengrad, eiskalt oder brüllheiß gewesen. Die K 601 war dagegen ein Luxushotel.

Es war Carls neuntes Vorstellungsgespräch, und er kannte den Refrain allmählich auswendig. Die Flachbildschirme, auf denen man nicht nur jederzeit die eigene Position erkennen und die Ereignisse verfolgen, sondern sich in seiner Freizeit auch unendlich viele DVDs angucken konnte, anstatt sich auf ein Dutzend Videokassetten beschränken zu müssen, die man bald auswendig kannte, riefen allgemein Begeisterung hervor. Die meist englischsprachigen Filme ohne Untertitel waren zwar nicht leicht zu verstehen, aber zumindest diejenigen, die von U-Booten handelten, kapierte man auf Anhieb.

Für das Wohlbefinden war also gesorgt, und sogar das Essen war besser. Die neuen Uniformen und Dienstgrade wirkten zwar immer noch ungewohnt, aber das gehörte schließlich zum internationalen Stil an Bord und war eher spannend als störend. Das Beste an dem neuen Stil war im Übrigen, dass die Jüngeren keine Prügel mehr von den Älteren bezogen, was auf russischen Atom-U-Booten normalerweise an der Tagesordnung war.

Bis hierhin unterschieden sich die Ansichten des Gefreiten kaum von denen der anderen Russen, stellte Carl fest und erkundigte sich nach dem familiären Hintergrund des jungen Mannes. Die meisten russischen U-Boot-Seeleute stammten aus Städten, die irgendwie mit der sowjetischen oder der neuen russischen Flotte in Verbindung zu bringen waren, aber dieser Junge kam aus Barnaul im tiefsten Sibirien, wohin ein pensionierter U-Boot-Kapitän sich nach vielen Dienstjahren in der Sowjetflotte zurückgezogen hatte – oder wohin er verbannt worden war. Dieser alte Seebär hatte eine Enkelin in Sergej Petrowitschs Alter. Sergej war eine Zeit lang in sie verliebt gewesen, hatte sich mit ihrer Familie angefreundet und so eine sagenhafte U-Boot-Geschichte nach der anderen zu hören bekommen. So war sein Traum geboren worden. Als er, die Landratte aus Barnaul, sich bei der Flotte bewarb, machte er sich keine großen Hoffnungen. Aber vielleicht hatte sein alter Freund ein gutes Wort für ihn eingelegt, und die Tests bestand er ebenfalls. Man schickte ihn bis nach

Sewerodwinsk am Weißen Meer, damit er seine Grundausbildung absolvierte, und da es anschließend vielleicht zu unökonomisch schien, ihn wieder zurück nach Sibirien zu holen, landete er auf der Kursk in der Besatzung von Kapitän Petrow. Ein Traum ging in Erfüllung, der sich lange Zeit später dann in einen Albtraum verwandelte. Sein einziger Trost hatte darin bestanden, dass seine Kameraden im Torpedoraum, in dem er selbst hätte sein sollen, vermutlich so schnell gestorben waren, dass sie es gar nicht gemerkt hatten. Schlimmer war es für die dreiundzwanzig Männer gewesen, die achtern hinter dem letzten Schott einen qualvollen Tod in Kälte, Wasser und steigendem Druck hatten erleiden müssen.

Und da der Gefreite Sergej Petrowitsch Kowalin bis jetzt in Carls heimlichen Notizen, die er erst niederschrieb, wenn er allein war, nur Pluspunkte gesammelt hatte und mit seinen Sommersprossen, der Stupsnase und dem frechen Gesichtsausdruck stark an einen gewissen Kapitän zur See Mordawin erinnerte, war die Sache vollkommen klar.

Nun war nur noch eine Frage offen, allerdings eine, die die merkwürdigsten Ausflüchte und Lügen nach sich ziehen konnte. In gewisser Weise die entscheidende Frage, mit der sich an Bord die Spreu vom Weizen scheiden ließ.

»Beantworten Sie mir bitte eine Frage«, begann Carl nachdenklich. »Sie wissen, dass dies die letzte Übung ist. Aber Sie wissen nicht, was wir vorhaben, wenn wir das nächste Mal aufbrechen. Was glauben Sie?«

»Nichts, Admiral, das ist doch geheim.«

»Stimmt. Das kann man wohl sagen«, antwortete Carl, der sich ein Lächeln nicht verkneifen konnte. »Aber vor mir wird die Sache doch nicht geheim sein. Ich befehle Ihnen, mir zu sagen, worum es hier Ihrer Ansicht nach geht.«

»Ja, Admiral.«

»Sprechen Sie bitte etwas leiser, Genosse Gefreiter. Ich bin ganz Ohr.«

Er unterzog den Jungen einer schweren Prüfung. Er musste entweder das Risiko eingehen, seinen Boss anzulügen, oder das Risiko, sich in Dinge einzumischen, in denen man nicht herumzuschnüffeln hatte, weil sie geheim waren. Der Junge musste das Unmögliche schaffen und eine nahezu teuflische Prüfung bestehen.

»Mein Posten ist ja im Torpedoraum, wir kennen also alle Waffen ...«, begann der Gefreite nervös.

»Selbstverständlich. Und?«

»Wir werden Ziele zu Land und zu Wasser angreifen, aber die Marschflugkörper haben keine nuklearen Sprengköpfe ...«

»Verzeihung, woher wissen Sie das, Gefreiter?«

»Sonst würde die Rangordnung anders aussehen, Genosse Admiral!«

»Gut. Ich verstehe. Also, Ziele zu Land und zu Wasser. Bei einem Jagd-U-Boot nichts Besonderes, dazu sind wir ja da. Was noch?«

»Unsere arabischen Kollegen sind Palästinenser ...«

»Korrekt. Und?«

»Daher glaube ich, dass wir ins Mittelmeer fahren werden und dass die israelischen Flottenbasen unser Ziel sind, Admiral!«

»Das glauben Sie also. Und was glauben die anderen Männer im Torpedoraum?«

»Dies und das. Die meisten hoffen, dass wir mit den Amerikanern kämpfen werden, allerdings nicht unter russischer Flagge, denn das würde Weltkrieg bedeuten. Jedenfalls dass wir, wenn es richtig losgeht ... ungefähr so etwas wie heute mit der USS Alabama.«

»Sie sind nicht auf den Kopf gefallen, Sergej Petrowitsch,

auf einem U-Boot immer von Vorteil«, sagte Carl mit gespielter Nachdenklichkeit, als hätte er soeben eine Weisheit von sich gegeben. »Ob Ihre Überlegungen richtig oder falsch sind, werden Sie erfahren. Wenn Sie sich gut führen. Ich möchte Ihren Namen auf keinem einzigen negativen Bericht lesen, und sei es bei den geringsten Vergehen. Ist das klar, Gefreiter?«

»Vollkommen klar, Genosse Admiral!«

»Gut. Es war angenehm, Sie kennenzulernen. Ich möchte Sie gern an Bord haben, wenn es ernst wird. Abtreten!«

Der Gefreite Sergej Petrowitsch Kowalin stellte sich stocksteif auf, grüßte, schlug die Hacken zusammen, drehte sich um und verließ mit raschen Schritten die Offiziersmesse. Carl hatte wieder einen Mann gesehen, den er haben wollte. Das Problem war nur, dass er bisher noch keinen Russen getroffen hatte, den er nicht haben wollte. Was möglicherweise daran lag, dass Anatolij seine Aufgabe bitterernst genommen hatte. Es war sein Job gewesen, die Arschgeigen rauszuschmeißen, wie er es auszudrücken pflegte. Er wollte nur seine besten Männer um sich haben, im Ernstfall, wenn er auf ein amerikanisches U-Boot traf. Merkwürdig, dass ein U-Boot-Kapitän seine Mannschaft bis zum kleinsten Maschinenmatrosen so genau kannte. Aber vielleicht war genau das sein Geheimnis.

Sein Herz klopfte so heftig, dass er sich beinahe schämte. Hassan Abu Bakr war ein Mann, der von seinem eigenen Mut überzeugt war. Er gehörte nachweislich zu den wenigen Menschen, die sogar Folterqualen widerstehen konnten.

Doch als er nun mit den anderen im Rettungs-U-Boot der K 601 saß, die Hydraulik quietschte und stöhnte und es immer dunkler wurde, waren seine Nerven bis zum Äußersten gespannt. Willkommen in der Wirklichkeit. Das war kein ruhiges strömungsfreies Trockendock, das war der nördliche Atlantik, und die Strömung bewegte sich mit einer Geschwindigkeit von drei Knoten.

Langsam öffneten sich die Titanpforten am Bauch der K 601, die automatische Verriegelung des Rettungsboots löste sich und sie glitten hinaus in die Dunkelheit.

»Hier Zentrale an Savior. So weit alles in Ordnung? Kommen!«, ertönte die Stimme des Admirals über Funk so klar, als säße er selbst hier eingeklemmt unter ihnen.

»Yes, Sir. Haben uns gelöst und laufen mit eigener Kraft. Alle Systeme okay. Kommen!«

»Das klingt gut, Savior. Weitermachen laut Befehl. Ende!«

Die Übung bestand aus drei Teilen. Zuerst sollten sie ungefähr zwei Seemeilen gegen die Strömung fahren, umdrehen und die hilflos treibende K 601 wiederfinden. Wenn sie so weit gekommen waren, kam der schwierige Teil. Das Rettungs-U-Boot musste an der hinteren Rettungsluke der K 601 andocken, fünf Männer herausholen, sich zur vorderen Rettungsluke über dem Torpedoraum begeben und die fünf Männer dort sicher wieder ins U-Boot bringen.

Es klang wie die selbstverständlichste und leichteste Aufgabe für ein Rettungsboot. Aber es war eine Sache, etwas in der Theorie oder in flachem Wasser zu üben, wo man Tageslicht hatte. Etwas vollkommen anderes war es, dies in hundertfünfzig Metern Tiefe bei starker Strömung ebenso hinzukriegen. Dabei musste man ständig auf unerwartete Schwierigkeiten gefasst sein. Es war also der große Prüfungstag, im schlimmsten Fall ihr letzter.

Der erste Abschnitt war natürlich einfach. Sie fuhren zwanzig Minuten gegen die Strömung, drehten um, folgten zehn Minuten lang der Strömungsrichtung und schalteten die Scheinwerfer ein. Ohne Zeitverlust entdeckten sie den großen schwarzen Schatten.

Nun wurde die Geschichte kniffliger. Die K 601 bewegte sich zwar kaum auf und ab, war aber seitlich nicht ganz stabil, was entweder daran lag, dass man in der Manöverzentrale kräftig das Ruder bewegte, oder ganz einfach auf der Strömung beruhte. Es war verflucht schwer, die Andockstation direkt an der Rettungsluke zu platzieren. Sie unternahmen zehn bis fünfzehn Versuche und hatten den Zeitrahmen bald überschritten. Bei der kleinsten Ungenauigkeit würde die Luke nicht zu öffnen sein. Als man schließlich an der Rettungsluke andockte und das Wasser hinausdrückte, saß aufgrund des starken Drucks in hundertfünfzig Meter Tiefe alles bombenfest.

Ein Mann, Abdelkarim, konnte hinuntersteigen und mit einem Schraubenschlüssel an die Luke klopfen. Die Leute, die evakuiert werden sollten, machten sofort auf, aber nun strömte dichter schwarzer Rauch aus der Luke, alle schrien auf Russisch wild durcheinander und weigerten sich plötzlich, ein einziges englisches Wort zu verstehen.

Die angeblich hilflose Mannschaft versuchte zu erklären, man habe zwei Schwerverletzte an Bord, die in speziellen Tragen durch die Luke in das Rettungsboot gehievt werden mussten.

Das Desaster fing von vorn an, als man das Rettungsboot an der vorderen Rettungsluke andocken, zuerst die Verletzten vorsichtig hinunterlassen und dann die anderen Besatzungsmitglieder einen nach dem anderen durch die Luke schieben musste. Der letzte Mann schrie hysterisch und wehrte sich mit Händen und Füßen, sodass den Rettern nichts anderes übrig blieb, als ihn mit einem Faustschlag ins Gesicht ruhigzustellen. Nun wurde der Idiot richtig sauer und konnte seinen Zorn plötzlich in passablem Englisch zum Ausdruck bringen.

Zum Glück war es erstaunlich einfach, das Rettungsboot

wieder an seinem Platz im unteren Teil der K 601 anzudocken. Die Prozedur, die man mit Brandschutzübungen, Erster Hilfe und der Versorgung von Arm- und Beinbrüchen kombiniert hatte, dauerte insgesamt vier Stunden. Echte Schwerstarbeit.

Unter der lauwarmen Dusche merkte Hassan Abu Bakr, wie erledigt er war. Sein Körper war übersät von blauen Flecken. Die Strömung hatte sie in dem engen Manöverraum hin und her geschleudert. Über der Idee, die Einrichtung auszupolstern, schlief er beinahe im Stehen ein. In diesem Moment schlug jemand mit der flachen Hand gegen die Duschkabine und brüllte, er solle sich in zehn Minuten zum Mittagessen mit dem Admiral in der Offiziersmesse einfinden. Er kriegte gar nicht mit, ob der Befehl auf Russisch oder Englisch kam.

»Sie haben heute gute Arbeit geleistet, Leutnant Hassan Abu Bakr«, begrüßte der Admiral den müden Chef der Rettungseinheit, der neuneinhalb Minuten später in sauberer Uniform und mit nassem Haar antrat.

»Danke, Admiral!«

»Bitte setzen Sie sich, Leutnant. Wir haben die Auswahl zwischen Schweinefilet mit Grünschimmel- und Cognacsauce, wenn meine Französischkenntnisse mich nicht täuschen, und Lammspieß vom Grill mit Thymian und Backkartoffeln. Was ziehen Sie vor?«

»Das Lamm, Admiral.«

»Das hätte ich mir fast gedacht, Leutnant, hoffentlich ist noch was da. Ein Glas Rotwein?«

»Ja, gern, aber dürfen wir …«

»Wir befinden uns auf vierhundert Meter Tiefe, haben fünftausend Meter Wasser unterm Kiel und gleiten langsam in Richtung Süden. Ich nehme nicht an, dass wir mit jemandem zusammenstoßen. Wir haben ebenfalls geschuftet, während Sie da draußen gearbeitet haben. Wie fanden Sie die Übung?«

»Sie war viel härter, als wir erwartet hatten, Admiral.«

»Natürlich, das war unsere Absicht. Aber wie gesagt, Sie haben gute Arbeit geleistet. Der Kommandant schuldet mir eine Flasche Wodka. Er hat gewettet, dass Sie es nicht schaffen, und als er die Wette zu verlieren drohte, hat er das U-Boot absichtlich etwas stärker schaukeln lassen. Daher haben wir einige Fälle von Seekrankheit an Bord. Sie sind Taucher?«

»Ja, Admiral, genau wie Sie, nehme ich an.«

»Woher wissen Sie das?«

»Als Sie in Seweromorsk an Bord kamen, trugen Sie Ihre Paradeuniform, Admiral. Ich habe das Abzeichen der Navy Seals gesehen. Dieses Symbol erkennt jeder Taucher. Sind Sie Amerikaner?«

In dem Moment, als Carl eine Antwort geben wollte, wurde das Essen serviert. Hassan Abu Bakr hatte mit den anderen palästinensischen Tauchern, die sich nicht vorstellen konnten, dass ein Amerikaner an Bord war, ebenfalls eine Wette abgeschlossen. Nun meinte er die vierhundert Dollar schon in der Tasche zu haben. Aber da er keinen rechthaberischen Eindruck hinterlassen wollte, kam er nicht auf die Frage zurück, die im Wein und dem Essen untergegangen war. Sie hatten eine ganze Flasche bekommen, die vorübergehend die ganze Aufmerksamkeit des Admirals in Anspruch nahm. Mit ausdruckslosem Gesicht las er das Etikett und kostete.

»Ein junger georgischer Wein. Cabernet Sauvignon und ein ganz merkwürdiger Geschmack, den ich nicht kenne«, sagte der Admiral und begann zu essen. Nach einer Weile erhob er sein Glas und prostete dem Leutnant zu.

Hassan Abu Bakr fühlte sich nicht ganz wohl in seiner Haut. Die Situation hatte etwas Unnatürliches und Unbehagliches an sich, das er nicht durchschaute. Als würde er psychisch unter Druck gesetzt. Unter den Russen wurde oft über diese Treffen mit dem Admiral gesprochen, aber für sie stand ja auch viel auf dem Spiel. Für sie hieß es *alles oder nichts*. Für die palästinensische Minderheit dagegen, die Mouna al-Husseinis Kommando unterstand, galt das nicht.

»In der Weinfrage müssen wir etwas unternehmen«, sagte der Admiral plötzlich. »Ein Amerikaner bin ich übrigens nicht, ein Navy Seal allerdings schon. Alles Weitere erfahren Sie, wenn es richtig losgeht. Doch nun wollen wir über Sie sprechen.«

Hassan Abu Bakr war 1972 im Flüchtlingslager Nabatieh im Libanon geboren worden. Damals gab es noch Hoffnung. Der Krieg zwischen Israel und Ägypten 1973 zeigte, dass die Israelis nicht unbesiegbar waren. Seine Kindheit war recht harmonisch verlaufen, denn als Kind dachte man über materielle Dinge anders. Ein Flüchtlingslager war nur eine große arme Stadt mit übervollen Schulklassen, in denen manche Schüler besonders fleißig – so wie Hassan – und manche weniger fleißig waren. Seine Schulzeit war eine glückliche Zeit. Morgens wurde als erstes Biladi gesungen, die palästinensische Nationalhymne. Wenn es im November zu regnen begann, legte sich ein dicker Geruch nach nasser Wolle und Lehm über das Lager, aber schon im Februar kam der Frühling, und wenn man ein Kind war, sah man eigentlich nur den Alltag, man wusste nicht, dass man unglücklich sein musste, man dachte nicht darüber nach, dass man ein Flüchtling war, die Schulklassen überfüllt waren, man oft nur Sardinen und ägyptischen Reis zu essen bekam und dass der Reis in einer großen Blechdose gekocht wurde, die einmal fünf Liter Olivenöl enthalten hatte.

1985, er war dreizehn, war das Land besetzt und wurde

ständig von israelischen Bombern angegriffen. Warum die Israelis Nabatieh angriffen, verstand er nicht, hatte aber später dann gedacht, dass es wahrscheinlich die Rache für irgendeine Racheaktion gewesen war, wie immer.

Von den zweitausend Lehmhäuschen in ihrem Teil des Lagers wurden nur drei von den Splitterbomben getroffen. Damals hatten die Israelis noch keine Hellfire-Raketen, sondern warfen ihre Bomben aus Flugzeugen ab. Mit der Treffsicherheit war es natürlich nicht weit her, aber vielleicht spielte das in der Logik der Rache ja auch eine untergeordnete Rolle. Ob mit Absicht oder aus Zufall, das Haus seiner Familie war jedenfalls getroffen worden. Viel war davon nicht übrig. Alle anderen Familienmitglieder waren zu Hause gewesen. Er selbst kam mit hängender Zunge angerannt, weil er viel zu lange bei einem Spielkameraden geblieben war und nun zum zweiten Mal in der Woche eine Tracht Prügel von seinem Vater bekommen würde. Die Mittagszeit war heilig. Neun Personen muss man auf einmal abfüttern. Wenn es Essen gab, gab es Essen.

Seine Mutter war noch am Leben und wurde mit dem ersten Rettungswagen abgeholt, weil sie hochschwanger war. Er erinnerte sich ganz deutlich, dass das Blut auf ihrem langen, schwarzen, mit Blumen bestickten Kleid kaum zu sehen war. Sie war so stolz auf das Muster gewesen, das aus ihrem Heimatdorf in Galiläa stammte.

Die israelischen Splitterbomben wurden damals aus einer besonders brüchigen Metalllegierung gebaut, die wie Messing aussah. Die äußere Hülle der Bombe zersplitterte in Tausende von Nadeln, die man nicht aus einem menschlichen Körper herausoperieren konnte, weil sie zerbrachen, sobald man sie mit einem chirurgischen Instrument zu greifen versuchte. Ein langsamer Tod. Damit wurde wahrscheinlich beabsichtigt, die medizinische Versorgung des Feindes möglichst lange zu binden. Seine Mutter brauchte zehn Stunden, um zu sterben. Auch ihr Kind konnte nicht gerettet werden. Man sagte ihm, es wäre eine kleine Schwester geworden. Die vier anderen Familienmitglieder, die beim Eintreffen des Rettungswagens noch am Leben gewesen waren, starben ebenfalls. Vater und Bruder einige Stunden vor der Mutter, die zwei Schwestern einige Stunden nach ihr.

Al-Fatah, zur damaligen Zeit die größte Befreiungsbewegung, kümmerte sich um ihn. Er wuchs in einem ihrer Kinderheime auf, wo man so manches lernte, was nicht zum Lehrplan im von der UNO organisierten Schulunterricht in den Lagern gehörte. *Klaschinkow*, wie jedes Kind die AK-47 Kalaschnikow nannte, war damals das allgemeingültige Symbol für Freiheit. Auf Bildern und Plakaten wurde sie meist von einem braun gebrannten, muskulösen Arm gen Himmel gestreckt.

Da er besser schwimmen und tauchen konnte als alle anderen, war der Weg zum Ramleh-Gefängnis vorgezeichnet.

Die Fatah wollte eine kleine U-Boot-Flotte aufbauen. Schließlich konnte man schlecht von der libanesisch-israelischen Grenze nach Israel tauchen. Vor allem, seitdem Israel den ganzen Südlibanon besetzt hatte. Man brauchte kleine Unterwasserfahrzeuge, Mini-U-Boote sozusagen.

Im Nachhinein hielt er die Idee immer noch für gut, fand aber, dass man sich nicht gut genug vorbereitet hatte. Man hatte das Ziel nicht ausreichend ausspioniert und die Sicherheitsvorkehrungen vernachlässigt. Das war genau die Mischung aus Nonchalance, Opferbereitschaft und Fatalismus, die in der Widerstandsbewegung vorherrschte. Weshalb hätte es in der Flotte anders sein sollen?

An dieser Stelle unterbrach ihn der Admiral zum ersten Mal und fragte mit hochgezogenen Augenbrauen, ob es tatsächlich eine Einheit gebe, die »palästinensische Flotte« genannt werde. Diese Zwischenfrage erschien Hassan Abu Bakr so formell und nebensächlich, dass er beinahe den roten Faden nicht wiedergefunden hätte.

Jedenfalls war im Nachhinein natürlich klar gewesen, dass die Sache nicht hatte gelingen können. Von Anfang an war die Frage eigentlich nur, wie viele von ihnen sterben und wie viele im Gefängnis landen würden.

Ziel ihrer Operation war Israels Militärhafen in Haifa. Der Auftrag bestand darin, mit den Tauchbooten so nahe wie möglich an den Hafen heranzukommen, in kleineren Gruppen weiterzuschwimmen, Magnetminen an den Kriegsschiffen zu befestigen, einen Zeitzünder einzuschalten, wieder zu den wartenden U-Booten zu schwimmen und innerhalb einer Stunde an die freie libanesische Küste zurückzukehren.

An dem Plan war nichts auszusetzen. Nur wurde ihr Anführer, ein schwedischer Kampftaucher, den ihnen die PFLP geschickt hatte, in letzter Sekunde leider verhindert. In diesem Augenblick hätte man hellhörig werden müssen. Aber sie waren alle bis unter die Augenbrauen vollgepumpt mit Adrenalin, hatten sich so lange vorbereitet und so viel trainiert, dass sie dringend einen Sieg brauchten.

Als sie in den Hafen hineinschwammen, wurden sie bereits erwartet, mit Handgranaten beworfen und gefangen genommen. Von diesem Schweden hörte man nichts mehr. Sollte Hassan Abu Bakr jemals wieder einem schwedischen Taucher begegnen, dann gnade ihm Gott.

In der ersten Zeit der Gefangenschaft wurden sie nicht einmal gefoltert. Ihre geplatzten Trommelfelle und die Kopfschmerzen machten ihnen genug zu schaffen. Das Geräusch einer Handgranate werde unter Wasser vervielfacht, man habe das Gefühl, der Kopf platze, und treibe bewusstlos an die Oberfläche wie ein toter Fisch. Warum man nicht untergehe, sei schwer zu beantworten, vermutlich drücke man in letzter Sekunde die Knöpfe an der Rettungsweste.

Acht Jahre saß er im Gefängnis von Ramleh, bevor er ausgetauscht beziehungsweise – im Zuge irgendeiner Friedensverhandlung oder weil die israelischen Gefängnisse mit Palästinensern überfüllt waren – freigelassen wurde. Dies war das einzige Gebiet in der Welt Israels, in der die Palästinenser eindeutig in der Überzahl waren. Er hatte mal etwas von fünfundzwanzigtausend Häftlingen gehört.

In der Folter wollte man Namen von Personen aus ihnen herauspressen, die der schwedische Agent nicht gekannt hatte. Alles, was mit Stützpunkten, Landungsbrücken und Übungsplätzen zu tun hatte, war uninteressant geworden, weil es ohnehin zerbombt worden war, nachdem man sie gefasst hatte.

Was und wie viel seine Kameraden aussagten, erfuhr er nie. Es dauerte Jahre, bevor sie sich im Gefängnis überhaupt wiedersahen. Die meiste Zeit verbrachten sie in Isolationshaft, im sogenannten Loch. Das war ein schwarzer kalter Betonkäfig von einem Kubikmeter, in dem man einen Monat am Stück nackt und ohne Toilette zubrachte. Dann kamen sie in ihren gelben Gummioveralls mit Plexiglas vor den Gesichtern, schleiften den Gefangenen heraus und spritzten ihn mit eiskaltem Wasser aus einem Hochdruckstrahler ab.

Als er endlich freigelassen und ausgewiesen wurde, weigerte sich der Libanon, ihn wieder aufzunehmen. Zum Glück war Mouna al-Husseini dagewesen. Er war nach Tunesien gekommen und hatte wieder begonnen, mit U-Booten und Kampftauchern zu trainieren. Das war seine ganze Geschichte. Seine palästinensischen Kameraden kämen alle vom selben Ort, seien also genau wie er »Tunesier«.

Der Admiral hatte seiner Erzählung mit konzentrierter Aufmerksamkeit gelauscht, aber keinerlei Gefühlsregung gezeigt. Die Rotweinflasche hatte er fast allein ausgetrunken, denn Hassan Abu Bakr begnügte sich mit einem Glas.

»Zu Ihrer Geschichte gäbe es viel zu sagen, Leutnant«, sagte Carl, nachdem Hassan Abu Bakr geendet hatte. »Lassen Sie mich vorerst nur meine Bewunderung zum Ausdruck bringen. Für einen Taucher, der sein Training acht Jahre unterbrochen hat, haben Sie heute Wahnsinniges geleistet. Sagen Sie, in Ramleh durften Sie außer dem Koran nichts lesen?«

»Das stimmt, Admiral. Die normalen Kriminellen konnten lesen, was sie wollten, und fernsehen, aber bei den politischen Häftlingen war es anders.«

»Kommt mir bekannt vor. Sind Sie gläubig geworden?«

»Ja und nein, Admiral. Ich glaube an Gott, aber ich trinke Wein und esse im Notfall Schweinefleisch.«

»Kennen Sie Imam Abu Ghassan?«

»Natürlich, Admiral. Er saß auch in Ramleh, allerdings zwei Jahre länger als ich. Der Koran hat ihn offensichtlich stärker beeindruckt als mich, denn nach seiner Freilassung hat er einige Jahre die Al-Azhar-Universität besucht. Aber er ist ein guter Mann, jedenfalls für die Gläubigen, von denen wir ja einige an Bord haben.«

»Alles klar, Leutnant. Nun sind Sie dran. Was möchten Sie wissen?«

»Darf ich ganz ehrlich sein, Admiral?«

»Alles andere würde mich enttäuschen.«

»Eine Sache frage ich mich tatsächlich. Wozu dient das Rettungs-U-Boot, über das ich den Befehl habe?«

»Es soll natürlich Leben retten.«

»Verzeihen Sie, Admiral, aber ... ich habe leichte Schwierigkeiten mit diesem westlichen militärischen Stil und Drill. Ich verstehe, dass an Bord eines U-Boots dieser Klasse eine verdammte, entschuldigen Sie meine Ausdrucksweise, Ordnung herrschen muss. Wir haben es ja nicht mit einem kleinen Boot für Kampftaucher zu tun, aber ...«

»Aber?«

»Darf ich *ganz* ehrlich sein, Admiral?«

»Ja, Sie dürfen mir nur nicht auf die Schnauze hauen, Leutnant, sonst landen Sie im Bau. Schießen Sie los!«

»Okay, Admiral. Wenn wir auf Grund liegen, kommen die Rettungsboote nicht hinaus. Und für Taucherglocken, mit denen wir an die Oberfläche steigen könnten, ist auch kein Platz mehr. Was soll das Ganze also? Wen soll ich retten?«

»Sollten wir auf Grund liegen, Leutnant, tun wir das nicht etwa, weil wir Schiffbruch erlitten hätten, sondern weil uns Israelis oder Amerikaner bombardiert haben oder weil man uns in Schutt und Asche torpediert hat. In dem Fall brauchen wir keine Rettung mehr.«

»Trotzdem haben wir ein Rettungsboot, Admiral. Außerdem haben wir lange trainiert, ich für meinen Teil zweieinhalb Jahre. Ich verstehe das nicht.«

»Es ist so, Leutnant. Sie und das Rettungsboot können wahrscheinlich nicht nur unser Leben, sondern die ganze K 601 retten. Vorläufig müssen Sie mir einfach glauben. Wenn unser eigentlicher Auftrag beginnt, werden Sie das Ganze besser verstehen. Sie haben sicherlich begriffen, dass Sie zu denjenigen gehören, die mit höchster Wahrscheinlichkeit bis zum Schluss dabei sein werden. Dennoch kann ich Ihnen momentan nicht mehr verraten, weil ich die Russen und Palästinenser an Bord gleich behandeln möchte. Außerdem möchte ich kein Sicherheitsrisiko eingehen. Wozu mangelnde Geheimhaltung führt, haben Sie ja am eigenen Leib erfahren. Stellen Sie sich vor, wir hätten auch diesmal einen schwedischen Kampftaucher an Bord.«

»Das kann ich verstehen. Ich bitte um Verzeihung.«

»Tun Sie das nicht! Ich möchte lieber eine ehrliche Antwort von Ihnen. Was glauben Sie und die anderen Taucher? Worin besteht unser Auftrag?«

»Aber der ist doch aus den genannten Gründen extrem geheim.«

»In der Tat. Es dürfte sich im Moment sogar um das interessanteste Militärgeheimnis der Welt handeln. Mir ist es jedoch durchaus bekannt. Also, was glauben Sie?«

»Ich weiß nicht, ob ich die Frage beantworten möchte, Admiral.«

»Tun Sie es trotzdem. Das ist ein Befehl.«

»Puh, Admiral. Sie machen es mir nicht leicht.«

»Stimmt. Und?«

Hassan Abu Bakr hatte sich über die Tragweite des Auftrags nie Illusionen gemacht. Für ihn lag die Sache auf der Hand. Gegen die israelische Luftwaffe, Israels Kampfhubschrauber und die Armee war man machtlos. Natürlich konnte man den Feind piesacken, zumindest theoretisch. Mit Landminen konnte man den einen oder anderen Merkava, einen israelischen Kampfpanzer, in die Luft sprengen. Seine Kameraden in Gaza hatten das mehrfach bewiesen. Mit kleinen Luftabwehrraketen konnte man hin und wieder einen Kampfhubschrauber abschießen. Aber unterm Strich war die Lage am Boden und in der Luft eindeutig. Eine Panzerkolonne, die nach Ramallah oder Hebron rollte, war unüberwindbar. Das war David gegen zehn Goliaths.

Aber im Hafen von Haifa, den er selbst einmal anzugreifen versucht hatte, sah die Sache anders aus. Und die K 601 war tausendmal stärker als ein paar Kampftaucher mit kleinen U-Booten aus Karbonfasern und Kunststoff. Die K 601 war vermutlich stärker als die gesamte israelische Flotte.

»Entschuldigen Sie, dass ich das sage, Admiral, aber ich glaube, ich befinde mich wieder auf dem Weg nach Haifa.«

»Gut kombiniert, Leutnant. Aber Sie vergessen eines: Unsere Marschflugkörper sind auch in der Lage, die israelischen Luftwaffenstützpunkte zu treffen. Nun, in Kürze werden wir offener über diese Dinge reden. Vielen Dank für das anregende Gespräch. Abtreten!«

In seiner Kajüte machte sich Carl einige Notizen über Hassan Abu Bakr. Über seine Kompetenz brauchte man sich keine Gedanken zu machen. Die hatte er bei einer Übung unter Beweis gestellt, die Anatolij als viel zu schwierig eingestuft hatte. Die palästinensischen Taucher hätten sich nur durch ungeheuer schlechtes Benehmen disqualifizieren können.

Carl machte sich über etwas ganz anderes Gedanken. Die gesamte Familie von Hassan Abu Bakr war, so wie seine, dem Feind zum Opfer gefallen. Seine eigene war zwar nicht so groß wie eine palästinensische Familie in einem Flüchtlingslager gewesen, aber die Sizilianer hatten seine erste Frau Eva-Britt, seine zweite Frau Tessie, deren Kinder und sogar seine alte Mutter umgebracht. Er war genauso einsam zurückgeblieben wie Hassan Abu Bakr. Doch im Gegensatz zu ihm hatte Carl nicht das Bedürfnis, sich zu rächen.

Er hatte auch nicht acht Jahre in einem sizilianischen Gefängnis verbracht, war nicht getreten, erniedrigt, misshandelt und einmal im Monat mit dem Hochdruckreiniger vom eigenen Kot befreit worden. Und sein Heimatland war nicht von einer Armee besetzt, die so etwas machte. Das war ein entscheidender Unterschied.

Andererseits hatte er gar kein Heimatland mehr. Die Verbindung zum schützenden Hafen in La Jolla war gekappt. Kalifornien würde er nie wieder betreten. Nun war die K 601 seine Heimat.

Es entbehrte nicht einer gewissen Ironie, dass auf diesem vielleicht männlichsten Arbeitsplatz der Welt vier Frauen am härtesten arbeiteten. Die vier Sprachlehrerinnen Nadja Rodinskaja, Olga Schadrina, Irina Issajewa und Lena Kutsnetsowa hatten ihre Freizeit aus eigenem Antrieb auf vier Stunden reduziert und arbeiteten pro Tag zweimal sechs Stunden. Rund um die Uhr paukte eine von ihnen russische Vokabeln mit den Palästinensern oder englische Vokabeln mit den Russen.

Das größte Gewicht wurde auf die technische Terminologie und die Befehle gelegt. Mit der allgemeinen Konversation wollte man warten, bis die Schüler die tausend Wörter der zweisprachigen Liste auswendig kannten, die Carl angefertigt hatte. Für alle außer ihm und Mouna, die ja bereits beide Sprachen beherrschte, galt absolute Anwesenheitspflicht.

Auch für Kommandant Anatolij Petrow und seine beiden Stellvertreter. Sie hatten sich zunächst gesträubt. Anatolij behauptete, er wäre zu alt, um die Schulbank zu drücken, was vermutlich nur eine faule Ausrede war. Im Grunde verließ er sich darauf, dass er seine Befehle, die Carl wie ein Papagei ins Englische übersetzte, ohnehin auf Russisch zu geben hatte.

Mouna und Carl umgarnten ihn bei einem gemeinsamen Mittagessen: Sie übten momentan im Nordatlantik, wo alles ruhig und nach Plan verliefe. Wenn sie hin und wieder auf ein amerikanisches U-Boot stießen, spielten sie mit ihm. Manchmal sei es ein gefährliches Spiel und im Prinzip nichts anderes als das, was über Jahrzehnte beide Seiten viele Menschenleben gekostet habe – aber es sei ein Spiel.

Sollte ihnen jedoch, *inschallah*, der geplante Angriff gelingen, sei alles weitere nicht vorhersehbar. Wahrscheinlich wäre ihnen als Erstes die amerikanische Mittelmeerflotte auf den Fersen. Man konnte sich auch vorstellen, dass Tony Blair mit zitternden Lippen eine seiner Reden über seine innerste Überzeugung, Wahrheit und Recht halten und ihnen die britische Flotte hinterherschicken würde. Nach dem ersten

Angriff stünden ihnen einige schwierige Fahrten bevor. Sie müssten sich nicht nur zur zweiten Angriffsposition begeben, sondern vor allem zum dritten Schlag ausholen. Nicht wahr?

»Ja doch«, brummte Anatolij. Das Manöver sei nicht ohne.

Ganz genau. Wenn die amerikanischen Mark 48 oder die britischen Spearfish-Torpedos ihnen erst auf die Pelle rückten, dürfe sich an Bord der K 601 keiner den kleinsten Fehler erlauben. Niemand. Alle Nerven wären bis zum Zerreißen gespannt. Möglicherweise würde jemand die Beherrschung verlieren und hysterisch werden. Ob er verstanden habe, worauf sie hinauswollten? Falls sie alle zusammen am Arsch wären, sollte das wenigstens nicht an Übersetzungsfehlern und mangelndem Fleiß liegen. Klar?

»Zugegeben, das wäre Mist«, murmelte Anatolij.

Außerdem habe es einen nicht zu unterschätzenden pädagogischen Effekt, wenn die jungen Besatzungsmitglieder den drei höchsten Offizieren beim Büffeln von Vokabeln zugucken könnten. Nicht wahr?

Nach diesem Gespräch saßen also nicht nur Fregattenkapitän Larionow und Korvettenkapitän Charlamow jeden zweiten Tag für alle anderen gut sichtbar in der Studienecke, sondern auch Kapitän zur See Petrow. Jeder von ihnen hatte einen eigenen MP3-Player, damit er zu Carls Lektionen in Kriegsenglisch einschlafen konnte.

Mouna betrachtete die vier russischen Sprachlehrerinnen dennoch mit gemischten Gefühlen. Es war zwar erfreulich, dass vier Frauen, die mit der schönen Kunst des Tötens nicht das Geringste am Hut hatten, sich mit etwas so Zivilem und Humanem wie Sprachunterricht an der Kriegsanstrengung beteiligten. Doch bereitete die harte Arbeit der Frauen ihr ein schlechtes Gewissen, mit dem sie nicht richtig fertig wurde. Keine von ihnen wusste, worauf das Projekt Pobjeda hinauslief, und vermutlich war es ihnen auch herzlich egal. Für sie war es zum einen ein exotisches Abenteuer – als Murmanskerinnen hatten sie die Marineromantik mit der Muttermilch aufgesogen – und zum anderen verteufelt viel Geld. Für diese Übungsexpedition bekamen sie fünftausend Dollar.

Zwei von ihnen musste sie jedoch für ein Jahr einstellen, für den eigentlichen kriegerischen Auftrag. Das bedeutete sechzigtausend Dollar für jede. Nicht einmal Olga Schadrina und Nadja Rodinskaja, die Mann und Kinder hatten, würden dieses Angebot ablehnen, so sehr Mouna sie auch insgeheim vor der Gefährlichkeit der richtigen Expedition zu warnen versuchte.

Die Leitungsgruppe hatte beschlossen, dass zwei von ihnen an Land bleiben mussten. Jede Verkleinerung der Besatzung, die weder die Funktionstüchtigkeit noch die Sicherheit an Bord gefährdete, war notwendig. Mit jedem Besatzungsmitglied, das von Bord ging, verbrauchte die K 601 weniger Sauerstoff und Lebensmittel. Das U-Boot sollte mindestens drei Wochen abtauchen können, ohne neue Vorräte zu laden oder Sauerstoff zu tanken.

Es war also besser, die beiden unverheirateten und kinderlosen Frauen zu nehmen, Irina Issajewa und Lena Kutsnetsowa. Letztendlich fiel die Wahl nicht schwer.

Mitten in diesem moralischen Dilemma fiel ihr plötzlich wieder ein, dass eine Million Dollar in Hundertdollarnoten neunzehn Kilo wogen. Ein großer, voll gepackter Rucksack. Diesmal würden sie einen VW-Bus brauchen, um vor der Abreise die Vorschüsse vom Flughafen in Murmansk nach Seweromorsk zu verfrachten. Alle sollten genügend Zeit haben, das Geld nach Hause zu ihren Familien zu bringen, kein Soldat oder Unteroffizier durfte mehr als zweihundert Dollar mit an Bord nehmen, da das Risiko einer buchstäblichen

Kapitalvernichtung an Bord der K 601 zu groß war. Dieses Taschengeld würde eingeschlossen und nur im Falle eines Landgangs ausgegeben werden. Jegliche Form von Glücksspiel sowie sexuelle Beziehungen waren verboten.

Sollte man wirklich Irina und Lena, die jüngeren und unverheirateten Lehrerinnen, mitnehmen? Auf einer Reise, die ein halbes oder sogar ein ganzes Jahr dauerte, könnten zwei attraktive Russinnen zwischen dreißig russischen Seebären für Probleme sorgen. Und wie löste man diese dann – auf vierhundert Meter Tiefe im Atlantik?

Um Leila und Khadija machte sie sich weniger Sorgen, die beiden erfahrenen Wirtinnen aus Beirut konnten mit Männern, insbesondere mit betrunkenen, umgehen. Wobei man diesem Problem ohnehin einen Riegel vorgeschoben hatte. Außerdem würden die beiden sich so stark auf die Operation selbst konzentrieren, dass selbst ein noch so kecker Matrose sie wohl kaum aus der Ruhe würde bringen können.

Eine der russischen Köchinnen konnte man entbehren. Stattdessen konnte man männliche Besatzungsmitglieder zum Küchendienst beordern. Einige palästinensische Kampftaucher machten eindeutig einen unterbeschäftigten Eindruck.

War es ihr, Mounas, Job, die Küchenhilfen zu rekrutieren, oder Carls? Was flößte diesen hartgesottenen Kampftauchern mehr Respekt ein: drei Admiralssterne oder ihre allseits bekannte Vergangenheit? Erleichterte es die Sache, dass sie sich flüsternd und diskret auf Arabisch mit ihnen unterhalten konnte? Schwer zu sagen.

Sie und Carl hatten sich schließlich geeinigt, dass sie die Gespräche mit den vier russischen Lehrerinnen führen sollte. Mouna hatte jedoch betont, dass es nicht automatisch in ihren Aufgabenbereich gehöre, nur weil sie selbst eine Frau sei. In ihrer gesamten Laufbahn beim Dschihas al-Rasd hatte sie fast ausschließlich mit Männern zu tun gehabt, ob sie nun in der Befehlskette über oder unter ihr standen. Mouna meinte, sie könne mit Männern, besonders mit arabischen, besser umgehen als mit Frauen. Außerdem würde den vier Russinnen ein Essen mit dem Admiral höchstpersönlich wahrscheinlich sehr schmeicheln. Doch dieses Argument wendete Carl gegen sie. Eine Frau sei immer eine Frau, egal ob sie einen großen Stern an der Schulterklappe habe oder nicht. Ein weiblicher Ansprechpartner sei einfach geeigneter, besonders wenn es um sexuelle Belästigung gehe.

Hier musste Mouna ihm Recht geben. Nun saß sie in der Offiziersmesse und wartete auf Irina Issajewa, ihre letzte Gesprächspartnerin.

Als Erstes fiel Mouna auf, dass Irina sich nicht mehr schminkte. Zu Beginn waren die vier mit grünem oder lila Lidschatten zum Unterricht erschienen, als wären sie auf dem Weg in eine Bar. Aufgrund der Enge des U-Boots – und des Mangels an Spiegeln und guter Beleuchtung – hatte sich ihr Ehrgeiz, perfekt auszusehen, nach einigen Wochen erheblich verringert. Sie war schlank und hatte ihre blonden Haare zu einem Pferdeschwanz zusammengebunden, was ausgezeichnet zu der Marineuniform passte – Carl hatte die Lehrerinnen zu Bootsmännern gemacht. Die Begründung war Mouna entfallen, es hatte irgendetwas damit zu tun, dass sie höher als die Mannschaft und niedriger als die schwierigen Offiziere stehen sollten.

Zu Beginn unterhielten sie sich über rein didaktische Probleme. Unter anderem sei das Vokabular selbst für die russischen Muttersprachler nicht einfach. Dann stellten sie erleichtert fest, dass sie den gleichen Tagesrhythmus hatten und es insofern nun für beide Zeit zum Abendessen war. Sie bestellten Lammkoteletts à la Provençale mit gereinigtem Meerwasser, das die palästinensischen Köchinnen *Château d'Atlantique* nannten. Dann brachte Mouna die schlimmste Frage zur Sprache.

»In Ihren Papieren steht, dass Sie einunddreißig Jahre alt und unverheiratet sind, Irina. Ich dachte immer, in Russland würde man jung heiraten. Warum Sie nicht? Sie sind begabt und schön.«

Irina machte ein Gesicht, als hätte sie eine Ohrfeige bekommen.

»Ich war verlobt«, sagte sie leise. »Mein Verlobter war Oberleutnant auf der Kursk.«

Nun guckte Mouna, als hätte sie eine Ohrfeige bekommen.

»Ich bitte um Verzeihung …, entschuldigen Sie bitte, Irina. So wollte ich unser Gespräch eigentlich nicht beginnen.«

»Keine Sorge, Brigadegeneral! Ich gewöhne mich allmählich daran, auch wenn es nicht leicht ist.«

»Natürlich. Aber nun lassen wir die Titel weg, ich bin Mouna und Sie sind Irina. Wie traurig … Sie wollten heiraten?«

»Ja, aber die Besatzung wurde in letzter Minute ausgewechselt. Kommandant Petrow wollte mit seiner Frau dreißigsten Hochzeitstag feiern. Mein Jewgenij musste kurzfristig einrücken, und unsere Hochzeit wurde verschoben. Angeblich nichts Besonderes, nur eine kleine Torpedo-Übung. Aber die Kursk ist nie zurückgekehrt.«

Das Essen schmeckte nicht so gut wie sonst und war kalt geworden. Mouna spürte, dass dieses Gespräch sich lange nicht erholen würde. Sie hatte sich benommen wie ein Elefant im Porzellanladen. Einige Fragen musste sie trotzdem stellen, denn plötzlich war ein unerwartetes Sicherheitsproblem aufgetreten.

Sie setzte wieder ihre Maske auf und fragte feinfühlig, ob Irina Kommandant Petrow gegenüber irgendeinen Groll hege, schließlich sei der für die kurzfristige Auswechslung der Kursk-Besatzung verantwortlich gewesen. Die geringste Andeutung, und sie wäre für den Rest der Fahrt ihrer Freiheit beraubt worden.

Es zeigte sich jedoch, dass Irina an Gott glaubte. Das Unglück der Kursk sei für alle Angehörigen der Besatzung an Bord ein entsetzlich trauriges Ereignis, aber auf der anderen Seite sei ihnen das schlechte Gewissen derjenigen erspart geblieben, die dem Unglück aufgrund eines scheinbar nebensächlichen Hochzeitstags nicht zum Opfer gefallen seien. Niemand außer Gott habe es vorher wissen können. Und dessen Wege seien immer unergründlich.

Immer dieser verfluchte Gott, dachte Mouna. Die Juden sind verrückt, die Christen sind verrückt, ganz zu schweigen von einigen meiner eigenen Leute, die zu allem Überfluss auch noch die Wahl gewonnen haben. Gott wollte also, dass die Kursk unterging, während sich Irinas Verlobter, Oberleutnant Jewgenij, an Bord befand, und sie senkt in demütigem Gebet den Kopf? Wahnsinn. Und dieser Wahnsinn zerriss Palästina täglich mehr, während die Mauer immer höher wurde. Wenn es wenigstens um Öl ginge!

Das restliche Gespräch verlief zaghaft melancholisch, aber Mouna konnte sich nun immerhin ausmalen, wie Irina auf der K 601 gelandet war. Owjetschin hatte sie rekrutiert und mit Petrow gesprochen, der Irinas Hintergrund kannte. So musste es gewesen sein. Anatolij hatte Gott gespielt. Dachte er etwa, sie könne ihrem verstorbenen Verlobten auf dem Meeresgrund Gesellschaft leisten? Durchaus möglich, die Leute waren verrückt.

Doch auch diesen Gedanken konnte man aus einem anderen Blickwinkel betrachten. Vielleicht war die Idee ganz und gar nicht verrückt. Sollte Irina mit der gesamten Besatzung der K 601 sterben, ein Risiko, über das sich jeder im Klaren sein musste, würde sie wenigstens keinen wahnsinnig trauernden Verlobten hinterlassen. Und wenn sie wider Erwarten überlebte, würde ein Jahresgehalt von sechzigtausend Dollar die Russin vielleicht ein wenig trösten. Abgesehen von dem, was ein zweifelhafter Gott möglicherweise für sie tun würde, konnte man ihr keine besseren Chancen für einen neuen Start bieten. Oder einen sinnvollen und schnellen Tod. Die Entscheidung war gefallen. Irina Issajewa würde als eine von zwei Sprachlehrerinnen mitkommen auf die Reise zum großen Ernstfall.

Das »Gotteshaus« der K 601 war äußerst bescheiden. Im Grunde bestand es aus einem Lagerraum von zwei mal drei Metern, war einer normalen Gefängniszelle also nicht ganz unähnlich, hatte aber genau wie alle anderen Räume an Bord hellblaue Wände. Da sich der griechisch-orthodoxe Priester Josef Andjaparidze und der Imam Abu Ghassan die Kapelle teilten, hatte sie zwei Oberbefehlshaber. Je nachdem, welcher Gott Schicht hatte, wurde das Kreuz auf- oder abgehängt und durch zwei schwarze Tafeln mit Goldkalligrafien aus dem Koran ersetzt. Wenn zwischen den Manövern der beiden Gottesmänner Lücken entstanden, konnte der Raum auch für sportliche Ertüchtigungen genutzt werden. In der Ecke standen ein Heimtrainer und eine Gewichthebebank.

Äußerlich hatten die beiden Seelsorger keine Ähnlichkeiten. Pater Josef war ein temperamentvoller Mann mit einem schwarzen Bart, der auf- und abwippte, wenn er sich über Unannehmlichkeiten beschwerte – auf dem Atomkreuzer »Peter der Große« sei alles besser gewesen! – oder lautstark mit einem Sünder schimpfte. Abu Ghassan dagegen war ein zurückhaltender Mann, der nie die Stimmer erhob und eine feine Ironie Pater Josefs derben und zuweilen schlüpfrigen Witzen vorzog.

Aber sie kamen gut miteinander aus. Pater Josef war überzeugt, dass sie allen ökumenischen Bestrebungen in Russland um Längen voraus waren.

Sie trugen eine ähnliche Uniform wie alle anderen an Bord, Pater Josef hatte jedoch statt der Mütze einen kleine schwarze Kopfbedeckung auf, die an einen Pillbox-Hut erinnerte, und Abu Ghassan einen Turban. An ihren Schulterklappen prangte statt der Dienstabzeichen ein griechisch-orthodoxes Kreuz beziehungsweise ein Halbmond in Silber.

Die meisten praktischen Probleme lösten sie auf gemütliche Art. Sie einigten sich, die Uhr nicht nach der Moskauer Zeit zu stellen, sondern sich an Mekka zu orientieren. Auf diese Weise konnte man eine Stunde nach dem muslimischen Morgengebet eine christliche Frühmesse und nach dem muslimischen Abendgebet eine Vesper abhalten. Nach einigen komischen Zusammenstößen beim Rein- und Rausgehen lief der sakrale Zeitplan reibungslos ab.

Hin und wieder saßen sie nach dem muslimischen Mittagsgebet zusammen und sprachen über ihre Erfahrungen auf dem U-Boot. Keiner von beiden war überrascht, dass der Tod auch in der seelsorgerischen Arbeit des Kollegen das häufigste Problem darstellte. Das hatte nach Meinung von Pater Josef hauptsächlich mit dem niedrigen Durchschnittsalter der Besatzung zu tun. Die meisten seien junge Kerle, und witzigerweise machten sich die Menschen viel mehr Gedanken über den Tod, solange er noch weit entfernt sei. Abu Ghassan glaubte eher, es liege daran, dass man sich auf einem Kriegsschiff befinde. Was auch immer die Ursache sein mochte, die meisten theologischen Grübeleien an Bord kreisten um das Leben nach dem Tod.

Aus christlichem Blickwinkel hatte man auf dem Weg ins Himmelreich Vorfahrt, wenn man jung und mit einem aus Zeitmangel kleinen Sündenregister starb. Aus muslimischem Blickwinkel hatte man Vorfahrt ins Paradies, wenn man für die heilige Sache starb, was Pater Josef nicht nur altmodisch, sondern aberwitzig anmutete.

Da die Diskussion nirgendwohin führte, tauschten sie sich lieber darüber aus, wie man ihrer jeweiligen Erfahrung nach ein tröstendes Wort gegen die Todesangst formulieren konnte.

Die umfassenden und komplizierten Regeln rings um den Dschihad waren Abu Ghassan immer entgegengekommen. Auf der K 601 konnte nicht mitten in einer Übung oder einem simulierten Angriff der Gebetsruf ertönen. Schon zu Lebzeiten des Propheten, Friede sei mit ihm, hatten sich die Gläubigen in diesem Dilemma befunden. Im Krieg gab es unzählige Ausnahmen von den strengen Gebetsvorschriften. Wer gerade an einem Sonarschirm ein amerikanisches Atom-U-Boot verfolgte, brauchte sich laut Koran nicht auf die Knie zu werfen.

Als Trostspender kam sich Abu Ghassan jedoch zunehmend überflüssig vor. Die Christen an Bord hatten tatsächlich mehr Angst vor dem Tod, aber wen wunderte das? Im Unterschied zu den Palästinensern machten sie ihren Job vor allem wegen des Geldes und ein bisschen aus Abenteuerlust. Außerdem hatten sie nur eine vage Vorstellung von dem, was ihnen bevorstand. Und an dem hohen Lohn konnten sie nur im Erdenleben ihre Freude haben.

Für die Palästinenser stellte sich die Situation vollkommen anders dar. Die meisten schienen im Stillen davon überzeugt, dass der Tod ein Preis war, den es sich zu zahlen lohnte. In dieser Hinsicht waren sie alle Selbstmordattentäter. Allerdings hatten sie keinen Sprengstoff um die Taille, sondern saßen zusammen eingesperrt in der größten Sprengladung aller Zeiten. Im Übrigen hatten sie im Gegensatz zu Mohammed Atta und den anderen durchgeknallten Saudis, die mit ihren gekaperten Flugzeugen in die Twin Towers gerast waren, zumindest eine geringe Überlebenschance.

Die meisten jungen Palästinenser, die Selbstmordattentate verübten, hatten eher persönliche als religiöse Gründe. Es waren Menschen wie Hassan Abu Bakr. Wären Selbstmord-attentate bereits in Mode gewesen, als er jung war und seine gesamte Familie von den israelischen Splitterbomben in Stü-cke gerissen wurde, hätte er mit Sicherheit auch eins verübt.

Wie viel besser war es auf der K 601. Sie war geradezu ein Segen. Abu Ghassan und dem Taucher Hassan Abu Bakr man-gelte es nicht an Gesprächsstoff. Beide hatten in Guerilla-verbänden Israel attackiert, der eine auf dem Land und der andere vom Wasser aus. Beide hatten sich damit ein gutes Jahrzehnt im Ramleh-Gefängnis eingehandelt, näher konnte man der Hölle auf Erden nicht kommen. Das hatte sie beide nicht zermürbt. Haft war ein Preis, den man zahlen musste. Ein hoher Preis, den man aber bewusst in Kauf nahm, wenn man als Fedajin sein Leben aufs Spiel setzte.

Auf der K 601 war alles anders. Die K 601 repräsentierte das, was sie nicht gehabt hatten: die Technik des Feindes und die Strategie des Feindes, langsam und nach Plan einen über-mächtigen Angriff vorzubereiten. Persönliche Tapferkeit oder Gott spielten dabei keine Rolle. Nur die Amerikaner und die Israelis bedienten sich beider Strategien: überwältigen-der Kraft in Kombination mit Gottes Willen, so wie die Kreuz-ritter bei ihren Angriffen einst *Deus vult* gebrüllt hatten.

Angesichts der großen und unbezwingbaren Wirklichkeit, im Innern des gewaltigen Titanrumpfes, hatte Gott an Be-deutung verloren. Am stärksten war das den drei Gentlemen anzumerken, den Oberleutnants Peter Feisal, Marwan und Ibrahim. Deren Metamorphose war geradezu verblüffend. Elegante, lässig heitere, typisch englische Gentlemen in ge-nau der Rolle, vor der sie panisch geflüchtet waren. Sie genos-sen offensichtlich ihre Uniformen, aber ebenso genossen sie die Anerkennung für die technischen Verbesserungen, die sie zustande gebracht hatten. Nicht Gott hatten sie gesucht, sondern die K 601.

Abu Ghassan hatte mit Mouna darüber gesprochen. Es war zwar eher ein akademischer Gedanke, aber man musste sich schon fragen, ob es notwendig gewesen war, den Umweg über Gott zu nehmen, um die drei ins Boot zu holen. Mouna war genau dieser Auffassung und untermauerte sie mit überzeugenden Argumenten. Seitdem George W. Bush im September 2001 zum heiligen Krieg aufgerufen hatte, ging eine Welle der Rachsucht durch die palästinensische Diaspora. Man wollte sich seine menschliche Würde zurückerobern. Da sich niemand in seinen kühnsten Träumen die K 601 vorstellen konnte, suchte man stattdessen verzweifelt nach Gott. Peter Feisal hätte in seiner neuen Rolle als Gläubiger sogar etwas lächerlich gewirkt. Als Oberleutnant in der palästinensischen Flotte war er besser aufgehoben. Im Übrigen hätte er auch perfekt in die Royal Navy gepasst, zumindest was sein Benehmen, seine Ausdrucksweise und sein Auftreten betraf. Laut Abu Ghassan wurde diese Überlegung der Wahrheit jedoch nicht gerecht. Der Royal Navy wäre es nie gelungen, diese drei Oberleutnants anzuwerben, mit oder ohne Imam.

Mit der Zeit hatte Abu Ghassan seine seelsorgerische Funktion an Bord immer mehr infrage gestellt. Er wusste, was auf der ersten Übungsfahrt der K 601 Schreckliches passiert war. Man konnte leicht nachvollziehen, dass intelligente Menschen wie Peter Feisal und Mouna aus diesen entsetzlichen Ereignissen den Schluss gezogen hatten, demonstrative religiöse Gleichberechtigung an Bord wäre eine Notwendigkeit. Und plötzlich war Abu Ghassan auf geheimnisvolle Weise aus Großbritannien ausgewiesen und zurück nach Kairo geschickt worden, wo er angeblich ein neues Visum beantragen müsse. Wahrscheinlich hatte Mouna hinter diesem Beschluss gesteckt und den MI5 wohl in vielerlei Hinsicht um den kleinen Finger gewickelt. In Kairo war sie zufällig genau zum richtigen Zeitpunkt aufgetaucht und hatte ihm einen neuen Auftrag innerhalb des Nachrichtendienstes erteilt, den er nicht hatte ablehnen können. Sie war bewundernswert geschickt im Manipulieren von Menschen.

Er bezweifelte jedoch, dass seine Anwesenheit wirklich noch nötig war, wenn der Krieg erst einmal begann. Kein Palästinenser an Bord würde dann noch Trost brauchen; diejenigen, die das U-Boot vor der letzten Fahrt verlassen mussten, weil sie in der einen oder anderen Hinsicht kein Maß gehalten hatten, hingegen schon. Er hatte sich an Bord bereits nützlich gemacht, indem er in einem bestimmten Abschnitt putzte und in der Wäscherei mithalf. Diese Art von Aufgaben konnte ein Imam besser ausführen als ein Kampftaucher, ohne die Selbstachtung und den Respekt der anderen zu verlieren. Außerdem wollte er Mouna vorschlagen, ihm eine andere Funktion als die eines falschen Imams, oder wie man seinen Job nun beschreiben sollte, zu übertragen. Sie benötigte beispielsweise einen Leibwächter und einen Assistenten, wenn sie sich mit dem Versorgungsboot auf den Weg machte. Darüber musste er dringend mit ihr reden.

Die Ereignisse des Tages machten sein neues Problem deutlich. Mitten im Mittagsgebet, als er rezitierend vor den vier Betenden stand, die nach Mekka gewandt dalagen, was nie ein Problem war, da man auf den Bildschirmen überall die genaue Position der K 601 erkennen konnte, kam das Alarmsignal: klar Schiff!

Blitzschnell erhoben sich die vier Gläubigen und rasten ohne ein Wort davon. Er blieb allein in der Kapelle zurück, die ja seltsamerweise seine Gefechtsstation war. Dieses Erlebnis passte zu seinen Überlegungen: Die K 601 war größer als Gott.

Nun saß er dort ohne Bildschirm und spürte, wie sich das

249

U-Boot heftig neigte, während die Motoren verstummten. Offenbar tauchten sie steil ab, ein Koran rutschte über den Boden und landete direkt vor seinen Füßen.

Beten konnte er ohne Publikum nicht. Er musste im Halbdunkel warten, bis die Gefahr vorüber war und er hinausgehen und sich erkundigen konnte, was passiert war. Er wusste nur, dass sie die Shetlandinseln passiert hatten und nun vor Irlands Westküste lagen. Dass sie direkt, und zwar mit Absicht, in ein britisches Kriegsmanöver hineingesegelt waren, ahnte er nicht.

Vier Stunden später, als sie wieder zur normalen Bereitschaft übergegangen waren, traf er beim Abendessen Ibrahim, der den ganzen Ablauf von der Kommandozentrale aus verfolgt hatte. Sie waren einem britischen Jagd-U-Boot, das um einiges größer war als sie, der HMS Trenchant aus der Trafalgar-Klasse, gefährlich nahe gekommen. Die Übung bestand darin, so lange wie möglich auf direktem Kollisionskurs zu bleiben, um zu sehen, wann die Briten sie entdeckten. Sie waren aber so nahe gekommen, dass auf beiden U-Booten die Kollisionsindikatoren Alarm geschlagen hatten, bevor sie ausgewichen waren. Den Briten an Bord der HMS Trenchant mussten die Haare zu Berge gestanden haben, weil ihre Übungsleiter sie einer so überraschenden und nicht ganz ungefährlichen Prüfung unterzogen hatten.

Nun spielten sie Katz und Maus. Die Briten kapierten schnell, dass ihnen ein fremdes U-Boot in die Quere gekommen war, und Kommandant Petrow machte keine Anstalten, diesen Verdacht zu zerstreuen. Im Gegenteil.

Nachdem sie zwei Zerstörer identifiziert hatten, die geschickt worden waren, um sie aufzuspüren, stieg die K 601 auf Periskoptiefe, zeigte deutlich ihr Periskop, machte eine Videoaufnahme der beiden Zerstörer – D 89 Exeter und D 97 Edinburgh –, tauchte ab und direkt auf die Feinde zu, die

wahrscheinlich vermuteten, dass die K 601 in der entgegengesetzten Richtung verschwinden würde. So schüttelten sie die
Feinde ab.

Am äußeren Rand des britischen Geschwaders wiederhol-
ten sie den Trick, zeigten noch einmal ihr Periskop, identifi-
zierten zwei Fregatten der Duke-Klasse, die HMS Montrose
und die HMS Kent, und tauchten ab. Diesmal ließen sie sich
jedoch nur langsam sinken und zogen leicht nach Backbord.
Laut Petrow konnten die Briten aus dem Ganzen nur schließen, dass ein Russe sein Spielchen mit ihnen trieb, mit welchem U-Boot-Typ sie es zu tun hatten, würden sie nie und
nimmer herausfinden. Sie versuchten es auf jede erdenkliche
Weise, Helikopter ließen Sonarbojen und Magnetdetektoren
herab, donnernd fuhren über ihnen Zerstörer und Fregatten
auf und ab. Die K 601 fuhr in einer angenehmen und beruhi-
genden Tiefe mit einer Geschwindigkeit von drei Knoten mit
Elektroantrieb nach Süden, um einen Angriff auf Cork zu simulieren, den heimatlichen Stützpunkt der irischen Flotte.

Der Angriff auf Cork sollte in sechsunddreißig Stunden
stattfinden. Wenn die Übung gut lief, wollten sie sich das
größte denkbare Ziel vornehmen, Devonport in England, den
Heimathafen der britischen Atom-U-Boote. Ibrahim sprach so
begeistert davon wie ein Gymnasiast über ein gelungenes Kri-
cketspiel.

»Gott sei bei uns«, murmelte Abu Ghassan.

»Mach dir keine Sorgen, alter Knabe, das schaffen wir!«,
antwortete Oberleutnant Ibrahim mit aufrichtiger Ahnungs-
losigkeit. Nun sah er wirklich wie ein Internatsschüler aus.

Alter Knabe, dachte Abu Ghassan. Sagt man das so in der
Royal Navy, wenn man ein Offizier und ein Gentleman ist?
Vermutlich. Die K 601 ist größer als Gott. Hier werde ich bald
nicht mehr gebraucht, sofern ich mich nicht allein um die
Wäsche und das Putzen kümmere.

Zwei Wochen später steckte Fregattenkapitän Owjetschin in einer äußerst verzwickten moralischen Klemme. Er sollte die Berichte über die Übungen der K 601 für die russische Flottenleitung zusammenfassen. Aus deren Sicht war die K 601 immer noch ein russisches U-Boot, auch wenn man das nicht laut sagte, solange der eigentliche Besitzer in der Nähe war.

Folglich wollte man die letzte Autonomka der K 601 vor der Übergabe auswerten. Offensichtlich konnte man das Manöver aus zwei extrem verschiedenen Blickwinkeln betrachten. Kommandant Petrow hatte sich selbst übertroffen. Als er 1999 mit der Kursk ins Mittelmeer gefahren und die sechste amerikanische Flotte an der Nase herumgeführt hatte, war er für die größte Leistung des Jahres in der russischen U-Boot-Flotte ausgezeichnet worden. Danach hatte die Kursk einen Doppeladler in Rot und Silber am Turm geführt.

Das jüngste Manöver übertraf aber alle vorherigen. Allein das Spielchen mit der USS Alabama war aufsehenerregend. Lange Zeit hatten die Amerikaner im Nordatlantik einen technischen Vorsprung gehabt, ihr Sonarsystem war immer überlegen gewesen. Diesmal hatten sie keine Chance gehabt.

Doch dieser Triumph hatte Petrows Appetit oder Ehrgeiz nicht gestillt. Denn nach der USS Alabama hatte er in ein Wespennest gestochen, indem er absichtlich mitten in ein großes britisches Manöver hineingefahren war. Es gab keinen Anlass, das Logbuch anzuzweifeln. Petrow hatte den Briten ordentlich eins ausgewischt.

Der Scheinangriff auf den Marinestützpunkt Cork, Basis der an sich nicht allzu furchterregenden irischen Flotte, und der *eventuelle* Scheinangriff auf den großen und extrem gut bewachten britischen Marinestützpunkt Devonport, Heimathafen der vier strategischen Atom-U-Boote, waren von Anfang an geplant gewesen.

Es hatte allerdings niemand geahnt, dass die K 601 vorher

mit den Briten vor Irland herumtollen und die Welt in Alarm-
bereitschaft versetzen würde. Petrow hatte die beiden Angriffe mit ruhiger Hand durchgeführt, aus der richtigen
Entfernung und der richtigen Tiefe. Er wartete fünf Minuten,
zeigte sein Periskop, simulierte den Angriff – die Computersimulationen funktionierten offenbar glänzend – und schlich
sich leise davon. Bis hierhin war das Ganze fassbar.

Doch dann hatte er das Unfassbare unternommen. Vermutlich hatte außer seinen beiden Stellvertretern niemand
an Bord kapiert, was vor sich gegangen war. Anstatt Irland
noch einmal zu umrunden, indem er in den Atlantik hinaus-
fuhr, wo sich die K 601 aufgrund ihrer enormen Tauchfähig-
keiten sicher hätte bewegen können, war er durch das enge
und flache Gewässer zwischen Irland und Großbritannien
zurückgefahren. Das hatte vier Tage bei höchster Bereitschaft
und niedrigster Geschwindigkeit zur Folge. Und es hatte bedeutet, dass man selten tiefer als hundert Meter hatte tauchen können.

Als sie schließlich die engste Passage durchquert hatten,
den North Channel vor Belfast, waren sie zudem in verbotenes britisches Territorium eingedrungen. Wären sie entdeckt
worden, hätte man das Feuer auf sie eröffnen können, um sie
zum Auftauchen zu zwingen.

Aber Petrow, dieser Teufelskerl, war durchgekommen und
hatte geschafft, was sich kein anderer erträumt hätte. Und zu
allem Überfluss besaß man nun eine detaillierte elektronische Bodenkarte über jede Erhebung in der engen Passage.
Diese Leistung war so überragend, dass zumindest Owjetschin nichts gegen einen weiteren *Helden Russlands* auf der
K 601 gehabt hätte.

Doch auf der anderen Seite hatte Petrow sein Boot aufs
Spiel gesetzt und gegen Befehle verstoßen. Er hatte das Scheitern eines Projekts riskiert, in das der Präsident große Hoff-

253

nungen setzte, und er hatte das Leben seiner Besatzung weit mehr gefährdet, als es ein gewöhnlicher U-Boot-Kapitän selbst bei der schwierigsten Autonomka gewagt hätte. Zudem hätte er auf feindlichem Territorium versenkt werden können, was weitreichende politische Konsequenzen mit sich gebracht hätte. Kurz gesagt, er litt am sogenannten Mut des Wahnsinnigen, einer Art Todessehnsucht.

Über den glänzenden Verlauf der restlichen Übung wurden nicht viele Worte verloren. Sie hatten in kabbeligem Wasser Tanken geübt, sich mitten in eine russische Übung in der Barentssee begeben und ihre eigenen Leute genauso erfolgreich übertölpelt wie die Amerikaner und Briten, hatten total überraschend ihre Marschflugkörper abgefeuert – und waren wieder davongekommen!

Geschichte wird von den Siegern geschrieben. Anatolij Petrow war inzwischen der erfolgreichste aktive U-Boot-Kapitän der gesamten russischen Flotte. Was für ein intuitiver Geniestreich, ihn als Kommandanten der K 601 vorzuschlagen! Dieser schwedische Admiral war wirklich nicht auf den Kopf gefallen. Aber der Haken an der Sache war: Petrow war nicht nur kühn. Er wollte sterben.

Wie sollte man mit dieser Erkenntnis vernünftig umgehen? Kommandant Petrow hatte eine ganze Reihe von halsbrecherischen Manövern durchgeführt. Bei der nächsten Fahrt würden die Waffen scharf sein. Dann ging es nicht mehr um Kunstfertigkeit, sondern ums nackte Überleben. Draufhauen, durchkommen und gewinnen. Man konnte nur hoffen, dass Petrows Wille zum Sieg stärker als seine Todessehnsucht war, wenn er auf eine Schwester der USS Memphis stieß.

In dem Bericht an den Marinestab stellte er Petrows offensichtlichen Wahnsinn nicht in den Vordergrund. Stattdessen betonte er seinen phänomenalen Heldenmut.

254

Trotzdem musste ein ernsthaftes Gespräch mit Mouna, Carl und Anatolij persönlich geführt werden. Auf ihrer nächsten Reise würde die K 601 unter neuem Namen und palästinensischer Flagge segeln. Dann war Anatolij Petrow nicht mehr der oberste Befehlshaber an Bord. Die Frage war nur, ob er das auch begreifen würde.

Auch eine Starreporterin von Al-Dschasira, dem größten Fernsehsender des Nahen Ostens, war nicht vor Täuschungsmanövern gefeit, sogar von den Palästinensern konnte man hinters Licht geführt werden – für Rashida Asafina nicht so sehr eine schmerzhafte, sondern eine ärgerliche Erfahrung. Seit fünf Tagen war sie mit ihrer gesamten Kameraausrüstung auf einem rostigen Trawler gefangen. Ohne Badezimmer oder sonstigen Service. Zum Glück hatte sich wenigstens der Wind gelegt. Die Seekrankheit war überstanden.

Zuerst hatte man sie zu einem Exklusivinterview mit dem palästinensischen Präsidenten Mahmud Abbas nach Tunis gelockt. Abbas wolle angeblich eine große Neuigkeit bekannt geben, und sie wäre die einzige anwesende Journalistin. Das Angebot schien die vier, fünf Flugstunden von Katar wert zu sein, hatte sich aber bald als leeres Versprechen herausgestellt.

Das Interview war nicht nur pathetisch, sondern nahezu lächerlich gewesen, da nur die ohnehin bekannten Tatsachen zur Sprache gekommen waren. Diese mochten bedauerlich und aufwühlend sein, eine Neuigkeit waren sie gewiss nicht. Zu allem Überfluss hatte man ihr auch noch gedroht.

Kurz gefasst hatte Mahmud Abbas gesagt, das palästinensische Volk dürfe nicht akzeptieren, dass Gaza in ein einziges großes Gefängnis ohne Hafen oder Flugplatz verwandelt werde, dem von Israels Flotte und Luftwaffe die Luft zum Atmen genommen werde. Da Israel alle Zölle und Umsatzsteuern konfisziere, stehe die Infrastruktur von Gaza kurz vorm Zusammenbruch. Mehr als zwei Millionen Palästinenser würden als Geiseln gehalten, weil Israel der Ausgang der letzten demokratischen Wahl nicht gefiele. Es sei jedoch undemokratisch, das palästinensische Volk zu bestrafen, weil es falsch gewählt habe. Daher mache man jetzt von seinem Recht Gebrauch, militärische Maßnahmen gegen die Blockade zu ergreifen. Aus völkerrechtlicher Sicht sei die Sache glasklar.

Auf ihre ironische Frage, welcher militärischen Mittel man sich denn abgesehen von Terrorismus und Selbstmordattentätern bedienen wolle, hatte er nur geantwortet, Selbstmordattentate stünden nicht zur Debatte. Im Übrigen: kein Kommentar. Sie schämte sich fast für das Interview.

Später hatte sie begriffen, dass das Interview gar nicht ernst gemeint, sondern ein Ablenkungsmanöver gewesen war. Zu dumm, dass es bereits ausgestrahlt und mehrfach wiederholt worden war. Die Hauptsache war das ebenso überraschende wie verführerische Angebot gewesen.

Es war nicht von irgendjemandem gekommen. Mouna al-Husseini war im Nahen Osten eine Legende. Offiziell war sie zweimal von den Israelis ermordet worden, und ihre Vorgeschichte übertraf jegliche Vorstellungskraft und sogar die arabische Poesie in ihrer kühnsten Form.

Niemand wusste, wie sie inzwischen aussah. Als sie, ohne anzuklopfen, in einem glitzernden Abendkleid in die Suite im Hotel Tunis getreten war, hatte Rashida Asafina sie für eine hiesige Geliebte des Präsidenten gehalten, die sich in der Tür geirrt hatte.

Dieser Eindruck war offensichtlich ebenso kalkuliert gewesen wie die Wirkung ihres Namens: Als Mouna auf sie zugekommen war, hatte sich Präsident Abbas feierlich erhoben, in Richtung Kamera genickt und gesagt, er würde sie nun mit seiner engen und außerordentlich geschätzten Mitarbeiterin … Mouna al-Husseini allein lassen. Dann hatte er sich verneigt und war gegangen.

»Sind Sie wirklich … *die*? Wow!«, waren die einzigen Worte, die Rashida Asafina, die angeblich weltgewandte Starreporterin von Al-Dschasira, herausbekommen hatte. Peinlich.

Das Angebot war ohne Umschweife gekommen. Es gehe um eine Sensation, mit der die Reporterin in die Geschichte des Journalismus eingehen würde. Wenn sie Zeit habe, könne sie einfach mitkommen, alles sei vorbereitet. Sie brauche nur die Kamera, ihre Sendeausrüstung für den Satelliten und das Schneidegerät einzupacken. Passende Kleidung und alles Weitere befinde sich vor Ort. Mehr dürfe man nicht verraten.

Es war ein erstaunlicher Vorschlag, der einfach zu verlockend geklungen hatte. Hinterher war man immer klüger. Sie hatte noch gefragt, ob ein langes Exklusivinterview mit Mouna al-Husseini Teil der Abmachung sei. Daraufhin hatte Mouna gelacht, das könne sie ihr garantieren. Gemessen an dem ganzen Auftrag sei dies jedoch absolut nebensächlich.

Als Rashida und ihre Fotografin, Kamerafrau und Schnittassistentin Hannah Ruwaida zwei Stunden später die Ausrüstung auf den rostigen Trawler im Hafen von Tunis geladen hatten, hatte sie an ein Interview auf See mit irgendeinem weltweit gesuchten Fiesling geglaubt, im besten Fall Osama bin Laden. Alles andere wäre keine Sensation gewesen.

Nun waren sie also Gefangene, die immer noch nicht mehr wussten und deren Mobiltelefone man beschlagnahmt hatte. Immer wieder war ihnen versichert worden, man werde die Versprechen halten. Aus Richtung Gibraltar und vom Atlantik vor der portugiesischen Küste war das raue Wetter gekommen. Die Seekrankheit hatte das Gefühl der Ohnmacht nur verstärkt.

Inzwischen waren die Motoren des Trawlers fast zum Stehen gekommen; mit brennenden Scheinwerfern glitten sie durch die schwarze See. Da es schien, als würde endlich etwas passieren, ging sie mit Hannah auf die Brücke.

Als Erstes fiel ihnen die Angespanntheit aller Anwesenden auf. Mouna al-Husseini trug eine Art Militärkleidung. Die Nervosität ließ Rashida Asafina hoffen. *Irgendetwas* würde auf jeden Fall passieren. Die Palästinenser flüsterten eifrig und guckten ständig auf ihre GPS-Geräte. Plötzlich entdeckten sie da draußen etwas und wirkten sowohl aufgeregt als auch erleichtert.

Als sie näher kamen, huschten die Scheinwerfer des Trawlers über einen kleinen rostigen Öltanker mit russischer Flagge. Wieder eine Ernüchterung.

Die beiden alten Kähne legten sich in einem Abstand von fünfundzwanzig Metern nebeneinander. Allein das war unbegreiflich. Zudem wuchs die Spannung zwischen Mouna al-Husseini und ihrem engsten Mitarbeiter, der die ganze Zeit auf seine Uhr sah. Er flüsterte irgendetwas von zehn Sekunden und leckte sich seine spröden Lippen. Mouna hielt schweigend ein Messinggeländer neben dem Radarschirm umklammert.

Dann war plötzlich genau zwischen den zwei Schiffen ein kräftiges Licht in der Tiefe zu sehen, und ein schwarzes Monstrum, das doppelt so lang war wie die beiden Fahrzeuge an der Wasseroberfläche, stieg langsam aus der Dunkelheit nach oben. Mouna und ihre Besatzung jubelten und fielen sich in die Arme.

Ewas so Verblüffendes hatte Rashida Asafina noch nie gesehen. Dabei war es ihr Job, extreme, geheimnisvolle oder ungewöhnliche Bilder zu finden. Dass es sich hier um ein U-Boot handelte, begriff jeder Trottel. Aber was, um Himmels willen, hatten die Palästinenser damit vor?

Die beiden rostigen Schiffe manövrierten sich näher an das U-Boot heran, machten es mit Leinen fest und hängten Fender und Gangways aus. An dem schwarzen U-Boot öffneten sich vorn und hinten Luken, und kurz darauf wimmelte das Deck von Seeleuten in Uniform, die Ladung vom Trawler holten. Das meiste war gut verpackt, aber es gab auch einige frisch geschlachtete Tiere zu sehen, die Ausrüstung des Fernsehteams und – merkwürdigerweise – Holzkisten mit Wein. Alles verschwand in den Luken. Aus dem russischen Tanker schlängelte sich ein Schlauch in die Achterluke, offenbar tankte man Treibstoff. Nach einer halben Stunde war der Spuk vorbei.

Nun kam eine Gruppe von Offizieren an Bord und formierte sich. Ein Pfiff ertönte.

»Meine Damen, wir werden erwartet!«, befahl Mouna ihren gekidnappten Journalistinnen und ließ ihnen den Vortritt zum Laufsteg zwischen Trawler und U-Boot. Dort stand der Mann, der an Bord ihr höchster Offizier gewesen zu sein schien und der Abu Ghassan hieß. Er und Mouna nahmen erstaunlich kühl Abschied voneinander.

»Folgen Sie mir!« sagte sie in strengem Ton, und die beiden Journalistinnen stellten sich artig hinter ihr auf.

Dann betrat Mouna die kleine Gangway und blieb auf halbem Wege stehen. Sie stellte sich kerzengerade zum militärischen Gruß auf, der von der gesamten Offizierstruppe beantwortet wurde. Nachdem zum zweiten Mal ein Pfeifton erklang, ging sie mit eiligen Schritten hinüber, begrüßte jeden Offizier mit großer Herzlichkeit und stellte ihnen »ihre beiden Journalistinnen« vor, die auf hohen Absätzen und in knappen Kleidchen hinter ihr herstolperten.

Es folgte eine weitere Zeremonie. Zwei Matrosen kamen mit labbrigen weißen Buchstaben aus Gummi angelaufen und schweißten sie mit einem elektrischen Gerät an den Turm des U-Boots.

»Gott im Himmel!«, dachte Rashida Asafina, als sie den Text las.

Auf der einen Seite des Turms stand in lateinischer Schrift U-1 JERUSALEM, und auf der anderen U-1 AL-QUDS in arabischen Schriftzeichen.

Die wollen Israel angreifen, dachte sie. Mahmud Abbas hat die Wahrheit gesagt. Er hat es gewusst! Und er wusste ebenso gut, dass ich ihm nicht glauben würde. Das war tatsächlich eine Riesensensation, und sie hatte nicht den Schimmer einer Ahnung gehabt.

Nun folgte noch eine kurze Zeremonie. Der russische Doppeladler wurde abgeschraubt und durch eine palästinensische Flagge in der gleichen Größe ersetzt. Nachdem jemand in Handschellen, der sich heftig wehrte, hinübergeführt worden war, legte man ab. Der Trawler verschwand in der Dunkelheit. Die Leute, die auf dem Deck des U-Boots gestanden hatten, zwängten sich einer nach dem anderen durch eine Luke neben dem Turm. Mouna versetzte ihren wackligen Journalistinnen amüsiert einen Knuff und bemerkte, dass es an Bord geeignetes Schuhwerk gebe. Aus den Augenwinkeln beobachtete Rashida Asafina, wie ein Mann in Admiralsuniform sichtlich bewegt Abschied von einem Mann in russischer Uniform nahm, der ihm eine kleine rote Kiste übergab, militärisch korrekt grüßte und auf dem Tanker verschwand.

Fluchend und nervös schlängelten sich Rashida Asafina und Hannah Ruwaida, denen die Röcke bis zur Taille hochgerutscht waren, die schmale Leiter ins Innere des U-Boots hinunter. Hätten die beschissenen hohen Absätze nicht ihre gesamte Aufmerksamkeit in Anspruch genommen, wäre dies Anlass genug für einen gehörigen Anfall von Platzangst gewesen.

Unten in den Gängen herrschte ein unbeschreibliches Durcheinander. Immer noch wurde die Ladung hin und her geschleppt. Mit Mounas Hilfe gelangten sie in einen etwas größeren Raum, der sich Messe nannte. Dort wartete die nächste Überraschung. Man stellte ihnen einen persönlichen Adjutanten zur Seite.

Mouna übergab die beiden an einen jungen Offizier, der brav die Hacken vor ihr zusammenschlug. Mit einem ironischen Winken zog sie sich zurück.

»Guten Abend, meine Damen. Ich heiße Peter Feisal Husseini, Leutnant der palästinensischen Flotte, und bin beauftragt, Ihnen alles zu zeigen. Ich nehme an, Sie wurden bereits willkommen geheißen?« begann er in fließendem Englisch.

»Guten Abend, Leutnant, haben wir Engländer an Bord?«, gab Rashida Asafina auf Arabisch zurück.

»Keineswegs, Madame, wie gesagt, ich bin Offizier der palästinensischen Flotte«, antwortete er auf Arabisch, das er mit einer witzigen Mischung aus palästinensischem und englischem Akzent aussprach.

»Offenbar ein Palästinenser, der lange in Oxford stationiert war, Leutnant?«, neckte sie ihn auf Englisch.

»Keineswegs, Madame! Cambridge, wenn Sie nichts dagegen haben. Erlauben Sie mir, Ihnen Ihr Quartier zu zeigen.«

Eine Stunde später tauchte die U-1 Jerusalem in weitem Bogen auf fünfhundert Meter Tiefe, eine Position, die die Besatzung mittlerweile als Ferienlage bezeichnete, weil man hier im besten Fall mehrere tausend Meter Wasser unterm Kiel und neben sich höchstens einige Pottwale hatte. Normalerweise konnte man sich hier unten entspannen, und tatsächlich kam das Kommando an alle, sich in Paradeuniform in der Messe aufzustellen.

Die kleine spalierartige Holzkonstruktion, die die Offiziersmesse vom Rest des größten Raums im U-Boot abtrennte, war weggeräumt worden, und an der hinteren Wand, wo in jedem russischen U-Boot ein Porträt von Wladimir Putin hing, stand nun ein kleiner Tisch. Darüber hingen die Bilder von zwei Männern. Nicht alle russischen Besatzungsmitglieder erkannten die beiden palästinensischen Präsidenten, aber sie begriffen instinktiv, was der Wechsel der Bilder zu bedeuten hatte. Unter den Porträts von Jassir Arafat und Mahmud Abbas lagen mehrere kleinere silbergraue Päckchen und eine etwas größere, rot lackierte Schachtel.

Peter Feisal hatte die beiden U-Boot-Korrespondentinnen, wie die Starreporterin und die Kamerafrau von Al-Dschasira von nun an genannt werden sollten, rechtzeitig an einen geeigneten Platz geführt, wo sie Kamera und Stativ aufstellen konnten. Als die Besatzung hereinströmte, alle in Urlaubsuniformen, erklärte er, man möge bitte geordnet nach Dienstgrad hereinkommen. Als Letzter kam, auf die Sekunde genau, der Admiral herein.

Auf das Kommando »Admiral an Deck!« standen alle stramm und schlugen die Hacken zusammen. Der Admiral begrüßte die Besatzung und befahl: »Rühren!«

Lächelnd sah er sich um und zog die allgemeine Anspannung, die den beiden Neuankömmlingen von Al-Dschasira nicht entgangen war, absichtlich in die Länge.

»Wir fahren wohl zur Hölle!«, zischte Rashida Asafina ihrer Kamerafrau zu, die nur die Augen verdrehte.

»Genossen Offiziere und Seeleute!«, begann er in amerikanischem Englisch. »Sie erwarten – zu Recht – große Neuigkeiten. Zuerst jedoch eine kleine schlechte Nachricht, damit wir es hinter uns haben. Obergefreiter Abdelkarim Qassam aus der Torpedotechnik und Steuermann Sergej Nikolajewitsch Stepantschenko aus der Mechanikerabteilung mussten uns heute mit zwei Versorgungsschiffen verlassen. Sie haben eine wichtige Regel verletzt, die das Verhalten gegenüber den weiblichen Besatzungsmitgliedern betrifft. Man könnte sagen, sie haben Glück im Unglück gehabt. Der Nächste, der von Bord geht, verlässt das U-Boot in tiefem Wasser durch das Torpedorohr.«

Während er das Ganze auf Russisch wiederholte, erhob sich Gemurmel. Rashida Asafina traute ihren Ohren kaum und wusste nicht, ob sie seine Worte für blutigen Ernst oder einen groben Scherz halten sollte. Die Reaktionen der vielen Russen gaben ihr auch keinen Anhaltspunkt.

»Nun zu den guten Nachrichten!«, fuhr der Admiral auf Russisch fort. »Doch zunächst eine Information. Die K 601 wurde umgetauft auf den Namen U-1 Jerusalem Al-Quds. Folglich ist sie das Flaggschiff der palästinensischen Flotte. Außerdem möchte ich Ihnen einen Brief von Russlands Präsident Wladimir W. Putin vorlesen.«

Als er auf Russisch weitersprach, verstanden Asafina und Hannah nur noch Jerusalem und Putin. Während er den Brief auffaltete, wechselte er ins Englische zurück.

»Den Anfang überspringe ich. Kommen wir zum Wesentlichen. Präsident Putin schreibt, dass er die einzigartige Expedition der K 601 unter dem Kommando von Anatolij Petrow mit Bewunderung und Erstaunen verfolgt und daher zwei Dinge beschlossen hat. Erstens bewilligt er Kommandant Petrows vorläufige Verabschiedung aus der russischen Flotte und ernennt ihn zum Konteradmiral. Zweitens hat er beschlossen, Konteradmiral Petrow die bedeutendste Auszeichnung der Republik zu verleihen, den Helden Russlands! Er bedauert, nicht persönlich anwesend sein zu können, und beauftragt den Oberbefehlshaber der palästinensischen Flotte, die Auszeichnung zu überreichen.«

Einige applaudierten und strahlten vor Freude. Der Admiral erstickte das Stimmengewirr, indem er die Hand in die Höhe streckte und das Gleiche auf Russisch sagte.

Er kam nicht weit, bevor russische Hurra-Rufe erschallten

und unbändige Freude ausbrach. Anschließend öffnete der Admiral die rote Schachtel und hielt sie in die Höhe. Im Innern glänzte der gleiche fünfzackige Goldstern, der auch an seiner Brust prangte. Er hielt die Medaille hoch, winkte den Kommandanten herbei und befestigte die Auszeichnung schnörkellos am rechten Platz. Dann umarmten sich die beiden Männer und küssten sich unter dem Jubel der Besatzung. Der hohe russische Offizier weinte.

Der Admiral streckte ein zweites Mal seine Hand in die Luft und bewirkte nahezu vollständige Ruhe.

»Präsident Putin fügt in seinem Schreiben hinzu, es sei seiner Ansicht nach unangemessen, dass auf diesem Boot nur Ausländer das Ehrenabzeichen trügen. Ich denke, wir dürfen diese säuerliche Anmerkung guten Gewissens als Scherz auffassen.«

Seine russische Übersetzung erstickte in Gelächter.

»So, Kameraden!«, fuhr der Admiral auf Englisch fort. »Nun habe ich persönlich die Ehre, einige Besatzungsmitglieder zu ehren. Darf ich die Matrosen Wladimir Shajkin, Wiktor Warjonow, Boris Popow, Jewgenij Kusnetsow, Michail Rodin, Boris Liktschatjew, Jewgenij Semjonkin und Alexander Kopejkin bitten vorzutreten!«

Diese Worte brauchten nicht übersetzt zu werden. Die acht jungen Russen stellten sich in einer Reihe auf und bekamen einer nach dem anderen eine Goldnadel an die linke Uniformbrust gesteckt, wobei sich der russische Seebär und der Admiral abwechselten. Als die Prozedur erledigt war, wurde sie mit einigen Palästinensern wiederholt. Dann wich das Gemurmel einer gespannten Erwartung. Würde es weitere Überraschungen geben?

»Ich weiß, was einige von Ihnen denken«, begann der Admiral mit breitem Grinsen. »Warum bekommen einige Kameraden, noch dazu Anfänger, das U-Boot-Abzeichen in Gold,

265

während wir anderen es nur in Silber haben? Die Antwort ist simpel. Dies ist das U-Boot-Abzeichen der palästinensischen Flotte. Gegen Vorlage des entsprechenden russischen Abzeichens holt sich hier bitte jeder seinen Doppelhai mit Dreispitz ab. Er ist unser Symbol. Das russische U-Boot in Silber, für das viele von Ihnen hart gekämpft haben, können Sie vorübergehend zu Ihren Privatsachen legen.«

Er wiederholte die Erklärung auf Russisch und erntete einige fröhliche Lacher.

»Und nun endlich, Kameraden, Offiziere und Seeleute!«, fuhr er plötzlich in einem vollkommen anderen und leiseren Tonfall fort. Überraschenderweise wurden alle sofort mucksmäuschenstill. »Hiermit erteile ich Ihnen den Befehl zum Angriff. Wir haben den zweiundzwanzigsten September, drei Uhr sechsundvierzig UTC. Am zweiten Oktober um siebzehn Uhr werden wir Israels Marinestützpunkt in Haifa attackieren. Ziel ist es, die gesamte israelische Flotte im Mittelmeer auf einen Schlag zu zerstören. Der Angriff wird in zwei Stufen durchgeführt. Zuerst mit Marschflugkörpern und zwei Stunden später mit Torpedos. So lautet unser Auftrag.«

Man hätte eine Stecknadel fallen hören können. Mehr als vierzig dicht zusammengedrängte Menschen, die wenige Minuten zuvor in Feierstimmung gewesen waren, standen nun mit versteinerten Gesichtern da. Die meisten schienen bereits die englische Version verstanden zu haben, denn auch als er das Ganze auf Russisch wiederholte, kam keinerlei Reaktion.

»Noch eins«, fuhr der Admiral fort. »Wir befinden uns auf fünfhundert Meter Tiefe. Hier unten sind wir allein, und wir bewegen uns nur langsam vorwärts. Hiermit beginnen vier Stunden innerer Urlaub, wie wir es nennen. In Kürze öffnet die Bar, und es werden, wenn ich es richtig verstanden habe, tunesisch-libanesische Imbisse und natürlich Salzgurken für unsere russischen Kameraden serviert. Sauferei wird hart bestraft; denken Sie an die Torpedorohre! Das war alles für heute. Ich wünsche Ihnen einen angenehmen Abend!«

Daraufhin setzte er sich auf seinen Platz, und die gedämpfte Stimmung hellte sich schnell auf, als die Rollläden vor der Theke hochgezogen wurden und den Blick auf unzählige farbenfrohe Gerichte und noch mehr Wodka- und Rotweinflaschen freigaben.

»Nun«, sagte Peter Feisal, der während der Vorstellung mit in die Seiten gestemmten Händen neben den beiden U-Boot-Korrespondentinnen gestanden hatte. »Ich nehme an, das rundet Ihren ersten Abend an Bord angemessen ab. Dürfte ich Ihnen vielleicht etwas zu trinken bringen?«

»Ich will ein Interview mit diesem Admiral!«, kreischte Starreporterin Rashida Asafina.

»Sehr geehrte U-Boot-Korrespondentin«, antwortete der Oberleutnant, der ihnen als Babysitter zur Seite gestellt worden war, mit leiser Ironie. »Wie Ihnen sicherlich aufgefallen ist, bleiben uns noch zwölf Tage bis zum Angriff. Ich bin überzeugt, dass Sie bis dahin und hoffentlich auch danach reichlich Gelegenheit finden werden, allerhand wünschenswerte Interviews zu führen. Allerdings fürchte ich, dass dies nicht der richtige Zeitpunkt wäre. Darf ich den Damen also etwas zu trinken oder zu essen oder beides bringen?«

Fregattenkapitän Alexander Owjetschin war tief in Melancholie versunken. Es war eine russische Melancholie der schlimmsten Art, wie sie typisch für einen Kater war. Dabei hatte er schon lange keinen Tropfen mehr getrunken. Es fehlten nur noch die Balalaikas, versuchte er sich verzweifelt aufzumuntern. Doch nicht einmal zur Selbstironie war er in der Lage.

Für ihn war alles vorbei. Nun saß er hier auf einem schäbigen kleinen Tankschiff, das sich durch die Biskaya quälte. Und damit Schluss. Das Ganze war nahezu unbegreiflich, und gefühlsmäßig war es noch schwerer zu akzeptieren. Das Projekt Pobjeda war seit mehr als fünf Jahren ein Teil von ihm. Tag und Nacht hatte er dafür gelebt, besonders nachts, weil er oft keine Ruhe fand. Seine Familie hatte er sträflich vernachlässigt, weil er monatelang am Stück in der Forschungsstation 2 logiert hatte. Wenn er nach Hause gekommen war, hatte er geistesabwesend und in sich gekehrt dagesessen. Beim Ballspielen mit seiner fünfjährigen Tochter Natascha war er plötzlich zerstreut mit dem Ball in der Hand stehen geblieben, bis ihn das quengelnde Mädchen in die Wirklichkeit zurückgeholt hatte.

Möglicherweise war er einfach überarbeitet. In den vergangenen Wochen nach der Rückkehr der K 601 von der fantastischen Autonomka rings um die irische Küste hatte er sich wie ein Verrückter mit der Flottenbürokratie herumgeschlagen, damit sie die Waffenladung herausrückte. Die Bürokraten wollten Geld und Vorschüsse sehen und verlangten sogar eine zusätzliche, frei erfundene Umsatzsteuer, als wäre die Perestroika-Zeit noch nicht vorbei. Im Grunde hatten die Bürokraten wenig Ahnung, sie wussten nur, dass es um den Verkauf von russischen Waffen an einen ausländischen Käufer ging. Und mit denen nahm man es offenbar nicht so genau. Es fiel sogar die Bemerkung, Neger und Schlitzaugen bräuchten die Waffen doch nur, um sie bei ihren Paraden vorzuzeigen, eine Anwendung sei ohnehin nicht beabsichtigt. Trotzdem hatten sie Ärger gemacht.

Zum Schluss hatte er einen verzweifelten Brief an den Präsidenten geschrieben. Er hatte zwar das Gefühl, dem Weihnachtsmann einen Wunschzettel zu schicken, doch merkwürdigerweise war ausgerechnet Wladimir Wladimirowitsch neben einem heruntergekommenen Kapitän zur See aus der Raswedka der einzige Mächtige in Russland, der über das Projekt Pobjeda vollständig informiert war. In dem hoffentlich angemessen untertänigen und ausreichend sachlichen Brief war es vor allem um das ständige Gerede über die Sicherheit gegangen. Natürlich, gab er zu, wäre es ein enormer Misserfolg, sollten die Schkwal-Torpedos dem Feind in die Hände fallen. Doch im Falle der K 601 sei es eine viel größere Gefahr, wenn die neue russisch-palästinensische Technologie in Feindeshand geriete. Denn wenn die neuen Instrumente auf der jüngsten Generation russischer U-Boote erst installiert wären, hätte Russland im U-Boot-Krieg endlich einen gewaltigen Vorsprung. Dies sei eine wissenschaftlich belegte Tatsache. Es sei jedoch auch eine Tatsache, dass diese Technologie den Palästinensern genauso gehörte wie den Russen.

Es gehe also nicht um Freundschaftsdienste oder Dankbarkeit, sondern um reines Eigeninteresse. Daraus folge, dass man die K 601 unbedingt mit den stärksten Waffen ausrüsten müsse, die zur Verfügung stünden, gerade damit sie *nicht* dem Feind in die Hände falle. Je schwächer die Feuerkraft sei, desto höher wäre das Risiko. Insofern seien Geiz und kurzsichtiges Sicherheitsdenken vollkommen fehl am Platz.

Er hatte den Brief mehr als zehnmal umgeschrieben, weil er ihn weder zu trocken, zu untertänig noch zu rechthaberisch hatte formulieren wollen. Dennoch war das Verfassen des Briefes das geringste Problem gewesen. Jeder Nachrichtenoffizier auf dem Niveau eines Fregattenkapitäns hatte das Recht dazu, und jedem standen gute alte sowjetische Phrasen und Floskeln zur Verfügung.

Viel schlimmer war das unerträgliche Warten auf eine Antwort gewesen, die bis jetzt nicht gekommen war. Er hatte lediglich einen Schrieb erhalten, in der er von der Ernennung Petrows zum Konteradmiral und Helden Russlands in Kenntnis gesetzt worden war. Von allem anderen war darin keine Rede gewesen.

Vielleicht sprachen aber auch die Fakten für sich. Denn eines Tages waren alle bürokratischen Schwierigkeiten wie weggeblasen gewesen. Flugs war die K 601 mit Schkwal-Torpedos und Marschflugkörpern ausgerüstet worden, die zwar nicht über nukleare Sprengköpfe, aber über einen beeindruckenden konventionellen Ersatz verfügten, mit Torpedos zur Bekämpfung von U-Booten und mit »Hechten« zur Abwehr feindlicher Torpedos. Die komplizierte Wunschliste der Schiffsärztin war Punkt für Punkt erfüllt worden, die elektronischen Seekarten und sogar die koreanischen Ersatzteile für den Fernsehempfang an Bord waren geliefert worden. Nachdem sich dieses Wunder vollzogen hatte, hatte sich der Vizeadmiral vom Marinestab höflich erkundigt, ob noch etwas fehle.

Der Präsident hatte den Brief also auf seine Art beantwortet. Anders ließ sich der plötzliche bürokratische Durchbruch nicht erklären, und nur weil er so ein fantasieloser Fachidiot sei, wie Mouna zu sagen pflegte, hatte er den Zusammenhang erst jetzt begriffen.

Der kleine Tanker bewegte sich mit ungefähr zwölf Knoten vorwärts; die ansonsten unmerklich arbeitenden Motoren ließen die Wasseroberfläche in dem Glas vor ihm vibrieren. Zehn Tage oder noch länger würde er hier sitzen und außer einigen Abschlussberichten rein gar nichts zu tun haben. Zu allem Überfluss saß irgendwo da unten in den engen Mannschaftskorridoren ohne Klimaanlage Steuermann Stepantschenko seinen Hausarrest ab. Stepantschenkos Verbitterung war leicht nachzuvollziehen. Das große Geld und eine Autonomka, die wahrscheinlich alle bisherigen in den Schatten stellen würde, waren zum Greifen nah gewesen.

Natürlich war Stepantschenko ein enormes Sicherheitsrisiko. So wie alle anderen, die man aussortiert hatte. Denn die meisten von ihnen konnten mit Fug und Recht behaupten, dass man sie ungerecht behandelt hatte. Solche Menschen entwickeln sich immer zu einem Sicherheitsrisiko. Spione lockte man nicht wie in alten Zeiten mit Sex und Geld, man packte sie bei ihrer Verbitterung und ihrer Eitelkeit, was manchmal fast dasselbe war.

Für die acht Seemänner, die nach der ersten Übung gehen mussten, hatte er gemeinsam mit Mouna und dem Vizeadmiral aus dem Marinestab einen Arbeitsplan aufgestellt. Zunächst bekamen sie von Mouna zehntausend Dollar als Trostpflaster. Außerdem durften sie die Forschungsstation 2 nicht verlassen, bis sie auf ein neues U-Boot kommandiert wurden. Dort unter ihren neuen Kameraden konnten sie mit ihren merkwürdigen Geheimnissen prahlen, so viel sie wollten. In zwei Wochen würde die ganze Welt davon erfahren.

Am zweiten Oktober um siebzehn Uhr UTC würde er bereits seit einigen Tagen in Seweromorsk sein. Da das Datum zum Glück auf einen Montag und nicht auf das Wochenende fiel, würde es seinem Vorsatz, sich nun mehr der Familie zu widmen und ein sinnvolles Leben »post Projekt Pobjeda« zu führen, nicht in die Quere kommen. Was hatte er an einem Montagnachmittag sonst zu tun?

Er grübelte eine Zeit lang über die qualvolle Vorstellung, im Dunkeln durch den Schneematsch nach Hause zu stapfen und die ganze Zeit auf die Uhr zu schielen, vielleicht stehen zu bleiben und in den Himmel zu starren. Ob er dort ein Zeichen sehen würde? Genauso gut könnte in dieser Jahreszeit prächtigstes Nordlicht erstrahlen. Zu wissen und doch nicht zu wissen, solche Gedanken konnten einen vermutlich in den Wahnsinn treiben.

Nein, es lag auf der Hand, was er tun könnte. Er würde Dozent Iwan Firsow und seinen Doktoranden Boris Starschinow zu einer kleinen Zusammenkunft in sein Büro einladen.

Schließlich waren die beiden ebenfalls eingeweiht. Sie kannten zwar weder Ziel noch Zeitpunkt, doch sie hatten erheblichen Anteil am Projekt Pobjeda.

In seinem Büro würden sie eine einfache Mahlzeit zu sich nehmen, vielleicht gekochte Zunge mit Salzgurke und eiskaltem Wodka. Und um Punkt siebzehn Uhr UTC, neunzehn Uhr Ortszeit, würden sie CNN oder BBC World einschalten. Entweder die Sendung würde aufgrund einer Weltsensation unterbrochen werden, oder sie müssten eine halbe Stunde auf die nächste Nachrichtensendung warten.

Im Kühlschrank vor seinem Büro würde er Sekt und Kaviar verstecken. Er hatte keine Zweifel; die Frage war nur, ob sie schon nach einer halben oder erst nach einer ganzen Stunde einen Grund zum Feiern haben würden. Eine kostspielige Angelegenheit, aber der atemberaubendste Augenblick seines Lebens war die hundert Dollar sicher wert.

Ein halber Monatslohn, wenn man es genau bedachte. Sogar dieser Idiot von Steuermann unter Deck, der der Palästinenserin an die Brust gefasst hatte, verdiente am Projekt Pobjeda mehr als das Hundertfache und galt nun als Sicherheitsrisiko. Weil er unzufrieden war.

Ein witziger Gedanke übrigens. Er selbst, der mittellose russische Fregattenkapitän, war nun im Besitz des größten Geheimnisses der Welt. Außer Schiffbruch oder Sabotage konnte die K 601 nun nichts mehr aufhalten – höchstens Verrat.

Der einzige Mensch auf der ganzen Welt, der diesen Verrat begehen konnte, war er selbst. Theoretisch natürlich auch Präsident Putin. Alle anderen, die Zeitpunkt und Ort kannten, befanden sich an Bord eines U-Boots, das erst lange Zeit nach dem Angriff wieder auftauchen würde.

Ein gefährlicher Gedanke: Wie viel war sein Wissen wert? Was kostete die israelische Flotte? Mindestens einige Milliarden Dollar und einen schwer zu schätzenden politischen Preis. Ihm blieb genügend Zeit, ein Geheimnis zu verkaufen, das mindestens eine halbe Milliarde Dollar wert war. Sein Monatsgehalt, für das er fünf Jahre lang rund um die Uhr gearbeitet hatte, betrug zweihundert Dollar. Kein Wunder, dass er unzufrieden war.

Wenn man seine Situation aus der Sicht des Raswedtschiks betrachtete, hätte man ihn aus Sicherheitsgründen sofort erschießen müssen.

Der Gedanke ging ihm nicht aus dem Kopf. Hätte Mouna, die an alles dachte, nicht auch darauf kommen müssen? Oder vertraute sie ihm blind? Das wäre zwar nobel von ihr, aber nicht sehr professionell.

Es war ja nicht so, dass er sein eigenes Projekt verraten hätte. Nie im Leben. Doch die Vorstellung hatte seinen Puls spürbar in die Höhe getrieben. Immerhin wich seine Melancholie nun einer aufgekratzten Verzweiflung. Zeit, sich einen Wodka zu genehmigen! Oder zwei.

Er hatte sich eine Stunde vor dem Essen in die Messe gesetzt, um in Ruhe durchzuatmen und auf das schwarze Meer hinauszustarren, auf dem sich nun vereinzelte weiße Wellenkämme zeigten. Offensichtlich würde es in der Nacht kräftigen Wind geben, wie so oft in der Biskaya. Auf einem so kleinen Schiff stand ihnen eine lustige Nacht bevor. Er fühlte sich an seine Grundausbildung auf einem Minenleger in der Barentssee erinnert. Scheißegal, das Essen hier konnte mit den Köstlichkeiten, die auf der K 601 serviert wurden, sowieso nicht mithalten.

Als er hinter sich ein Geräusch hörte, nahm er wie selbstverständlich an, einer der Küchenjungen habe die Messe betreten, um den üblichen Kohlpudding zu servieren.

»Bring mir sofort hundert Gramm, Junge!«, brüllte er, ohne sich umzudrehen.

Anstelle einer Antwort legte sich eine Hand auf seine Schulter. Als er sich umdrehte, sah er zu seiner Überraschung den Kapitän vor sich.

»Verzeihung, Fregattenkapitän!«, sagte der Kapitän leise. »Ich werde gleich einen Schiffsjungen kommen lassen, aber...«

»Oh, ich bitte um Verzeihung!«, lachte Owjetschin. »Wir haben wahrscheinlich beide schon lange keine alten griesgrämigen Vorgesetzten bedienen müssen. Trinken Sie ein Glas mit mir?«

»Nein danke, nicht jetzt, Fregattenkapitän«, antwortete der Kapitän peinlich berührt. »Ich habe nämlich einen strikten Befehl vom Vizeadmiral des Stabs in Seweromorsk, also dem Oberbefehlshaber der Nordmeerflotte...«

Scheiße! Sie tun es, dachte Owjetschin. Verfluchte Scheiße, ich verstehe die Logik dahinter, aber die Ungerechtigkeit akzeptiere ich nicht. Ich wäre niemals zum Verräter geworden!

»Führen Sie Ihre Befehle aus, Kapitän«, seufzte er und dachte daran, dass er nun die Situation erlebte, über die er sich seit seiner Kindheit den Kopf zerbrochen hatte. Warum wehrten sich die Leute nicht bis zum Schluss?

»Natürlich, Fregattenkapitän«, antwortete der Kapitän leicht konsterniert. »Ich bin beauftragt, Ihnen diesen Brief zu übergeben, sobald wir uns hundert Seemeilen vom Treffpunkt mit dem U-Boot entfernt haben. Jetzt ist es so weit. Bitte sehr!«

Der Kapitän entfernte sich leise und ließ Owjetschin mit einem graubraunen Umschlag zurück, auf dem das Symbol der Nordmeerflotte und sein handgeschriebener Name prangten.

Er wog das Kuvert nachdenklich in der Hand, sein Puls war noch immer erhöht, noch immer war er von seiner begonnenen Himmelfahrt nicht auf die Erde zurückgekehrt. Ein Schreiben vom Vizeadmiral? Jetzt?

Er riss den Umschlag auf. Im Innern befand sich ein steifes

weißes Leinenkuvert mit dem russischen Doppeladler in Golddruck auf der Rückseite. Vorn stand eine handgeschriebene Adresse: An Fregattenkapitän Alexander Owjetschin, Nordmeerflotte, Projekt Pobjeda.

Er mochte diesen Brief nicht einfach aufreißen, sondern holte sich ein Messer, bohrte es in eine Ecke und schlitzte vorsichtig den Umschlag auf. Wieder der Doppeladler in Gold. Sofort warf er einen Blick auf den Namenszug unter dem in leserlicher Handschrift verfassten Brief. Ein kalter Schauer lief ihm über den Rücken. *Putin, Präsident.*

Lieber Alexander Iljitsch,

Sie müssen mir diesen kleinen Scherz zwischen einem Tschekisten und einem Raswedtschik verzeihen. Erst jetzt kann ich meinen Namen unter ein solches Dokument setzen, das Sie im Gegensatz zu vielen anderen Mitteilungen, die wir beide nach Erhalt sofort vernichtet haben, gern aufbewahren dürfen.

Ich will mich kurzfassen. Sie haben Großes geleistet, und daher verleihe ich Ihnen den Stern der russischen Flotte höchsten Grades. Sie werden ihn leider nicht von mir persönlich überreicht bekommen, da eine Auszeichnung dieses Rangs immer und mit Recht großes öffentliches Interesse erregt, was unserer Sache momentan nicht dienlich wäre. Daher habe ich den Befehlshaber der Nordmeerflotte damit beauftragt.

Außerdem habe ich ihm den Auftrag erteilt, Sie zum Kapitän zur See der russischen Flotte zu ernennen.

Ich kann gar nicht oft genug zum Ausdruck bringen, wie sehr ich die Treue und Solidarität schätze, die Sie diesem großartigen und bahnbrechenden Projekt erwiesen haben.

Die Repräsentantin des palästinensischen Präsidenten scheint der gleichen Ansicht zu sein. Brigadegeneral Mouna al-Husseini hat mich in aller Form um Erlaubnis ersucht, Ihren Einsatz mit

*zweihunderttausend Dollar zu vergüten. Selbstverständlich habe
ich diesem Vorschlag gern zugestimmt.*

*Ich freue mich darauf, Sie eines Tages wiederzusehen, wenn diese
ganze Sache vorüber ist. Dann werden wir endlich von Tschekist zu
Raswedtschik über unser großes Geheimnis sprechen, für das wir so
lange gekämpft haben. Gute Fahrt, Alexander Iljitsch!*

Putin, Präsident

Er las den Brief dreimal langsam durch. Nein, nichts daran
war missverständlich. Sogar Mounas Name war korrekt ins
Russische transkribiert.

Hatte er tatsächlich vor kurzem Verrat erwogen? Natürlich
nicht, es war bloß ein – übrigens höchst professionelles – Ge-
dankenspiel. Wie hätte man mit einer halben Milliarde Dollar leben sollen, wenn man nicht mehr in den Spiegel gucken
konnte?

Sein Wodka wurde von einem stolpernden Schiffsjungen
serviert, der mitteilte, dass es heute Kohlpudding gab.

»Vielen Dank, ausgezeichnet, Matrose, aber bringen Sie
mir noch einmal hundert Gramm!«, befahl er auf mürrische
russische Art. Der Matrose verbeugte sich und eilte ohne ein
Wort davon. Schlagartig fiel ihm auf, dass er immer noch in
seiner Paradeuniform dasaß, wenn auch unrasiert und mit
offenem Kragen.

Anatolij, Mouna und Carl, welch eine unschlagbare Troika
auf der K 601, dachte er und erhob sein Glas. *Mögen Glück und
Wohlergehen dich auf deiner Fahrt begleiten, U-1 Jerusalem*, fügte er
leise hinzu und kippte die hundert Gramm in einem Zug hinunter, als wäre er noch der junge Matrose der Sowjetflotte,
der er vor langer Zeit gewesen war.

Ibrahim Olwan wachte eine Stunde zu früh auf. Das war ihm
noch nie passiert, seitdem er an Bord war. Im ersten Moment

dachte er, ihm wäre übel geworden. Ein verdorbener Magen zum ungeeignetsten Zeitpunkt seines Lebens. Er stand auf und versuchte, sich in das kleine Waschbecken zu übergeben, aber es ging nicht. Er bespritzte sein Gesicht mit kaltem Wasser und setzte sich auf die unterste, noch unberührte Pritsche.

Nichts als diese kleine Kajüte. Nur das Geräusch der Klimaanlage, das man sich immer wieder ins Gedächtnis rufen musste, wenn man glaubte, es wäre vollkommen still. Nur er allein, Olwan. Oberleutnant Olwan, um es genau zu sagen. Ibra »The Wiz« war er nicht mehr. Und etwas anderes als Oberleutnant Olwan würde er in diesem Leben wahrscheinlich auch nicht mehr werden.

Sein Heimatdorf hieß Qalqiliya – von Panzern angegriffen, die Häuser zerbombt, die Männer verschleppt; Steine werfende Jungen, manche erschossen, manchmal mit Gummikugeln mit Bleikern, manchmal mit Bleispitze. Meistens spielte das keine Rolle. Von dort kam die Familie Olwan.

Sein Vater hatte den Familiennamen in Alwin ändern lassen, als der älteste Sohn in Cambridge angenommen worden war. Das war rührend und erniedrigend zugleich. Ein palästinensischer Flüchtling aus Qalqiliya hatte einen Sohn, der in Cambridge ein Forschungsstipendium erhielt, und er bedankte sich, indem er seinen Namen in Alwin änderte. Damals konnte man sich so Freunde machen.

Später schämte er sich für seinen neuen Namen. Nun hieß er wieder Olwan. Peter Feisal und Marwan hatten etwas mehr Glück gehabt, als ihr fürsorglicher Vater ihren allzu arabischen Familiennamen anglisierte. Husseini wurde zu Howard. Da ihr Vater sich damit brüstete, englischer als die Engländer zu sein, hatten ihn die Söhne in Anlehnung an einen feingliedrigen aristokratischen Schauspieler aus den Vierzigerjahren *Leslie* Howard genannt. Doch diese Albernheiten lagen hinter ihnen. Nun waren sie wieder Husseini und Olwan, Oberleutnants der palästinensischen Flotte.

Er hatte ganz still dagesessen und versucht, auf andere Gedanken zu kommen. Es ging nicht. Ihm war immer noch schlecht, und seine Hände zitterten.

Es war genau fünfzehn Uhr eins UTC. An Schlaf war nicht zu denken, nur noch zwei Stunden bis T.

Während er in seine Uniformhose schlüpfte, wurde ihm klar, dass er wahnsinnige Angst hatte. Kalter Schweiß stand ihm auf der Stirn. In weniger als zwei Stunden würde er in den Krieg ziehen. Es gab keinen Weg zurück. Wieder überkam ihn der zwanghafte Gedanke an den Fahrstuhl. Immer, wenn er Lift fuhr, musste er daran denken, dass das Leben eine Fahrstuhlfahrt war, auf die man keinen Einfluss hatte. Ohnmächtig verfolgte man die Nummern der Stockwerke und konnte sich ausrechnen, wann man ein Drittel oder die Hälfte der Strecke hinter sich hatte. Bald würde der Aufzug stehen bleiben. Die Gefühle und Ängste der Passagiere spielten überhaupt keine Rolle.

Die Computerspiele für die Übungsmanöver, mit denen man Devonport in England angreifen oder die USS Alabama versenken konnte, hatte er entwickelt. Zumindest hatte er einen Großteil der Arbeit erledigt. Die Mathematik und die Grundlagen des Programmierens waren immer gleich. Genau wie bei den Spielen, die er sich für blutrünstige Jugendliche in London ausgedacht und mit denen er unverschämt viel Geld verdient hatte. Bis jetzt war alles wie ein Spiel gewesen.

Weder die minutiösen Planungssitzungen, die ständigen Übungen, das Studieren der Satellitenfotos des Hafens von Haifa, das doppelte und dreifache Überprüfen der Koordinaten noch der Abschuss echter Marschflugkörper in der Ba-

278

rentssee hatten ihm das Gefühl gegeben, dass seine Arbeit etwas mit der Wirklichkeit zu tun hatte.

Auf rationaler Ebene begriff er natürlich, womit er sich beschäftigte, aber Gefühle waren etwas ganz anderes. Sie kamen erst jetzt und äußerten sich in Übelkeit und kaltem Schweiß.

Die längere Mole von Haifa maß zweitausendachthundertzweiundsechzig Meter, die kürzere war siebenhundertfünfundsechzig Meter lang. Ihr erstes Ziel waren die Patriot-Raketen am äußersten Punkt und an der Innenseite des langen Wellenbrechers, wiederholte er im Geiste, als könne er damit seine Angst in Schach halten.

Die Lenkflugkörper der U-1 Jerusalem würden zunächst auf hundertfünfzig Meter Höhe steigen, ihren Kurs stabilisieren und mit Mach 0,75 das Ziel ansteuern. Auf Stufe zwei würden sie mithilfe des Nachbrenners ihre Geschwindigkeit erhöhen und immer in sicherem Abstand vom Ziel die Schallmauer durchbrechen. Sie würden ihr Ziel vor dem Überschallknall erreichen. Denn auf der dritten Stufe, wenn die vier kleinen Flügel ausklappten, würden sie auf Mach drei beschleunigen, eine Geschwindigkeit, die dreimal höher als die Schallgeschwindigkeit war, und ihr Ziel erfassen. Zu diesem Zeitpunkt würden sie sich je nach Wetterlage und Höhe der Wellenkämme drei bis fünf Meter über der Wasseroberfläche befinden.

Seine Hände hörten einfach nicht auf zu zittern. Er murmelte die technischen Daten wie Beschwörungsformeln, als könnten nur sie ihm seine Ruhe zurückgeben. Obwohl es unwahrscheinlich war, dass die Patriot-Stellungen, ein *Geschenk der USA*, das Israel vor irakischen Marschflugkörpern schützen sollte, sich gegen einen Angriff der U-1 Jerusalem verteidigen konnten, war das israelische Luftabwehrsystem ihr erstes Ziel. Höchste Priorität an Bord war es, keinerlei Risiken einzugehen. Natürlich schoss man mit Kanonen auf Spatzen. Die Marschflugkörper der U-1 Jerusalem waren viel moderner als die Scud-Raketen der Iraker. Irgendein amerikanisches Unternehmen hatte sich wahrscheinlich dumm und dämlich verdient, indem es seine veralteten Waffen an Israel verkauft hatte, das die Rechnung seinerseits an die amerikanischen Steuerzahler weitergegeben hatte, die sich wiederum das Geld in China und Saudi-Arabien geliehen hatten.

Sein Kopf wurde heiß, leise stammelte er zusammenhangslos vor sich hin. Er musste sich zusammenreißen, das Fieber in seinem Kopf unterdrücken und alle irrelevanten Überlegungen beiseiteschieben.

Er schwitzte noch immer und hatte noch nicht mehr als seine Uniformhose angezogen.

Nahezu die gesamte israelische Flotte konzentrierte sich auf einem kleinen Fleck. Haifa war ihr Heimathafen und ihr U-Boot-Stützpunkt. Man schrieb den zweiten Oktober, Jom Kippur, ein Feiertag, der in Israel so viel bedeutete wie der erste Weihnachtstag in England, Thanksgiving in den USA oder das Zuckerfest in der muslimischen Welt.

Ungeordnet rasten ihm die Assoziationen durch den Kopf. Vielleicht hatten sie schlichtweg zu viel geübt. Seitdem sie in die Straße von Gibraltar hineingefahren waren, in sechshundert Meter Tiefe auf der kalten Gegenströmung vom Atlantik surfend, hatten sie nichts anderes getan, als im Geiste den Angriff zu proben. Bei den Übungsmanövern hatte man manchmal innerhalb von zehn Minuten vollkommen neue und komplizierte Aufgaben lösen müssen. Vielleicht war das eine bessere Methode.

Warum musste ausgerechnet er, und nicht Marwan oder Peter Feisal, im entscheidenden Augenblick am Drücker sitzen? Reiner Zufall. Ihr Dienstplan war seit der Abfahrt in Seweromorsk festgelegt. Von da an war es nur noch Mathema-

280

tik, ein auf- und absteigender Fahrstuhl, den man nicht beeinflussen konnte.

Versetzte ihn die Gewissheit in Angst und Schrecken, dass er eine nicht abzuschätzende Zahl von Menschen töten würde? Viele dürften es nicht sein. Man hatte bewusst einen Zeitpunkt gewählt, zu dem sich möglichst viele Marineschiffe auf einem Fleck befinden und die meisten Seeleute zu Hause mit ihren Familien feiern würden. Die Schiffe waren die Hauptsache, man wollte Israels Marine vernichten. Dennoch würden Dutzende von Matrosen und Offizieren ums Leben kommen, ebenso die Wachleute und im schlimmsten Fall palästinensisches Reinigungspersonal. Falsch! Palästinensische Putzfrauen durften israelische Militärstützpunkte nicht betreten. Haifa war nicht Devonport.

Wie beschissen es sein musste, rauchend neben einem Patriot-Startgerät zu hocken und sich darüber zu beklagen, dass man die Arschkarte gezogen hatte und ausgerechnet am Feiertag seinen Dienst tun musste. Dann sah man den ersten Lichtschein am Horizont. Im ersten Moment glaubte man, es handle sich um zurückkehrende Jagdflugzeuge der eigenen Luftwaffe. Dann begriff man, dass sie sich für Jagdflugzeuge viel zu schnell näherten, sendete eine Anfrage an die Radarstation und erhielt nie eine Antwort, weil es bereits zu spät war.

Nein, sein Gewissen plagte ihn nicht im Geringsten, das war nicht das Problem. Der Angriff würde nicht mehr Israelis das Leben kosten, als das unterdrückte palästinensische Volk im Monat an Toten zu verkraften hatte, ob es nun erschossene Schulkinder oder zerbombte Wohnhäuser waren, in denen ein angeblich verdächtiger Imam angeblich etwas Verdächtiges im Schilde geführt hatte. Sie dagegen machten Politik, hatte Mouna ihnen eingebläut. Keine Kollateralschäden, keine Raketen auf das Zentrum von Haifa. Wir sind nicht wie die. Unsere Operation ist rein militärisch.

Er glaubte das alles. Es hörte sich vernünftig an. Gute Politik, wenn man es wie Mouna al-Husseini ausdrücken wollte.

Eine etwas peinliche, wenn auch mögliche und menschliche Erklärung für seine Übelkeit war die nackte Angst vor dem Scheitern. Es war durchaus möglich, dass er diese rein egoistische Sorge in etwas Schöneres umdeutete.

Selbstbetrug ist des Menschen liebster Spiegel, dachte er und überlegte, ob er oder Shakespeare es so treffend zusammengefasst hatte. Zumindest munterte ihn sein Zynismus ein wenig auf. Rasch zog er sich an, rasierte sich und ging in die Messe, um eine Tasse Tee zu trinken und mit jemandem zu plaudern. Wie ein echter U-Boot-Offizier würde er gelassen Konversation betreiben, bevor es Zeit zum Angriff war. Er würde sich ruhig geben, weil er ruhig sein musste. Genau wie sein Gesprächspartner. Peter Feisal würde sich in einer halben Stunde hinlegen, aber noch war er sicher irgendwo da draußen. Ihm gegenüber hätte Ibrahim niemals zugegeben, dass er Angst hatte. Wenn Angst überhaupt das richtige Wort war. Peter Feisal würde es genauso machen. Nach einer letzten Tasse Tee und ein bisschen Smalltalk würde er lässig in die Kommandozentrale schlendern und sich vor die Bildschirme setzen, als wäre dies ein Tag wie jeder andere. Er würde einfach alle Befehle der Reihe nach ausführen. So wie immer. Mehr war nicht dabei.

Peter Feisal saß tatsächlich mit rot geränderten Augen vor einem Glas Tee und einer Mandelpirogge in der Messe. Er saß fast allein dort, weil höchste Bereitschaft herrschte und nur die Besatzungsmitglieder, die auf dem Weg zu oder von ihrer Schicht waren, die Gemeinschaftsräume nutzen durften. Nicht einmal die Schachspieler waren zur Stelle.

Sie kamen nicht dazu, viele Worte zu wechseln. Peter Feisal bemerkte scherzhaft, es käme ihm doch ein wenig merkwürdig vor, ausgerechnet jetzt ins Bett zu gehen. Ibrahim antwortete, der interessante Zeitpunkt sei längst nicht gekommen. Noch gebe es keine Probleme. Aber in sechzehn Stunden, wenn Peter Feisal seine Schicht antrete, wären ihnen bereits die Amerikaner auf den Fersen. Wer mochte da ruhig schlafen?

Wie es die Situation erforderte, lachten sie männlich derb. Ibrahims Theorie von der gegenseitigen Beeinflussung schien damit bewiesen. In der Kommandozentrale, wo nur die kurzen, präzisen und absolut ruhigen Befehle vom Kommandanten und dem Admiral zu hören waren, würde sich dieser Effekt verstärken.

Ibrahim hatte sich gerade seinen Tee geholt und sich wieder hingesetzt, als Korvettenkapitän Charlamow hereinkam, sich suchend umsah und direkt auf Ibrahim zuging. Er begrüßte ihn lässig und erklärte, man habe beschlossen, den Wachwechsel etwas früher zu machen. Es wäre gut, wenn Ibrahim sofort kommen könnte.

»Wir haben nämlich ein winziges Problem«, sagte Charlamow schleppend, als sie sich durch das Schott zu dem Abschnitt zwängten, in dem die Kommandozentrale lag.

Ein winziges Problem beschrieb den Vorfall alles andere als adäquat. Sofern sich nicht die britische Vorliebe für groteske Untertreibungen auf dem U-Boot ausgebreitet hatte.

In der Kommandozentrale herrschte Gedränge. Am Tisch der Vorgesetzten hatte sich die gesamte Führungstroika versammelt. Ibrahim stand stramm, begrüßte die drei militärisch korrekt und erwartete eine angemessene Reaktion auf seinen Gruß.

»Stehen Sie bequem, Oberleutnant! Es sieht folgendermaßen aus«, sagte der Admiral in seinem weichen, aber bestimmten Amerikanisch. »Wir haben ein Problem. Es dauert noch eine gute Stunde bis T. Nun kommt ein unidentifiziertes U-Boot mit voller Geschwindigkeit auf uns zu. Wir wissen noch nicht, ob es ein Türke oder ein Israeli ist. Wenn es ein Türke ist, lassen wir ihn vorbeidonnern. Wenn es ein Israeli ist, eliminieren wir ihn. Identifizieren Sie als Erstes das U-Boot! Alles klar?«

»Selbstverständlich, Admiral.«

»Noch Fragen, bevor Sie Oberleutnant Husseini ablösen?«

»Eine Frage, Admiral.«

»Machen Sie schnell, bitte.«

»Wenn es ein Israeli ist, warum lassen wir ihn dann nicht zuerst nach Hause fahren?«

»Weil er eine tödliche Bedrohung für uns darstellt, wenn er uns entdeckt. Noch können wir ihn vernichten. Weitere Fragen?«

»Nein, Admiral. Ich habe alles verstanden.«

»Gut. Abtreten!«

Als er zu Marwan hinunterging, wurde ihm die Lage mithilfe aller technischen Details und einer hübschen grafischen Darstellung auf drei der vier Bildschirme noch einmal erläutert.

Man war nur wenige Seemeilen von dem Ort entfernt, an dem die Marschflugkörper abgeschossen werden sollten. Alle sechs Torpedorohre waren mit je einem Lenkflugkörper geladen. Als einzige Abwehr gegen U-Boot-Angriffe hatte man vier Schtschuka-Torpedos zur Abwehr feindlicher Torpedos an Bord.

Krabbenauge Süd hatte ein U-Boot mit Dieselantrieb entdeckt, das sich mit fünfundzwanzig Knoten Geschwindigkeit auf direktem Kurs auf Haifa zubewegte. Wahrscheinlich handelte es sich um israelische Feiertagsnachzügler, die schnell zu ihren Familien wollten. Wenn das U-Boot diesen Kurs beibehielt, würde es in genau siebenundzwanzig Minuten mit der U-1 Jerusalem zusammenstoßen.

Das sei die gegenwärtige Lage, sagte Marwan. Was der Kommandant dagegen unternehmen wolle, wisse er nicht, er für seinen Teil würde jetzt jedenfalls zu Mittag essen und anschließend zum Sprachkurs gehen.

Ibrahim murmelte irgendwas von »alter Knabe« und »gute Arbeit«, zwängte sich auf den kleinen lederbezogenen Drehstuhl und kontrollierte mechanisch alle Funktionen des Computers. Krabbenauge Süd näherte sich mit höchster Geschwindigkeit dem fremden U-Boot, um es zu identifizieren. Die Geräuschsignatur hatte man bereits aufgenommen, was nicht schwierig war, da die Dieselmotoren mit voller Kraft liefen. Daraus ließ sich jedoch nur ableiten, dass der Motor aus Deutschland stammte. Sowohl die Türken als auch die Israelis verfügten über deutsche Motoren, die Israelis sogar ganz bestimmt. Mehr gab die Klangbibliothek jedoch nicht preis.

Doch drüben an dem Tischchen, wo die drei höchsten Offiziere eng zusammenstanden, hatte man die Nationalität des feindlichen U-Boots offenbar bereits erraten.

»Marschflugkörper in Rohr drei und vier durch Torpedos zur U-Boot-Jagd ersetzen!«, wurde zuerst auf Russisch und dann auf Englisch befohlen. Die Übersetzung brauchte mittlerweile kaum noch jemand.

Keiner in der Kommandozentrale hielt die Luft an oder zeigte irgendeine andere Reaktion, man leitete den neuen Befehl einfach weiter zum Torpedoraum. Ibrahim malte sich aus, wie die russischen Matrosen da unten fluchten, weil sie mit Hebekränen und Fahrstühlen die Marschflugkörper wieder hinaus- und stattdessen die beiden Torpedos in die Rohre hineinhieven mussten. Als wäre das Ganze nur eine weitere verflucht mühsame Übung.

»Haben wir immer noch keinen visuellen Kontakt zum feindlichen U-Boot, und wenn nicht, wann?«, fragte der Admiral nach einer Weile. Seltsamerweise wurde die Anfrage nicht ins Russische übersetzt.

285

»Negativ, Sir«, antwortete Ibrahim und machte eine kleine Pause. Sein Blick wanderte flatternd zwischen den vier Bildschirmen hin und her. »Noch sieben oder acht Minuten, mit Krabbenauge Süd kommen wir ganz dicht heran.«

»Das ist gut, Oberleutnant, identifizieren Sie ihn, so schnell es geht!«

Nach einiger Zeit wurde der Befehl auf Russisch wiederholt. Die U-1 Jerusalem bewegte sich mit unveränderter Geschwindigkeit von fünf Knoten und ohne ihren Kurs zu korrigieren direkt auf ihre Zielposition zu. Siebenundzwanzig Seemeilen westlich von Haifa würde man die Marschflugkörper abschießen. Auf den Bildschirmen vor Ibrahim war diese Position nicht weit von der Stelle entfernt, wo das fremde U-Boot ihren Kurs schneiden würde. Das war leicht auszurechnen. Der Feind, wie in einem Computerspiel für Anfänger, wie auf Bestellung. Genauso vorhersehbar und doch so unwirklich.

Die sind total gelassen, weil sie davon ausgehen, dass sie keine Feinde haben. Im Geiste sind sie bereits an Land, dachte Ibrahim, dem nun durch und durch kalt war.

Dieses Computerspiel war zu einfach.

Aus dem Torpedoraum wurde gemeldet, die beiden Marschflugkörper seien nun durch Torpedos ersetzt worden und man erwarte weitere Befehle.

In der Kommandozentrale herrschte absolute Ruhe. Niemand rutschte auf seinem Stuhl hin und her, niemand flüsterte seinem Nachbarn etwas zu, alle hielten den Blick starr auf die Bildschirme gerichtet.

Quälend langsam vergingen die Minuten, während Ibrahim sein Spähfahrzeug immer näher an den Kurs des anderen Bootes heransteuerte. In seinem linken Kopfhörer donnerten nun die offenbar deutschen Dieselmotoren, im rechten dagegen war es totenstill. Plötzlich hatte er ein Bild auf seinem wichtigsten Bildschirm.

»Wir haben visuellen Kontakt!«, meldete er. »Namensschild aus Holz mit goldenen Buchstaben ganz oben am Turm. Ich buchstabiere: T-E-K-U-M-A, Tekuma, wiederhole: Tekuma. Schild weiter unten unleserlich …«

»Wir haben ihn identifiziert!«, fiel ihm der Datenexperte ins Wort. »Tekuma, eins von drei israelischen U-Booten der Dolphin-Klasse, bewaffnet mit deutschen Torpedos vom Typ DM 2 A 4 Seehecht und wahrscheinlich nuklear bestückten Marschflugkörpern vom Typ Popeye Turbo!«

»Danke. Wir vernichten sie. Torpedoabschuss vorbereiten, zwei Schuss im Abstand von fünf Sekunden!« wurde blitzschnell auf Russisch und Englisch befohlen. Der Tonfall war immer noch der gleiche wie bei den Übungen.

Kein Zögern, kein Zweifel. Bloß Schweigen.

Aus dem Torpedoraum wurde bestätigt, dass die Luken offen waren. Die Rohre waren nun mit Wasser gefüllt, die Waffen ungesichert und bereit zum Abschuss.

Die roten Ziffern auf dem Display zählten unbarmherzig rückwärts. Ibrahim riss sich die Kopfhörer von den Ohren, weil das Donnern der feindlichen Motoren nun zu laut geworden war. Er sah, dass viele im Raum es ihm nachtaten. Wie im Fahrstuhl. Unbarmherzig.

Die U-1 Jerusalem erzitterte kaum merklich. Erst einmal und kurz darauf ein zweites Mal.

»Torpedos im Wasser, Kurs richtig, hundertdreißig Sekunden bis zum ersten Treffer«, meldete der Torpedooffizier.

Die Uhr tickte. Das israelische U-Boot war nun so nah, dass man es auf allen Bildschirmen erkennen konnte. Deutlich sah man die Verwirbelungen hinter den siebenblättrigen Propellern.

Dies war die stärkste Waffe der israelischen Flotte, auch für die U-1 Jerusalem eine tödliche Gefahr, dachte Ibrahim mit verzweifeltem Blick auf die blutroten Ziffern, die unaufhörlich abwärtszählten. Die da drüben sind sich sicher, dass sie keine Feinde haben. Die wollen nach Hause, dachte er.

»Kurs immer noch richtig, zwanzig Sekunden bis zum Treffer«, meldete der Torpedooffizier in fast gelangweiltem Tonfall.

Verfluchte Scheiße, dachte Ibrahim. Kriegen die nicht mit, was sich hier zusammenbraut? Feiern die etwa schon? Immer noch deutete nichts darauf hin, dass die Israelis die Torpedos gehört hatten. In den Kopfhörer des dortigen Sonaroffiziers musste ein Donnergrollen dröhnen. Doch, endlich! Das israelische U-Boot leitete ein heftiges Ausweichmanöver ein und stieß vier wirbelnde Täuschkörper aus, die die sich nähernden Torpedos abfangen sollten.

»Kurs immer noch korrekt, zehn Sekunden bis zum Treffer, Fernsteuerung intakt, visuelle Darstellung intakt, Ausweichmanöver und Täuschkörper kompensiert«, meldete der Torpedooffizier trocken.

Fünfzehn Sekunden später wurde die U-1 Jerusalem von den Schallwellen und kurz darauf von den Druckwellen getroffen, die die beiden Torpedotreffer ausgelöst hatten. Die Beleuchtung in der Kommandozentrale blinkte und die gefederten Bildschirme schaukelten. Es wurde eine kurze Schadenskontrolle an Bord durchgeführt, bevor sich der Kommandant nach den Auswirkungen auf das feindliche Fahrzeug erkundigte. Man hatte vorn, wo sich der Torpedoraum befinden musste, und in der Mitte je einen Treffer gelandet. Ungefähr an der Stelle, wo sie selbst saßen.

Dann ertönten unbeschreibliche Geräusche, die auch ohne Instrumente jeder hören konnte. Ibrahim hatte versucht, diese Geräusche in seinen Übungsspielen zu simulieren, der Klang von Metall, das unter Wasser zerbrach, ächzender Stahl, der an Walgesänge mit Dissonanzen aus der Zwölftonmusik erinnerte, dumpfes Donnern, als die ersten Teile des zerstörten U-Boots auf den weichen Sand plumpsten, härteres Krachen, als Teile auf Stein landeten. Eine Todesmusik, von der er erst jetzt eine perfekte und störungsfreie Aufnahme hatte.

Einige letzte Quietscher, als das zermalmte U-Boot sich seitlich auf den Meeresgrund legte – und dann in beiden Kopfhörern absolute Stille.

»Können wir eine Notboje entdecken?«, fragte der russische Befehlshaber. Der Admiral machte sich nicht einmal die Mühe, die Frage zu übersetzen, sie war zu einfach und zu nahe liegend.

»Weiß nicht. Ich gehe mit dem Krabbenauge näher ran«, antwortete Ibrahim und bemühte sich, so unberührt zu klingen wie sein Vorgesetzter.

»Torpedorohr drei und vier gemäß dem ursprünglichen Befehl neu laden«, ordneten die beiden Kommandanten an.

»Wir führen den Angriff auf Haifa wie geplant durch, allerdings fünfzehn Minuten früher!« ordnete der Admiral an.

»Sieben Minuten bis zum Abschuss«, teilte der Offizier mit, der für die Marschflugkörper zuständig war. Erneut breitete sich Schweigen in der Kommandozentrale aus. Der Gyrokompass zeigte an, dass man nur noch zehn Meter von der berechneten Abschussposition entfernt war. Langsam stieg die U-1 Jerusalem nach oben.

Kein Geräusch in der Nähe. Sie waren allein hier draußen. Wieder tauchten auf allen Schirmen die digitalen Ziffern auf, erneut begann der Countdown. Die flackernden Zehntel waren nicht zu erkennen, aber die Sekunden tickten unausweichlich. Für Ibrahim war es unbegreiflich, dass er keine Nervosität mehr verspürte.

7

Im Bereich der Außen- und Sicherheitspolitik war Condoleezza Rice alles andere als eine Anfängerin. Sie hatte schon zu Zeiten von Bush Senior im Nationalen Sicherheitsrat gesessen, damals als Expertin für russische Marschflugkörper und Atomwaffen.

Viele große Elefanten hatte sie kommen und gehen sehen, und vor allem hatte sie gelernt, im rauen Sportjargon voller Football- und Baseballausdrücke mitzureden, der in militärischen Krisensituationen plötzlich den Ton bestimmte. Im Laufe des vergangenen Jahres hatte sie die beiden schlimmsten Säbelrassler Dick und Rummy ein wenig unter Kontrolle bekommen. Auch wenn man der Ehrlichkeit halber zugeben musste, dass sie ihre Schwänze seit dem Elend im Irak eingezogen hatten. Es verging kein Tag, an dem man ihnen nicht ihre Prophezeiungen eines »Spaziergangs nach Bagdad« oder eines »Slamdunk«, eines bombensicheren Treffers beim Baseball, um die Ohren schlug. Auch das Kunststückchen, einen seiner besten Freunde bei der Vogeljagd mit der Schrotflinte anzuschießen, war Dick nicht gut bekommen. Noch immer quälte ihn der Hohn, der in allen Talkshows des Landes über ihm ausgeschüttet wurde. Den schmerzhaftesten Treffer hatte vermutlich David Letterman mit den Worten gelandet: »Wir haben zwar nicht bin Laden gefasst, aber immerhin einen achtundsiebzigjährigen Rechtsanwalt erwischt.«

Die zunehmende Schwäche von Dick und Rummy war ihre

Stärke, und das sei, sie meinte das vollkommen ernst, auch besser für die Vereinigten Staaten. Auch ohne zwei Pavianmännchen, die sich ständig vor den Fernsehkameras auf die Brust trommelten, war es schwer genug, sich um die Außenpolitik der meistgefürchteten und meistgehassten Nation der Welt zu kümmern.

Als sie an diesem Morgen wie immer um vier Uhr fünfundvierzig aufstand, um den Tag in ihrer Privatwohnung im Watergatekomplex mit Lauf- und Krafttraining zu beginnen, hatte sie nicht die geringste Ahnung, dass dieser Tag mit einem gewaltigen Rückfall in die Pavianpolitik enden würde. Im Irak war alles wie gehabt. Rummys ständiges Schmieden von Kriegsplänen gegen den Iran hatte eher therapeutische Zwecke. So bald würden sie nicht Wirklichkeit werden. Genauso wenig wie ein Atomangriff.

Bis zum Mittagessen war der Tag reine Routine, in den ersten Stunden brütete sie über den Akten, dann hatte sie ein Treffen mit dem Präsidenten von Malawi, den sie ordentlich zurechtweisen musste, und anschließend Mittagessen und Rede bei der jährlichen Wohltätigkeitsversammlung des Jüdischen Nationalfonds, wo man die üblichen Worte über Jom Kippur und Versöhnung verlieren musste. Wie immer würde sie sagen, dass Israel jederzeit mit der Unterstützung der USA rechnen könne, dass man Israel niemals im Stich lassen würde, dass aber die Siedlungspolitik ein gewisses Problem darstelle. Allerdings ein Problem, das Israel selbstverständlich intern lösen müsse. Ungefähr so.

Um kurz nach halb elf begann sie ihre Rede und kam bis zum ersten Beifall, der in ihrer Rede als Pause markiert war. Da betrat einer ihrer Mitarbeiter ohne Umschweife die Rednertribüne und flüsterte ihr zu, der Nationale Sicherheitsrat habe eine sofortige Krisensitzung anberaumt. Es gehe um etwas äußerst Wichtiges.

Sie entschuldigte sich bei ihrem unruhig murmelnden Publikum, brachte ihre Rede schnell zum Abschluss und erklärte, der Nationale Sicherheitsrat müsse auf der Stelle zusammentreten, weil man eine Krise am Hals habe.

Hoffentlich ist es wirklich eine ordentliche Krise, sonst haben die mich vollkommen lächerlich gemacht. Mich einfach so vom Rednerpult wegzuschleifen, dachte sie, als sie vor Wut kochend im Fond der schwarzen Limousine saß, die sie inmitten eines Schwarms von heulenden Polizeiautos, einer Secret-Service-Eskorte und Polizeimotorrädern zum Weißen Haus chauffierte.

Die Sache war tatsächlich wichtig. Ihr Publikum, das sich anlässlich von Jom Kippur versammelt hatte, würde ohne Frage Verständnis dafür aufbringen, dass Condoleezza sie so überstürzt verlassen hatte. Auf der Treppe im südwestlichen Flügel des Weißen Hauses traf sie Stabschef Joshua, und der sah gar nicht froh aus. Wenige Meter vor dem Versammlungsraum des Nationalen Sicherheitsrates, dem »Krisenraum«, holte sie ihn ein und packte ihn am Arm.

»Welche Scheiße ist diesmal in den Ventilator geflogen?«, fragte sie.

»Ein Albtraum«, flüsterte er. »Haifa brennt, Dick und Rummy sind in ihrem Element. Man muss sie stoppen!«

Haifa brennt, wiederholte sie im Geiste, als sie den Raum betrat, in dem all die alten Knacker warteten. Sie begrüßte den Präsidenten und setzte sich neben ihn, ohne den Vizepräsidenten und den Verteidigungsminister eines Blickes zu würdigen.

Sofort begann ein Kommandant vom Nachrichtendienst der Flotte mit seinem Vortrag. Die gleiche Reihenfolge wie immer. Zuerst informierte man sich, was passiert war und wie viel man darüber wusste, dann überlegte man, was zu tun war.

Die Satellitenbilder sahen grauenvoll aus, der Hafen von Haifa war eine einzige Feuersbrunst. Im ersten Augenblick glaubte sie, den Terroristen wäre noch einmal der Coup mit den gekaperten Flugzeugen gelungen. Anders konnte sie sich diese umfassende Zerstörung nicht erklären.

Doch dann wurden die Bilder vom Angriff gezeigt. Sechs Marschflugkörper aus extrem niedriger Höhe. Sie erkannte den Waffentyp sofort. Mach drei auf dem letzten Streckenabschnitt und die Zickzackbewegung waren eindeutige Hinweise. Es handelte sich um eine Variante der 3M-54 Klub beziehungsweise SS N 72, wie es in der NATO-Sprache hieß. Russische Spitzentechnologie auf höchstem und tödlichstem Niveau.

Als der Kommandant seinen kurzen Bericht beendet hatte, die Bildschirme aus- und das Licht wieder eingeschaltet waren, sagte keiner ein Wort. Unter diesen Umständen hätte niemand vor dem Präsidenten das Wort ergriffen.

George W. Bush lehnte sich entschlossen nach vorn. Für seine deutliche Körpersprache war er bekannt, und in den Büchern von Bob Woodward hatte er sogar Lob dafür kassiert. Nun nagelte er den Chef der CIA mit seinem Blick fest.

»Okay, Johnny, wir haben uns doch heute Morgen um acht bei Ihrer üblichen Sicherheitsrunde gesehen, nicht wahr?«

»Ja, Mr President?«

»Schauen Sie mir in die Augen, und sagen Sie mir, dass Sie keine Ahnung von der Sache hatten, Johnny.«

»Bedauerlicherweise entspricht das den Tatsachen, Mr President. Von dieser Sache haben wir weder gewusst noch etwas geahnt.«

»Okay. Nächste Frage. Wer hat das unserer Meinung nach gemacht? Oder lassen Sie mich die Frage anders stellen: Welche Nation ist zu so etwas, rein technisch, überhaupt in der Lage?«

»Wir selbst, Russland, Großbritannien und Frankreich – zumindest technisch. Allerdings wäre das höchst unwahrscheinlich.«

»Könnte der Iran dahinterstecken?«

»Ein bisschen weit hergeholt, Mr President. Dass der Iran den politischen Willen hätte, steht außer Zweifel, aber es ist unwahrscheinlich, dass er über diese Technologie verfügt.«

»Was sagen Sie dazu, Kommandant?«, fragte der Präsident in einem Tonfall, der sowohl den abgefertigten CIA-Chef als auch den nervösen Kommandanten wie ein Peitschenhieb traf.

»Nun, Mr President … der Iran besitzt drei russische U-Boote der Kilo-Klasse, die in Bandar Abbas im Persischen Golf stationiert sind. Kilo-U-Boote können diese Art von russischen Marschflugkörpern abfeuern, zumindest glauben wir, dass es sich um einen russischen Typ handelt, die Nachrichtenabteilung analysiert momentan …«

»Es sind russische Marschflugkörper. Typ SS N 27«, fiel ihm Condoleezza Rice ins Wort.

»Okay. Das wissen wir«, stellte der Präsident fest. »Die iranischen U-Boote können diese Dinger also abschießen. Nächste Frage. Kommt ein iranisches U-Boot vom Persischen Golf durch den Atlantik nach Haifa?«

»Fragen Sie mich, Mr President?«, wollte der Kommandant wissen.

»Natürlich, Kommandant. Haben Sie die Frage verstanden?«

»Ja, Mr President. Die Iraner wären zwar auf die Diskretion eines afrikanischen Staates angewiesen, der sie mit frischen Vorräten und neuem Treibstoff versorgen müsste, aber mit ein bisschen Glück wäre es durchaus denkbar. Ganz und gar nicht undenkbar.«

»Eine letzte Frage, Kommandant. Gibt es in der näheren Umgebung andere Staaten, die U-Boote besitzen?«

»Die Türkei, Mr President. Die Türkei verfügt über vierzehn U-Boote, aber definitiv nicht über russische Lenkflugkörper dieses ultramodernen Typs. Ich wage zu behaupten, dass wir die Türkei ausschließen können.«

Der Präsident lehnte sich ein Stück zurück. Damit signalisierte er, dass die anderen das Wort ergreifen durften.

»Wir sollten sofort eine Pressemitteilung mit einem Statement des Präsidenten an die Korrespondenten des Weißen Hauses geben«, warf Stabschef Joshua Bolton eilig in die Runde, um dem Verteidigungsminister zuvorzukommen, der bereits den Mund geöffnet hatte.

»Unbedingt«, sagte der Präsident. »Israel ist ein enger Freund und Verbündeter und so. Und dass die Vereinigten Staaten nicht die Hände in den Schoß legen, sondern keine Mühen scheuen werden, inklusive militärische Maßnahmen und so weiter. Sollte ich heute Abend schon eine Rede zur Lage der Nation halten?«

Wieder lehnte er sich nach vorn und machte ein entschlossenes Gesicht, damit niemand im Raum auf die Idee kam, ihm den Gedanken wieder auszureden.

»Ich beauftrage die Redenschreiber, organisiere die Pressemitteilung und … ist acht Uhr recht, zur besten Sendezeit?«, zählte der Stabschef auf.

»Ja, ja. Aber wir dürfen nicht nur Töne spucken, wir müssen auch etwas unternehmen, und wenn ich ehrlich bin, habe ich diesmal tierische Lust, jemandem auf die Fresse zu hauen«, fuhr der Präsident fort und guckte dabei Donald Rumsfeld an, der den ihm zugespielten Ball begierig auffing.

»Wir haben zwei Möglichkeiten«, begann der Verteidigungsminister zufrieden. »Als Erstes müssen wir dieses U-Boot vernichten …«

»Ja, zum Teufel, ich will, dass das Ding vor Sonnenuntergang versenkt ist«, stimmte der Präsident energisch zu.

»Kommt drauf an, welchen Sonnenuntergang Sie meinen, Mr President«, scherzte Rumsfeld. »Der Sonnenuntergang im östlichen Mittelmeer ist bereits eingetreten. Aber wir können das U-Boot dort einschließen. Dann ist es nur noch eine Frage der Zeit. Morgen wird die Sonne auch untergehen. Natürlich können wir unsere Aktionen gegen den Iran auch zeitlich vorverlegen oder einige der Maßnahmen separat durchführen. Ich denke, wir sollten schnellstens ihren U-Boot-Stützpunkt in Bandar Abbas vernichten.«

»In diesem Fall möchte ich mich vorher davon überzeugen, dass alle hier im Raum mit diesem Plan einverstanden sind«, sagte der Präsident und blickte der Reihe nach in die Gesichter.

Condoleezza Rice begriff, dass es nun drauf ankam. Manchmal benahm sich der Präsident wie der Trainer einer Baseballmannschaft. Dann beugte er sich vor, stellte Augenkontakt her und fragte: Seid ihr einverstanden? In solchen Momenten konnte man ihm nur schwer widersprechen. Condoleezza Rice war eine der wenigen, die es trotzdem wagten. Sie war davon überzeugt, dass der Präsident eine ehrliche Auseinandersetzung durchaus tolerierte, sofern man gute Argumente und im Idealfall einen neuen Lösungsvorschlag vorbrachte. Nun ging es in mehr als einer Hinsicht um die Wurst. Wenn sie jetzt nicht die Notbremse zog, stürmten Dick und Rummy los und holten sich ihren heiß ersehnten Krieg gegen den Iran.

»Nun, Mr President«, begann sie entschieden. »Momentan, ich betone: momentan, liegen uns ein guter und ein schlechter Vorschlag vom Verteidigungsminister vor. Der gute besteht natürlich darin, alles zu tun, was in unserer Macht steht, um dieses U-Boot zu finden. Zweifelsohne bekommen wir auf diese Weise auch die Täter zu fassen. Sobald wir sie identifiziert haben, kommen wir auch ihren Auftraggebern auf die Spur. Dann, aber erst dann, machen wir den zweiten Schritt.«

»Es kommt kein anderer Auftraggeber als der Iran infrage, verdammt noch mal«, zischte Rumsfeld.

»Möglicherweise hat der Verteidigungsminister recht«, gab Condoleezza Rice kalt zurück. »Das werden wir bald herausfinden. Vielleicht schon vor unserem nächsten Treffen in vier Stunden. Ich sage nur eins. Lassen Sie uns den Iran um Gottes willen nicht aus falschen Gründen angreifen. Das führt nur zu einem außenpolitischen Albtraum, und im Übrigen würde es einen umfangreicheren Angriff auf den Iran erheblich erschweren.«

Noch vor einigen Jahren hätte es George W. Bush unerträglich gefunden, wenn zwei seiner engsten Mitarbeiter so gegensätzlicher Meinung gewesen wären. Damals hätte er sich nicht zwischen Condi und Rummy entscheiden können. Inzwischen hatte er mehr Vertrauen zu ihr.

Der Präsident beschloss, hier einen Punkt zu machen und das nächste Treffen für achtzehn Uhr anzusetzen. Bis dahin hatte man viel zu erledigen und würde hoffentlich auch mehr Fakten kennen. Vizepräsident Cheney gab bekannt, dass er der nächsten Versammlung leider nicht beiwohnen könne, weil er vor der *Veterans of Foreign Wars Convention* in Nashville eine Rede halten müsse.

»Klar«, sagte der Präsident und verzog sein Gesicht zum einzigen Grinsen des Tages. »Tu das, Dick, aber sei so nett und bring mich nicht wieder in Schwulitäten!«

Der Präsident ging hinauf ins Oval Office, um einige unangenehme Telefonate hinter sich zu bringen, bevor er sich mit den Redenschreibern an die Arbeit machte. Als Erstes rief er den israelischen Premierminister Ehud Olmert an, der schon ungeduldig vor dem Telefon gesessen hatte. Natürlich sprachen sie über 9/11 und die Tatsache, dass damals eine neue

297

Ära in der Menschheitsgeschichte begonnen habe. Der heutige Tag, für Israel der elfte September, verdeutliche das auf äußerst brutale Weise. Gorge W. Bush versprach seine vorbehaltlose und hundertprozentige militärische Unterstützung und teilte Olmert mit, dass er der sechsten Flotte soeben den Befehl erteilt hatte, die U-Boot-Terroristen mit allen zur Verfügung stehenden Mitteln zu jagen. Um zwanzig Uhr würde er diesen Beschluss in einer Rede zur Lage der Nation bekannt geben.

Der israelische Premierminister hatte im Prinzip nichts hinzuzufügen. Seine Nachrichtendienste habe der Angriff genauso kalt erwischt wie die amerikanischen. Aus Sicht der Israelis käme am ehesten der Iran in Betracht, der Israel in den vergangenen Jahren nicht nur unausgesprochen, sondern auch ausdrücklich mit einem Angriff gedroht habe. Allerdings könne sich niemand erklären, wie die Iraner mit einem ihrer drei Kilo-U-Boote die gesamte afrikanische Küste umrundet hatten.

Sie beendeten das Gespräch mit den üblichen Versicherungen der Freundschaft und Unterstützung und richteten Grüße an die jeweiligen Familien aus.

Im Kreml hieß es, der russische Präsident könne nicht ans Telefon kommen, da er gerade eine Bankettrede halte. Der Kreml werde sich zurückmelden, sobald der Präsident wieder erreichbar wäre.

Tony Blair war zu Hause in Downing Street Nr. 10 und nahm selbst den Hörer ab, als das Weiße Haus anrief.

Wie üblich war Tony höchst einsichtig und betonte, dass es niemals einen Zweifel daran geben werde, dass die Vereinigten Staaten von Amerika und Großbritannien Seite an Seite den internationalen Terrorismus bekämpfen würden. Allerdings bezweifle er, dass der Sicherheitsrat der Vereinten Nationen einem Krieg gegen den Iran zustimmen würde. Dafür

298

brauche man das, was die Amerikaner einen rauchenden Colt nannten, einen eindeutigen Beweis. Ohne einen solchen könne man den Sicherheitsrat nur zu einer allgemeinen und zu nichts verpflichtenden Distanzierung vom Terrorismus bewegen. Und für die Idee, die Vereinigten Staaten und Großbritannien könnten allein eine »Koalition der Willigen« bilden, sei die Zeit noch nicht reif. Man müsse sich vorerst auf das konzentrieren, was auch Condi vorgeschlagen habe – ja, sie habe bereits mit Jack gesprochen –, und das U-Boot einfangen. Die britische Kriegsmarine im Mittelmeer habe bereits den Befehl erhalten, mit der sechsten Flotte zu kooperieren.

Vor dem Oval Office scharrten die Redenschreiber bereits ungeduldig mit den Füßen, aber George W. Bush wollte unbedingt mit Putin sprechen, bevor er seine Rede an die Nation vorbereitete.

Diesmal kam Putin ans Telefon und schien guter Laune. Er klang fast wie die russischen Staatsmänner von früher nach einem Bankett. Es schien, als wäre er gar nicht darauf vorbereitet, mit dem amerikanischen Präsidenten über diese Attacke auf Haifa zu sprechen. In den russischen Medien sei noch kaum darüber berichtet worden, und da man über keine eigene Satellitenüberwachung des betreffenden Gebiets verfüge, habe man selbst keine Informationen.

George W. Bush begriff, dass er einfach versuchen musste, den russischen Präsidenten mit der Behauptung an die Wand zu drücken, die verwendeten Waffen stammten aus Russland. Doch darüber lachte Wladimir nur und tat zunächst so, als würde George ihm vorwerfen, er selbst habe den engsten Verbündeten der USA angegriffen. Mensch, das wäre ein Ding!

Putin war keineswegs unfreundlich, im Gegenteil. Mehrmals betonte er ihre alte Freundschaft. Trotzdem fühlte sich

George W. Bush dazu herausgefordert, eine seiner Ansicht nach harte und entscheidende Frage zu stellen.

»Wladimir, sag mir eins ganz ehrlich. Hat Russland den Iranern moderne Marschflugkörper verkauft, die man von ihren Kilo-U-Booten abfeuern kann?«

»Aber mein lieber Freund und Präsident!«, brach es aus Putin heraus. »Erstens kann man im Prinzip jeden Marschflugkörper von jedem beliebigen U-Boot abschießen, bei den Torpedorohren gibt es ja mittlerweile nahezu einen internationalen Standard. Die meisten haben einen Durchmesser von fünfhundertdreiunddreißig Millimetern. Aber abgesehen davon ist vollkommen klar, dass der Iran diesbezüglich keinerlei Waffenkäufe in Russland bekannt gegeben hat.«

»Heißt das, dass sie solche Waffen nicht bei euch gekauft haben?«

»Aber George, lieber Freund, hast du nicht gehört, was ich gesagt habe? Der Iran hat einen solchen Kauf entweder nicht bekannt gegeben, weil er nicht stattgefunden hat, oder weil sie eine Geheimhaltungsklausel im Vertrag verlangt haben. Ich kann also keinen Kommentar dazu abgeben.«

George W. Bush versuchte, seinen jüngeren Kollegen mit weiteren listigen Fragen zu überrumpeln, aber ohne Erfolg. Er machte keinen Hehl aus seiner Unzufriedenheit und beendete das Gespräch missgelaunt. Es blieb der Eindruck, Putin habe stillschweigend zugegeben, dass der Iran den Marschflugkörpertyp, der beim Angriff auf Haifa benutzt worden war, von den Russen bekommen hatte. Nun war es höchste Zeit, die Redenschreiber hereinzulassen.

Auch Condoleezza Rice hatte die Zeit bis zur nächsten Versammlung des Nationalen Sicherheitsrats für Telefongespräche genutzt. Zuerst hatte sie mit dem britischen Außenminister Jack Straw telefoniert. Dieses Gespräch war am einfachsten gewesen. Sie waren gute Freunde und wurden sich immer schnell einig. Wie sie war Jack der Meinung gewesen, man müsse als Erstes dieses U-Boot zu fassen kriegen.

Die deutsche Bundeskanzlerin Angela Merkel äußerte sich sehr freundlich. Sie war bemüht, die inzwischen wieder besseren Beziehungen zu den USA nicht zu gefährden, weil sie ein wichtiges Element ihrer Außenpolitik waren. Jeglichen Gedanken an einen von den Vereinten Nationen sanktionierten Krieg gegen den Iran lehnte sie jedoch strikt ab, bevor man nicht wisse, wer wirklich hinter dem Angriff auf Haifa stecke. Den deutschen Nachrichtenagenturen zufolge dementiere der Iran entschieden, für den Angriff verantwortlich zu sein. Dass die amerikanische Flotte sich auf die Suche nach dem U-Boot gemacht hatte, fand Merkel hingegen vollkommen in Ordnung.

Frankreichs Premierminister Dominique de Villepin, beim Irakkrieg der schärfste Kritiker einer UN-Resolution, war ähnlicher Meinung, äußerte sich jedoch sehr viel reservierter als seine deutsche Kollegin.

Sollte sich wider Erwarten zeigen, dass es sich um ein palästinensisches U-Boot handle, was einige französische Geheimdienstquellen angedeutet hätten, würde die Sache aus französischer Sicht vollkommen anders aussehen. In diesem Fall werde sich Frankreich jeder international organisierten Suche nach dem U-Boot widersetzen. Dann wäre die Sache eine rein palästinensisch-israelische Angelegenheit.

Donald Rumsfeld regte sich an diesem Nachmittag im Pentagon fürchterlich auf. Man müsse die Verbindung zum Iran so schnell wie möglich beweisen, um Schritt zu halten. Für die Männer des Verteidigungsministeriums war es keine Frage, welche Informationen wünschenswert waren – und welche nicht. In Ermangelung harter Fakten musste man sich jedoch mit Indizien und spekulativen Einwänden begnügen.

Wie, zum Beispiel, hatte der Iran eins seiner U-Boote durch die Straße von Hormus aus dem Persischen Golf heraus und rund um Afrika befördert?

Man brauche sich nur vor Augen zu halten, woher diese Kilo-U-Boote ursprünglich gekommen seien. Mit eigener Kraft waren sie vom nördlichen Eismeer bis zum Iran gefahren, eine viel weitere Strecke als die vom Iran bis nach Haifa. Vielleicht habe der Iran vor ungefähr einem Jahr mit einem Angriff auf Israel gedroht, weil er genau diesen vorbereitet habe. Ohne Probleme hätten sie von den Russen ein weiteres U-Boot kaufen, die Besatzung dorthin fliegen lassen und wieder *hinunter* ins Mittelmeer fahren können. Dann wäre der Angriff sozusagen aus der falschen Richtung gekommen. Auf der Jungfernfahrt.

Außerdem habe der Iran bereits im April Tests mit Torpedos durchgeführt, die dem russischen Supertorpedo Schkwal zu ähneln schienen. Entweder habe man diesen Torpedo selbst konstruiert. Dann könne man den iranischen Forschern nur gratulieren, denn damit hätten sie selbst die Amerikaner und Briten überholt, die sich ebenfalls verzweifelt bemühten, den Schkwal zu kopieren. Oder sie hätten ihn, wie die Chinesen, von den Russen gekauft. Unter strengster Geheimhaltung. Jedenfalls müsse man davon ausgehen, dass der Iran über russische Schkwal-Torpedos verfüge. Hätten die Heinis mit den Bärten und Turbanen dann nicht auch daran interessiert sein müssen, noch ein paar Ölpfennige für eine entsprechende Abschussplattform draufzulegen?

Hinzu käme, dass man über Satellit eine gewisse Panik auf den strategischen Anlagen im Iran erkennen könne. Rechneten die Iraner mit Luftangriffen auf Atomkraftwerke und Häfen? Im Hafen von Bandar Abbas sei nur eins der drei U-Boote zu entdecken.

Zähle man all dies zusammen, so ergebe sich ein glaubhaftes Bild. Natürlich sei es beunruhigend, dass das iranische U-Boot im Mittelmeer eventuell mit Schkwal-Torpedos bewaffnet sein könnte. Für die amerikanischen und britischen Kriegsschiffe, die auf der Jagd nach dem U-Boot waren, stellten sie eine nicht zu unterschätzende Gefahr dar.

Der Zusammenhang war klar. Alles stimmte. Doch Verteidigungsminister Rumsfeld war keineswegs zufrieden, sondern wurde immer wütender und immer lauter, je näher das nächste Treffen des Nationalen Sicherheitsrates rückte. Er deutete an, gewisse Weiber würden seine Beweisführung nicht schlucken.

Auf der anderen Seite könne man mit Fug und Recht behaupten, dass man keine eindeutigen Beweise brauche. Durch diese Formalität verliere man bloß Zeit. Dass die Iraner ihre strategischen Ziele schützten und ihre U-Boote versteckten, sage doch alles. Zähle man die iranischen Bemühungen auf dem Gebiet der Atomkraft und die ausdrücklichen Drohungen hinzu, Israel zu vernichten, habe man genug Argumente für einen vorbeugenden Krieg in der Hand. Natürlich begrenzt auf diejenigen Gebiete des Irans, die an den Irak grenzten. Indem man eine besetzte Sicherheitszone zwischen dem Iran und dem Irak einrichte, könne man den schiitischen Aufrührern einen Riegel vorschieben, die den Demokratisierungsprozess im Irak erheblich erschwerten.

Dass die Gebiete im Iran, die man zur Sicherheitszone machen beziehungsweise besetzen wolle, zufälligerweise diejenigen mit dem größten Ölvorkommen seien, müsse man nicht unbedingt als Nachteil betrachten. Obwohl dieser Umstand auf keinen Fall als Hauptgrund für den Angriff gelten dürfe. Schließlich und endlich sei es ohnehin nur eine Frage der Zeit, wann man zuschlagen würde. Da könne man das Eisen genauso gut, oder sogar besser, schmieden, solange es heiß sei.

Als Verteidigungsminister Rumsfeld sich vor seinen Mitarbeitern so richtig in Rage geredet hatte, rief Dick Cheney, der unterwegs nach Nashville war, von seinem Flugzeug, der Air Force Two, aus an. Dick wollte sich erkundigen, was es Neues gab. Als der aufgebrachte Rummy ihm das an den Kopf warf, was er Beweislage nannte, und hinzufügte, was gewisse Weiber vermutlich dagegen einzuwenden hätten, rannte er offene Türen ein.

Der Vizepräsident nahm seine Rede zur Hand und rief seinen besten Redenschreiber um Hilfe.

Alten Kriegsveteranen einen Vortrag zu halten, hatte gute und traurige Seiten. Manchmal bestand Patriotismus darin, gebetsmühlenartig die ewig gleichen Floskeln herunterzuleiern. Aber wenn man Glück hatte, war auf der Welt kurz vor einer solchen Rede etwas passiert, mit dem sich illustrieren ließ, dass viele Generationen amerikanischer Jungs sich nicht umsonst aufgeopfert hatten.

Und nun war etwas passiert. Der verheerende Angriff auf Israels Flotte beherrschte die Medien wie einst 9/11. Von allen Webseiten der großen Zeitungen und allen Fernsehschirmen starrten bärtige Muslime die wieder einmal vollkommen verschreckte Öffentlichkeit an. In den letzten Nachrichten war darüber gemutmaßt worden, ob Osama bin Laden die USA nun mit Massenvernichtungswaffen angreifen würde. Legionen von Experten bestätigten, dass die Zerstörung auf einem amerikanischen Marinestützpunkt noch verheerender ausgefallen wäre als in Haifa. Ebenso viele Experten beschworen, dass sie ja schon immer geahnt hätten, dass etwas Derartiges kommen würde. Dies sei die zu erwarten gewesene zweite Stufe der Entwicklung von al-Qaida. Bei einem entsprechenden Angriff auf die USA würde al-Qaida jedoch in erster Linie die Zivilbevölkerung treffen wollen. Es sei lediglich eine Frage der Zeit, wann ein ähnlicher U-Boot-Angriff auf New

York, Boston, Philadelphia oder Los Angeles stattfinde. Schützen könne man sich vor zukünftigen Angriffen nicht.

Als die Medien Wind davon bekamen, dass die Regierung den Iran verdächtigte, änderten sie sofort ihren Kurs. Weg mit den Bildern von bin Laden, her mit den Bildern vom iranischen Präsidenten Mahmud Achmadinedschad, der ja auch einen Bart trug.

Auf einer Massenversammlung von angetrunkenen Kriegsveteranen zu reden, war nach Ansicht von Dick Cheney ein leichtes Spiel. Zumindest, wenn man auf stürmischen Beifall aus war. Und genau den konnte er jetzt gut gebrauchen, denn nach dem Jagdunfall hatte er ein hartes Jahr durchlebt. Rummy hatte ihn mit genügend Munition versorgt.

In seiner Einleitung tat er so, als könne er sich den Namen des iranischen Präsidenten nicht richtig merken. Die ersten Lachsalven heimste er ein, als er ihn als »diesen anderen Typ mit Bart« bezeichnete.

Anschließend sagte er nahezu klar und deutlich, der Iran halte den rauchenden Colt noch in der Hand. Falls er gewisse Vorbehalte zum Ausdruck brachte, waren diese viel zu subtil für ein Publikum, das von Alkohohl und Patriotismus berauscht war. Diese ehemaligen amerikanischen Soldaten hatten an vielen Kriegen teilgenommen und glaubten immer noch »hundertprozentig« an den Kampf für die Freiheit, Demokratie und den amerikanischen Way of Life.

Dick Cheney erläuterte die iranische Strategie, sich in Russland neue U-Boote zu verschaffen und sie mit den grauenhaftesten Waffen auszustatten. Was diese anzurichten in der Lage seien, sehe man am Beispiel Israels.

Im Grunde sagte er nur, dass auch der Iran solche Waffen bcsaß. Er sagte nicht, dass der Iran den Angriff verübt hatte. Doch das merkten in diesem Augenblick nicht einmal die anwesenden Journalisten.

Dann schwelgte er in den neuesten Albtraumszenarien, die über die Medien verbreitet wurden. Was konnten Kerle wie Achmed Aladin – oder wie hieß er noch mal? – der amerikanischen Zivilbevölkerung antun?

Nun war er beim Höhepunkt seiner Rede angelangt. Zwei Minuten später huldigte er den mutigen Amerikanern, die ihr Leben für Freiheit und Demokratie ließen, weil die Achsenmächte des Bösen immer wieder eins auf die Schnauze bräuchten. Die freie Welt würde nie aufhören, zurückzuschlagen, was immer die Bärtigen mit den Küchenhandtüchern auf dem Kopf glaubten. Unsere Jungs werden sie auch diesmal besiegen. Im Moment werde wieder eine von diesen bärtigen Banden durchs Mittelmeer gejagt, und auch diesmal würden die Verteidiger der Freiheit über die Ratten, oder vielmehr Wasserratten, triumphieren.

»Wer unsere Familien und unsere Kinder bedroht, hat eine Grenze überschritten, und die Rache der amerikanischen Krieger wird fürchterlich sein. Was Japaner, Nazis und die Anhänger von Saddam und bin Laden bereits wissen, werden die iranischen Bärte bald am eigenen Leibe erfahren. Zur Hölle mit ihnen. Gott segne Amerika!«

Stürmischer Applaus und nicht enden wollende Jubelrufe.

Während Vizepräsident Dick Cheney seinen Triumph genoss, trat im Weißen Haus erneut der Nationale Sicherheitsrat zusammen.

Verteidigungsminister Rumsfeld traf wild entschlossen ein. Doch die neuen Satellitenbilder, mit denen die Leute vom Nachrichtendienst die jüngsten Informationen bebilderten, nahmen auch ihm den Atem.

Haifa sei noch einmal angegriffen worden. Diesmal von Torpedos, die zwischen den Hafenmolen hindurch auf einige noch unbeschädigte Schiffe zugesteuert seien, darunter die Korvette Hanit und die Schnellboote Kidon und Yaffo. Nun wären die israelischen Marinestreitkräfte im Hafen von Haifa fast vollständig zerstört. Doch damit nicht genug. Eine Stunde später sei Aschdod angegriffen worden, der zweitwichtigste Hafen Israels, gelegen zwischen Tel Aviv und Aschkelon. Dort habe man vier weitere Schiffe zerstört, unter anderem das einzige U-Boot-Rettungsschiff. Außerdem vermisse Israel sein modernstes U-Boot, die Tekuma. Man befürchte, dass sie vor dem ersten Angriff auf See torpediert worden sei. Das seismologische Institut an der Universität Tel Aviv habe entsprechende Erschütterungen registriert.

Man nehme an, dass man es mit mehreren feindlichen U-Booten zu tun habe. Ganz sicher beherrsche die Besatzung ihr Handwerk. Sie habe ein U-Boot im Kampf unter Wasser versenkt. Sie habe beim ersten Angriff die Marschflugkörper mit perfekter Präzision ausgerichtet und einen zweiten Angriff mit ferngesteuerten Torpedos durchgeführt, der ohne Spionage an Land oder Satellitenüberwachung kaum vorstellbar sei. Man leite diese Informationen an die amerikanischen Flotteneinheiten weiter, die sich nun mit äußerster Vorsicht dem Gebiet näherten.

Der palästinensische Präsident Mahmud Abbas habe in einem Fernsehinterview erklärt, der Angriff sei auf seinen direkten Befehl hin von der »palästinensischen Flotte« durchgeführt worden. Das internationale Recht sei auf seiner Seite. Falls die Belagerung der Grenzen des Gazastreifens nicht aufgehoben werde, das habe er mehrfach angekündigt, werde er militärische Maßnahmen ergreifen. Genau dies sei nun geschehen.

Der sogenannte palästinensische Präsident habe betont, die »palästinensische Flotte« befinde sich nicht im Krieg gegen die USA und habe keinerlei Absichten, amerikanische Kriegsschiffe anzugreifen. Allerdings werde man zurückschießen, falls die andere Seite das Feuer eröffne.

Am Ende des Vortrags herrschte Schweigen. Alle blickten betroffen zu George W. Bush, an dessen merkwürdigem Grinsen man sah, dass er kaum glauben konnte, was er eben gehört hatte.

Das wird ein anstrengendes Treffen, dachte Condoleezza Rice. In zwei Stunden muss er seine Rede zur Lage der Nation halten. Und im schlimmsten Fall greifen wir schon heute Nacht den Iran an.

Ein Teil der Offiziersmesse der U-1 Jerusalem hatte sich in ein blutiges Inferno verwandelt. Sie diente nun als Lazarett. Mehrere Verletzte wimmerten und stöhnten unaufhörlich, einige weinten hemmungslos.

Im übrigen Bereich lief alles wie gewohnt, wenn auch unter sehr beengten Verhältnissen. Da die beiden palästinensischen Köchinnen, Bootsmann Leila und Bootsmann Khadija Fregattenkapitän Mordawina als OP-Krankenschwestern und Narkoseärztinnen assistierten, wurde allerdings fast ausschließlich russisches Essen serviert.

Als Erstes legte Jelena Mordawina die Reihenfolge fest. Die Brüche mussten sich gedulden, die inneren Verletzungen waren wichtiger. Einige der Wartenden bekamen Morphium, aber es musste sparsam dosiert werden, falls später eine Vollnarkose nötig wurde.

Leila und Khadija verließen immer wieder den kleinen OP, um die Schlange stehenden Verletzten zu untersuchen. Zu ihren Füßen bildeten sich Blutlachen, die von den Schuhen überallhin getragen wurden. »Sieht aus, als hätte hier jemand Borschtsch verschüttet«, scherzte einer der Matrosen. Niemand lachte.

Fregattenkapitän Larionow weckte Carl und teilte ihm mit, die Chirurgin müsse ihn dringend sprechen. Es gehe um Leben und Tod.

308

Carl spritzte sich kaltes Wasser ins Gesicht, zog sich an und eilte ins Lazarett. Er klopfte an und trat vorsichtig ein, weil er ahnte, dass es hinter der Tür eng war.

Es war ein blutiger Anblick. Zwei betäubte Matrosen lagen mit offenen Bauchhöhlen nebeneinander. Jelena stand in ihrem verschmierten OP-Kittel daneben und wühlte in einem ihrer bewusstlosen Patienten. Aus der Bauchhöhle des anderen waren gurgelnde Geräusche zu hören. Vermutlich wurde Blut abgesaugt.

»Bleib, wo du bist, Carl!«, zischte Jelena Mordawina. »Das Infektionsrisiko hier drinnen ist groß genug.«

»Wie sieht es aus, was kann ich tun?«, fragte Carl.

Jelena Mordawina schüttelte kurz den Kopf und zeigte auf Leila, die mit etwas beschäftigt war, was Carl nicht erkennen konnte.

»Kannst du das zusammennähen?«, fragte Jelena Mordawina, aber Leila flüsterte erschrocken: »Nein.«

»Okay, dann mache ich das selbst, es dauert nicht lang.«

Carl wartete ab. Welch ein Glück, dass Jelenas Englisch so gut war. Sonst würde ihre Zusammenarbeit längst nicht so gut funktionieren.

»Tja, Carl, es sieht folgendermaßen aus«, fuhr Jelena fort. »Diesen hier, den ich gerade zusammenflicke, haben wir hinter uns. Abgesehen vom Infektionsrisiko hat er es geschafft. Wir haben ihm die Milz herausgenommen, weil sie gerissen war. Der andere da hat ebenfalls starke innere Blutungen, wir werden versuchen, seine Leber wieder hinzubekommen. Die kann man nicht entfernen. Wahrscheinlich können wir ihn auch retten, aber es gibt ein Problem.«

»Wo liegt das Problem?«, fragte Carl.

»Das kann ich dir sagen. Fragt sich nur, ob es zu lösen ist. Uns geht langsam das Blut aus. Ich will jetzt nicht ins Detail gehen, es hat mit Blutgruppen und Ähnlichem zu tun. Jedenfalls gibt es nur acht Männer an Bord, die uns mit dem Blut versorgen können, das wir brauchen.«

»Hast du eine Liste?«

»Ja. Sie liegt auf dem Waschbecken links von dir. Nimm sie dir.«

»Und wenn ich sie nicht überreden kann, ihr Blut freiwillig zu spenden?«, fragte Carl besorgt.

Jelena arbeitete hoch konzentriert weiter. Es sah aus, als nähe sie einen Sack zusammen. »Dann verbrauche ich entweder die restlichen Blutkonserven. Es kann gut sein, dass sie reichen. Aber dann sind uns in der nächsten Krisensituation die Hände gebunden. Oder wir lassen den da sterben. Oder du besorgst mir Blut von den acht Männern an Bord, die die richtige Blutgruppe haben. Die Entscheidung liegt bei dir.«

»Wie viel Blut von jedem?«, fragte Carl.

»Fünfhundert Milliliter reichen.«

»Bis wann?«

»Wenn der Erste in zehn Minuten vor der Tür steht und seinen Ärmel hochkrempelt, ist es gut. Die anderen können sich gleich anstellen. Khadija kümmert sich um alles.«

»Ich verstehe«, sagte Carl und nahm in der Hoffnung, dass er selbst drauf stand, die Namensliste in die Hand. Aber so viel Glück hatte er nicht. Alle acht Männer waren recht untergeordnete Besatzungsmitglieder, drei Palästinenser und fünf Russen.

»Ich organisiere das. In zehn Minuten steht der erste Mann vor der Tür«, sagte er ohne Begeisterung und verließ leise den Raum.

Ihm war äußerst unbehaglich zumute, als er über Lautsprecher allen acht Männern befahl, sich unverzüglich in der Kommandozentrale einzufinden. Einige von ihnen schliefen vielleicht. Er rief nach dem wachhabenden Mannschaftsoffizier und bat ihn um den Dienstplan.

Nach wenigen Minuten trafen zwei Russen und ein Palästinenser ein.

Sofort erklärte er ihnen auf Russisch und Englisch, worum es ging. Die Botschaft war nicht schwer zu verstehen. Aber das war das geringste Problem.

»Unten im OP liegt ein Mann im Sterben. Er braucht genau das Blut, das Sie haben. Nur Sie können sein Leben retten. Ich bitte Sie um Ihre fast freiwillige Hilfe. Wer möchte sich vordrängeln?«

Einer der Russen streckte zögernd seine Hand in die Höhe, die Palästinenser starrten ihn feindselig an.

»Das ist gut, Grischin. Sie wissen, wo die Erste Hilfe ist. Man wird sich dort um Sie kümmern.«

Maschinist Grischin deutete einen militärischen Gruß an und machte sich ohne Enthusiasmus oder Eile auf den Weg. Im selben Moment traten der wachhabende Mannschaftsoffizier Gontjarenko, ein palästinensischer Taucher und zwei weitere Russen ein. Carl bat den Mannschaftsoffizier, diejenigen zu suchen, die noch fehlten. Die Matrosen unterhielten sich leise auf Russisch und Arabisch. Der palästinensische Taucher war Gruppenleiter und hätte um diese Zeit schlafen dürfen. Er sah nicht glücklich aus, als er hörte, worum es ging.

»Ist das in Anbetracht der Umstände nicht ein bisschen viel verlangt, Admiral?«, fragte er. Ihm war anzumerken, dass er um Fassung rang.

»Nein«, antwortete Carl. »Glauben Sie mir, Leutnant Hassan Abu Bakr. Sie haben heute unser aller Leben gerettet. Darüber reden wir später. Nun bitte ich Sie, noch ein Leben zu retten.«

»Der Admiral *bittet* mich?«

»Ja, ich möchte Ihnen keinen Befehl erteilen.«

»Und der Admiral meint, dass es richtig wäre?«

»Davon bin ich überzeugt. Ich bedaure, dass mein eigenes Blut nicht infrage kommt.«

Hassan Abu Bakr versank in Gedanken, vielleicht betete er. Nach einer Weile hob er den Kopf, atmete tief durch, sah Carl direkt in die Augen und legte die rechte Hand an die Schläfe.

»Okay, Admiral, ich nehme den Auftrag an!«

»Danke, Leutnant, stellen Sie sich in die Schlange vor dem OP.«

Damit war die Krise überstanden. Da sich die Ersten nicht geweigert hatten, machten die anderen auch keine Scherereien.

Carls nächste Aufgabe war einerseits leichter, andererseits noch schwieriger. Wenigstens war sie nicht so dringend. Der Oberleutnant, mit dem er nun sprechen musste, erwartete ihn in dem kleinen abgetrennten Bereich vor der Kommandozentrale, der den höchsten Offizieren an Bord als Versammlungsraum diente. Er war weiß im Gesicht und schien zu frösteln.

»Erlauben Sie mir, gleich zur Sache zu kommen, Oberleutnant«, sagte Carl seufzend und setzte sich. »Ihren Dienstgrad kann ich an Ihrer Uniform ablesen. Ich möchte aber auch Ihren Namen und Ihre Dienstnummer von Ihnen wissen.«

Der Mann schüttelte bloß den Kopf. Immerhin schien er Englisch zu verstehen.

»Machen Sie keine Schwierigkeiten, Oberleutnant«, fuhr Carl mit leiser Stimme fort. »Es ist fast unmöglich, dass ein israelischer U-Boot-Offizier kein Englisch versteht. Laut Genfer Abkommen habe ich das Recht, einem Kriegsgefangenen diese eine Frage zu stellen. Sie sind verpflichtet, mir eine Antwort zu geben.«

»Seid ihr Amerikaner?«, fragte der israelische Oberleutnant, aus dessen Augen plötzlich Hass blitzte.

»Nein«, antwortete Carl. »auch ich bin kein Amerikaner,

auch wenn es so klingen mag. Sie befinden sich auf der U-1 Jerusalem, dem Flaggschiff der palästinensischen Flotte. Mein Name ist Carl Hamilton. Ich bin der Oberbefehlshaber.«

Der israelische Oberleutnant blickte erneut auf. Aus seinen Augen blitzte nun nicht mehr Hass, sondern Zweifel. Offenbar linderte seine Verwunderung den Schockzustand.

»Der palästinensischen Flotte … Der *palästinensischen* Flotte?«

»Ganz richtig, Oberleutnant. Wir haben Sie siebenundzwanzig Seemeilen vor Haifa torpediert. Kurz darauf haben wir diejenigen gerettet, die im hinteren Teil der Tekuma überlebt haben. Israel hat über keine Möglichkeiten mehr verfügt, Sie zu retten. Aber darüber reden wir später. Sie sind jetzt Kriegsgefangene, und daher bitte ich Sie noch einmal, mir Ihren Namen und Ihre Dienstnummer zu sagen.«

»Der *palästinensischen* Flotte?«

»Vollkommen korrekt. Sogar dem Oberbefehlshaber der palästinensischen Flotte. Nun?«

»Das hier ist ein verfluchter Albtraum …«

»Ich kann Sie verstehen. Aber wir dürfen keine Zeit verlieren. Zwei Ihrer Kameraden liegen mit lebensbedrohlichen Blutungen auf unserem Operationstisch. Unsere Chirurgin und ihre Assistentinnen tun alles, um ihr Leben zu retten. Vor wenigen Augenblicken haben sich acht Männer aus meiner Besatzung bereit erklärt, Blut zu spenden. Sie tun es, während wir beide hier sitzen. Wenn die Operation gelingt, gibt es neun Überlebende von der Tekuma.«

»Sind alle anderen …?«

»Ja, ohne Zweifel. Es tut mir leid, aber es ist so.«

»Und warum sollte ich mit unseren Henkern kooperieren? Verzeihen Sie … sind Sie eigentlich Admiral?«

»Ja, Vizeadmiral. Warum fragen Sie?«

»Ich habe gewisse historisch bedingte Vorurteile gegen die

313

Zusammenarbeit mit Henkern, und wenn Sie der Großadmiral Karl Dönitz wären.«

Unbändige Wut stieg in Carl auf, aber er konnte sich beherrschen. Er schluckte die Beleidigung hinunter und tat, als hätte er gar nicht begriffen, dass der Israeli ihn mit Hitlers Stellvertreter verglichen hatte.

»Wir müssen eine Lösung finden, Oberleutnant!«

»Sonst …«

»Ein Sonst gibt es nicht. Die Genfer Konventionen verbieten jegliche Misshandlung von Kriegsgefangenen. Außerdem schreiben sie vor, dass Offiziere besser behandelt werden als die Mannschaft. Daraus folgt interessanterweise, dass Sie die Kabine mit mir teilen müssen, junger Leutnant. Ich bin nämlich einer von zwei Befehlshabern an Bord, die zwei Pritschen in ihrer Kajüte haben. Im Übrigen werden wir Ihnen und Ihrer Mannschaft Mahlzeiten servieren, die Ihre kulturellen Gepflogenheiten nicht verletzen. Wir haben eine Halalküche an Bord. Aber Sie müssen mir unbedingt sagen, wie Sie heißen.«

»Warum?«

»Sobald sich die Gelegenheit bietet, werden wir dem Roten Kreuz über Funk eine Liste unserer Kriegsgefangenen senden. Außerdem wollen wir die exakte Position der gesunkenen Tekuma übermitteln. Auch das ist Teil der Vorschriften. Und?«

»Zvi Eschkol, Oberleutnant von Cheil Hajam, der israelischen Kriegsmarine. Wird das Rote Kreuz unsere Angehörigen benachrichtigen?«

»Ganz richtig, Oberleutnant Eschkol. Das ist, unter anderem, Sinn und Zweck. Okay, mehr Fragen darf ich Ihnen nicht stellen. Ich hätte aber noch eine Bitte an Sie.«

»Eine Bitte?«

»Ich brauche auch die Namen und Dienstgrade Ihrer acht

Kameraden für das Rote Kreuz. Da Sie der einzige israelische Offizier an Bord sind, haben Sie das Kommando über die Gruppe von israelischen Kriegsgefangenen und sind folglich unser Verbindungsmann. Dürfte ich Sie also bitten …?«

»Ich verstehe, Admiral. Sobald ich meine Kameraden treffe, erstelle ich Ihnen eine Namensliste.«

»Ausgezeichnet. Haben Sie ein wenig Appetit? Es könnte ja sein, dass …«

»Ehrlich gesagt: ja, Admiral.«

Carl sorgte dafür, dass Oberleutnant Eschkol abgeholt und in die Messe gebracht wurde, wo man ihm und den beiden anderen unverletzten Seeleuten ein improvisiertes Abendessen servierte. Dann begab er sich wieder in den kleinen Konferenzraum und ließ die Al-Dschasira-Reporterin Rashida Asafina holen, die in den vergangenen Stunden buchstäblich *eingebettete Journalistin* gewesen war.

Wie zu erwarten, war sie wütend wie eine aggressive kleine Wespe, als sie in Begleitung eines der drei englischen Oberleutnants hereinstürmte, die sie nun abwechselnd ständig eskortierten.

Sie putzte ihn herunter und warf ihm unter anderem vor, er unterdrücke die Pressefreiheit. Darüber musste Carl herzlich lachen. Er gab zurück, er sei nicht nur ein überzeugter Anhänger der Pressefreiheit, sondern auch ein Förderer gut eingebetteter Kriegsberichterstatter. Genau dies sei aktuell der Fall.

Sie bestritt diesen Umstand vehement und mit guten Argumenten. Sie habe nämlich von der aktuellen Situation nicht die geringste Ahnung, weil man sie zehn Stunden lang eingesperrt habe.

Als Erstes teilte er ihr mit, dass ihr Arrest unverzüglich aufgehoben sei. Von nun an habe sie die gleichen Arbeitsbedingungen wie vorher. Bis auf den Torpedoraum und die Kommandozentrale dürfe sie alles an Bord filmen und mit jedem sprechen, sofern die jeweilige Person einverstanden sei.

Die konkrete Situation sehe folgendermaßen aus: Im Laufe der vergangenen acht Stunden habe die U-1 Jerusalem die israelischen Häfen in Haifa und Aschdod angegriffen und nach ersten Schätzungen mehr als neunzig Prozent der israelischen Flotte zerstört. Des Weiteren habe man das israelische U-Boot Tekuma auf offenem Meer versenkt. An Bord befänden sich nun neun Kriegsgefangene, bei denen es sich um die Überlebenden von der Tekuma handele.

Um acht Uhr UTC würde die U-1 Jerusalem für cirka fünfzehn Minuten an die Oberfläche gehen. Man würde Rashida Asafina und ihrer Assistentin helfen, ihre Ausrüstung aufzubauen, damit sie über Satellit mit dem Hauptbüro von Al-Dschasira kommunizieren könne. Sie dürfe senden, was sie wolle. Er empfehle ihr, vorher über das Satellitentelefon bei ihrer Zentrale anzurufen, um die Leute dort vorzubereiten. Außerdem habe sie nun Gelegenheit, ein Interview mit Brigadegeneral Mouna al-Husseini zu führen, der Sprecherin des palästinensischen Präsidenten. Noch Fragen?

Es grenzte an ein Wunder, dass Rashida Asafina all diese Informationen ohne Zwischenfragen und mit voller Konzentration hatte aufnehmen können. Ihre erste Reaktion war in Carl Augen vollkommen verständlich.

»Verfluchte Scheiße!«, brach es aus ihr heraus. »Das ist der dickste Knüller seit 9/11. Und ich sitze mittendrin und kann nicht berichten!«

»Sie werden bald die Möglichkeit dazu haben, und dann wird kein Bericht auf der ganzen Welt interessanter sein als Ihrer. Seien Sie wegen Ihres Knüllers unbesorgt, in weniger als acht Stunden sind Sie weltberühmt«, sagte Carl ohne das geringste Anzeichen von Ironie.

Sie hatte natürlich unzählige Fragen. Was war draußen in

316

der Welt passiert? Was, wenn in ihrer Redaktion niemand ans Telefon ginge? Die müssten ja glauben, sie wäre entführt worden. Ob man die Sendezeit eventuell verlängern könne? Und wie solle sie ihr Material verschicken? In der kurzen Zeit sei es unmöglich, vor allem wenn gleichzeitig eine Live-Schaltung die Satellitenleitung blockiere.

Carl streckte ihr seine Handflächen entgegen, um ihren Fragesturm zu bremsen.

»Sie müssen die Sache ganz nüchtern betrachten, Rashida. Ich darf Sie doch Rashida nennen, wenn wir zwei allein sind? Dann sparen wir uns den Admiral und die U-Boot-Korrespondentin.«

»Passt mir ausgezeichnet. Allerdings möchte ich in dem Interview nicht den Eindruck erwecken, wir wären intime Freunde.«

»Das kommt gewiss uns beiden entgegen. So machen wir es. Punkt eins. Was draußen in der Welt los ist? Keine Ahnung. In einigen Stunden steigen wir so weit nach oben, dass wir CNN empfangen können. Dann wissen wir, was die Welt glaubt. Sie haben sicher recht mit Ihrer Annahme, dass die Geschichte die Dimension von 9/11 hat.«

»Wieso ausgerechnet CNN?«

»Wir haben wenig Zeit. Jedes Mal, wenn wir an die Oberfläche gehen, riskieren wir, dass man uns entdeckt. Und dann werden sie uns töten. Wir brauchen als Erstes die Version der Amerikaner. Reiner Pragmatismus.«

»Okay, ich verstehe. Fahren Sie fort!«

»Wenn in Ihrer Redaktion niemand ans Telefon geht, haben wir Pech gehabt und müssen es einige Stunden später von einer anderen Stelle aus probieren.«

»Darf ich zugucken, wenn Sie CNN empfangen?«

»Selbstverständlich. Was die da oben glauben, ist für Sie ebenso wichtig wie für uns. Vermutlich werden Sie genau das

317

dementieren müssen. Und die Sendezeit …, das war doch Ihre nächste Frage, oder? Für Sie gilt dasselbe. Sobald wir an der Wasseroberfläche sind, befinden wir uns in Lebensgefahr. Also müssen wir den Zeitraum begrenzen und dürfen uns nicht innerhalb der Reichweite von israelischen Jagdflugzeugen aufhalten. Was noch?«

»Wie soll ich mein bisher eingespieltes Material an die Redaktion schicken?«

»Ich fürchte, damit müssen wir uns noch gedulden. Wir werden immer wieder für kürzere Zeit an die Oberfläche gehen, damit Sie live senden und wir Nachrichten empfangen können.«

»Und was passiert mit mir, meiner Assistentin und unserem gesamten Material?«

»Sobald wir einen sicheren Hafen anlaufen, haben Sie und Ihre Assistentin die Wahl. Sie werden von dort aus mit Sicherheit all Ihre Aufnahmen an Ihre Redaktion schicken können. Ob die berühmteste Fernsehreporterin der Welt weiterhin Kriegsberichterstatterin vor Ort sein möchte, wenn wir uns auf den Weg zu unserem nächsten Auftrag machen, ist eine andere Frage.«

»Wann und wo legen wir an? Wie lautet der nächste Auftrag?«

»In ungefähr zwei Wochen werden wir einen Hafen anlaufen. Den genauen Zeitpunkt und Ort kann oder vielmehr will ich Ihnen jetzt nicht sagen.«

»Warum nicht? Ich kann doch sowieso nicht losrennen und es verbreiten.«

»Doch. Sie werden morgen eine Live-Schaltung haben, und diese wird hoffentlich nicht die letzte sein. Außerdem werden Sie mehrmals mit Ihrer Redaktion telefonieren.«

»Vertrauen Sie mir nicht?«

»Vielleicht tue ich das, aber Sie sollen nicht einmal theoretisch die Möglichkeit haben, uns alle umzubringen, nur weil die Pressefreiheit ein heiliges Gut ist. Noch Fragen?«

Es mussten noch einige praktische Dinge geklärt werden. Rashida Asafina wusste genauso gut wie Carl, dass sie mit diesem Knüller in Kürze weltberühmt werden würde. Diese Chance wollte sie nicht vermasseln.

Sie wollte nur wissen, wie viel Zeit sie haben würde, um sich auf ihre eigene Sendung vorzubereiten, nachdem sie die Nachrichten auf CNN gesehen hatte. Sie musste wissen, welche Vermutungen und Spekulationen aus der bisherigen Berichterstattung sie gemeinsam mit Mouna al-Husseini korrigieren musste. Übrigens müsse Mouna vor dem Interview ebenfalls CNN gucken. Als Hintergrund für das Interview habe sie an die palästinensische Flagge am Turm des U-Boots gedacht.

All dies sei kein Problem, meinte Carl. Die U-1 Jerusalem habe vorerst das Schlimmste überstanden. Man befände sich nun im Auge des Sturms. Viel kritischer sei die Lage da oben.

Die Ansprache des Präsidenten sollte aus dem Treaty Room im ersten Obergeschoss des Weißen Hauses ausgestrahlt werden. Auf der rechten Seite hing ein Porträt von Präsident McKinley, der dem Raum seinen Namen gegeben hatte. Auf diesem Gemälde überwachte er die Unterzeichnung des Friedensabkommens im spanisch-amerikanischen Krieg.

Während der Präsident in der Maske war, stürmte ein Mitarbeiter des Pressesprechers herein und berichtete aufgeregt, es seien Informationen durchgesickert und einer der Fernsehsender melde bereits die Nachricht vom bevorstehenden Krieg.

»Diese Idioten haben immer noch nichts begriffen«, murrte der Präsident. »Dieser Krieg findet seit dem 11. September 2001 statt.«

Betretenes Schweigen breitete sich unter dem guten Dutzend der Anwesenden aus. Nur Condoleezza Rice und Rumsfelds Staatssekretär Card flüsterten miteinander.

»Worüber reden Sie?«, fragte der Präsident ungehalten.

»Über das Pentagon, Mr President«, antwortete Condoleezza Rice mit einer kalten Zurückhaltung in der Stimme, die der Präsident gut kannte. So klang sie, wenn sie wütend war.

»Aha. Und was ist mit dem Pentagon?«, fragte er.

»Es will mehr Beschlussrecht.«

»Ich habe denen deutlich gesagt, dass sie so viel Beschlussrecht haben, wie sie brauchen. Hauptsache, wir vermeiden größere Kollateralschäden. Der Rest interessiert mich im Augenblick nicht.«

Erneut breitete sich Schweigen aus. Es waren noch zehn Minuten bis zur Sendung, der Stab zog sich allmählich zurück. Bush beklagte sich über einen rhythmisch wiederkehrenden Fehler auf dem Teleprompter und bekam ein Glas Wasser. Wieder Stille.

»Sind wir hier auf einer Beerdigung?«, scherzte der Präsident. »So etwas machen wir doch nicht zum ersten Mal. Wo waren Sie eigentlich bei meiner letzten Joggingrunde, Big Al?«

Die Frage war an einen der Sicherheitsbeamten gerichtet. Er teilte mit, dass es nicht seine Schicht gewesen sei, dass er aber vor einigen Tagen eine Meile in fünf Minuten geschafft habe. Der Präsident stimmte ihm zu, das sei ausgezeichnet, er selbst sei allerdings kürzlich drei Meilen in einundzwanzig Minuten und sechs Sekunden gelaufen.

Wieder gespanntes Schweigen. Der Präsident fragte verärgert, wo die Poolbande bliebe. Seine Frage bezog sich auf die Leute von den verschiedenen Fernsehsendern, die sich im Weißen Haus eingenistet hatten und sich abwechselnd

320

um die Live-Sendungen von dort kümmerten. In diesem Augenblick kamen sie mit ihrer Ausrüstung angehetzt. Bush bemerkte scherzhaft, die Sparmaßnahmen gingen allmählich so weit, dass der Präsident sich selbst schminken müsse. So wie Tony Blair. Der Countdown begann. Bush machte ein paar Dehnübungen, strich sein Jackett glatt und zwinkerte einem Skriptgirl zu. Er machte einen gut gelaunten und angriffslustigen Eindruck. In den letzten fünf Sekunden absolute Stille. Der Präsident der Vereinigten Staaten wurde angekündigt.

»Liebe amerikanische Landsleute hier zu Hause und anderswo auf der Welt«, begann er. Er beugte sich vor und richtete seinen Blick entschlossen auf die Zuschauer beziehungsweise auf den Lauftext. Es war der achtzehnte Entwurf seiner Rede.

»Wieder sind wir heute Abend ein Volk, das sieht, welche Gefahr von Massenvernichtungswaffen in den Händen von Feinden der Demokratie ausgeht. Wieder sind wir dazu berufen, die Freiheit zu verteidigen.

Heute, an Jom Kippur, dem Tag, an dem Gott uns auferlegt, uns mit unseren Feinden zu versöhnen, hat Israel, unser engster Verbündeter und Freund im Nahen Osten, einen Terrorangriff erlitten, der so barbarisch war, dass er nur mit dem 11. September 2001 verglichen werden kann. Die Stadt Haifa ist aus einem feigen Hinterhalt, von einem U-Boot aus, mit Massenvernichtungswaffen angegriffen worden.

Wir müssen begreifen, dass gewisse Dinge eindeutig sind. Israel ist unser Freund und Verbündeter. Die Vereinigten Staaten von Amerika werden ihren Freunden niemals von der Seite weichen. Wir werden Demokratie und Freiheit immer verteidigen. Wenn diejenigen, die uns und die Freiheit hassen, glauben, sie könnten uns aus ihrem feigen Hinterhalt Angst einjagen, begehen sie einen tödlichen Irrtum.

Wir werden jedes Mittel anwenden, das uns zur Verfügung steht. Mithilfe von diplomatischen Beziehungen, unseren Nachrichtendiensten, den Institutionen, die die nationalen und internationalen Gesetze aufrechterhalten, und all unseren militärischen Waffen werden wir das globale Netzwerk vernichten, das erneut für so viel Trauer und Zerstörung gesorgt hat.

Dieser Krieg gegen den Terrorismus hat uns abgehärtet. Niemand hat Ihnen versprochen, dass es ein leichter und schneller Sieg wird. Ich habe Ihnen nur den Sieg versprochen.

Das amerikanische Volk kann nicht damit rechnen, dass ein einziger erfolgreicher Schlag ausreicht, sondern muss sich auf eine langwierige und entschlossene Kampagne gefasst machen, die sich von allem bisher Dagewesenen unterscheidet.

Diese Kampagne wird gut sichtbare Angriffe enthalten, die Sie auf Ihren Fernsehbildschirmen verfolgen können, aber auch verborgene Operationen mit sich bringen, die geheim sind und auch dann geheim bleiben werden, wenn sie erfolgreich verlaufen. Ich bitte Sie um Ihre Geduld. Und vor allem bitte ich Sie um Ihr Vertrauen. Leben Sie weiter wie bisher und nehmen Sie wie bisher Ihre Kinder in den Arm.

Aber seien Sie gewiss, dass ich niemals die Wunden vergessen werde, die uns und der Demokratie an diesem Tag zugefügt wurden. Ich werde in diesem Kampf für die Freiheit und die Sicherheit des amerikanischen Volkes nicht weichen, nicht ruhen und nicht zögern.

Daher habe ich den Streitkräften der Vereinigten Staaten von Amerika zwei Befehle erteilt. Die Luftwaffeneinheiten auf dem Flugzeugträger USS Thomas Jefferson haben soeben den Hafen für Terroristen-U-Boote zerstört, den die Iraner in Bandar Abbas am Persischen Golf gebaut haben. Die Welt muss wissen, dass diejenigen, die Terroristen aufnehmen, Partei ergriffen haben.

Des Weiteren habe ich der amerikanischen Kriegsmarine im Mittelmeer den Befehl erteilt, das U-Boot aufzuspüren und zu zerstören, das den hinterhältigen Angriff auf die friedliche Stadt Haifa in Israel durchgeführt hat.

Die Terroristen müssen vernichtet oder gefangen genommen werden. Egal, ob wir unsere Feinde der Gerechtigkeit ausliefern oder ob wir ihnen Gerechtigkeit bringen, es wird Gerechtigkeit geben.

Gott segne die Vereinigten Staaten von Amerika!«

Condoleezza, die die Rede aus der Nähe verfolgt hatte, fand sie überdurchschnittlich. Er hatte sich weder verhaspelt noch ein Wort falsch ausgesprochen oder sich so im Sprechrhythmus verheddert, dass der Fernsehzuschauer den Eindruck gewann, er wisse gar nicht, was er da vorlese. Außerdem hatte er Zielstrebigkeit und Zuversicht ausgestrahlt.

Bis hierhin war alles gut und schön. Das Problem war nur, dass dem Ganzen ein Zug von Spekulation und Hasardspiel anhaftete. Hoffentlich lag Gottes Segen tatsächlich über den Vereinigten Staaten von Amerika.

Der Präsident hatte sie gebeten, in der Residenz des Weißen Hauses zu übernachten. Sie hatte dort sowieso ein eigenes Zimmer mit einem gut gefüllten Kleiderschrank, und die First Lady weilte an diesem Abend in Los Angeles, um vor dem Kongress der Amerikanischen Mütter über den Wert der Familie zu sprechen. Er wollte nach seiner Rede nicht allein sein, sondern brauchte jemanden, an dem er sich abreagieren konnte. Er wollte anschließend noch eine Runde aufs Laufband, um wieder ein bisschen runterzukommen. Außerdem aß er nie etwas vor seinen Reden und war hinterher hungrig wie ein Wolf.

Sie machten es sich mit den King Size Cheeseburgern des

Weißen Hauses gemütlich, ein Luxus, den sie sich nur gönnten, wenn sie allein und unbeobachtet waren. Eine Weile lang diskutierten sie über einige Formulierungen der Rede. Condoleezza Rice war zum Beispiel der Meinung, dass die Ausdrücke »Terroristen-U-Boot« oder »Massenvernichtungswaffen« für Marschflugkörper nicht ganz unproblematisch seien. Da er jedoch auf diesem Punkt beharrte, ging sie dazu über, die positiven Seiten seiner Rede zu loben. Es sei gut, dass er sich nicht darauf festgelegt habe, dass das U-Boot aus dem Iran stamme. Alle würden es so auffassen, aber gesagt habe er es nicht.

Dann kamen sie auf Dick zu sprechen. Es sei fast komisch, seufzte der Präsident, aber wenn er sich recht erinnere, habe er nach dem Mittagessen im Nationalen Sicherheitsrat zu Dick gesagt: »Sei so nett und bring mich nicht wieder in Schwulitäten.« Man könne doch meinen, er habe sich mehr als deutlich ausgedrückt. Denn Dick sei das Kunststück ja schon einmal gelungen. Bevor das Weiße Haus auch nur angedeutet habe, dass Saddam Hussein Massenvernichtungswaffen besitze – ihm selbst war lediglich herausgerutscht, dass Saddam solche Waffen *anstrebe* –, hatte Dick in einer Rede gesagt, man *wisse* mit Sicherheit, dass dies der Fall sei. Und da das Weiße Haus schlecht dem Vizepräsidenten in den Rücken fallen und dessen Aussagen dementieren konnte, hatte er damit die Kriegsmaschinerie ordentlich in Schwung gebracht.

Und nun habe Dick das Gleiche getan. Er habe den Iran auf das U-Boot oder eventuell die U-Boote festgenagelt. Das sei praktisch eine Kriegserklärung. Da das Kind nun einmal in den Brunnen gefallen sei, solle man lieber so bald wie möglich zum Angriff übergehen, um die Vorbereitungszeit für den Iran nicht unnötig auszudehnen.

Condoleezza Rice wandte vorsichtig ein, ein Angriff auf

324

den Iran sei trotz allem ein Hasardspiel – auch wenn sich natürlich erweisen könne, und mit Sicherheit würde, dass die Theorie zutraf.

George W. Bush wollte diese Kritik nicht hinnehmen. Er habe sich ohnehin schon auf einen Kompromiss eingelassen. Man würde lediglich einen U-Boot-Hafen und einige Anlagen zur Urananreicherung zerstören. Und das könne man sowieso jederzeit ohne besonderen Anlass tun. Schurkenstaaten wie der Iran seien nicht befugt, Atomwaffen oder andere Waffen zu besitzen, mit denen man die Kriegsmarine der Vereinigten Staaten bedrohen könne.

Der feine Dreh dabei war, dass er es als Kompromiss darstellte. Rummy hätte angeblich am liebsten das ganze Programm durchgezogen, die *Operation Extended Democracy*, den großen Angriff auf den Iran. Dies wäre vielleicht keine gute Idee gewesen. Aber diese begrenzte Aktion eigne sich vorzüglich als Camouflage. Man könne so tun, als führe man nicht mehr im Schilde, abgesehen davon, dass man sich das U-Boot angeln wollte. Auf diese Weise habe man den großen Angriff weiterhin in der Hinterhand und gewinne außerdem Vorbereitungszeit.

Condoleezza Rice beschloss, ihren Unmut nicht zu zeigen. Der Präsident stellte es so hin, als hätte er das Beste aus der Situation gemacht. Falls etwas schiefging, war Dick schuld.

Sie wusste, dass der nächste Tag anstrengend werden würde. Wenn der UN-Sicherheitsrat zusammentrat, war der Angriff auf den Iran längst vorüber und die Brände gelöscht. Die Vertreter im Welt-Sicherheitsrat würden wahrscheinlich nicht gerade begeistert sein, wenn man sie um ihre Zustimmung zu der U-Boot-Jagd bat.

»Mit Gottes Hilfe werden wir die Sache schon in Ordnung bringen, Condie«, gähnte der Präsident, dem fast die Augen zufielen.

Es war mittlerweile nach zehn Uhr, und sie pflegte äußerst früh ins Bett zu gehen. Er solle sich vor dem ereignisreichen morgigen Tag lieber ausschlafen, schlug Condie vor und wünschte ihm eine gute Nacht. Er winkte ihr müde hinterher und sank zurück in seinen Sessel. Er hatte sich seinen Trainingsanzug angezogen, aber sie bezweifelte, dass er es noch bis zum Fitnessraum schaffen würde. Es war mit Sicherheit mühsam gewesen, diese Rede zu verfassen – mit so vielen Redenschreibern und Ratgebern, die alle eine eigene Meinung hatten.

Sie deutete mit einer Handbewegung an, dass er gern sitzen bleiben könne. Schließlich kannte sie sich in diesem Haus ebenso gut aus wie er selbst und die erste Dame des Staates.

Normalerweise fiel es Condoleezza Rice weder schwer einzuschlafen noch morgens um vier Uhr fünfundvierzig ohne Wecker aufzustehen. Aber in dieser Nacht war es anders.

Sie musste mit den beiden Männern Tritt halten, denn die Ereignisse drohten eine Eigendynamik zu entwickeln, die unweigerlich zu einem weiteren schlecht vorbereiteten Krieg und neuen Soldaten in einem weiteren muslimischen Land führte. Sie glaubte Rummy nicht eine Sekunde, wenn er beschwor, das iranische Volk würde sich auf die Seite der Besatzer stellen und die verhassten religiösen Unterdrücker abschütteln. Das hatte er vor dem Irakkrieg auch behauptet.

In gewissen Situationen hatten Dick und Rummy die Gabe, den Präsidenten vor sich herzutreiben. Georges Führungsstil hatte etwas Gehetztes an sich. Niemand wusste das besser als sie. Er brauchte Action und Lösungen, und wenn er einen Weg eingeschlagen hatte, preschte er voran, sah sich selten um und machte alle Zweifler und Bedenkenträger lächerlich. In so einer Situation galt jeder, der nicht hundertprozentig hinter ihm stand, schnell als Vaterlandsverräter. Er schien kein Zögern zu kennen, und seine knappen Erklärungen wirkten oft impulsiv. Genauso stellte er sich den wenigen ausgewählten Hofkorrespondenten dar, wenn er hin und wieder ein Interview gab. »Ich verlasse mich auf meinen Instinkt«, war einer seiner Lieblingssätze.

Sie kannte die Eigenheiten des Präsidenten. Sie dagegen war überzeugt, dass Zweifel einer nüchternen Politik durchaus dienlich sein konnten. Ihre Aufgabe bestand darin, die notwendige Besonnenheit zu wahren, zu warnen und manchmal auch Stopp zu sagen, um den Präsidenten zum Nachdenken zu bewegen.

Man konnte allerdings nicht behaupten, dass sie mit ihrer Strategie am vergangenen Tag viel Erfolg gehabt hätte. Rummy war bereits von fünf verschiedenen Fernsehsendern ins Frühstücksfernsehen eingeladen worden, wo er sich mit dem effektiven Schlag gegen den Iran brüsten und nebenbei die eine oder andere Bemerkung fallen lassen würde, was die diplomatischen Spielchen im UN-Sicherheitsrat nicht unbedingt erleichterte. Was wiederum nach Ansicht von Rummy und Dick schon vorher klar war – es glich einer sich selbst erfüllenden Prophezeiung. Ein weiterer Beweis, dass sich die Vereinigten Staaten von Amerika auf niemanden außer Tony Blair verlassen konnten. Ein Gedankengang, der auch George ausgezeichnet in den Kram passte.

Aus der Sicht von Condoleezza Rice konnten nur zwei Dinge die Situation retten. Erstens musste dieses U-Boot – oder die U-Boote –tatsächlich aus dem Iran stammen. Zweitens mussten sie es so schnell wie möglich zu fassen kriegen.

Viel zu wenig Aufmerksamkeit hatte man der Behauptung des palästinensischen Präsidenten geschenkt, es handle sich um ein palästinensisches U-Boot, das den Angriff auf seinen ausdrücklichen Befehl hin durchgeführt habe. Rummy hatte höhnisch über die Terroristenführer gelacht, die sich immer gleich in den Vordergrund drängelten, um ein wenig Ruhm einzuheimsen. Laut CIA war diese Möglichkeit undenkbar.

Irgendwie gelang es ihr schließlich, trotz der Grübeleien einzuschlafen, aber sie wurde in dieser Nacht mehrmals wach und verschlief am nächsten Morgen.

Um fünf vor sechs rief ihr Staatssekretär an, entschuldigte sich verwundert und peinlich berührt, weil er sie geweckt hatte, bestand aber darauf, dass sie sich in wenigen Minuten die Nachrichten auf CBS angucke.

Sie zog einen Bademantel über, bestellte Orangensaft, Naturjoghurt und koffeinfreien Kaffee beim Zimmerservice des Weißen Hauses und schaltete den Fernseher ein.

Der nächtliche Angriff auf den Iran war *nicht* die wichtigste Meldung, geschweige denn die Ansprache des Präsidenten vom Vorabend. Unter dem flammenden Schriftzug ISREALS 9/11 dröhnte stattdessen eine absolut niederschmetternde Neuigkeit.

Der unabhängige arabische Nachrichtensender Al-Dschasira hatte eine Korrespondentin an Bord des U-Boots, das als U-1 Jerusalem und »Flaggschiff der palästinensischen Flotte« vorgestellt wurde. Und dann kam der Einspieler, den man wahrscheinlich für teures Geld von Al-Dschasira gekauft hatte.

Eine forsche Reporterin stand vor dem Turm eines U-Boots, das sich in den Wellen bewegte, und berichtete live. Im Hintergrund die palästinensische Flagge. Sie berichtete, dieses U-Boot habe die israelische Flotte in Haifa und Aschdod ausradiert und vor dem Angriff siebenundzwanzig Seemeilen vor der israelischen Küste das U-Boot Tekuma versenkt.

Man habe neun Überlebende der Tekuma als Kriegsgefangene an Bord. Zwei von ihnen seien aufgrund von schweren inneren Verletzungen operiert worden. Alle Behauptungen der amerikanischen Regierung, es handle sich um ein iranisches U-Boot, seien unzutreffend.

Dann präsentierte die Reporterin eine Frau in Uniform. Sie sei die höchste politische Befehlshaberin an Bord der U-1 Jerusalem, General Mouna al-Husseini.

Condoleezza Rice saß kerzengerade auf der Bettkante und scheuchte den Zimmerkellner mit ihrem Frühstück hinaus, ohne den Blick vom Bildschirm abzuwenden.

Die Fernsehreporterin bat die Befehlshaberin, die durchgeführte Aktion mit eigenen Worten zu beschreiben. Die knappe Schilderung, die nun folgte, bestätigte Condies schlimmste Vermutungen.

»Warum hat die palästinensische Flotte diesen Angriff verübt?«, lautete die nächste Frage.

»Wir haben die israelische Flotte auf Befehl von Präsident Mahmud Abbas vernichtet, weil die Abriegelung des Gazastreifens anders anscheinend nicht aufgehoben werden kann. Präsident Abbas hat Israel mehrfach vor einem solchen Szenario gewarnt.«

»Woher haben Sie dieses U-Boot?«

»Die U-1 Jerusalem ist ein Gemeinschaftsprojekt von russischen und palästinensischen Wissenschaftlern. Die Grundkonstruktion stammt aus Russland, aber wir haben mit unseren eigenen Mitteln eine Reihe von Veränderungen und Verbesserungen vorgenommen.«

»Befinden sich auch Russen auf dem U-Boot?«

»Ja. Wir haben vier oder fünf verschiedene Nationalitäten an Bord, aber wir operieren unter palästinensischer Flagge und sonst nichts.«

»Haben die Russen eine übergeordnete Position?«

»Nein. Ich selbst bin die höchste politische Befehlshaberin an Bord und leite die Befehle des palästinensischen Präsidenten weiter. Unser höchster Offizier ist übrigens ein Amerikaner.«

»Führen Sie Nuklearwaffen mit sich?«

»Was pflegen amerikanische Generäle auf diese Frage zu antworten? Ich darf mich ausnahmsweise ihrer Ausdrucksweise anschließen. Wir verfügen über alle Waffen, die wir benötigen, um unsere Aufgaben zu erfüllen.«

»Laut amerikanischen Nachrichtensendern werden Sie von der gesamten amerikanischen Mittelmeerflotte gejagt. Präsident George W. Bush hat persönlich versprochen, Sie zu versenken. Möchten Sie einen Kommentar dazu abgeben?«

»Erstens führen wir Palästinenser keinen Krieg gegen die USA. Wir haben keinerlei Absicht, das Feuer auf amerikanische Schiffe zu eröffnen. Wenn man uns angreift, werden wir zurückschlagen, aber das ist etwas anderes. Im Übrigen hat der Präsident der Vereinigten Staaten diese Aussage getroffen, als er über unsere Identität nicht informiert war. Dass ein Angriff des Irans auf die Besatzungsmacht Israel eine solche Gegenreaktion hervorrufen könnte, ist in gewisser Weise nachvollziehbar. Aber da nun klar ist, dass wir Palästinenser sind, sieht die Sache vollkommen anders aus.«

»Warum das?«

»Weil wir das internationale Recht auf unserer Seite haben, der Iran nicht. Wir sind ein besetztes Volk, wir dürfen mit militärischen Mitteln gegen die Besatzungsmacht vorgehen.«

»Befürchten Sie nicht, dass die USA Sie angreifen werden, obwohl Sie im wahrsten Sinne des Wortes Flagge gezeigt haben?«

»Das hoffe ich wirklich nicht. Es liegt nicht in unserem Interesse, amerikanische Schiffe zu versenken.«

»Was wird als Nächstes passieren?«

»Diese Frage kann ich leider nicht beantworten. Da müssen

Sie Mahmud Abbas fragen. Wir erwarten einen neuen Befehl unseres Präsidenten.«

Die Reporterin brachte das Interview nervös zum Abschluss, offenbar trieb irgendjemand im Hintergrund sie an. Nun war der Einspieler zu Ende. Im Fernsehstudio erschien eine Heerschar von uniformierten Experten, und der Moderator teilte mit, Verteidigungsminister Rumsfeld sei bedauerlicherweise verhindert.

Condoleezza Rice schaltete den Fernseher aus und versuchte, sich zu sammeln. Sie hatte nicht die geringste Lust, sich die Spekulationen und Litaneien unzähliger Terrorismusexperten und pensionierter Generäle anzuhören.

Das Interview hatte gehetzt und einstudiert auf sie gewirkt. Vermutlich lag das daran, dass man zum Senden auftauchen musste und dass ein zu langer Aufenthalt an der Oberfläche nicht ratsam war.

Ob einstudiert oder nicht, es wirkte authentisch. Ob das U-Boot tatsächlich aus Russland stammte, würde man innerhalb kürzester Zeit aus Putin herausquetschen. Wahrscheinlich stimmte es. Sie hatte die russischen Marschflugkörper beim ersten Angriff selbst gesehen.

Al-Dschasira hatte das Material zuerst gesendet. Da sie ihren eigenen Reportern vertrauen konnten, mussten auch sie sicher sein, dass der Einspieler echt war. Und CBS hätte ihn nicht gekauft und als Top-Meldung gesendet, wenn sie den Inhalt nicht für äußerst glaubwürdig halten würden.

Nur auf ein Detail konnte sie sich keinen Reim machen. Die Reporterin hatte nicht einmal überrascht geblinzelt, geschweige denn nachgefragt, als behauptet wurde, der höchste Offizier an Bord sei Amerikaner. Das war nicht nur mysteriös, sondern es war ein unerhörter Skandal.

Als Nächstes wurde ihr klar, dass die internationale Presse von nun an gespalten sein würde. Eine schöne und coole, um

331

nicht zu sagen eisenharte Frau an der Spitze der größten Terroraktion in der Geschichte des Nahen Ostens würde unter
westlichen Journalisten ein Beben hervorrufen, das man auf
der Richterskala würde ablesen können.

Die Resolution des UN-Sicherheitsrates konnte man vergessen. Dieser weibliche palästinensische General war eine lebende Garantie für das Veto von Frankreich, Russland und
China. Ganz zu schweigen von einem Haufen Neinstimmen
anderer Staaten. Das brauchte man gar nicht zu versuchen.
Am Ende würden die Vereinigten Staaten und Großbritannien allein mit dem Schwarzen Peter dasitzen.

Es würde ein anstrengender und langer Tag werden. Sie
trank ihren Orangensaft in einem Zug aus.

Der nächste Auftritt der U-1 Jerusalem vor der Weltöffentlich-
keit kam genauso überraschend wie der erste.

Am 5. Oktober erhielt der Kapitän des Luxuskreuzers Pallas
Athena um acht Uhr abends einen höchst unerwarteten Anruf. Man steuerte Rhodos an und rechnete mit der Ankunft in
zweieinhalb Stunden. An Bord befanden sich achthundert
zahlende Passagiere und dreihundert Mann Besatzung.

Die Funker hielten die Nachricht zunächst für einen Scherz.
Der Kapitän, der zufällig vorbeikam und das Gespräch teil-
weise mit anhörte, hatte jedoch das Gefühl, es könne etwas
Wahres dran sein. Er riss das Mikrofon an sich und setzte die
Kopfhörer auf.

Der Anrufer stellte sich höflich, aber bestimmt als Oberbefehlshaber der palästinensischen Flotte an Bord der U-1 Jerusalem vor und teilte mit, man sei nur eine halbe Seemeile
von dem Kreuzfahrtschiff entfernt und fahre direkt darauf
zu. Der Mann äußerte eine Bitte, die man ihm nur schwer abschlagen konnte. An Bord der U-1 Jerusalem befinde sich ein
frisch operierter Überlebender von der versenkten Tekuma.

Es sei unverantwortlich, einen Kriegsgefangenen in diesem gesundheitlichen Zustand zu behalten, man habe aber in den nächsten Wochen nicht die Möglichkeit, an Land zu gehen. Daher müsse der Gefangene so schnell wie möglich nach Israel überführt werden. Man schlage vor, dass die Pallas Athena ein Rettungsboot aussetze und den Patienten in hundert bis zweihundert Meter Entfernung vom U-Boot abhole.

Kapitän Ioannidis gab der Weltpresse in den kommenden Tagen unzählige Interviews. Immer wieder musste er erklären, warum er das Ganze nicht für einen Bluff gehalten hatte. Hätte das U-Boot die Absicht gehabt, einem zivilen Kreuzfahrtschiff Schaden zuzufügen, hätte es dafür keine List anwenden müssen. Außerdem habe die Stimme des palästinensischen Flottenchefs sehr ehrlich und überzeugend geklungen.

Die Rettung des Ersten Torpedomaschinisten Uri Gazit war eine Sensation, die die Welt fast eine Woche in Atem hielt. Nicht zuletzt, weil der israelische Seemann in erstaunlich guter Verfassung war und den israelischen und ausländischen Journalisten von seinem Krankenbett in der Hadassah-Klinik sogar Interviews geben konnte. Am meisten verblüffte, dass er den Feind mit keinem Wort kritisierte. Im Gegenteil. Palästinensische Kollegen, also U-Boot-Seeleute, hätten Schlange gestanden, um freiwillig Blut zu spenden, als sein Zustand während der Operation kritisch geworden sei.

Diese scheinbar nebensächliche Bemerkung verhalf der palästinensischen Seite genau im richtigen Moment zu einem enormen PR-Erfolg.

Die Welt hatte sich aber bereits gespalten. Amerikanische und britische Medien bezeichneten den Angriff auf Haifa als Israels 11. September und die U-1 Jerusalem als »Terroristen-U-Boot«. Mit Ausnahme von Litauen, Tschechien und Bulgarien, die sich der angloamerikanischen Linie anschlossen, sprach das übrige Europa polemisch von »Israels Pearl Harbor« und nannte die U-1 Jerusalem das »phänomenale Flaggschiff der palästinensischen Flotte«.

Die widersprüchlichen Ansichten in den Medien spiegelten die Verhältnisse in den Vereinten Nationen wider. Der Versuch der USA und Großbritanniens, die Attacke auf Haifa im UN-Sicherheitsrat als Terrorakt zu verurteilen, scheiterte an den drei Vetoländern Frankreich, Russland und China.

Im Gegenzug legten die USA und Großbritannien ihr Veto gegen eine Resolution ein, die einen Waffenstillstand und Verhandlungen forderte. Damit herrschte ein Patt.

Dann versetzte ein weiteres weltbewegendes Ereignis die USA und Großbritannien in Bedrängnis. Die Bevölkerung des isolierten Gazastreifens war nämlich an die Küste geströmt. Schätzungen zufolge schwammen eine Million Menschen gleichzeitig im Meer. Solange die israelische Flotte die Küste überwacht hatte, war Baden verboten gewesen. Unter dem Jubel der Menge fuhren einige mehr oder weniger seetüchtige Fischerboote hinaus, um wieder zu fischen wie in alten Zeiten. Da Israel ein Embargo verhängt hatte, internationale Unterstützung verhinderte sowie alle palästinensischen Zoll- und Steuerabgaben konfiszierte, waren die Palästinenser kurz vor dem Verhungern. Die Fischerboote vor den Stränden waren also mehr als eine trotzige und symbolische Geste der Freiheit. Sie waren ein ernsthafter Versuch, die Versorgungslage zu verbessern.

Israelische Apache-Kampfhubschrauber feuerten Warnschüsse auf die Fischerboote ab, die höhnisches Gelächter und Verfluchungen ernteten. Daraufhin eröffneten die Israelis das Feuer, versenkten an die dreißig Boote und töteten fast hundert Menschen. Genauere Zahlen wurden nie veröffentlicht. Doch es waren mit Sicherheit mehr Menschen ums Leben gekommen als bei den Angriffen der U-1 Jerusalem.

Einstimmig verurteilte der UN-Sicherheitsrat das Massaker an der palästinensischen Bevölkerung und forderte erneut Waffenstillstand und Verhandlungen. Einstimmig war der Beschluss allerdings nur dem Anschein nach, weil sich die USA und Großbritannien diesmal ihrer Stimmen enthalten hatten. Weder wollten sie Israel verurteilen noch konnten sie über den Massenmord hinwegsehen.

Der palästinensische Präsident Mahmud Abbas erhielt in diesen Tagen die größte mediale Aufmerksamkeit seines Lebens. Plötzlich stand die Weltpresse für ein Interview mit ihm Schlange. Er nutzte die einmalige Gelegenheit weidlich aus.

Er akzeptierte die UN-Resolution und erteilte der palästinensischen Flotte über die Medien den Befehl, weitere Angriffe zu unterlassen. Generös ließ er wissen, dass ein gewisser israelischer Helikopterstützpunkt gerade noch einmal davongekommen sei.

Ein Bildausschnitt aus Al-Dschasiras erstem kurzen Interview auf der U-1 Jerusalem entwickelte sich zu einem Symbol, dessen Schlagkraft sich mit dem Porträt von Che Guevara messen konnte. Brigadegeneral Mouna al-Husseini mit der palästinensischen Flagge vor dem U-Boot-Turm, Wind in ihren Haaren, trotziges Lächeln, im Hintergrund Seegang.

Das Bild prangte weltweit auf den Titelseiten. Kurz darauf hing es von Casablanca bis Bagdad an den Häuserwänden. Allerdings rückten in Bagdad amerikanische Sicherheitskräfte aus, um die Plakate mit Farbe zu besprühen. Was dem Bild zu noch größerer Popularität verhalf.

Bald darauf bekam der neue Revoluzzer-Kult noch mehr Aufwind. Nachdem sie den Vizeadmiral um Erlaubnis gebeten hatte, hatte U-Boot-Korrespondentin Rashida Asafina die Gunst der Stunde genutzt und mithilfe eines Matrosen von der Pallas Athena eine Videokassette von Bord geschmuggelt.

Sie hatte ihm kurz erklärt, er solle das Band per Nachnahme verschicken und werde vom Empfänger zehntausend Dollar dafür erhalten. Er brauche nicht zu versuchen, die Aufnahmen an einen anderen Fernsehsender zu verkaufen, weil sie, die Urheberin, auf jedem zweiten Bild zu sehen sei. Der Seemann von der Pallas Athena war schlau genug gewesen, ihr zu glauben, hatte das Päckchen an die richtige Adresse verschickt und heimste seine zehntausend Dollar ein.

Auf dem Video war ein langes persönliches Interview mit Mouna al-Husseini, die im Nahen Osten bereits lange vor der U-1 Jerusalem eine Legende gewesen war.

Al-Dschasira unterlegte das Interview kurzerhand mit historischen Aufnahmen und schnitt es zu einer siebenundvierzigminütigen Sendung zusammen – ein gut verkäufliches Format –, die innerhalb von zwei Tagen an einhundertsiebenundvierzig Fernsehsender auf der ganzen Welt verkauft wurde. Der Gewinn betrug mehr als vierzig Millionen Dollar.

Der Titel der Dokumentation war äußerst schlagkräftig: *Madame Terror.*

Diese Überschrift wurde dem Inhalt zwar nicht gerecht, weil die Protagonistin sich im Grunde als wohlwollend und sympathisch erwies, aber sie verkaufte sich gut.

Ob der Titel nun gerechtfertigt war oder nicht, Mouna al-Husseini würde für den Rest ihres Lebens Madame Terror bleiben. Der Name erinnerte manche an Che Guevara, während er in den Ohren anderer wie Frau bin Laden klang. Wer für den einen ein Freiheitskämpfer war, galt dem anderen eben als Terrorist.

Die U-1 Jerusalem war zuerst an Syrien vorbei nach Norden und dann entlang der türkischen Küste direkt nach Westen gefahren. Nachdem man Zypern passiert hatte und kurz vor Rhodos angelangt war, hatte man ein geeignetes Kreuzfahrtschiff gefunden, dem man den israelischen Intensivpatienten hatte überlassen können. Man hatte sich bewusst so weit in türkische Hoheitsgewässer vorgewagt, um unter den Jagd-U-Booten der NATO Verwirrung zu stiften, falls man entdeckt wurde.

Die Türkei besaß vierzehn U-Boote mit Dieselantrieb, die meisten davon hatten deutsche Motoren. Ein ähnliches U-Boot in türkischen Gewässern würde für erhebliche Verwirrung sorgen, bevor die Türken den Zusammenhang begriffen. Und hätte die Türkei den USA auch noch so gern zur Seite gestanden, hätte man es doch mit der rasenden Wut in der eigenen Bevölkerung zu tun bekommen, weil es sich um ein palästinensisches U-Boot handelte.

Doch diese politischen Überlegungen hatten sich als überflüssig erwiesen, weil niemand das U-Boot nördlich von Israel gesucht hatte. Die Luftkontrollen der NATO hatten sich auf ein fächerförmiges Gebiet vor Haifa konzentriert und damit einen großen Teil des östlichen Mittelmeers abgedeckt, während die sechste Flotte der USA die Passage zwischen Sizilien und Tunesien abgeriegelt hatte. Auf diese Weise glaubte man noch immer, das U-Boot im östlichen Mittelmeer eingekesselt zu haben.

Nun schickte man drei amerikanische und britische U-Boote auf die Jagd. Einerseits war es die Suche nach der Nadel im Heuhaufen. Andererseits konnten die Terroristen nicht aus der Falle entkommen. Es war also nur eine Frage der Zeit, wann man sie schnappen würde.

So weit die Taktik. Leider gab es politische Komplikationen, weil die Terroristen Geiseln genommen hatten. Die Frage, ob man das Terroristen-U-Boot trotz der israelischen Geiseln an Bord versenken durfte, hatten nicht die Marineoffiziere auf den amerikanischen und britischen Jagd-U-Booten zu entscheiden. Diese Entscheidung mussten die Politiker fällen.

Die U-1 Jerusalem, die angeblich in der Falle saß, befand sich nun in fünfhundert Meter Tiefe südlich von Kreta auf westlichem Kurs. Man fuhr langsam und hatte sich auf den sogenannten inneren Urlaub eingestellt. Keiner ihrer Feinde konnte so tief tauchen, und die Torpedos der NATO funktionierten unter vierhundertfünfzig Metern nicht.

Die Messe war wieder in ihren ursprünglichen Zustand versetzt worden. Einer der israelischen Kriegsgefangenen musste immer noch intensivmedizinisch behandelt werden, und die Wunden und Brüche, die sich die anderen bei den Torpedotreffern zugezogen hatten, waren sorgfältig verbunden und eingegipst.

Nachdem Bootsmann Leila und Bootsmann Khadija ordentlich ausgeschlafen hatten und sich wieder ihren hoch geschätzten Kochkünsten widmen konnten, richtete man eine kleine Feier aus. Die gesamte Besatzung war in Ausgehuniform dazu eingeladen, und die Korrespondentinnen hatten rechtzeitig die Kamera aufgestellt. Es war die gleiche Zeremonie wie beim letzten Mal. Der Admiral kam pünktlich auf die Minute als Letzter herein, die gesamte Besatzung stand stramm, er begrüßte sie und befahl: »Rühren!«

»Genossen Offiziere und Seeleute!«, begann er diesmal auf Russisch. »Wir haben nun unseren ersten Auftrag erfüllt und die israelische Flotte zerstört. Somit wären wir bei unserem zweiten Auftrag angelangt, und zwar unsere Verfolger in die Irre zu führen. Da es bisher gut für uns aussieht, dürfen Sie sich vier Stunden erholen.«

Nachdem er das Ganze auf Englisch wiederholt hatte, bat er Fregattenkapitän Mordawina, Bootsmann Leila und Bootsmann Khadija nach vorn.

»Wenn nicht jeder an Bord seine Aufgaben perfekt erledigt hätte, wären wir jetzt nicht hier«, fuhr er fort. »Einige von Ihnen haben jedoch Außerordentliches geleistet und sollen dafür belohnt werden. Unser Ärzteteam hat zwanzig Stunden am Stück gearbeitet, damit wir – im Gegensatz zu unseren Feinden – alle berechtigten Forderungen der Genfer Konventionen bezüglich der Behandlung von Kriegsgefangenen erfüllen konnten. Dass uns dies einen großen politischen Vorteil verschafft, ist die eine Sache. Ich glaube nicht, dass die medizinischen Fachkräfte das im Sinn hatten, sie haben einfach ihre Arbeit gemacht. Daher verleihe ich Fregattenkapitän Mordawina und den Bootsmännern Leila und Kjadija den Stern der palästinensischen Flotte in Silber!«

Höflicher, aber leicht gedämpfter Applaus ertönte, als die drei Frauen die Auszeichnung entgegennahmen, einen fünfzackigen Silberstern an einem Band in den Farben der palästinensischen Flagge.

Als die drei mit zufriedenen roten Gesichtern zurück an ihre Plätze wollten, hielt der Admiral – diesmal unter tosendem Beifall – drei goldene U-Boot-Nadeln in die Höhe. Kapitän zur See Petrow steckte ihnen die Abzeichen an, und der Admiral erklärte, nun sei die gesamte Besatzung an Bord mit allen Wassern gewaschen. Seine Stimme ging in dem darauffolgenden Jubel unter.

339

Die Begeisterung wuchs, als er Leutnant Hassan Abu Bakr und die Obergefreiten Achmed Abu Omar, Mahmud Abu Utman und Daoud Abu Ali vorzutreten bat, die Tauchereinheit. Unter herzlichem Beifall erhielten sie die gleichen Auszeichnungen wie die drei weiblichen Seeleute. Dann wurden die Rollos vor dem Büffet hochgezogen, und die Party fing an.

Die vier ausgezeichneten Taucher begaben sich durch ein Spalier von Russen und Palästinensern, die ihnen anerkennend auf den Rücken klopften, zu einem eigens für sie reservierten Tisch, auf dem bereits ein russisch-libanesisches Essen samt Wein, Wodka, Arrak und Wasser stand. Keiner der Taucher gehörte zu der Gruppe von Palästinensern an Bord, die etwas gegen Alkohol einzuwenden hatten, was umso witziger war, da sie »die vier Kalifen« genannt wurden. Das hatte nichts mit ihrer Leistung zu tun, sondern beruhte lediglich darauf, dass sie die Namen der vier Nachfolger Mohammeds als Decknamen gewählt hatten.

Der Anführer der Gruppe, Hassan Abu Bakr, der für einen der israelischen Kriegsgefangenen sogar Blut gespendet hatte, war in den letzten Tagen schlecht gelaunt und grüblerisch gewesen, doch mit ein bisschen Arrak und dem guten Essen taute er auf. Als er eine Stunde später in geradezu ausgelassener Stimmung war, kam einer der drei englischen Gentlemen und richtete ihm aus, er werde vom Admiral in der Offiziersmesse erwartet. Da man diese Einladung nicht ablehnen konnte, stand er augenblicklich auf, nahm nach kurzem Zögern seinen Teller mit, entschuldigte sich achselzuckend bei seinen Kameraden und machte sich auf den Weg durch das Gedränge.

Als Carl ihn kommen sah, ließ er Kommandant Petrow und Schiffsärztin Mordawina allein zurück und zog an einen kleineren Tisch um. Scherzhaft zog er den Stuhl für Hassan Abu Bakr zurück und salutierte vor ihm.

»Es wird langsam Zeit, dass wir beide uns etwas privater unterhalten. Meinen Sie nicht, Leutnant?«, fragte Carl amüsiert.

»Wenn der Admiral mit mir sprechen will, komme ich«, antwortete Hassan Abu Bakr zurückhaltend. »Wir Palästinenser haben unter Ihrer Leitung unseren größten Sieg errungen. Ich nehme an, das ist zum Großteil Ihr Verdienst«, fügte er ein wenig wagemutiger hinzu.

»So, wie es meine Schuld gewesen wäre, wenn wir nicht überlebt hätten, meinen Sie?«, konterte Carl ohne eine Spur von Aggressivität. »Ich werde Ihnen eines sagen, Leutnant, und ich meine jedes Wort vollkommen ernst. Bislang haben Sie und das Ärzteteam für unser Überleben am meisten geleistet. So ist es. Ich frage mich allerdings, ob Sie überhaupt wissen, warum.«

»Die größte Leistung haben diejenigen erbracht, die richtig navigiert und richtig gezielt haben«, wandte Hassan Abu Bakr zögernd ein.

»Ja, aber davon habe ich nicht gesprochen. Ich sprach von unserem zweiten Auftrag. Das Wichtigste ist nun, dass wir überleben. Acht gut versorgte israelische Gefangene an Bord machen es dem Feind nicht leicht.«

»Aber für einen solchen Sieg hätte es sich gelohnt zu sterben. Das Überleben war nicht das Wichtigste.«

»Nein, aber nun ist es das. Entschuldigen Sie mich einen Moment.«

Carl bestellte eine Flasche Wein, zwei Gläser und einen kleinen Imbiss, erhob genießerisch sein Glas, studierte das Etikett und nickte zufrieden.

»Ich habe soeben die Abendnachrichten auf CNN gesehen«, fuhr er fort. »Die Chirurgen in der Hassadah-Klinik haben sich sehr wohlwollend über unsere Arbeit geäußert. Unser Kollege Uri Gazit, den wir an der Leber operiert haben, wurde ebenfalls interviewt. Er hat uns nicht im Geringsten kritisiert, im Gegenteil. Sein Zorn galt der verschlafenen israelischen Armee und vor allem der Inkompetenz seiner Vorgesetzten auf der Tekuma. In Israel wird nun gefordert, dass Köpfe rollen. Allerdings nicht unsere! Sollte uns das nicht zu denken geben?«

»War es von Anfang an Sinn und Zweck des Rettungs-U-Boots, dass es israelische Leben rettet?«

»Ja, Leutnant. Das habe ich in der Tat gehofft. Sie und Ihre Kameraden haben meine Erwartungen noch übertroffen.«

»Ist das nicht ein bisschen merkwürdig? Sie erst abzuschießen und dann zu retten?«

»Das eine ist Krieg, das andere Politik. Um zu gewinnen, muss man auf beiden Feldern erfolgreich sein. Die Welt dort oben hat sich gespalten, einige nennen uns Terroristen, für andere sind wir Helden des Freiheitskampfes. In den Vereinten Nationen stehen sich Frankreich, Russland und China auf der einen und die USA und Großbritannien auf der anderen Seite gegenüber. Wenn sie sich einig wären, müssten wir sterben. Wissen Sie noch, was ich Ihnen geantwortet habe, als Sie mich zum ersten Mal nach dem Zweck der Rettungsboote fragten?«

»Sie sollen Leben retten.«

»Genau gesagt: unser Leben. Und diese Aufgabe haben sie erfüllt.«

»Warum ist es so wichtig, dass wir überleben?«

»Weil wir keine Selbstmordattentäter, sondern zivilisierte Krieger sind. Wir sind das Gegenteil von dem, was der Feind in uns sehen möchte. Er liebt die Selbstmordattentäter und hasst die U-1 Jerusalem. Und weil wir Israel erneut angreifen werden ...«

Endlich blitzte echte Begeisterung aus den Augen des ehemaligen Guerillakämpfers, der immer bereit gewesen war,

342

sein Leben zu opfern. Spontan erhob er sein Glas und prostete Carl zu.

Nun sind der Leutnant und der Vizeadmiral endlich Freunde, dachte Carl erleichtert. Warum war es bloß so schwer zu begreifen, dass Krieg die Fortsetzung der Politik mit anderen Mitteln war? Ihre Feinde schlugen sich die Köpfe ein, während sie selbst zu russischem Pop oder arabischer oder westafrikanischer Rockmusik gemütlich durchs Mittelmeer schipperten.

Admiral Georgi Triantafellu fragte sich ernsthaft, was seine Demokratie eigentlich von ihm wollte. Er war Chef der amerikanischen Flotte und trug vier Admiralssterne. Weiter würde er es nicht bringen. Er hatte noch zwei Jahre bis zur Pensionierung vor sich und nicht die geringsten politischen Ambitionen. Aus der Politik hatte er sich immer herausgehalten.

Was konnte die Demokratie von ihm verlangen? Sollte er etwa amerikanische Jungs in den Tod schicken, oder sollte er seine ehrliche Meinung aus Angst vor Rumsfeld für sich behalten und somit seinen Präsidenten und Oberbefehlshaber hinters Licht führen?

Einige seiner Kollegen hatten bis zur Abfahrt die Schnauze gehalten. Es war ein sensationelles Jahr gewesen. Sieben Ex-Generäle hatten den Verteidigungsminister und die amerikanische Außenpolitik heftig kritisiert. NATO-Chef Wesley Clark war bislang der letzte.

Er kannte Wesley gut genug, um zu wissen, dass man sich auf den Kerl verlassen konnte. Als Wesley sich, ausgerechnet am Sonnabend vor Ostern, seinen kritischen Kollegen angeschlossen hatte, war das ein harter Schlag für den Verteidigungsminister gewesen. Das Pentagon hatte sofort veröffentlicht, Rumsfeld habe sich innerhalb eines Jahres hundertneununddreißigmal mit seinen Staatssekretären und zweihundertachtmal mit den wichtigsten Generälen getroffen.

Die Zahlen ließen erkennen, mit was für Gaunern man es zu tun hatte. Wenn Rumsfeld tatsächlich in so kurzer Zeit so viele Treffen mit der militärischen Führungselite absolviert hatte, rechnete er vermutlich jedes kurze Gespräch hinzu. Außerdem bestätigten die Zahlen genau das, worüber sich alle beklagten. Rumsfeld mischte sich in jedes Detail ein und entwickelte seine Taktik auf eigene Faust. Im Grunde erweckte die Anzahl der Treffen den Anschein von Wahnsinn.

Und nun würde Triantafellu bald selbst von Rumsfeld zusammengestaucht werden, dass die Wände wackelten. Denn Rumsfeld hasste nichts mehr als Fakten, die gegen seine fein ausgeklügelte Strategie sprachen. Die Fakten im Bericht des Nachrichtendienstes der Flotte würden Rumsfeld gar nicht gefallen. Aber Tatsachen waren und blieben Tatsachen.

Die Nachrichtenoffiziere der Flotte hatten in den vergangenen Tagen geschuftet wie die Tiere. An ihrem Arbeitseifer war nichts auszusetzen gewesen. Das Problem war nur, dass sie Dinge herausgefunden hatten, die der Regierung der Vereinigten Staaten von Amerika unruhige Nächte bescheren würden. Was also sollte er Rumsfeld sagen?

Seine Ehefrau Liza wäre wahrscheinlich freudig überrascht, wenn er zwei Jahre früher in Pension ginge. Sie würden zwar finanzielle Einbußen hinnehmen müssen, aber sie kämen mit ihrem Geld gut zurecht. Mehr Zeit für die Regenbogenforellen in Vermont? Mehr Zeit zum Segeln, nie wieder ein Pieper, der einen sogar störte, wenn man an Thanksgiving den Truthahn tranchierte? Alles hatte durchaus angenehme Seiten.

Er schlug die letzten Seiten des Berichts der Nachrichtenzentrale in Tampa auf und las die Zusammenfassung noch einmal durch.

Den Satellitenbildern zufolge handelte es sich um ein U-Boot vom Typ Alfa, die russische Bezeichnung lautete Projekt 705. Allein das war beunruhigend und verblüffend zugleich.

Soweit man wusste, waren die Alfa-U-Boote längst ausgemustert, das letzte war 1981 gebaut worden. Wenn die Alfa-Klasse nun tatsächlich von den Toten auferstanden war, hatte man mit Sicherheit massive Veränderungen vorgenommen – obwohl dieser U-Boot-Typ, der in erster Linie dem Zweck hatte dienen sollen, andere U-Boote zu jagen, damals seiner Zeit weit voraus gewesen war. Seine Höchstgeschwindigkeit betrug zweiundvierzig Knoten, so schnell konnte selbst heute nicht einmal die USS Seawolf fahren.

Anhand seiner Länge von einundachtzig Metern und vierzig Zentimetern war es identifiziert worden. In seiner ursprünglichen Form hatte es über fünfzig Tage unter Wasser bleiben können.

Da die Alfa-U-Boote einen Rumpf aus Titan hatten, konnten sie bis zu achthundert Meter tief tauchen und waren mit Magnetsensorik und elektrischen Feldern nur schwer, praktisch gar nicht aufzuspüren.

Wenn man außerdem den Atomreaktor durch einen modernen dieselelektrischen Antrieb ersetzt hatte, wurde die Suche noch schwerer. Die US Navy hatte vor San Diego über ein Jahr lang mit einem schwedischen U-Boot geübt, das ähnlich konfiguriert war, und bisher wenig Ruhm geerntet. Daher hatte man die Schweden auch bitten müssen, den ursprünglich nur ein Jahr gültigen Vertrag um ein weiteres Jahr zu verlängern.

Was bedeutete das? Möglicherweise hatte dieses palästinensische U-Boot trotz des angeblich todsicheren Überwachungssystems der Briten die Straße von Gibraltar passiert.

Hinzu kam der Bericht der USS Alabama. Es war wirklich

mutig von Kommandant Rafael K. Osuna, mit einem vollständigen Bericht zum Stützpunkt zurückzukehren, obwohl er genau wusste, dass man ihm diesen um die Ohren hauen würde.

Die USS Alabama war mit einem unbekannten russischen U-Boot in Kontakt gekommen, das ihr einen höllischen Schreck eingejagt hatte. Das fremde U-Boot hatte sich als Akula ausgegeben und war dann spurlos verschwunden.

Kurz darauf hatten die Briten enorme Schwierigkeiten mit einem russischen U-Boot bekommen, das sie während eines großen Flottenmanövers zum Narren gehalten hatte. Man hatte Teile des Turms gesehen, als das U-Boot sich absichtlich gezeigt hatte. Aber niemand hatte glauben wollen, dass es sich tatsächlich um eine alte Alfe handele.

Die Indizien ergaben ein glaubwürdiges, aber äußerst unangenehmes Bild. Zumindest in diesem Punkt musste man Rumsfeld Recht geben.

Hinzu kam, was man bislang über die taktischen Fähigkeiten der Besatzung in Erfahrung gebracht hatte. Diese Teufelskerle waren nach dem Raketenangriff noch weiter an Haifa herangefahren und hatten ihren Auftrag kaltblütig vollendet. Als man dann das Gebiet vor der israelischen Küste fächerförmig nach ihnen zu durchkämmen begonnen hatte, waren sie seelenruhig nach Süden gefahren und hatten im Hafen von Aschdod den Rest der israelischen Flotte vernichtet und anschließend eine komplizierte Rettungsaktion durchgeführt. Sie hatten Kriegsgefangene genommen und waren in eine Richtung verschwunden, die jeder Logik widersprochen und in der sie niemand gesucht hatte, zumindest nicht bis zu dem Zeitpunkt, als sie sich erneut gezeigt und einem Passagierschiff ihren verletzten Israeli übergeben hatten. Seitdem gab es keine Spur mehr von ihnen.

Alles Tatsachen. Man stand einer herausragenden Techno-

346

logie gegenüber, die man teilweise gar nicht einschätzen konnte. Wie diese Haudegen, die vermutlich nicht über Satellitenbilder verfügten, die Lage in Haifas brennendem Hafen eingeschätzt hatten, bevor sie ihre Torpedos abfeuert hatten, war und blieb ein Rätsel. Funksignale von einem Informanten an Land wären nicht vollkommen unentdeckt geblieben.

Diese U-Boot-Kapitäne waren mit Sicherheit keine Kameltreiber, die einen Schnellkurs absolviert hatten. Vielmehr gehörten sie zu den Besten, die Russland zu bieten hatte.

Fragte sich nur, ob sich an Bord des U-Boots Atomwaffen befanden. Aus taktischer Sicht hatte dies jedoch keine Bedeutung. Es war ein politisches Problem.

Triantafellu war wieder bei der scheinbar nicht-militärischen Fragestellung nach der Bedeutung der Demokratie angelangt. Als Chef der Flotte gehorchte man selbstverständlich seinem Oberbefehlshaber, dem Präsidenten. Das setzte aber voraus, dass man dem Präsidenten absolut korrekte Informationen zukommen ließ. Wenn der Präsident aufgrund von mangelnder Sachkenntnis amerikanische Jungs in den Tod schickte, lag die Schuld bei denjenigen, die nicht dafür gesorgt hatten, dass er bestmöglich informiert war.

Der erste Befehl des Präsidenten hatte gelautet, das U-Boot um jeden Preis zu jagen und zu versenken. Damals hatte man jedoch geglaubt, man habe es mit einem iranischen Kilo-U-Boot zu tun.

Als sich herausgestellt hatte, dass es sich um ein palästinensisches U-Boot mit israelischen Kriegsgefangenen an Bord handelte, hatte Rumsfeld weiterhin den Befehl erteilt, es zu versenken, aber »vorsichtig«. Mrs Triantafellu hätte schallend gelacht. Man konnte ein U-Boot nicht vorsichtig versenken; entweder man torpedierte die Schweine, oder man bombardierte sie, aber Vorsicht ließ man nicht walten. Alternativ konnte man das U-Boot zum Auftauchen zwingen, indem man es beschädigte, aber diese Taktik hatte sich schon im Zweiten Weltkrieg als nutzlos erwiesen.

Die toughe Frau, die im Fernsehen als U-Boot-Kommandantin aufgetreten war, hatte ausdrücklich betont, dass sie nicht die Absicht habe, amerikanische Kriegsschiffe zu versenken. Ihre kühne Pose schien nicht unberechtigt und fand, zumindest wenn Rumsfeld nicht in der Nähe war, durchaus Anerkennung. Donnerwetter! Eine Frau nimmt es mit der Flotte der Vereinigten Staaten auf.

Die Fakten sprachen für sich. Sie hatten problemlos ein mittelschweres israelisches U-Boot versenkt. Ob ihnen nun ein außerordentlich gut funktionierender Geheimdienst oder der Zufall zu Hilfe gekommen waren, sie hatten es zweifellos geschafft.

Und nun befanden sich zwei U-Boote der Los-Angeles-Klasse in der Gefahrenzone und sollten die U-1 Jerusalem torpedieren. Das war nicht gut.

Ein solches U-Boot musste man aus der Luft angreifen, wenn es entweder im Hafen lag oder sich wider Erwarten auf einer genauestens bekannten Position befand. Eine andere Möglichkeit gab es nicht. Die Schlussfolgerung war eindeutig. Triantafellu war gezwungen, Rumsfeld mitzuteilen, dass die U-Boot-Jagd augenblicklich abgebrochen werden musste.

Allein an seinem Schreibtisch konnte er mit dieser Feststellung gut leben. Schließlich basierte das demokratische System darauf, dass jeder Manns genug war, die Wahrheit zu sagen und sich von niemandem einschüchtern zu lassen, der mehr Sterne auf den Schulterklappen hatte als er selbst. Wer log, untergrub die amerikanische Demokratie und sabotierte den Auftrag, den man als Offizier und umso mehr als Chef der gesamten Flotte nach bestem Wissen und Gewissen auszuführen hatte. Das hatte man vor Gott geschworen.

Er würde also zu Rumsfeld gehen und ihm empfehlen,

seine Jagd-U-Boote unverzüglich zurückzuziehen und die U-1 Jerusalem entweder aus der Luft anzugreifen oder erst dann, wenn die Lage weniger gefährlich war. Aber nicht jetzt und nicht im östlichen Mittelmeer.

Rumsfeld würde vor Wut kochen und ihn als Weichei oder Waschlappen bezeichnen. Dagegen konnten auch seine vier Admiralssterne und sein uramerikanischer Heldenmut nichts ausrichten.

Ihm blieb nichts anderes übrig, als Rumsfeld die Admiralssterne auf den Tisch zu knallen und hinzuzufügen, er werde eine Kopie seines Kündigungsschreibens an den Präsidenten schicken. Und dem Präsidenten würde er klipp und klar sagen, wie die Dingen standen:

»Mr President, als Chef der amerikanischen Flotte erachte ich es als meine absolute Pflicht, Sie, Mr President, vor einer Fortsetzung dieser improvisierten und schlecht vorbereiteten U-Boot-Jagd zu warnen. Anderenfalls werden Sie sich mit beängstigend großer Wahrscheinlichkeit vor dem amerikanischen Volk für den Verlust eines amerikanischen Atom-U-Boots der Los-Angeles-Klasse mit einhundertdreiunddreißig Männern an Bord zu verantworten haben.«

Mouna al-Husseini blieb noch eine halbe Stunde im Bett liegen. Dieser Luxus, den sie sich seit einer halben Ewigkeit nicht gegönnt hatte, gab ihr ein seltsames Gefühl von Frieden. Möglicherweise hatte sie so tief und fest geschlafen wie ein Baby, weil die U-1 Jerusalem währenddessen ruhig und langsam durch die Straße von Messina zwischen Sizilien und dem italienischen Festland gefahren war. Zumindest nach Ansicht von Anatolij würden die Amerikaner sie hier zuletzt suchen. Er hatte dieses Manöver kaum erwarten können. Sie wollte sich bei ihm erkundigen, wie es gelaufen war, bevor seine Schicht beendet war und er in die Koje fiel.

Das Bettzeug war frisch gewaschen und verströmte den typisch chemischen Geruch von russischem Waschpulver, ein
Duft, den sie mittlerweile zu schätzen wusste und den sie ihr
Leben lang nicht vergessen würde. Wie lang dieses Leben
auch sein mochte. Eilig rief sie sich ins Gedächtnis, dass das
Ende jederzeit kommen konnte. Sie wollte keine bösen Geis-
ter wachrufen, aber die schwierigsten und gefährlichsten Manöver standen der U-1 Jerusalem noch bevor. Sie war eine der
wenigen an Bord, die das wussten.

Hassan Abu Bakr pflegte zu sagen, das bisher Erreichte sei
es wert, sein Leben zu lassen. Mit dieser Meinung stand er
nicht allein da, die meisten Palästinenser an Bord dachten so.
Die Russen dagegen hatten vermutlich in erster Linie das
Geld im Sinn und gingen davon aus, dass sie reich und leben-
dig zu Mutter Russland zurückkehren würden. Sie hatten
keine Ahnung, was sie erwartete.

Es gab auch keinen Grund, den Mut zu verlieren. Im Gegenteil. So unendlich viele Dinge hätten schiefgehen können, bis
jetzt hatten sie sagenhaftes Glück gehabt. Es war Glück gewesen, dass das israelische U-Boot Tekuma mit dröhnenden Motoren direkt auf sie zugefahren war, und ein noch größeres
Glück, dass die Konflikte auf der K 601 so früh ausgebrochen
waren, dass man etwas dagegen hatte unternehmen können.
Unter jetzigen Umständen hätte ein solcher Streit an Bord
für sie alle den Tod bedeutet.

Carl anzuwerben war die beste Entscheidung gewesen. Anfänglich hatte er wahrscheinlich genau wie sie geglaubt, er
solle die Rolle des vielfach ausgezeichneten Kriegshelden mit
den vielen Admiralssternen nur spielen, um die Russen in
Schach zu halten. Ein begrenzter, aber lebenswichtiger Auftrag.

Er hatte jedoch so viel mehr getan. Er hatte seinen ganz
besonderen Blick, oder vielmehr sein Gefühl dafür mitge-

350

bracht, wie man eine Einheit in der westlichen beziehungsweise der eng verwandten russischen Militärkultur zusam-
menstellen musste. In diesem Punkt unterschieden sich ihre
und seine beruflichen Erfahrungen enorm. Sie hatte ihre gesamte Offizierslaufbahn in verrauchten Räumen verbracht,
in denen gegessen, Johnny Walker getrunken und ohne Tagesordnung durcheinandergeredet wurde, bis man gegen
Morgen zu äußerst unklaren Beschlüssen kam. Schließlich
musste man jemanden wie Abu Ammar, Abu Lutuf oder Abu
al-Ghul aufsuchen und noch einmal ganz von vorne beginnen, eine weitere schwammige Entscheidung fällen und sich
letztendlich auf seinen eigenen Verstand verlassen.

Carl repräsentierte genau das Gegenteil. Bei Versammlun-
gen der leitenden Offiziere führte er selbstverständlich das
Wort und leitete die Diskussion, ohne sich aufzuregen oder
lauter zu werden. Zwischen seinen Gesprächsrunden und
den palästinensischen Whisky- und Falafel-Palavern lagen
Welten. Logischerweise war der Führungsstil von Carl unendlich viel effektiver.

Die letzte Sitzung hatte das wieder einmal bewiesen. Als
wäre es das Selbstverständlichste auf der Welt, hatte Carl
den israelischen Oberleutnant persönlich abgeholt – aus der
gemeinsamen Kajüte! – und die Sitzung mit den Worten eröffnet, Oberleutnant Zvi Eschkol der israelischen Flotte sei
vorübergehend als gleichberechtigtes Mitglied der Leitungsgruppe zu betrachten, da man über den Status der Kriegsgefangenen an Bord sprechen werde.

Nach nur zehn Minuten, in denen sogar eine demokratische Diskussion stattgefunden hatte, waren alle Beschlüsse
gefasst. Der israelische Oberleutnant hatte betont, er und
seine Kameraden hätten nichts zu beanstanden.

Als Carl daraufhin erklärt hatte, man müsse die Vorschriften leider etwas strenger handhaben, hatte auch dies aus sei-

nem Mund nicht bedrohlich geklungen. Wie so oft hatte er sich des demagogischen Tricks bedient, auf die Genfer Konventionen hinzuweisen. Laut diesen habe jeder Gefangene das Recht, einen Fluchtversuch zu unternehmen. Er selbst würde es jedenfalls ohne zu zögern probieren. Es sei zwar nicht leicht, von einem U-Boot zu entkommen, aber den israelischen Kriegsgefangenen stehe es zumindest zu, es zu versuchen. Als Angestellte der israelischen Flotte seien sie sogar dazu verpflichtet. Aber wie? Sollte man irgendwie die Motoren der U-1 Jerusalem lahmlegen und das U-Boot zum Auftauchen zwingen?

Ja, hatte der israelische Oberleutnant fasziniert zugegeben, dieser Plan klinge durchaus einleuchtend.

Folglich war beschlossen worden, dass der israelische Kriegsgefangene, der seit seiner Milzoperation auf der Intensivstation gepflegt wurde, zu einer anderen Person in die Kabine ziehen sollte. Am besten zu Kommandant Petrow, denn der habe schließlich zwei Pritschen. Noch Fragen?

Anatolij hatte kaum mitbekommen, dass er einen Zimmergenossen bekommen würde, da war Carl schon beim nächsten Punkt gewesen.

Es war immer schwieriger geworden, seiner Argumentation zu folgen. Die Arrestzelle biete Platz für vier Personen, drei der Gefangenen trügen Gips, drei seien unverletzt. Folglich könnten sich jeweils zwei Gefangene frei in der Messe und im Fitnessraum bewegen, während die beiden anderen eingeschlossen seien. Allerdings müsse man den Zeitplan so organisieren, dass nie zwei Unverletzte gleichzeitig frei herumliefen. Außerdem müsse man den Motorraum verstärkt bewachen, allerdings ohne Handfeuerwaffen, weil das nur zu Problemen führen könnte. Die Israelis würden möglicherweise versuchen, die Waffen in ihre Gewalt zu bringen, und es bestünde die Gefahr, dass jemand zu Schaden kam. Fragen dazu?

Oberleutnant Eschkol schien mit diesen neuen und außerordentlich strengen Regeln mehr als einverstanden gewesen zu sein. Und dabei hatte Carl mit seinen Befürchtungen wieder einmal ins Schwarze getroffen. Seine Überzeugungskraft war eine seiner großen Stärken.

Doch am meisten hatte Mouna anfänglich seinen Blick unterschätzt, wie sie es nannte. Als er damals nach Seweromorsk gekommen war und Alexander Owjetschin ihm das Ausmaß der Krise geschildert hatte, brauchte er nur zwei Tage, um einen neuen Kommandanten zu finden: Anatolij Petrow. Owjetschin hatte Carl mit halb erstickter Stimme so manches über das Kurskunglück berichtet, und plötzlich war Carl mit der genialen Idee herausgerückt, einen der kühnsten und geschicktesten U-Boot-Kapitäne Russlands anzuheuern. Mit dieser Entscheidung waren alle, nicht zuletzt der russische Präsident und vor allem Anatolij selbst, vollauf zufrieden.

Ohne Anatolij und seine beiden Stellvertreter Charlamow und Larionow wäre die U-1 Jerusalem nicht dieselbe. Ganz zu schweigen von Professor Mordawina. Was für eine Chirurgin! Allein diese vier Personen waren für die Moral an Bord von unschätzbarem Wert. Das alles war allein Carls Werk. Er hatte weitaus mehr getan, als nur eine Theaterrolle zu spielen. Sogar Anatolij sah in ihm nun die unumstrittene Führungsperson.

Und Mouna hatte gar nichts dagegen einzuwenden, weil nun alles, was vorher problematisch gewesen war, wie geschmiert funktionierte. Wenn man dem Inhalt der zehn beliebtesten Filme an Bord Glauben schenken durfte, lief alles so reibungslos ab wie auf einem amerikanischen Atom-U-Boot.

Sie zog sich an und ging in die Messe, um zu frühstücken. Oder war es schon Mittag? Sie konnte sich plötzlich nicht mehr erinnern, welche Mahlzeit nun anstand, weil sie ihren

353

Tagesrhythmus in der letzten Zeit nach den Nachrichtensendungen ausgerichtet hatte. In der Messe saßen ein paar Russen, die sich eine Wiederholung der CNN-Nachrichten ansahen, wie üblich die Schachspieler und die Sprachlehrerinnen mit ihren Schülern. Inzwischen wurde mit zwei oder drei Schülern gleichzeitig Konversation geübt. Da die technischen Begriffe nun bei jedem an Bord bombenfest saßen, konnte man zur Alltagssprache übergehen. Die Offiziere, die perfekt Russisch beziehungsweise Englisch sprachen, sollten sich zukünftig an den Konversationsstunden beteiligen. Wahrscheinlich tüftelte Carl gerade einen Plan aus.

Rashida Asafina ließ sich ungeschminkt und verschlafen neben Mouna nieder und plauderte munter drauflos. Jeden Morgen brauche sie etwas Zeit, um sich daran zu erinnern, dass sie sich auf einem U-Boot befinde. Doch was tue man nicht alles für die Kunst.

Sie studierten kurz das Interview ein, das in vier Stunden stattfinden sollte, bereiteten aber diesmal zwei Versionen vor. Wie immer eine auf Englisch, aber diesmal auch eine arabische. Die Redaktion in Katar oder vielmehr die Zuschauer in der arabischen Welt hatten sich darüber beschwert, dass man Mouna nie in ihrer eigenen Sprache reden höre. Man musste also zwei Interviews in der kurzen Zeit unterbringen. Die Strategen an Bord hatten genau berechnet, wie lange es von ihrer eventuellen Entdeckung bis zu einem Raketenangriff dauern würde.

Wisse Mouna eigentlich, ob die Amerikaner immer noch die Absicht hätten, die U-1 Jerusalem bei der erstbesten Gelegenheit zu versenken, fragte Rashida Asafina.

Nein, antwortete Mouna achselzuckend. Sie wisse auch nur das, was CNN und Fox freundlicherweise veröffentlichten. Im Moment halte die sechste Flotte das östliche Mittelmeer anscheinend im eisernen Griff, während die unbesiegbaren amerikanischen Atom-U-Boote USS Annapolis und USS Louisville mit Unterstützung der vermutlich ebenso unbesiegbaren HMS Triumph der Royal Navy die Meerestiefe auf eine ausgeklügelte Weise durchkämmten. Angeblich würde ihnen nicht einmal eine Flunder entschlüpfen. Sofern man den enthusiastischen Militärexperten von CNN glauben dürfe.

Mouna sah die Sache gelassen, da die Amerikaner aus der sicheren Entfernung von zehntausend Kilometern an der falschen Stelle suchten. Was wussten die schon? Vielleicht wollten sie die U-1 Jerusalem gar nicht vernichten, weil sie dann auch acht Israelis töten müssten. Israel hatte lakonisch verlautbaren lasse, mit Terroristen verhandle man prinzipiell nicht, weil der Preis zu hoch sei.

Das Gewäsch der Militärexperten von CNN und US Navy, man wende eine äußerst pfiffige Technik an, mit der man das U-Boot »vorsichtig« angreifen könne, war lächerlich.

Sie ärgere sich über den immer wiederkehrenden Begriff »Geiseln«, sagte Mouna. Ob man diesen Punkt nicht im Interview aufgreifen solle.

Rashida Asafina war von dem Vorschlag nicht begeistert. Als Kriegsreporterin direkt vor Ort hatte sie genug Schwierigkeiten damit, ihre Glaubwürdigkeit zu wahren. Es dürfe nicht so aussehen, als sei sie eine Art Pressesprecherin der U-1 Jerusalem. Bislang sei die Gratwanderung zum Glück gelungen, alle Fragen seien erlaubt gewesen. Das Problem sei zudem, dass so wenig Zeit zur Verfügung stehe, bevor man wieder abtauchen müsse. Da man gezwungen sei, sich auf das Wesentliche zu konzentrieren, wären Fragen nach der Problematik des Terrorismus von größerem journalistischem Interesse als die nach dem polemischen Begriff »Geisel«.

Mouna nickte stumm, trank den letzten Schluck ihres türkischen Mokkas und ging in die Kommandozentrale. Anatolij war zwar nach einer langen Schicht unrasiert und etwas

355

müde, aber in glänzender Stimmung. In Kürze würde Larionow das Kommando übernehmen.

Mouna munterte Anatolij noch mehr auf, indem sie ihm erzählte, ein Experte auf CNN habe im Brustton der Überzeugung behauptet, den beiden amerikanischen und dem britischen U-Boot könne im angeblich abgeriegelten östlichen Mittelmeer keine Flunder entwischen.

»Diese Komiker sind unnachahmlich«, lachte er. »Eine Flunder? Die meinen wohl eine *kambala*. Ist die westliche Öffentlichkeit so leicht hinters Licht zu führen? Glauben die Leute so etwas wirklich? Na ja, umso witziger wird es, wenn wir ihnen demnächst die Hosen runterziehen!«

Während Anatolij Mouna die Lage schilderte, kicherte er immer noch über die Flunder. Die Passage der Straße von Messina war reibungslos und viel angenehmer als die Übungsfahrt zwischen England und Irland verlaufen. Dabei hatte in der Meerenge zwischen Kalabrien und Sizilien dichter Verkehr geherrscht, unzählige Fähren und Güterschiffe fuhren donnernd hin und her. Wer ein so empfindliches Gehör hatte, dass er eine Flunder wahrnehmen konnte, wäre mit Sicherheit nach kürzester Zeit taub geworden.

Während sie die Meerenge passiert hatten, war eine elektronische Seekarte des Bodenprofils angelegt worden. Auf dem Rückweg konnte man folglich auf die Krabbenaugen verzichten. Im Norden hatte man vier NATO-Korvetten gesichtet, die friedlich wie die Entenküken vor sich hin schlummerten. Zwar habe man elektrische Spannungen gemessen, die wahrscheinlich von den auf den Korvetten installierten neuesten Methoden zum Erfassen magnetischer Signaturen erzeugt wurden, aber moderne Technik hin oder her: Bei den Tausenden Tonnen Eisenschrott, die in dem Gebiet unterwegs waren, nützte sie ihnen wenig. Außerdem konnte man Titanrümpfe mit dieser Methode sowieso nicht aufspüren.

Die Lage war also ruhig. Man befand sich noch zwanzig Seemeilen von Capri entfernt in einem tiefen Graben, der fast bis zur Insel reichte. Wenn man die Show da oben hinter sich gebracht hatte, konnte man wieder in die Tiefe rutschen. Problematisch konnte es nur werden, wenn in diesem Moment zufällig ein NATO-Schiff in den Hafen von Neapel ein- oder wieder herausfuhr. Doch dann müsse man einfach ein bisschen abwarten. Larionow werde das Kind schon schaukeln, sagte Anatolij, denn er haue sich jetzt aufs Ohr.

Seine gemütliche gute Laune steckte alle anderen in der Kommandozentrale an, sogar Larionow, der ansonsten selten lachte oder überhaupt den Mund aufbekam.

Die Ungezwungenheit war jedoch trügerisch, denn das, was sie vorhatten, war extrem gefährlich. Man musste kein U-Boot-Fachmann sein, um das zu begreifen. Aber wenn es klappte, würden sie einen strahlenden politischen Sieg erringen und hätten weltweit die Lacher auf ihrer Seite. Letzteres könne sich allerdings als zweischneidiges Schwert erweisen, meinte Carl, der sich mit der amerikanischen Mentalität am besten auskannte. Hohn und Spott würden vor allem Donald Rumsfeld treffen, dem ohnehin die Felle davonschwammen. Nach dem misslungenen halben Krieg gegen den Iran wurden die Rücktrittsforderungen wieder mit neuer Kraft vorgetragen. Falls Rumsfeld tatsächlich gezwungen würde, sein Amt niederzulegen, wäre alles in bester Ordnung. Dann könnte sein Nachfolger die Forderung zurückziehen, die U-1 Jerusalem zu versenken. Doch wenn Rummy sich an seinen Stuhl klammerte, blieb die U-1 Jerusalem die Nummer eins auf der Abschussliste. Das war so sicher wie das Amen in der Kirche.

Während Larionow das Aufstiegsmanöver vorbereitete, las sich Mouna in ihrer Kabine das Interview noch einmal durch. Vor allem die Anzahl der Buchstaben in ihrer ersten Antwort war wichtig. Wenn man wusste, wonach man zu suchen hatte, war dieser Code kinderleicht zu knacken, aber die Amerikaner glaubten hoffentlich immer noch, dass die U-1 Jerusalem den Kontakt mit der Außenwelt über Funk aufrechterhielt.

Hastig legte sie Make-up auf und bürstete sich die Haare, während sie die Buchstabenkombination im Geiste wiederholte. Wenn die Sache funktionierte, hatte sie sich das eine oder andere Glas Wein zum Essen verdient.

Nachdem Larionow bis auf Periskoptiefe aufgestiegen war, hielt er nach Touristenbooten Ausschau, an denen es rings um Capri nie mangelte. Als er ein geeignetes Objekt gefunden hatte, erhöhte er die Bereitschaftsstufe an Bord. Drei Minuten später tauchte das momentan berühmteste U-Boot der Welt nur fünfzig Meter neben dem Passagierschiff auf. Die Touristen auf dem überfüllten Deck winkten und jubelten. Das Bild von dem U-Boot-Turm mit der großen palästinensischen Flagge dominierte seit fast zwei Wochen alle Nachrichtensendungen.

Das Team von Al-Dschasira und ihre Helfer aus der Besatzung winkten fröhlich zurück und warfen den Touristen Kusshändchen zu, während die Sendeausrüstung installiert wurde und Rashida ihrer inzwischen ständig bereiten Heimatredaktion telefonisch mitteilte, man gehe in wenigen Minuten auf Sendung.

Dann betrat Mouna unter stürmischem Beifall das Deck und ließ sich vor der palästinensischen Flagge von Hunderten von privaten Kameras fotografieren.

»Die U-1 Jerusalem ist soeben vor der weltberühmten Ferieninsel Capri aufgetaucht«, trompetete Rashida Asafina mit ihrer Reporterstimme. »Wie Sie sehen, sind die Touristen hier begeistert und vermutlich sehr überrascht. Hinter Capri – im Hintergrund zu erkennen – liegt Neapel, der Hauptstützpunkt der amerikanischen Flotte im Mittelmeer. Wir befinden uns seit längerer Zeit in Reichweite, aber wie man der Berichterstattung entnehmen kann, sucht uns die amerikanische Flotte im Moment tausend Kilometer von hier entfernt im östlichen Teil des Mittelmeers. Meine heutige Gesprächspartnerin ist die politische Chefin an Bord, Brigadegeneral Mouna al-Husseini. Darf ich fragen, warum wir uns ausgerechnet hier vor Neapel aufhalten?«

»Nun, gewiss nicht, um die amerikanische Flotte anzugreifen, sonst wären wir wohl besser im östlichen Mittelmeer geblieben«, begann Mouna mit einer freundlichen Unschuldsmiene, die sie lange geübt hatte. »Ganz im Ernst«, fuhr sie fort und machte dazu ein sehr ernstes Gesicht, »wir haben von Präsident Abbas den Befehl erhalten, den Waffenstillstand einzuhalten. Um keinen Zweifel an unserer Haltung aufkommen zu lassen, haben wir uns so weit entfernt, dass unsere Waffen Israel nicht mehr erreichen können und umgekehrt.«

»Wie schätzen Sie die Selbstmordattentate ein, die sich in den vergangenen Tagen in Israel ereignet haben?«

»Ich sehe sie im Zusammenhang mit der Verzweiflung nach dem israelischen Massaker unter der Zivilbevölkerung von Gaza, möchte aber betonen, dass die palästinensische Flotte keinen Terrorismus betreibt.«

»Aber die amerikanische Regierung wirft Ihnen vor, Sie seien Terroristen.«

»Dann liegt dort ein Missverständnis vor. Die palästinensische Flotte hat nie zivile Ziele angegriffen und hat das auch nicht vor.«

»Zu einem früheren Zeitpunkt haben Sie keinen Kommentar zu der Frage abgegeben, ob es an Bord Atomwaffen gibt. Nun behauptet man in Washington, es sei der Fall. Möchten Sie das kommentieren?«

»Egal, ob dieser Vorwurf gegen uns oder den Iran gerichtet

359

wird, er ist absurd. Ein so kleines Land wie Palästina hat für Nuklearwaffen keine Verwendung, weil sie uns genauso viel Schaden zufügen würden wie den Israelis.«

»Sie haben immer noch acht Kriegsgefangene an Bord? Wie geht es denen?«

»In Anbetracht der Umstände ausgezeichnet. Der Mann mit den schwersten Verletzungen hat soeben die Intensivstation verlassen, medizinisch haben wir alles unter Kontrolle.«

»Gestatten Sie Al-Dschasira ein Interview mit einem der Gefangenen?«

»Ja, aber nur mit dem- oder denjenigen, die sich freiwillig dazu bereit erklären. Wir möchten unsere Gefangenen nicht an die Öffentlichkeit zerren, weil es den internationalen Vereinbarungen gegen die Demütigung von Kriegsgefangenen widerspricht. Machen Sie sich bis zum nächsten Sendetermin selbst ein Bild. Nun haben wir leider keine Zeit mehr. Wir befinden uns nämlich innerhalb des NATO-Territoriums und müssen bald abtauchen.«

Rashida Asafina guckte direkt in die Kamera und sprach einige abschließende Worte: »Dies war Rashida Asafina von Al-Dschasira auf der U-1 Jerusalem vor der NATO-Flottenbasis in Neapel.«

Hastig wiederholte man das ganze Interview in arabischer Sprache, und als Rashida sich zum zweiten Mal verabschiedete, wurde der Bug des abtauchenden U-Boots bereits auf äußerst effektvolle Weise überspült.

Zehn Minuten später befanden sie sich siebenhundert Meter tiefer in Sicherheit und fuhren mit voller Geschwindigkeit und enorm lauten Dieselmotoren in Richtung Süden, als wollten sie Sizilien auf der Nordseite umrunden.

Es hatte funktioniert! Grund genug, die Champagnerkorken knallen zu lassen, meinte Mouna, als sie hinunter in die Messe kam. Sie hatten sich vor den größten NATO-Flottenstützpunkt im Mittelmeer gepflanzt, den Amerikanern die Zunge rausgestreckt und ihre friedlichen Absichten zum Ausdruck gebracht. Außerdem hatten sie Rumsfeld und allen CNN-Experten, die im östlichen Mittelmeer nach Flundern fischten, die Hosen runtergezogen.

Man habe leider keinen Champagner an Bord, bemerkte Carl mit ironischem Bedauern. Noch ein Planungsfehler, der dringend behoben werden müsse. Ersatzweise werde er einen vorzüglichen Bordeaux aus dem Weinkeller holen.

Anstelle der Air Force One nahm George W. Bush ein C-20-Flugzeug, das klein genug war, um in Hagerstown, Maryland, zu landen, und fuhr von dort aus mit dem Auto weiter nach Camp David. Er hatte Cheney, Rice und Rumsfeld gebeten, vorzufahren und ohne ihn das morgige Treffen vorzubereiten. Auf diese Weise hoffte er, sie zu einer einigermaßen funktionierenden Zusammenarbeit zu zwingen.

Als sie im Blockhaus des Vizepräsidenten Büffelbraten aßen, konnte er noch nicht beurteilen, ob sein Plan aufging. Das Gespräch wanderte unkonzentriert von einem Thema zum anderen, und niemand hatte seine Aufzeichnungen mitgebracht. Man sprach über den immer dringenderen Angriff auf den Iran, die notwendigen Vorbereitungen, dieses verfluchte U-Boot und die Rücktrittsdrohung des Flottenchefs. Der kompliziertesten Frage gingen alle lieber aus dem Weg: Sollten sich die Vereinigten Staaten von Amerika den Israelis voll und ganz zur Verfügung stellen und sich somit zu einem offiziellen Kriegsgegner der Palästinenser machen? Da George W. Bush das Gespräch offenbar zu schleppend und zäh vorkam, zog er sich früh zurück.

Condoleezza Rice erlebte den Abend eher wie ein politisches Pendant der amerikanischen Sitte, am Abend vor einem Hochzeitsbankett eine Art Generalprobe zu veranstalten. Kurz nach dem Präsidenten entschuldigte auch sie sich und zog sich in ihre eigene Blockhütte zurück.

Sie hatte eigentlich beabsichtigt, dem Fernseher zu widerstehen und sich stattdessen dem zweihundertzwanzig Seiten starken Bericht des Nachrichtendienstes der Flotte zu widmen, um ihren Vorsprung vor Rummy auszubauen und besser auf das morgige Treffen vorbereitet zu sein als er. Nachdem sie kurz mit sich gerungen hatte, zappte sie sich durch die Kanäle, um nach eventuellen Neuigkeiten zu fahnden, die für den nächsten Tag von Bedeutung waren.

Tatsächlich. Während des mühsamen Gesprächs im Blockhaus des Vizepräsidenten war etwas passiert.

Das U-Boot war wieder aufgetaucht, diesmal am helllichten Tag. Im Hintergrund fröhlich winkende Touristen. Zu allem Überfluss hatte sich das Spektakel direkt vor dem wichtigsten amerikanischen Flottenstützpunkt im Mittelmeer abgespielt. Das war nicht nur sagenhaft unverschämt. Das war nicht nur mutig. Das war ein politischer Schachzug von großer Genialität!

Rummy hatte sich wieder einmal nicht zurückhalten können. Sie hatten sich zwar auf den Kompromiss geeinigt, das U-Boot vorerst nur zu suchen, aber Rummy hatte die irgendwo aufgeschnappte Formulierung mit der Flunder außerordentlich gut gefallen. Die würde man ihm nun wiederholt aufs Brot schmieren. Die Witzbolde in den Talkshows würden ihre helle Freude daran haben.

Dass die besagte Flunder mit ihren hinlänglich bekannten Marschflugkörpern in Reichweite des Flugzeugträgers im Hafen von Neapel aufgetaucht war, sprach für sich. Die Botschaft war unmissverständlich. Sie hielten den Waffenstillstand ein und behandelten ihre Kriegsgefangenen gemäß den Abkommen.

Die seemilitärische Geschicklichkeit der Gegner bezeugte

auch der ausführliche Bericht, der vor ihr auf dem Couchtisch lag. Aber das war noch nicht alles. Die Feinde, wer immer hinter der Galionsfigur al-Husseini stecken mochte, waren auch in politischer Hinsicht geradezu teuflisch geschickt und verstanden es bravourös, sich die Medien zunutze zu machen.

In Erwartung der abendlichen Talkshows stellte sie nur den Ton ab und überflog den Bericht des Flotten-Nachrichtendienstes.

Admiral Georgi Triantafellu hätte eine Auszeichnung verdient, die noch erfunden werden musste. Als Rummy ihn rausschmeißen wollte, hatte er darum gebeten, den Präsidenten in einer äußerst wichtigen Angelegenheit treffen zu dürfen. Es gehe um Leben und Tod, sagte er gegenüber den Sekretärinnen des Weißen Hauses, und nicht zuletzt um seinen eigenen Abgang.

Normalerweise hätte der Präsident eine solche Bitte mit der Begründung abgelehnt, der Admiral solle sich an den Verteidigungsminister wenden. Doch da Condoleezza Rice zufällig im Oval Office war, als die Sekretärin das Anliegen des Admirals vortrug, überredete sie den Präsidenten, dem persönlichen Gespräch zuzustimmen. Im Übrigen interessiere sie brennend, was der Admiral zu sagen habe. Georges Augenlider flatterten ein wenig, bevor er sich auf ihren Vorschlag einließ und er irgendeine Sitzung des Landwirtschaftsausschusses streichen ließ.

Es erwies sich als Glücksgriff, vor allem, weil der Kerl sich nicht einschüchtern ließ. Wie zu erwarten, hörte George nicht gern von der Gefahr, dass die Jagd auf das palästinensische U-Boot mit einem versenkten Atom-U-Boot der Amerikaner enden könnte. Dass Triantafellu mit Rücktritt drohte, machte die Sache nicht angenehmer für George.

Im Grunde hatte der rechtschaffene Triantafellu, ohne sich dessen bewusst zu sein, den Präsidenten erpresst.

Wenn er zurückgetreten wäre, hätte er eine Pressekonferenz abhalten müssen – so weit hatte er anscheinend gar nicht gedacht –, und da hätten die Reporter der Nachrichtenagenturen innerhalb weniger Minuten die Wahrheit aus ihm herausgepresst. Die Wahrheit war, dass der Chef der amerikanischen Flotte sein Amt niederlegen wollte, weil er es nicht mit seinem Gewissen vereinbaren konnte, das Leben von Amerikanern fahrlässig aufs Spiel zu setzen.

Genau das hatte dieser Teufelskerl gesagt!

George zeichnete sich zwar nicht durch die allerschnellste Auffassungsgabe aus, vor allem nicht unter Druck, aber das begriff er auf Anhieb. Er flehte den Admiral förmlich an, seinen Rücktritt zu überdenken, und gab ihm sein Wort, die U-Boot-Jagd auf der Stelle abzubrechen, bis man die Lage besser einschätzen und eine garantiert erfolgreiche Aktion ohne eigene Verluste durchführen könne.

Es hatte keine Alternative gegeben. Dass Rummy, als er Wind von der Sache bekam, diesem Klatschmaul von Admiral – wie er laut brüllend verkündet hatte – am liebsten die Eier abgeschnitten hätte, war ein zwar peinliches, aber vergleichsweise geringfügiges Problem. Es war ein Riesenglück gewesen, dass dieser Triantafellu den Mumm gehabt hatte, dem Chef seine Admiralssterne auf den Tisch zu knallen.

Als sie sah, dass David Letterman seine Talkshow mit einem Kescher über der Schulter einleitete, schaltete sie sofort zu Jay Leno um. Nun füllte ein Bild des Pentagon den Bildschirm, in der Mitte ein Porträt des Hausherrn mit der Unterschrift: *Bin beim Angeln.* Das Publikum brüllte vor Lachen.

Der Feind hat die amerikanische Politik durchschaut, dachte sie zynisch. Laut Flottenbericht konnte sich kein amerikanischer Offizier an Bord des Terroristen-U-Boots befinden. Man hatte jeden amerikanischen Konteradmiral und die höheren Dienstgrade überprüft, auch diejenigen, die längst pensioniert waren. Es kam niemand infrage. An und für sich war das Ergebnis ein Trost, aber irgendjemand an Bord wusste ganz genau, wie man Krieg mithilfe der Medien führte. Wie man noch dazu die Medien des Feindes instrumentalisierte. Beeindruckend.

Als sie am nächsten Morgen die Laurel Lodge von Camp David betrat, war sie gut ausgeschlafen. Ihr Staatssekretär hatte über Nacht ihre Aufzeichnungen ins Reine geschrieben. Sie fühlte sich bis unter die Zähne bewaffnet und hatte sich bereits die Beschlüsse notiert, die sie heute erreichen wollte.

Wie immer begannen sie mit einer kleinen Andacht, in der sie den Herrgott baten, ihnen Kraft zu geben und sie zu leiten, damit sie Beschlüsse fassten, die der Freiheit dienten und sein Gefallen fanden.

Das sogenannte Kriegskabinett trat im vertäfelten Saal zusammen und ließ sich an dem großen Holztisch nieder, der bei Bedarf auch zwei Dutzend Menschen Platz bot. Wie in Camp David üblich, trug man Cowboystiefel und Holzfällerhemden. George kam in Jeans und Bomberjacke.

Der CIA-Chef hatte seinen Terrorexperten Cofer Black und Rumsfeld seinen noch blutrünstigeren Stellvertreter Paul Wolfowitz mitgebracht, während Dick sich mit einem rangniedrigeren Assistenten begnügte.

George W. Bush sprach einige einleitende Sätze, in denen er darauf hinwies, dass die Vereinigten Staaten den Krieg gegen den Terrorismus möglicherweise allein führen müssten. Dies sei aber kein Grund, den Kopf hängen zu lassen, da man ja glücklicherweise eben die Vereinigten Staaten von Amerika sei.

Damit meinte er vermutlich, dass man nichts auf das geben sollte, was der Rest der Welt dachte, da man es sich zur Aufgabe gemacht hatte, den Krieg zu Ende zu bringen, und keinen Rückzieher machen durfte – schließlich war man Amerika.

365

Rummy durfte die Diskussion beginnen. Selbst mit viel gutem Willen hätte man nicht behaupten können, dass er froh aussah. Er machte eine schwere Zeit durch, und die meisten am Tisch hatten schlicht Mitleid mit ihm.

Er hatte nicht nur einen halben Krieg gegen den Iran angezettelt. So sehr die Regierung auch betonte, dieser Präventivschlag habe nichts mit dem palästinensischen U-Boot zu tun, die Medien im In- und Ausland waren sich in diesem Punkt weitgehend einig. Man hatte den Falschen erwischt.

Anschließend war Rummy drauflosgestürmt, hatte den Untergang des Terroristen-U-Boots garantiert und zu allem Überfluss eine ganze Litanei von Scherzen über Flundern vom Stapel gelassen. Und nun musste die U-Boot-Jagd abgebrochen werden. Rumsfeld sprach sich für die einzige Vorgehensweise aus, die kurzfristig opportun erschien. Man habe die Angriffe auf den Iran mit dem Hinweis eingestellt, der Auftrag sei hiermit erledigt. Man habe dem Iran ohnehin nur eine Lektion erteilen wollen. Die Alternative, den Krieg mit halber Kraft fortzusetzen und ihn schrittweise bis zur *Operation Extended Freedom* eskalieren zu lassen, bestehe momentan nicht.

Man müsse den großen Angriff vorbereiten und warten, bis der Iran bewies, dass er aus der Lektion nichts gelernt hatte, indem er beispielsweise seine Anlagen zur Urananreicherung wieder aufbaute.

Was das U-Boot betreffe, so habe man den Streitkräften die Anweisung erteilt, es weder mit U-Booten noch mit herkömmlichen Schiffen anzugreifen. Man werde weiterhin intensiv nach dem U-Boot fanden und es mithilfe der Luftwaffe vernichten, sobald sich die Gelegenheit biete.

Nachdem Rumsfeld verstummt war, ergriff George W. Bush das Wort und zeigte hiermit, dass die Ausführungen Rumsfelds nicht diskutiert zu werden brauchten. Er wandte sich an den CIA-Chef und fragte, ob die CIA den Schlussfolgerungen zustimme, die der Nachrichtendienst der Flotte über das Terroristen-U-Boot gezogen habe.

Ja, das tue man im Wesentlichen, gab dieser zurück. Außerdem habe man keine Mühen gescheut, um den Namen des russischen U-Boot-Kapitäns herauszufinden. Relativ sichere Quellen gaben an, es handle sich um einen gewissen Kapitän zur See Anatolij Waleriwitsch Petrow, ehemaliger Kommandant des verunglückten Atom-U-Boots Kursk. Sofern es der Wahrheit entsprach, habe man es mit einem der besten U-Boot-Kapitäne Russlands zu tun. Er nämlich habe 1999 mit seiner Kursk der sechsten Flotte die Hosen heruntergezogen. Man messe diesen Informationen große Bedeutung bei, da sie für eine ernst zu nehmende russische Unterstützung des palästinensischen Terrorangriffs sprachen.

Anschließend gab der Präsident mit einem kurzen Nicken das Wort an Condoleezza Rice weiter. Offenbar wollte er, dass vor einer längeren Diskussion alle Karten auf dem Tisch lagen. Sie fühlte sich verpflichtet, als Erstes zu erklären, dass man die palästinensische Aktion nicht ohne Weiteres als Terrorakt bezeichnen könne.

Man solle sich beispielsweise die Resolution 1373 des UN-Sicherheitsrates ansehen, die am 28. September 2001, also kurz nach 9/11, verabschiedet worden sei.

In ihr werde beschlossen, gegen jegliche Art von terroristischen Aktivitäten mit allen Mitteln vorzugehen. Das Problem sei der Begriff »terroristische Aktivitäten«. In diesem Punkt könne keine internationale Einigkeit erzielt werden. Obwohl es immer noch keine allgemeingültige Definition des Terrorismus gebe, setze man üblicherweise voraus, dass die Angriffe sich gegen zivile Ziele richteten. Der Selbstmordattentäter in einem Café in Tel Aviv sei also eindeutig ein Terrorist. Bei demjenigen, der einen Lastwagen voll Sprengstoff

367

in einen amerikanischen Militärstützpunkt lenkte, sei das nicht so leicht zu entscheiden.

Zumindest bisher hätten die Palästinenser ausschließlich militärische Ziele angegriffen. Es sei nicht nur schwierig, solche Aktionen als Terrorismus abzustempeln, sie seien aus völkerrechtlicher Sicht sogar berechtigt.

Noch weniger habe man gegen Russland in der Hand. Man könne den Russen nicht vorwerfen, eine Terrororganisation unterstützt zu haben, nur weil die Palästinenser keinen Staat hätten. Die Palästinenser bildeten ein Subjekt im völkerrechtlichen Sinne, und das sei im Prinzip das Gleiche wie ein Staat.

»Nun mal langsam mit den jungen Pferden«, unterbrach sie der Präsident. »Darf man diese Terroristen etwa nicht mehr Terroristen nennen, weil sie heftiges Geschütz auffahren und beispielsweise unsere Flotte plattmachen?«

»Nicht ganz, Mr President. Sollte das Terroristen-U-Boot uns angreifen, bräuchten wir nicht mehr hier zu sitzen und zu diskutieren, denn dann dürfen wir ihnen Atombomben auf den Kopf werfen, wenn wir wollen. Es sind aber militärische Ziele in Israel angegriffen worden. Daher haben sie bislang das Völkerrecht auf ihrer Seite.«

»Dürfen wir nicht einmal zum Präventivschlag ausholen?«, fragte der Präsident verärgert.

»Darauf wollte ich gerade zu sprechen kommen, Mr President. Wir könnten behaupten, dass wir vermuten, das U-Boot sei mit einem Atomreaktor ausgerüstet. Das würde mehreren Atomabkommen widersprechen. Wir könnten befürchten, dass es an Bord Atomwaffen gibt, die Dame hat sich in diesem Punkt ja nicht eindeutig geäußert. Wir könnten eine Untersuchung verlangen, und wir könnten ihnen sowohl Verbreitung von Kernwaffen als auch internationale Piraterie vorwerfen. Aber keinen Terrorismus. Ich möchte Ihnen übrigens ein Kompliment für die Formulierung machen, dass nicht jeder als Terrorist gelte, der heftiges Geschütz auffahre. Empfehlen Sie diese Punchline Ihren Redenschreibern, Mr President.«

George W. Bush sah plötzlich recht zufrieden aus. Nicht nur, weil Condie ihn gelobt hatte, sondern weil sie ihm triftige Gründe geliefert hatte, dieses verdammte U-Boot zu jagen und zu killen.

Der restliche Vormittag war der Frage gewidmet, wie man Israel mit einer neuen Flotte ausstatten konnte. Die Alternative, den Israelis die US Navy als permanenten Beschützer zur Seite zu stellen, konnte Condoleezza Rice abwenden. Damit hätten die Vereinigten Staaten von Amerika dem palästinensischen Volk formal den Krieg erklärt und ihnen das Recht erteilt, die amerikanische Flotte anzugreifen. Falls man nicht zuerst dieses U-Boot zerstörte, würde das Ganze womöglich mit einem Desaster enden.

Die Initiative Russlands und der EU, dem Gazastreifen ein eigenes Territorialgewässer bis zu einer Grenze von drei Seemeilen vor der Küste zu garantieren, sorgte ebenfalls für Schwierigkeiten. Solche Zugeständnisse erweckten möglicherweise den Eindruck, Terrorismus lohne sich. Aber auch diesen Vorschlag konnte man mithilfe des Vetorechts im UN-Sicherheitsrat leicht blockieren.

Die meisten Beschlüsse, die an diesem Tag gefasst wurden, entsprachen den Vorstellungen von Condoleezza Rice. Erstens würde man den halbherzigen Krieg gegen den Iran beenden, um eventuell zu einem späteren Zeitpunkt richtig zuzuschlagen.

Zweitens würde man Mittel für den Aufbau einer neuen israelischen Flotte bereitstellen.

Drittens würde man das U-Boot von nun an diskreter jagen.

Das Mittagessen wurde um zwölf Uhr fünfundvierzig serviert. Anschließend empfahl der Präsident allen, sich einige Stunden freizunehmen, ein bisschen Sport zu treiben und mit einer klaren Haltung zu den Beschlüssen wiederzukommen.

Am Nachmittag kam man noch einmal kurz zusammen. Der Präsident hatte sich nach seiner Laufrunde nicht umgezogen und prahlte damit, dass er seinen Bodyguard abgehängt habe. Immer noch stimmten alle den Beschlüssen des Vormittags zu.

Cheney und Rumsfeld gaben sich auffällig zurückhaltend und verließen Camp David vor dem Abendessen. Am Abend saß Condoleezza Rice und spielte Evergreens wie *Ol' Man River*, *Nobody Knows the Trouble I've Seen* und *America the Beautiful*, während Bush ganz in ihrer Nähe saß und sich einem komplizierten Pferdepuzzle widmete.

Nach fünf Tagen Schweigen tauchte die U-1 Jerusalem mitten in der Nacht neben einem rostigen Fischtrawler unweit von Tunis auf. Zu diesem Zeitpunkt hatte sich die amerikanische Mittelmeerflotte neu formiert und suchte nicht nur nördlich von Sizilien nach dem U-Boot, sondern deckte das gesamte Gebiet zwischen den Balearen und der Mittelmeermündung bei Gibraltar ab, damit die U-1 Jerusalem nicht entwischte. Diese Taktik war nicht dumm. Man hatte das U-Boot schließlich gesehen, und einige Touristen hatten es vor Capri sogar mit ihren Videokameras gefilmt – ganz in der Nähe von Neapel und dem in diesem Moment vollkommen ungeschützten Flugzeugträger USS Ronald Reagan.

Wie die U-1 Jerusalem dorthin gekommen war, konnte sich niemand erklären. Aber es war eine Tatsache. Wie die Terroristen allerdings von dort weggekommen waren, könne man sich leicht ausrechnen, glaubten sowohl die Leitung der sechsten Flotte als auch das zuständige Zentralkommando CENTCOM und vor allem der Verteidigungsminister, der wieder einmal ein klares Bild vor Augen hatte: Das U-Boot konnte unmöglich die Straße von Messina passiert haben.

Nachdem sie die Straße von Messina noch schneller und leichter als beim ersten Mal durchquert hatten, hatte man an Bord der U1 Jerusalem bemerkt, dass die wichtigste Verbindung zwischen dem westlichen und dem östlichen Mittelmeer, die Meerenge zwischen Tunesien und Sizilien, kaum noch bewacht wurde.

Das Laden dauerte eine Weile. Am schwierigsten war es, den Treibstoff aus den Tanks und anschließend direkt aus den Fässern des Trawlers zu pumpen. Die frischen Vorräte dagegen, darunter eine Kiste Champagner, waren schnell hineingeschleppt.

»Liebe U-Boot-Korrespondentinnen, jetzt kommt der Augenblick der Entscheidung«, sagte Carl. »Mit diesem Trawler sind Sie aus Tunis gekommen, und wenn Sie es wünschen, dürfen Sie nun mit ihm zurückfahren. Wir würden Sie in mehr als einer Hinsicht vermissen, aber ich kann Ihnen keinen Vorwurf machen, wenn Sie sich so entscheiden.«

Sie saßen in der Messe vor ihren Teegläsern, während um sie herum die Waren angeschleppt wurden.

»Wie viel Zeit haben wir?«, fragte Rashida Asafina fast aggressiv. »Schaffe ich das Interview mit Oberleutnant Zvi Eschkol und diesem Maschinisten Davis noch, oder wie der hieß?«

»Ja, aber aus naheliegenden Gründen machen wir das erst kurz bevor wir abtauchen. Satellitensignale von und zu Al-Dschasira werden höchstwahrscheinlich überwacht. Sobald wir mit dem Senden anfangen, wird die Zeit knapp.«

»Haben wir eine Alternative?«, fragte die Kamerafrau Ruwaida, die offenbar viel begieriger darauf war, sich aus dem Staub zu machen, als ihre Chefin.

»Ja«, sagte Carl. »Wir werden in zwölf Tagen einen Hafen anlaufen. Das wird ein großes öffentliches Ereignis. Dann haben Sie wieder die Gelegenheit, uns zu verlassen. Die Fahrt dorthin wird verglichen mit allem, was wir bislang unternommen haben, ziemlich ungefährlich; vorausgesetzt, wir überleben diese Aktion hier.«

»Dürfen wir unser Material mit dem Trawler verschicken?«, fragte Rashida.

»Selbstverständlich. *Und* – Achtung, ich beantworte Ihre nächste Frage gleich mit – die Videokassetten werden auch ankommen. Der Trawler gehört uns, und es liegt ebenso in unserem Interesse, dass dieses Material für die Nachwelt aufbewahrt wird.«

»Leider gehen uns langsam die Kassetten aus, wir wussten ja nicht, dass wir so lange unterwegs sein würden«, wendete Ruwaida ein.

»Da wir damit gerechnet haben, befinden sich irgendwo in unserem Vorratslager dreißig Betakassetten. Im Augenblick sind sie wahrscheinlich nicht leicht zu finden, aber daran soll Ihre Arbeit nicht scheitern.«

»Wann und wo legen wir an?«, fragte Rashida, die sich anscheinend entschieden hatte zu bleiben.

»In zwölf Tagen, wie gesagt. Wo, darf ich Ihnen natürlich nicht verraten. Wer an Bord bleibt, wird es bald erfahren, und ich glaube, Sie werden angenehm überrascht sein.«

»Und die Fahrt dorthin ist ungefährlich?«

»Ja. Das letzte Risiko, dass wir eingehen, ist die Satellitenverbindung. Danach verschwinden wir von der Bildfläche.«

»Wie lange werden wir an dem Ort bleiben?«

»Drei oder vier Tage, glaube ich.«

»Und wir haben dort genügend Zeit, uns von Kollegen ablösen zu lassen?«

»Sicher. Falls Al-Dschasira weiterhin darauf besteht, als einziger Sender eingebettete Reporter an Bord der U-1 Jerusalem zu haben, lässt sich das organisieren.«

Die beiden Journalistinnen fingen beide gleichzeitig an, lauthals zu lachen, und klatschten ihre Handflächen gegeneinander wie Basketballspieler nach einem erfolgreichen Korbwurf. Für sie stand es außer Zweifel, dass der Fernsehsender Al-Dschasira weiterhin am Alleinrecht an Live-Schaltungen zur U-1 Jerusalem interessiert war.

Nachdem diese Frage geklärt war, musste nur noch das Interview mit den beiden israelischen *Kriegsgefangenen* vorbereitet werden, wie sie bei Al-Dschasira genannt wurden.

In den folgenden Tagen sollte in den Medien oft der Begriff Stockholmsyndrom fallen. Die Bezeichnung ging auf einen Bankraub Anfang der Siebzigerjahre in Schweden zurück: Zwei Bankräuber hatten tagelang Geiseln in ihrer Gewalt gehabt. Die Geschichte hatte geendet, wie solche Fälle meistens endeten: Die Geiselnehmer hatten aufgegeben.

Das Erstaunliche war gewesen, dass die Geiseln, vor allem eine weibliche Bankangestellte, ihre Peiniger nach dem Ende des Geiseldramas in Schutz genommen hatten. Ihr Zorn hatte sich vor allem gegen die Polizei gerichtet, die ihrer Ansicht nach alle Beteiligten unnötig in Gefahr gebracht hatte.

Nun war das Stockholm-Syndrom wieder in aller Munde. Denn in dem Interview, das die inzwischen weltberühmte Rashida Asafina vor der palästinensischen Flagge am Turm der U-1 Jerusalem geführt hatte, hatten sowohl Oberleutnant Zvi Eschkol als auch der Maschinist Uri Davis vom torpedierten israelischen U-Boot Tekuma beteuert, ihre Behandlung an Bord sei vorzüglich, sogar das Essen schmecke besser als auf israelischen U-Booten, und Russen wie Araber würden ihnen mit Respekt begegnen. Man habe ihnen versichert, dass man sie gegen palästinensische Gefangene austauschen werde, und keiner von ihnen zweifle dieses Versprechen an.

373

Aufgrund der erstklassigen medizinischen Versorgung gehe es allen gut. Auch er wiederholte noch einmal, dass die palästinensische Besatzung Schlange gestanden habe, um Blut zu spenden.

Der israelischen Flottenleitung dagegen stünden sie kritisch gegenüber. Diese sei auf einen so naheliegenden Angriff in keinster Weise vorbereitet gewesen. Auf die provokante Schlussfrage, ob man der Meinung sei, dass Gaza eigene Territorialgewässer und einen eigenen Hafen bekommen solle, antworteten sie achselzuckend, an Politik seien sie nicht sonderlich interessiert, es höre sich aber nach einem sinnvollen Vorschlag an, da die Besetzung des Gazastreifens aufgehoben sei.

Während des Interviews hatten sich keine Wachen oder Offiziere blicken lassen. Es hatte fast so ausgesehen, als wären die zwei Kriegsgefangenen – die von manchen als Geiseln bezeichnet wurden – in Freiheit interviewt worden. Beide hatten ihre Familien grüßen dürfen und zum Abschluss Kusshände in die Kamera geworfen.

Volltreffer, hatte Rashida Asafina in diesem Augenblick gedacht, das Schlussbild saß wirklich. Dieser Gedanke war keineswegs eine politische Reflexion gewesen, sondern ein rein professionelles Urteil.

Der Atlantik verhieß für die U-1 Jerusalem die Geborgenheit einer Wiege. Das Risiko, zufällig auf ein amerikanisches U-Boot zu stoßen, war minimal. Anatolij hatte sich den Scherz erlaubt, es mathematisch zu berechnen, und war zu dem Ergebnis gekommen, dass man dafür sechstausendsiebenhundertvierunddreißig Jahre brauchen würde. Der Atlantik nahm ein Fünftel der Erdoberfläche ein. Bei insgesamt einhundertsechs Millionen zweihunderttausend Quadratkilometern blieben für jedes amerikanische U-Boot anderthalb Millionen Quadratkilometer, eine Fläche, die doppelt so groß wie Texas war.

Da man während der Fahrt kaum etwas zu tun hatte, konnte man sich Dingen widmen, die man bislang vernachlässigt hatte, und beispielsweise palästinensische Flaggen auf die Ausgehuniformen nähen, Kleider waschen und bügeln, Filme anschauen, die nicht von U-Booten handelten – unter den Russen war ein wildes Westernfieber ausgebrochen –, den Sprachunterricht in immer größeren Konversationsgruppen abhalten und den enormen Zeitungsstapel abarbeiten, der bei der letzten Ladung im Mittelmeer mitgeliefert worden war. Nachts tauchte man auf und verfolgte die Nachrichtensendungen. Da man nun mehr Zeit hatte, konnte man auch BBC und Al-Dschasira empfangen und mit den amerikanischen Sendern vergleichen. Alle berichteten mehr oder weniger ausführlich davon, wie »das Netz

375

um das Terror-U-Boot im Mittelmeer immer enger gespannt wurde«.

Als man den Äquator überquerte, wurde ein Neptunfest mit symbolischer Taufe derjenigen Seeleute veranstaltet, die zum ersten Mal über den Null-Breitengrad fuhren. Anatolij machte als Neptun Furore. Er beschloss, auch die israelischen Seeleute zu taufen, die sich diesem Anfängerritual noch nicht unterzogen hatten, aber alle außer einem lehnten das Angebot mit der Begründung ab, sie seien bereits im Indischen Ozean getauft worden.

Beim Neptunfest mangelte es nicht an Alkohol. Der Tag danach verlief äußerst ruhig, und da man das Risiko auf ein Minimum reduzieren wollte, im Notfall mit einer Besatzung operieren zu müssen, die nicht gerade in Höchstform war, ging man auf Sicherheitstiefe hinunter.

Als Mouna in die Messe kam, um etwas zu sich zu nehmen, das zumindest ihrem eigenen Rhythmus entsprechend ein spätes Frühstück war, saß in der Offiziersabteilung nur der israelische Leutnant. Er war in die mittlerweile ziemlich zerfledderten Zeitungen aus Ost und West versunken. Sie zuckte zusammen, als sie sah, dass er eine israelische Zeitung las.

»Guten Morgen, *segen* Eschkol«, begrüßte sie ihn müde. »Ich wusste gar nicht, dass man an Bord die *Ha'aretz* lesen kann. Was bekommen wir denn von denen für Kritiken? Gestatten Sie, dass ich mich setze?«

»Natürlich, General. Woher wissen Sie, dass Oberleutnant auf Hebräisch *segen* heißt?«

»Ich habe es für den Fall recherchiert, dass sich die Gelegenheit zu dieser kleinen Höflichkeitsgeste ergibt. Auf Arabisch ist es etwas komplizierter: *mulazim awwa*. Also, was schreibt die größte Tageszeitung Israels über uns?«

»Sie würden sich wundern, General! Verzeihung, können Sie Hebräisch lesen?«

»Ein bisschen.«

Eifrig blätterte er sich durch den unsortierten israelischen Zeitungsstapel und zitierte aus Leitartikeln, Leserbriefen und Reportagen. Es ergab sich ein Bild mit viel mehr Facetten, als sie erwartet hatte. Auf der ersten Seite der *Ha'aretz* äußerte man sich zum Beispiel empört über das Massaker an Badenden und Fischern in Gaza. Man hatte zwar ein gewisses Verständnis dafür, dass sich nach Israels Pearl Harbor – die Zeitung verwendete also nicht die Bezeichnung 9/11 – Panik und Verzweiflung im *Tzahal*, der israelischen Armee, ausgebreitet hatte. Es rechtfertige aber nicht, dass Israel sich selbst mit solchen Wahnsinntaten diskreditiere. Vor allem angesichts der Tatsache, dass die palästinensische Attacke sich gegen militärische Ziele gerichtet und vergleichsweise wenige Menschenleben gefordert hatte. Das verbitterte Schlusswort lautete, man könne den Terrorismus nicht bekämpfen, indem man ihn selbst betreibe.

»Wow!«, entfuhr es Mouna. »Ich hatte mehr Blutrünstigkeit erwartet.«

»Ja, die gibt es natürlich auch. Hätten wir *Maariv* oder *Yediot Aharonot* an Bord, würden wir wohl mehr oder weniger einfallsreiche Rachefantasien lesen. Aber das hier gibt es auch. Auch das ist Israel. Mein Israel!«

Er unterstrich den letzten Satz, indem er mehrmals auf den Zeitungsstapel klopfte.

»Erzählen Sie mir von *Ihrem* Israel.«

»Aber nur, wenn Sie mir von *Ihrem* Palästina erzählen, General.«

»Okay, aber Sie sind zuerst dran.«

Er begann bei seinem Urgroßvater und dessen Brüdern, die Ende des neunzehnten Jahrhunderts in der Ukraine geboren und 1913 ins damals türkische Palästina »zurückgekehrt« waren. Die Brüder hießen Schkolnik, hebräisierten aber sofort ihren Namen, beteiligten sich mit Feuereifer an der Modernisierung der hebräischen Sprache, gehörten zu den Pionieren der Kibbuzbewegung, legten den Grundstein für die Gewerkschaft *Histadrut* und waren an der Gründung der sozialdemokratischen Partei *Mapai* beteiligt.

Folglich waren alle, die in der Familie Eschkol aufwuchsen, Kibbuzniks und Mapainiks und gehörten somit in der Anfangszeit des *Yischuw*, also der jüdischen Gesellschaft, zur kulturellen, politischen und militärischen Elite. Diese gehobene Stellung behielten sie noch lange Zeit nach der israelischen Staatsgründung. Sein Großonkel war Premierminister und sogar Verteidigungsminister gewesen, allerdings hatte er diesen Posten 1967 kurz vor dem Sechstagekrieg an Mosche Dayan abgegeben, möglicherweise ein kluger Schachzug.

Es bedeute jedoch nicht mehr dasselbe wie früher, ein Mapainik zu sein, es habe eher etwas Lächerliches an sich, als gehöre man zu einer ehemaligen Machtelite, ungefähr vergleichbar mit dem alten Adel in Europa. Ihr Familiensitz in einem der ältesten Kibbuzim Israels sei längst in ein Wochenendhaus für Freunde und Verwandte umgewandelt worden.

In seiner Kindheit hatte Zvi die Araber als eine große Masse betrachtet, die das auf der Landkarte so winzige Israel zu überschwemmen drohte. In gewisser Weise hätten er und seine Brüder, Schwestern, Cousins und Cousinen jedoch zwischen den Arabern da draußen und den Arabern zu Hause unterschieden. Im Kibbuz habe es schließlich jede Menge palästinensische Angestellte und Arbeiter gegeben.

Mouna verkürzte die Geschichte auf höfliche Art und Weise, indem sie sich ihr vorbestelltes Frühstück abholte, das immer noch mit frisch gepresstem tunesischem Apfelsaft serviert wurde. Als sie zurückkam, machte sie unbekümmert einen Zeitsprung.

»Warum haben Sie sich als erstes Mitglied dieser Pionierfamilie bei der Flotte beworben und nicht, wie alle anderen, bei der Armee?«, fragte sie, während sie sich mit ihrem Frühstückstablett hinsetzte.

»Oje, verzeihen Sie mir, General. Erzähle ich zu langatmig?«

»Ganz und gar nicht, aber ich kann mir bereits ein recht gutes Bild machen. Vergessen Sie nicht, dass wir Nachbarn sind. Unsere gemeinsame Geschichte ist mir nicht gerade unbekannt. Sie waren also der Erste, der sich bei der Flotte beworben hat.«

»Ganz richtig.«

»Okay, warum die Flotte und nicht die Armee?«

Er nickte seufzend, als hätte sie – absichtlich – einen wunden Punkt getroffen. Er zuckte mit den Achseln und erzählte ihr, diesmal weniger ausführlich, wie es dazu gekommen war.

Er war der jüngste der drei Brüder. Levi und Schlomo hatten vor ihm Wehrdienst geleistet. In seiner Familie sei es verpönt, sich davor zu drücken, auch wenn die Mehrheit die drei Jahre als Zeitverschwendung betrachte.

Levi und Schlomo hätten die Armee gehasst. Mit ihrer Abneigung stünden sie nicht allein da, falls Mouna das gedacht habe. Denn in den vergangenen Jahrzehnten habe der Militärdienst beinhaltet, Palästinenser an den Straßensperren zu schikanieren, die Ausweispapiere von Frauen zu verlangen, die offensichtlich gerade ein Kind zur Welt brachten, Schulkinder mit irgendeiner weit hergeholten Begründung wieder nach Hause zu schicken, Gemüsehändler stundenlang aufzuhalten, bis ihre Tomaten vor Überhitzung platzten, Siedler zu beschützen, die über Nacht den Olivenbaum ihres palästinensischen Nachbarn gefällt hatten, und tausend andere Dinge dieser Art zu tun. Zu Beginn sei man fleißig, mit der Zeit aber werde man entweder zum Rassisten, oder der Dienst ekle einen an. Es gebe nur die zwei Möglichkeiten. Die ganze Welt frage sich, was die Besetzung mit den Palästinensern mache. Was sie für Israel bedeute, interessiere niemanden.

Seine älteren Brüder gehörten zu denen, die angewidert gewesen seien. Nein, mehr als das, sie seien so verzweifelt gewesen, dass sie sich der Bewegung »Offiziere für den Frieden« hatten anschließen wollen und lieber ins Gefängnis gegangen wären, als weiter in den besetzten Gebieten Dienst zu tun. Aber ihre Eltern, Onkel und Tanten wären durchgedreht, wenn sich ein Mitglied der Pionierfamilie diesen »Landesverrätern« angeschlossen hätte.

Die Flotte sei für ihn ein Ausweg gewesen. Zur See habe es ja keinen palästinensischen Feind gegeben. Das sei ein sauberes Gebiet gewesen. »Die U-Boote sollten fremde Kriegsschiffe abwehren, Spezialtruppen wie die Sajeret Matkal zu geheimen Operationen im Ausland befördern oder ...«

Hier machte er eine Pause.

»Oder mithilfe der eigenen tödlichen Waffen Israels äußersten und letzten Schutzwall gegen den Vernichtungsschlag bilden«, ergänzte Mouna.

»Dazu kann ich keinen Kommentar abgeben«, sagte Oberleutnant Eschkol und verschloss sich wie eine Muschel.

»Natürlich nicht. Glauben Sie mir, das hier ist kein hinterlistiges Verhör. Wir führen weit draußen im Atlantik ein Gespräch unter Nachbarn. Warten Sie, sagen Sie es nicht! Ich werde es selbst sagen, und dann fahren wir fort. Wir haben sicherheitshalber die radioaktive Strahlung gemessen, die von den Überresten der Tekuma ausging, bevor wir unsere Rettungsmannschaft hingeschickt haben. Sie hatten Atomwaffen an Bord. Ihre Popeye-Raketen können den Iran sogar vom Mittelmeer aus erreichen, oder noch leichter von dem U-Boot in Eilat, das im Roten Meer patrouilliert. Das wissen wir.«

»Kein Kommentar, General.«

»Gut, dann haben wir es hinter uns. Die Flotte war also ein annehmbarer Kompromiss für Sie, weil Sie auf diese Weise die Familientradition wahren konnten, ohne werdende Mütter drangsalieren zu müssen?«

»So ungefähr. Weil die Palästinenser keine Flotte haben.«

Letzteres sagte er mit einem ironischen Lächeln, zuckte die Achseln, ging ans Büffet und streckte demonstrativ die Arme nach dieser mehr als greifbaren palästinensischen Flotteneinheit aus.

Sie mochte ihn. Es war einfach so. Aber als ob sie sich dieser menschlichen Regung schämte, führte sie sich vor Augen, wie sie sich selbst als Gefangene auf einem israelischen U-Boot gefühlt hätte, zum Beispiel auf der Tekuma. Sie wusste schließlich ziemlich genau, wie ihr Volk in israelischen Gefängnissen behandelt wurde, viel zu viele ihrer Agenten hatte sie in den Tod geschickt.

»Und Sie, Nachbarin und General? Erzählen Sie mir von Ihrem Palästina«, forderte er sie auf, als er mit einem Glas arabischem Mokka und einer russischen Mandelpirogge zurückkam. »Stimmt das, was in den Zeitungen steht?«

Er klopfte auf den Stapel englischer und amerikanischer Zeitungen, der neben ihm auf dem Tisch lag. Auf allen waren Bilder von ihr zu sehen.

»Tja«, sagte sie matt. »Das meiste stimmt, aber es wird auf eine Weise dargestellt, dass man es kaum wiedererkennt. Vielleicht liegt es an den Formulierungen. *Tötete ihre ersten Juden im Alter von acht Jahren.* Das ist inhaltlich richtig. Ich kann mich daran erinnern, aber die Beschreibung sagt mir trotzdem nichts. Als sie damals mit Bulldozern unser Haus in Gaza zerstört haben, war meine Großmutter noch drin. Sie starb in den Schuttmassen. Es ist durchaus möglich, dass sich einer aus meiner Familie etwas zuschulden hatte kommen lassen, ich war ja eine von den Kleinsten. Und natürlich hasste ich die Leute, die unser Haus niedergerissen hatten, die Israelis, die ich nie aus der Nähe gesehen habe. Es waren Männer mit Helmen und Waffen, die in ihren Panzern und Halbkettenfahrzeugen durch die Staubwolken donnerten. Irgendjemand, ich weiß nicht mehr, wer es war, gab mir eine Handgranate, erklärte mir kurz, wie sie funktionierte, ein paar andere Kinder und ich lagen auf einem Dach und … ja, so war das.«

»Aber dann wurden Sie eine Agentin mit dem Recht zu töten, General. Wenn man der amerikanischen Presse glauben darf, haben Sie es auf diesem Gebiet auch ziemlich weit gebracht.«

»Na ja, von diesem Dach bis dorthin war es ein weiter Weg. Al-Fatah kümmerte sich um mich, weil ich ein steckbrieflich gesuchtes Heldenkind war. Bis zu dem Punkt, auf den Sie angespielt haben, musste ich allerdings eine lange Ausbildung absolvieren.«

»Verzeihung, ich bin mir nicht sicher, worauf ich angespielt habe.«

»Das war eine Phase in den Achtzigerjahren. Israel führte eine weltweite Operation durch, die ›Rache Gottes‹ oder so ähnlich hieß. Offiziell wollte man alle aufspüren und töten, die etwas mit dem Geiseldrama bei den Olympischen Spielen 1972 in München zu tun hatten. Die israelischen Sportler waren zwar, genau wie die Palästinenser, von deutschen Polizisten erschossen worden, aber an uns wurde zwölf Jahre lang Vergeltung geübt. Ihr Israelis habt damals die Gelegenheit genutzt, einige unserer Schriftsteller und Journalisten umzubringen. Damals war ich eine von denen, die sich wehrten, aber ich kann nicht behaupten, dass wir die Schlacht gewonnen hätten.«

»Ihr Palästinenser seid damals also aus purer Verzweiflung Terroristen geworden?«

382

»*Ihr*?«

»Verzeihen Sie, General, aber als Sie sagten *Ihr Israelis habt die Gelegenheit genutzt, einige Schriftsteller und Journalisten umzubringen*, habe ich Ihnen das auch durchgehen lassen.«

»Punkt für Sie, ich gebe es zu. Trotzdem, der Terror schadet uns viel mehr als – entschuldigen Sie meine Ausdrucksweise – euch.«

»Wenn also die Hamas, der Islamische Dschihad, die Märtyrer der al-Aqsa-Brigaden oder andere Fanatiker unschuldige Frauen und Kinder in einem Supermarkt in Tel Aviv in die Luft sprengen, schadet das *euch*?«

»Ja. Bitte hören Sie mir zu, Oberleutnant, dieses Thema lässt mich einfach nicht los. Die Terrorakte gegen die Zivilbevölkerung schaden uns mehr als euch. Als die U-1 Jerusalem in Seweromorsk ablegte, hatte ich aktuelle Zahlen, inzwischen haben sie sich natürlich verändert. Seitdem Ariel Scharon im Jahr 2000 auf dem heiligen Tempelberg spazieren gegangen ist, um Ärger anzuzetteln, was ihm ja auch gelang, ist Folgendes passiert: Dreitausendvierhundertsechsundsechzig Palästinenser wurden von den israelischen Streitkräften getötet. Im selben Zeitraum wurden neunhundertachtundachtzig Israelis von *uns* getötet, einschließlich dreihundertneun Angehörigen der israelischen Armee. Und da Sie Kinder erwähnten: *Ihr* habt sechshunderteinundneunzig getötet und *wir* einhundertneunzehn.«

»Woher haben Sie diese Zahlen, General?«

»Nicht vom Informationsminister der Hamas, falls Sie das denken. Die israelische Menschenrechtsorganisation *B'Tselem* hat diese Zahlen veröffentlicht. Sie stimmen mit denen überein, die unser eigener Nachrichtendienst ermittelt hat.«

Er schüttelte nur den Kopf.

Mouna begriff, dass es falsch gewesen wäre, diese Diskussion noch weiterzutreiben. Er war immer noch ihr Kriegsgefangener. Nach seiner Freilassung würde man ihn in ein langwieriges Programm stecken, wo hochrangige Offiziere, Psychologen und Rabbiner ihm verständlich machten, dass das menschliche Gesicht, das er gesehen hatte, trügerisch gewesen sei. Eine teuflische Maske, die er abschütteln müsse. Alle Gespräche von der Art, wie sie es gerade führten, müsste er dann bis an die Grenze des Erträglichen wieder und wieder durchkauen. Es machte keinen Sinn, jetzt mit ihm über »ihr Palästina« zu sprechen, weil sie sich schon zu weit in zerfetzte Gedärme und abgerissene Arme und Beine verstrickt hatten. Egal, ob sie von Splitterbomben oder von Hellfire-Raketen verursacht worden waren.

»In ungefähr zwanzig Tagen sind Sie wahrscheinlich wieder zu Hause in Israel«, wechselte sie demonstrativ das Gesprächsthema.

Er strahlte natürlich, einerseits überrascht, andererseits zweifelnd.

»Wissen Sie etwas darüber, General?«

»Die Antwort lautet Ja, Oberleutnant«, lächelte sie. »Während wir im sicheren Atlantik weilen, wird verhandelt. Wir haben acht israelische Kriegsgefangene. Israel hat an die tausend, genauere Zahlen liegen mir leider nicht vor. Die U-1 Jerusalem möchte Sie natürlich so bald wie möglich loswerden, weil Sie uns nur belasten. Sie essen, atmen und schmieden womöglich heimtückische Pläne. Israel will Sie wiederhaben. Und die USA möchte, dass Sie aus der Schusslinie verschwinden. Ich glaube, das ist eine gute Verhandlungsbasis.«

»Wie viele Palästinenser bin ich wert, General?«

»Schwer zu sagen. Im religiösen oder philosophischen Sinne entspricht Ihr Wert nur dem eines einzigen Palästinensers. Bei der heute gängigen Einschätzung des Wertes verschiedener Menschenleben – ich meine, in den Medien und in der Politik – zählen Sie wahrscheinlich so viel wie mindes-

384

tens hundert Palästinenser. Vielleicht können wir uns bei den Verhandlungen irgendwo in der Mitte treffen.«

»Das sind ja wunderbare Neuigkeiten, General. Ich kann nicht verleugnen, dass ich auf meine Freilassung hoffe.«

»Warum sollten Sie auch? Aber wenn ich in Ihrer Haut stecken würde und eine Gefangene an Bord der Tekuma wäre, bliebe mir nichts zu hoffen übrig. Wenn ich überhaupt noch am Leben oder bei Bewusstsein wäre. Verzeihen Sie, das war nicht meine Absicht. Vergessen Sie es. In einer Woche laufen wir einen Hafen an, und schätzungsweise eine weitere Woche später werden Sie ausgetauscht. Dann können Sie frisch und munter in Ihren Kibbuz heimkehren und Ihren wohlverdienten Urlaub beantragen.«

»Bei wem? Offenbar existiert mein Arbeitgeber, die israelische Flotte, ja nicht mehr.«

Plötzlich und für beide unerwartet konnten sie zusammen lachen.

»Mein lieber Brigadegeneral, falls Sie gestatten, dass ich mich so unmilitärisch ausdrücke. Ehrlich gesagt, hoffe ich, auch wenn es verrückt und ziemlich unrealistisch klingt, ich hoffe, Sie eines Tages in den Kibbuz einladen zu können.«

»Das ist ein schöner Traum«, gab sie zu und blickte auf den dicken Zeitungsstapel hinter. Mindestens fünf Überschriften enthielten die Worte »Madame Terror«. »Und ich würde Sie gern nach Gaza einladen, wo Ihnen niemand ein Haar krümmen würde, solange ich an Ihrer Seite wäre. Ich nehme an, da Sie ein Eschkol sind, gilt für Ihren Kibbuz das Gleiche.«

»Ja, das ist ein schöner Gedanke. Stimmen Sie mir zu, solange uns niemand zuhört?«

»Natürlich. Allerdings haben Sie eine etwas höhere Lebenserwartung als ich.«

»Aber die Hoffnung stirbt nie, nicht wahr?«

»So muss man es wohl sehen.«

Der palästinensische Präsident Mahmud Abbas wusste nicht mehr, seit wie vielen Tagen er schon unterwegs war, wahrscheinlich waren es bald zwei Wochen. Da alle wichtigen Länder auf der Welt seine Regierung boykottierten, musste er die Außenpolitik allein erledigen. Dass die Hamas bei den palästinensischen Parlamentswahlen gewonnen hatte, war ein Unglück. Vor allem, weil es Israel einen Anlass gab, alle Friedensverhandlungen abzubrechen und ihre Apartheidmauer, die sogenannte »Sicherheitsbarriere«, in aller Ruhe hochzuziehen. Man verhandle schließlich nicht mit Terroristen, auch wenn sie die äußerst ungewöhnliche Terrormethode angewendet hatten, eine demokratische Wahl zu gewinnen. Die Ironie an der Sache bestand darin, dass Israel in den Achtzigerjahren die Entstehung der Hamas finanziell unterstützt hatte, um Jassir Arafat und seine Regierung in Schwierigkeiten zu bringen. Diese Taktik hatten sie sich bei den Amerikanern abgeguckt, die zur selben Zeit die islamistische Widerstandsbewegung in Afghanistan aufbauten, um der Sowjetunion ein Pendant zum Vietnam-Trauma zu bescheren. Der Plan hatte ausgezeichnet funktioniert, zumindest beinahe. All die von den USA trainierten, bezahlten und bewaffneten Islamisten machten jetzt den Vereinigten Staaten die Hölle heiß, während die PLO immer teuflischere Probleme mit der Hamas bekam. In keinem Interview mit der internationalen Presse versäumte er es, auf diese Ironie des Schicksals hinzuweisen, obwohl die Reporter solche Bemerkungen einfach ignorierten und stattdessen etwas über das U-Boot erfahren wollten. Konnte das U-Boot israelische Luftwaffenstützpunkte angreifen? Gab es, wie das Pentagon behauptete, Kernwaffen an Bord? Würde man als Nächstes Tel Aviv dem Erdboden gleichmachen?

Konnte er als Präsident die Hamas-Regierung dazu bewegen, die drei Forderungen zu erfüllen, die »die ganze Welt«

386

stellte? Nämlich erstens Israel anzuerkennen, zweitens alle Abmachungen einzuhalten und drittens die Terroraktivitäten einzustellen?

Was sollte er darauf antworten? Hatte Israel Palästina anerkannt? Hielt Israel die Absprachen ein? Unterließ Israel den Terror, oder wie sollte man das Massaker an den badenden und fischenden Einwohnern von Gaza sonst bezeichnen?

Doch dies sei angeblich etwas vollkommen anderes, da Israel eine Demokratie sei. Weiter als bis hierher kam man mit westlichen Journalisten nie.

Der Umgang mit westlichen Politikern war ungleich einfacher als der mit den westlichen Medien. Die U-1 Jerusalem hatte den palästinensischen Präsidenten noch erheblich interessanter gemacht. Abgesehen von den USA und Israel rissen sich die Regierungschefs um ihn.

Die Schwierigkeit bestand darin, das besetzte Palästina zu verlassen. Die Israelis ließen ihn »aus Sicherheitsgründen« nie vom Flughafen Ben Gurion abfliegen. Also musste er mit dem Auto über die Allenby-Brücke nach Jordanien fahren. Bei der israelischen Grenzkontrolle an der Brücke spielte sich jedes Mal das gleiche Theater ab. Ein fünfundzwanzigjähriger Leutnant begutachtete mit strengem Blick seine Ausreisepapiere und behauptete, da sie unvollständig seien, könne man seine Identität nicht eindeutig feststellen. Wenn er einwendete, dass er der palästinensische Präsident sei, erntete er nichts als höhnisches Gelächter und Kopfschütteln. So ging es stundenlang. Immer das Gleiche.

Wenn er endlich in Jordaniens Hauptstadt Amman angekommen war, verwandelte er sich innerlich und äußerlich von dem gedemütigten Palästinenser in der Schlange vor einem gelangweilten israelischen Leutnant in den am heißesten gehandelten Staatsmann der Welt. Wegen der U-1 Jerusalem.

Der russische Außenminister Sergej Lawrow war extra nach Amman geflogen, um ihn privat zu treffen und ihm Russlands politische Absichten zu unterbreiten.

Es war wirklich äußerst interessant, Lawrow zuzuhören, der mit seiner dunklen, melodischen Stimme vollkommen ungerührt die außenpolitische Offensive Russlands im Nahen Osten beschrieb. Die U-1 Jerusalem sei auch für die Russen ein politischer Hebel, wie Lawrow es ausdrückte.

Russland hatte das sogenannte Quartett zusammengetrommelt – Russland, EU, UNO und USA –, damit man gemeinsam nach einer Lösung der U-Boot-Krise suchen konnte. Russland würde einen eigenen Hafen für Gaza, eigenes souveränes Territorium zu Land, zur See und im Luftraum sowie eine Aufhebung des Embargos vorschlagen. Grenzen und innere Sicherheit sollten von Blauhelmsoldaten und nicht von Israelis überwacht werden.

Im Gegenzug sollten die Palästinenser die U-1 Jerusalem abrüsten und zurück nach Russland überführen. Jeder Vorschlag, es an die USA, die Vereinten Nationen oder die EU zu übergeben, müsse abgelehnt werden. In diesem Punkt zähle primär das russische Interesse. Die Technologie an Bord der U-1 Jerusalem dürfe unter keinen Umständen den Amerikanern in die Hände fallen. Für diesen Vorschlag wollte Russland sein gesamtes diplomatisches Gewicht und seine politische Macht einsetzen.

Mahmud Abbas konnte Lawrows Argumentation ohne Probleme nachvollziehen und war ebenfalls der Meinung, dass das U-Boot kein zu hoher Preis für die Befreiung von Gaza war. Doch was, wenn die Amerikaner darauf bestanden, das U-Boot zu beschlagnahmen? Ohne Einverständnis der Amerikaner waren weder das Quartett noch die Vereinten Nationen beschlussfähig.

Lawrow hatte diese Frage bereits beantwortet. Man würde

388

einfach behaupten, dass die Palästinenser das U-Boot vorbehaltlich des Weiterverkaufs erworben hätten. Dies war beim Verkauf von Kriegsmaterial eine gängige Vertragsklausel, die garantierte, dass man seine Waffen tatsächlich nur an die gewünschten Vertragspartner verkaufte. Der palästinensische Präsident möge bitte auf diese Abmachung verweisen und betonen, dass er seine Versprechen prinzipiell einhalte. Dann sei ihm die volle Unterstützung Russlands sicher.

Bis jetzt waren die Verhandlungen mit Sergej Lawrow unkompliziert verlaufen. Sie saßen in einer friedlichen kleinen Runde im jordanischen Königspalast. Mahmud Abbas hatte einen Sekretär und den alten außenpolitischen Fuchs Farouk Kaddoumi mitgebracht, Sergej Lawrow nur einen überflüssigen Dolmetscher. Sein Englisch war ausgezeichnet.

Der nächste Schritt war etwas vertrackter. Lawrow erklärte, die U-1 Jerusalem würde aus einer Konfrontation mit einem amerikanischen Jagd-U-Boot ohne Probleme als Sieger hervorgehen. Er warf es einfach in den Raum, als wäre es eine Selbstverständlichkeit. Mahmud Abbas hatte keine Möglichkeit, die Glaubwürdigkeit seiner Behauptung zu überprüfen. Von U-Booten hatte er nicht die geringste Ahnung, und die U-1 Jerusalem kannte er nur aus dem Fernsehen.

Lawrow wollte darauf hinaus, dass man die Amerikaner, selbst wenn sie zuerst angriffen, unbedingt verschonen müsse. Falls es auf amerikanischer Seite zu Verlusten käme, würde ihr religiös fundamentalistischer Präsident vermutlich von Gott den Ratschlag erhalten, große Teile der Erde in Schutt und Asche zu legen. Auf Verluste reagierten die Amerikaner extrem empfindlich. Abgesehen von der unüberschaubaren Zahl von Toten und der Zerstörung, wäre damit auch jede Verhandlungstür endgültig zugeschlagen. Und dann hatte man nichts gewonnen, sondern sich in eine äußerst ernste und schwierige Lage manövriert.

An diesem Punkt des Gesprächs überkam Mahmud Abbas ein seltsames Gefühl von Ohnmacht. Lawrow konnte nicht wissen, dass der palästinensische Präsident nur über Fernsehinterviews Kontakt mit dem U-Boot hielt. Mahmud hatte zwar immer wieder betont, die palästinensische Flotte habe keine kriegerischen Absichten gegenüber den USA – man würde aber zurückschießen, falls der andere das Feuer eröffnete. Was hätte er sonst sagen sollen?

Lawrow antwortete, es käme darauf an, den Amerikanern nicht die Möglichkeit zu geben, als Erste zu schießen. Ob eigentlich etwas an der Behauptung der amerikanischen Fernsehsender dran wäre, man habe das U-Boot vor der spanischen Küste so gut wie gefasst?

Auf diese Frage konnte Mahmud Abbas eine beruhigende Antwort geben. Seines Wissens befinde sich die U-1 Jerusalem draußen im Atlantik. Zum ersten Mal lächelte der russische Außenminister.

Sehr viel herzlicher lief das Treffen mit Vertretern der norwegischen Regierung ab. Jens Stoltenberg war wieder an die Macht gekommen und hatte sich mit Begeisterung in sein altes Friedensprojekt gestürzt. Die Norweger hatten 1993 den sogenannten Friedensprozess in Gang gebracht, und nun brannte Stoltenberg darauf, an seine früheren Bemühungen anzuschließen. Mahmud Abbas hatte Jassir Arafat damals finanziell beraten, Farouk Kaddoumi war Arafats Außenminister gewesen. Oslo im November war die Hölle, Schneematsch und Dunkelheit, aber die norwegische Unterstützung war von unschätzbarem Wert gewesen. Die Norweger hatten unter anderem den von den USA geforderten Boykott missachtet. Die Amerikaner hatten weltweit jede Bank bedroht, die dem isolierten Palästina Geld schickte. Was für zwei Millionen Einwohner beinahe zu einer Hungerkatastrophe geführt hätte. Mehr als hundertvierzigtausend Angestellte im öffentlichen Dienst hatten seit vier Monaten kein Gehalt erhalten, als *Den Norske Bank* anbot, finanzielle Unterstützung aus der arabischen Welt – und natürlich aus Norwegen – zu vermitteln. Zumindest einige Bewohner von Gaza hatten aufatmen können. Die Vereinigten Staaten mussten die Embargoverletzung schlucken, schließlich konnten sie das NATO-Mitglied Norwegen schlecht bombardieren.

Ein weiterer Vorteil des Wiedersehens mit seinem alten Freund Jens bestand darin, dass dieser eine so elegante Lösung für den Gefangenenaustausch fand. Die U-1 Jerusalem hatte nur acht Israelis an Bord. Im Austausch gegen sie zu viele Palästinenser zu verlangen, wäre erniedrigend gewesen, als wären Israelis wertvoller als Palästinenser. Jens kam auf die wunderbare Idee, auf eine Abmachung aus dem Jahr 2000 zurückzukommen. Kurz bevor Ariel Scharon während des Freitagsgebets auf den Tempelberg hinaufspazierte und damit, wie beabsichtigt, die zweite Intifada auslöste, hatte er angekündigt, achthundert palästinensische politische Häftlinge freizulassen.

Die Freilassung dieser achthundert Palästinenser sollte damals ohne Gegenleistung erfolgen, ein Schritt auf dem Weg in den Friedensprozess. Dies gab der palästinensischen Seite nun die Möglichkeit, ihren guten Willen zu zeigen: zurück zum Friedensprozess, zurück zur Freilassung der achthundert Palästinenser. Die acht israelischen Seeleute würde es als Bonus dazu geben. Ein intelligenter Plan. Niemand brauchte das Gesicht zu verlieren, niemand musste den Wert von palästinensischen und israelischen Menschenleben gegeneinander aufrechnen, niemand konnte behaupten, er sei erpresst worden. Stoltenberg wollte sich der Verhandlungen annehmen und bot an, dass der Gefangenenaustausch in Norwegen stattfand.

So weit alles gut und schön. Nach Stoltenbergs Ansicht

hatte die Sache jedoch einen Haken, an dem sich alle stoßen würden. Und zwar, falls die U-1 Jerusalem in eine Auseinandersetzung mit der amerikanischen Flotte geriete. Das würde nur Unheil mit sich bringen. Entweder töteten die Amerikaner alle, die sich an Bord der U-1 Jerusalem befanden, ob es nun Russen, Palästinenser oder Israelis waren, oder das Ganze endete mit enormen Verlusten auf amerikanischer Seite. Zumindest hatten die norwegischen Marineoffiziere ihren Staatsminister ausdrücklich auf diese Gefahr hingewiesen. Unter diesen Umständen würden die Amerikaner durchdrehen, fortan alles sabotieren und schlimmstenfalls Bomben auf Gaza werfen.

Während des Fluges von Oslo nach Kairo scherzte Farouk, beim ägyptischen Präsidenten Hosni Mubarak ließen sich nur zwei Dinge mit Sicherheit vorhersagen: Er würde sich damit brüsten, dass er die kleine palästinensische Delegation empfing, und genau wie Sergej Lawrow und Jens Stoltenberg vor amerikanischen Verlusten warnen.

Sie saßen bei geöffneten Fenstern im Präsidentenpalast in Kairo und hörten das Hupkonzert und das Brausen des ewigen Stadtverkehrs. Nach nur fünf Minuten kam Mubarak auf die eventuellen amerikanischen Verluste zu sprechen. Diese allgemeine Sorge kam einem allmählich verrückt vor. Aber Mubarak machte die Vermeidung von amerikanischen Verlusten zur Bedingung dafür, dass er in den Vereinten Nationen für den Friedensplan stimmte, der auf den Handel »Freiheit für Gaza gegen das U-Boot« hinauslief. Anschließend nahm er sich heraus, Abbas zu ermahnen, weil er islamistische Fanatiker die Wahl hatte gewinnen lassen. Etwas Derartiges hätte er selbst natürlich unter keinen Umständen akzeptiert.

Es war nicht der richtige Moment zum Streiten. Farouk Kaddoumi erlaubte sich trotzdem den säuerlichen Kommentar, was bekloppte Islamisten betreffe, bestehe zwischen ihnen doch ein gewisser Unterschied. Die Hamas sei von den Israelis aufgebaut worden, damit sie der PLO die Hölle heiß machte. Die ägyptischen Islamisten dagegen seien von ihm selbst und seinem Vorgänger Anwar Sadat ermuntert worden, damit sie der Linken einen Riegel vorschoben. Und nun sei Mubarak im eigenen Land von einer Horde von Wahnsinnigen umzingelt, die dem Präsidenten am liebsten den Garaus machen und Ägypten in einen Gottesstaat verwandeln würden. Wie man sich bette, so ruhe man, beschied Abbas seinem ägyptischen Kollegen.

Anschließend mussten sie sich Geld für die Flugtickets leihen und Thabo Mbeki in Südafrika anrufen. Jens Stoltenbergs Regierung hatte ihnen den Flug nach Kairo bezahlt und ihnen Geld auf ihre American-Express-Konten überwiesen, aber irgendwie war es der amerikanischen Regierung gelungen, die Kreditkarten sperren zu lassen. Man begründete es mit dem Kampf gegen den Terror.

Sie wollten über Paris nach Südafrika fliegen. Zwei Tage später saßen sie beim französischen Premierminister Dominique de Villepin und bekamen ungefähr das Gleiche zu hören. Man versprach ihnen Unterstützung. Frankreich werde mithilfe des übrigen Europas alles tun, um Tony Blair zu einer gemeinsamen EU-Linie zu zwingen, die den Gazaplan befürwortete. Außerdem durften sie sich Geld leihen, allerdings diesmal in bar, weil inzwischen alle ihre Kreditkarten gesperrt zu sein schienen. Erneut wurden sie ermahnt, sich nicht auf eine Auseinandersetzung mit der amerikanischen Flotte einzulassen. De Villepin befürchtete, dass George W. Bush womöglich völlig ausrasten und seine Jagdbomber und Marschflugkörper kreuz und quer durch die ganze Welt schicken könnte.

Auf dem Flug nach Südafrika amüsierten sie sich königlich über die Warnungen. War es nicht aberwitzig, dass die ganze

393

Welt einstimmig der Meinung war, die palästinensische Freiheitsbewegung müsse die US Navy mit Samthandschuhen anfassen? Dabei wussten sie selbst nicht, wo sich die U-1 Jerusalem befand. Gegenüber all den Politikern, bei denen sie zu Besuch gewesen waren, hatten sie das lieber nicht erwähnt. Sie verfügten zwar über ein ausgezeichnetes politisches Druckmittel, konnten es aber momentan überhaupt nicht kontrollieren. Laut den jüngsten Nachrichten, die sie in der VIP-Lounge des Flughafens Charles de Gaulle verfolgt hatten, waren die amerikanischen und britischen Flotteneinheiten kurz davor, die U-1 Jerusalem vor der Küste von Marbella zu fangen, und bereiteten sich angeblich auf den Vernichtungsschlag vor. Die amerikanischen Reporter machten einen erregten, fest überzeugten und sichtlich erfreuten Eindruck.

Und wenn es stimmte? Sein Begleiter hatte von U-Booten genauso wenig Ahnung wie er selbst, dachte Abbas. In zwei Tagen sollte er zu einer bestimmten Uhrzeit sein Mobiltelefon einschalten. Mehr wussten sie nicht.

Bis zum Höhepunkt der Urlaubssaison waren es noch drei Wochen. Über Weihnachten und Neujahr würden vor allem Nordamerikaner und Europäer dem Winter entfliehen und in den Hochsommer auf der südlichen Halbkugel fliegen. Die Temperatur war angenehm, um die fünfundzwanzig Grad, und die Hotels im Hafengebiet *Waterfront* waren bereits zur Hälfte belegt. Als die Verwaltung plötzlich Absperrungen rings um das Hotel Cape Grace verordnete und alle Gäste zwangsweise aus dem ersten Obergeschoss entfernte, kam es zu einer gewissen Verärgerung. Zudem hatte man alle privaten Luxusyachten barsch der Liegeplätze an der privaten Anlegestelle des Hotels verwiesen.

Bald wimmelte es in den lokalen Zeitungs- und Fernsehredaktionen vor Gerüchten. Fest stand, dass Präsident Thabo

Mbeki sich auf einen wichtigen Gast vorbereitete, allerdings wurden solche Besuche normalerweise nicht von Geheimniskrämerei begleitet. Im Gegenteil. Der Präsident schien alle Ereignisse dieser Art zu lieben, weil sie für einige Tage die Aufmerksamkeit von seinen unliebsamen Ministern ablenkten, die der Vergewaltigung oder der Korruption bezichtigt wurden oder wieder irgendeine sensationelle Äußerung zum Thema Aids getätigt hatten.

Kurz darauf nistete sich eine auffallend große Zahl von Journalisten am Flughafen ein, um den geheimnisvollen Besuch sofort zu registrieren. Außerdem behielt man die Villa von Nelson Mandela im Blick. Denn wenn Mandela sich bewegte, war etwas Wichtiges im Gange.

Umso rätselhafter erschien der Bescheid der Pressesprecherin des Präsidenten, akkreditierte Journalisten seien um dreizehn Uhr fünfundvierzig an einer speziellen Pressetribüne vor dem Cape Grace Hotel willkommen. Kamen denn die Besucher nicht am Flughafen vorbei? Man munkelte, bei dem geheimnisvollen Gast handle es sich um Madonna, die es gar nicht schätze, auf Flughäfen fotografiert zu werden, weil sie ungeschminkt flog. Daher habe sie den südafrikanischen Präsidenten gebeten, die Journalisten vom Flughafen wegzulocken. Sicherheitshalber ließen die Redaktionen je einen Fotografen am Flughafen stehen. Eine ungeschminkte Madonna wollte sich niemand durch die Lappen gehen lassen.

Um dreizehn Uhr dreißig hatten sich das Musikkorps und die Ehrenwachen vor dem Cape Grace Hotel aufgestellt. Die Sicherheitskräfte hatten die Absperrungen ausgeweitet und rings um das Gelände sogenannte »Krawallgitter« aufgestellt. Die massenhaft herbeiströmenden Journalisten waren einigermaßen verärgert, als ihre Presseausweise und Akkreditierungen ausführlich kontrolliert wurden.

Im abgesperrten Restaurant saßen die beiden Präsidenten Mahmud Abbas und Thabo Mbeki, der palästinensische außenpolitische Berater Farouk Kaddoumi und ein Schwarm von breitschultrigen Männern mit Kopfhörern. Präsident Mbekis Telefon klingelte, er meldete sich wortkarg und irritiert, wurde aber sofort sanfter im Ton und gab zu irgendetwas achselzuckend seine Zustimmung. Offenbar war er verunsichert.

»Nelson ist unterwegs. Halte mich jetzt bitte nicht zum Narren«, murmelte er mit Blick auf Mahmud Abbas.

Mahmud Abbas schwitzte und war grau im Gesicht vor Nervosität und Schlaflosigkeit. Die ganze Situation war albtraumhaft unwirklich. Im einen Moment verspürte er einen wilden Optimismus, im nächsten nur noch Resignation und Verzweiflung. Er kam nicht dazu, seinem südafrikanischen Kollegen eine Antwort zu geben, denn nun klingelte sein eigenes Telefon. Blitzschnell ging er dran.

»Die U-1 Jerusalem ist bereit zum Aufstieg, legt in zehn Minuten an und bittet darum, dass die Brücke zwischen Victoria- und Alfred-Becken geöffnet wird«, sagte Mouna al-Husseini.

Erleichterung durchflutete seinen ganzen Körper, als er Thabo Mbeki nun zunicken und ihm zuflüstern konnte: »Noch zehn Minuten!« In der Aufregung fiel ihm nur eine Frage an Mouna ein: Wie könne sie unter Wasser denn telefonieren? Man habe eine Antenne aus dem Wasser gestreckt, antwortete sie fröhlich.

Diese Antenne war das Erste, was die Touristen auf dem Weg nach Robben Island von der U-1 Jerusalem zu sehen bekamen. Etwas Scharfes und Schweres durchschnitt die Wasseroberfläche wie ein Schwert.

Die folgenden Szenen wurden im Fernsehen tausendfach wiederholt und hatten sich schon nach wenigen Tagen zu

Klassikern entwickelt. Weit draußen im Victoria-Becken, kurz hinter der Einfahrt ins große Hafengebiet *Victoria & Alfred Waterfront*, tauchte die U-1 Jerusalem auf. Seeleute und Offiziere strömten an Deck und stellten sich in perfekter Reihe vor dem Turm auf. Eine große palästinensische und eine kleinere südafrikanische Flagge wurden gehisst.

Rings um die Waterfront kam das touristische Treiben zum Erliegen. Die Leute strömten voller Verwunderung, enthusiastischer Begeisterung oder hasserfüllt zum Kai. Die Gruppe der amerikanischen Touristen war offenbar gespalten, manche zeigten dem U-Boot den Stinkefinger, andere jubelten ihm zu.

Die Hebebrücke am Clock Tower, die das innere Alfred-Becken abschirmte, wurde von eifrigen südafrikanischen Soldaten in die Höhe gehievt, und die U-1 Jerusalem glitt sanft auf den Kai vor dem Hotel Cape Grace zu, wo sich die wartende Delegation aufgestellt hatte. Das Musikkorps spielte zuerst Biladi, die palästinensische Nationalhymne, und dann, während sich das U-Boot langsam drehte, die südafrikanische Hymne.

Die U-1 Jerusalem nahm fast den gesamten Anlegesteg vor dem Hotel ein. Südafrikanische Soldaten warfen Trossen über, die von Matrosen in blauen Uniformen mit palästinensischer Flagge am Ärmel sofort geschickt und seemännisch vertäut wurden. Fachmännisch wurde ein Landungssteg ausgelegt und befestigt. Als vom Turm ein lautes Pfeifen ertönte, drehte sich die Besatzung blitzschnell zu der Delegation am Kai um und salutierte. Anschließend betrat ein nicht arabisch aussehender Mann in Admiralsuniform die Brücke, blieb stehen und ließ der momentan bekanntesten Freiheitskämpferin, oder auch Terroristin, den Vortritt.

Mit Mouna al-Husseini an der Spitze ging das Offizierkorps der U-1 Jerusalem an Land und direkt auf die wartenden Präsidenten zu. Nelson Mandela wusste vermutlich genau, was er tat, als er in diesem Moment ein klassisches Bild erschuf: Nachdem Mouna vor ihm strammgestanden und salutiert hatte, nahm er sie einfach in den Arm und küsste sie zum Entzücken der Zuschauer. Auch dieses Bild sollte bald in großen Teilen der Welt die Plakatwände zieren.

Die übrigen Offiziere wurden von den beiden südafrikanischen Präsidenten und den zwei palästinensischen Politikern militärisch korrekt begrüßt.

Carl war bewusst, dass dieser Moment für ihn persönlich ein Wendepunkt war. Er versuchte, so gut er konnte, den Kameras auszuweichen, die den bislang so geheimnisvollen Chef der palästinensischen Flotte ins Visier nahmen. Er hatte ein ganzes Jahrzehnt mit Pferdeschwanz im Verborgenen verbracht. Doch von jetzt an galten die Restriktionen nicht mehr, die er Rashida Asafina auferlegt hatte. Wahrscheinlich würde sie in einer Viertelstunde in der Redaktion von Al-Dschasira in Kapstadt sitzen und ihr Material überspielen.

Es war schwer zu sagen, wohin das Ganze führen würde. Nüchtern betrachtet, war er ein entflohener Mörder, verurteilt zu einer lebenslangen Freiheitsstrafe. Nicht gerade ein optimaler Repräsentant des palästinensischen Freiheitsprojekts. Rashidas Interviews hatten natürlich einen positiven Grundton, aber die internationalen Medien würden das nicht akzeptieren, nicht zuletzt aus Neid auf den Sender Al-Dschasira, der bislang die Exklusivrechte an der heißesten Story der Welt gehabt hatte. Er hatte zwei Möglichkeiten. Entweder sprach er mit niemandem mehr, oder er gab einem der bestangesehenen amerikanischen Fernsehsender in den kommenden Tagen ein exklusives Interview von etwa sechzig Minuten Länge. Sie würden ihn zwar nicht mit Samthandschuhen anfassen, aber auf der anderen Seite konnte er zu seiner Verteidigung einige schlagkräftige Argumente vor-

bringen. Ein möglichst harter und feindseliger Gesprächspartner wäre sogar von Vorteil.

Er verschob die Frage auf später. Nun stand Politik auf der
Tagesordnung. Während sich einige Besatzungsmitglieder
im Hotel Cape Grace einrichteten, die Bewachung des U-Boots
organisiert wurde und Nelson Mandela nach Hause fuhr, um
sich vor einem langen und anstrengenden Bankett am Abend
auszuruhen, versammelten sich alle wichtigen Personen in
einem Konferenzraum, um dort die abendlichen Reden von
Mbeki und Abbas vorzubereiten und um Sicherheitspro-
bleme zu diskutieren. Mandela würde nur ein paar grund-
sätzliche Worte über die langjährige Solidarität zwischen
den palästinensischen und den südafrikanischen Freiheits-
kämpfern sagen.

Thabo Mbeki hatte zwei konkrete Fragen. Konnten die
Amerikaner das U-Boot hier an der Anlegestelle vor dem Hotel zerstören? War Israel in der Lage, aus so großer Entfernung einen Luftangriff zu bewerkstelligen?

Die Fragen wurden automatisch an Carl gerichtet, der
beide mit Ja beantworten musste. Der nächste Flugzeugträger der USA liege irgendwo im Indischen Ozean, könne sich
Kapstadt aber im Falle eines Angriffsbefehls innerhalb von
ein oder zwei Tagen so weit nähern, dass die Flugzeuge die
Stadt mühelos erreichen könnten. Ein chirurgisch präziser
Angriff auf ein großes und deutlich sichtbares Ziel in einem
Hafen sei für die amerikanischen Jagdbomber bei Tageslicht
kein Problem.

Was die Israelis betreffe, sei die Lage etwas komplizierter.
Sie hätten nur ein Tankflugzeug, das für seinen Zweck voll-
kommen ausreichte, nämlich für einen Angriff auf den Iran.
Bis nach Südafrika sei es jedoch mehr als dreimal so weit.
Um Kapstadt anzugreifen, müssten sie sich amerikanische
Tankflugzeuge ausleihen, und das wäre eine politische Ge-

schmacklosigkeit. Israel habe zu der alten Apartheidregierung außerordentlich gute Beziehungen unterhalten, die Beziehungen zum neuen Regime seien folglich etwas angespannter. Einen politischen Hinderungsgrund, Kapstadt anzugreifen, hätten sie nicht. Es gebe jedoch andere schwerwiegende Hindernisse. Die Amerikaner würden sich für einen solchen Angriff nicht zur Verfügung stellen, sondern ihn lieber auf eigene Faust durchführen. Außerdem gebe es eine geradezu pikante Komplikation: Ein israelischer Angriff musste von Norden kommen, damit man nicht zu viel Treibstoff verbrauchte. Südafrika besaß mittlerweile ein Jagd- und Kampfflugzeug aus Schweden, die JAS 39 Gripen. Diese Flugzeuge waren sowohl den israelischen F 16 als auch den amerikanischen Tomcats oder F 18 Hornets überlegen. Israel riskierte also eine Niederlage.

Weitere politische Schwierigkeiten kämen hinzu: Erstens sollten die acht israelischen Kriegsgefangenen hier in Kapstadt übergeben werden und zurück nach Israel fliegen, sobald Israel seinen Teil der Absprache erfüllt und achthundert palästinensische Häftlinge freigelassen hatte. Vor dem Gefangenenaustausch war ein Angriff nahezu unmöglich. Bomben auf Afrikas erste erfolgreiche Demokratie wären politischer Wahnsinn.

Und noch etwas: Das Pentagon hatte die U-1 Jerusalem immer wieder verdächtigt, Kernwaffen an Bord zu haben. Allein das konnte ein Grund sein, sie zu attackieren. Der palästinensische Präsident sollte sich deshalb sofort an die IAEA wenden, die Internationale Atomenergieorganisation in Wien, und die Inspektoren einladen, das U-Boot zu untersuchen. Dieses Angebot konnten sie nicht ablehnen.

Es war eine heikle Angelegenheit, ein U-Boot, das angeblich Atomwaffen an Bord hatte, vor einem Hotel zu attackieren. Noch heikler war es, mit Bomben eine Inspektion der

IAEA zu verhindern oder das U-Boot gar zu bombardieren, nachdem die Inspektoren festgestellt hatten, dass es nicht den Hauch von Radioaktivität an Bord gab, also weder Atomwaffen noch Atomenergie.

Die Schlussfolgerungen ließen sich leicht zusammenfassen. In den kommenden Tagen bestehe keine reale Gefahr. Die Amerikaner würden die Zeit nutzen, um ihre Jagd-U-Boote vor die südafrikanische Küste zu schicken, wo sie auf die U-1 Jerusalem warten würden. Mit diesem Problem würde man sich später befassen.

Carl fiel auf, dass die beiden Palästinenser während seines Vortrags und der anschließenden Diskussion rauchten wie die Schlote und Johnny Walker Black Label tranken, während die Afrikaner beim Kaffee blieben.

Im Laufe des festlichen Banketts wurden in Anwesenheit der internationalen Presse drei bedeutende Reden gehalten. Präsident Thabo Mbeki sprach über die Solidarität mit den palästinensischen Befreiungsbewegungen und Afrikas Unterstützung ihrer Sache. Der ehemalige Präsident Nelson Mandela sprach kurz, aber persönlich. Er sagte, er habe seit Langem davon geträumt, einen gewählten palästinensischen Präsidenten zu treffen. Der Weg in die Freiheit sei auch der Weg zur Demokratie. Wer diesen Pfad eingeschlagen habe, müsse über die Schmähungen der Apartheidanhänger hinwegsehen. Er sei, genau wie sein palästinensischer Kollege, viele Jahre seines Lebens als Terrorist bezeichnet worden. Umso befriedigender sei es für ihn, der sich einst als Terroristen hatte beschimpfen lassen müssen, neben einem ebenfalls vom Volk gewählten Präsidenten zu sitzen. In so einem Augenblick werde einem wieder bewusst, dass all die düsteren Gedanken, die man in seiner Gefängniszelle nicht losgeworden war, endlich ihre Kraft verloren hätten.

Nachdem er sich für die südafrikanische Gastfreundschaft

bedankt hatte, stellte der palästinensische Präsident seinen Friedensplan genauso vor, wie ihm der russische Außenminister und der französische Premierminister geraten hatten.

Es wurde ein langer Abend, der mit noch mehr Whisky in der Suite von Mahmud Abbas endete. Die Einladung an die IAEA war bereits am Nachmittag abgeschickt worden. Die Antwort kam blitzschnell. Das Team von der IAEA würde am nächsten Tag mit dem Flugzeug aus Europa kommen. Das war äußerst beruhigend.

Der nächste Tag war hauptsächlich den politischen Erklärungen vor den Fernsehkameras vorbehalten. Die israelischen Gefangenen sollten freigelassen und die Besatzung der U-1 Jerusalem mit Südafrikas *Order of the Companions of OR Tambo* ausgezeichnet werden.

Bevor er einschlief, zum ersten Mal seit acht Monaten in einem richtigen großen Bett, sah Carl plötzlich das Pentagon als Ameisenhaufen vor sich, in dem jemand kräftig umgerührt hatte. Laut den neuesten Pressemitteilungen aus dem amerikanischen Verteidigungsministerium hatte man das U-Boot nicht mehr vor Marbella, sondern mit an Sicherheit grenzender Wahrscheinlichkeit südwestlich der Balearen eingekreist.

Bei Sonnenaufgang wachte er auf und ging auf den Balkon. Zwei Tage später würde er das nicht mehr tun können, aber noch schenkte ihnen das Überraschungsmoment ein Gefühl von Sicherheit. Vom platten Gipfel des Tafelbergs schwebten weiche, weiße Wolken herunter. Dieses Phänomen nannte man das »Tischtuch« des Berges, hatte er in einer Broschüre in seinem Hotelzimmer gelesen.

Weil Sonntag war, hatte sich Condoleezza Rice eine Stunde mehr Schlaf als sonst gegönnt. Nachdem sie ihr Trainingsprogramm absolviert hatte, ging es bereits auf acht Uhr zu.

Sie saß im Bademantel in ihrer ungemütlich eleganten Wohnung. Schließlich könne eine Außenministerin der Vereinigten Staaten nicht in einer Studentenbude hausen, hatte George gesagt.

Aber in Momenten wie diesem, wo nichts ihre volle Aufmerksamkeit forderte und sie nicht gehetzt war, überkam sie manchmal eine leise Melancholie. Ihre Eltern waren tot, sie hatte weder Ehemann noch Kinder, und ausgerechnet an diesem Sonntag fand auch kein Wochenendausflug zur Ranch des Präsidenten in Crawford statt. In der trockenen texanischen Ebene hatte sie einen Großteil der vergangenen Jahre verbracht. Das Wetter da unten war einfach zu schlecht. Sie wollte stattdessen ihre Tante in Birmingham, Alabama, besuchen. Diesen seit Langem versprochenen Besuch hatte sie schon mehrmals verschoben. Diesmal hatte sie anscheinend keine Ausrede. Am Montag würde sie nach London fliegen, um die neue britische Außenministerin Margaret Beckett zu treffen. Aber das war morgen, nicht heute. Niemand würde ihr dieses kleine bisschen Privatleben stehlen.

Sie hatte den missglückten Krieg gegen den Iran wieder in Ordnung gebracht und sich mit der UNO, der EU und Russland darauf geeinigt, die Inspektionen der iranischen Atomindustrie fortzusetzen. Falls die Iraner Schwierigkeiten machten, würde das zu weiteren Sanktionen führen, und sollten sie sich diesen Sanktionen in irgendeiner Weise widersetzen, würde man alle zur Verfügung stehenden Mittel, einschließlich Gewalt, gegen sie anwenden. Mit anderen Worten: Krieg. Genau das, was Rummy kaum erwarten konnte. Denn dass die Iraner über kurz oder lang anecken würden, war ja klar, zumindest könnte man es jederzeit behaupten. Doch dieser Prozess würde sich mindestens über ein Jahr hinziehen, die Krise war also vorerst entschärft. Genau das hatte sie beabsichtigt.

403

Das Repräsentantenhaus hatte trotz der Mehrheit der Demokraten und Bush-Gegner keinen Ärger bei der Bewilligung der Mittel für den Aufbau der neuen israelischen Flotte gemacht. Von dem Terroristen-U-Boot gab es zum Glück keine Spur – den gegenteiligen Beteuerungen des Pentagons schenkte sie keinen Glauben mehr –, und deshalb stand nur noch der diplomatische Schlagabtausch mit der EU bevor. Tony Blair wurde von seinen europäischen Kollegen unter Druck gesetzt. Dieses Problem wollte sie in London mit Margaret Beckett diskutieren. Die Russen gaben ihr mit ihrer neuerdings offensiven und gefräßigen Politik im Nahen Osten natürlich auch eine harte Nuss zu knacken.

An Arbeit herrschte also kein Mangel. Die Hauptsache war, dass es sich um Probleme handelte, die man auf dem Feld der Diplomatie lösen musste, und nicht um akute militärische Krisen. Denn dann konnte ihr nichts den wohlverdienten Sonntag kaputt machen. George arbeitete an Sonntagen sowieso äußerst ungern, weil er der Meinung war, der Tag des Herrn solle ein Ruhetag sein.

Als ihr vor Lauschangriffen geschütztes Telefon im Wohnzimmer klingelte, schwante ihr noch nichts Böses. Sie nahm an, es wäre George, der irgendetwas mit ihr besprechen wolle, was er in der *Post* oder der *Times* gelesen hatte. In beiden Zeitungen standen sonntags ja höllisch fiese Kolumnen.

Als jedoch ihr Staatssekretär am Apparat war und sie aufforderte, die Nachrichten einzuschalten, wurde ihr klar, dass etwas schiefgegangen war. Er wusste, dass sie sonntags niemals freiwillig fernsehen würde, und er wusste ebenfalls, dass er sie nur dann bitten durfte, es trotzdem zu tun, wenn es um etwas wirklich Wichtiges ging.

Das war natürlich der Fall. Es war nicht nur wichtig, sondern, wie sie widerwillig zugeben musste, auch beeindruckend.

Die U-1 Jerusalem glitt zu den Klängen der palästinensischen und südafrikanischen Nationalhymnen mitten in das Touristenparadies von Kapstadt hinein. An Deck stand in Reih und Glied eine Besatzung in tadellosen Uniformen, die äußerlich nichts mit Terroristen gemein hatte. Nelson Mandela, dieser freche Kerl, umarmte und küsste Madame Terror. Und dort lag gut sichtbar das U-Boot, etwas bauchiger und stromlinienförmiger als amerikanische U-Boote, soweit sie das beurteilen konnte. Mit seinem niedrigeren und weicher geformten Turm sah es einfach schöner aus. Dies war also das U-Boot, das die sechste Flotte im Mittelmeer angeblich umzingelt und praktisch vernichtet hatte. Die Bilder hatten eine beunruhigend starke Wirkung, die Terroristen wurden zu Kriegshelden, die Terroristen waren auf Staatsbesuch im wichtigsten Land Afrikas, und der palästinensische Präsident Mahmud Abbas – der eigentlich in Kairo über eine ägyptische Vermittlerrolle gegenüber den Vereinigten Staaten hätte verhandeln müssen – sah plötzlich aus wie ein richtiger Präsident.

Während sie sich durch die wichtigsten Kanäle zappte, die alle den gleichen glasklaren Eindruck eines zwar sensationellen, aber ansonsten fast normalen Flottenbesuchs vermittelten, ging ihr der Begriff von der »weichen Macht« nicht aus dem Kopf, den Rummy fast zwanghaft verwendete.

In den letzten Jahren hatte er oft beklagt, dass der Feind immer geschickter mit der weichen Macht umgehe. Niemand auf der Welt würde es wagen, sich der harten Macht zu widersetzen, die die Vereinigten Staaten von Amerika mithilfe ihrer Streitkräfte zu mobilisieren in der Lage seien. Aber immer wieder spiele einen der Gegner mit seinen weichen Druckmitteln sogar in der eigenen Verteidigungszone aus – er liebte es, sich in Sportmetaphern auszudrücken. Immer öfter würde das Machtspiel im Fernsehen ausgetragen, meinte er, und was momentan auf dem Bildschirm in der geräumigen, weißen Küche zu sehen war, schien Rummys bitterste Klagen zu bestätigen. Man konnte fast glauben, sie hätten sich einen Regisseur aus Hollywood geliehen. Jedenfalls wussten sie genau, was sie taten. Außerdem machten sie es nicht zum ersten Mal. Ein überwältigender Überraschungseffekt, perfektes Timing. Nach ostamerikanischer Zeit um acht Uhr morgens! In den nächsten fünf oder sechs Stunden würden sie in allen Medien der Welt ein Solo tanzen. Das war unerhört, nahezu erschreckend gut inszeniert.

Sie sah eine Pressekonferenz des palästinensischen Präsidenten Mahmud Abbas, dann schaltete sie ab. Erstens statte er Südafrika einen offiziellen Besuch ab, um die langjährige Freundschaft zwischen der afrikanischen und der palästinensischen Freiheitsbewegung zu festigen, hatte er behauptet. Zweitens wolle man die acht israelischen Kriegsgefangenen übergeben. Sowohl Südafrika als auch die norwegische Regierung – die norwegische Regierung! Mischen die sich schon wieder ein? – würden sicherstellen, dass der Gefangenenaustausch zügig und korrekt abliefe. Drittens habe man nicht die geringsten Befürchtungen, dass die Amerikaner angreifen würden, da man kein feindliches Verhältnis zu den USA habe und außerdem die Inspektoren der IAEA erwarte – Scheiße, die denken an alles, zischte sie durch die fest zusammengebissenen Zähne –, und die Israelis würden sich mit Sicherheit nicht auf ein Gefecht mit südafrikanischen Jagdflugzeugen auf südafrikanischem Hoheitsgebiet einlassen.

Hier hatte sie abgeschaltet, sich noch eine Tasse koffeinfreien Kaffee eingeschenkt und versuchte nun, ihre Gedanken zu sammeln.

Wer war das Superhirn hinter all dem? Vielleicht war diese Frage im Moment nicht vorrangig, aber diese Demonstration weicher Macht wirkte in ihrer Kraft geradezu bedrohlich. Sie trugen Krawatten oder Uniformen, sprachen ausgezeichnet

Englisch – Osama bin Laden mit Vollbart, Nachthemd und Küchenhandtuch auf dem Kopf brabbelte auf Al-Dschasira immer nur unverständliches Zeug –, und hatten rein gar nichts mit dem Bild zu tun, das man sich normalerweise von Terroristen machte. Sie wandten sich in erster Linie an ein westliches Publikum, nahmen nie das Wort Gott in den Mund und waren daher die gefährlichsten Terroristen, die bislang in diesem langen Krieg in Erscheinung getreten waren.

Das war eine Tatsache. Es blieb ihr nichts anderes übrig, als tief durchzuatmen und in ungefähr einer Stunde Rummy davon abzuhalten, Kapstadt in Schutt und Asche zu legen. Sie nahm den Hörer in die Hand und erledigte das traurige Telefonat zuerst. Wie schon viel zu oft war sie gezwungen, ihrer Tante in Birmingham zu sagen, dass sie augenblicklich im Weißen Haus zu erscheinen habe. Wie immer akzeptierte ihre Tante die Entschuldigung klaglos und nahezu unterwürfig.

Nein, korrigierte sie sich selbst, als sie im Fond der schwarzen Limousine saß, die sie ins Weiße Haus brachte. Es war nicht Unterwürfigkeit, sondern Stolz. Ihre Tante war in einer Zeit aufgewachsen, in der Schwarze auf speziellen Sitzen im hinteren Teil des Busses Platz nehmen mussten, kein Wahlrecht hatten und schwarze Kinder nicht mit dem Schulbus fahren durften. Und nun war ihre kleine Condie Außenministerin der besten Demokratie der Welt. Es musste Stolz sein.

Sie musste an ihr Verhältnis zu George und seiner Frau denken. Sie waren weder besonders intelligente noch gebildete Menschen. Unter ihren Professorenkollegen in Stanford hätte er wenig hergemacht. Aber Demokratie erforderte nicht, dass alle intelligent waren. Vielmehr wollte die amerikanische Demokratie allen Menschen die gleichen Chancen bieten. Und George war vom amerikanischen Volk gewählt worden, er war der Präsident der Vereinigten Staaten von

Amerika, und er nahm seinen Auftrag in einem tief religiösen Sinne ernst. Das zählte. Es war nicht so wichtig, dass er manchmal etwas durcheinanderbrachte oder Dinge sagte, die Menschen wie sie befremdeten, weil Gott sie mit ein bisschen mehr Hirnschmalz gesegnet hatte. Wenn sie den Auftrag, den ihr die amerikanische Demokratie erteilt hatte, genauso ernst nahm wie er, musste sie stets ihr Bestes tun, um George zu unterstützen. Ungefähr so, wie man seinem alten Vater auf die Sprünge half, der nie die Möglichkeit gehabt hatte, so gute Schulen zu besuchen wie man selbst. In gewisser Weise war George eine Vaterfigur für sie, oder zumindest so etwas wie ein großer Bruder. Abgesehen von ihrer Tante in Birmingham waren er und die First Lady ihre Familie. Für eine andere Familie würde ihre Karriere wahrscheinlich nie Platz lassen. Wer machte schon der Außenministerin der Vereinigten Staaten den Hof? Die Männer wagten nicht einmal, mit ihr zu flirten.

Als sie das Oval Office betrat, starrte der Präsident schlecht gelaunt vor sich hin und murmelte etwas vom Tag des Herrn und technischen Problemen. Er hatte Dick Cheney, der in seinem Wochenendhaus in Wyoming weilte, Donald Rumsfeld in Taos in New Mexico und den neuen und immer furchtbar nervösen CIA-Chef zu einer geschlossenen Videokonferenz zusammengetrommelt.

Man hatte die Kameras und Bildschirme so aufgestellt, dass George W. Bush auf seinem Stuhl vor dem Kamin und Condoleezza Rice auf dem Stuhl saß, der für andere Staatschefs oder hochrangige amerikanische Gäste reserviert war. George W. Bush war es wichtig, dass er seinen Gesprächspartnern in die Augen gucken konnte, und wollte vor allem, dass die anderen seinen Blick sahen.

Als die Techniker endlich alle Kabel unter Kontrolle hatten und George mit seinem Gebet fertig war, forderte er den Verteidigungsminister auf, seinen Standpunkt darzulegen. Condoleezza Rice war nicht sicher, ob dies ein ausgesprochen kluger oder ganz und gar unkluger Schachzug war.

Denn natürlich legte Rummy sofort los. Als Erstes wies er darauf hin, dass man sich vor einiger Zeit geeinigt habe, das U-Boot sicherheitshalber erst dann anzugreifen, wenn man die Lage voll im Griff hätte. Nun sei dieser Moment gekommen. Dies sei ein todsicherer Elfmeter. Noch dazu ein Elfer ohne Torwart. Die Kollateralschäden wären minimal, zwei Marschflugkörper würden reichen und das Problem mit dem Terror-U-Boot aus der Welt schaffen. Falls der Präsident einverstanden wäre, könne man die Operation in fünf Stunden starten.

George W. Bush stellte ein paar Fragen, die sich im Grunde nur auf das bisher Gesagte bezogen und daher auch keine neuen Antworten brachten. Condoleezza Rice wartete kühl ab. Genau darüber hatte sie sich auf der Fahrt Gedanken gemacht. Ihre Verantwortung für die Demokratie bestand darin, nicht den Kopf zu verlieren und dem Präsidenten zu helfen, die bestmöglichen Entscheidungen zu fällen. In der jetzigen Situation musste sie Rummy und Dick bremsen, die bereits die Kriegstrommeln rührten.

Der Präsident hatte sich nach vorn gebeugt und somit die Haltung eingenommen, die sein Hofberichterstatter Bob Woodward als »entschlossene Körpersprache« bezeichnete. Es bedeutete, dass er von seinen Jungs alle Argumente für einen Angriff hören wollte, bevor er Condoleezza einen steinharten Pass zuspielte. Kein Problem, dachte sie. Ich bin bereit.

Dick Cheney gab Rummy natürlich in allem recht. Man habe tatsächlich die Möglichkeit, einen Elfmeter zu schießen. Aber die Israelis würden schließlich auch CNN und sogar Al-Dschasira gucken. Ob man sich nicht einfach zurücklehnen und den Israelis die Arbeit überlassen solle?

Weiter kam er nicht, weil Rummy ihm ins Wort fiel. Die israelischen Kampfflugzeuge hätten ohne amerikanische Tankflugzeuge eine zu kurze Reichweite. Eine chirurgische Operation mit Marschflugkörpern sei definitiv vorzuziehen.

Nun ließ George W. Bush eine gar nicht so unintelligente Bemerkung fallen, stellte sie befriedigt fest. Das Terror-U-Boot habe seine Geiseln noch nicht freigelassen. Außerdem stelle er sich die Frage, was die Kernwaffen, die es laut Pentagon an Bord gab, im Falle eines Angriffs für Auswirkungen haben würden.

Rummy schmunzelte zufrieden. Die Terroristen würden die Geiseln innerhalb der nächsten vierundzwanzig Stunden freilassen. Diese Zeit könne man für die Feinjustierung nutzen. Und eventuelle Kernwaffen würden bei einem chirurgischen Militärschlag nicht explodieren.

»Ganz richtig«, stimmte ihm Dick Cheney zu. Aber solle man nicht trotzdem in Erwägung ziehen, den Israelis mit einem Tankflugzeug behilflich zu sein? Über dem Indischen Ozean gebe es weder Fernsehkameras noch Reporter. Israel habe die meisten und besten Gründe für einen Angriff. Sie könnten das Problem selbst in die Hand nehmen und würden es – im Gegensatz zu den Vereinigten Staaten – sicher gern in Kauf nehmen, dass sie sich damit unter diversen Afrikanern noch mehr Feinde machten.

Der Präsident runzelte die Stirn und blickte schräg nach oben, woran man erkennen konnte, dass er sich einer Entscheidung näherte. Was aus dem Blickwinkel von Condoleezza Rice äußerst alarmierend war. Er erteilte ihr immer noch nicht das Wort, sondern gab den Ball an den CIA-Chef weiter, der sich bislang nur durch sorgfältiges Abwischen der Schweißperlen auf seiner Stirn hervorgetan hatte.

»Und die Firma hatte auch keinen blassen Schimmer, dass sich das U-Boot im Atlantik und nicht im Mittelmeer befand?«, witzelte der Präsident. Eigentlich war diese Stichelei gegen Rummy und das Pentagon gerichtet, die das U-Boot ja beinahe im Mittelmeer geschnappt hätten.

»Nein, Mr President. Die Lokalisierung des U-Boots haben wir eher als Aufgabe des militärischen Nachrichtendienstes beziehungsweise des Flottennachrichtendienstes betrachtet. Und der NASA natürlich, die seltsamerweise nicht die geringsten Funksignale erfassen konnte. Allerdings haben wir einige neue Erkenntnisse über den Kommandanten an Bord, die möglicherweise von taktischer und politischer Bedeutung sind.«

»Nach einer fetten Beute hört sich das nicht an«, scherzte der Präsident. »Schießen Sie los.«

»Nun, Mr President, der Kommandant des Terror-U-Boots, Anatolij Waleriowitch Petrow, ist kürzlich zum Konteradmiral der russischen Flotte ernannt und außerdem mit dem *Helden Russlands* ausgezeichnet worden. Die Auszeichnung entspricht ungefähr unserer *Medal of Honor*, und das bedeutet …«

»Das ist ein ausgesprochen unpassender Vergleich!«, schnaubte der Präsident.

»Ich bitte um Verzeihung, Mr President. Ich habe nur zu sagen versucht, dass es sich um die höchste russische Auszeichnung handelt. Mr Putin misst der Terroroperation folglich große Bedeutung bei. Wir werden einen unserer Journalisten darauf ansetzen, aus diesem Petrow herauszuquetschen, wofür er die Medaille gekriegt hat. In ein paar Stunden soll da unten eine Pressekonferenz abgehalten werden …«

»Wir bedanken uns für diese tiefschürfende Erkenntnis«, unterbrach ihn der Präsident. »Mir war schon klar, dass die Russen ihre Finger im Spiel haben. Umso dringender wird es, dass wir das Problem auf einen Aktionsplan runterkochen. Frau Außenministerin?«

Jetzt kam es darauf an, dachte sie und schielte auf den Bildschirm, über den ein Schriftband mit den aktuellen Meldungen zog. Entweder gelang es ihr, die Lage zu entschärfen. Oder die von den Kerlen heiß ersehnte Katastrophe war nicht mehr abzuwenden.

»Mr President«, begann sie mit einem tiefen Atemzug. »In den kommenden Tagen wäre ein Angriff auf das Terror-U-Boot kontraproduktiv. Der Generaldirektor der IAEA, Mohammed el-Baradei sitzt offensichtlich bereits im Flugzeug, um persönlich die Untersuchung des U-Boots auf eventuelles spaltbares Material zu leiten. Wenn ich die Äußerungen des Pentagon richtig verstanden habe, ist der Verdacht auf nukleares Potenzial unser Hauptmotiv für die Neutralisierung des U-Boots. Diese kurz vor der Inspektion durch die IAEA in die Tat umzusetzen und außerdem die radioaktive Verseuchung des beliebtesten Urlaubsortes Afrikas zu riskieren ...«

»Wie oft muss ich es noch sagen?«, fiel ihr Rumsfeld ins Wort. »Atombomben gehen nicht hoch, wenn man sie zerstört!«

»Danke für die Auskunft, Herr Verteidigungsminister«, fuhr sie fort. »Ich habe auch nicht gesagt, dass wir die Detonation einer Atombombe riskieren, sondern dass wir Gefahr laufen, Kapstadt radioaktiv zu kontaminieren. Das wäre schlimm genug. Außerdem haben sie moderne russische Marschflugkörper mit flüssigem Treibstoff an Bord. Das bedeutet Feuer und somit die Gefahr, dass die gesamte Waffenladung vor diesem Hotel in die Luft fliegt, und Gott möge verhüten, dass Nelson Mandela in diesem Augenblick an Bord zum Tee eingeladen ist – und dazu womöglich die israelischen Geiseln. Das Fazit ist klar und eindeutig. Eine Möglichkeit, die Schäden auf ein akzeptables Maß zu reduzieren, gibt es nicht. Ich kann Ihnen versichern, wir haben in Afrika bereits genug diplomatische Probleme.«

»Was ist die Alternative?«, wollte George W. Bush wissen. »Wir können ja hier nicht Däumchen drehen und die eleganten Formen dieses Terror-U-Boots bewundern, irgendwann müssen wir jemandem in den Arsch treten. Schließlich sind wir die Vereinigten Staaten von Amerika!«

»Ganz genau, Mr President«, nickte Condoleezza Rice. »Wir sind Amerika, wir allein haben die Verantwortung für Freiheit und Demokratie auf der Welt. Genau deshalb sollten wir in einer so kritischen Lage den Ball flach halten. Mit anderen Worten, keine Zerstörung in Kapstadt. Das bedeutet, dass wir die israelische Luftwaffe auch nicht mit Tankflugzeugen unterstützen werden.«

»Die sanftmütige Fürsorge der Außenministerin gilt also ein paar Afrikanern, die uns sowieso hassen? Soll das etwa wichtiger sein, als diesem verfluchten U-Boot-Problem ein Ende zu bereiten?«, fiel ihr Dick Cheney ins Wort.

»Überhaupt nicht!«, antwortete Condoleezza Rice, nachdem sie sich kurz vergewissert hatte, ob der Präsident ihr mit einem Nicken seine Zustimmung gab. »Ich sagte, keine Zerstörung in Kapstadt. Wir haben mehrere Tage. Die Inspektion durch die IAEA wird ein wenig dauern. Außerdem gibt es Methoden, ihnen die Arbeit zu erschweren. Aber hinterher können sie aus ihrem U-Boot entweder eine Touristenattraktion machen oder abtauchen und das Gebiet verlassen, nicht wahr?«

Niemand widersprach ihr.

»Nun denn, meine Herren«, fuhr sie fort. »Dann haben wir unsere Strafstoßsituation immer noch. Aus politischer Sicht wäre es das Beste, wenn das U-Boot unter Wasser verschwinden und nie wieder auftauchen würde. Ich bin vermessen genug, anzunehmen, dass die US Navy diesen Elfmeter zu unserer Zufriedenheit ausführen würde. Korrigieren Sie mich bitte, falls ich mich irre, Herr Verteidigungsminister.«

»Dazu habe ich nicht den geringsten Anlass, Frau Außenministerin. Ihre Beobachtung stimmt hundertprozentig«,
antwortete Rummy.

Sie atmete auf. Sie hatte die große Katastrophe abgewen-
det und Zeit gewonnen. Solange sich das U-Boot in Kapstadt
befand, würde man über eine Lösung verhandeln können,
ohne das Leben von Afrikanern oder Amerikanern aufs Spiel
zu setzen. Vielleicht ließ sich die Situation sogar vollkommen entschärfen, ohne dass Rummy merkte, wie ihm ge-
schah.

Nach der Konferenz guckte Condoleezza Rice auf die Uhr.
Es blieb immer noch genügend Zeit für einen Besuch bei
ihrer Tante in Birmingham, wenn sie sich ein Regierungsflugzeug von der Andrews Air Force Base auslieh. Es war zwar
nur in Notfällen gestattet, aber das hier war einer.

Rummy dagegen hatte keinerlei Freizeitaktivitäten ge-
plant und wollte im Gegensatz zum Präsidenten auch keinen
Gottesdienst besuchen. Er war wieder auf dem Weg in sein
Büro im Pentagon. Das Problem war simpel. Wie beförderte
man die bestausgerüsteten U-Boote der amerikanischen
Flotte schnellstmöglich in einen Hinterhalt vor Kapstadt? Im-
mer noch bot sich eine ausgezeichnete Gelegenheit für einen
Elfer.

Als Mouna aus dem Fenster blickte, tippte sie, dass sie sich
über dem Sudan befand. Nur hier gab es diese unendliche
bergige Wüstenlandschaft.

Sie hatte abwechselnd geschlafen und einem Hörbuch mit
einer für ihren Geschmack etwas zu dramatischen Lesung
von *Krieg und Frieden* gelauscht. In der Hitliste an Bord, wo
man von Turgenjew bis Wyssozki alles fand, rangierte dieses
Hörbuch auf Platz vier.

Sie war die einzige Nichtfarbige in der ersten Klasse der

Maschine der South African Airways auf dem Weg nach London. Da die vier Männer in ihrer Nähe immer wieder versuchten, Kontakt mit ihr aufzunehmen, hatten sie mit Sicherheit nicht bemerkt, dass sie die Frau war, die auf allen Zeitungen prangte. Es war ihr nicht vollständig gelungen, sich wie eine elegante Dame aus der europäischen Oberschicht auszustaffieren, obwohl sie immerhin eine Gucci-Sonnenbrille ergattert hatte, die sehr teuer und sehr merkwürdig aussah. Da die Boutiquen an Kapstadts Waterfront für Mittelklassetouristen gedacht waren, trug sie typische Sommerkleidung. Der Londoner Winter würde sie kalt erwischen. Es war jedoch ein gutes Zeichen, dass sie sich in erster Linie Gedanken über ihren Einkaufsbummel machte. Alles andere lag ja jetzt in Gottes Hand, wie die Idioten in der Regierung ihres eigenen Landes sagen würden.

Eine Bitte der amerikanischen Außenministerin lehnte man nicht ab. Das war einfach so. Diese Alternative existierte gar nicht.

Kein Anruf in ihrem ganzen Leben war so überraschend gekommen. Während des Banketts am zweiten Abend – Thabo Mbeki hatte soeben einige südafrikanische Orden verliehen, und der zu ihrer Verwunderung leicht angeheiterte Präsident Abbas hatte sie gerade zum Konteradmiral und stellvertretenden Chef der palästinensischen Flotte befördert – hatte sich der südafrikanische Präsident mit einem Mobiltelefon in der Hand erhoben und war zu ihr herübergekommen.

Es war natürlich eine unvergessliche Szene, ein richtig komischer Sketch. Oder besser gesagt, wie ihr einige Sekunden später klar geworden war, ein treffendes Bild für die Machtverhältnisse auf der Welt.

»Es ist für Sie, Konteradmiral«, hatte Präsident Mbeki gesagt und ihr ohne Umschweife das Telefon gereicht.

»Hallo, Konteradmiral Mouna al-Husseini am Apparat«,

hatte sie sich kichernd gemeldet, weil sie das Ganze für einen Scherz gehalten hatte.

»Guten Abend, Madame Admiral, hier spricht Condoleezza Rice, die Außenministerin der Vereinigten Staaten von Amerika. Tut mir leid, dass ich Sie beim Essen störe.«

»Einen Augenblick, bitte«, hatte Mouna geantwortet, war hastig vom Tisch aufgestanden und mit schnellen Schritten auf eine geöffnete Balkontür zugeeilt. »Das ist ein überraschender Anruf, muss ich gestehen. Was kann ich für Sie tun, Madame Außenministerin?«

»Treffen Sie sich übermorgen in London mit mir, oder zumindest in der Nähe von London. Nur wir zwei. Inoffiziell, kein Presserummel. Okay?«

»Warum ich und nicht mein Präsident?«

»Weil ich keine ranghöhere Person treffen darf, weil ich mit Ihnen ungezwungen sprechen kann, weil sich am Ende vielleicht Ihr Präsident mit meinem trifft. Es hat mit den diplomatischen Gepflogenheiten zu tun.«

»Ich muss erst meinen Präsidenten zu Rate ziehen. Woher weiß ich, dass Sie keine israelische Stimmenimitatorin sind?«

»Ihre Geistesgegenwart gefällt mir, Madame Admiral. Wir haben den Flug über die amerikanische Botschaft in Pretoria buchen lassen. Ein Botschaftsangestellter wird Sie morgen früh abholen und zum Flughafen bringen. In Heathrow wird Sie Sir Evan Hunt vom MI6 mit einem seiner Assistenten abholen. Ein Schotte, dessen Name mir leider entfallen ist. Ich glaube, Sie kennen ihn.«

»Okay, Sie sind ebenfalls geistesgegenwärtig, Madame Außenministerin. Lassen Sie mich nur kurz mit meinem Präsidenten sprechen. Kann ich Sie zurückrufen?«

»Das wird schwierig, ich befinde mich in einem Flugzeug über dem Atlantik. Wir rufen in zehn Minuten noch einmal an. Vorerst vielen Dank für das Gespräch.«

Mouna war in den Bankettsaal zurückgekehrt, hatte Abu Mazen beiseite gezogen – es fiel ihr schwer, den Präsidenten anders zu nennen, sie kannte ihn schon so lange als die graue Maus Abu Mazen – und ihm erklärt, worum es gehe. Im ersten Augenblick war er ein bisschen gekränkt gewesen, weil man sich nicht mit ihm hatte verabreden wollen. Sie hatte ihm erklärt, dass er schlecht in geheime Verhandlungen mit einer Person eintreten könne, die nur Außenministerin sei. Das hatte er akzeptiert, jedoch die Befürchtung geäußert, das Ganze könne eine Falle sein. Vielleicht würden die Israelis zum dritten Mal versuchen, Mouna zu töten.

Sie hatte diesen Gedanken mit dem Argument weggefegt, sie habe sich bereits aus mehr Fallen gerettet als die meisten anderen Menschen. Außerdem seien direkte Verhandlungen mit den USA zu diesem Zeitpunkt von unschätzbarem Wert. Vielleicht bräuchten sie den Angriff auf Israel gar nicht zu Ende zu bringen.

Mouna klopfte das Herz bis zum Hals, als das Flugzeug zur Landung im verregneten Heathrow ansetzte. Eins stand fest. Von nun an konnte sie nicht mehr einfach so »verschwinden«. Falls sie in eine Falle gelockt worden war, würde das Ganze entweder mit einem Riesenskandal oder vor Gericht enden. Vielleicht wäre sie die erste Frau unter all diesen bärtigen Narren in Guantánamo?

Beide Horrorszenarien waren unwahrscheinlich. Besonders entspannt war sie trotzdem nicht, als ein Mann in Uniform auf sie zukam und »Madame Admiral« vor den Augen der verdutzten afrikanischen Geschäftsleute oder Politiker Begleitservice anbot.

Sir Evan Hunt und Lewis MacGregor erwarteten sie in der VIP-Lounge. Sir Evan Hunt machte ein angestrengt förmliches Gesicht, Lewis MacGregor wirkte auf nahezu gequälte Art höflich.

»Madame Admiral, willkommen auf britischem Boden und herzlichen Glückwunsch zur Beförderung«, begrüßte sie Sir Evan Hunt überschwänglich. Seine Augen lächelten nicht. Lewis MacGregor deutete eine Verbeugung an.

Über Schleichwege und verzweigte Flure wurde die Gruppe von einer wenig diskreten Anti-Terror-Einheit zu einer schwarzen Limousine geleitet.

Als die Limousine im Blaulicht der enormen Eskorte durch den Regen glitt, war die Stimmung auf der Rückbank gedrückt. Sir Evan Hunt saß neben Mouna, Lewis MacGregor hatte gegenüber von seinem Vorgesetzten Platz genommen.

»Nun, Admiral«, sagte Sir Evan Hunt nach einer Weile. »Wie Sie wissen, soll ich Sie zu einem Treffen mit unserem wichtigsten Bündnispartner bringen. Was dort besprochen wird, geht uns im Augenblick nichts an. Aber zwischen uns beiden gibt es auch, wie soll ich sagen, einige Unklarheiten, nicht wahr?«

»Mit *uns* meinen Sie MI6 und Dschihas al-Rasd?« Mit dieser Gegenfrage versuchte Mouna, Zeit zu gewinnen. Sie wusste nicht genau, wo das Problem lag.

»Genau. Einige Versprechen sind noch nicht eingelöst worden.«

»Das sehe ich anders, Sir Evan. Wir haben eine Abmachung, die beide Seiten eingehalten haben, oder? Mein Filialleiter in London, Abu Ghassan, ist zurückgekehrt, nachdem er vorübergehend an einer wichtigeren Stelle eingesetzt war. Seitdem haben Sie eine neue Möchtegern-Terroristengruppe ausgemacht und sogar vor Gericht gestellt, bevor sie überhaupt Schaden anrichten konnte. Ist das nicht ein ausgezeichnetes Ergebnis?«

»Zweifellos, allerdings wollte ich nicht darauf hinaus ...«

»War das nicht unsere Absprache? Die meine Seite eingehalten hat?«

»Natürlich, Madame Admiral. Aber nun gilt unsere Sorge
gewissen britischen Mitbürgern. Bei näherer Betrachtung
der Pressefotos von den Offizieren an Bord des Terror …, Verzeihung, des U-Boots, haben wir …«

»Die Brüder Husseini, alias Howard, entdeckt? Vielleicht
sollte ich besser sagen, die Leutnants der palästinensischen
Flotte Peter Feisal und Marwan Husseini sowie Ibrahim Olwan. Haben sie sich etwa strafbar gemacht, weil sie sich einer
terroristischen Organisation angeschlossen haben?«

»Das könnte man meinen, Madame Admiral. Und wie Sie
sicher verstehen, bekümmert uns das ein wenig. Es war ja
wohl kaum Teil unserer Absprache.«

Mouna musste unwillkürlich lächeln. Diese Engländer
blieben sich immer treu, ständig diese Formalitäten und dieses Herumreden um den heißen Brei.

»Jetzt hören Sie mir mal zu, lieber Freund«, sagte sie ohne
Ironie. »Sie haben sicher mehr als einmal Männer in den Tod
geschickt, Sir Evan. Ich selbst habe es leider oft genug getan.
Trotzdem nehme ich an, dass Ihr Bedauern in diesem Fall
nicht von sentimentaler Art ist. Sie wollen wissen, ob Sie die
Brüder Husseini und Ibrahim Olwan wiederhaben dürfen,
wenn wir mit ihnen fertig sind. Habe ich recht?«

Die Antwort ließ auf sich warten. Lewis MacGregor verzog
keine Miene, und Mouna kam plötzlich der merkwürdige Gedanke, er sei nur als Leibwächter ohne Ohren mitgekommen.
Idioten, dachte sie. Erstens war sie auf dem Weg zu einem
Treffen mit der amerikanischen Außenministerin, und zweitens hätten sie die beiden Waschlappen in dieser gepanzer-
ten und schallisolierten Limousine ohne Probleme umbringen können. Engländer waren verrückt.

»Ich würde Sie gern darum bitten«, sagte Sir Evan Hunt

nach quälend langem Schweigen, »den … äh, Leutnants Husseini und Olwan die Nachricht zu übermitteln, dass sie keinerlei juristische Schwierigkeiten zu erwarten hätten, falls sie sich entschließen sollten, nach Großbritannien zurückzukehren, nachdem sie bei Ihnen … äh, ihren Dienst erfüllt haben.«

»Ich verstehe«, sagte Mouna erleichtert. »Sie haben Ihre Hausaufgaben gemacht, Sir Evan. Allmählich begreifen Sie, welchen wissenschaftlichen Vorsprung die U-1 Jerusalem hat. Ich hätte übrigens – Achtung, jetzt kommt ein Einschub! – nichts dagegen, wenn Sie Ihre Besorgnisse auch Ihrem *wichtigsten Bündnispartner* mitteilen würden. Aus diversen Gründen haben wir momentan nicht die Absicht, Amerikaner zu töten. Ende des Einschubs. Es gibt also in unserem Umkreis Terroristen, die nicht wie Terroristen behandelt würden, wenn ich sie in Ihre Hände übergäbe. Danke. Ich werde die Botschaft weiterleiten.«

Mehr musste nicht dazu gesagt werden. Es wäre bloß peinlich geworden.

Der Regen peitschte gegen die Frontscheibe. Offenbar fuhren sie entlang der Themse nach Süden. Als MacGregor sich die Haare aus dem Gesicht strich, sah sie die Waffe unter seinem Jackett.

Typisch Engländer, dachte sie wieder. Die Pistole in der Achselhöhle, wo man sie am leichtesten zu fassen kriegt. Haarspray in seine Augen zu sprühen, hätte ausgereicht, um danach beide zu töten.

Carl war nahezu euphorisch gut gelaunt. Er hatte seinen Stab mithilfe von zwei Sekretärinnen und Mitarbeitern des Tourismusministeriums, die ihm der südafrikanische Präsident freundlicherweise zur Verfügung gestellt hatte, in zwei zusammenhängenden Suiten im ersten Stockwerk des Hotels eingerichtet. Er versuchte die ganze Zeit, sich an ein komisches Mao-Zitat zu erinnern, über das sie in *Clarté* ihre Witze gemacht hatten, in der linksradikalen Studentenorganisation, in der vor langer Zeit sein Leben als denkender Mensch begonnen hatte. Es hatte etwas damit zu tun, dass Ordnung und Bürokratie im Kampf gegen den Imperialismus eine nicht zu unterschätzende Waffe seien. An dem Gedanken war etwas Wahres dran. Hatte man die USA als potenziellen Gegner, war Gewalt nicht unbedingt das erfolgversprechendste Mittel. Öffentlichkeitsarbeit war besser.

Bislang hatte er zwei Pressekonferenzen organisiert und moderiert, eine mit Präsident Mahmud Abbas und eine mit den leitenden Offizieren der U-1 Jerusalem. Beide waren hervorragend gelaufen, weil eine Horde von Journalisten, die vor Neugier brannten, sich gegenseitig immer beflügelte. Außerdem konnte der Leiter der Pressekonferenz jederzeit dem nächsten Fragesteller das Wort erteilen, falls einer der Reporter unbequem wurde. Diese etwas fahrige und scheinbar improvisierte Methode machte einen entspannten, demokratischen Eindruck, als sei es zum Beispiel erwünscht, dass alle zu Wort kamen. Natürlich hatte es auch einiges zu lachen gegeben. Die U-Boot-Jagd im Mittelmeer hatte vor allem die amerikanischen Journalisten amüsiert.

Bei manchen Punkten war etwas länger verweilt worden, damit sie wirklich hängen blieben. Es gebe keine Atomwaffen an Bord, was die Untersuchung durch die IAEA bestätigen würde, und das U-Boot habe auch keinen Reaktorantrieb. Die politischen Ziele seien auf die territoriale Integrität Gazas zu Land, zu Wasser und in der Luft beschränkt. Man betrachte die USA in keiner Weise als Gegner und halte eine Konfrontation mit der amerikanischen Flotte für unwahrscheinlich.

Der letzte Punkt war natürlich gelogen gewesen. Dass die NATO-Streitkräfte sich bemühten, sie zu fassen zu kriegen, ließ sich nicht leugnen. Carl hatte angedeutet, diese Spielchen hätten dunkle politische Motive, seien aber nicht ernst zu nehmen. Er gehe davon aus, dass seine britischen und amerikanischen Kollegen genauso wenig erpicht auf eine militärische Auseinandersetzung seien wie er. In diesem Punkt war Carls Argumentation am schwächsten.

Die Israelis hatten natürlich für das größte Aufsehen gesorgt. Die Fernsehbilder vom Landgang der Kriegsgefangenen waren beeindruckend gewesen. Carl und Mouna hatten am Landungssteg gestanden, als die Gefangenen an Deck gestiegen waren, die Männer mit Gipsbein hatten sich auf palästinensische Seemänner gestützt. Einer nach dem anderen war an Land gekommen, Mouna und Carl hatten salutiert, dann jedem die Hand geschüttelt und Adieu gesagt.

Oberleutnant Zvi Eschkol, der offensichtlich keine Vorstellung von der Leistungsfähigkeit moderner Teleobjektive hatte, waren die Tränen gekommen. Er hatte sich zusammenreißen müssen, um Mouna zum Abschied nicht wie Nelson um den Hals zu fallen. Ein Glück für ihn, dass er sich in der letzten Sekunde zurückgehalten hatte, sonst hätte man ihn in seinem Heimatland vors Kriegsgericht stellen können, dachte Carl.

Oberleutnant Eschkol, der Sprecher der israelischen Kriegsgefangenen, hatte später darum gebeten, eine eigene Pressekonferenz abhalten zu dürfen. Und da saßen sie nun. Carl erklärte zu Beginn, da man die Israelis nun nicht mehr als Gefangene betrachte, liefe man auch nicht Gefahr, gegen die Genfer Konventionen zu verstoßen, laut derer man Kriegsgefangene unter keinen Umständen öffentlich vorführen oder demütigen dürfe. Anschließend verließ er den Raum nach einem letzten militärischen Gruß, worauf ihm die Israelis, Gipsarm hin oder her, ebenfalls salutierten. Wahnsinnsbilder.

Nichts, was auf dieser Pressekonferenz gesagt wurde, überraschte Carl. Er verfolgte sie oben in seinem »Büro«, da sie vom südafrikanischen Fernsehen live übertragen wurde. Die Israelis verloren über ihre »U-Boot-Kollegen« – allein das Wort! – kein einziges böses Wort. Einige erklärten sogar, die gute Behandlung an Bord gebe ihnen zu denken. Ihr eigenes Land sei nie so mit palästinensischen Häftlingen umgegangen. Solche Bemerkungen waren Gold wert.

Nach der Pressekonferenz riefen Journalisten aus der ganzen Welt auf den sechs Telefonleitungen an, und Carls neuer Stab war vollauf damit beschäftigt, praktisch alle Anfragen höflich, aber bestimmt abzulehnen.

Eine andere Art von Propaganda war nämlich vorrangig. Carl hatte je einem Drittel der Besatzung vierundzwanzig Stunden Urlaub genehmigt. Während des Ausgangs durfte man im Hotel wohnen, an drei Ausflügen teilnehmen – Robben Island (obligatorisch), Tafelberg und Kap der Guten Hoffnung –, tagsüber durfte man mit gewissen räumlichen Einschränkungen für zweihundert Dollar Souvenirs kaufen und abends in der Gruppe ein Restaurant besuchen.

Während der Anfahrt auf Kapstadt hatte er seiner Mannschaft nicht nur den letzten militärischen Schliff, um nicht zu sagen Drill, verpasst, sondern den Leuten auch gepfefferte Moralpredigten gehalten. Jeder Seemann repräsentiere nicht nur sich selbst, nicht nur die palästinensische Flotte, nicht nur die russische Marine, sondern in erster Linie die berühmteste U-Boot-Besatzung der Welt. Wer sich danebenbenähme, riskiere Ausgangssperre für sich und seine Fünfergruppe. In jeder Gruppe sei ein Mann für das ordentliche Benehmen verantwortlich und würde zur Rechenschaft gezogen, falls einer eine Sauerei machte.

Zumindest in den ersten vierundzwanzig Stunden hatte das Ganze tadellos funktioniert. Die uniformierten Seeleute und Offiziere mischten sich unter die Touristen. Alle durften ihren *Order of the Companions of OR Tambo* tragen, die südafrikanische Belohnung für große Einsätze im Freiheitskampf. Es gab strahlende Bilder in der internationalen Presse und auf einigen privaten Urlaubsfotos. Am meisten beeindruckten die weiblichen Besatzungsmitglieder des gefürchteten »Terror-U-Boots«.

Die südafrikanische Militärpolizei war auf eine Weise kooperativ, die man nicht nur von ihr speziell, sondern auch von einer Militärpolizei im Allgemeinen kaum erwartet hätte. Nach nur wenigen Stunden hatten alle Besatzungsmitglieder Papiere, mit denen sie das streng abgeriegelte Gebiet um das Hotel Cape Grace mühelos verlassen konnten.

Carl rechnete vom dritten Tag an mit erhöhtem Sicherheitsrisiko. Denn dann würden als Touristen getarnte amerikanische und israelische Agenten kommen. Ein amerikanischer Journalist hatte sich schon auf der zweiten Pressekonferenz durch beharrliche Fragen nach Anatolijs Beförderung und Auszeichnung verraten. So etwas roch zehn Kilometer gegen den Wind nach CIA. Offensichtlich wollte man Präsident Putin auf die U-1 Jerusalem festnageln.

Vom dritten Tag an riskierte man nicht nur Provokationen, sondern auch Sabotage. Am Rumpf des U-Boots mussten unbedingt Netze und einige andere Dinge befestigt werden, um unbefugte Machenschaften zu verhindern.

Rashida Asafina rief aus Katar an und teilte mit, sie sei bereit, an einer weiteren Reise teilzunehmen, müsse aber einen anderen Kameramann mitbringen. Dagegen hatte Carl nur einen Einwand. Es müsse unbedingt eine weibliche Kamerafrau sein. Dies sei Voraussetzung. Eine nähere Begründung wollte er erst abgeben, wenn sie wieder auf See wären. Mit den Motiven, die sie ihm unterstellte, habe es allerdings garantiert nichts zu tun.

Das U-Boot verfügte nun über einen Stromanschluss, war betankt und mit neuen Vorräten beladen worden. Der südafrikanische Winzerverband hatte ihnen ein großzügiges Weinsortiment geschenkt. Bis jetzt lief alles wunderbar. In wenigen Stunden würde er die anderen leitenden Offiziere in ein Fischrestaurant mit Meerblick einladen.

Im Moment hatte er nur eine Sorge. Schließlich und endlich hatten die Leute angerufen, die seine Sekretärinnen auf keinen Fall hatten abwimmeln dürfen: Die Redaktion des CBS-Nachrichtenmagazins *60 Minutes* wollte ihn vor Ort interviewen.

Er hatte sofort den Hörer in die Hand genommen und gesagt, er stelle sich gern zur Verfügung, das Interview müsse allerdings innerhalb der nächsten vierundzwanzig Stunden stattfinden, da sich die U-1 Jerusalem voraussichtlich nicht mehr lange im Hafen aufhalten werde.

Das war natürlich gelogen, weil Mounas Londonaufenthalt ihre Abreise verzögerte. Es bestand jedoch kein Anlass, den Lauschern von der National Security Agency den exakten Zeitpunkt zu verraten.

Der Redaktionschef von *60 Minutes* antwortete lässig, dies sei kein Problem, da sein Team in einer guten Stunde in Kapstadt landen würde.

Früher oder später musste etwas passieren. Ihm war klar gewesen, dass man ihn augenblicklich identifizieren würde, wenn er im Blitzlichtgewitter an Land ging. So viele westliche Vizeadmirale gab es schließlich nicht, die ein *Held Russlands* waren. Logisch, dass die Medienmaschinerie vorübergehend von Mouna abließ und sich auf ihn stürzte. Doch selbst wenn der Reporter von *60 Minutes* die Absicht hatte, ihn fertigzumachen und bloßzustellen – wovon er ausging –, hätte es das Bild, das die westliche Welt von ihm hatte, nicht verschlimmern können. Vor allem die amerikanischen Medien stellten ihn ausnahmslos als geistesgestörten, entlaufenen und gefährlichen Serienmörder da. So jemand war nicht gerade der Stolz der palästinensischen Flotte.

Schließlich saß er einer amerikanischen Starreporterin und ihrem Kamerateam gegenüber. Den Vorschlag, das Interview an Bord zu führen, hatte er abgelehnt. Dort sei es einerseits zu eng, andererseits wolle er die Leute von der IAEA nicht bei der Arbeit stören.

Wie erwartet, begann sie mit einer knallharten Frage.

»Admiral Hamilton, Sie sind also ein Mörder, der vor einer lebenslangen Freiheitsstrafe in seinem Heimatland Schweden geflohen ist?«

»Das trifft zu.«

»Sie waren Chef der schwedischen Sicherheitspolizei *Säpo*, haben aber einen Großteil der Informanten Ihrer Organisation umgebracht?«

»Auch das ist korrekt.«

»Haben Sie vollkommen die Kontrolle verloren?«

»Das könnte man so sagen. Die sizilianische Mafia hatte meine Frau, mein Kind und meine Mutter ermordet. Aufgrund meines militärischen Hintergrunds und meiner Selbstdisziplin war ich in der Lage, den äußeren Anschein zu erwecken, ich wäre relativ normal. Das war ich jedoch nachweislich nicht. Ich war eher psychotisch.«

»Sind Sie behandelt worden?«

»O ja. Für fachmännische Auskünfte wenden Sie sich bitte an Dr. Bloomstein in La Jolla. Er war sieben Jahre lang mein Therapeut. Hiermit entbinde ich ihn von seiner Schweigepflicht.«

»Der Oberbefehlshaber des palästinensischen U-Boots ist also nicht geisteskrank?«

»Nein. Meine Besatzung wäre über diese Frage vermutlich sehr verwundert. Ich bin für alle Operationen verantwortlich, die von der U-1 Jerusalem durchgeführt wurden. Dass ich vor zehn Jahren im Dienst getötet habe, hat mit meiner jetzigen Stellung nichts zu tun. Ich war und bin ein richtiger Vizeadmiral.«

»In Ihrer Vergangenheit waren Sie ein Agent mit der Lizenz zum Töten?«

»So könnte man es vielleicht ausdrücken, auch wenn mir diese literarische Terminologie missfällt. In der Regel wurden solche schwierigen Operationen mit dem Gegenteil von Gefängnis belohnt. Zum Beispiel mit dem Navy Cross.«

»Darauf wollte ich gerade zu sprechen kommen. Laut Experten, die Ihre Uniform analysiert haben, posieren Sie mit einem Navy Cross?«

»Ich posiere nicht. Wenn ich mich recht entsinne, hat mir der Kongress der Vereinigten Staaten diese Auszeichnung 1993 verliehen.«

»Welche Dienste haben Sie uns denn für eine so hochrangige Auszeichnung erwiesen?«

»Wir haben sowjetische Atomwaffen aufgespürt und neutralisiert, die beinahe in die Hände eines diktatorischen Regimes geraten wären. Es handelte sich um eine amerikanisch-schwedisch-palästinensische Operation. Konteradmiral Mouna al-Husseini war damals die Verantwortliche auf der palästinensischen Seite. Ihr Einsatz war größer als meiner. Eigentlich müsste sie auch ein Navy Cross bekommen. Ich nehme an, es wurde ihr nicht verliehen, weil sie damals nicht zur Flotte gehörte, sie war Armeeoffizier. Die Palästinenser hatten damals keine Flotte.«

»Können Sie uns mehr über diese Kernwaffenoperation erzählen?«

»Nein, da müssen Sie Ihre eigenen Behörden fragen. Ich werde hier keine amerikanischen Militärgeheimnisse ausplaudern.«

»Wenn man Ihrer Uniform glauben darf, sind Sie ein Navy Seal.«

»In der Tat. Ich wurde nach einer zweijährigen Ausbildung in San Diego in den Kreis der Navy Seals aufgenommen, es muss im Jahr 1985 gewesen sein. Unser Wahlspruch lautet: Einmal Navy Seal, immer Navy Seal.«

»Wie haben Sie es geschafft, so lange auf freiem Fuß zu bleiben?«

»Die amerikanische Regierung bot mir Schutz in Form einer amerikanischen Staatsbürgerschaft und einer Tarnung im Zuge des Zeugenschutzprogramms des FBI. Zumindest das FBI muss der Meinung gewesen sein, dass ich nicht irgendein geistesgestörter Serienmörder bin.«

»Admiral Hamilton, Ihnen ist sicher bewusst, dass dies eine höchst aufsehenerregende Behauptung ist.«

»Nichtsdestotrotz ist sie wahr. Meine Adresse in La Jolla vor San Diego, wo ich den Namen Hamlon trug, war dem FBI bekannt.«

»Wie lautete die Absprache mit dem FBI?«

»Sie decken mich, und ich verhalte mich ruhig.«

»Man kann nicht sagen, dass Sie Ihren Teil der Abmachung eingehalten haben.«

»Da haben Sie zweifellos Recht. Meine alte Freundin und Kampfgefährtin Mouna al-Husseini hat mich in La Jolla aufgesucht und mir ein Angebot gemacht, das ich nicht ablehnen konnte. Kurz darauf wurde ich von Präsident Mahmud Abbas zum Oberbefehlshaber der palästinensischen Flotte ernannt. Der Rest ist Geschichte.«

»Sie wurden also zum Söldner?«

»Keineswegs. Ich bin ein Freiwilliger, ich arbeite unentgeltlich.«

»Aufgrund Ihrer amerikanischen Staatsbürgerschaft könnte man Sie wegen Terrorismus vor Gericht stellen. Ist Ihnen klar, dass Ihnen in einem solchen Fall die Todesstrafe droht?«

»Durchaus möglich, darüber habe ich mir noch keine Gedanken gemacht. Aber dafür müssen sie mich erst einmal kriegen, und das erscheint mir, zumindest im Moment, eher unwahrscheinlich. Leider werde ich mein Haus und meine Freunde in La Jolla nicht wiedersehen. Aber alles hat seinen Preis.«

»Haben Sie Angst vor einer militärischen Konfrontation mit Ihren … wie sollen wir es nennen? Mit Ihrem letzten Heimatland, den USA?«

»Auf einem Kriegsschiff, das nicht unter dem Sternenbanner segelt, muss man vor der stärksten Flotte der Welt immer Angst haben. Allerdings wüsste ich nicht, welchen Grund die US Navy haben sollte, uns anzugreifen. Außerdem bezweifle ich, dass sie dieses Risiko eingehen würde.«

»Weil Sie zurückschießen würden?«

»Ja. So lautet der kompromisslose Befehl vom palästinensischen Präsidenten. Wir werden nicht, ich wiederhole, nicht das Feuer eröffnen. Aber wenn wir angegriffen werden, schießen wir augenblicklich zurück. Wie auch immer, das ist kein Szenario, mit dem ich rechne. Wir befinden uns, Gott sei Dank, nicht im Krieg mit den USA.«

An dieser Stelle beendete sie das Interview, indem sie zufrieden mit den Fingern schnipste, aufstand und ihren Fotografen abklatschte. Dann drehte sie sich zu Carl um und versicherte ihm, das Interview sei ein Knüller gewesen, man werde keine Sekunde wegschneiden. Er sei ein fantastischer Gesprächspartner, der sich nicht in Gestammel verliere, sondern kurze und druckreife Antworten gebe. So etwas sei selten.

Zehn Minuten später war das Team von CBS wieder auf dem Weg zum Flughafen. Carl blieb sitzen und überlegte, ob

429

das Interview auch für ihn und die palästinensische Flotte vorteilhaft verlaufen war. Es war schwer zu sagen. Der Vorwurf psychischer Instabilität wog in den USA enorm schwer. Aber nun konnte er ohnehin nichts mehr ändern. Der nächste und letzte Termin dieses Tages war jedenfalls um einiges angenehmer. Er würde auf einer großen Restaurantterrasse Schalentiere und gegrillten Fisch essen und dazu reichlich jungen und kräftigen Wein aus Südafrika trinken.

Wie zwei Schwergewichtsboxer, die sich vor einem Titelkampf mustern, dachte Condoleezza Rice, als Mouna al-Husseini das Kaminzimmer des Gutshauses betrat. Die Begrüßung verlief förmlich und steif. Abgesehen von einem Sicherheitsmann, der sich so weit wie möglich von den beiden Sesseln am Kamin entfernt hatte, waren sie ganz allein in dem dunklen Raum.

Sie ist sommerlich gekleidet, wahrscheinlich ein Panikkauf in Kapstadt, dachte Condoleezza Rice.

Mit dem vielen Haarspray sieht sie aus, als hätte sie einen Kuchen auf dem Kopf; jedes Schmuckdetail ist präzise platziert. Eine pedantische Ästhetin, konstatierte Mouna.

Sie setzten sich, und Condoleezza zeigte fragend auf ein Tablett mit allerlei Getränken, sogar Gin und Tonic waren darunter. Mouna schüttelte kaum merklich den Kopf. Und dann beäugten sie sich wieder.

»Es ist ganz ausgezeichnet, dass Sie kommen konnten, Admiral. Ich weiß das wirklich zu schätzen. Ich vermute stark, dass wir zwei uns einiges zu sagen haben, und hoffe, dass wir einander verstehen werden«, begann Condoleezza Rice.

»Ich bin überzeugt, dass wir einander verstehen werden, Madame Außenministerin«, antwortete Mouna fast mechanisch. Sie ließ der Gastgeberin den Vortritt.

»Tja, dann fangen wir mal an«, fuhr Condoleezza Rice fort.

»Was wollen Sie erreichen, welche Instruktionen hat Ihnen Ihr Präsident gegeben?«

»Unsere Forderungen sind hinlänglich bekannt, wir haben keinen geheimen Forderungskatalog in petto. Wir wollen ein freies Gaza, und das bedeutet: ein eigener Hafen, ein eigener Flugplatz, eigenes Territorium zu Wasser, zu Lande und in der Luft. Nicht mehr, nicht weniger.«

»Im Austausch gegen was?«

»Wir demobilisieren die U-1 Jerusalem und sind bereit, die Friedensverhandlungen wieder aufzunehmen.«

»Sie werden nicht alle Ihre Ziele erreichen können.«

»Das sagt die Außenministerin der Vereinigten Staaten von Amerika?«

»Ja. Und eine, deren außenpolitisches Urteilsvermögen inzwischen recht geschult ist.«

Mouna wusste nicht, ob sie Enttäuschung oder Angriffslust empfinden sollte. Wut wäre idiotisch gewesen, dies war die einzige Chance, mit der mächtigsten Frau der Welt zu sprechen.

»Ich hätte mehr Verständnis für Ihre ablehnende Haltung, Madame Außenministerin«, begann Mouna langsam, »wenn wir den Ostteil Jerusalems, die Wiederherstellung der Grenzen von 1947 und das Rückkehrrecht für alle Flüchtlinge verlangt hätten. Das wären unrealistische Forderungen gewesen; vielleicht nicht ungerechtfertigt, aber unrealistisch. Gerade deswegen verfolgen wir eine äußerst gemäßigte Strategie, finden Sie nicht?«

Sie ist klug, dachte Condoleezza Rice. Ihre Akte stellte sie als Auftragsmörderin der Klapperschlangenklasse dar, und der Secret Service war die Wände hochgegangen, als sie nur einen Wachmann hier drin haben wollte. Aber Mouna al-Husseini benahm sich wie eine erfahrene Politikerin. Eine ungewöhnliche Kombination.

431

»Ihre rhetorischen Fähigkeiten in Ehren, Madame Admiral«, antwortete Condoleezza Rice mit einem breiten Grinsen. »Ich habe Sie nicht um ein Treffen gebeten, um mit Ihnen über Gerechtigkeit zu diskutieren. Auf diesem Gebiet wären Sie mir mit Sicherheit überlegen, aber es würde nichts nützen. Fragen Sie mich nicht, was ich für gerecht erachte, sondern was ich tun kann, um diese Situation zu entschärfen.«

»Ich bin nicht befugt, von den genannten Punkten abzurücken. Der Gazastreifen ist ein Gefangenenlager für mehr als zwei Millionen Menschen. Die Leute verkaufen ihre letzten Wertsachen, den Goldschmuck der Frauen, verschiedene Milizen schießen aufeinander, die Lage ist verzweifelt. Das Einzige, was wir dem – zum ersten Mal in unserer Geschichte – entgegensetzen können, ist militärische Übermacht. Trotzdem haben wir diese nicht voll ausgenutzt, trotzdem stellen wir gemäßigte Forderungen. Erst wenn die Schlinge um Gazas Hals gelockert wird, kann die Situation *entschärft* werden. Dann können wir wieder den Weg der Verhandlungen beschreiten, der der einzige Weg ist.«

»Verhandlungen mit der islamistischen Hamas-Regierung?«

»Das ist die einzige Regierung, die wir haben, sie ist vom Volk gewählt. Ja, sie steht hinter dem Friedensplan des Präsidenten. Sie wird verhandeln.«

»Sich aber nicht der Gewalt enthalten?«

»Der Gewalt enthalten? Verzeihen Sie, Madame Außenministerin, aber ist es nicht ein bisschen kleinlich, unter den jetzigen Umständen die Hamas und ihre jämmerlichen Selbstmordattentäter zu erwähnen? Die U-1 Jerusalem hat ein unendlich viel höheres Gewaltpotenzial. Und wir sind, darauf möchte ich erneut hinweisen, zurückhaltend gewesen. Wir haben unseren Standpunkt und unsere Stärke deutlich gemacht und uns dann zurückgezogen. Was verlangen Sie noch von uns?«

»Und wenn die Verhandlungen scheitern, wenden Sie sich wieder der Gewalt zu?«

»Natürlich.«

»Und greifen was an?«

»Madame Außenministerin, ich bin mir Ihrer Sachkenntnis durchaus bewusst. Sie wissen, welche Waffen wir an Bord haben. Sie wissen, dass die israelischen Luftwaffenstützpunkte der nächste Schritt wären. Ich wiederhole es noch einmal, bedenken Sie, dass wir aus einer Position militärischer Stärke die Hand ausstrecken. Ist das nicht ein historischer Durchbruch?«

»Ja, so könnte man es ... nein, so *muss* man es wohl sehen«, antwortete Condoleezza Rice und bereute es sofort. Sie durfte nicht zu nachgiebig wirken, durfte sich nicht in eine Falle locken lassen, durfte nicht zu Kleinigkeiten Ja und Amen sagen, die einen ganzen Rattenschwanz von wichtigeren Dingen nach sich zögen.

»Wir machen eine Pause«, schlug Condoleezza Rice vor. »Damit meine ich, dass wir ein bisschen plaudern. Zum Beispiel über England. Einverstanden?«

Klar. Zu einer Außenministerin der Vereinigten Staaten von Amerika konnte man nicht Nein sagen. Man musste zu allem gute Miene machen, bis man eventuell hinausgeworfen wurde. Das war noch die einfachste Spielregel.

Ihre Unterhaltung, die für ein Gespräch von Außenministerin zu Konteradmiralin recht schnell ins Scherzhafte glitt, drehte sich jedoch im Kern – beide wussten das und wussten auch, dass die andere es wusste – um die entscheidende Stimme im UN-Sicherheitsrat. Tony Blair wurde von seinen EU-Kollegen, mit Ausnahme von Litauen und Tschechien, ziemlich unter Druck gesetzt. Gleichzeitig kämpfte er um sein politisches Überleben. Die englischen Meinungsforscher hatten herausgefunden, dass die meisten Engländer die Forderungen der Palästinenser akzeptierten. Wieder einmal stellten ihn die Karikaturisten als Pudel von George W. Bush dar, und die politischen Journalisten vermuteten, er wolle durch seine sture Haltung die britische Beteiligung am Irakkrieg im Nachhinein rechtfertigen. Keine der beiden Erklärungen für den Umstand, dass Großbritannien die letzte Bastion der USA innerhalb der EU war, konnte man als schmeichelhaft für Tony Blair bezeichnen. In seiner eigenen Partei wurde heftig gegen ihn opponiert. Eine große Anzahl Parlamentarier hatte ihn in einem offenen Brief aufgefordert, das Datum seines Rücktritts bekannt zu geben.

Es gab also den einen oder anderen Anlass zu Späßen. Mouna genehmigte sich sogar einen Gin Tonic, ohne einen kritischen Blick von Condoleezza Rice zu ernten. Dass sie zusammen gelacht hatten, war ein ungeheurer Fortschritt.

Sie muss die härteste und klügste Frau sein, die mir je begegnet ist, dachte jede über die andere. Mit dem Zusatz: Außerdem ist sie ziemlich witzig.

Beide merkten jedoch, dass sie das Zeitlimit bereits überschritten hatten. Nun mussten sie sich wieder den ernsten Themen zuwenden. Condoleezza Rice sah auf die Uhr.

»Okay«, sagte Mouna. »Dann machen wir mal weiter. Sie zuerst.«

»Alles klar, Admiral«, antwortete Condoleezza Rice ohne die geringste Andeutung von gespielter oder echter Strenge. »Wir zögern das Ganze einige Monate hinaus, dagegen kann Tony nichts machen. Anschließend stimmt Großbritannien mit Frankreich, China und Russland im Sicherheitsrat ab, und wir enthalten uns unserer Stimme. Unter einer Bedingung.«

»Das klingt, als wären wir nah dran, aber nicht ganz. Wie lautet die Bedingung?«

»Wir kaufen das U-Boot. Komplett.«

»Wir haben uns gegenüber Russland verpflichtet, das Kriegsmaterial nicht weiterzuverkaufen. Tut mir leid, darüber lässt sich nicht verhandeln.«

»Dann werde ich den Präsidenten nur schwer davon abhalten können, das Problem U-1 Jerusalem ein für alle Mal mit Gewalt zu lösen.«

»Ich möchte Sie trotzdem bitten, Madame Außenminister«, murmelte Mouna, die nun keine Hoffnung mehr sah, »alles zu tun, was in Ihrer Macht steht, um einen Angriff auf uns zu verhindern. Amerikanische Verluste würden uns in fürchterliche Schwierigkeiten bringen. Palästinensische Verluste würden Sie in fürchterliche Schwierigkeiten bringen. Niemand hat etwas zu gewinnen. Egal, was Sie tun, führen Sie nicht Krieg gegen uns. Ich sage das nicht, weil ich Angst hätte zu sterben.«

»Nein, ich weiß«, seufzte Condoleezza Rice. Auch sie wusste, dass das Spiel aus war. »Sie sind schließlich die einzige Freiheitskämpferin, die bereits zweimal gestorben ist. Ihr Mann und Ihr Kind wurden auch getötet, nicht wahr?«

Condoleezza Rice war abrupt ins Private gerutscht, weil sie plötzlich den Ring an Mounas linker Hand gesehen hatte. Ein schwarzes Schmuckstück mit Goldfassung, in der Mitte ein Brillant von ungefähr anderthalb Karat, ringsherum ein Rubin und ein Smaragd. Die palästinensischen Farben. Sie ist inzwischen mit dem Freiheitskampf verheiratet und für den Rest ihres Lebens genauso einsam wie ich, dachte Condoleezza Rice. Allerdings hat sie, so durchtrainiert sie auch sein mag, eine viel niedrigere Lebenserwartung als ich.

Zurückhaltend erzählte Mouna von ihrem früheren Leben, von den Toten, von dem pazifistischen Arzt, der in einer Zeit der Mann an ihrer Seite gewesen war, als sie Krieg und Nachrichtendienst hinter sich lassen und ein normales Familienleben führen wollte.

Sie saßen bis in die frühen Morgenstunden zusammen und redeten über Männer und das Leben, über Politik und Macht und Einsamkeit beim ersten Kaffee am Morgen. Sie waren sich so ähnlich.

Keine von ihnen beabsichtigte, die politischen Verhandlungen noch einmal aufzunehmen, die beide als gescheitert betrachteten. Trotzdem genossen sie es, endlich den einzigen Menschen auf der Welt getroffen zu haben, mit dem sie offen über ihr Innerstes reden konnten.

Am nächsten Morgen machte Condoleezza Rice um vier Uhr fünfundvierzig keine Morgengymnastik, obwohl ihre Spezialausrüstung vom Regierungsflugzeug zu dem Gutshof transportiert worden war, zu dem Tony Blair seine Freundin zügig und gut gelaunt chauffiert hatte. Am Ende hatte Condoleezza Rice zwei Gin Tonics getrunken. Außer Mouna al-Husseini hatte das noch niemand erlebt, und es würde auch nie wieder vorkommen.

Als der Wagen vorfuhr, der Mouna nach Heathrow bringen sollte, wurde ihr eine außergewöhnliche Gunst erwiesen. Sie bekam eine Handynummer, die sie jederzeit, »von jedem U-Boot der Welt«, anrufen dürfe. Beide mussten unwillkürlich lachen, und dann umarmten sich die zwei einsamsten Frauen der Welt.

»Achtung! Klar Schiff!«, kommandierte Carl, als die U-1 Jerusalem gemächlich aus dem Hafenbecken von Kapstadt hinausglitt. Die Besatzung war bereits unter Deck verschwunden, nicht ohne vorher die Flaggen einzuziehen, weil sie sogar unter Wasser Geräusche machten. Die Sonargeräte, mit denen sie es nun zu tun bekommen würden, waren die besten, die es gab.

Weil das Risiko eines Lauschangriffs zu groß war, hatten sie im Hafen keinerlei Stabsbesprechungen durchführen können. Bei ihren kurzen Treffen hatten sie lediglich gezielte Desinformation betrieben und felsenfest behauptet, dass sie vor der südafrikanischen Küste keine Gefahren erwarteten. Das träge Abtauchen der U-1 Jerusalem vor den Augen der applaudierenden Touristen unterstrich den Eindruck, dass an Bord keine Nervosität herrschte.

Das Gegenteil war der Fall. Die Torpedorohre wurden augenblicklich geladen, diesmal mit Schkwal-Torpedos, sechs Schtschukas zur Torpedoabwehr und zwei konventionellen ferngesteuerten Torpedos, die den Mark 48 der NATO entsprachen.

Sie fuhren so langsam wie möglich, weniger als zwei Knoten, um allen drei Krabbenaugen einen beträchtlichen Vorsprung zu lassen. In der Zentrale herrschte höchste Bereitschaft.

Carl hatte die U-Boot-Leitung im kleinen Konferenzraum versammelt. Die Diskussion dauerte nicht lang.

Sie fuhren mit gut hörbarem Dieselantrieb, um herauszufinden, ob sie auf dem Weg in einen Hinterhalt waren. Die Dieselmotoren würden sicherlich von den kleinen Aufklärer-U-Booten ablenken, die den Meeresgrund aufzeichneten und ein Bild dieser Landschaft unter Wasser auf die Bildschirme in der Kommandozentrale zauberten.

Viele Alternativen gab es nicht. Lauerte ihnen kein Amerikaner auf, hatten sie auch kein Problem. Falls ihnen *ein* Amerikaner auflauerte, würden sie auf Elektroantrieb umschalten und ihn mit einem Krabbenauge ablenken, wie sie es mit der USS Alabama getan hatten. Was jedoch passieren würde, falls mehrere Amerikaner auf sie warteten, war weniger klar.

Sie fuhren in südlicher Richtung an der Küste entlang und bewegten sich auf die großen Meerestiefen zu, was für ein

U-Boot mit so hoher Tauchkapazität naheliegend war. Wenn der Feind irgendwo auf sie wartete, dann irgendwo hier zwischen zweihundert und vierhundert Metern Tiefe.

Nach der kurzen Besprechung ging Carl ans Mikrofon.

»Achtung, Seeleute! Das hier ist keine Übung, die zur Ernüchterung nach den afrikanischen Freuden dient. Dies ist die große Operation, für die Sie trainiert wurden. Wir vermuten, dass die Amerikaner im Hinterhalt liegen, und wir haben nicht vor, als Verlierer aus der Begegnung hervorzugehen. Ende.«

Sicherheitshalber wiederholte er die Mitteilung auf Russisch.

In dieser gespannten Stille schien die Zeit fast stehen zu bleiben. Mit jeder Minute entfernte sich das Krabbenauge weiter von ihnen und vergrößerte ihr Blickfeld.

Carl und Mouna standen eng beieinander, neben ihnen der etwas rotäugige, aber hoch konzentrierte Anatolij. Sie wussten genau, was er sich erhoffte.

Mouna griff nach Carls Hand. Die Berührung hatte nichts Sinnliches an sich, sie drückte Verzweiflung aus. Mouna hoffte inständig, dass ihnen niemand auflauerte. Krieg gegen die USA hätte vermutlich das Ende bedeutet.

»Wir haben Sonarkontakt auf eins null vier sechs vier«, ertönte plötzlich Peter Feisals ruhige und kühle Stimme.

»Das ist gut. Visuellen Kontakt vorbereiten«, befahl Anatolij auf Russisch.

Carl machte sich nicht die Mühe, es zu übersetzen. Mittlerweile begriff jeder in der Zentrale, wovon die Rede war. Alle außer Anatolij packte die Angst.

»Im Süden haben wir auch Kontakt. Ich versuche, ihn auf den Schirm zu holen«, war Marwans russischer Ersatz zu hören.

»Das ist gut, machen Sie schnell!«, antwortete Anatolij.

»Mouna hielt Carls Hand immer noch krampfhaft umklammert.

»Ich fürchte, das geht schief«, flüsterte sie.

»Das können wir nicht wissen, vielleicht wollen sie uns nur ausspionieren«, flüsterte Carl zurück. »Oder sie wollen uns überwachen, damit wir nicht zurück ins Mittelmeer kommen. Vielleicht hat Condie ausgeplaudert, womit du gedroht hast.«

»Mach keine Witze, Carl, es ist nicht der richtige Moment«, zischte sie.

»Wir haben visuellen Kontakt«, meldete Peter Feisal, als spräche er von einer ungewöhnlichen Möwenart. »Unbekannter Typ, haben wir nicht in unserem Verzeichnis. Wir gehen näher ran … messen die Länge … einhundertsieben Meter … gleich kommen die Ziffern. Dreiundzwanzig, ich wiederhole, dreiundzwanzig, zwei drei.«

»Wir haben sie identifiziert«, meldete der Computeroffizier. »USS Jimmy Carter, Seawolf-Klasse, achttausendsechzig Tonnen, Atomreaktor, Höchstgeschwindigkeit neununddreißig Knoten, Jagd-U-Boot.«

»Verfluchte Scheiße, jetzt schnappt sich die Meerjungfrau die Seegurke«, stöhnte Anatolij.

»Klare Ansagen, bitte«, flüsterte Mouna.

»Die Yankees haben uns das Beste auf den Hals gehetzt, was sie haben. Das da kostet fast so viel wie ein Flugzeugträger. Ich glaube nicht, dass die mit uns Verstecken spielen wollen. So eine Scheiße!«

»Noch klarere Ansagen, bitte!«, bat Mouna und bohrte ihre Fingernägel in seine rechte Hand.

»Hat sie die Torpedoluken geöffnet?«, herrschte Anatolij Peter Feisal an, der für das Krabbenauge verantwortlich war, das das amerikanische Super-U-Boot ausspionierte.

»Ja. Die beiden oberen Torpedoluken sind offen«, antwortete Peter Feisal ohne Zittern in der Stimme.

439

»Scheiße!«, brüllte Anatolij. »Eins und zwei öffnen, Abschuss von Schkwal vorbereiten. Sechs zum Abfeuern von Schtschuka öffnen. Jetzt!«

Langsam änderten sie die Fahrtrichtung, drehten sich langsam auf das wartende Super-U-Boot zu und verlangsamten die Geschwindigkeit, bis sie beinahe stillstanden.

»Ab sofort Elektroantrieb!«, kommandierte Anatolij.

»Wir haben ein visuelles Problem bei Bandit Nummer zwei, meldete der russische Offizier, der Krabbenauge Süd steuerte. »Nummer 757 am Turm.«

»Wir haben sie identifiziert«, meldete der Computeroffizier. »USS Alexandria, Los-Angeles-Klasse.«

»Wie schön«, murmelte Anatolij, der plötzlich ruhiger wirkte. »Sieh nach, ob sie ebenfalls die Torpedoluken geöffnet hat!«

»Sind wir nicht wahnsinnig nah dran?«, fragte Carl.

»Das kann man so sagen«, antworte Anatolij fast munter. »Wir sind drei Seemeilen entfernt, diese Giganten da drüben können aus viel größerer Entfernung treffen. Ich verstehe nicht, was die da machen.«

»Vielleicht wollen sie ganz sichergehen?«, schlug Carl vor.

»Quatsch«, antwortete Anatolij. »Die haben gehört, dass wir die Torpedoluken aufgemacht haben und haben dasselbe gemacht. Beide Seiten haben gegen eins der heiligsten ungeschriebenen Gesetze verstoßen. Man kann den Druck in den Torpedorohren erhöhen, sich wahnsinnig nahekommen, Ausweichmanöver machen und ähnliche Scherze treiben, aber man öffnet *nicht* die Torpedoluken. Das ist eine Kriegserklärung. Die warten auf irgendetwas, aber ich begreife nicht, worauf.«

»Ich glaube, ich weiß es«, sagte Carl. »Sie warten auf den endgültigen Befehl von ihrem Präsidenten. Es scheint, als könnten sie uns seit Langem abschießen. Sie brauchen aber eine letzte definitive Bestätigung. Das ist Demokratie.«

»Klingt ziemlich gefährlich in meinen Ohren«, brummte Anatolij mit starrem Blick auf den Bildschirm.

»Die USS Alexandria hat zwei Torpedoluken geöffnet«, meldete eine russische Stimme.

»Können wir ihr entkommen?«, fragte Mouna. »Sie haben uns von zwei Seiten eingeklemmt und warten auf das Kommando ihres Präsidenten oder des Verteidigungsministers. Das ist ihr Problem. Wir fahren bereits mit Elektroantrieb, langsames Ausweichmanöver nach unten und zur Seite?«

»Extrem gefährlich, diese Seewölfe haben Torpedos, die ihr Ziel aufspüren«, antwortete Anatolij und ballte die Faust vor einem Schirm, auf dem man die USS Jimmy Carter mit den beiden beängstigenden schwarzen Öffnungen sah. Dahinter die zum Abschuss bereiten Torpedos.

»Torpedo im Wasser, einhundertzwanzig Sekunden bis zum Treffer!«, meldete der Sonarchef.

»Hundertzwanzig Sekunden!«, schnaubte Anatolij. »Ich habe doch gesagt, dass wir wahnsinnig nah dran sind. Na also! Schtschuka ausrichten. Feuer!«, brüllte er in der nächsten Sekunde.

»Torpedo zwei im Wasser, hundertfünfzehn Sekunden bis zum Treffer«, meldete der Sonaroffizier.

»Schtschuka zwei sofort abfeuern!«, antwortete Anatolij.

Während der folgenden zwanzig Sekunden wurde in der Kommandozentrale kein Wort gesprochen. Jeder sah die beiden Torpedos auf den Bildschirmen kommen, das entfernte Summen war nun schon mit dem normalen Gehör wahrnehmbar, genau wie der heulende Klang der beiden Schtschukas von der U-1 Jerusalem.

»Beide Hechte direkt auf Zielobjekt, keine Störung. Treffer in zehn Sekunden«, teilte Peter Feisal mit.

Alle zählten unbewusst von zehn bis null. Zwischen den beiden Explosionen würden zwei Sekunden liegen.

»Schkwal in Torpedorohr eins abfeuern, direkt aufs Ziel!«, befahl Anatolij mit zusammengebissenen Zähnen.

Als der meistgefürchtete Torpedo der Welt abgefeuert wurde, erzitterte die U-1 Jerusalem unter einem enormen Rückstoß. Der Schkwal steuerte direkt auf den Bug des U-Boots zu, das nach Präsident Jimmy Carter benannt war, nur eins von dreien in seiner Klasse war und mehr als zwei Milliarden Dollar gekostet hatte. Das Ass der amerikanischen U-Boot-Flotte mit einhundertvierunddreißig Männern an Bord, darunter vierzehn Offiziere.

»Fünf Sekunden bis zum Treffer!«, meldete Peter Feisal in seinem nüchternen und perfekten britischen Englisch.

10

Der Prozess gegen Kapitän zur See Martin L. Stevenson, den vorläufig suspendierten Kommandanten der USS Alexandria, war auf den militärischen Stützpunkt Diego Garcia im Indischen Ozean verlegt worden. Dorthin hatte sich das überlebende U-Boot nach der Tragödie vor dem Kap der Guten Hoffnung auf Befehl des Pentagons, mit anderen Worten von Verteidigungsminister Donald Rumsfeld, begeben.

Es lag auf der Hand, dass Rumsfeld Zeit gewinnen wollte, indem er die USS Alexandria an einen Ort geschickt hatte, der so weit wie möglich vom Heimatland und vor allem den heimischen Medien entfernt war.

Der ehemalige Chef der US Navy, Admiral Vern Clark, war zum Vorsitzenden des Kriegsgerichts ernannt worden und kam mit einer kleinen Gruppe von Richtern und Anwälten aus Tampa in Florida eingeflogen.

Die Besatzung war unter sanften Bedingungen inhaftiert worden. Sie war auf einem großen Gelände mit allerhand Sport- und Bademöglichkeiten eingesperrt, konnte aber nicht mit der Außenwelt kommunizieren. Niemand durfte zu Hause anrufen.

Zum einen war ein Militärprozess mit so schwerwiegenden Anklagepunkten einzigartig in der jüngsten Geschichte. Zum anderen ging es für den Angeklagten buchstäblich um Leben und Tod.

Das Kriegsgericht trat in Unterrichtsräumen zusammen,

in denen anstelle einer Klimaanlage behäbige Ventilatoren unter der Decke rotierten. Nach kürzester Zeit wurde es in dem überfüllten Saal unerträglich.

Der Vorsitzende, Admiral Vern Clark, hatte nach einem Blick auf die Weltkarte in weiser Voraussicht für sich und seine Männer die weiße Tropenuniform ausgesucht.

Der Angeklagte, Kapitän zur See Martin L. Stevenson, hatte in jeder Hinsicht mehr unter der Hitze zu leiden. Er und seine zwölf Offiziere, die in zwei Reihen hinter ihm saßen, trugen ihre Ausgehuniformen für den Winter. Zu einer Veranstaltung, die große Ähnlichkeit mit der eigenen Beerdigung hatte, konnte man schlecht in Alltagskleidung erscheinen.

Aufgrund gewisser Vorschriften für Militärprozesse waren die zwölf Offiziere der USS Alexandria noch nicht angeklagt worden. Sie hatten sich alle hinter ihren Kommandanten gestellt, sie stimmten mit allen Beschlüssen überein, die er gefasst hatte, und falls er verurteilt werden sollte, würden auch sie zügig und in der Gruppe verurteilt werden. Falls das Urteil Freispruch lautete, würden auch sie freigesprochen werden.

Admiral Vern Clark war in der Flotte als Hardliner bekannt. Jedermann ging davon aus, dass Rumsfeld absichtlich einen Richter ausgewählt hatte, der die Angeklagten zum Tode verurteilen würde. Schließlich ging es um die schlimmsten Vorwürfe, die überhaupt denkbar waren: Befehlsverweigerung und Feigheit vor dem Feind im Krieg. Beide Anklagepunkte galten als Landesverrat.

Der Prozess begann mit dem Verlesen der Anklageschrift. Es dauerte keine zwei Minuten.

»So«, sagte der Vorsitzende. »Hat der Angeklagte den Inhalt der Anklageschrift verstanden?«

»Ja, Sir«, antwortete Kapitän zur See Stevenson.

»Wie stehen Sie zu der Anklage?«

»Nicht schuldig, Sir.«

»Wir haben aber Einwände gegen den Wortlaut der Anklageschrift, Abschnitt zwei, Punkt römisch drei«, sagte plötzlich der junge Leutnant, der als Verteidiger verpflichtet worden war.

»Halten Sie die Schnauze, Leutnant!«, befahl der Vorsitzende verärgert. »Wir machen hier keinen Zivilprozess. Bitte erklären Sie uns die Sachlage, Fregattenkapitän!«

Dem Fregattenkapitän kam also die Rolle des Anklägers zu. Worum es in der Anklage ging, war im Grunde allen Anwesenden bekannt. Die USS Alexandria war in den Sektor vor Kapstadt beordert worden, um der USS Jimmy Carter zu assistieren. Beiden U-Booten war vom Pentagon und vom Präsidenten der Befehl erteilt worden, das fremde und illegale Terroristen-U-Boot aufzuspüren und zu vernichten, das unter dem Namen U-1 Jerusalem operierte. Der Befehl war eindeutig gewesen, es hatte keine Vorbehalte und keinen Anlass zu Missverständnissen gegeben, geschweige denn die Option, selbst eine alternative Vorgehensweise zu improvisieren.

Da die USS Jimmy Carter das technologisch am höchsten entwickelte U-Boot der gesamten amerikanischen Flotte darstellte, war die Rangordnung selbstverständlich gewesen. Die USS Jimmy Carter hatte den Feind aufspüren und vernichten sollen. Die USS Alexandria hatte sich für den unwahrscheinlichen Fall bereithalten sollen, dass etwas schiefginge.

Bedauerlicherweise war der unwahrscheinliche Fall eingetreten. Nachdem die USS Jimmy Carter den Kampf eröffnet hatte, wurden die beiden abgefeuerten Torpedos von unbekannten Gegenmitteln zerstört. Anschließend hatte das Terroristen-U-Boot einen Torpedo vom russischen Typ Schkwal abgefeuert, durch den die USS Jimmy Carter augenblicklich versenkt worden war.

In diesem Moment wäre Kapitän zur See Stevenson verpflichtet gewesen, den Feind anzugreifen. Der Angriff war

445

auch vorbereitet worden. Doch anstatt seine Pflicht als Offizier der US Navy zu erfüllen, hatte sich Kapitän zur See Stevenson vom Feind überreden lassen, zu kapitulieren, das Feuer einzustellen und das Gebiet zu verlassen. Letzteres auf ausdrücklichen Befehl des Feindes. In der Geschichte der amerikanischen Flotte eine Ungeheuerlichkeit.

Kapitän zur See Martin L. Stevenson und seine Verteidiger gaben alles zu. Die Verteidigung bat jedoch darum, ein Tonband vorspielen zu dürfen, das im Verlauf des Kampfes zwischen der USS Jimmy Carter und dem feindlichen U-Boot aufgenommen worden war. Der Richter bewilligte den Antrag.

Admiral Vern Clark schloss die Augen und lehnte sich nach vorn, um besser verfolgen zu können, was passierte, während das Tonband abgespielt wurde. Kapitän zur See Stevenson erklärte den uneingeweihten Zuhörern bedachtsam die verschiedenen Geräuscheffekte.

Zuerst war zu hören, wie sich die beiden Torpedos vom Typ Gould Mk 48 ADCAP von der USS Jimmy Carter lösten.

Hierbei handelte es sich um den modernsten und tödlichsten Torpedotyp der amerikanischen Flotte, der innerhalb von zehn Sekunden auf fünfzig Knoten beschleunigen konnte. Da aus geringer Entfernung geschossen worden war, hätten sie für das feindliche U-Boot den fast hundertprozentig sicheren Tod bedeuten müssen. Nun waren wieder Geräusche zu hören, zwei kleinere und vermutlich noch schnellere Torpedos, die sich geradewegs auf die feindlichen Torpedos zubewegten. Dann die beiden Explosionen.

Nun folgte der meistgefürchtete Ton in der Geräuschdatenbank der amerikanischen Flotte, der typische und vollkommen andersartige Klang, den ein Schkwal in seiner Kavitationsblase erzeugte, wenn er auf seine Höchstgeschwindigkeit beschleunigte. Dann das Geräusch, das entstand, als der Bug der USS Jimmy Carter getroffen wurde. Die

446

geringe Entfernung – die sich nicht der Feind, sondern die man sich selbst ausgesucht hatte – verringerte die Zeit zwischen Abschuss und Treffer auf weniger als zehn Sekunden.

Das Seltsame war der Aufprall. Es war keine Explosion zu hören, sondern ein langgezogenes Krachen, als der zwei Tonnen schwere Torpedo einen Abschnitt der USS Jimmy Carter nach dem anderen durchschlug. Ohne Sprengstoff. Gewicht und Geschwindigkeit erledigten die Arbeit von selbst.

Anschließend die unheimlichen Klänge, die ein zerstörtes U-Boot erzeugt, wenn es in einer wirbelnden und dröhnenden Wolke von Luftblasen sinkt und dabei auseinanderbricht.

»Danke! Das reicht!«, befahl Admiral Clark. »Das ist also der Augenblick der Wahrheit, Kapitän Stevenson. Oder nicht? In diesem Moment hätten Sie das Feuer auf die Schweine eröffnen müssen. Warum haben Sie gezögert? Überlegen Sie sich gut, was Sie sagen!«

»Ja, Sir, danke für den Ratschlag, Sir!«, antwortete der U-Boot-Kommandant mit trockenem Mund und trank einen Schluck Wasser, bevor er fortfuhr. »Ich habe den Befehl zum Angriff auch gegeben, aber da hatten wir den Gegner bereits aus den Augen verloren.«

»Das klingt unglaubwürdig. Haben Sie nicht aus einer absolut sicheren Position gefeuert?«

»Ja, Sir. Aber einige Sekunden später verschwand der Feind hinter einem Klangvorhang, den ich in Ermangelung eines besseren Begriffs als akustische Desinformation bezeichnen muss. Darf ich noch etwas von dem Tonband vorspielen?«

Seiner Bitte wurde stattgegeben. Es folgte eine kurze, äußerst verblüffende Vorführung. Plötzlich klang es, als führe in nächster Nähe und mit hoher Geschwindigkeit ein U-Boot mit Dieselmotor vorbei. Anhand der Geräuschdatenbank ließ sich später feststellen, dass es sich um ein israelisches U-Boot hätte handeln müssen. Als dieses verschwunden war, tauchte ein weiteres U-Boot mit Dieselantrieb auf, welches türkischen Ursprungs war; es schien Richtung Küste zu fliehen, wo die USS Jimmy Carter gesunken war.

Das konnte nur eins bedeuten. Man war auf höchst avancierte Art und Weise manipuliert worden und hätte unter diesen Umständen kein Ziel anpeilen können.

Unmittelbar darauf war der Anruf gekommen. Diese Behauptung erweckte eine gewisse Heiterkeit und Verwirrung im Saal, bis Kapitän zur See Stevenson erklärte, was die Marineoffiziere, die auf herkömmlichen Schiffen und im Marinestab Dienst taten, nicht wissen konnten. Man konnte problemlos von einem U-Boot zum anderen telefonieren, für diese Art der Kommunikation gab es sogar spezielle Frequenzen. Und dieser Anruf kam direkt auf der gängigsten NATO-Frequenz.

Das Kriegsgericht gestattete, das Telefongespräch in voller Länge abzuspielen. Die Spannung stieg spürbar, während der Anwalt und Leutnant sich mit dem Tonbandgerät abmühte.

»Hier spricht Vizeadmiral Hamilton, Oberbefehlshaber der palästinensischen Flotte. Kommandant der USS Alexandria, bitte kommen. Antworten Sie gefälligst, oder schließen Sie Ihre Torpedoluken.«

Auf ein Zeichen von Kapitän zur See Stevenson schaltete der Leutnant das Tonbandgerät ab.

»Gestatten Sie mir, das Gericht auf ein höchst interessantes Detail aufmerksam zu machen«, erklärte Stevenson. »Dass sie wissen oder vorgeben zu wissen, dass unsere Torpedoluken offen sind, hat vielleicht nicht viel zu bedeuten. Vielleicht haben sie geraten. Aber sie wissen, wer wir sind. Die haben uns identifiziert!«

»Und was schließen Sie daraus?«, fragte der Vorsitzende mit gerunzelter Stirn.

»Ich schließe daraus, dass wir es nicht nur mit einem Gegner zu tun hatten, der es ernst meinte. Sondern mit einem, dessen Technologie sogar die einer Seawolf übertrifft.«

»Gut, wir fahren fort. Ich nehme an, Sie haben den Anruf entgegengenommen?«

»Ja, Sir!«

»Das habe ich mir fast gedacht. Dann dürfen wir vielleicht den Rest des Gesprächs mit anhören?«

Wieder fuhrwerkte der Leutnant quälend lange an dem Tonbandgerät herum.

»Hier spricht der Kommandant an Bord der USS Alexandria. U-1 Jerusalem, bitte kommen!«

»Wunderbar, dass Sie ans Telefon gegangen sind, Kommandant. Wir haben soeben die USS Jimmy Carter versenkt, weil sie das Feuer auf uns eröffnet hatte. Das war nicht, ich wiederhole, *nicht* unsere Absicht. Wenn Sie nicht Ihre Torpedoluken schließen und von hier verschwinden, befinden wir uns in einer äußerst heiklen Lage.«

»Negativ, Admiral. Sie sprechen mit einem Kommandanten der US Navy, ich kann keinen Befehl von Ihnen annehmen.«

»Das ist aber schade, Kommandant. Wir haben Sie im Visier und wir haben einen Torpedo – der Typ ist Ihnen bekannt – auf Ihren Rumpf gerichtet. Er ist schnell bei Ihnen, wenn ich den Befehl zum Abschuss gebe. Das würde ich aber lieber vermeiden. Damit wir uns richtig verstehen, ich erteile Ihnen keinen Befehl. Ich appelliere an Sie: Verlassen Sie das Gebiet!«

»Immer noch negativ, Admiral. Ich darf mich meinen Anweisungen nicht widersetzen, das wissen Sie genau.«

»Dann machen wir es folgendermaßen. Ich sende innerhalb der nächsten zehn Sekunden einen aktiven Sonarstoß auf Ihren Rumpf. Dann wissen Sie, dass wir Sie im Visier haben. Und Sie haben unsere exakte Position. Wenn Sie darauf-

449

hin das Feuer eröffnen, zerstören wir Ihre Torpedos und Ihr U-Boot. Vergessen Sie nicht, dass Sie die Verantwortung für einhundertdreiunddreißig Amerikaner tragen. Hier kommt ein Ping, nur ein Ping!«

Nun erschallte im Saal ein sogenannter Ping, ein Sonarstoß, den jeder Marineoffizier auf der ganzen Welt identifizieren konnte.

»Wir brechen hier ab!«, befahl Admiral Vern Clark und wischte sich mit einem schneeweißen Taschentuch den Schweiß von der Stirn. Trotz der Hitze sagte diese Geste alles, und er war nicht der Einzige im Raum, dem bei dem Gedanken an die Situation, in der sich Stevenson befunden hatte, der Angstschweiß auf die Stirn trat.

»Von diesem Moment an kennen Sie also die exakte Position des Feindes, Kommandant?«, fuhr der Admiral angespannt fort.

»Ja, Sir. Wir hatten zwar eine andere Position erwartet, aber durch diesen aktiven Sonarstoß konnten wir die exakte Position ermitteln.«

»Jetzt hätten Sie wieder die Möglichkeit gehabt, das Feuer zu eröffnen, Kommandant?«

»Ja, Sir.«

»So lautete Ihr eindeutiger Befehl, nicht wahr, Kommandant?«

»Ja, Sir.«

»Warum haben Sie den Gehorsam verweigert, Kommandant?«

»Aus zwei Gründen, Sir. Erstens haben wir den Feind wieder verloren, weil wir einer neuen Welle der kürzlich erwähnten akustischen Desinformation ausgesetzt wurden. Auf dem Tonband …«

»Sie brauchen es uns nicht vorzuspielen. Ich glaube Ihnen, Kommandant. Fahren Sie bitte fort!«

»Zweitens erschien mir Hamiltons Hinweis zutreffend. Ich trug die Verantwortung für einhundertdreiunddreißig amerikanische Seemänner. Meinem Urteil nach hätte ich ihr Leben sinnlos aufs Spiel gesetzt, wenn ich einen aussichtslosen Angriff auf ein U-Boot unternommen hätte, das wir nicht einmal anpeilen konnten.«

»Sie beschlossen also zu kapitulieren?«

»Ja, Sir.«

»Gibt es davon auch eine Tonaufnahme?«

»Ja, Sir.«

»Ausgezeichnet, dann möchte das Gericht die Fortsetzung hören.«

Diesmal bekam der Leutnant das Tonbandgerät ohne Probleme in Gang. Zunächst war nur das sanfte Quietschen des Deckenventilators im Gerichtssaal zu hören. Alle saßen kerzengerade auf ihren Stühlen und konnten es kaum erwarten, das Unglaubliche zu hören: einen Kommandanten der US Navy, der »im Angesicht des Feindes« kapituliert hatte, wie es in der altertümlich formulierten Anklageschrift hieß.

»Hier spricht der Kommandant der USS Alexandria. Oberbefehlshaber der palästinensischen Flotte, bitte kommen. Bitte kommen, Admiral!«

»Ich bin immer noch am Apparat, Kommandant. Haben Sie einen Beschluss gefasst?«

»Ja, Admiral. Wie Sie hören, schließen wir jetzt unsere Torpedoluken. Anschließend wird sich die USS Alexandria aus diesem Gebiet entfernen.«

»Ich gratuliere Ihnen zu dieser mutigen Entscheidung, Kommandant. Ende!«

Das Schweigen lastete schwer auf dem Gerichtssaal, alle Anwesenden machten gequälte Gesichter. Man hatte die Niederlage eines Offizierskollegen mit angehört, der sich der Feigheit vor dem Feind schuldig gemacht hatte.

»Herr Vorsitzender! Die Verteidigung möchte darauf hinweisen, dass die Anklage einen inneren Widerspruch aufweist. Es werden zwei Dinge behauptet, die sich gegenseitig ausschließen …«, begann der junge Anwalt. Aber er kam nicht weit.

»Würde *Leutnant Black* bitte die Schnauze halten!«, brüllte der Admiral. »Das Gericht ist überzeugt, dass *Kapitän zur See* Stevenson uns aufrichtig und ohne Sperenzchen gesagt hat, was gesagt werden musste.«

Der Admiral vertagte die Verhandlung und teilte mit, das Gericht würde sich zur Beratung zurückziehen. Um vierzehn Uhr werde man das Urteil verkünden.

Die Offiziere der USS Alexandria lockerten ihre Krawattenknoten und warfen sich ihre Jacken über die Schulter, sobald sie das primitive Gebäude verlassen hatten, in dem absurderweise ein Kriegsgericht über Leben und Tod zumindest ihres Kommandanten entschied. Wieder spekulierten sie über die Gerüchte, Donald Rumsfeld sei so außer sich vor Wut gewesen, dass er einen Richter ausgewählt habe, der Vergeltung garantierte. Wild diskutierend gingen sie zu dem Basketballfeld hinüber, auf dem erstaunlich viele Jungs von der USS Alexandria der Hitze trotzten.

Sie waren sich einig. Wie *ein* Mann standen sie hinter ihrem Kommandanten. Alle meinten, dass sie an seiner Stelle genauso gehandelt hätten. Eine unehrenhafte Verabschiedung, Pensionskürzung, eine lange Haftstrafe oder sogar die Todesstrafe würden sie in Kauf nehmen. Die USS Jimmy Carter war mit Mann und Maus untergegangen, einhundertvierunddreißig Seeleute, das war genau einer mehr als an Bord der USS Alexandria.

Verschwitzt und mit notdürftig geknoteten Krawatten kehrten sie zur befohlenen Zeit in die Schule zurück, die als Gerichtssaal herhalten musste.

Admiral Vern Clark sah verärgert aus, als er den Saal betrat und alle strammstanden.

»Die Verhandlung wird fortgesetzt«, begann er mit einem Räuspern. Lange betrachtete er die Tischplatte, bevor er das Wort ergriff.

»Von allen Verbrechen, die ein Offizier der US Navy begehen kann, ist die Feigheit im Angesicht des Feindes das abscheulichste. Nur die Gehorsamsverweigerung gegenüber dem Befehl des Oberbefehlshabers im Falle eines Krieges, unseres Präsidenten, übertrifft möglicherweise dieses Verbrechen an Schwere. Kapitän zur See Martin L. Stevenson hat sich beider Verbrechen schuldig gemacht. Darüber herrscht kein Zweifel, zumal uns von seiner Seite ein umfassendes Geständnis vorliegt. Man könnte also annehmen, dies sei ein unkomplizierter Fall. So ist es aber nicht. Es erfordert verdammt viel Mut, so zu handeln wie Kommandant Stevenson. Das Gericht stellt fest, dass Kommandant Stevenson an diesem Tag – dem düstersten in der Geschichte der Flotte der Vereinigten Staaten von Amerika – einhundertdreiunddreißig Amerikanern das Leben gerettet hat. Im Namen des Gesetzes ergeht folgendes Urteil: Kapitän Stevenson wird in allen Punkten der Anklage freigesprochen. In seiner Dienstakte werden die Vorwürfe nicht erscheinen. Das Gericht beschließt, dass Kapitän zur See Stevenson mit sofortiger Wirkung wieder das Kommando über die USS Alexandria übernimmt. Folglich werden auch die übrigen Offiziere des U-Boots nicht belastet.«

Kurz bevor unter den dreizehn Offizieren, die zwischen Hoffnung und Verzweiflung geschwankt hatten, tosender Jubel ausbrach, bat der Admiral noch einmal um Ruhe.

»Lassen Sie mich noch eine Sache sagen, meine Herren! Das Gericht wird dem Kongress der Vereinigten Staaten von Amerika empfehlen, Kapitän zur See Stevenson das Navy Cross zu verleihen. Die Verhandlung ist hiermit beendet!«

Als der Vorsitzende seinen Hammer ein letztes Mal auf den Tisch donnerte, kannte die Freude der Offiziere kein Halten mehr. Sie hüpften herum und klatschten sich ab. Der alternde Admiral, der bereits auf dem Weg zur Tür war, drehte sich um und wies sie streng zurecht.

»Meine Herren! Vergessen Sie *nie*, dass Sie Offiziere der Flotte der Vereinigten Staaten von Amerika sind, und benehmen Sie sich dementsprechend!«

Soweit sie sich erinnern konnte, hatte Condoleezza im Erwachsenenalter erst ein einziges Mal geweint. Es war nicht am 11. September gewesen. An diesem Tag hatte sie nüchtern, gefasst und entschlossen reagiert. Am Tag darauf aber war sie spät abends allein in ihre Wohnung zurückgekehrt und hatte den Fernseher eingeschaltet. Vor dem Buckingham Palace in London hatte sich ein großer Trauerzug formiert, der die britische Solidarität mit den vom Terror gepeinigten USA zum Ausdruck bringen sollte. Eine schottische Militärkapelle spielte auf Dudelsäcken die amerikanische Nationalhymne. Da erst war es plötzlich zu viel für sie geworden, und sie hatte die Fassung verloren.

Nun empfand sie plötzlich etwas Ähnliches. Mit göttlicher Ironie schien sich alles zu wiederholen. Diesmal konnte sie ihre Rede vor den *Töchtern der Amerikanischen Revolution*, einer extrem blutrünstigen Organisation, zu Ende bringen, bevor ihr Staatssekretär sie in den unterirdischen Fluren des Hotels abfing und ihr zuflüsterte, sie müsse dringend in den Nationalen Sicherheitsrat kommen, da man vor der südafrikanischen Küste ein Seawolf-U-Boot vermisse. Condoleezza Rice bat darum, dass man sie auf der Rückbank der Limousine allein ließ.

Zum zweiten Mal in ihrem Leben als erwachsene Frau verlor sie die Fassung und weinte. Es musste sich eine Katastrophe ereignet haben. Sie wusste genau, dass man keine Sea-wolf *vermisste.* Eine Seawolf verfügte über eine bessere Sende-technik als ein moderner Fernsehsender. Die Vereinigten Staaten von Amerika hatten wieder einmal eine fatale Nie-derlage einstecken müssen und waren auf dem besten Weg, sich in einen zornigen Riesen zu verwandeln, der wild um sich schlug.

Zu allem Überfluss wurde das Weiße Haus seit einigen Tagen von den Medien belagert. Man hätte auch sagen kön-nen, das Weiße Haus stand unter Beschuss. In erster Linie war ihnen der eigene Dreck um die Ohren geflogen.

Es hatte damit begonnen, dass der neue Pressesprecher, Tony Snow, ein angeblicher Glücksgriff, den man von *Fox Television*, dem Lieblingssender des Präsidenten, abgeworben hatte, sich mehrfach dahingehend geäußert hatte, das Ter-ror-U-Boot werde von einer notorischen Judenmörderin, einem psychisch gestörten Amokläufer sowie einem vom rus-sischen Präsidenten Putin besonders geschätzten U-Boot-Ka-pitän kommandiert. Eine Bande von geisteskranken Killern. Das Schlimmste war, dass er diese Worte dem Präsidenten in den Mund gelegt hatte.

Die Aussage erwies sich als Drachensaat mit ungeahnten Folgen. Denn das Exklusivinterview, das »der psychisch ge-störte Amokläufer« Admiral Hamilton *60 Minutes* gegeben hatte, war Wasser auf die Mühlen der investigativen Journa-listen gewesen. Diesen Mann hatte die Regierung der Ver-einigten Staaten über ein Jahrzehnt geschützt, er hatte so-gar vom Zeugenschutzprogramm des FBI profitiert, trug nachweislich ein Navy Cross und hatte mit Mouna al-Hus-seini persönlich – in Kooperation mit den amerikanischen Streitkräften! – eine Operation durchgeführt! Die nötigen Hintergrundinformationen hatten die Journalisten inner-halb weniger Tage ausgegraben, jede Enthüllung war peinlicher als die vorangegangene. Am schlimmsten war, dass diese Nestbeschmutzer leichter als je zuvor an Quellen in der Regierung, im neuen und dem Präsidenten feindlich gesonnenen Kongress und sogar im Pentagon herankamen. Das Ganze glich einer Revolte. Die blutrünstige Horde von Journalisten war nicht zu stoppen.

Man brauchte sich nicht mehr zu fragen, welches Superhirn diese »weiche« Angriffswelle organisiert hatte. Man musste sich nur ein einziges Mal das Interview mit Vizeadmiral Hamilton bei *60 Minutes* anschauen. Fast beiläufig, als wäre es ihm gar nicht bewusst, hatte er den Journalisten Leckerbissen hingeworfen, die die Meute von dem Terror-U-Boot ablenkte. Stattdessen waren alle über die Regierung hergefallen.

Und nun ein vermisster Seawolf mit mehr als einhundertdreißig Männern an Bord. Das modernste und effektivste Atom-U-Boot, das die Vereinigten Staaten je vom Stapel gelassen hatten. Vermisst! Und was war mit dem Kernreaktor an Bord? Verseuchte der nun südafrikanisches Territorium? Was, wenn Rumsfeld wieder mit einer Reihe von Lügen an die Öffentlichkeit ging, um seinen eigenen Arsch zu retten? Jedes Krümelchen einer Andeutung von Atomenergie an Bord der U-1 Jerusalem war ihm aufs Brot geschmiert worden. Ganz zu schweigen von dem Fiasko im Mittelmeer.

Wie groß die Katastrophe auch sein mochte, mit den Lügen musste sofort Schluss sein. Dies war der einzige Punkt, von dem sie fest überzeugt war, als der Wagen durch das Tor des Weißen Hauses glitt und sie ihrem Augen-Make-up den letzten Schliff verlieh.

Als sie das dunkle Krisenzimmer im Keller des Weißen Hauses betrat, wurde ihr klar, dass es schwierig werden würde, an diesem Vorsatz festzuhalten. Der Präsident war noch nicht gekommen, aber Rummy und Dick waren beide anwesend. Beide schwiegen beharrlich und wichen ihrem Blick aus.

Als George W. Bush den Raum betrat und alle auf Kommando des wachhabenden Marinesoldaten aufstanden, war er aschfahl im Gesicht und wirkte abwesend. Condoleezza erkannte ihn kaum wieder.

Anstatt die wartenden Marineoffiziere sofort mit ihrem Bericht anfangen zu lassen – ihnen stand ein Kampf gegen die Zeit bevor –, erklärte der Präsident, man müsse zuerst beten. Er selbst wolle das Gebet vorsprechen. Abgesehen davon, dass Gott die Amerikaner beschützen und die Vereinigten Staaten von Amerika segnen möge, war vollkommen unklar, worum es in dem Gebet ging. Alle Anwesenden hatten die Köpfe gesenkt und taten, als würden sie mitmurmeln. Einen Augenblick lang befürchtete Condoleezza Rice, ihr Präsident und Freund habe einen Hirnschlag erlitten.

Als der Offizier vom Nachrichtendienst der Flotte endlich anfangen durfte, kamen die Fakten in aller Schonungslosigkeit ans Licht.

Die Tonaufnahmen von der USS Alexandria waren eine halbe Stunde nach dem Ereignis per Satellit an das Zentralkommando in Tampa, das CENTCOM, geschickt worden.

Eisige Stille breitete sich aus. Alle blickten entweder auf den Boden oder in ihre Unterlagen.

»Meinen Sie, die haben die USS Jimmy Carter versenkt?«, fragte der Präsident schließlich.

»Ja, Mr President!«, antwortete der Vortragende.

»Wissen wir, ob alle unsere Jungs an Bord tot sind?«, fuhr der Präsident nach einer quälend langen Pause fort. Er war in sich zusammengesunken und wirkte merkwürdig unkonzentriert.

»Wir befürchten das Schlimmste, Mr President«, antwortete der Offizier blitzartig. »Aber wir sind nicht sicher. Der

Torpedo ist im Bug eingeschlagen und hatte offensichtlich genug Kraft, das gesamte U-Boot augenblicklich zu versenken. Das bedeutet, dass die ersten drei Abschnitte sofort durchschlagen wurden und sich mit Wasser gefüllt haben. Es wäre allerdings möglich, dass wir in den beiden hinteren Abschnitten des U-Boots Überlebende haben.«

»Was haben wir unternommen, um eventuelle Überlebende zu retten?«, fragte Rumsfeld nach kurzem Seitenblick auf den scheinbar weggetretenen Präsidenten.

»Wir haben keine Möglichkeit, von unserem eigenen Territorium aus Hilfe zu schicken, jedenfalls nicht innerhalb eines angemessenen Zeitrahmens«, antwortete der Offizier mechanisch. »Wir haben ein Gespräch mit den Briten vorbereitet. Am schnellsten könnte eventuellen Überlebenden geholfen werden, indem wir britische Rettungskapseln hinunterfliegen.«

»Warum haben wir diese Maßnahmen noch nicht ergriffen?«, knurrte Rumsfeld. »Kapieren Sie nicht, dass die Uhr tickt?«

»Doch, Sir. Aber die Vereinigten Staaten von Amerika haben den Verlust eines Atom-U-Boots auf fremdem Territorium noch nicht bekannt gegeben. Nach herrschenden Vorschriften muss diese Standardprozedur erfüllt werden«, lautete die blitzschnelle Antwort.

Dieses unvorhergesehene Dilemma beschäftigte sie eine ganze Weile. Bevor man Großbritannien und Südafrika um Hilfe bitten konnte, musste man den Verlust melden. Südafrika war Sache der Außenministerin, um den Kontakt mit London würde sich das Pentagon kümmern.

Aber zuerst musste das Weiße Haus mit einer Bekanntmachung an die Öffentlichkeit treten. Die Journalisten riefen bereits bei der Presseabteilung an, die Gerüchteküche brodelte.

»Diese Feiglinge müsste man aufhängen«, sagte der Präsident plötzlich ganz leise. Betretenes Schweigen breitete sich aus. Alle starrten ihn an, aber er guckte niemandem in die Augen.

Es wurde beschlossen, dass der Präsident seine Rede, die bereits »Hinterhaltrede« genannt wurde, noch am selben Abend zur besten Sendezeit halten sollte. Der Pressesprecher des Weißen Hauses würde mit der Mitteilung an die Öffentlichkeit gehen, ein amerikanisches U-Boot sei überraschend vom palästinensischen Terror-U-Boot angegriffen worden. Dem Vertrauen, das man in die gegenteiligen Beteuerungen von Seiten des Terror-U-Boots gesetzt habe, seien also eine noch unbekannte Anzahl von Amerikanern zum Opfer gefallen. Die Schuldigen würden jedoch nicht ungestraft davonkommen.

Condoleezza Rice machte sich Sorgen, weil die Regierung wieder einmal eine Lüge verbreitete. Zu viele Flottenangehörige waren in die wahren Umstände eingeweiht, und die Journalisten gewiefter als je zuvor.

Im ersten Moment würden die Lügen in ganz Amerika Wut, Hass und eine enorme Rachsucht wecken.

Doch wenn die Wahrheit ans Licht käme, würde sich der gleiche Zorn gegen die eigene Regierung richten und am Präsidenten hängen bleiben. Vor allem, da er anscheinend vorhatte, diese falsche Version in seiner abendlichen Ansprache an die Nation zu wiederholen.

Die Stimmung war jedoch zu aufgeheizt und verzweifelt, als dass sie eine Möglichkeit sah, eine etwas differenziertere Darstellung des Handlungsverlaufs zu erarbeiten. Stattdessen kehrte sie ins Außenministerium zurück und widmete sich ihren eigenen Pflichten. Ihr stand das unangenehmste Telefonat ihres Lebens bevor. Sie musste den südafrikanischen Präsidenten Thabo Mbeki anrufen.

Als sie eine halbe Stunde später allein in ihrem Dienstzimmer saß und auf den Rückruf Mbekis wartete, dachte sie zum ersten Mal an diesem traurigen Tag an Mouna al-Husseini und das lange nächtliche Gespräch, das sie vor nicht allzu langer Zeit in einem etwas schäbigen Landschlösschen geführt hatten. Mouna hatte glaubhaft vor den Konsequenzen eines amerikanischen Angriffs auf die U-1 Jerusalem gewarnt. Sie hatte die Wahrheit gesagt, als sie behauptete, sie habe weniger Angst vor dem Tod als vor den politischen Folgen eines Kriegs mit den USA. Trotzdem hatte vielleicht sie den Befehl geben müssen, die USS Jimmy Carter zu versenken. Das Ganze war so tragisch, dass es ihr fast das Herz brach.

Nachdem die U-1 Jerusalem das Horn von Afrika umrundet hatte, verharrte sie einen Tag in der Tiefe, bevor sie durch den Bab al-Mandab ins Rote Meer fuhr. Das Wasser in dieser Meerenge war so flach, dass man sie bei Nacht passieren musste, um nicht entdeckt zu werden.

Während dieses schwierigen Manövers an Afrikas Ostküste durchkämmten Satelliten jeden Fleck an der afrikanischen Westküste. Vor der Straße von Gibraltar hatten sich britische Flotteneinheiten aufgestellt. Alle amerikanischen Fernsehsender behaupteten, das Terror-U-Boot werde mit Sicherheit ins Mittelmeer zurückkehren, um Israel erneut anzugreifen. Zum einen waren alle Verhandlungen über einen verbesserten Status des Gazastreifens gescheitert, zum anderen hatten sich die Palästinenser in eine aussichtlose Lage manövriert, indem sie ein friedliches amerikanisches Atom-U-Boot attackiert und versenkt hatten. Damit hätten sie ihr eigenes Todesurteil unterzeichnet.

So hieß es zumindest in den amerikanischen Medien. Wie man die Lage aus anderem Blickpunkt beurteilte, wusste man an Bord der U-1 Jerusalem nicht, weil Carl die Benut-

460

zung von Antennen, die aus dem Wasser geragt hätten, aus Sicherheitsgründen auf das Nötigste begrenzt hatte.

Die Stimmung an Bord war gedrückt. Nicht einmal die Russen wirkten besonders fröhlich, obwohl ihr Chef im Kampf gegen ein amerikanisches Atom-U-Boot den größten Sieg aller Zeiten errungen hatte. Die anfängliche Euphorie war bald einer starken Gereiztheit gewichen.

Vielleicht hatte ihre Übellaunigkeit mit den neuen Gefangenen zu tun. Die amerikanischen Seeleute unterschieden sich deutlich von den Israelis, die man auf der letzten Fahrt dabeigehabt hatte. Möglicherweise lag es daran, dass die Gruppe der Amerikaner größer war und es nur wenige Verletzte gab. Bis auf einige Verstauchungen und einen gebrochenen Finger hatte Jelena Mordawina diesmal wenig zu flicken gehabt.

Für das Platzproblem hatte man eine wunderbare Lösung gefunden, da in die freien Torpedoräume nun ein Dutzend neue Schlafplätze passten. Doch die amerikanischen Gefangenen starrten missmutig ins Leere, zeigten sich äußerst wortkarg und flüsterten unablässig. Das Ganze wurde langsam unerträglich.

Carl hatte das Problem wiederholt an den Sprecher der Gefangenengruppe, Korvettenkapitän Kowalski, herangetragen, der einen extrem kurzen Bürstenhaarschnitt trug und unvollständige, abgehackte Sätze ausstieß.

Kowalski taute selbst dann nicht auf, als er vom Admiral zum Abendessen eingeladen wurde, zumindest nicht beim ersten Mal. Beim zweiten Mal kam Carl unter einem Vorwand in seiner Ausgehuniform zum Essen. Als Kowalski entdeckte, dass Carl ein Navy Seal war und das Navy Cross trug, änderte er schnell seine Haltung.

»Wir zwei müssen gemeinsam ein funktionierendes Gleichgewicht an Bord herstellen, Korvettenkapitän Kowalski«, be-

461

gann Carl und hielt mit fragendem Blick eine Flasche Wein in die Nähe von Kowalskis Glas. Kowalski schüttelte den Kopf.

»Den sollten Sie probieren, Korvettenkapitän, es handelt sich um einen charmanten Pinot Noir vom Weingut *Meerlust* in Südafrika. Ein schöner Name, nicht wahr?«

Kowalski gab nach und ließ sich von Carl Wein einschenken.

»Zum Wohl, Korvettenkapitän«, fuhr Carl fort.

Kowalski kostete mit misstrauischer Miene, schien aber angenehm überrascht.

»Wie gesagt, Korvettenkapitän. Wir sollten eine Methode finden, um die Beziehungen an Bord zu verbessern«, wiederholte Carl.

»Wie meinen Sie das, Sir?«

»Wenn wir uns die umgekehrte Situation vorstellen, dann würden meine Kameraden und ich jetzt gefesselt und geknebelt und mit Hauben über dem Gesicht auf dem Kielschwein hocken. Dass ich solche Zustände hier nicht haben möchte, liegt nicht nur an den Genfer Konventionen.«

»Klingt sympathisch, Sir. Aber was soll ich tun?«

»Ja, genau das ist die Frage. Wir haben fünfzehn Amerikaner an Bord, die meisten sind unverletzt. Sie sind alle unternehmungslustig und intelligent, sonst hätten sie nicht der Besatzung einer Seawolf angehört. Sie wären in der Lage, eine Meuterei auf der U-1 Jerusalem auszuhecken, sobald man ihnen den Rücken zukehrt. Warten Sie! Das soll kein Vorwurf sein, es ist eher ein Lob. Aber wie soll ich Ihrer Ansicht nach damit umgehen, Korvettenkapitän?«

»Wie man Meuterei verhindert, Sir?«

»Ja.«

»Fesseln Sie uns. Kielschwein und Hauben, Sir.«

»Das ist möglicherweise nicht die klügste und demokratischste Antwort, die ich je gehört habe, Korvettenkapitän, aber Ihre Ehrlichkeit gefällt mir.«

»Haben Sie dem Roten Kreuz unsere Namen übermittelt, Sir?«

»Leider noch nicht. Es herrscht absolute Funkstille. Als U-Boot-Offizier werden Sie sicher verstehen, warum. Bedauerlich, dass es so gekommen ist. Niemand von uns hat das gewollt, aber Sie haben zuerst geschossen.«

»Richtig. Aber das Glück war auf Ihrer Seite. Shit happens, Sir.«

Weiter kam Carl mit dem Korvettenkapitän nicht. Und obwohl in erster Linie Kowalskis eigenwillige Persönlichkeit einem entspannten Verhältnis zwischen Besatzung und Gefangenen im Wege stand, konnte Carl wenig ausrichten. Da Kowalski der ranghöchste unter den Gefangenen war, trat er automatisch als Sprecher und Vermittler auf. Carl blieb nur die Möglichkeit, Kowalski ab und zu für längere Zeit in der gemeinsamen Kajüte einzusperren.

Wie gehofft, löste sich das Problem. Eines Nachts, als Carl sich schlafen legen wollte und aus Rücksicht kein Licht einschaltete, wurde er hinterrücks von Kowalski überfallen, der ihn mit einer Schlinge zu erwürgen versuchte. Offenbar sollte dies der Startschuss für eine Meuterei sein.

Nachdem er Kowalski übel zugerichtet hatte, drückte er ihn auf die untere Pritsche und sagte grinsend, er habe hoffentlich nicht den Falschen erwischt.

Dann verurteilte er Kowalski zu einer vierzehntägigen Disziplinarstrafe und sperrte ihn gemeinsam mit seinen vier Kollegen ein, die mit selbst gemachten Waffen in der Nähe gewartet hatten. Mit Leutnant Simonsen als Kontaktoffizier lief die Sache um einiges erfreulicher.

In der letzten Nacht, bevor die U-1 Jerusalem die Angriffszone erreichen sollte, lud Carl Anatolij, Jelena Mordawina, Mouna und die mittlerweile berühmteste Starreporterin der Welt, Rashida Asafina, zu einem eventuellen Abschiedsessen ein. Dieser Scherz kam nicht besonders gut an. Da ab dem morgigen Tag ein striktes Alkoholverbot herrschen würde, spendierte er das kostbarste Geschenk von den südafrikanischen Winzern.

Carl überreichte Anatolij zwei neue Schulterklappen mit den Rangabzeichen eines Konteradmirals und scherzte, er sei zwar nicht immer mit Putin einer Meinung, aber diese Beförderung habe Anatolij zweifelsohne verdient. Selbst nach den etwas strengeren Maßstäben der palästinensischen Flotte.

Rashida Asafina – die Carl vor allem deshalb eingeladen hatte, weil er Anatolij zwingen wollte, Englisch zu sprechen – nutzte die Gelegenheit und erkundigte sich, warum sie unbedingt eine weibliche Kamerafrau mit an Bord hatte bringen sollen. Jelena Mordawina vermutete, es habe mit dem Männerüberschuss an Bord zu tun. Nach Anatolijs Ansicht nahmen Frauen weniger Platz weg, verbrauchten weniger Sauerstoff und konnten sich in einem engen U-Boot besser bewegen. Alle lachten und stießen miteinander an.

Dann erklärte Mouna, die Sache sei ganz einfach. Carl und sie seien beide ehemalige Spionagechefs. Als Rashida zum ersten Mal an Bord kam, wusste niemand, worum es ging. Beim zweiten Mal wusste die ganze Welt Bescheid. Hätten Carl und Mouna in ihrer früheren Funktion versucht, einen Geheimagenten auf das U-Boot zu schleusen, hätten sie mit Sicherheit auf einen Kameramann gesetzt. Viele Spione hatten eine Kameraausbildung, und männliche Spione gab es wie Sand am Meer. Aber in der kurzen Zeit ließ sich keine Agentin aus dem Ärmel schütteln, die für Al-Dschasira als Kamerafrau arbeitete. Das wäre selbst den findigsten Spionagechefs der Welt nicht gelungen.

Dazu konnte Carl nur sein Glas erheben und nicken. Es gebe jedoch ein anderes sehr ernsthaftes Problem, sagte er dann mit gespielter Nachdenklichkeit. Konteradmiral Anatolij Waleriwitsch Petrow habe gegen gewisse Grundregeln verstoßen und habe es nur seiner Beförderung zu verdanken, dass er das U-Boot nicht durch die Torpedorohre verlassen müsse. Man werde ihn stattdessen vors Kriegsgericht stellen, seufzte Carl und betrachtete mit ernster Miene sein Weinglas.

Die anderen waren unsicher, ob tatsächlich etwas Schwerwiegendes vorgefallen war oder ob Carl scherzte.

Carl zog die Spannung in die Länge. Die Kajüten der Flaggenoffiziere grenzten aneinander. Und Carl, der zumindest in seinem früheren Leben ein recht aufgeweckter Spion gewesen war, hatte gewisse Beobachtungen gemacht. Ohne Zweifel sei es zu kriminellen Handlungen gekommen. Laut den Vorschriften habe jeder Mann an Bord sofort das U-Boot zu verlassen – notfalls durch die Torpedorohre –, falls er sich einem weiblichen Besatzungsmitglied sexuell nähere. Nicht wahr?

Jelena Mordawina wurde feuerrot. Anatolij kratzte sich so intensiv hinterm Ohr, dass Schuppen auf die Tischplatte rieselten.

»Es war meine Schuld«, flüsterte Jelena, den Blick schamhaft gesenkt.

»Ich übernehme die volle Verantwortung!«, brüllte Anatolij.

Carl, Mouna und Rashida Asafina lachten aus vollem Hals und stießen feierlich mit dem jungen Paar an, wie Rashida es formulierte.

»Habt ihr euch schon verlobt?«, fragte Carl ungezwungen.

»Wir sind seemännisch … ich meine, kameradschaftlich verlobt«, murmelte Anatolij, und Jelena nickte eifrig. Das Entzücken war ihr nun deutlich anzumerken.

»Wie sieht es aus, Konteradmiral Petrow, dürfen die Kapitäne der russischen Flotte eine Trauung vornehmen?«, fragte Carl.

»Nee … solche Sitten gibt es nur in der zivilen Seefahrt«,

brummte Anatolij und zeichnete mit dem Zeigefinger einen Kreis auf den Tisch. Nun war auch er rot geworden.

»Hm«, sagte Carl nachdenklich. »In der schwedischen Flotte, aus der ich stamme, dürfen Marineoffiziere Paare trauen. Und in der palästinensischen Flotte, deren Oberbefehlshaber ich bin, haben sie von nun an auch das Recht dazu. Was meint ihr? Sollen wir euer Verhältnis jetzt und hier legalisieren?«

»Moment, ich muss meine Kamerafrau holen!«, brach es aus Rashida Asafina heraus, die fast den Tisch umwarf, als sie losstürzte.

Zwanzig Minuten später fand die Trauung in der Offiziersmesse statt. Fast alle Offiziere waren anwesend und verfolgten den Akt andächtig. Südafrikanischer Schaumwein wurde in improvisierten Sektkühlern herangeschleppt, die eigentlich zur Aufbewahrung von Fleisch dienten.

»Nimmst du, Jelena Andrejewna Mordawina, diesen Mann und versprichst du, ihn bei Rückenwind und im Gegenwind, in Reichtum und Armut, unter Wasser und auf dem Land zu lieben, solange du lebst und atmest?«, fragte Carl auf Russisch.

Die gesamte Offiziersmesse hielt den Atem an, alle erhoben sich, und die palästinensischen Köchinnen fielen beinahe über den Tresen.

»Ja«, antwortete Jelena Mordawina.

»Nimmst du, Anatolij Waleriwitsch Petrow, diese Frau und versprichst du, sie bei Rückenwind und im Gegenwind, in Reichtum und Armut, unter Wasser und auf dem Land zu lieben, solange du lebst und atmest?«

»Selbstverständlich«, antwortete Anatolij.

»Ja heißt das«, berichtigte ihn Carl.

»Na dann, ja.«

»Im Namen der palästinensischen Flotte erkläre ich euch hiermit zu Mann und Frau!«

Stürmischer Beifall und perlender Schaumwein.

Eine halbe Stunde später saß Carl mit Rashida Asafina und ihrer Kamerafrau am Tisch. Er ahnte, dass die Kamera eingeschaltet war, ließ sich aber nichts anmerken.

»Wissen Sie, Rashida«, sagte er langsam, »dies war für mich der schönste Moment an Bord der U-1 Jerusalem. Die Hoffnung stirbt zuletzt.«

»Haben wir denn nur noch unsere Hoffnung?«, hakte Rashida routiniert nach.

»Ja«, sagte Carl. »In wenigen Stunden begeben wir uns in die Todeszone, und was dann passiert, weiß niemand.«

Das Pentagon hielt so dicht wie ein Sieb. Man merkte, dass die Leute ihren Chef loswerden wollen, stellte Condoleezza Rice fest.

Sie selbst war darauf bedacht gewesen, öffentlich nie die Formulierung des Präsidenten vom feigen Hinterhalt zu verwenden oder sich den Erklärungsmustern des Pentagons anzuschließen, niemand auf der Welt könne ein U-Boot der Sea-wolf-Klasse besiegen, es sei denn, er betriebe einen besonders bösartigen Terrorismus und überfiele hinterrücks ein friedliches und ahnungsloses U-Boot.

Sie hatte auch nicht offen widersprochen, sondern versucht, auf dem schmalen Grat zwischen Illoyalität und Lüge nicht ins Straucheln zu geraten. Als die genau recherchierenden Journalisten all ihre Aussagen auseinandernahmen, fanden sie keine einzige Lüge.

Die *Washington Post* brachte die Lüge vom »Hinterhalt am Kap der Guten Hoffnung« als Erste auf die Titelseite. Auf wundersame Weise hatten sich Mitschriften von den Tonbandaufnahmen verselbstständigt, die dem Kriegsgericht auf der Insel Diego Garcia vorgespielt worden waren.

Jede Bitte um ein Interview mit dem Kommandanten der

USS Alexandria, Kapitän zur See Martin L. Stevenson, wurde mit der Begründung abgelehnt, das U-Boot und seine Besatzung seien in einem geheimen Auftrag unterwegs, der mindestens sechs Wochen dauern würde. Gespräche über das Satellitentelefon oder andere Formen der Kommunikation seien leider nicht möglich, da die USS Alexandria strikte Funkstille einhielt. Hiermit sollte angedeutet werden, dass sie sich an der groß angelegten Jagd auf das Terror-U-Boot beteiligte.

Die Enthüllung, dass nicht die U-1 Jerusalem, sondern die Vereinigten Staaten im Hinterhalt gelegen und das Feuer eröffnet hatten, traf den britischen Premierminister merkwürdigerweise härter als George W. Bush.

Blair hatte im Parlament eine Rede gehalten – die nun ständig auf allen Kanälen wiederholt wurde – und dafür teils Jubel, teils vernichtende Kritik geerntet. Er hatte die rhetorische Frage gestellt, ob ein demokratischer Staat »einem sogenannten Präsidenten, der sich als Boss einer rücksichtslosen und blutrünstigen Terroristenbande bezeichnete« mehr Glauben schenken sollte als seinen Freunden und Verbündeten in der größten Demokratie der Welt. Unglücklicherweise hatte er angedeutet, der britische Geheimdienst verfüge über ein geheimes Dokument, das die amerikanische Version vom »Hinterhalt am Kap der Guten Hoffnung« bestätige.

Der palästinensische Präsident Mahmud Abbas hatte der Hinterhalttheorie anfänglich nicht viel entgegenzusetzen. Er hatte nur immer wieder mit flatternden Lidern beteuern können, laut seinem strikten Befehl hätte die Jerusalem niemals das Feuer eröffnen dürfen. Aber Genaueres wisse er nicht, schließlich sei er nicht dabei gewesen.

Doch dann die Enthüllung in der *Washington Post*. Nun stand fest, dass Tony Blair das Parlament wieder einmal angelogen hatte. Er gab bekannt, dass er im Sommer zurücktreten werde.

Das Pentagon und das britische Marineministerium waren diesmal vorsichtig genug, von ihren »Fortschritten« bei der Jagd auf die U-1 Jerusalem, die nunmehr seit drei Wochen verschwunden war, nicht allzu viel Wirbel zu machen. Es hieß, das U-Boot befinde sich wahrscheinlich an der West-küste Afrikas oder vor der Straße von Gibraltar. Offensicht-lich war man aus Schaden klug geworden.

Als Condoleezza Rice ins Krisenzimmer des Weißen Hau-ses gerufen wurde, dachte sie, nun werde es bald Zeit für Rummys Schwanengesang. Etwas Wichtiges und Unerwarte-tes musste passiert sein, und sie nahm nicht an, dass es sich um gute Neuigkeiten handelte.

Hinterher wurde ihr klar, dass sie mit Rücktritt hätte dro-hen sollen, aber ihr persönliches Verhältnis zu George W. Bush vernebelte ihr ansonsten so scharfes Urteil.

Unter normalen Umständen hätte die Präsentation der Flottenexperten die Zuhörer im Krisenraum in einen Zu-stand höchster Aufgewühltheit versetzt. Aber inzwischen wa-ren die Überrumplungsmanöver der U-1 Jerusalem perverse Routine. Natürlich befand sich das U-Boot ganz und gar nicht im Mittelmeer.

Der Sprecher des Flottennachrichtendienstes trug seinen Bericht wie üblich nüchtern und monoton vor. Israel habe das U-Boot Leviathan als vermisst gemeldet, man befürchte, es sei versenkt worden. Die Militärhäfen bei Eilat am Golf von Akaba seien zuerst mit Torpedos und vier Stunden später mit einer unbekannten Anzahl von Marschflugkörpern angegrif-fen worden. Verglichen mit der Attacke auf Haifa genau die gegenteilige Taktik. Die Korvetten Lahav und Eilat sowie die Schnellboote Keshet und Kidon seien zerstört und ein größe-res Munitionslager gesprengt worden. Kurz gesagt, die israe-lische Flotte im Roten Meer sei ausgelöscht. Man vermute, das Terror-U-Boot habe den Angriff ausgeführt.

Wäre die Lage nicht so ernst gewesen, hätte Condoleezza am liebsten laut gelacht. Man *vermutete*, die U-1 Jerusalem sei für den Angriff verantwortlich. Besten Dank. Oder steckte vielleicht doch wieder der Iran dahinter?

»Wie sind die überhaupt in den Persischen Golf gekommen?«, fragte der Präsident.

Niemand gab ihm eine Antwort. Einerseits, weil sich der Angriff im Roten Meer ereignet hatte, und andererseits, weil man annehmen musste, dass das U-Boot sich unter Wasser fortbewegte. Doch keiner wollte den Präsidenten zurechtweisen.

»Die sind im Roten Meer eingeschlossen, die kommen da nicht raus, bevor wir das Gebiet mit unseren Flugzeugträgergeschwadern abgeriegelt haben«, sagte Rumsfeld laut und deutlich. »Jetzt müssen wir diesen Terroristen ein für alle Mal den Garaus machen!«

»Ja, langsam wird es wirklich Zeit, dass wir jemandem in den Arsch treten!«, sagte der Präsident und erhob sich von seinem Stuhl. Damit war das Treffen beendet.

In diesem Moment hätte sie ihren Rücktritt bekannt geben müssen, dachte Condoleezza Rice später. Denn ihrem Freund George W. Bush war nicht mehr zu helfen.

Manche Leute in Washington D.C. behaupteten, Saudi Arabien sei die fünfte Macht im Staat. Im Unterschied zu anderen Botschaftern wurde Prinz Bandar bin Sultan jederzeit zum Präsidenten vorgelassen. Selbst die bekanntesten und freundlichsten Vertreter der vierten Staatsmacht, der Medien, mussten mitunter monatelang um eine Audienz bitten. Prinz Bandar bin Sultan dagegen war ein alter Freund des Vaters von George W. Bush. Und der Vater von Prinz Bandar, König Fahd, war noch enger mit dem ersten Bush befreundet gewesen. Gemeinsam hatten sie schwere und historische Entscheidungen gefällt, vor allem 1991 beim ersten Irakkrieg.

Hinzu kam, dass Saudi Arabien aufgrund seiner engen und freundschaftlichen Beziehungen zur Familie Bush in der arabischen Welt eine empfindliche Position einnahm. Osama bin Laden hatte dem saudischen König vorgeworfen, »der Hüter der beiden Heiligen Moscheen in Mekka und Medina« habe den Gottlosen erlaubt, vor, während und nach dem Golfkrieg von 1991 Luftwaffenstützpunkte in Saudi Arabien zu errichten. Daher waren die Saudis mit der Teilnahme am zweiten Irakkrieg ein enormes Risiko eingegangen.

Der Prinz rief mit seinem Mobiltelefon aus einem Restaurant in Georgetown an, wo er mit seiner Familie und seinem Gefolge saß, insgesamt mindestens zwanzig Personen, und teilte mit, er werde kurz vorbeikommen, es sei wichtig.

Der Arbeitstag war beendet, und George W. Bush saß mit Condoleezza Rice im Oval Office, um auf ihren Wunsch die Folgen der gescheiterten U-Boot-Jagd und der erneuten militärischen Niederlage zu diskutieren. Außerdem wollte sie besprechen, welche Konsequenzen sein Plan, das Terror-U-Boot ein für alle Mal zu vernichten, haben würde.

Nun blieb ihnen nichts anderes übrig, als auf Prinz Bandar zu warten und sich anzuhören, was er zu sagen hatte. Der Prinz führte mit Sicherheit etwas im Schilde. Sie bestellten sich je ein Vollkorn-Sandwich mit gerösteten Zwiebeln und Roastbeef, aber ohne Mayonnaise, Mineralwasser und koffeinfreien Kaffee und brachten ihre Mahlzeit vor der Ankunft des Prinzen schnell hinter sich.

Als dieser das Oval Office betrat, machte er zwar einen etwas gehetzten Eindruck, erkundigte sich jedoch trotzdem zuerst nach der Familie seines Freundes George, nach dem Gesundheitszustand des Vaters und der Ehefrau und dergleichen. Dann kam er zur Sache.

471

»Mr President, verzeih mir, wenn ich dich so förmlich ansspreche, George, aber nun meine ich wirklich dich als Präsidenten. Wir haben ein akutes Problem. Vor einer Stunde hat dieses U-Boot, die Al Quds, den Hafen von Dschidda angelaufen. Dort liegt sie nun, gut sichtbar. Das ist unser Problem.«

»Was, welches U-Boot? Meinst du *das* U-Boot?«, fragte Präsident George W. Bush. »Mit anderen Worten, es befindet sich immer noch im Persischen Golf. Wie schön.«

»Nein, nicht im Persischen Golf, mein Freund. Es liegt in Dschidda, dem Hafen der Heiligen Stadt Mekka. Also im Roten Meer. Das ist ärgerlich, aber es ist eine Tatsache.«

»Könnt ihr es versenken und die Besatzung internieren?«, fragte George W. Bush, dessen Optimismus plötzlich wieder aufflackerte.

»Nein, mein lieber Freund, das können wir ganz bestimmt nicht. Jetzt hör mir mal zu. Wir sind überrumpelt worden. Irgendeine palästinensische Reederei hatte einen Hafenplatz reserviert, die Formalitäten in Dschidda sind ziemlich kompliziert. Und plötzlich, kurz vor Mitternacht, kam dieses U-Boot hereingeglitten, und nun laden sie, wie die Verrückten. Das können wir nicht verhindern, aber ich hoffe, dass wir sie so schnell wie möglich wieder loswerden. Nun bitte ich dich, als Freund von mir und meiner Familie, nicht auf die glänzende Idee zu verfallen, das U-Boot auf unserem Territorium zu attackieren.«

»Aber bisher habt ihr uns doch im Kampf gegen den Terrorismus immer unterstützt?«, wandte George fast traurig ein, als sei er persönlich enttäuscht.

»Ja, George, das haben wir. Aber der Preis war hoch. Ich verstehe, dass du diesen Leuten an den Kragen willst, vor allem, nachdem sie euer bestes U-Boot versenkt haben. Das kann ich wirklich nachempfinden. Aber du darfst sie unter keinen Umständen auf unserem Territorium angreifen. Es würde die saudische Monarchie und unsere langjährigen und guten Verbindungen gefährden. Ich bitte dich also von ganzem Herzen: Kein Angriff auf unserem Territorium! Und kein Wort an die Israelis! Jeder weiß, dass sie keine eigenen Satelliten haben. Im Falle eines israelischen Angriffs würde jeder vermuten, ihr hättet ihnen einen Tipp gegeben.«

»Unser taktischer Vorteil besteht darin, dass wir die exakte Position des U-Boots kennen, wenn es den Hafen verlässt, was es vermutlich noch vor dem Morgengrauen tun wird«, schaltete sich Condoleezza Rice ein. Aus ihrer Sicht wäre eine Attacke auf Saudi-Arabien noch schlimmer gewesen als ein Angriff auf Kapstadt.

»Ich verstehe«, sagte George W. Bush und machte ein scharfsinniges Gesicht, indem er die Augenbrauen hochzog. »Ich nehme an, diese Terroristenlady Hosianna ist bei euch beliebt?«

»Nein, George«, gab Prinz Bandar sanft zurück. »Nicht beliebt. Für die ungebildeten Massen ist sie eine Göttin, die Jeanne d'Arc der muslimischen Welt. Ich denke, wir haben uns verstanden. Unsere Freundschaft, und die Freundschaft zwischen unseren Familien, liegen mir sehr am Herzen. Verzeih mir, dass ich unangemeldet deine Zeit in Anspruch genommen habe, aber nun muss ich zurück zu meiner eigenen Familie, die ungeduldig mit dem Essen auf mich wartet. Danke für das Gespräch, George.«

Eine amerikanische Flugzeugträgereinheit war die wunderbarste Kriegsmaschinerie, die es je auf Erden gegeben hatte. Sie konnte theoretisch alles vernichten, was ihr im Umkreis von achthundert Kilometern in die Quere kam. Der Flugzeugträger selbst bildete das Zentrum von verschiedenen Kriegsschiffen und Militärflugzeugen. Er war vierundzwanzig Stockwerke hoch, verfügte über ein neunzig Meter breites

Flugdeck und hatte an die sechstausend Männer an Bord. Im Herzen der Kampfgruppe herrschte der kommandierende Konteradmiral wie ein König, er stellte das neuzeitliche Pendant zu den römischen Heerführern dar.

Die Vereinigten Staaten von Amerika verfügten über neun solcher Kampfeinheiten, die über die Weltmeere verteilt waren. Der Präsident konnte jederzeit jede beliebige dieser Einheiten an jeden beliebigen Ort beordern und befehlen, dass sie ein beliebiges Angriffsziel vernichtete.

Die Trägerkampfgruppe im Indischen Ozean, dessen Flaggschiff der Flugzeugträger USS George Washington unter dem Kommando von Konteradmiral Daniel E. Sleep war, hatte vom Präsidenten den Befehl erhalten, das Terror-U-Boot im Roten Meer aufzuspüren und abzuschießen. In diesem Moment befand man sich acht Stunden von Dschidda entfernt. Es hieß, man solle erst zum Angriff übergehen, wenn der Feind sich nicht mehr im Hafen beziehungsweise in saudischen Hoheitsgewässern befände.

Als Erstes schickte Konteradmiral Sleep ein Flugzeug los, das die Position des Angriffsziels bestätigen sollte. Nachdem dies erfolgt war, erschien die Sache ziemlich einfach. Das flachere Wasser wurde aus der Luft, tiefere Gewässer wurden von Jagd-U-Booten überwacht.

Der Flugzeugträger hielt sich im Hintergrund, da der Gegner angeblich mit Schkwal-Torpedos bewaffnet war.

Als das feindliche U-Boot in den frühen Morgenstunden den Hafen verließ und abtauchte, hatte man die Lage vollkommen unter Kontrolle.

Konteradmiral Daniel E. Sleep freute sich besonders, dass einer seiner besten Freunde taktischer Chef an Bord war. Sie kannten sich seit ihrer Jugend und waren beide überrascht, dass sich zwei Bauernsöhne aus einem winzigen Kaff in Kansas am Ende einer langen Laufbahn Seite an Seite wiederfanden. Vielleicht erinnerten die großen Ebenen von Kansas auf irgendeine Weise an das Meer oder weckten zumindest eine große Sehnsucht danach.

Sie trafen sich um sechs Uhr morgens auf der Brücke. Beide waren gut gelaunt, beide hatten einen großen Plastikbecher Kaffee in eine spezielle Halterung neben sich gestellt, die den Seegang ausglich. Sogar ein Flugzeugträger schwankte, wenn der Wind ordentlich blies.

»Wird Zeit, dass wir sie killen«, begrüßte ihn sein Freund John Robbins.

»Jo. Wenn sich die Schweine nicht in den nördlichen Teil des Roten Meers verpisst haben, können wir sie bald an den Eiern packen«, antwortete Konteradmiral Sleep. »Aber wozu sollten sie das tun? Sie können ja nicht davon ausgehen, dass sie durch den Suezkanal kommen«, fügte er schmunzelnd hinzu.

»Traurige Sache, das mit der USS Jimmy Carter«, murmelte Kapitän zur See Robbins. »Die müssen wahnsinniges Pech gehabt haben.«

Die beiden Kommandanten der USS George Washington wären mit Sicherheit weniger entspannt gewesen, hätten sie über den Zusammenstoß zwischen dem besten U-Boot ihrer eigenen Flotte und diesem Terror-U-Boot genauere Informationen gehabt. Aber das Pentagon hielt alle Berichte unter Verschluss, so dass die Presse zu diesem Zeitpunkt erheblich mehr über die tödliche Kraft der U-1 Jerusalem wusste als die Männer auf der USS George Washington. Zeitungen las keiner von ihnen, schon gar nicht die langen Artikel dieser Nestbeschmutzer in New York und Washington.

Das Rote Meer zeigte sich von seiner sonnigsten Seite. Der Himmel war klar, und der Wind wehte mäßig. Die beiden Befehlshaber auf der Brücke der USS George Washington warteten auf eine Meldung von einem der beiden Jagd-U-Boote, die das Angriffsziel lokalisieren und zerstören sollten. Das Ganze dauerte allerdings merkwürdig lang.

Mit dem, was nun passierte, hatten sie am allerwenigsten gerechnet. Plötzlich tauchte direkt vor ihnen die U-1 Jerusalem auf. Kein Zweifel. Die palästinensische Flagge am Turm war mit bloßem Auge zu erkennen. Daneben eine große weiße Fahne und ein Mensch.

»Bei der Heiligen Muttergottes und allen Makrelen, was ist das?«, schrie Konteradmiral Sleep.

»Das ist unser Feind, Bruder«, stellte Kapitän zur See Robbins nach einem Blick durch das Fernglas fest. »Er hat die Parlamentärsflagge gehisst und befindet sich seit einiger Zeit in Torpedoentfernung. Ich schlage sofort Alarm.«

In den Anweisungen des Weißen Hauses war noch ein alternativer Befehl enthalten, er war ganz am Ende, und vielleicht nur der Form halber, angefügt. Er lautete, sie sollten das feindliche U-Boot »auftreiben«. Die Parlamentärsflagge auf einem Schiff, das schon lange die Möglichkeit gehabt hätte, einen tödlichen Schuss abzufeuern, musste ernst genommen werden. In diesem Punkt waren sich die beiden Freunde auf der Brücke der USS George Washington blitzschnell einig.

Wenige Sekunden später hatte man Funkkontakt. Den Oberkommandanten wurde ein hastig angeschlossenes Telefon gereicht.

»Vergiss um Himmels willen nicht, dass du mit einem Ranghöheren sprichst, der noch dazu ein Navy Cross trägt«, grinste Kapitän zur See Robbins. Die Gefahr, in der sie sich befanden, war ihm nicht bewusst. Vielleicht mangelte es ihm an Fantasie. Hätte der Chef des Terror-U-Boots seine Torpedos wirklich abfeuern wollen, dann hätte er das längst getan. Jetzt wollten sie reden. Gut, dann würde man reden. So einfach war das, in Kansas genau wie überall.

Konteradmiral Sleep drückte den Lautsprecherknopf und nahm den Hörer ab.

»Hier spricht Konteradmiral Daniel E. Sleep!«, brüllte er. »Mit wem spreche ich?«

»Mit Vizeadmiral Carl Hamilton, dem Oberbefehlshaber der palästinensischen Flotte«, dröhnte die Antwort so laut über die Brücke, dass einige jüngere Offiziere zusammenzuckten. Konteradmiral Sleep regulierte die Lautstärke.

»Sind Sie gekommen, um der US Navy Ihr U-Boot zu übergeben, Admiral?«, fragte er, während er sich per Handzeichen mit seinem taktischen Chef über die erforderlichen Maßnahmen zu verständigen versuchte.

»Negativ, Admiral. Wir sind aufgetaucht, um Sie freundschaftlich davon zu überzeugen, uns freies Geleit zu geben.«

»Ebenfalls negativ, Admiral. Entweder Sie kapitulieren und übergeben uns Ihr U-Boot, oder wir versenken Sie. Was ist Ihnen lieber?«

»Nichts davon, Admiral. Ich möchte Sie darauf hinweisen …, ich möchte Sie auf mehrere Dinge hinweisen und bitte Sie, mir in Ruhe zuzuhören. Ansonsten geraten wir vielleicht beide in Schwierigkeiten. Okay, Admiral?«

»Ja. Was haben Sie vor, Admiral?«

»Danke, Admiral. Erstens haben wir vier Schkwal-Torpedos auf verschiedene Abschnitte ihres Rumpfs gerichtet, unsere Torpedoluken sind geöffnet. Wenn ich sterbe, lässt meine Hand den Griff los, der den Abschuss bislang zurückhält. Haben wir uns so weit verstanden?«

»Ja, Admiral. Und weiter?«

»Wir haben fünfzehn amerikanische Kriegsgefangene von der USS Jimmy Carter an Bord. Die Namen lasse ich gerade über eine andere Frequenz an das Rote Kreuz funken, ich denke, das wird Ihrer Abhörzentrale nicht entgangen sein. Wir beabsichtigen, nach Kapstadt zurückzukehren, unsere

Kriegsgefangenen zu übergeben und anschließend das Gebiet zu verlassen. Eine Sache noch. Unser Gespräch wird über Satellit direkt zum Fernsehsender Al-Dschasira übertragen. Haben Sie verstanden, Admiral?«

»Verstanden. Ich bitte um eine kurze Pause, Admiral!«

»Bewilligt. Sie können den Kontakt jederzeit wiederaufnehmen. Aber ich habe den Finger am Auslöser, und Sie sechstausend Männer an Bord. Ende.«

Was wie ein nettes und unkonventionelles Manöver begonnen hatte, erwies sich als die pure Hölle. Die beiden Freunde aus Kansas starrten sich in die Augen, als hofften beide, der andere würde plötzlich ein erlösendes Wort sagen.

Dies war eine Situation, die es gar nicht gab, die es nicht geben durfte und die niemand je vorhergesehen hätte. Vom U-Boot aus würden sie jede Rakete mit bloßem Auge erkennen können. Vier Schkwal-Torpedos im Rumpf der USS George Washington wären eine Katastrophe ungeahnten Ausmaßes gewesen.

Die Funker bestätigten, dass eine Namensliste ans Rote Kreuz geschickt worden war, vier Minuten später meldete die CENTCOM in Tampa, dass die Namen der Besatzungsmitglieder von der USS Jimmy Carter authentisch waren.

»Wir müssen uns zwei Fragen stellen«, konstatierte der taktische Chef und alte Freund aus Kansas. »Wollen wir fünfzehn amerikanische Kriegsgefangene töten? Wollen wir riskieren, dass die USS George Washington versenkt wird?«

»Verfluchte Scheiße, nein! Natürlich nicht!«, knurrte Konteradmiral Sleep und schlug sich verzweifelt mit der Faust an die Stirn. »Das ist unmöglich!«

»Na denn«, seufzte der Freund und zeigte fast gelassen auf den Telefonhörer.

Epilog

Als die U-1 Jerusalem zum zweiten Mal in die Hafenbecken von Kapstadt einfuhr, erregte sie noch mehr Aufmerksamkeit als beim ersten Mal. Die fünfzehn amerikanischen Kriegsgefangenen wurden der südafrikanischen Regierung übergeben. Bedingungen wurden nicht gestellt. Die USA hätten keine palästinensischen Häftlinge im Austausch zu bieten gehabt, nicht einmal in Guantánamo.

Während des kurzen Versorgungsaufenthalts in Kapstadt gab Mouna al-Husseini nur dem staatlichen Fernsehen von Südafrika ein Interview. Sie bestätigte, was die amerikanischen Medien bereits enthüllt hatten. Die USS Jimmy Carter und die USS Alexandria hatten im Hinterhalt gelegen und das Feuer eröffnet. Anschließend hatte die USS Alexandria kapituliert. Im Übrigen teilte sie mit, ihr Auftrag sei hiermit erfüllt. Man werde das U-Boot an Russland zurückverkaufen, unter anderem, weil man das Geld für das hungernde Gaza benötige. Die politische Forderung nach einem freien Gaza halte man aufrecht.

Als die U-1 Jerusalem daraufhin ohne Festlichkeiten abtauchte und verschwand, warteten vor der südafrikanischen Küste keine Jagd-U-Boote.

Verteidigungsminister Rumsfeld trat freiwillig zurück. Nicht nur die Demokraten hätten ihn am liebsten vors Kriegsgericht gestellt. Ein Jahr vor dem Beginn des nächsten Präsidentschaftswahlkampfs wäre das eine politische Katastrophe

479

gewesen. Die amerikanischen Medien betrachteten Rumsfeld inzwischen als vollkommen geistesgestört. Nicht nur, weil er wider besseres Wissen den Verlust eines amerikanischen Flugzeugträgers riskiert und das Leben von sechstausend Amerikanern aufs Spiel gesetzt hatte.

Als der UN-Sicherheitsrat über die Resolution abstimmte, die Gaza ein souveränes Territorium zu Land, zu Wasser und im Luftraum, die Sicherung desselben durch UNO-Schutztruppen aus neutralen Ländern sowie einen eigenen Freihafen und einen internationalen Flughafen garantieren sollte, gab es vierzehn Ja- und keine Nein-Stimme. Die USA hatten keinen Gebrauch von ihrem Vetorecht gemacht.

George W. Bush erklärte geheimnisvoll, er danke Gott für diesen weisen Beschluss. Seine Popularität stieg daraufhin um einen Prozentpunkt. Trotzdem hatte außer Richard M. Nixon kein amerikanischer Präsident je so niedrige Zustimmungswerte vorzuweisen gehabt.

Was mit der U-1 Jerusalem passierte, blieb unklar. Amerikanische Satelliten hatten sie angeblich nördlich von Murmansk am Kai von Seweromorsk anlegen sehen. Obwohl man behauptete, in dem ansonsten recht armseligen Gebiet sei zu diesem Anlass ein Konvoi schwarzer Luxuslimousinen erschienen, wurde von russischer Seite nie offiziell bestätigt, dass Präsident Wladimir Putin das U-Boot persönlich in Empfang genommen hatte.

Zwei Monate nachdem sie gesunken war, wurde die USS Jimmy Carter vor der südafrikanischen Küste aus zweihundertsechzig Metern Tiefe geborgen. Der Atomreaktor hatte sich bei der Havarie automatisch abgeschaltet und wundersamerweise keine ernsthaften Schäden davongetragen. Vierzehn der verunglückten Seeleute wurden nie wieder gefunden, die anderen erhielten ein Ehrenbegräbnis auf dem Arlington-Friedhof in der Nähe des Pentagons.

Die Suche nach dem israelischen U-Boot Leviathan blieb lange erfolglos. Schließlich fand man das Wrack im Golf von Akaba, nachdem der palästinensische Präsident Mahmud Abbas ohne weiteren Kommentar seine exakte Position angegeben hatte.

Die »terroristische Weltumseglung unter Wasser« hatte noch ein politisches Resultat, das besonders überraschte, obwohl es sich um eine Nebensächlichkeit handelte.

Konteradmiral Mouna al-Husseini erhielt eine höchst formelle Einladung vom Kongress der Vereinigten Staaten. Sie sollte gemeinsam mit Kapitän zur See Martin L. Stevenson das Navy Cross erhalten, das sie nach Meinung der neuen Mehrheit im Kongress schon lange verdient gehabt hätte.

Natürlich handelte es sich hierbei um innenpolitische Ränkespiele. Indem man Madame Terror eine solche Auszeichnung verlieh, wusch man sie von der Schuld am Tod von amerikanischen Seemännern rein. Folglich lastete die gesamte Bürde der Schuld nun auf den Schultern von Verteidigungsminister Donald Rumsfeld. Und somit auf Präsident George W. Bush.

Konteradmiral Mouna al-Husseini hielt eine sehr gemäßigte, strenge und lakonische Dankesrede vor dem Kongress. Zu Beginn lobte sie Kapitän zur See Martin L. Stevenson für seinen Heldenmut. Dass er den Befehl verweigert habe, um vielen Menschen das Leben zu retten, zeige, dass die Vernunft immer eine Chance habe. Er sei ein Vorbild für junge Leute auf der ganzen Welt, die davon träumten, sich bei den Streitkräften zu bewerben, um Freiheit und Demokratie zu schützen.

Zum Abschluss sagte sie einige einfache Sätze, die fast zu Klassikern werden sollten: »Ich habe mich nie um Ihre Feindschaft bemüht, ich wurde Ihre Feindin. Aber Feinde begegnen und Feinde trennen sich. Und kommen vielleicht als Freunde wieder zusammen. Es ist nie zu spät. Die Hoffnung darf niemals sterben. Ich bin eine Palästinenserin. Und im Moment Ihre hoch geehrte Freundin. Ich hoffe, dass es so bleibt. Gott segne die Vereinigten Staaten von Amerika – und Palästina.«

Der Kongress applaudierte anderthalb Minuten im Stehen. Anschließend besuchten sie und Kapitän zur See Stevenson den Arlington-Friedhof und legten Seite an Seite je einen Kranz vor das noch nicht ganz fertige Ehrenmal für die gefallenen Seeleute von der USS Jimmy Carter und einen Kranz auf das Grab des unbekannten Soldaten.

Nach dieser Zeremonie zog sich Mouna al-Husseini aus allen Talkshows zurück und verschwand von der Bildfläche beziehungsweise »im Radarschatten«, wie sie ein Jahr später in einem Interview mit Robert Fisk, das im *Independent* veröffentlich wurde, etwas kryptisch erklärte. Anlass war die Einweihung des neuen Hafens von Gaza.

Gerüchten zufolge, die von Journalisten aus Washington verbreitet wurden, hatte die Konteradmiralin einen langen Abend und einen Großteil der Nacht bei der aussichtsreichsten republikanischen Präsidentschaftskandidatin verbracht, Condoleezza Rice. Die Nachbarn hatten sich über viel zu laute afrikanische Rockmusik beschwert.

Vizeadmiral Carl Hamilton tauchte nur noch ein einziges Mal kurz auf. Die schwedische Botschaft in Moskau bestätigte, dass er einen seit Langem abgelaufenen Pass verlängert habe. Man habe keine legale Möglichkeit gesehen, diesen Antrag abzulehnen, »weil bezüglich der Identität dieses schwedischen Staatsbürgers keine Unklarheiten vorlagen«.

Zwischen Schweden und Russland existierte kein Auslieferungsabkommen. Außerdem bestritten die russischen Behörden, dass sich der Gesuchte auf russischem Territorium befand. Allerdings gab man bekannt, dass sowohl Vizeadmiral Hamilton als auch Konteradmiral Petrow zu Helden Russlands ernannt worden seien.

Danksagung

Mein besonderer Dank gilt

Ove Bring, Professor für Internationales Recht, FOI, Stockholm

Anders Järn, Kapitän zur See, Flottillenkommandant, 1. U-Boot-Flottille, Karlskrona

Mohammed Muslim, Imam, London

Mats Nordin, Fregattenkapitän, Materialversorgung der Streitkräfte

Edvard Piper, Kapitänleutnant, 3. Seekriegsflottille, Karlskrona

Jens Plambeck, Kapitän zur See, 1. U-Boot-Flottille, Karlskrona

Ohne die Hilfe der oben genannten Fachleute wäre die U-1 Jerusalem weder unter Wasser noch in der internationalen Politik weit gekommen.

Mit Sicherheit habe ich das eine oder andere Detail des enormen technischen Materials missverstanden. Ich habe mich bemüht, das begreiflich zu machen, womit ich selbst zu kämpfen hatte. Missverständnisse und Fehler dürfen nicht meinen Ratgebern zur Last gelegt werden.

Die U-1 Jerusalem ist mit einer Zukunftstechnologie ausgestattet, die bislang, soweit bekannt, nicht funktioniert. Sie kann unter Wasser weit »sehen«. Zum Vergleich: Schwedische U-Boote können ungefähr zehn Meter weit sehen. Auf diesem

Gebiet findet ein weltweiter Wettlauf statt. Ohne diesen kleinen, aber entscheidenden technischen Vorsprung der U-1 Jerusalem hätte ich den Roman nicht schreiben können. Ich brauchte die kleine Lüge im Detail, um das Ganze glaubwürdig zu machen.

Von zwei anderen Autoren habe ich wesentliche Informationen erhalten. Dies betrifft in erster Linie Vera Efron, die in ihrem Tatsachenroman *Farväl min Kursk* (2004) wichtige Details der russischen Kriegsmarine geschildert hat.

Auch von dem amerikanischen Journalisten Bob Woodward habe ich mir wichtige Informationen und Milieuschilderungen der amerikanischen Machtelite ausgeliehen. Woodward hatte exklusiven Zugang zu George W. Bush und seinen Mitarbeitern, wofür er im Gegenzug in den Büchern *The Commanders* (1991, dt. *Die Befehlshaber*), *Bush at War* (2002, dt. *Bush at War. Amerika im Krieg*) und *Plan of Attack* (2004, dt. *Der Angriff*) hymnische Porträts zeichnete. Meine eigenen Möglichkeiten, entsprechende Recherchen durchzuführen, waren aus verschiedensten Gründen begrenzt.

Die Entstehung der Coq-Rouge-Romane

Ein Gefängnisaufenthalt bietet eine Reihe von Vorteilen. Unter anderem hat man mehr Zeit zum Lesen als in der freien Welt draußen, und folglich kann man die Lektürelücken füllen, die einem immer ein schlechtes Gewissen bereitet haben, weil man nie Zeit hatte, diese Bücher zu lesen.

Als man mich im Herbst 1973 ins Gefängnis Österåker steckte, stand die Reihe von Maj Sjöwall und Per Wahlöö über Kommissar Martin Beck und Gunvald Larsson und die anderen Kriminalpolizisten ganz oben auf meiner Liste des schlechten Gewissens.

Ich hatte mich so lange wie möglich von ihr ferngehalten. Zum einen las ich Krimis grundsätzlich nicht, was zum Teil an meiner Überheblichkeit lag – ich war immer noch der Typ, der auf die Frage nach seinem Lieblingsautor antworten konnte: Baudelaire. Zum anderen hatten wir im Gymnasium wenigstens einen Krimi lesen müssen, und meine Karriere als Krimileser hatte bei Maria Lang ein jähes Ende gefunden.

Aber mit Sjöwall/Wahlöö war es anders. Einerseits, weil dieses Autorenpaar bekanntermaßen links orientiert war; andererseits, weil ihre Bestseller damals Leserkreise erreichten, die über die üblichen Krimileser weit hinausgingen. Ich bestellte alle erschienenen Bücher der Reihe und las sie in meiner Zelle in einem Rutsch.

Zunächst einmal handelte es sich um gute Literatur; um unprätentiösen, sozialkritischen Realismus. Zweitens hatten die Texte einen amerikanischen Klang; die Form schien direkt von der zeitgenössischen amerikanischen Literatur übernommen zu sein.

Und drittens, meine entscheidende Entdeckung, hatten Maj und Per einen simplen formalen Kniff angewendet, sie hatten das amerikanische Vorbild einfach auf den Kopf gestellt. Dirty Harry und ähnliche Inspektoren aus dieser Zeit standen immer für einen hart gesottenen, politisch eher rechts stehenden Außenseiter, der Liberale ebenso verabscheute wie Gesetze und Dienstvorschriften.

Maj und Per hatten das Gegenteil gemacht. Ihre Kriminalkommissare waren Sozialdemokraten, möglicherweise sogar linke Sozialdemokraten, und das funktionierte ausgezeichnet. Der Trick bestand darin, dass sie ihre Sympathie für Schwedens Linkspartei, die VPK, in die Form eines amerikanischen Kriminalromans verpackten.

Ich zog daraus den Schluss, dass man sich auch den extrem reaktionären angelsächsischen Spionagethriller (James Bond ist eng verwandt mit Dirty Harry) zum Vorbild nehmen und ihn so verändern konnte wie Maj und Per.

Mir wurde klar, dass ich dies nicht nur tun konnte, sondern auch sollte. Schließlich saß ich im Gefängnis, weil ich zu viel über die schwedischen Sicherheits- und Nachrichtendienste herausgefunden und meine Kenntnisse veröffentlicht hatte. Nach jahrelanger Beschäftigung mit diesem Thema hatte ich Unmengen von Material übrig, die ich journalistisch nicht verwerten konnte. Zum einen konnte ich vieles von dem, was ich wusste oder zu wissen glaubte, nicht beweisen. Manches konnte ich mir zusammenreimen, aber von journalistischem Nutzen waren beide nicht. Was ein Journalist schreibt, muss natürlich im rein faktischen Sinne wahr sein; was ein Schriftsteller schreibt, unterliegt nicht denselben Beschränkungen.

Und weil die Aktivitäten von Sicherheits- und Nachrichtendiensten viel mehr mit Politik und Macht zu tun haben als normale Polizeiarbeit, müssten Spionagethriller sich als Spiegel unserer Zeit noch besser eignen als Kriminalromane.

Maj und Per hatten ihre Krimis aus der Froschperspektive geschrieben. Das passte perfekt zu ihrem linken Standpunkt. Aber Spionagethriller müssen aus einem vollkommen anderen Blickwinkel erzählt werden, der Perspektive des Adlers, der von den Höhen der Macht auf die nur schemenhaft zu erkennenden Bürger hinabblickt. Ohne Zweifel gefiel mir persönlich dieser Blickwinkel viel besser als die Grundhaltung von Maj und Per, die von der Solidarität mit den einfachen Leuten geprägt war.

Mit der Rolle des Helden brauchte ich mich nicht lange aufzuhalten. Der Antiheld war in der Literatur bereits weiter verbreitet als der klassische Held. Alle Kommissare klagten über Magenschmerzen, tranken zu viel, ernährten sich schlecht, waren in ihren Ehen gescheitert und hatten Töchter, die sie nicht verstanden. Damals glaubte ich, dieser Typus des Antihelden habe ausgedient. Natürlich lag ich mit dieser Einschätzung vollkommen daneben, denn die große Zeit des Inspektor Wallander sollte erst noch kommen.

Aber ein Spion, der ein Antiheld gewesen wäre, hätte ein Schreibtischtäter mit geregelten Arbeitszeiten sein müssen, der Geheimnisse und politische Intrigen über seinen Tisch wandern sah, ohne etwas dagegen unternehmen zu können. Ein Nachrichtenoffizier im Außendienst konnte leichter von einem Handlungselement zum nächsten geführt werden und hatte ein viel spannenderes Berufsleben als der Antiheld hinter seinem Schreibtisch.

Dass mein Agent später den Namen Hamilton bekam, hatte mit einem gewissen Grafen Oxenstierna zu tun. Dieser Graf war Teil der linken Studentenbewegung und hatte sich selbst in einer politischen Diskussion als »Genosse Oxenstierna« bezeichnet. Diese Kombination war extrem attraktiv. Nur zwei Worte, die sowohl den Flügelschlag der Geschichte als auch einen frappierenden Gegensatz zwischen Rechts und Links beinhalteten. So sollte mein Held zunächst Oxenstierna heißen, doch dann überzeugte mich ein Blick ins Adelsverzeichnis davon, dass viel zu wenige Personen diesen Namen mit dem historischen Klang trugen. Außerdem machte mich ein Freund darauf aufmerksam, dass Hamilton im Adelsstand ein Allerweltsname wie Meyer oder Müller war. Nun musste der Name nur noch neu zusammengesetzt werden, und so wurde Carl Gustaf Gilbert Hamilton erfunden, »Genosse Hamilton«.

Das ist das Rezept der Hamilton-Bücher. Die Bausteine dazu hatte ich bereits in der Tasche, als ich 1974 aus dem Gefängnis entlassen wurde. Sobald die richtige Idee auftauchte, würde ich die Hamilton-Maschinerie in Gang setzen können.

Zum Glück dauerte es seine Zeit. Hätte ich schon 1974 angefangen, hätte Hamilton in einer öden und ereignislosen Phase begonnen. Zwischen 1975 und 1985 passierte in Schweden nicht viel Wichtiges: ein Bankraub am Norrmalmstorg, im Parlament ein politisches Gleichgewicht, eine kurzlebige konservative Regierung. Und im internationalen Zusammenhang schienen die vom Kalten Krieg geprägten Verhältnisse genauso stabil. Ich glaube, im Jahre 1975 hätte man Hamilton kaum Beachtung geschenkt.

Andere schriftstellerische Arbeiten hatten Vorrang. Erst 1984/85 hatte ich eine weiterführende Idee. Ich las einen fünfhundert Seiten langen Bericht vom Schwedischen Sicherheitsdienst über die kurdische Minderheit in Schweden. Dieser Bericht strotzte geradezu vor Paranoia und Zirkelschlüssen. Das konnte nur bedeuten, dass jeder größere Gewaltakt, der sich in den kommenden Jahren in Schweden ereignete, eine intensive Verfolgung der Kurden nach sich ziehen würde.

Ich selbst wurde in dieser Zeit während eines Oslobesuches vom norwegischen Sicherheitsdienst bespitzelt. Als ich länger über diese Sache nachdachte, kam mir der Gedanke, dass meine Verfolger und ich in zwei völlig verschiedenen Welten lebten. Trotz der Tatsache, dass wir gerade einen ganzen Tag zusammen in der Osloer Innenstadt verbracht hatten, würden diese Sicherheitsdienstoffiziere den Gang der Ereignisse vollkommen anders interpretieren als ich. Wo ich ein amüsantes Missverständnis gesehen hatte, sahen sie womöglich einen gefährlichen Terroristen.

Schließlich hatte ich eine Idee, die zu der bereitstehenden Hamilton-Maschinerie passte. Und als das erste Buch erschien, *Coq Rouge*, handelte es von einem Mord ganz oben im schwedischen Staatsapparat, der nicht zu einer ernsthaften Suche nach dem Mörder, sondern zu einer wahnsinnigen Kurdenjagd führte. Man schrieb das Jahr 1986, als der Mord an Olof Palme diese Kurdenjagd in Gang setzte.

So etwas nennt man Timing – die Fähigkeit, zur richtigen Zeit am richtigen Ort zu sein, egal, ob es nun auf Glück, auf Cleverness oder auf beidem beruht.

Als Hamilton 1986 die Bühne betritt, wird Schweden von einer international verlachten Polizei drangsaliert, die bei der Fahndung nach dem Mörder Olof Palmes ziemlich schlecht abschneidet; zudem beschuldigte man die Russen, sich mit ihren U-Booten mehr oder weniger permanent in den Stockholmer Schären aufzuhalten.

Das Ende des Kalten Krieges, der Fall der Berliner Mauer, der Zusammenbruch der Sowjetunion und der Sieg des Kapitalismus prägten das Jahrzehnt Hamiltons. National betrachtet, probte Schweden zuerst die totale Abkehr vom sozialdemokratischen Volksheim und begab sich auf die neoliberale

Einbahnstraße, um sich schließlich extrem zögerlich auf etwas zurückzuziehen, das weder der alten Sozialdemokratie glich noch wirklich konservativ war. Insofern bot die Zeit zwischen 1986 und 1995 alles, was zwischen 1975 und 1985 gefehlt hatte. Und deshalb konnte es auch ganze zehn Bücher über Hamilton geben, denn die Handlung war variabel, obwohl die Geschichte, auf die Gefahr der Wiederholung hin, immer eng an eine höchst dominante Hauptfigur geknüpft war.

In dieser Hinsicht war es ein extremes Glück für mich, dass ich so große Startschwierigkeiten hatte. Ein guter Torwart braucht Glück. Für Autoren scheint das ebenfalls zu gelten.

Interview mit dem Autor

Jan Oscar Sverre Lucien Guillou (* 17. Januar 1944 in Södertälje, Schweden) ist einer der wichtigsten politischen Journalisten seines Landes und erfolgreicher Autor von Romanen. 1973 veröffentlichte er in der Wochenzeitschrift »Folket i Bild – Kulturfront« einen Artikel über illegale Machenschaften beim Schwedischen Geheimdienst. Die Veröffentlichung brachte ihm eine Verurteilung wegen Spionage und eine zehnmonatige Haftstrafe ein. Seine schriftstellerische Karriere begann 1971 mit dem Roman »Om kriget kommer« (»Wenn der Krieg beginnt«). Seitdem hat Jan Guillou 37 Bücher geschrieben, darunter die zehn Bände der Coq-Rouge-Reihe und die Romanserie über den Tempelritter Arn und seine Nachkommen. Jan Guillou lebt heute in Stockholm.

Wann und wie wurde die Idee zu »Madame Terror« geboren?
Seit einigen Jahren ist der Krieg gegen den Terrorismus die wichtigste Frage der Welt, und genauso lange habe ich nach einer Art und Weise gesucht, dieses Thema literarisch zu beschreiben. Letztes Jahr habe ich eine französische Reportage darüber gesehen, wie die Amerikaner versehentlich die Kursk versenkt haben. Da hatte ich meinen Ansatzpunkt gefunden.

Die Geschichte ist ungeheuer verwickelt, nicht zuletzt im Hinblick auf die Technik in dem Super-U-Boot, das die politische Weltkarte für immer verändern wird. Haben Sie lange gebraucht, um das Buch zu schreiben?

Eigentlich nicht besonders lange. Mit allem, was die Palästinenser betrifft, und mit der Geografie des Mittleren Ostens kenne ich mich sowieso aus. Am wichtigsten war für mich der Besuch der schwedischen U-Boot-Basis in Karlskrona, wo mich die Leiter mit viel Enthusiasmus in die Technik einführten und mir Ratschläge zur Strategie und zur Handlung des Romans gaben. Es war wie in der Zeit von Hamilton, als mir hohe Militärangestellte mit Rat und Tat zur Seite standen. Sie sind von Berufs wegen gewohnt, Krieg zu spielen, und genau das tue ich auch.

Sind Sie jemals selbst auf einem U-Boot gewesen?
Na klar, ich durfte 1988 an Bord der HMU Sjöbjörnen, als ich »Im Interesse der Nation« schreiben wollte. In diesem Buch greift Hamilton ja von einem U-Boot aus an. Moderne U-Boote sind Welten von den Unterwasserfahrzeugen aus dem Zweiten Weltkrieg und den Fünfzigerjahren entfernt. Ein U-Boot wie die Kursk zum Beispiel ist hundertsechzig Meter lang und acht Stockwerke hoch. Es gibt große Versammlungsräume, Speisesäle, eine Tischtennisplatte und einen Swimmingpool.

Bei Ihren Beschreibungen des Lebens an Bord der U-1 Jerusalem bekommt man beinahe Sehnsucht dorthin. Streckenweise klingt es sehr komfortabel und gemütlich ...
Ja, und so muss es auch sein. Alles, was uns im Alltag vielleicht ein bisschen stört, wirkt sich auf einem U-Boot viel stärker aus. Die Besatzung darf schlicht und einfach keinen Streit bekommen. Bei der Arbeit hockt man eng nebeneinander. Wenn einer einen Fehler macht, sterben alle.

Am Ende Ihres letzten Buchs über Carl Gustaf Gilbert Hamilton (»Über jeden Verdacht erhaben« von 1995) wird Hamilton zu einer lebenslänglichen

Freiheitsstrafe verurteilt, woraufhin er sich unter dem Schutz des FBI nach Kalifornien zurückzieht. Haben Sie überlegt, ob er je zurückkommen könnte?

Ich fand, dass ich seinen Abgang sehr geschickt konstruiert hatte. Der Deal mit den Amerikanern beinhaltete, dass er Kalifornien nie wieder verlassen und niemals wieder das Territorium eines anderen Staates betreten durfte. Er saß total fest. Ich wollte ihn nicht umbringen. Denken Sie an Sir Conan Doyle, der Sherlock Holmes sterben ließ und später erklären musste, Sherlock sei bloß scheintot gewesen. Zu einer solchen Notlösung wollte ich nicht greifen müssen. Hamilton darf seinen Fuß zwar nie wieder auf europäisches Gebiet setzen, aber gegen die Weltmeere ist nichts einzuwenden. Er war nicht von Anfang an Teil der Handlung, aber irgendwann kam ich in ein Stadium, wo ich einen wie ihn brauchte. Von da an wurde es ebenso spannend wie witzig, und die Story funktionierte.

»Madame Terror« ist im Grunde eine ziemlich optimistische Geschichte. Könnte sich so etwas auch in der Wirklichkeit ereignen?

Die Wahrscheinlichkeit ist sehr gering. Unter anderem, weil die israelische Kriegsmacht im Mittleren Osten sowohl zu Lande als auch in der Luft total überlegen ist. Dass die Flotte relativ schwach ist, liegt nur daran, dass man zu Wasser im Prinzip keine Gegner hat.

Wir begegnen in Ihrer Erzählung vielen großen Namen – nicht zuletzt der amerikanischen Außenministerin Condoleeza Rice, und zwar recht privat. Haben Sie je in Erwägung gezogen, den Personen andere Namen zu geben?

Nein, natürlich nicht. Hätte ich die Außenministerin der USA als schwarze Frau beschrieben, ihr aber einen anderen Namen gegeben, hätten trotzdem alle Leser an Condoleeza Rice gedacht. Man kann mich schlecht wegen Verleumdung verklagen, weil ich über Präsident Bush oder Donald Rumsfeld schreibe. Es hätte also gar keinen Sinn gehabt, ihnen andere Namen zu geben.

Man kann sich »Madame Terror« gut als Film vorstellen …
Na ja, es ist ausgeschlossen, dass die Amerikaner Geld in so einen Film investieren, ganz zu schweigen von der amerikanischen Flotte. Und was es kosten würde, den Film mit europäischem Kapital zu machen, weiß ich nicht.

Ebenso gut kann man sich das Buch als internationalen Bestseller vorstellen …
Die ausländischen Verlage, die Schwedisch lesen können, also die Norweger und Dänen, sind ungeheuer begeistert. Zurzeit wird das Buch ins Deutsche übersetzt, man wird sehen.

Dies ist mein erster Roman, der nicht schwedisch ist. In der gesamten Handlung wird kein einziges schwedisches Wort gesprochen. Nur einmal ertappt sich Hamilton dabei, wie er einen Satz auf Schwedisch denkt.

Haben Sie weitere Pläne?
Eigentlich keine bestimmten. Vor ungefähr zehn Jahren beschloss ich, über den Heiligen Krieg zur Zeit der Kreuzzüge, dann über Manager und schließlich über den Krieg gegen den Terrorismus zu schreiben. Nun sind diese Pläne erfüllt – und ich kann schlecht eine Art »Rückkehr der U-Boote« machen. Aber vielleicht könnte man über den Überwachungsstaat schreiben. Anfangen könnte man zum Beispiel mit einer Razzia der schwedischen Sicherheitspolizei bei einer Einwandererfamilie im Stockholmer Vorort Tensta …

PIPER NORDISKA

Arne Dahl
Ungeschoren

Kriminalroman. Aus dem Schwedischen von Wolfgang Butt.
416 Seiten. Gebunden

Mittsommer, die hellste Nacht des Jahres steht bevor, die magische Zeit der Hoffnung, Sehnsüchte und Mythen. Kaum aber ist die Abschiedsfeier von Jan-Olov Hultin, dem Leiter der Stockholmer Sonderermittlungsgruppe, vorüber, werden binnen kurzem die Leichen von vier Menschen gefunden. Auf unterschiedlichste Weise zu Tode gekommen, verbindet sie doch ein grausiges Detail: Alle Opfer tragen eine winzige Tätowierung in der Kniekehle, die zusammen ein Wort ergeben: P-U-C-K. Wo aber liegt die Motiv des Täters? Und was verbirgt sich hinter dem rätselhaften Hinweis auf Puck, Shakespeares boshaften Geist aus dem »Sommernachtstraum«? Getrieben von einer perfiden Moral aber hat der Täter sein Werk noch nicht vollendet – und scheint zu gerissen für die Stockholmer Sonderermittler.
»Ungeschoren« heißt der neue Fall für das Stockholmer A-Team, der Sonderermittlungsgruppe für Mordfälle von internationaler Tragweite, die nun von der jungen Kommissarin Kerstin Holm geführt wird. Raffiniert und atemberaubend spannend, geradezu spielerisch leicht und teuflisch zugleich geht dieser Kriminalroman an die Grenzen des Genres und gehört unbestritten zu den brillantesten seiner Art.

08/1008/01/L